Zum Buch:

Liv de Vries, Hoofdinspecteurin der nationalen Polizei der Niederlande, soll helfen, einen vermissten jungen Mann ausfindig zu machen. Es handelt sich dabei um David Leinders, der vor Jahren unter Verdacht stand, eine junge Frau in Veere ermordet zu haben: Die Leiche von Esmeé Vriesde, der Tochter surinamischer Einwanderer, wurde nie gefunden, David kam aus Mangel an Beweisen frei. Liv reist nach Veere, ein mittelalterliches Städtchen auf der Halbinsel Zeeland, wo Sturmfluten Land und Leute geformt haben. Unterstützung erhält sie von einer neuen Kollegin, Noemi Bogaard. Noemi hat selbst surinamische Eltern, weshalb ihr der Fall Esmée Vriesde noch gut in Erinnerung ist. Gemeinsam tauchen sie immer tiefer in diesen Fall ein, der einmal mehr die tiefsten Abgründe der Menschen zutage bringt …

Zum Autor:

Maarten Vermeer ist das Pseudonym eines deutschen Schriftstellers, der bereits zahlreiche Krimi- und Sachbuchbestseller veröffentlicht hat. Er ist in den Niederlanden aufgewachsen und hat dort studiert. Später arbeitete er als Journalist und betreute als Verlagslektor Kriminalromane und Thriller, bevor er sich als Schriftsteller selbstständig machte. Privat führen ihn Familienurlaube immer wieder in seine zweite Heimat, die Niederlande, insbesondere nach Zeeland, wo er den Tag gerne mit einem Buch am Strand verbringt.

MAARTEN VERMEER

DIE TOTEN VON VEERE

EIN ZEELAND-KRIMI

HarperCollins

1. Auflage 2024
Originalausgabe
© 2024 by HarperCollins in der
Verlagsgruppe HarperCollins Deutschland GmbH, Hamburg
Umschlaggestaltung von Büro Süd GmbH
unter Verwendung von Shutterstock: Cassandra Madsen (533439862)
Umschlagabbildung von mauritius images / Fotografiecor.nl / Alamy /
Alamy Stock Photos
Gesetzt aus der Stempel Garamond
von GGP Media GmbH, Pößneck
Druck und Bindung von GGP Media GmbH, Pößneck
Printed in Germany
ISBN 978-3-365-00565-1
harpercollins.de

PROLOG

»Ich denke nicht, dass wir hier in Gefahr sind.« Onkel Boetius zog an seiner selbst gedrehten Zigarette und ließ den Rauch durch die Nase entweichen.

Mareike verschränkte die Arme vor der Brust. »Und was, wenn du dich irrst?«

»Wenn dein Onkel sagt, dass es so ist«, fuhr ihre Mutter dazwischen, »dann ist es auch so.«

»Aber Hendrik hat gemeint …«

»Hendrik … Hör mir auf mit Hendrik!« Mutter schenkte ihr einen wütenden Blick. »Was weiß der Schustersohn schon davon? Und was hast du überhaupt mit dem zu schaffen?« Sie widmete sich wieder Onkel Boetius' Socke, die sie mit Nadel und Faden stopfte.

Mareike erwiderte nichts mehr. Es hatte keinen Sinn, mit den beiden zu diskutieren, und sie wollte keine Fragen zu Hendrik beantworten. Sie betrachtete das zerknitterte Papier, das sie in Händen hielt. Es war eines jener Flugblätter, die die Royal Air Force gestern im Norden von Westkapelle abgeworfen hatte. Der Wind hatte die Papierwolke allerdings in Richtung Aagtekerke im Inneren der Insel geweht, sodass kaum jemand hier im Ort gelesen hatte, was auf den Blättern stand. Wie Onkel Boetius es geschafft hatte, eines zu ergattern, wusste nur der liebe Herrgott allein.

Natürlich hatten Gerüchte die Runde gemacht. Die Rede war von einer Warnung des alliierten Oberkommandos, die offenbar auch über den britischen Rundfunk verbreitet wurde.

Die Nachricht von den Flugblättern hatte Hendrik in Aufregung versetzt. Etwas ganz Übles stünde ihnen bevor, hatte er gesagt und war losgezogen, um Genaueres zu erfahren. Danach hatte Mareike nichts mehr von ihm gehört – bis heute Morgen. Sie würde nachher zu ihm gehen. Aber davon mussten Mutter und Onkel Boetius natürlich nichts wissen, so wie sie auch von allem anderen nichts wissen mussten.

Sie saßen an dem runden Holztisch in Onkel Boetius' Küche. Mareike wohnte mit ihren Eltern und ihrem Bruder Henk im etliche Kilometer entfernten Veere. Onkel Boetius war allein, und Mareike und Mutter besuchten ihn mindestens einmal im Monat.

Boetius schnappte sich das Flugblatt aus Mareikes Hand. Er zog die Lesebrille aus der Brusttasche des Hemds und setzte sie auf. Dann überflog er kurz die Zeilen und deutete auf das Papier. »Hier steht es doch: *An die Bewohner der Inseln in der Scheldemündung.*« Boetius nahm die Brille wieder ab und gestikulierte damit. »Die Scheldemündung beginnt erst bei Vlissingen. Wir sind viel weiter nördlich. Uns wird also nichts geschehen.«

Letztendlich rechneten sie alle damit, dass es jeden Tag losgehen konnte. Die Engländer hatten im vergangenen Monat Antwerpen eingenommen. Nach allem, was man auf Radio Oranje hörte, drangen sie mit den Kanadiern in nördliche Richtung vor, im besten Fall war es nur eine Frage der Zeit, bis sie Walcheren befreiten. Die Insel gehörte zum Atlantikwall, und die Deutschen kontrollierten über die hier installierten Geschütze und Bunker die Scheldemündung und damit den Zugang zum Seehafen von Antwerpen, der für die Versorgung der alliierten Truppen von Bedeutung war.

»Da steht aber auch etwas von einer bevorstehenden Bombardierung und einer Überflutung«, wandte Mareike ein. »Sie schreiben, wir sollen die Insel verlassen oder einen sicheren Ort aufsuchen.«

Onkel Boetius stieß ein kehliges Lachen aus. »Einen sicheren Ort. Mädchen, wo soll der denn sein? Und der Sloedam ist dicht. Wo willst du also hin?«

Mareike gab es ungern zu, aber Onkel Boetius hatte recht. Der Sloedam war die einzige Verbindung zum Festland, und die Deutschen hatten den Überweg seit Beginn der Besatzung abgeriegelt.

Boetius zog einen grauen Pullover über, der inzwischen nur noch aus den diversen Flicken zu bestehen schien, mit denen Mutter die Löcher gestopft hatte.

»Selbst wenn«, sagte er, »unsere Deiche sind stabil. Was soll passieren?«

»Lasst uns von etwas anderem reden. Vielleicht essen wir erst mal etwas.« Mutter stand auf und ging zur Kochstelle neben dem Waschtrog hinüber. Sie öffnete die verbeulte Metallkanne, die sie mitgebracht hatten, und gab den Inhalt in einen Kochtopf. Mutter hatte Erbsensuppe vorbereitet, die sie nun schon am dritten Tag aßen, nachdem man mit den Lebensmittelkarten immer weniger Nahrungsmittel bekam und die Vorräte zur Neige gingen. Zum Glück machte Mareikes Bruder Henk eine Bäckerlehre. Wenigstens an Brot mangelte es ihnen nicht.

Sie sprachen nicht viel während des Essens.

Erst, als sie fertig waren und Mutter die Teller abgeräumt hatte, erzählte Onkel Boetius von Klaas und Jolanda de Wetering, die drei Häuser weiter wohnten. Mutter und Boetius hatten mit den beiden die Schule besucht. Die Polizei und der deutsche SD hatten in der vergangenen Nacht das Haus von Klaas und Jolanda gestürmt und sie aus ihren Betten gescheucht. Sie hatten vergessen, eine Kerze im Wohnzimmer zu löschen. Es konnte nur ein winziger Lichtschein gewesen sein, der nach draußen gedrungen war, doch die Verdunklung wurde nun noch rigoroser durchgesetzt.

Mutter schüttelte den Kopf. »Das sind keine Menschen mehr ...«

»Was sollen sie denn machen?«, sagte Boetius. »Die Deutschen zwingen sie dazu.«

»Von denen rede ich ja. Dass unsere Leute nicht anders können, ist mir klar. Wobei ich mich manchmal frage, was wäre, wenn wir ihnen einfach nicht mehr gehorchen. Sie können uns schließlich nicht alle erschießen.«

Boetius rümpfte die Nase. »Da wäre ich mir nicht so sicher.«

Mutter erhob sich und begann mit dem Abwasch. Mareike half ihr, während Boetius sich der Zeitung widmete.

Sie trockneten die letzten Teller ab, als Mutter plötzlich innehielt. »Was ist das?«

Mareike brauchte einen Moment, bis sie begriff, was Mutter meinte. Dann hörte sie es auch. Es war ein tiefes Brummen, das rasch näher kam.

Mutter ließ den Teller, den sie in der Hand hielt, ins Spülbecken fallen. Sie eilte Boetius hinterher, der bereits auf dem Weg nach draußen war. Mareike folgte ihnen. Sie hatten die Haustür erreicht, als der Lärm der Flugabwehrgeschütze losbrach, die in den Dünen stationiert waren.

Auf der Straße waren die Leute stehen geblieben, auch die Nachbarn kamen aus ihren Häusern.

Mareike legte die Hand schützend vor die Augen. Einige größere Wolken hingen am Himmel, dazwischen Flecken von Blau. Sie konnte drei Maschinen ausmachen, die über den Ort flogen, etwas abwarfen und anschließend in einer weiten Schleife beidrehten und wieder in Richtung offenes Meer verschwanden.

»Was machen die?«, fragte Mareike.

»Das sind Markierungsbomben.« Jegliche Gelassenheit war aus Onkel Boetius' Gesicht gewichen. »Kommt. Uns bleibt nicht viel Zeit. Wir müssen uns in Sicherheit bringen.«

Mutter wollte ins Haus zurück, doch Boetius hielt sie am Arm. »Nein.« Er überlegte kurz. »Die Mühle ... Wir gehen zur Mühle, dort gibt es einen Keller.«

Ihre Mutter hakte sich bei Mareike unter, und sie folgten Boetius im Laufschritt die Straße hinunter. Die Kornmühle befand sich am südlichen Ende von Westkapelle in der Nähe des Seedeichs.

»Die Wände sind einen Meter dick ...«, keuchte Boetius im Laufen, »... und sie hat ein stabiles Holzständerwerk.«

Sie waren nicht die Einzigen, die Schutz in der Mühle suchten. Die Kellertüren standen offen, als sie ankamen, und die Menschen strömten hinein. Der Müller band auf der Wiese die Geißen los, dann kam er zu ihnen hinüber und deutete in den Himmel. »Beeilt euch, sie kommen.«

Mareikes Blick folgte seiner ausgestreckten Hand. Über dem Meer erkannte sie eine Gruppe von Flugzeugen, die sich wie ein gigantischer Vogelschwarm der Insel näherten. »Wie viele sind das?«

»Es ... Herrgott ... Es müssen Hunderte sein. Das sind Lancasters, schwere Bomber.« Boetius schob Mareike weiter.

»Gott steh uns bei!«, entfuhr es Mutter.

Sie folgten den anderen in den Keller. Der Müller stieg als Letzter zu ihnen herunter und verriegelte die Tür hinter sich.

Mareike blickte sich um. Im Schein der wenigen Kerzen, die brannten, war es schwer, jemanden zu erkennen. Sie sah die Schemen von einigen Dutzend Menschen, die mit ihnen hier unten Schutz suchten.

Über ihnen brach die Hölle los. Das Brummen der Flugzeugmotoren, der Lärm der Luftabwehr, das Pfeifen der herabfallenden Bomben, die Explosionen. Mit jeder Detonation bebten die Wände. Schmutz und Staub rieselten zu ihnen herunter. Mutter klammerte sich an Mareike. Manche Frauen und Kinder weinten, sogar Männern entfuhren Schreckensschreie.

Ihre Hand glitt in die Tasche ihrer Jacke und umfasste den Brief, den Hendrik ihr geschrieben hatte. Sie sollte ihn nach dem Lesen direkt vernichten, hatte darin gestanden, doch sie hatte es nicht übers Herz gebracht, wollte die Zeilen, in denen er schrieb, wie sehr er sie vermisste, immer und immer wieder lesen. Ob sie ihn wiedersehen würde?

Mareike wusste nicht, wie lange es andauerte, es kam ihr vor wie eine Ewigkeit. Als die Explosionen nachließen und sie glaubte, sie hätten das Schlimmste überstanden, geschah es. Ein ohrenbetäubender Knall, eine Druckwelle. Dann stürzte alles auf sie ein. Steine, Balken, Säcke mit Korn, Staub, Splitter.

Um Mareike herum wurde alles schwarz.

Als sie wieder zu sich kam, hatte das Bombardement endgültig aufgehört. Auch die Flugabwehr feuerte nicht mehr. Es herrschte Stille.

Nun war nur noch leises Jammern und Stöhnen zu hören.

Etwas lag auf ihr. Ein Kornsack, dachte sie zuerst. Doch als sie danach griff, merkte sie, dass es ein menschlicher Körper war. Sie schob ihn von sich.

»Mutter? Boetius?«

Sie erhielt keine Antwort.

Mareike versuchte, auf die Beine zu kommen, als jemand rief: »Still! Seid alle still, verflucht!«

Als alle schwiegen, hörte Mareike es ebenfalls. Ein leises Plätschern irgendwo zwischen den Steinen, die auf sie herabgestürzt waren.

»Bleibt ruhig«, sagte eine Männerstimme in die Dunkelheit hinein. »Neben der Mühle ist ein kleiner Graben. Da steht immer ein Wasser ... Das kann nicht viel sein. Helft mir, den Ausgang ...«

»Nein! Probiert es ... Das ist salzig. Sie haben den Deich getroffen!«

Im selben Moment hörte Mareike draußen jemanden schreien: »Das Wasser kommt!«.

TEIL 1

EIN GEFALLEN UNTER FREUNDEN

1

Der Einsatz drohte zu scheitern, noch bevor er begonnen hatte.

Liv de Vries, Hoofdinspecteur des *Dienst Landelijke Recherche*, der Landeskriminalpolizei, steuerte ihren schwarzen Renault Mégane durch die Straßen des Rotterdamer Viertels Delfshaven. Die Stadt erwachte gerade erst zum Leben. Links und rechts brannte vereinzelt Licht in den Fenstern der Häuserzeilen aus rotem Backstein. Nur wenige Leute waren auf der Straße unterwegs, der einzige Umstand, der Liv an diesem Tag bislang in die Karten spielte.

Nach vielen Jahren wieder in Delfshaven zu sein, rief unweigerlich Erinnerungen wach. Hier, in diesem Viertel, das im Schatten des Euromasts lag, hatte sie einen Großteil ihrer Kindheit und Jugend verbracht. Unter anderen Umständen wäre sie vielleicht an dem Haus vorbeigefahren, das sie mit ihren Eltern und den Großeltern bewohnt hatte, um zu sehen, was daraus geworden war. Doch dafür hatte sie keine Zeit.

Liv stoppte den Wagen an der Polizeiabsperrung, die einen halben Kilometer von ihrem eigentlichen Ziel entfernt lag. Man hatte den Einsatzort weiträumig abgeriegelt. Zwei Streifenwagen mit eingeschaltetem Blaulicht versperrten den Weg. Die uniformierten Kollegen waren mit schusssicheren Westen und Maschinenpistolen ausgestattet.

Einer der Männer trat an ihren Wagen heran. Liv ließ das Fenster herunter und zeigte ihren Dienstausweis. Der *Dienst Landelijke Recherche* befasste sich auf nationaler Ebene unter anderem mit organisierter Kriminalität, Terrorismus und Cyberverbrechen.

Der Streifenbeamte hob das Absperrband an und ließ sie passieren. Liv fuhr weiter.

Die Straßen waren menschenleer. Am Himmel über den Hausdächern zeigte sich das erste Morgenlicht. Hinter den Fenstern erkannte Liv hier und da die Gesichter von Menschen, die versuchten, einen Blick auf die Geschehnisse zu erhaschen. Man hatte die Anwohner, deren Wohnungen hinter der Absperrung lagen, aufgefordert, in ihren Häusern zu bleiben. Die Evakuierung des gesamten Viertels wäre in der kurzen Zeit nicht möglich und wenig sinnvoll gewesen. Solange sich die Leute nicht im Freien aufhielten, waren sie in sicherer Distanz.

Liv bog in eine Seitenstraße ab und parkte den Renault hinter dem Einsatzwagen des Sonderkommandos. Ein Kranken- und ein Notarztwagen standen ebenfalls dort. Bevor sie ausstieg, griff sie nach dem Plastikbecher, der in der Halterung am Armaturenbrett steckte, und führte ihn an die Lippen. Der Kaffee war kalt geworden. Sie hatte die Fahrt von Amsterdam hierher in unter einer Stunde bewältigt und dabei vielleicht zwei Schluck getrunken. Die ganze Zeit über hatte sie über Handy mit dem Polizeiführer in Kontakt gestanden, der den Einsatz koordinierte. Der Mann hatte sie auf dem Laufenden gehalten und das Vorgehen mit ihr abgesprochen, wobei sich die Lage rasch zu ihren Ungunsten entwickelt hatte.

Liv stieg aus und ging an den Männern des Sonderkommandos vorüber, die neben schusssicheren Westen noch mit

Helmen und Sturmhauben ausgestattet waren. Sie warteten auf weitere Befehle.

Als Angehörige der Landespolizei arbeitete Liv in aller Regel mit den zuständigen Polizeistellen vor Ort zusammen. Dieser Einsatz lag in Händen der Rotterdamer Kollegen, und Liv machte ihnen keinen Vorwurf, dass die Lage derart verfahren war. Es hatte alles damit angefangen, dass der Hinweis mitten in der Nacht eingegangen war. Eigentlich hätte ein Einsatz dieser Art sorgfältiger Vorbereitung bedurft, doch dazu hatten sie keine Zeit, schnelles Handeln war erforderlich. Deshalb hatte Liv den Zugriff auch befohlen, als sie sich noch auf der Autobahn befunden hatte. Üblicherweise erteilte sie keine solchen Weisungen, bevor sie sich vor Ort einen Eindruck der Lage verschafft hatte.

Liv fand den Polizeiführer in einem Hauseingang neben dem Ausrüstungswagen, aus dem ein Mann des Sonderkommandos gerade eine Ramme hervorholte. Vor ihm auf einem Treppenabsatz hockte eine Frau. Sie trug Turnschuhe, Jeans, einen schwarzen Pullover und ein Kopftuch in derselben Farbe.

Der Polizeiführer hatte Liv bemerkt und drehte sich zu ihr herum. »Hoofdinspecteur de Vries?«

»Richtig, meneer Bos«, antwortete Liv. »Wir haben miteinander gesprochen.«

»Wir haben mit der Evakuierung der angrenzenden Häuser begonnen.«

»Gut.« Anders als in den weiter entfernten Straßen bestand hier eine direkte Gefahr für die Anwohner. Liv ging ein paar Schritte weiter und spähte um die Ecke in die nächste Straße, wo sich ihr Einsatzziel befand. Die Polizei führte in aller Stille die Bewohner aus den Eingängen der umliegenden

Häuser. Einige von ihnen trugen noch Schlafanzüge und Nachthemden.

»Wo bringen Sie die Leute hin?«, fragte Liv über die Schulter.

»Ein paar Straßen weiter ist ein Platz. Dort sind sie erst mal sicher«, antwortete Bos.

»Ist sie das?« Liv deutete mit einem Nicken auf die Frau, die auf den Stufen saß.

»Ja. Ihr Name ist Raja. Sie kam aus dem Haus gerannt, kaum dass wir einen Fuß in die Straße gesetzt hatten.«

»Darf ich?«

»Nur zu.«

Liv ging zu der Frau hinüber und kniete sich vor sie. »Wie geht es Ihnen, Raja?«

Raja hielt den Kopf gesenkt, sodass Liv ihr Gesicht unter dem Kopftuch nur zum Teil sehen konnte. »Ich … weiß nicht, was in ihn gefahren ist …«

»Wir sind hier, um zu helfen. Wir wollen nicht, dass Ihrem Mann etwas zustößt. Erzählen Sie mir einfach, was geschehen ist.«

Raja hob den Kopf, und Liv sah die Tränen in ihren braunen Augen. »Als ich aufgewacht bin, lag Kamal nicht neben mir im Bett … Ich ging ins Wohnzimmer rüber. Er saß auf dem Sofa und hielt ein Feuerzeug und eine Gasflasche in der Hand. Er meinte, dass die Polizei unten auf der Straße wäre und er uns in die Luft jagt, wenn sie uns holen kommen.«

Liv blickte zu Bos auf, der die Angaben der Frau mit einem knappen Nicken bestätigte.

»Und was taten Sie dann?«

»Ich bekam Angst und wollte weg. Kamal hat versucht, mich aufzuhalten. Aber ich hab mich gewehrt und bin raus auf die Straße …«

»Raja, hören Sie mir gut zu«, sagte Liv. »Gibt es eine Möglichkeit, mit Ihrem Mann in Kontakt zu treten? Haben Sie ein Telefon in der Wohnung oder haben Sie seine Handynummer?«

Die Frau zögerte kurz, griff in die Hosentasche und zog ein Smartphone heraus. »Hier.«

Liv bat Raja, die Nummer ihres Mannes zu wählen. Raja nickte, entsperrte das Handy, startete den Anruf und reichte Liv das Telefon. Es klingelte mehrere Male, aber niemand nahm ab. Liv beendete den Anruf und gab Raja das Handy zurück.

Sie stand auf, um sich mit Bos zu beraten. Nach einem Blick auf Raja gingen sie ein paar Schritte zur Seite, bis sie außer Hörweite waren.

»Wissen wir, wie sich die Lage in der Wohnung aktuell darstellt?«

»Nein. Die Vorhänge sind zugezogen. Visuellen Kontakt über Kameras herzustellen, erscheint mir zu riskant. Sobald er jemanden von uns bemerkt …«

Bos brauchte den Satz nicht zu beenden, Liv wusste, was er meinte. Üblicherweise hätte man versucht, die Wohnung mittels Endoskopkameras zu überprüfen, die man durch Schlitze, Türöffnungen oder Bohrungen in die Räume einführte. Doch so leise das Einsatzkommando dabei auch vorgehen mochte, Bos hatte recht: Kamal hatte buchstäblich den Finger am Zünder. Die kleinste Verunsicherung konnte dazu führen, dass er durchdrehte.

»Was ist mit Bauplänen und Grundrissen?«

Bos schüttelte den Kopf. »Negativ. Wir haben auf dem Amt nachgefragt, aber bis die mit etwas rüberrücken, ist die Sache gelaufen. Und der Hauseigentümer … Na ja, Sie wissen ja, wie das hier ist.«

Liv kannte die Verhältnisse in Delfshaven. Es war einer der Stadtteile mit der höchsten Zahl von Allochthonen in den ganzen Niederlanden. Als Kind hatte sie gemeinsam mit ihren Eltern und Großeltern erlebt, wie sich die ehemalige Arbeitergegend in ein Viertel verwandelt hatte, in dem die Einheimischen irgendwann in der Minderheit waren. Die offiziellen Gesetze hatten allenfalls noch auf dem Papier Bestand gehabt. Man machte die Regeln auf den Straßen. Daran hatte sich bis heute nichts geändert, im Gegenteil, es war eher schlimmer geworden. Bevor man jemanden zur Kooperation mit der Polizei überredete, konnte man sein Glück besser mit einem Flug zum Mond versuchen.

»Das bedeutet, wir gehen blind rein«, stellte Liv fest.

»So ist es. Alles, was wir wissen, ist, dass dort oben ein Verrückter auf seinem Sofa sitzt und nur darauf wartet, sich ins Paradies zu sprengen.«

Liv schaute hinüber zu dem rot verklinkerten Gebäudekomplex, der von einem Ende der Straße zum anderen reichte. In Delfshaven sprachen sich die Dinge schnell herum. Die Häuser hatten Augen und Ohren, nichts geschah hier unbemerkt, niemand, vor allem niemand Fremdes oder gar die Polizei, tat einen Schritt, ohne dass es jenen Leuten, die das Sagen hatten, zu Ohren kam. Insofern war es kaum verwunderlich, dass Kamal vom anrückenden Einsatzkommando Wind bekommen hatte, noch bevor die Kollegen einen Fuß auf seine Türschwelle gesetzt hatten.

Liv war dieses Problem bewusst gewesen. Trotzdem hatte sie den Zugriff angeordnet, ansonsten wäre Kamal über alle Berge gewesen.

Abu Kamal al-Din.

Er gehörte zu jenen, die ihnen üblicherweise durchs Netz schlüpften. Einer der kleinen Spinner, die sich unbemerkt radikalisierten, ihre Informationen aus dem Internet bezogen und ihre Waffen und Bomben mit Bordmitteln aus dem nächsten Drogerie- oder Baumarkt bastelten – was ihre Taten nicht weniger tödlich machte. Sie konnten von Glück sprechen, dass Kamal überhaupt auf dem Radar aufgetaucht war. Die Kollegen vom AIVD, dem Inlandsgeheimdienst, hatten Liv in den frühen Morgenstunden aus dem Bett geklingelt. Kamal war im Zuge einer anderen Ermittlung aufgefallen. Er hatte sich offenbar bei einem V-Mann des AIVD verplappert. Laut dessen Angaben wollte Kamal ein Attentat auf ein Einkaufszentrum in Rotterdam verüben. Und allem Anschein nach stand er kurz davor, seinen Plan in die Tat umzusetzen.

Livs Blick wanderte hoch zum Obergeschoss des Gebäudekomplexes. Kamals Wohnung befand sich im Mittelteil direkt unter dem Dach.

»Wenn wir den Angaben seiner Frau glauben können«, sagte Bos, »gibt es hinter der Eingangstür einen Flur. Von dem gehen links das Bad und rechts das Schlafzimmer ab. Geradeaus liegt der Wohn-Ess-Bereich. Kein Balkon.«

»Was ist mit der Gasflasche?«

»Der Beschreibung nach scheint es sich um eine gewöhnliche Campinggasflasche zu handeln.«

»Seltsam.« Liv legte die Stirn in Falten. »Campinggas? Wenn der Mann einen Bombenanschlag plant, würde man meinen, er hat potenteres Zeug dort oben gelagert.«

»Können wir nicht ausschließen. Die Explosionskraft einer vollen Campinggasflasche ist allerdings auch nicht zu unterschätzen. Wenn ich ehrlich bin ... Ich würde lieber auf den

Verhandlungsführer warten, bevor wir unsere Männer dort reinschicken.«

»Klingt vernünftig.«

Die Chancen, dass das Einsatzkommando die Wohnungstür öffnete – egal ob mit einer Ramme oder indem sie das Schloss knackten –, in das Apartment stürmte und Kamal erwischte, bevor er das Gas zündete, tendierten gegen null.

Liv blickte zum Hundeführer hinüber, der beim Einsatzwagen mit seinem Tier wartete. »Was ist mit ihm?«

Bos wog den Kopf. »Wenn wir die Tür leise aufbekommen, könnte der Hund es schaffen – wenn er schnell genug ist. Aber wollen Sie es wirklich darauf ankommen lassen?«

»Nein.«

Liv wusste nichts über Abu Kamal al-Din. Er war ein Unbekannter, der die Behörden zum ersten Mal auf sich aufmerksam gemacht hatte. Dementsprechend hatte sie nichts über ihn in den Datenbanken gefunden, keine Vorstrafen, keine kleineren Delikte, nichts. Eines wusste sie dennoch: Einen Mann, der offenbar in Panik verfallen und eventuell nicht zurechnungsfähig war, reizte man besser nicht unnötig. Vor allem nicht, wenn er drohte, sich in die Luft zu sprengen. Bos hatte ganz recht, sie waren gut beraten, auf die Verhandlungskarte zu setzen.

Liv wandte sich wieder um, und ihr Blick fiel eher zufällig auf Raja. Die Frau saß noch immer auf den Stufen des Hauseingangs. Sie hatte das Smartphone in der Hand, tippte etwas darauf und ließ das Gerät schnell wieder in der Hosentasche verschwinden.

In dem Moment wusste Liv, dass etwas nicht stimmte.

Sie ging zu der Frau hinüber und streckte die Hand aus. »Her mit dem Handy!«

Raja schüttelte verständnislos den Kopf.

Liv legte die andere Hand auf das Holster ihrer Dienstpistole. »Das Handy. Jetzt.«

»Sie können mich nicht zwingen …«, setzte Raja an, kam aber nicht weit. Liv war mit wenigen Schritten bei ihr, löste in einer fließenden Bewegung den Sicherungsbügel des Holsters, zog die Waffe und hielt sie der Frau an die Schläfe.

»Wollen Sie das wirklich herausfinden?«

Raja griff in ihre Hosentasche und gab Liv das Smartphone.

»Also, Sie möchte ich auch nicht erleben, wenn Sie richtig schlechte Laune haben«, meinte Bos. »War das nicht etwas übertrieben?«

Liv erwiderte nichts und entsperrte das Handy. Sie hatte sich den Zahlencode gemerkt, den Raja vorhin eingetippt hatte.

Auf dem Bildschirm erschien die Eingabemaske einer Messenger-App. Ein Chatfenster mit Kamal war geöffnet. Raja hatte ihm vor wenigen Sekunden eine Nachricht geschickt.

»Verdammt!«, entfuhr es Liv.

»Was hat sie ihm geschrieben?«, fragte Bos.

»Keine Ahnung.«

Liv hielt ihm das Handy hin. Dort waren nur arabische Buchstaben zu lesen. Sie blickte kurz zu Raja, erkannte an deren Gesichtsausdruck jedoch sofort, dass sie keinen weiteren Ton aus der Frau herausbekommen würden.

»Raja sagte, dass sie wach wurde, ins Wohnzimmer ging und dort ihren Mann mit der Gasflasche entdeckte«, sagte Liv an Bos gewandt. »Dann türmte sie sofort aus der Wohnung. Korrekt?«

»Ja, so hat sie es erzählt.«

Liv überlegte kurz. »Sagen Sie, Bos, was ziehen Sie eigentlich im Bett an?«

»Wie bitte?«

»Im Winter ziehe ich einen Schlafanzug an«, erklärte Liv. »Im Sommer, besonders bei so hohen Temperaturen, wie sie derzeit herrschen, schlafe ich allerdings am liebsten nackt.« Es bereitete ihr stille Freude, zu sehen, wie Bos bei der Vorstellung errötete.

Er musste einmal kräftig schlucken, bevor er sich wieder gesammelt hatte. »Shorts ... Ich trage Shorts und T-Shirt.«

»Sehen Sie. Ich weiß nicht, wie Raja es gerne hat. Aber egal ob Schlafanzug oder nackt, wie hat sie es wohl geschafft, sich in der kurzen Zeit zwischen dem Aufstehen und der Flucht vor ihrem Mann vollständig anzukleiden, ihr Handy mitzunehmen und sich sogar ihre Turnschuhe zu schnüren?«

Bos rieb sich das Kinn. »Sie meinen ...«

»Dass sie uns zum Narren gehalten hat. Kamal hat sie rausgeschickt, um sich Zeit zu verschaffen.«

»Wozu? Er kommt doch hier nicht raus. Wir haben seinen Hauseingang im Blick. Und auf dem gegenüberliegenden Dach sind Scharfschützen postiert, die das Hausdach im Blick haben. Dort oben wird er also auch nicht rumturnen.«

Liv schaute zum Dach des Häuserblocks hoch. »Verstehen Sie etwas von Architektur, Bos?«

»Nicht viel. Ich habe neulich ein Gartenhaus zusammengeschraubt.«

»Und, hat es gehalten?«

»Ja, allerdings erst im zweiten Anlauf ...«

»Immerhin.« Liv deutete auf den Wohnkomplex. Er musste schätzungsweise vierzig bis fünfzig Apartments beherbergen. »Was denken Sie, ist das ein zusammenhängendes Gebäude?«

»Sieht ganz danach aus.«

»Das würde bedeuten, es gibt zwar mehrere Eingänge, aber keine Fugen, die den Komplex in einzelne Häuser unterteilen.«

»Vermutlich.«

»Dementsprechend ist auch der Dachstuhl durchgehend.«

»Wie gesagt, ich habe keine Ahnung. Das könnte gut sein.« Bos schaute ebenfalls in die Höhe. Der Dachstuhl zog sich von einem Ende des langen Gebäudes bis zum anderen. Direkt darunter lagen die Wohnungen des Obergeschosses.

»Falls es so ist«, sagte Liv, »hat Kamal sich vielleicht Zutritt zum Dachboden verschafft. Über den könnte er sich leicht in einen anderen Abschnitt des Gebäudes bewegt haben, ohne dass wir es mitbekommen.«

Bos machte große Augen. »Dann ...«

»Richtig. Dann hat er sich unter die Nachbarn gemischt, die wir gerade evakuieren, und ist in der Menge einfach nach draußen spaziert.«

»Verdammter Mist!«

Liv rief auf ihrem Smartphone das Foto von Kamal auf, das ihr der AIVD zur Verfügung gestellt hatte, um sich das Gesicht des Mannes in Erinnerung zu rufen. Sie hatte es bereits an Bos und das Einsatzteam weitergeleitet.

»Sagen Sie Ihren Leuten, sie sollen nach Kamal Ausschau halten. Und stellen Sie zwei Männer ab, die auf Raja aufpassen.«

Bos nickte und ging zum Führer des Sonderkommandos hinüber.

Liv näherte sich währenddessen der Seitenstraße, durch die die Polizei die Anwohner in Sicherheit brachte. Es mussten Dutzende sein. Unter den vielen Gesichtern ein fremdes auszumachen, das man lediglich von einem Foto her kannte, war schwierig bis unmöglich.

Bos kam ihr nach. Sie schoben sich durch die Gasse an den Menschen vorbei, bis sie zu dem großen Platz kamen, wo die Polizei alle versammelte. Die Menschengruppe wurde von einem Absperrband zusammengehalten, und Uniformierte kümmerten sich um die Evakuierten.

Liv aktivierte auf Rajas Handy die Wahlwiederholung. Was sie vorhatte, glich eher einer Verzweiflungstat als planvollem Vorgehen.

Es klingelte mehrere Male. Was auch immer Raja ihrem Mann geschrieben hatte, es bewirkte, dass er den Anruf diesmal entgegennahm. Liv hörte eine Männerstimme am anderen Ende.

»Raja?«

»Hören Sie mir gut zu«, sagte Liv, ließ dabei den Blick über die Menge gleiten und suchte nach jemandem, der sich ein Telefon ans Ohr hielt. »Wir haben Sie im Visier. Der Platz ist umstellt. Bleiben Sie, wo Sie sind. Wir …«

Kamal legte auf.

Liv steckte das Handy weg und sah sich um. Bos stand einige Meter von ihr entfernt. Er beobachtete ebenfalls die Menschenansammlung. Schließlich schüttelte er den Kopf. Nichts.

Da bemerkte Liv etwas aus dem Augenwinkel. Einer der Streifenpolizisten redete beschwichtigend auf einen Mann in einem weißen T-Shirt ein, der nicht hinter der Absperrung bleiben wollte. Als der Beamte ihn an der Schulter fasste und zurückschob, schlug der Mann blitzschnell auf ihn ein und schickte ihn zu Boden.

Für einen kurzen Moment sah Liv das Gesicht. »Das ist er«, sagte sie leise zu Bos und bedeutete ihm, ihr zu folgen.

Kamal sprintete in eine Straße auf der gegenüberliegenden Seite des Platzes. Er war schnell. Liv hatte Mühe, ihm zu folgen, und Bos schien eine noch schlechtere Kondition zu haben – sie konnte seinen pfeifenden Atem hinter sich hören.

An einer Hausecke gabelte sich die Straße vor ihnen. Kamal wählte die linke Abzweigung. Die Häuser standen hier dicht an der Straße gebaut, sodass es keinen Gehweg gab. Er hatte noch keine hundert Meter hinter sich gebracht, als ihnen ein Lieferwagen entgegenkam. In der engen Gasse kam er unmöglich an dem Fahrzeug vorbei. Er warf einen Blick über die Schulter, schoss dann knapp vor dem Transporter in eine Seitengasse hinein.

Liv brachte den Lieferwagen mit erhobener Hand zum Stehen.

»Folgen Sie ihm«, wies sie Bos an. »Ich komme von der anderen Seite.«

Sie wies den Fahrer des Transporters an, zurückzusetzen. Als er so weit zurückgewichen war, dass die Abzweigung zur nächsten Querstraße frei wurde, schlüpfte Liv hinein und beschleunigte sofort das Tempo.

Am Ende der Gasse angekommen, brannten ihre Lungen, doch offenbar war es ihr gelungen, Kamals Vorsprung nicht größer werden zu lassen. Sie bog in dem Moment um die Ecke, als er aus der Parallelgasse gerannt kam. Bos folgte ihm mit Abstand, aber dennoch hatten sie den Mann jetzt in der Zange.

Kamal blieb stehen. Er blickte sich um. Auf der einen Seite versperrte ihm eine Hauswand den Weg, auf der anderen das Hafenbecken.

»Die Hände hoch!«, rief Liv.

Noch während sie nach ihrer Waffe griff, fuhr Kamal herum und stürmte auf Bos zu, der nach vorne gebeugt die Hände auf die Knie stützte und nach Atem rang.

»Stehen bleiben!«, versuchte Liv es. Sie riss die Waffe hoch und zielte auf Kamals Rücken.

Als Kamal nahe an Bos heran war, griff er in den Hosenbund und zog etwas Längliches unter seinem T-Shirt hervor. Es blitzte metallisch. Liv konnte nicht genau erkennen, was das war.

»Stehen bleiben!«, schrie sie noch einmal, doch Kamal machte keine Anstalten.

Liv betätigte den Abzug.

Der Schuss hallte von der Hauswand wider.

Kamals weißes T-Shirt färbte sich augenblicklich rot. Einige Blutspritzer landeten in Bos' Gesicht. Der Flüchtende stürzte aus vollem Lauf zu Boden und rührte sich nicht mehr.

Bos blickte auf den Mann hinab, der vor seinen Füßen gelandet war. Er brauchte einen Moment, um sich von dem Schrecken zu erholen, dann bückte er sich und legte die Finger an Kamals Halsschlagader.

Als er zu Liv herüberkam, hielt sie noch immer die Waffe ausgestreckt vor sich. Bos legte die Hand vorsichtig darauf und senkte sie. »Ist gut«, sagte er. »Lassen Sie los.«

Liv tat, wie ihr geheißen, und Bos nahm ihr die Waffe ab.

Ihre Hände zitterten.

»Danke«, meinte Bos. »Ich glaube, Sie haben mir gerade das Leben gerettet.«

Liv trat einige Schritte an Kamal heran, unter dem sich auf dem Boden eine Blutlache ausbreitete.

»Er lebt noch«, hörte sie Bos in ihrem Rücken sagen.

Liv besah sich, was Kamal in der Hand hielt. Es war keine Schusswaffe, sondern ein metallener Schlagstock. Ihre Knie gaben nach; sie sank neben Kamal zu Boden.

Bos legte ihr die Hand auf die Schulter. »Machen Sie sich mal keine Sorgen. Es hat keinen Unschuldigen erwischt. Wir regeln das schon.«

Das glaubte Liv ihm aufs Wort.

Etwas anderes bereitete ihr Sorgen: die Erinnerungen, die plötzlich in ihr hochstiegen. Sie stand wieder in jener Gasse. Jahre waren seitdem vergangen, doch der Moment verfolgte sie in ihren Träumen. Auch damals war ihr Finger zu schnell am Abzug gewesen.

2

Ein warmer Wind wehte durch die offene Dachluke des Hausboots herein. Die Abendsonne hatte sich vor Stunden mit einem orangeroten Farbspiel verabschiedet, doch die Hitze hielt sich beharrlich zwischen den Häusern der Stadt. Zumindest über die Gracht strich eine leichte Brise, was die ganze Sache etwas erträglicher machte.

Liv lag im Bett, den Rücken gegen die Kissen gelehnt. Sie hatte kein Licht eingeschaltet, sodass es im Inneren des Bootes dunkel war und sie durch das Fenster hinaus auf die Amsterdamer Prinsengracht schauen konnte, wo sich der Vollmond im Wasser spiegelte.

Sie blickte kurz zu Adriaan, der mit geschlossenen Augen neben ihr lag, die Arme hinter dem Kopf verschränkt.

Am Nachmittag hatte sie die Befragung durch die internen Ermittler über sich ergehen lassen. Von deren Urteil würde ihr weiteres berufliches Schicksal abhängen.

Der Teleskop-Schlagstock, den Kamal mit sich geführt hatte, bestand aus gehärtetem Metall, mit einem zusätzlichen, kugelförmigen Gewicht an der Spitze. Man konnte damit Fensterscheiben einschlagen, aber ebenso gut auch menschliche Schädel. Kamal hätte Bos also ernsthaft verletzen können. Dennoch stand die Frage im Raum, ob Liv zu Recht Gebrauch von der Schusswaffe gemacht hatte.

Liv machte so etwas nicht zum ersten Mal durch, was natürlich nichts daran änderte, dass dieser beinahe inquisitorische

Prozess in jeder Hinsicht eine Belastung darstellte. Sie hatte die Stunden heruntergezählt, bis sie das Hauptquartier verlassen und endlich nach Hause hatte fahren können.

Sie schlug das Bettlaken zur Seite und stand auf. Von draußen wehte von einem der Nachbarboote der Geruch nach Gebratenem herein, und sie hatte Appetit bekommen.

»Was hast du vor?«, fragte Adriaan neben ihr.

»Etwas essen. Hast du auch Hunger?«

»Nein.« Er rollte sich auf die Seite und stützte sich auf den Ellbogen. »Wir müssen reden, Liv.«

»Ich weiß. Setzen wir uns oben auf die Terrasse?«

»Wie du magst.«

Sie streifte sich einen Morgenmantel über und band ihr Haar zu einem Pferdeschwanz zusammen.

Das Innere des Hausboots bestand aus einem durchgehenden großen Raum. Liv hatte das Boot mangels bezahlbarer Alternativen erworben, als sie damals bei der Kripo in Amsterdam angefangen und nach einer Wohnung gesucht hatte. Die alten, mit Holz vertäfelten Zwischenwände herauszureißen, war eine ihrer ersten Taten gewesen. Sie mochte offene Räume, die ihr das Gefühl von Weite gaben.

Das Bett befand sich auf einer kleinen Empore im vorderen Teil des Schiffs. Liv stieg die Stufen hinunter und ging hinüber zur Küchenzeile, die aus einer Kochinsel und einer Reihe von Einbauschränken bestand. Seit ihrem Wechsel zur Landespolizei in Den Haag pendelte sie jeden Tag und kochte abends selten. Dementsprechend leer sah es in ihrem Kühlschrank aus. Sie fand eine Pappschachtel mit einem Rest Asia-Nudeln, die sich in akzeptablem Zustand befanden. Daneben stand eine Flasche Chardonnay, die Adriaan dort deponiert hatte.

Während Liv die Flasche entkorkte, stellte sich Adriaan hinter sie und legte die Hände auf ihre Hüften.

»Geht es dir gut?«

»Warum fragst du das?«

»Du siehst fertig aus.«

Sie betrachtete ihr Spiegelbild in der Glasfront des Hängeschranks. Unter ihren Augen lagen tiefe Ringe, die Wangenknochen traten hervor, und ihr Teint schien so blass, als hätte sie seit Wochen kein Tageslicht mehr gesehen. Insgesamt wirkte sie eher wie Mitte fünfzig als Mitte vierzig. Adriaan hatte recht. Sie sah fertig aus. Was sie nach dem heutigen Tag nicht verwunderte.

»Das wird schon wieder«, sagte sie, öffnete den Schrank, holte zwei Weingläser heraus und stieg die Treppe zur Dachterrasse hinauf. Adriaan folgte ihr.

Die bloße Dachpappe hatte sie durch einen Kunstrasen ersetzt und rund um das Holzgeländer Bambusse, Sträucher und kleinere Kirsch- und Apfelbäume gesetzt, die in den vergangenen Jahren dicht gewuchert waren. Die hohen Ulmen zu beiden Seiten ihres Liegeplatzes schützten zusätzlich vor neugierigen Blicken von der Straße oder aus den alten Speicherhäusern gegenüber. Auf der anderen Seite des Schiffs kräuselte sich das Wasser der Gracht.

Liv lebte in einer kleinen Oase mitten in der Stadt, und sie wusste, wie dankbar sie sein konnte, dass sie dieses Plätzchen ergattert hatte. Letztlich war das auch der Grund, weshalb sie die tägliche Fahrt nach Den Haag in Kauf nahm.

Außerdem hatte sich ihr kleines Nest fernab des Präsidiums auch in anderer Hinsicht als nützlich erwiesen.

Sie ging zum breiten Loungesofa hinüber, das zur Seite der Gracht ausgerichtet war. Adriaan machte es sich darauf bequem. Liv setzte sich neben ihn, reichte ihm die Flasche und beobachtete, wie er ihnen eingoss. Obwohl sein halblanges Haar beinahe vollständig ergraut war, hatte es seine Fülle behalten. Sein Gesicht hatte etwas Jugendliches, was daran liegen mochte, dass er auf den modischen Trend verzichtete, sich einen Bart wachsen zu lassen. Aber auch Falten musste man auf seiner Haut mit der Lupe suchen.

Liv öffnete ihr Bier, lehnte sich zurück und trank einen Schluck.

Adriaan legte den Arm um ihre Schultern. »Wir bekommen das wieder hin. Das geht vorbei, versprochen.«

Sie hörte die beruhigende Floskel an diesem Tag nicht zum ersten Mal. Zahlreiche Kollegen hatten ihr seit dem Einsatz heute Morgen auf die Schulter geklopft, ihr versichert, dass sie auf ihrer Seite stünden und Liv das Richtige getan habe. Der Zuspruch hatte mit dem unverbrüchlichen Korpsgeist zu tun, der auch bei der Landespolizei herrschte.

»Da bin ich mir nicht so sicher«, erwiderte sie und schaute auf die Gracht hinaus.

Adriaan wähnte sie ebenfalls auf ihrer Seite. Er war nicht nur ihr Geliebter, sondern auch ihr Vorgesetzter, und er ließ keinen Zweifel daran, dass er sich für sie einsetzen würde.

Dennoch machte Liv sich nichts vor. Die Sache mit Abu Kamal al-Din würde nicht so einfach vorbeigehen. Und dafür gab es mindestens zwei Gründe. Der eine war, dass Kamal noch im Krankenwagen gestorben war. Die Ärzte hatten nichts mehr für ihn tun können, nachdem die Kugel, die Liv abgefeuert hatte, seine Lunge perforiert und die rechte Herzkammer durchlöchert hatte. Das Schlagwort Polizeigewalt leuchtete nun in grellroten Lettern wie ein Warnsignal über dem missglückten Einsatz.

Als wäre das nicht genug, hatte sich bei der Durchsuchung von Kamals Wohnung herausgestellt, dass Livs Bauchgefühl sie nicht getrogen hatte. Sie hatte sich gewundert, weshalb er eine Campinggasflasche anstatt wesentlich gefährlicherem Sprengstoff verwenden wollte, wo er doch angeblich eine Bombe baute. Die Erklärung war einfach. Die Campinggasflasche hatten er und Raja erfunden, um die Polizei hinzuhalten und Kamal die Flucht zu ermöglichen. Sie existierte in Wahrheit nicht, ebenso wenig wie der Sprengstoff für den mutmaßlichen Anschlag. Das Einzige, was die Kollegen gefunden hatten, waren Drogen. Davon eine ganze Menge. Denn Kamal hatte ein kleines Drogenlabor im Wohnzimmerformat betrieben, in dem er Crystal Meth kochte. Doch unter dem Strich blieb die Feststellung: Jemand hatte Mist gebaut. Der Hinweis des AIVD hatte sich als Luftnummer entpuppt. Abu Kamal al-Din war kein Bombenbauer, er war nicht verrückt, und er hatte keinen Anschlag in einem Einkaufszentrum geplant.

Für die Kollegen beim Inlandsgeheimdienst würde das ein Nachspiel haben, vermutlich würden Köpfe rollen. Die Medien aber würden Liv den Schwarzen Peter zuschieben. Schließlich war sie es gewesen, die einen kleinen Drogenkocher mit einem übertriebenen Einsatz aufgeschreckt, ihn zur Flucht getrieben und hinterrücks erschossen hatte.

Liv sah, dass Adriaan auf seinem Smartphone durch die Nachrichten scrollte. »Ich will dich nicht runterziehen«, sagte er. »Aber vielleicht hast du recht. Die Medienmaschinerie läuft schon heiß. Das Fernsehen hat es wohl in den Abendnachrichten gebracht. Und von Social Media wollen wir gar nicht reden.«

»Zeig her.«

»Nein, das siehst du dir lieber nicht an.« Adriaan kniff die Lippen zusammen. »Man erinnert sich an dich.«

»Natürlich tut man das.«

Das war der zweite Grund, weshalb die Angelegenheit nicht spurlos vorüberziehen würde. Liv hatte auch nicht erwartet, dass die Vergangenheit sie jemals in Ruhe lassen würde. Kamal war nun mal nicht der erste Tote, der auf ihr Konto ging.

Nachts, wenn sie nicht schlafen konnte, stand Liv immer wieder in dem Hinterhof des Mehrfamilienhauses in Amsterdam-Geuzenveld und dachte an das Mädchen. Vergewaltigung mit Todesfolge. Das Mädchen stammte aus einer Akademikerfamilie. Ein weißes Mädchen. Die Sonderkommission, von der Liv ein Teil gewesen war, hatte den Täter schnell ermittelt – einen 25-jährigen Somalier, der wegen Körperverletzung vorbestraft war. Der Mann hatte sich der Festnahme widersetzt. Ein Kollege ihres Teams hatte den Hinterausgang abgedeckt. Als er versuchte, den flüchtenden Täter aufzuhalten, hatte dieser ihn mit einem Messer angegriffen. Es war ein Jagdmesser mit scharfer Klinge und einem Sägeblatt auf der anderen Seite gewesen. Liv sah noch heute, wie der Mann im strömenden Regen über ihrem Kollegen stand und sich zu ihr herumdrehte. Das Blut an der Klinge des Messers. Sie hätte auf seine Beine schießen können – ja, hätte sie –, aber sie war auf Nummer sicher gegangen und hatte auf seine Brust gezielt. Zwei Kugeln. Er war tot gewesen, noch bevor er auf dem Boden aufschlug.

Wenige Tage später war ihr Kollege im Krankenhaus ebenfalls gestorben.

Was folgte, war ein medialer Feuersturm. Dabei schien sich das Land in zwei Hälften zu spalten. Die einen sahen den Fall als Musterbeispiel für Polizeigewalt und Alltagsrassismus, die anderen fanden Bestätigung für ihren Ausländerhass und die Angst vor Überfremdung und jubilierten, dass die Polizei endlich hart durchgriff.

Über Nacht hatte es in der Öffentlichkeit plötzlich zwei Versionen von Liv gegeben: die schießwütige, notorisch rassistische Polizistin. Und das Postergirl der neuen Rechten, die in ihr eine letzte aufrechte Verfechterin der niederländischen Kultur und der weißen Rasse sahen.

Natürlich entsprach keines von beidem der Wahrheit.

Doch für ausgewogene Betrachtungen gab es im hocherhitzten Social-Medial-Zeitalter scheinbar keinen Raum mehr.

Fakt war: Der Somalier hatte eine Frau vergewaltigt. Sein kultureller Hintergrund, seine Herkunft, seine Hautfarbe oder an welchen Gott er glaubte, spielte für Liv keinerlei Rolle. Der Mann hatte ein Verbrechen begangen, für das er nach dem Strafgesetzbuch vor Gericht gestellt und bestraft gehörte. Dabei war es gleichgültig, welche Hautfarbe das Opfer hatte. Als er sich der Verhaftung widersetzte und einen Polizeibeamten verletzte, wusste er, welches Risiko er einging. Ob die zwei Kugeln in die Brust nötig gewesen waren oder ob es nicht auch ein gezielter Schuss auf die Beine getan hätte, darüber ließ sich streiten. Gut möglich, dass sie es übertrieben und in der Situation nicht korrekt reagiert hatte. Liv war bereit gewesen, für ihren Fehler geradezustehen.

Die Amsterdamer Polizei hatte letztlich den smarten Ausweg gewählt. Man hatte abgewartet, bis sich die Aufregung legte, und Liv von allen Vorwürfen freigesprochen. Dann hatte man sich ihrer entledigt, durch die Beförderung zur Landespolizei.

Das alte Sprichwort besagte zwar, dass der Blitz nie zweimal an dergleichen Stelle einschlug, allerdings schien das für Liv nicht zu gelten. Sie verspürte wenig Verlangen, dieselbe mediale Schlammschlacht erneut durchzustehen.

»Wir müssen gut überlegen, wie wir vorgehen«, sagte er, während er sich Wein nachschenkte. »Die Meth-Küche, die Drogen in Kamals Wohnung ... Mit ein bisschen Glück können wir die Sache drehen.«

»Du weißt, dass das schwierig wird. Besonders jetzt.«

In wenigen Monaten standen die Parlamentswahlen an. Der Wahlkampf ging in die entscheidende Phase, und die rechtspopulistische *Partij voor de Vrijheid* von Geert Wilders und das *Forum voor Democratie* mit Thierry Baudet trieben die etablierten Parteien vor sich her. Es brauchte keinen Hellseher, um zu wissen, dass sich alle gründlich am Fall Abu Kamal al-Din abarbeiten würden.

»Du hast recht«, sagte Adriaan. »Deshalb möchte ich dir einen Vorschlag machen.«

»Bin ganz Ohr.«

»Du machst eine kleine Reise und verschwindest für eine Weile von der Bildfläche. Und vielleicht könntest du mir dabei einen Gefallen tun ...«

»Und was schwebt dir da vor?«

»Es geht um einen Vermisstenfall.«

Liv runzelte die Stirn. »Das fällt nicht unbedingt in unsere Zuständigkeit.«

»Ich weiß. Und es ist nicht ganz einfach.« Er trank einen Schluck Wein. »Du müsstest erst mal sehen, ob an der Sache wirklich etwas dran ist. Und falls ja, dann wäre die Angelegenheit mit einer Reise nach Zeeland verbunden. Was unter den gegebenen Umständen vielleicht nicht so schlecht wäre.«

»Erzähl mir mehr.«

»Ein Mann aus Den Haag wurde von seiner Freundin als vermisst gemeldet. Er ist vor einigen Tagen nach Veere gefahren, aber nicht zurückgekommen. Das Ganze ist eine persönliche Sache für mich.«

»Du kennst den Mann?«

»Ja. Er ist … ein Bekannter. Die zuständigen Kollegen werden das wie jeden anderen Vermisstenfall behandeln. Ich habe allerdings Gründe, mir Sorgen zu machen.«

Liv dachte kurz nach, nickte aber. Ihr blieben nicht viele Optionen. »Einverstanden.«

»Danke. Und bitte sei diskret. Rede bis auf Weiteres nur mit mir über den Fall.« Adriaan stand auf. »Kommst du wieder runter?«

»Gleich.«

Liv blickte ihm hinterher, wie er die Treppe nach unten stieg. Dann lehnte sie sich zurück und sah hinauf in den Nachthimmel, der von Sternen übersät war. Aus der Ferne hörte sie Kirchturmglocken schlagen. Mitternacht.

Liv fragte sich nicht zum ersten Mal, ob es klug war, Arbeit und Privates zu vermischen. Sie hatte Adriaans Angebot nicht ablehnen können, sie brauchte einen Verbündeten, der ihr den Rücken freihielt und sich bei den entscheidenden Stellen für sie in die Bresche warf.

Trotzdem beschlich sie das sichere Gefühl, dass es keine gute Idee gewesen war, ein Verhältnis mit ihrem Vorgesetzten anzufangen.

3

Das Hauptquartier der Landespolizei befand sich in einem historischen Bau aus roten Klinkersteinen unweit des Stadtzentrums von Den Haag. Das Gebäude war auf drei Seiten von Grachten umgeben. Auf dem Platz vor dem Hauptportal wehten die Fahnen der Niederlande und der Europäischen Union.

Liv passierte die Kontrollschranke und stellte ihren Wagen im Parkhaus ab. Als sie das Hauptgebäude betrat, kam ihr ein willkommener Schwall kalter Luft entgegen. Das Thermometer hatte heute in den frühen Morgenstunden bereits die 25°C-Marke geknackt, und im Lauf des Tages sollte es noch heißer werden. Die kühle Luft, die durch die Korridore strömte, war eine Wohltat. Anders als in anderen Bereichen hatte man bei der Klimatisierung des Gebäudes nicht gespart.

Livs Arbeitsplatz befand sich im Großraumbüro ihrer Einheit, ein Schreibtisch in einem uniformen Abteil, das sie lediglich mit ein paar Topfpflanzen aufgehübscht hatte. Im Gegensatz zu den meisten Kollegen verzichtete sie darauf, Fotos der Familie, von Urlauben oder Hobbys an den Trennwänden aufzuhängen. Je weniger die anderen über ihr Privatleben wussten, desto besser.

Sie ging in die Teeküche und holte sich einen Kaffee, dann setzte sie sich an ihren Tisch. Adriaan hatte ihr eine Kopie der Vermisstenakte hingelegt. Liv trank einen Schluck Kaffee und schlug die Akte auf.

Die Anzeige war gestern Morgen auf der Wache im Den Haager Stadtteil Schilderswijk aufgenommen worden. Bei dem Vermissten handelte es sich um Rob van Loon, der mit seiner Freundin Lisanne Eldering in der Waterbuurt lebte.

Am vergangenen Freitag war Rob nach der Arbeit gegen 18 Uhr nach Veere gereist. Er hatte am Sonntagabend heimkehren wollen, was er aber nicht getan hatte. Seine Freundin erreichte ihn in der Folge weder auf dem Handy noch im Hotel, das er in Veere bewohnte. Sie hinterließ dort eine Nachricht. Als er sich bis Dienstag – vorgestern – nicht gemeldet hatte, ging sie zur Polizei.

Liv lehnte sich zurück, führte die Kaffeetasse mit beiden Händen zum Mund und nippte nachdenklich daran.

Wenn Kinder oder Jugendliche vermisst gemeldet wurden, war die Sache einfach. Auch wenn die meisten von ihnen wohlbehalten wiederauftauchten, nahm man die Situation vorsorglich ernst und leitete umgehend entsprechende Schritte ein. Bei Erwachsenen lag die Sache anders. Ein erwachsener Mensch konnte tun und lassen, was er wollte, und war niemandem Rechenschaft schuldig. Vielleicht hatte Rob van Loon beschlossen, dass er von seiner Freundin die Nase voll hatte und irgendwo ein neues Leben beginnen wollte. Voilà, das war sein gutes Recht. Solange keine Hinweise vorlagen, dass eine ernste Bedrohung für sein Leben bestand, wartete die Polizei deshalb, bevor man eine Suche einleitete. Und Robs Freundin hatte den Kollegen offenbar keinen Grund zur Sorge gegeben.

Liv suchte die Nummer des Kurhauses in Scheveningen heraus, dem Hotel, in dem Rob van Loon angestellt war, und griff zum Telefon. Nachdem sie sich vorgestellt und der Dame an der Rezeption ihr Anliegen dargelegt hatte, wurde sie mit dem Küchenchef verbunden. Der Mann wunderte sich nicht, dass Rob vermisst wurde. Offenbar hatte dessen Freundin Lisanne auf der Suche nach ihm unter anderem im Hotel angerufen, bevor sie sich an die Polizei wandte.

Der Küchenchef war nicht gut auf seinen Mitarbeiter zu sprechen. Er erklärte Liv, dass Rob seit Montag nicht mehr zur Arbeit erschienen sei. Dabei habe man ihn wegen einer besonderen Veranstaltung dringend gebraucht. Er habe sich nicht einmal abgemeldet. Der Küchenchef polterte, dass Rob sich warm anziehen könne, sollte er wiederauftauchen.

Liv bedankte sich und legte auf.

An einem Montag befiel nicht wenige Menschen eine gewisse Unlust, zur Arbeit zu gehen. Wer kannte das nicht. Allerdings meldete man sich üblicherweise krank, und wenn man länger fehlte, reichte man eine Krankmeldung ein. Dass sich jemand überhaupt nicht bei seinem Arbeitgeber meldete, kam hingegen selten vor und ließ tiefergehende Gründe für das Fernbleiben vermuten. Das galt vermutlich umso mehr, wenn man für das erste Haus am Platz arbeitete. Das Kurhaus genoss als Nobelhotel über die Landesgrenzen hinweg einen exzellenten Ruf. Solche Häuser legten erfahrungsgemäß Wert auf ein tadelloses Verhalten ihrer Angestellten.

Liv schlug in der Akte die Aussage der Freundin auf und überflog sie. Offenbar war Rob wegen familiärer Angelegenheiten nach Veere gefahren. Er hatte dort ein Zimmer im Hotel Campveerse Toren bezogen. Liv griff erneut zum Telefonhörer und ließ sich dort mit dem Concierge verbinden.

»Ja, ein Rob van Loon hat hier logiert«, hörte sie eine knorrige Stimme am anderen Ende. »Und ich habe ihn bereits Ihren hiesigen Kollegen gemeldet.«

»Warum das?«

»Weil der gute Herr weder sein Zimmer geräumt noch die Rechnung bezahlt hat.«

»Wann hätte er denn auschecken müssen?«

»Er hatte bis Sonntag gebucht und hätte sein Zimmer bis elf Uhr am Vormittag räumen müssen.«

»Was er aber nicht tat?«

»Genau. Er ist ohne zu bezahlen einfach von der Bildfläche verschwunden.«

»Sie sagten, er hat seine Sachen auf dem Zimmer gelassen?«

»Richtig. Eine Reisetasche, einen Kulturbeutel, Schuhe, ja, sogar sein Tablet.«

»Wann wurde er zuletzt im Hotel gesehen?«

»Das weiß ich nicht, da müsste ich unter den Kollegen fragen.«

»Es wäre nett, wenn Sie das tun könnten.« Liv gab dem Mann ihre Telefonnummer, damit er sie zurückrufen konnte.

»Wie soll ich denn nun mit dem Besitz des Herrn verfahren?«, fragte er. »Ein solcher Fall ist mir ehrlich gesagt noch nicht untergekommen. Und … verstehen Sie mich nicht falsch, aber … Ihre Kollegen hier vor Ort sind nicht gerade die schnellsten. Wir müssen das Zimmer weitervermieten. Ich kann es nicht ewig frei halten.«

»Doch, das können Sie. Schließen Sie das Zimmer ab und rühren Sie nichts an. Dann befolgen Sie die Anweisungen meiner Kollegen. Ich danke Ihnen.«

Liv beendete das Gespräch. Es sah ganz danach aus, als hätte Adriaans Bauchgefühl ihn nicht getrogen. Rob van Loons Verbleib warf tatsächlich Fragen auf.

Sie betrachtete das Foto, das Robs Freundin den Kollegen übergeben hatte und das der Akte beigefügt war. Ihren Angaben nach handelte es sich um ein aktuelles Bild, kein halbes

Jahr alt. Rob hatte langes rotblondes Haar, das er zu einem Pferdeschwanz zusammengebunden hatte. Sein Gesicht war rundlich und von Sommersprossen übersät. Auf dem Foto stand er hinter seiner Freundin und hatte den Arm um sie gelegt. Ein Selfie, das auf dem Pier von Scheveningen entstanden sein musste, wie Liv an dem Riesenrad im Hintergrund erkannte.

Hinter ihr räusperte sich jemand.

Liv drehte sich auf dem Stuhl herum.

Vor ihr stand eine junge Frau, schätzungsweise Anfang dreißig. Sie trug Rastalocken und ein blaues Businesskostüm.

»Noemi Bogaard. Ich soll mich bei Ihnen melden.« Mit einem Nicken deutete die Frau auf das Zimmer mit der Glasfront neben dem Eingang des Großraumbüros. Es gehörte Adriaan. Er stand mit dem Telefon am Ohr hinter der Scheibe und winkte kurz mit einer Hand in Livs Richtung.

»Natürlich«, sagte Liv. »Ich ... habe Sie bereits erwartet.«

Im Stillen schalt sie sich dafür, dass sie vergessen hatte, dass heute der erste Tag der neuen Kollegin war.

Liv hatte Adriaan versprochen, dass sie sich um Noemi Bogaard kümmern würde. Sie kam von der Kriminalpolizei in Leeuwarden, die für Friesland zuständig war. Erst im vergangenen Winter hatte Noemi in einem aufsehenerregenden Mordfall im Rahmen des Elfstedentocht, dem traditionellen Eisschnelllaufrennen, das über zugefrorene Grachten und Kanäle führte, entscheidend zum Ermittlungserfolg beigetragen. Der Schnappschuss, der zeigte, wie sie den Täter in Handschellen zum Streifenwagen führte, hatte es landesweit in die Medien geschafft. Man hatte Noemi dafür gefeiert, auch innerhalb der Polizei. Sie war das Musterbeispiel für all jene, die sich im Korps für mehr Diversität einsetzten.

Liv stand auf und reichte der neuen Kollegin die Hand. »Es tut mir leid … Ich nehme mir nachher gerne Zeit und zeige Ihnen alles. Es ist nur so … Ich bin hier gerade an einer eiligen Sache dran.« Sie deutete auf die Akte, die aufgeschlagen auf ihrem Schreibtisch lag.

Noemi zuckte mit den Schultern. »Kein Problem. Wir brauchen uns nicht lange mit der Vorrede aufhalten. Worum geht es denn? Vielleicht kann ich helfen?«

Liv zögerte. Adriaan hatte sie gemahnt, Diskretion zu wahren. Doch Noemi war bereits an den Schreibtisch herangetreten und blickte auf die Akte. Sie deutete auf das Foto von Rob van Loon.

»Seltsam«, meinte sie. »Der Kerl kommt mir bekannt vor.«

4

Die Waterbuurt war ein von schmalen Kanälen durchzogener Stadtteil im Südosten von Den Haag, in dem vorwiegend Menschen mit niedrigen bis mittleren Einkommen lebten. Liv fuhr an uniformen Häuserzeilen vorbei, die sich allenfalls in der Gestaltung der briefmarkengroßen Vorgärten unterschieden. Lediglich die Straßenschilder dienten der Orientierung.

Sie folgte dem Navigationsgerät ihres Autos zu dem schmalen Eckhaus, das Rob van Loon mit seiner Freundin Lisanne bewohnte, stellte den Wagen auf dem Parkplatz davor ab und ging zur Haustür.

Liv hatte Noemi Bogaard damit beauftragt, eine Datenbankabfrage nach Rob van Loon zu machen. Damit war sie erst mal beschäftigt, und Liv ging davon aus, dass sich in den Systemen nichts Heikles über Van Loon befand, ansonsten hätte Adriaan ihr davon erzählt.

Liv betätigte die Klingel, und nach kurzem Warten öffnete eine junge Frau die Haustür. Lisanne Eldering musste Ende zwanzig, Anfang dreißig sein. Sie trug Jeans und das übergroße T-Shirt einer Hard-Rock-Band. Die pink gefärbten Haare fielen ihr auf die Schultern. In ihrer Nasenscheidewand steckte ein silberner Piercing-Ring, der Liv an die Nasenringe erinnerte, die man Kühen verpasste.

Nachdem sie sich vorgestellt und ihren Dienstausweis vorgezeigt hatte, bat Lisanne sie herein. Sie schien erleichtert, dass sich jemand von der Polizei wegen ihres Freundes blicken ließ.

»Ihre Kollegen auf der Wache haben nicht gerade den Eindruck gemacht, als würden sie mich ernst nehmen«, sagte Lisanne, während sie Liv durch den Hausflur führte.

»Ich verstehe Ihren Unmut. Allerdings gilt bei Erwachsenen das Aufenthaltsbestimmungsrecht. Jeder Mensch darf sein, wo er will, und es besteht ja bei Ihrem Freund immer noch die Möglichkeit, dass er sich meldet und wohlbehalten wiederauftaucht ...«

»Aber es ist überhaupt nicht seine Art, einfach zu verschwinden. Vor allem, weil wir ...« Lisanne sprach nicht weiter und schien mit den Tränen zu ringen. Sie wandte sich ab und führte Liv durch den schmalen Eingangsbereich in ein offenes Wohn-Ess-Zimmer. Eine Theke trennte die Küchenzeile vom Rest des Zimmers ab, in dem ein runder Esstisch, eine Couch und ein überdimensionierter Fernseher standen.

Es gab keine Klimaanlage, die Hitze staute sich in den Räumen.

Livs Blick wanderte zu dem Tisch hinüber. Diverse Prospekte lagen darauf. Es waren Kataloge von Babymärkten.

»Sie erwarten ein Kind?«

Lisanne nickte. »Wir wollten diese Woche das Kinderzimmer aussuchen ...«

Liv erwiderte nichts darauf, da sich in ihren Gedanken zwei widerstreitende Theorien bildeten. Dass Rob van Loon verschwunden war, obwohl seine Freundin ein Kind erwartete, gab Anlass zur Sorge. Es konnte allerdings auch das genaue Gegenteil bedeuten, Rob wäre nicht der erste werdende Vater, der vor der neuen Verantwortung Reißaus nahm. Doch das wollte Liv der jungen Frau lieber nicht sagen.

»Sie haben meinen Kollegen auf der Wache erklärt, dass Rob am Sonntag zurück sein wollte?«, fragte sie stattdessen.

»Ja, das ist richtig.«

»Hatte er die Reise schon länger geplant?«

»Nein, es war ein spontaner Entschluss.«

»Und was trieb ihn dazu?«

»Rob hatte einige Tage zuvor einen Brief erhalten. Er … war ziemlich aufgewühlt, nachdem er ihn gelesen hatte.«

»Wissen Sie, was in dem Schreiben stand?«

»Nicht genau, nein. Er sagte nur, dass der Brief von einem alten Freund stamme, dem es offenbar nicht gut ging. Rob wollte ihn unbedingt besuchen.«

»Hat er Ihnen den Namen dieses Freundes genannt?«

Lisanne schüttelte den Kopf. »Er meinte, da sei eine alte Sache, die er ins Reine bringen müsse. Ich fragte Rob, ob ich mitkommen soll, aber das wollte er nicht.«

Liv blickte sich nachdenklich im Zimmer um. Die Wohnung war eingerichtet wie viele andere. Die Möbel stammten dem Aussehen nach überwiegend von IKEA, die Wände waren in unterschiedlichen Farben gestrichen. Diverse elektronische Unterhaltungsgeräte standen herum.

»Darf ich mich nach Ihrem Beruf erkundigen?«, fragte Liv.

»Ich bin Erzieherin. Ich habe mir immer eigene Kinder gewünscht und Rob auch.« Lisanne hob eine Hand, als Liv etwas sagen wollte. »Ich weiß, was Sie vielleicht denken. Aber ich kann Ihnen versichern, dass Rob nicht abgehauen ist. Er ist verrückt nach Kindern, und … er war zu Tränen gerührt, als ich ihm das Ultraschallbild gezeigt habe.«

Was nichts zu bedeuten hatte, wie Liv wusste. Sie hatte in ihrer Zeit als Streifenpolizistin genügend solcher Familiendramen erlebt.

»Gab es in letzter Zeit irgendetwas, das Rob Sorgen bereitet hat?«

»Nein. Rob war zufrieden mit seinem Job. Im Kurhaus zu arbeiten, machte ihn sehr stolz ... Hören Sie, Ihre Kollegen haben mich das schon alles gefragt. Es gibt wirklich keinen Grund, weshalb Rob einfach so verschwinden sollte. Er ist jemand, der sich für gewöhnlich auch aus allem Ärger heraushält. Ich ... Ich habe schon mit dem Hotel in Veere telefoniert. Ich weiß, dass er dort sein Zimmer nicht geräumt hat. Es muss ihm irgendetwas zugestoßen sein.«

Liv konnte die Sorge der jungen Frau nachvollziehen. Aus ihrer Perspektive schien es tatsächlich keinen Grund zu geben, weshalb ihr Freund einfach von der Bildfläche verschwinden sollte.

»Ist vor oder nach seiner Abreise irgendetwas Sonderbares geschehen, oder hat Rob sich in den Tagen davor anders verhalten als sonst?«

»Nein ... oder Moment. Da ist tatsächlich etwas Seltsames.«

Lisanne ging zu der Küchentheke hinüber, wo Werbeprospekte und ein Stapel Post lagen. Sie nahm einen der Briefe und hielt ihn Liv hin. »Der ist heute Morgen gekommen.«

Liv nahm das Kuvert und warf einen Blick auf den Absender. Der Brief stammte von einer Famke Leinders aus Veere und war noch ungeöffnet.

»Darf ich?«, fragte Liv.

»Natürlich.«

Liv öffnete das Kuvert, zog das Schreiben heraus und überflog es rasch. Famke Leinders schrieb, dass ihr Vater sehr krank sei und bald sterben würde. Noch sei Zeit zur Versöhnung, Rob solle nach Hause kommen. Der Brief endete mit der Zeile: *Küsse, deine Schwester.*

Liv reichte Lisanne Eldering das Schreiben und ließ sie es lesen. Das Gesicht der jungen Frau wurde aschfahl. Sie ließ den Brief sinken und blickte Liv verständnislos an.

»Glauben Sie, Rob ist wegen seines Vaters nach Veere gefahren?«, fragte Liv. Die Parallele zwischen dem angeblich kranken Freund und dem todkranken Vater war allzu offensichtlich.

»Das … weiß ich nicht … Ich verstehe überhaupt nicht …«

»Sie kennen seine Familie?«

»Nein … Das ist es ja, was mich irritiert. Meines Wissens hat Rob keine Familie. Er hat mir erzählt, dass seine Eltern vor vielen Jahren bei einem Autounfall ums Leben gekommen sind. Und von einer Schwester hat er auch nie gesprochen. Ich hab keine Ahnung, wer diese Famke Leinders ist.«

Liv überlegte einen Moment. Dann hielt sie den Brief in die Höhe. »Darf ich den mitnehmen?«

»Natürlich. Heißt das, Sie werden nach Rob suchen?«

»Ja, das werde ich.«

Liv verabschiedete sich.

Auf ihrem Weg zum Auto beschlich sie das Gefühl, dass sie es nicht mit einem gewöhnlichen Vermisstenfall zu tun hatte. Zu viele Dinge passten nicht zusammen. Wie es schien, hatte Rob seiner Freundin seine Familie verheimlicht und eine Geschichte erfunden. Weshalb? Und von wem stammte der erste, inhaltlich offenbar identische Brief, der ihn nach Veere gelockt hatte?

Sie hatte den Griff der Fahrertür in der Hand, als ihr Smartphone vibrierte. Es war Noemi Bogaard. Liv nahm den Anruf entgegen. »Was gibt es?«

»Ich glaube, ich habe hier etwas losgetreten«, hörte sie Noemis Stimme am anderen Ende der Leitung. »Es existiert eine Akte über Rob van Loon. Allerdings ist sie gesperrt.«

»Warum?«

»Rob war im Zeugenschutzprogramm.«

5

»Sein richtiger Name ist David Leinders«, sagte Noemi, als sie den langen Flur zum Besprechungsraum im obersten Stockwerk des Hauptquartiers entlanggingen. Teppichboden dämpfte ihre Schritte. Adriaan hatte sie beide zu sich zitiert, kaum dass Liv von ihrem Besuch bei Lisanne Eldering zurückgekehrt war.

»Sollte mir der Name etwas sagen?«, fragte Liv.

»Kommt drauf an.«

»Worauf denn?« Livs Nachfrage klang schärfer als beabsichtigt, doch ihr stand nicht der Sinn nach Ratespielchen.

»Auf ihre Hautfarbe zum Beispiel oder ihren kulturellen Hintergrund.«

Liv blieb abrupt stehen. »Hören Sie zu, ich weiß nicht, worauf Sie damit hinauswollen. Spannen Sie mich nicht auf die Folter.«

Noemi hob beschwichtigend die Hände. »Ich habe den Kerl nicht sofort erkannt, sein Aussehen hat sich ziemlich verändert. Das Ganze liegt schon über zehn Jahre zurück. Rob van Loon, oder David Leinders, wie er damals hieß, war der Hauptverdächtige in einem mutmaßlichen Mordfall. Man machte David für den Tod einer jungen Frau aus Veere verantwortlich. Esmée Vriesde.«

»Der Name kommt mir vage bekannt vor ...«

»Tja, er wäre Ihnen vermutlich besser im Gedächtnis geblieben, wenn es sich um ein weißes niederländisches

Mädchen aus guten Kreisen gehandelt hätte, das damals spurlos verschwand. Aber Esmée war leider schwarz und hatte surinamische Wurzeln – so wie ich. Deshalb habe ich mich sehr für ihr Schicksal interessiert. Die Medien widmeten ihr nicht so viel Aufmerksamkeit, die Sache geriet schnell in Vergessenheit.«

»Helfen Sie mir auf die Sprünge?«

»Esmée ging noch zur Schule und wohnte bei ihren Eltern in Veere. Sie traf sich an einem lauen Sommerabend mit einer Freundin am Strand. Auf dem Weg dorthin lief sie David Leinders und seinem Kumpan in die Arme. Sie schikanierten Esmée. Ein Passant kam ihr zu Hilfe, und die Jungen ließen von ihr ab. Danach verlor sich Esmées Spur. Ihre Eltern verständigten die Polizei. Sie fanden zwar Esmée nicht, dafür aber David Leinders. Er versteckte sich in der Zisterne einer Kirche und war gerade dabei, Blut vom Boden aufzuwischen. Esmées Blut, wie man bald herausfand.«

»War es nicht so, dass man die Leiche der jungen Frau nie gefunden hat?«, erinnerte sich Liv.

»Richtig. Man ging zunächst davon aus, dass David Esmée an jenem Abend weiter nachgestellt, sie getötet und ihre Leiche beseitigt hatte.«

Langsam hatte Liv wieder das ganze Bild vor Augen. »Aber er stritt die Tat ab ...«

»Natürlich tat er das. Man fand weder die Leiche noch die Tatwaffe. Am Ende wurde David Leinders freigelassen ...«

»... wie das üblicherweise so ist, wenn man jemandem die Tat nicht nachweisen kann.«

Noemi sah Liv mit ernster Miene an. »Alle Indizien sprachen damals gegen ihn. Man hätte ihn nur unter Druck setzen müssen, um ihn zum Reden zu bringen. Aber aus irgendeinem Grund fasste die Staatsanwaltschaft ihn mit Samthandschuhen an.« Sie schüttelte den Kopf. »Der Mann, den Sie suchen, ist vermutlich bis heute der Einzige, der weiß, was mit Esmée Vriesde geschehen ist. Und was mich angeht, ich bin überzeugt, dass er sie auf dem Gewissen hat.«

Der Besprechungsraum konnte gut und gerne zwanzig Personen fassen. Doch an dem langen Konferenztisch saßen lediglich zwei Menschen. Adriaan am Kopfende und neben ihm ein Mann, den er ihnen als Carel Peters vom Zeugenschutz vorstellte.

Durch die geschlossenen Fenster, die den Blick auf die Königskinde und die Prinsessegracht freigaben, drang gedämpft das Motorengeräusch vorbeifahrender Autos. Liv blickte auf dem Weg zu ihrem Platz auf die Straße hinunter und sah die Hitze über dem Asphalt flimmern. Der einzige andere Laut in dem Raum kam von der Klimaanlage, aus deren Lüftungsschlitzen in der Decke beständig kühle Luft strömte. Dennoch schien es Carel Peters zu warm zu sein. Er lockerte den Knoten seiner Krawatte, als Liv und Noemi sich ihm gegenübersetzten.

»Bitte gebt mir eine Kurzfassung dessen, was ihr bisher herausgefunden habt«, sagte Adriaan.

Liv kannte ihn inzwischen lange genug, um seiner Stimmlage zu entnehmen, dass er nicht erfreut darüber war, dass sie Noemi zu dem Fall hinzugezogen hatte und sie die Kollegen vom Zeugenschutz aufgeschreckt hatten.

Liv berichtete von ihren Erkundigungen und dem Gespräch, das sie mit Lisanne, der Freundin von Rob van Loon, alias David Leinders, geführt hatte. »Ich denke, dass sein Verschwinden in der Tat sehr sonderbar ist.«

Adriaan wandte sich Carel Peters zu. »Bitte, Sie sind dran.«

Peters räusperte sich. »Nun, wie Sie bereits herausgefunden haben, befand sich David Leinders im Zeugenschutzprogramm. Ich werde Ihnen jetzt die Informationen geben, die Sie benötigen, um die vorliegende Situation einschätzen zu können.« Er blickte kurz zu Adriaan, bevor er fortfuhr. »David Leinders hat viele Jahre für uns als Informant gearbeitet.«

Liv bemerkte, wie sich Noemi neben ihr aufsetzte. Die junge Kollegin legte die Ellbogen auf den Tisch und sah Peters fassungslos an. »Im Ernst? Der Kerl war ein V-Mann?«

Adriaan setzte ein Lächeln auf und machte eine beschwichtigende Handbewegung. »Lassen wir den Kollegen doch erst einmal ausreden, einverstanden?«

Noemi sank langsam wieder in ihren Stuhl zurück.

»David war Mitglied des rechtspopulistischen Netzwerks Oorsprong, einem Vorläufer vom Erkenbrand«, sagte Peters. »Er hat uns viele Jahre gute Dienste geleistet und wichtige Informationen beschafft. Als er sich aus der Szene zurückzog, haben wir ihn vor etlichen Jahren in den Zeugenschutz aufgenommen. Wir verschafften ihm einen neuen Namen, eine neue Identität.«

Liv waren die beiden Vereinigungen bekannt, die Peters genannt hatte. Vor allem die Gruppierung Erkenbrand überzog in den Sozialen Medien das Land mit rechter Propaganda, Hass und Falschmeldungen. Es war anzunehmen, dass sie auf Polizeispitzel in den eigenen Reihen nicht gut zu sprechen waren.

»Die Informantentätigkeit ...«, meldete sich Noemi zu Wort, »... war das bevor oder nachdem er den Mord an Esmée Vriesde begangen hatte?«

Peters verzog keine Miene, als er antwortete. »Die Staatsanwaltschaft ließ alle Anschuldigungen gegen ihn fallen. Die Tat konnte ihm nicht nachgewiesen werden, also galt und gilt weiterhin die Unschuldsvermutung.« Er machte eine kurze Pause. »Sie sollten wissen, dass es in Zeeland alte Freunde von David gibt … Subjekte, die seinen Besuch in der Heimat nicht gutheißen und vielleicht die Gelegenheit nutzen, sich an ihm zu revanchieren. Ich betrachte sein Verschwinden deshalb als durchaus beunruhigend.«

»Vielen Dank«, sagte Adriaan. »Ich teile Ihre Einschätzung. So, wie sich uns die Lage darstellt, müssen wir in der Tat davon ausgehen, dass David Leinders' Verschwinden Grund zu ernster Sorge gibt und wir von einer Bedrohung für sein Leben ausgehen müssen. Wir werden dem nachgehen und seinen Verbleib klären.«

Noemi schüttelte den Kopf. »Ernsthaft? Sie wollen, dass wir unsere Zeit damit verschwenden, dieses Nazischwein zu suchen?«

»Wir werden diesen Fall mit der gebotenen Professionalität behandeln.« Adriaan sah Noemi und Peters abwechselnd an. »Ich denke, dass diese Besprechung hiermit beendet ist. Was gesagt wurde, bleibt bis auf Weiteres unter uns. Wenn ich bitte kurz mit Liv alleine reden dürfte …«

Sie warteten, bis Noemi und Carel Peters den Raum verlassen hatten. Liv wollte etwas sagen, doch Adriaan ließ sie nicht zu Wort kommen.

»Ich hatte um Diskretion gebeten. Warum hast du Bogaard in die Sache reingezogen? Sie war noch keine zwei Stunden bei uns im Dienst.«

»Mit irgendwas musste ich sie ja beschäftigen«, gab Liv zurück. »Hättest du mir reinen Wein eingeschenkt und ich von Anfang an gewusst, womit ich es zu tun habe, wäre ich vermutlich nicht auf die Idee gekommen, sie mit einer Datenbankabfrage zu betrauen.«

»Touché.« Adriaan stand auf, ging zum bodentiefen Fenster und blickte hinaus. »Nun müssen wir das Beste aus der Situation machen. Vielleicht ist es gar nicht so schlecht, Noemi mit im Boot zu haben.«

»Wie kommst du auf die Idee?«

Er wandte sich zu Liv um und hob eine Augenbraue. »Nach dem, was gestern geschehen ist, macht es vielleicht keinen guten Eindruck, wenn ich dich allein losschicke, um nach einem ehemaligen Rechtsradikalen zu suchen. Und ... von Bogaard wissen wir, dass sie in den Medien eine gute Figur macht.«

»Verstehe. Das neue multikulturelle Gesicht der Polizei ...«

»Warum nicht.« Adriaan schob die Hände in die Hosentaschen und kam zu ihr herüber. Er setzte sich vor Liv auf die Tischkante. »Ich möchte, dass du mit Bogaard runter nach Veere fährst. Findet raus, was mit dem Jungen geschehen ist. Die Kollegen in Middelburg habe ich bereits verständigt. Sie werden euch unterstützten, falls nötig. Über die wahre Identität des Vermissten wissen sie nichts.«

Liv stand auf. »Also gut. Allerdings möchte ich eines wissen ...«

»Und das wäre?«

»Warum ist die Sache so persönlich für dich?«

Adriaan zögerte einen Moment. »Ich fühle mich noch immer für den Jungen verantwortlich. Ich war es, der David damals als Informanten angeworben hat.«

6

Endlich war das Wasser zurückgewichen. Mehrere Stunden hatten Henk Cornelisse und sein Vater in sicherer Entfernung auf einem Feld gewartet, tatenlos, während die Zeit quälend langsam verging.

Das Bombardement war selbst in der Ferne bei ihnen in Veere zu hören gewesen. Henk hatte in der Backstube gestanden, als vorne im Verkaufsladen jemand hereingekommen war und erzählt hatte, welchen Ort es getroffen hatte: Westkapelle. Bäckermeister De Jonge hatte sofort Verständnis gezeigt, als Henk ihn darum bat, ihn für heute von seinen Pflichten zu entbinden. Mutter und Mareike waren in Westkapelle und natürlich Onkel Boetius.

Henk war gleich zu Vater geeilt. Ihn hatte die Ruhe überrascht, mit der dieser vom Schreibtisch aufgestanden war und seinen kleinen Kaufmannsladen hinter sich abgeschlossen hatte. Dann waren sie auf die Fahrräder gestiegen.

Der Anblick, der sich ihnen schon aus der Ferne geboten hatte, ließ sich kaum in Worte fassen. Dort, wo Land hätte sein sollen, erstreckte sich eine große Wasserfläche. Dahinter klaffte im Deich ein riesiges Loch. Es hatte keiner Erklärung mehr bedurft, welches Ziel die Alliierten mit dem Angriff verfolgt hatten.

Sie hatten gewartet und sich erst, als die Ebbe einsetzte, näher an das Dorf, oder das, was davon übrig geblieben war, herangetraut. Obwohl sich das Meer zurückgezogen hatte, reichte das Wasser Henk und seinem Vater selbst jetzt noch bis zu den Knöcheln. Sie folgten der Hauptstraße, oder zumindest gingen sie dort entlang, wo diese sich befunden hatte.

Die Bomben hatten große Teile von Westkapelle dem Erdboden gleichgemacht. Das Wohngebiet, das direkt hinter dem Deich bis hinunter zu den Dünen reichte, lag in Schutt und Asche.

Links und rechts von ihnen zogen Leute die Leichen unter den Balken und Steinen der eingestürzten Häuser hervor, auch Kinder waren darunter. Etliche schienen in den behelfsmäßigen Verschlägen, die sie in ihren Gärten gegraben hatten, ertrunken zu sein.

Henk und sein Vater gingen weiter, bis sie das Haus von Onkel Boetius erreichten. Ein Teil der vorderen Fassade hatte den Angriff überstanden, doch durch die Fenster, die unter dem Druck der Explosionen zerborsten waren und deren gesplitterte Rahmen wie leere Augenhöhlen wirkten, sah man die Trümmer dahinter.

Henk blickte zu seinem Vater. Dessen Gesicht schien wie in Stein gemeißelt. Er zog seine Jacke aus und machte sich daran, die Hemdsärmel hochzukrempeln.

»Sie sind zur Mühle«, erklang hinter ihnen eine Frauenstimme.

Henk wandte sich um. Er kannte Loes Kramer von seinen Besuchen bei Onkel Boetius. Sie wohnte einige Häuser weiter die Straße hinunter. Ihre Kleider waren mit Schmutz und Schlamm bedeckt, und ihr Gesicht lag unter einer schwarzen Dreckschicht.

»Sie sind zur Mühle«, wiederholte sie. Der Tonfall, wie sie es sagte, und die Tränen, die in ihren Augen standen, verrieten Henk, dass dies keine gute Nachricht war.

»Komm.« Vater zog ihn mit sich.

Sie wateten durch das Wasser zum südlichen Ende des Dorfes.

Der Schaden am Deich war hier am größten. Auf mehreren Hundert Metern klaffte ein Loch, durch das die See ungehindert eindringen konnte. In diesem Teil des Ortes stand kein einziges Haus mehr. Henk sah einige Ferkel und einen Geißbock zwischen dem Schutt umherirren.

Er wandte sich der Mühle zu, oder dem, was davon übrig geblieben war. Aus dem Trümmerhaufen drang der verzweifelte Schrei eines Überlebenden. Die Helfer, die Steine und Balken beiseiteräumten, wiesen ihn an, weiter zu rufen, damit man ihn orten konnte. Unter den Trümmern schoben zwei Frauenarme ein Baby durch ein Loch nach oben. Einer der Helfer kam gelaufen und nahm es entgegen.

»Pack mit an«, sagte Vater. Er war schon auf den Schutt zu den anderen Männern geklettert und stemmte einen Holzbalken zur Seite. Henk ging ihm zur Hilfe.

Die Frau, die das Kind hochgereicht hatte, schien die einzige Überlebende zu sein. Von dem Keller, in dem die Menschen Schutz gesucht hatten, war nur noch ein riesiges Schlammloch geblieben, voller Wasser und Trümmer.

Henk beobachtete, wie Vater mit kalter Emsigkeit zu Werke ging. Er stieg in das Wasser zu den Toten.

Weder Vater noch Henk trugen Handschuhe, also mussten sie die Leichen mit bloßen Händen aus dem Wasser ziehen, darunter ein Junge, der sich noch im Tod an seine Mutter klammerte.

Henk wusste nicht, wie viele Menschen sie bereits herausgezogen hatten, als Vater neben ihm plötzlich innehielt. Ein Frauenkörper trieb vor ihm im Wasser. Vater berührte ihn erst zaghaft, dann drehte er ihn herum, und Henk blickte in das Gesicht seiner Mutter. Ihr Mund stand weit auf, ihre Augen waren in Schreck erstarrt. Henk wusste nicht, was er tun sollte. Vater packte Mutter an den Schultern und begann, sie aus dem Loch zu ziehen.

Henk wollte ihm helfen, doch Vater schob ihn zur Seite.

Er schleppte Mutter auf die Wiese und sank dort mit ihr nieder. Ihren Kopf legte er in seinen Schoß und strich ihr mit einer Hand sanft die nassen Haare aus dem Gesicht. Behutsam schloss er ihre Augen.

Henk ging neben seinem Vater auf die Knie. Er spürte, wie ihm die Tränen in die Augen schossen. Auch Vaters Miene verriet nun seinen Schmerz. Seine Unterlippe bebte, als er sagte: »Mareike. Du musst sie finden, Junge.«

Henk atmete tief durch, wischte sich die Tränen aus dem Gesicht und stand auf.

In dem Schlammloch unterhalb der eingestürzten Mühle waren weitere Leichen im Wasser aufgetrieben. Mit jedem Toten, den die Männer herauszogen, schien ein neuer von unten nachzukommen.

Henk rutschte an einer Seite des Lochs durch den Schlamm hinunter ins Wasser. Dann begann er die Leichen zur Seite zu schieben und nach seiner Schwester zu suchen.

TEIL 2

IN DER HITZE EINES SOMMERS

7

Middelburg, heute

Ann-Remi Blom schaltete die elektrische Säge ein und hielt sie fest in beiden Händen, während das Blatt kreischend durch das Schädeldach schnitt.

Sie hatte den Toten zuvor skalpiert, mit einem Schnitt von einem Ohr zum anderen, sodass sie die vordere Hälfte der Kopfhaut nach vorne über das Gesicht und die hintere über den Hinterkopf stülpen konnte. Später, wenn sie die beiden Lappen wieder zurückschlug und vernähte, würde man nur noch wenig von dem Eingriff sehen.

In einer kreisförmigen Bewegung führte sie die Säge entlang der Hutkrempe um den Schädel, jener imaginären Linie, auf der, wie der Name schon erahnen ließ, ein Hut auf einem Kopf saß. Das Sägeblatt durchschnitt sowohl den Knochen als auch die harte Hirnhaut.

Als sie ihr Werk getan hatte, schaltete Ann-Remi die Säge wieder aus.

Unter den wachsamen Augen von Prof. Dr. Cees Koning, dem Leiter der forensischen Morphologie und Traumatologie am Rechtsmedizinischen Institut des GGD in Middelburg, hob sie die Schädeldeckel ab und entnahm anschließend das Gehirn. Sie trug es behutsam zur Inspektionsplattform neben dem Sektionstisch.

»Gut gemacht, Fräulein«, sagte er und begann mit der

Analyse der Hirnmasse. Seine Erkenntnisse sprach er in das Diktiergerät, zunächst in lateinischen Begriffen, danach in umgangssprachlichen Worten, damit auch die Juristen und Strafverfolgungsbeamten, die sich mit der Sache beschäftigten, den Sachverhalt verstanden.

Ann-Remi stand an seiner Seite und kochte innerlich.

Dafür hast du nun studiert, dich angestrengt und quergelegt? Wie lange willst du dir das noch bieten lassen?

Sie verrichtete den Job einer Sektionsassistentin. Dabei hätte sie die Obduktion als Fachärztin der Rechtsmedizin ohne Weiteres alleine durchführen können. So lief das schon, seit sie die Stelle hier beim GGD, dem Gemeentelijke Gezondheidsdienst, in Middelburg vor einem Dreivierteljahr angenommen hatte – und das, nachdem sie das Studium in Rekordtempo durchlaufen und als Jahrgangsbeste abgeschlossen hatte. Für Koning schien sie dennoch nichts weiter als ein besseres Dienstmädchen zu sein. Anfangs hatte Ann-Remi dies auf ihr Alter und ihr Äußeres zurückgeführt. Ende zwanzig, hager, halblanges, braunes Haar, die Sommersprossen um die Nase und nicht viel größer als knappe ein Meter fünfundsechzig. Vielleicht kein Wunder, dass er sie nicht für voll nahm. Doch dann dämmerte ihr, dass es wohl vielmehr an ihrer Herkunft lag. Koning schien die Deutschen nicht zu mögen, was sie allein daran festmachte, dass er sie allenthalben mit despektierlichem Unterton *Fräulein* nannte.

Seit sie hier lebte – und es machte eben einen großen Unterschied, ob man nur zum Urlaub in ein Land kam oder dort seinen Alltag bestritt –, hatte sie schnell begriffen, dass auch über siebzig Jahre nach Ende des Zweiten Weltkriegs manche Niederländer noch immer einen Groll gegen die Moffen hegten, selbst wenn sie die Besatzungszeit damals nicht selbst miterlebt hatten.

Ihre jüngeren und aufgeschlosseneren Kollegen hatten sie allerdings beruhigt. Was ihr widerfuhr, war kein Einzelschicksal. Cees Koning, hatte man ihr erklärt, machte seinem Nachnamen eben alle Ehre. Wie ein König thronte er über seinem Fachbereich und gab seinen Mitarbeitern – alles studierte, teils sogar promovierte und hoch dotierte Leute – das Gefühl, blutige Amateure zu sein, denen er nicht über den Weg trauen konnte. Dabei verhielt es sich tatsächlich wohl andersherum. Hinter vorgehaltener Hand munkelte man, dass dieses Verhalten vor allem dem Umstand geschuldet war, dass Koning mit Mitte sechzig wohl spürte, dass seine Tage gezählt waren, und fürchtete, dass die jüngere Generation ihm allmählich den Rang ablief. Sein Gefühl trog ihn nicht. Mehr als einmal war es inzwischen vorgekommen, dass Ann-Remi oder einer der Kollegen einen Fehler des alten Maestros still und heimlich ausgebügelt hatte.

Die Flügeltür des Sektionssaals schwang auf. Ein groß gewachsener Mann in Polizeiuniform betrat den Raum. Ann-Remi kannte ihn, sie hatten schon ein paarmal miteinander zu tun gehabt. Ruben van der Meer, der Polizeichef von Walcheren, kam mit langen Schritten zu ihnen herüber. In seinem lockigen Haar steckte eine Sonnenbrille, und in der rechten Hand hielt er eine Kaffeetasse.

»*Goedemorgen*«, sagte er.

Koning warf einen abschätzigen Blick auf die Kaffeetasse. »Abstand halten, bitte.«

»Selbstverständlich.« Van der Meer blieb einen Meter vom Sektionstisch entfernt stehen. »Könnt ihr schon was sagen?« Er deutete mit einem Nicken auf den Toten.

Auf dem Sektionstisch lag Willem de Ram, ehemaliger Chefredakteur von Walcherens Lokalzeitung. Seine Haushälterin hatte ihn gestern Morgen tot in seinem Haus in Veere aufgefunden. Seine Leiche hatte am Fuß der Wendeltreppe gelegen, die ins Obergeschoss führte. Der herbeigerufene Notarzt hatte eine nicht natürliche Todesursache notiert, was laut Vorschrift die Untersuchung durch die Rechtsmedizin nach sich zog.

»Wie du siehst, sind wir gerade bei der Arbeit.« Cees Koning breitete die Hände über dem Sektionstisch aus und meinte scherzhaft: »Du darfst gerne mit anpacken.«

»Haha.« Das Smartphone des Polizeichefs klingelte. Er nahm den Anruf an und hörte zu. »Darum wollte ich mich später kümmern«, antwortete er. »Vielleicht könnten wir ... Was, heute? Na, das hat mir ja gerade noch gefehlt.« Er legte auf und verstaute das Handy in seiner Hosentasche. Dann trank er einen Schluck Kaffee und musterte nachdenklich den Toten.

Um die inneren Organe zu untersuchen, hatte Ann-Remi bereits den Oberkörper geöffnet, mit einem Schnitt vom rechten und linken Schlüsselbein aus, der Y-förmig über die Bauchdecke verlief.

»Da ist gerade eine eilige Sache eingegangen, um die ich mich kümmern muss«, sagte der Polizeichef. »Wäre also schön, wenn wir das hier nicht unnötig kompliziert machen.«

»Ich kann dich beruhigen«, sagte Koning. »Es ist tatsächlich so simpel, wie es aussieht. Der Mann ist die Treppe runtergefallen und hat sich dabei das Genick gebrochen. Und wenn er daran nicht gestorben wäre ...« Koning stach mit einem Finger in die wabbelige Hirnmasse auf der Inspektionsplattform vor ihm. »Es gibt einige Einblutungen, die er garantiert nicht überlebt hätte.«

»Und wir können sicher sagen, dass keine Fremdeinwirkung die Verletzungen herbeigeführt hat?« Van der Meer trank noch einen Schluck Kaffee.

Cees Koning verzog die Lippen zu einem schmalen Strich. Er ging ans Kopfende des Tischs und winkte den Polizeichef zu sich heran. Dann klappte er den hinteren Lappen der Kopfhaut nach vorne und drehte den Kopf des Toten ein wenig.

»Siehst du diese Verletzungen?« Koning deutete auf ein größeres Hämatom am Hinterkopf. »Es befindet sich unter der Hutkrempenlinie.«

»Und was sagt mir das?«, fragte der Polizeichef.

»Verletzungen unterhalb der Hutkrempenlinie rühren von einem Sturz her. Oberhalb könnten sie auch von einem Schlag stammen.« Koning deutete mit dem Zeigefinger auf verschiedene Stellen auf dem Torso und an den Beinen. »Außerdem ist der Körper übersät mit Hämatomen und Prellungen. Also, ja, der Kerl ist definitiv die Treppe runtergesaust.«

Ann-Remi konnte sich nicht zurückhalten. »Aber es könnte ihn doch auch jemand ...«

Koning brachte sie oberlehrerhaft mit erhobenem Zeigefinger zum Schweigen. Er schien die Sache schnell erledigen und keine Einwände hören zu wollen.

»Der Grund für den Sturz scheint mir ziemlich offensichtlich.« Koning ging zur Organwaage hinüber, in der das Herz von Willem de Ram lag. »Um es mit einfachen Worten zu sagen: Die Pumpe des alten Herrn macht nicht mehr den besten Eindruck. Er hat vermutlich einen Herzinfarkt gehabt. Dummerweise stand er da wohl gerade oben an der Treppe ...«

»Aber ...«, versuchte es Ann-Remi erneut.

Koning hob wieder den Zeigefinger, doch van der Meer drehte sich zu ihr um und fragte: »Sie sehen das anders?«

»Nun, ich bin mir nicht sicher, ob das alles zutreffend ist«, erklärte Ann-Remi. »Wir müssen den Toten noch gründlicher untersuchen.«

»Weshalb?«, wollte van der Meer wissen.

Ann-Remi warf aus dem Augenwinkel einen Blick zu ihrem Chef, der eine mahnende Miene aufsetzte. Sie wollte ihn nicht vor dem Polizeichef bloßstellen, indem sie seine Expertise anzweifelte, und wenn er sie rauswarf, würde sie mit einem schlechten Zeugnis als Berufsanfängerin so schnell keine andere Stelle finden, toller Studienabschluss hin oder her. Andererseits ... Sie hatte die Nase voll davon, sich von ihm ständig zur Schnecke machen zu lassen.

»Erstens«, sie zählte an den Fingern ab, »befindet sich die Verletzung am Hinterkopf genau auf der Hutkrempenlinie, vielleicht sogar ein wenig darüber. Ich wäre mir also nicht sicher, dass sie wirklich von einem Sturz stammt. Sie könnte ebenso gut von einem Schlag stammen und zufällig etwas tiefer liegen, als man das gewöhnlich annehmen würde. Zweitens, und dieser Punkt gibt mir mehr zu denken, fehlen an den Händen und Armen Abwehrspuren. Normalerweise versucht man doch, einen Sturz abzufangen, was, besonders wenn es nicht gelingt, Verletzungen nach sich zieht. Hautabschürfungen und Hämatome an den Händen, abgerissene Fingernägel, vielleicht sogar gebrochene Finger oder Arme. Aber das liegt hier nicht vor.«

»Was vollkommen logisch ist.« Koning stieß ein Lachen aus und schüttelte den Kopf. »Der Mann hatte einen Herzinfarkt. Er hat gar nicht mehr mitbekommen, wie er stürzte, und war tot, noch bevor er unten angekommen war.«

Der Polizeichef blickte zwischen ihnen beiden hin und her. »Es wäre gut, wenn ihr euch einigt und wir uns da sicher sein könnten.«

»Du kannst dir sicher sein«, beruhigte ihn Koning und bedeutete Ann-Remi mit einem kurzen Blick, dass jede weitere Einmischung ihrerseits unerwünscht war. »Willem de Ram war vierundsechzig Jahre alt. Kein Methusalem, aber durchaus ein Alter, in dem es uns Männer erwischt, wenn wir unsere Lebensweise nicht zügeln. Und der gute Willem war ja nicht gerade bekannt dafür, dass er etwas anbrennen ließ. Also ... Herzinfarkt, dann rauscht er die Treppe hinunter und bricht sich das Genick. So wird es gewesen sein. Vertrau mir.«

Der Polizeichef seufzte. Wenn Ann-Remi seine Miene richtig interpretierte, hatte er gerade ohnehin andere Sorgen und machte nur allzu gerne einen Haken an diese Sache.

»In Ordnung«, sagte er. »Du schickst mir deinen Bericht?«

»Natürlich.« Koning zog seine Handschuhe und den Kopfschutz aus und begleitete den Polizeichef nach draußen. Im Gehen wandte er sich nach Ann-Remi um. »Sie können ihn zumachen. Wir sprechen uns später noch.«

Ann-Remi blickte ihrem Vorgesetzten nach, wie er mit dem Polizeichef zur Tür hinausging – mit dem sicheren Gefühl, dass sie sich gerade in ernste Schwierigkeiten gebracht hatte.

8

Die Sonnenstrahlen brachten die Wellen draußen auf dem Meer zum Glitzern. Liv richtete den Blick wieder auf die Straße und folgte dem Brouwersdam, der auf die Insel Schouwen-Duiveland führte. Trotz laufender Klimaanlage ließ sie das Fenster ihres Renaults ein Stück weit herunterfahren und genoss die Meeresbrise, die der warme Wind ins Wageninnere wehte. Es roch nach Salz, Seetang, Strand und Entspannung. Rechts von ihnen lag die Nordsee, wo sich am Horizont die Masten des riesigen Windparks abzeichneten. Links zogen einige Segler ihre Bahnen auf dem Grevelingenmeer mit seinen kleinen Inseln. Manchmal brachte ihr Beruf auch angenehme Momente mit sich. Schade nur, dass sie so selten waren.

Die Erfahrung hatte sie gelehrt, dass man jederzeit mit einem Einsatz wie diesem rechnen musste. Deshalb lag im Kofferraum ihres Wagens immer eine Notfalltasche mit einigen grundlegenden Dingen, die man für ein paar Tage in der Fremde brauchte. Verständlicherweise war Noemi nicht so gut vorbereitet gewesen – wer rechnete schon an seinem ersten Arbeitstag mit einer solchen Order. Noemi wohnte im Den Haager Schilderswijk, einem Schmelztiegel unterschiedlicher Kulturen. Gleichzeitig war das Viertel eine Freiluftausstellung niederländischer Kunst. Viele Straßen waren nach berühmten Malern benannt, und die großen Tafeln mit den Straßennamen zeigten dazu ein Werk des jeweiligen

Künstlers. Wie in vielen europäischen Großstädten waren die Mieten auch hier völlig überzogen, weshalb sich Noemi fürs Erste mit einem Zimmer in einer Wohngemeinschaft begnügte. Sie hatte ihre Tasche schnell gepackt, dann hatten sie sich direkt über Rotterdam auf den Weg nach Zeeland gemacht.

»Würde es dir etwas ausmachen, das Fenster wieder zu schließen?«, fragte Noemi auf dem Beifahrersitz. »Macht nicht so viel Sinn, wenn die Klimaanlage auf Hochtouren läuft.«

Liv musterte ihre Kollegin von der Seite. Noemi hatte sich die Rastalocken zu einem Pferdeschwanz gebunden und trug eine Sonnenbrille. Mit dem korrekt sitzenden Businesskostüm machte sie fraglos den offiziöseren Eindruck von ihnen beiden. Liv hatte bei den Temperaturen der Bequemlichkeit halber Jeans und ein weißes T-Shirt angezogen.

Noemi hob die Augenbrauen und deutete mit einem Nicken auf die Wahlschalter der Klimatisierung, um ihrem Ansinnen Nachdruck zu verleihen. Offenbar gehörte sie zum klimabewegten Teil der Bevölkerung, was Liv nicht grundsätzlich störte. Die Menschheit hatte den Planeten – immerhin den einzigen Ort, auf dem sie derzeit existieren konnte – genügend zugrunde gerichtet. Da konnte es nicht schaden, neue Wege einzuschlagen. Liv hätte sich nur gewünscht, von ihren umweltbewussten Mitmenschen nicht ständig auf die eigenen Unzulänglichkeiten hingewiesen zu werden. Sie tat Noemi dennoch den Gefallen und ließ das Fenster wieder hochfahren.

Bei Serooskerke bog Liv ab in Richtung Burgh-Haamstede, von wo aus es über das Osterschelde-Sperrwerk nach Walcheren ging.

Ungefähr ein Jahr war nun vergangen, seit sie diese Strecke zuletzt gefahren war. Viel zu lange. Was hatte David Leinders noch zu seiner Freundin gesagt, als er nach Veere aufgebrochen war? Es gibt da eine alte Sache, die ich ins Reine bringen muss. Dasselbe konnte Liv auch von sich selbst sagen.

Es war ein Wochenende im Spätsommer gewesen, als sie ihren Vater zuletzt besucht hatte. Nach Mutters Tod war er aus Rotterdam fortgezogen, auf einen kleinen Campingplatz in der Nähe von Dishoek im Süden von Walcheren. Er lebte dort zurückgezogen in einem Mobilheim. Liv war im Streit gekommen, und sie hatten sich im Streit getrennt. Sie erinnerte sich noch, dass die dünne Tür des Mobilheims aus den Angeln geflogen war, als sie diese hinter sich zugeschlagen hatte. Dabei hatte sie nach langer Zeit Frieden mit ihrem Vater schließen wollen. Aber ein Wort hatte das andere ergeben.

Äußerlich mochte Liv nach ihrer Mutter kommen, innerlich hatte sie jedoch viel von ihrem Vater. Seine unnachgiebige Art, sein heißes Blut, das schnell den Siedepunkt erreichte, wenn er sich ungerecht behandelt fühlte. Daher gab es keine Garantie, dass eine neuerliche Friedensverhandlung erfolgreicher verlaufen würde.

Sie richtete ihre Gedanken wieder auf die vor ihr liegende Aufgabe. Mit Noemi hatte sie noch einmal durchgesprochen, was sie bislang wussten. Der Brief eines Freundes, der David Leinders in die alte Heimat gelockt hatte. Ein zweiter Brief der Schwester mit der Bitte, nach Veere zu kommen und vom sterbenden Vater Abschied zu nehmen. Wer war dieser Freund, der ihm als Erster geschrieben hatte? Entweder, er stand nicht in Kontakt mit Davids Schwester, oder er hatte ihm vielleicht doch in einer ganz anderen Sache geschrieben.

Und worum handelte es sich bei dieser alten Geschichte, die David ins Reine bringen sollte? Außerdem die Tatsache, dass seine Freundin Lisanne ein Kind erwartete, das sie sich offenbar beide gewünscht hatten, und David spurlos verschwand.

Noemi hatte mit Liv darin übereingestimmt, dass all dies Fragen aufwarf. Allerdings war Liv sich nicht sicher, ob Noemi David Leinders tatsächlich finden wollte. Eher hatte sie den Eindruck, ihre neue Kollegin wünschte, dass er für immer in der Hölle schmoren mochte für das Verbrechen, dessen man ihn einst bezichtigt hatte.

Abgesehen vom Beruflichen hatten sie seit der Abfahrt nicht viel gesprochen. Im Grunde wusste sie so gut wie nichts über Noemi. Wobei ihr in erster Linie nicht an Privatem gelegen war. Vielmehr fragte sich Liv, wie es um die beruflichen Fähigkeiten ihrer Partnerin bestellt war.

Sie schätzte, dass Noemi zehn, vielleicht sogar fünfzehn Jahre jünger war. Wenige schafften mit Anfang dreißig den Sprung zur Landespolizei. Und das ließ zumindest zwei Theorien zu. Entweder, sie hatte wirklich etwas auf dem Kasten, wie ihre spektakuläre Festnahme im Rahmen des Elfstedentocht annehmen ließ. Oder aber sie hatte die steile Karriere hingelegt, weil es der Polizei gerade dienlich war. Denn wie Adriaans Entscheidung, ihr Noemi an die Seite zu stellen, schon deutlich gemacht hatte: Kollegen mit einem wie auch immer gearteten Migrationshintergrund – selbst wenn dieser schon zwei oder drei Generationen zurücklag – dienten gegenwärtig der Imagepolitur. Man wollte sich den neuen Gesellschaftsverhältnissen anpassen. Dabei spielte leider nicht in jedem Fall die Qualifikation eine Rolle.

»Was hat dich zur Polizei getrieben?«, versuchte Liv, ein Gespräch in Gang zu bringen.

Noemi wandte den Blick vom Meer, das nun wieder auf beiden Seiten des Sperrwerks in Sicht kam, ab und Liv zu. Sie zögerte, als überlege sie, ob sie sich wirklich mit ihr unterhalten wollte. »Mein Vater war Streifenpolizist in Leeuwarden«, sagte sie schließlich. »Er wollte zur Kriminalpolizei, aber es hat nicht sollen sein.«

»Er muss stolz auf dich sein …« Liv bedauerte den Satz noch während sie ihn aussprach. Gott, klang das altväterlich – oder sagte man heute altmütterlich? Im Small Talk war sie noch nie sonderlich gut gewesen.

Das schien Noemi zu spüren. »Warum lassen wir das nicht einfach?«

»Es tut mir leid …«

»Tatsächlich?« Noemi schob die Sonnenbrille hoch und musterte Liv. »Wenn du es wirklich wissen willst … Ich bin nicht nur wegen meines Vaters zur Polizei. Sondern auch, weil ich den Rechten und Gesetzen unseres Landes Geltung verschaffen möchte. Es sind gute Regeln. Viele andere Länder auf der Welt haben sie nicht. Daher sollten wir uns dafür einsetzen, Recht und Ordnung aufrechtzuerhalten. Und was meinen Vater betrifft … Natürlich ist er stolz. Weißt du, warum er es nie zur Kriminalpolizei geschafft hat?«

Liv schüttelte stumm den Kopf, ohne den Blick von der Straße zu wenden.

»Ich werde es dir sagen. Weil er schwarz ist. Wie ich. Die Kollegen haben ihn immer spüren lassen, dass er nie ganz dazugehören wird und sich eine Karriere lieber gleich aus dem Kopf schlagen sollte.«

»Aber du hast es geschafft.«

»Meinst du? Ich bin mir nicht sicher, ob sie mich nur als Schaufensterpuppe wollen.«

»Wie meinst du das?«

»Du weißt genauso gut wie ich, warum man mich dir an die Seite gestellt hat. Es sieht einfach besser aus. Besonders, nachdem du gestern diesen Kerl erschossen hast.«

Liv spürte brennende Wut in ihr aufsteigen, wie immer, wenn sie sich ungerecht behandelt fühlte. »Ich hatte keine Wahl. Er griff einen Kollegen an.«

»Das wird die Medien vielleicht nicht sonderlich interessieren. Vor allem, weil du es schon einmal getan hast. Und beide Male waren es Einwanderer, die deine Kugel traf.«

Noemi hatte ihre Hausaufgaben zweifelsohne gemacht. Im Gegensatz zu ihr schien sie alles über ihre neue Kollegin zu wissen. »Ich musste es tun. Beide Male war ein Leben in Gefahr.«

»Es lässt die Polizei trotzdem nicht gut dastehen. Und deshalb bin ich hier.«

»Das war nicht meine Entscheidung.«

»Glaube ich dir aufs Wort. Es ist so … Ich musste mir alles hart erkämpfen, immer wieder hat man mir Knüppel zwischen die Beine geworfen. Wegen meiner Hautfarbe, aber auch, weil ich eine Frau bin. Wenn man mir also gleich am ersten Arbeitstag einen solch brisanten Fall andient, macht mich das argwöhnisch.«

»Wie brisant die Sache ist, bleibt noch abzuwarten. Vielleicht drückt sich David Leinders wirklich nur vor seinem Vaterglück.«

»Vielleicht. Vielleicht nicht. Sollte dem Kerl tatsächlich etwas zugestoßen sein, werden sich die Medien darauf stürzen. Wir sollten keinen Mist bauen. Und vermutlich wäre es hilfreich, wenn du niemanden erschießt.«

Liv erwiderte nichts darauf, obwohl sie es satthatte, sich Vorwürfe machen zu lassen. Insbesondere von Menschen wie

Noemi, die weder sie persönlich noch den genauen Sachverhalt kannten.

Das Mediengewitter und die Vorhaltungen, die sie nach ihrem ersten tödlichen Schusswaffeneinsatz über sich hatte ergehen lassen müssen, hatten auch etwas Positives bewirkt. Sie hatte sich mit der Zeit eine Elefantenhaut zugelegt. Das Leben war einfach zu kurz, sich alles anzuziehen, was die Mitmenschen so von sich gaben. Außerdem hielt sie es für wenig zielführend, mit der neuen Kollegin gleich am ersten Tag einen ernsthaften Streit vom Zaun zu brechen. Also lieber Schweigen statt Small Talk.

Liv drehte das Radio lauter und versuchte, die Aussicht zu genießen, die sich ihr bot. Das Wetter war klar, der Blick reichte bis weit über den Horizont. Auf der rechten Seite des Sperrwerks kam der Küstenstrich von Walcheren in Sicht, mit seinen geschwungenen Dünen, den höchsten in den Niederlanden, die von der Nordspitze der Halbinsel bis in den Süden reichen.

Aus dem Radio drang die Stimme des Nachrichtensprechers von Omroep Zeeland, dem lokalen Sender. »... wieder verspricht es ein Tag mit Temperaturen um die dreißig Grad zu werden. Daran müssen wir uns wohl gewöhnen. Die Hundstage geben ihr Bestes, die aktuellen Prognosen sagen uns weitere Hitzerekorde voraus. Es sieht also ganz danach aus, als würde es ein sehr heißer Sommer in Zeeland werden.«

9

Das mittelalterliche Städtchen Veere lag im Nordwesten von Walcheren, der südlichsten Halbinsel von Zeeland. Jener Provinz im Südwesten der Niederlande, wo Sturmfluten, Deichbau und Polderwirtschaft Land und Leute geformt hatten. Liv steuerte ihren Wagen vorbei an weiten Feldern, Bauernhöfen mit Getreide- und Kartoffeläckern, dazwischen lange Pappel-Alleen, Obstbaumgärten und kleine Dörfer. Schon von Weitem kam die Silhouette der Grote Kerk in Sicht, jener spätgotischen Kirche, deren imposanter Turm erahnen ließ, dass Veere zu seiner Blütezeit ein sehr wohlhabender Ort gewesen sein musste.

Eine Brücke führte über den Wassergraben, einst Teil der Befestigungsanlagen, der noch heute den historischen Stadtkern umgab. Liv stellte den Wagen auf dem Parkplatz am Außenhafen ab. Sie stiegen aus, holten ihre Taschen aus dem Kofferraum und folgten dem Fußweg in den Ortskern. Er führte vom Hafen aus über eine Allee auf einem niedrigen Damm an der Grote Kerk vorbei.

»Hier muss es passiert sein.«

Liv drehte sich zu Noemi um, die stehen geblieben war. »Was meinst du?«

Noemi deutete auf eine aus Stein gebaute Zisterne am Fuß der Kirche. »An dem Abend, als Esmée verschwand, haben sie David Leinders dort drüben gefunden. Er wischte das Blut vom Boden. Esmées Blut. Er muss sie in der Zisterne getötet und die Leiche beseitigt haben.«

»Das wissen wir nicht.« Liv war keine Anhängerin von unbelegten Verdächtigungen. Man hatte dem Jungen damals den mutmaßlichen Mord nicht nachweisen können. Dass es das Blut des Mädchens war, das er versucht hatte, zu beseitigen, legte natürlich den Schluss nahe, dass er irgendetwas mit ihrem Verschwinden zu tun hatte. Doch ohne konkrete Beweise und eine Leiche ließen sich diverse Theorien aufstellen, was geschehen sein mochte. Fakt war, dass es niemand wusste, außer vielleicht David Leinders, der nun selbst verschwunden war.

Liv ging weiter, und Noemi folgte ihr mit ein wenig Abstand.

Sie hatte für sie beide ein Zimmer im Campveerse Toren reserviert, dem Hotel, in dem auch David Leinders logiert hatte. Es befand sich in einem alten Wachturm an der Einfahrt des Binnenhafens, direkt am Veerse Meer. Der Backsteinturm aus dem fünfzehnten Jahrhundert war einst Teil der Festungsanlagen gewesen, die die Stadt umgaben. Heute zählte die Auberge de Campveerse Toren zu den ältesten und renommiertesten Unterkünften im Land.

Der Boden der Rezeption war mit Teppich ausgelegt, der das Geräusch ihrer Schritte schluckte. Holzbalken stützten die Decken, und ein üppiges Blumenbouquet zierte den Empfangstresen. Liv fragte nach dem Concierge, der kurz darauf erschien. Ein Mann mittleren Alters mit akkurat gestutztem Vollbart und dunklen Haaren. Er trug einen marineblauen Zweireiher mit goldenen Knöpfen.

»Wir haben telefoniert«, sagte Liv und stellte sich vor.

»Ein Glück, dass Sie endlich kommen.« Der Mann wirkte ehrlich erleichtert, dass sich jemand um die Angelegenheit mit dem verschwundenen Gast kümmerte. »Bastiaan de Jonge.«

Liv ergriff seine ausgestreckte Hand. »Was ist mit unseren hiesigen Kollegen?«

»Haben sich noch nicht blicken lassen. Ich renne ihnen wegen dieser Sache schon seit Tagen hinterher.«

»Aber Sie haben das Zimmer von meneer …« Liv biss sich auf die Zunge. Beinahe hätte sie David Leinders bei seinem wahren Namen genannt. Sie musste daran denken, dass er hier unter seiner Tarnidentität logiert hatte, »… meneer van Loon abgesperrt?«

»So, wie Sie es gesagt haben.«

»Es befindet sich also alles in dem Zustand, wie van Loon es verlassen hat.«

»Tut es.«

»Vielen Dank.«

»Vermutlich möchten Sie erst Ihre Zimmer beziehen, bevor Sie sich dort umsehen.«

»Das wäre nett.« Während der Concierge sich hinter dem Empfangstresen daranmachte, die Zimmerschlüssel herauszusuchen, fragte Liv: »Erinnern Sie sich, wann Sie Rob van Loon das letzte Mal gesehen haben?«

Der Mann hielt kurz inne und überlegte. »Das muss am vergangenen Samstag gewesen sein.«

»Um welche Uhrzeit?«

»Am Abend. Etwa halb neun. Es war spät geworden an dem Tag, und ich hatte noch drüben in unserem Nebengebäude zu tun. Dort liegt auch das Zimmer, das meneer van Loon bewohnte. Er kam mir an der Haustür entgegen.«

»Sahen Sie, wohin er ging?«

»Er lief über die Zugbrücke im Hafen rüber zum Stenen Beer.« Auf Livs fragenden Blick fügte er an: »Das ist ein Katakombengang aus napoleonischer Zeit. Er verbindet den

Deich mit dem alten Festungswall, der den Ort zur Seeseite hin umgibt.«

»Haben Sie ihn danach ein weiteres Mal gesehen?«

»Nein. Das war das letzte Mal. Und er hat sich, wie gesagt, weder bei uns abgemeldet noch seine Rechnung beglichen.« Er reichte Liv und Noemi jeweils einen Schlüssel. »Ihre Zimmer befinden sich ebenfalls drüben im Nebengebäude. Jorrit wird Ihnen behilflich sein.«

Ein älterer Herr schob sich hinter sie und hob ihre Tasche hoch. Er hatte schlohweißes Haar, das er mit Pomade zurückgekämmt trug. In seinem braun gebrannten Gesicht funkelten stahlblaue Augen, die Wangenknochen traten sichtbar hervor. Ohne Frage schien er gut in Form, dennoch befand er sich nach Livs Schätzung im fortgeschrittenen Lebensalter. Der Mann konnte ihr Vater sein. Sie wollte ihn zurückhalten und ihre Tasche selbst tragen, doch er zog das Gepäckstück aus ihrer Reichweite und schüttelte abwehrend den Kopf.

»Nein, nein. Lassen Sie mich ruhig meine Arbeit machen. Also bitte, wenn ich darf …« Er schnappte sich Noemis Tasche, wobei sich unter seinen hochgekrempelten Hemdsärmeln sehnige Muskeln abzeichneten, wie sie meist von jahrelanger körperlicher Arbeit stammten.

Liv warf Noemi einen Blick zu, doch sie zuckte nur mit den Schultern. Also folgten sie dem Mann nach draußen.

»Jorrit«, sagte er im Gehen über die Schulter, »Jorrit Kok. Ich bin im Hotel das Mädchen für alles.«

»Ich will Ihnen nicht zu nahe treten«, meinte Noemi. »Aber andere in Ihrem Alter genießen den verdienten Ruhestand.«

»Sollen Sie. Arbeit hält einen jung und frisch. Ist mir allemal lieber, als zu Hause in meinem Ohrensessel vor mich hin zu kompostieren. Außerdem bessere ich mir damit die Rente auf.«

Er führte sie über einen Kopfsteinpflasterweg in Richtung des Hafens. Dabei kamen sie an einer hüfthohen Backsteinmauer vorbei, hinter der ein üppiger Garten lag, in dem neben einigen getrimmten Lorbeerbüschen diverse Blumen sprossen. Am auffälligsten waren allerdings die hochgewachsenen Stockrosen.

Jorrit Kok blieb stehen. »Sind sie nicht wundervoll? Die Stockrosen sind ein Wahrzeichen unserer Stadt.«

»Sehr interessant …« Liv rang sich ein kurzes Lächeln ab. Sie hatte keine Stadtführung bestellt. Der Mann sollte sie einfach nur auf ihre Zimmer bringen, damit sie ihrer Arbeit nachgehen konnten.

»Der Garten hier ist übrigens so ein … Ach, wie sagt man noch dazu … Egal, jedenfalls drängen sich hier im Sommer die Touristen und fotografieren sich mit den Stockrosen.«

»Sie meinen wohl einen Selfie-Point«, sagte Noemi.

»Ja, genau. Dabei finden sie die Stockrosen doch an jeder Ecke. Die schönsten gibt es übrigens in meinem Garten.«

»Wunderbar«, sagte Liv. »Wollen wir weiter?«

Als sie losgehen wollte, lief ihr plötzlich ein Hund zwischen die Beine. Sie stolperte und wäre wohl der Länge nach hingeschlagen, doch zwei kräftige Arme bremsten ihren Fall.

Jorrit hatte die Taschen in einem schnellen Reflex fallen lassen, war einen Schritt vorgetreten und hatte Liv aufgefangen. Er stellte sie wieder auf die Füße, wobei seine Hände so fest zupackten, dass sie das Gefühl hatte, ihre Schultern steckten in einer Schraubzwinge.

Der Hund, ein junger Beagle, sprang an ihren Beinen hoch.

»Verdammtes Vieh!« Jorrit trat nach ihm, und der Hund suchte winselnd das Weite. »Ein Streuner. Keine Ahnung, wo er herkommt. Er macht nur Ärger.«

»Danke. Vielleicht war er einfach nur neugierig.«

Sie gingen weiter bis zu einem schmalen Haus, das sich zwischen zwei Nachbargebäude drängte. Ein Fahnenmast mit der niederländischen Nationalflagge zierte die weiß verputzte Fassade. Die Sprossenfenster im Erdgeschoss und in der oberen Etage waren dunkelblau gestrichen. Die nach vorne ausgerichteten Holztüren des Kellerverschlags verrieten, dass es sich um ein ehemaliges Speicherhaus handeln musste. Am Giebel stand in schnörkelloser Schrift der Name der Unterkunft geschrieben: 't Waterschip.

»Ihr Zuhause für die nächsten Tage«, sagte Jorrit und stellte die Taschen ab. Er drückte Liv einen Schlüssel in die Hand. »Ihr Zimmer ist bequem zu erreichen, gleich hier vorne im Erdgeschoss. Und das der jungen Dame befindet sich die Treppe rauf im Obergeschoss.« Er reichte Noemi ebenfalls einen Schlüssel.

»Vielen Dank.« Liv gab dem alten Mann ein paar Euro Trinkgeld.

Jorrit holte eine karierte Schiebermütze aus der hinteren Tasche seiner Hose und setzte sie auf. »Wünsche einen schönen Aufenthalt«, sagte er und ging davon.

Liv wandte sich ihrer Kollegin zu. »In einer Viertelstunde wieder hier?«

Noemi nickte.

Liv betrat das Haus hinter ihr und schloss ihr Zimmer auf. Der Raum war klein, aber zweckmäßig eingerichtet. Neben einem Doppelbett gab es einen Holztisch mit vier roten Plüschsesseln, dazu einen Kleiderschrank und einen hohen Spiegel mit Eichenholzrahmen, der an einer Wand lehnte. Holzbalken liefen an der hohen Decke entlang, die Wände waren bis zur Hälfte mit Holz vertäfelt.

Liv stellte ihre Tasche auf dem Bett ab und trat ans Fenster. Es führte nach vorne zum Hafen hinaus. Sie sah, wie gerade eines der traditionellen Plattbodenschiffe festmachte. Rechts davon öffnete sich die Hafeneinfahrt zum Veerse Meer hin. Liv wollte gerade das Fenster öffnen, als es an ihrer Zimmertür klopfte.

10

Vor ihrer Tür stand ein Hüne in Uniform. Dunkelblaue Hose, ein Poloshirt in gleicher Farbe und darüber eine dünne Weste mit der Aufschrift *politie*. Er trug einen Einsatzgürtel mit Pistolenholster, Funkgerät und weiterer Ausrüstung. Von dem Funkgerät lief ein Spiralkabel zum Lautsprechermikrofon, das auf Brusthöhe an der Weste befestigt war. Liv selbst war mit ein Meter achtzig nicht gerade klein, doch der Mann überragte sie um fast zwei Köpfe. Auf seiner Nase saß eine schwarze Sonnenbrille, und in seinem rotblonden Vollbart zeigten sich erste graue Haare. Dasselbe galt für sein lockiges Haupthaar.

»Ruben van der Meer«, stellte er sich vor und schob die Sonnenbrille hoch in die Haare. »Ich bin der Polizeichef von Walcheren. Ich nehme an, ich habe mit Ihrem Vorgesetzten telefoniert?«

»Ja. Liv de Vries.« Sie reichte ihm die Hand, und weil sie wusste, wie feinfühlig die örtlichen Kollegen reagieren konnten, wenn man in ihrem Revier wilderte, schob sie hinterher: »Ich wäre gleich bei Ihnen auf der Wache vorbeigekommen.«

»Schon gut. Ich dachte, ich erspare Ihnen den Weg nach Middelburg.«

»Das ist nett. Allerdings ... hätte ich mir gewünscht, Sie wären schon früher hier aufgetaucht und hätten sich der Sache angenommen. Soviel ich erfahren habe, wurde noch nichts unternommen.«

»Ein nicht bezahltes Hotelzimmer steht nicht ganz oben auf unserer To-do-Liste. Da gibt es Wichtigeres. Außerdem sind wir unterbesetzt … Sie kennen das vielleicht. Jedenfalls habe ich mit dem Concierge gesprochen, der mir versicherte, dass er das Zimmer absperren würde. Was er, wie er übrigens meinte, Ihnen kurz zuvor auch schon zugesagt hatte.« Van der Meer zuckte mit den Schultern. »Und dann habe ich auf Sie gewartet.«

»Ich schlage vor, wir schreiten gleich zur Tat.«

Van der Meer hob die rechte Hand, in der ein Hotelschlüssel baumelte. »Dachte ich mir schon. Der Concierge sagt, es ist gleich gegenüber.«

Liv folgte dem Polizeichef zur Zimmertür auf der anderen Seite des Flurs. Van der Meer schloss auf.

»Darf ich fragen, weshalb sich die Landespolizei für diesen Rob van Loon und eine nicht beglichene Hotelrechnung interessiert?«, fragte van der Meer, während Liv sich im Zimmer umsah.

»Dürfen Sie. Allerdings bin ich derzeit nicht befugt, mit Ihnen Informationen über den Grund unserer Ermittlung zu teilen.«

Das Zimmer war kleiner als das von Liv. Außer einem Doppelbett gab es lediglich einen schmalen Schreibtisch an der Wand, auf dem auch der Fernseher stand. Neben der Eingangstür befand sich direkt das Badezimmer.

Etwas Ungewöhnliches fiel Liv zunächst nicht auf. Es war alles da, was man bei einem Reisenden, der einen Wochenendausflug unternahm, erwarten durfte. Eine Reisetasche, im Schrank ein paar Shirts und Hosen für wenige Tage, außerdem eine Plastiktüte mit Schmutzwäsche. Das Bett war gemacht, unter dem Kopfkissen fand Liv einen Schlafanzug.

Auf dem Nachttisch lag ein Buch mit dem Titel *Die Partisanen der Schelde*. Ein Roman über den Widerstand auf Walcheren während der deutschen Besatzungszeit. Allem Anschein nach interessierte sich David Leinders wohl dafür, was die Nationalsozialisten hier angerichtet hatten. Möglich, dass der Mann tatsächlich einen Sinneswandel erlebt hatte, dachte Liv.

Sie ging ins Bad. Dort hing eine Kulturtasche am Haken neben dem Waschbecken. Zahnbürste und Zahnpasta steckten in einem dafür vorgesehenen Becherhalter.

»Er hat nichts mitgenommen, und es sieht auch nicht danach aus, als hätte er vorgehabt, abzureisen«, sagt van der Meer, als sie aus dem Bad kam.

»Nein«, stimmte Liv zu. Wenn David Leinders tatsächlich aus freien Stücken abgetaucht war, musste es zumindest eine sehr überhastete Entscheidung gewesen sein. Auch fanden sich keine Spuren eines Einbruchs oder einer gewaltsamen Auseinandersetzung.

Liv ging noch einmal zu dem schmalen Schreibtisch hinüber. Darauf befanden sich ein Ständer mit Werbeflyern aus der Region, eine Kladde mit Informationen über das Hotel und den Ort, außerdem ein Block mit dem Logo des Hotels und ein Bleistift. Liv blätterte den Block durch, doch er war unbeschrieben.

Sie bückte sich nach dem Messingmülleimer unter dem Tisch, hob ihn auf und leerte seinen Inhalt auf dem Bett aus. Van der Meer machte sich netterweise die Mühe, den Abfall zu durchwühlen. Zwei Coladosen, die Verpackungen von zwei Schokoriegeln, eine leere Tüte Erdnüsse, eine zerknüllte Tageszeitung. Nichts, das für sie von Interesse war.

Liv stellte den Mülleimer wieder an seinen Ort zurück, hielt dabei aber inne. Sie holte ihr Smartphone aus der Hosentasche, schaltete die Taschenlampe ein und bückte sich. Zwischen dem Fuß des Schreibtischs und der Wand befand sich ein schmaler Spalt. Liv leuchtete hinein und sah etwas Weißes aufblitzen.

»Wären Sie so freundlich?« Sie blickte zu van der Meer auf, der sofort verstand, was sie von ihm wollte. Er packte den Schreibtisch und zog ihn ein Stück nach vorne.

Mit spitzen Fingern angelte Liv ein Stück Papier hervor, das an einer Seite abgerissen war.

Van der Meer reichte ihr die Hand und half ihr auf. Livs Knie knackten beim Aufstehen. Sie fluchte innerlich.

»Was ist das?«, fragte der Polizeichef.

Liv ging mit dem Fetzen Papier ans Fenster und sah ihn sich an. Es schien der Teil einer Notiz zu sein. In Handschrift stand auf dem Zettel geschrieben: ... *komm um 20:30 Uhr.*

»Nett, dass ihr auf mich gewartet habt«, erklang eine Stimme von der Tür.

Liv wandte sich um. Es war Noemi. Sie hatte den Hosenanzug gegen legere Kleidung getauscht, trug nun schwarze Jeans und ein gleichfarbiges Hemd, dessen Ärmel sie hochgekrempelt hatte.

»Meine Kollegin Noemi Bogaard«, sagte Liv zu van der Meer.

Der Polizeichef ging zu Noemi hinüber und reichte ihr die Hand. »Ihr könnt mich übrigens Ruben nennen. Lassen wir das mit den Nachnamen«, bot er an.

Liv nickte ihm zu.

Noemi kam zu ihr herüber. »Und was ist das?«

Liv reichte ihr den Zettel.

»Hat der Concierge nicht vorhin gesagt, er hätte ...« Noemi hielt inne, und Liv warf ihr einen warnenden Blick zu. Der Polizeichef wusste nichts von der wahren Identität des Vermissten. »Er sagte doch, er hätte Rob van Loon gegen halb neun zum Katakombengang gehen sehen?«, fuhr Noemi fort.

»Richtig.« Möglich, dass er sich dort mit jemandem getroffen hat, fügte Liv in Gedanken hinzu, vielleicht mit demjenigen, der diese Notiz verfasst hat.

Sie wandte sich dem Fenster zu und sah nachdenklich hinaus. Das Verschwinden von David Leinders war gerade um ein kleines Rätsel reicher geworden.

Das Fenster ging ebenfalls zum Hafen hinaus. Auf dem Plattbodenschiff, das eben festgemacht hatte, legte ein Mann in Shorts und weißem Unterhemd die Segel zusammen. Er schaute kurz herüber und nickte, wie zum Gruß.

Liv bemerkte, dass Ruben sich neben sie geschoben hatte. Er hob die Hand und winkte dem Mann kurz.

»Bouke Visser«, erklärte er. »Bouke war ebenfalls ein Verdächtiger im Fall Esmée Vriesde. Er war damals der beste Freund von David Leinders.«

Liv spürte ein Kribbeln in ihrem Nacken. Sie behielt den Blick auf das Plattbodenschiff gerichtet, um sich nicht anmerken zu lassen, dass ihr durchaus bewusst war, was Rubens Worte implizierten: Er wusste, um wen es sich bei dem Vermissten in Wahrheit handelte.

»Du scheinst deine Hausaufgaben gemacht zu haben«, sagte sie schließlich und musterte Ruben aus dem Augenwinkel.

Der Polizeichef blickte zu ihr herunter. »Hier auf Walcheren sprechen sich die Dinge schnell rum. Außerdem ... Ich dachte, es wäre nur fair, wenn wir in diesem Fall alle auf demselben Stand sind.«

Ruben schenkte ihr ein Lächeln. Er hatte auf irgendeinem, sehr wahrscheinlich inoffiziellen Weg die wahre Identität des Vermissten herausgefunden – und sein Gesichtsausdruck besagte, dass jedes Nachforschen ihrerseits zwecklos wäre. Liv quittierte das Lächeln mit einem Nicken und besiegelte damit eine stille Übereinkunft. Sie würde ihn nicht nach seinen Quellen fragen, er würde im Gegenzug darüber hinwegsehen, dass die Landespolizei zumindest beim jetzigen Stand der Dinge hier nichts zu suchen hatte.

»Ich habe damals selbst im Verschwinden von Esmée Vriesde ermittelt«, erklärte Ruben. »Ich hatte gerade den Posten des Polizeichefs übernommen. Das Ganze verfolgt mich bis heute. Was mich betrifft, war David Leinders so schuldig wie der Teufel. Das sehen übrigens viele hier in Veere so.«

»Ein sympathischer Ort«, stimmte Noemi ein. »Der Kerl hätte hinter Gitter gehört …«

»Nur, dass die Beweise dafür nicht ausreichten«, unterbrach Liv ihre Kollegin und deutete mit einem Nicken auf Bouke Visser, der sich am Hauptmast des alten Segelfrachtschiffs zu schaffen machte. »Was ist mit ihm?«

»Bouke stand kurz ebenfalls unter Verdacht. Wie gesagt, er war der Busenfreund von David Leinders, und die beiden waren für ihre rechtsradikalen Ansichten bekannt. Bouke konnte aber ein Alibi für den Zeitpunkt von Esmées Verschwinden vorweisen. Er war bei seinem Vater.«

»Und seiner Aussage hat man Glauben geschenkt?«, warf Noemi ein. »Ich meine, es war sein Vater …«

»Wir haben Bouke ausführlich auf den Zahn gefühlt. Er hat das später ausgeschlachtet, indem er sich in den Sozialen Medien als Opfer der Justiz inszenierte und eine politische Karriere startete. Er führt heute die Lijst Bouke Visser an.

Eine rechtspopulistische Einmannpartei, ganz im Stil seines Vorbilds Geert Wilders oder Hans Smolders, dem Chauffeur von Pim Fortuyn, der nach dessen Tod die Lijst Smolders in Tilburg gründete.«

Liv war das Phänomen der rechten Protestparteien, die überall im Land auftauchten, nicht fremd. Anders als in vielen europäischen Nachbarländern gab es in den Niederlanden kaum große Volksparteien. Die politische Landschaft war in Kleinparteien zersplittert, die sich in immer neuen Konstellationen zusammenfanden. Einen großen Block bildeten derzeit die Rechtspopulisten, die sich einer gemeinsamen Sache verschrieben hatten.

»Haben Sie damals verfolgt, was aus David Leinders wurde?« Liv interessierte, wie viel Ruben tatsächlich wusste und wie weit seine Kontakte im Polizeiapparat reichten.

»Allerdings. Ich habe gehofft, dass die Wahrheit auf irgendeine Weise ans Licht kommen würde. Aber ... es trat eher das Gegenteil ein. David machte Karriere in der rechten Szene. Dann verschwand er irgendwann von der Bildfläche. Man munkelt, dass Leinders als Informant für die Polizei gearbeitet hat.«

Ruben sah Liv nach Bestätigung forschend an. Doch den Gefallen tat sie ihm nicht und verzog keine Miene.

Auf dem Plattbodenschiff öffnete Bouke Visser die Tür des Deckaufbaus und stieg ins Innere des Schiffs hinab.

Eines stand fest. Wenn es Ruben gelungen war, Gerüchte über Leinders Tätigkeit als V-Mann aufzuschnappen, war es denkbar, dass auch Bouke Visser davon gehört hatte. Und Verrat war etwas, das man in seinen Kreisen in keiner Weise schätzte.

Liv deutete mit einem Nicken auf das Segelschiff. »Liegt es immer dort?«

»Tagsüber, ja«, bestätigte Ruben. »Soweit ich weiß, hat es die letzten Tage hier im Hafen festgehangen. Der Motor.«

Bouke Visser hatte von seinem Liegeplatz aus einen guten Blick auf das Zimmer, das David Leinders bewohnt hatte. Eben hatte er den Polizeichef sogar durch die geschlossene Scheibe erkannt und ihn gegrüßt. Nicht unwahrscheinlich, dass Bouke die Ankunft seines alten Freundes David Leinders in Veere nicht entgangen war.

11

Ann-Remi Blom betrachtete das Diorama, das rechts neben dem Monitor auf ihrem Schreibtisch im Büro stand. Sie hatte den kleinen Kasten mit Modellfiguren selbst gebastelt. Er zeigte jene Szene aus dem Marvelfilm *Endgame*, in der Iron Man, Captain America, Hulk, Thor und ihre Verbündeten zu einem letzten Schlag gegen den Bösewicht Thanos ausholten. Sie hatte viele Abende über einer Lupenleuchte verbracht, im Versuch, die Gesichter und Kostüme der Superhelden so originalgetreu wie möglich anzumalen. Mit dem Ergebnis war sie eher mittelmäßig zufrieden, allerdings fiel es ihr grundsätzlich schwer, mit ihrer Arbeit zufrieden zu sein, da sie immer nach Perfektion strebte.

Ursprünglich hatte sie mit den Miniaturarbeiten als eine Art Therapie gegen ihre rasende Ungeduld begonnen. Eine Freundin, die ebenfalls diesem Hobby anhing, hatte ihr erzählt, wie beruhigend die detailversessene Arbeit auf sie wirkte und wie sie dabei zu sich selbst fand.

Tatsächlich half es ein wenig, und mittlerweile fand Ann-Remi echte Freude daran.

Auf Instagram, wo sie Fotos von den Modellfiguren und Dioramen postete, die sie anfertigte, bekam sie oft zahlreiche Likes von ihrer kleinen, aber stetig wachsenden Fangemeinde. Ganz so schlecht konnten ihre Stücke also nicht sein. Insgeheim hatte Ann-Remi festgestellt, dass der virtuelle Zuspruch eine kleine Kompensation für die Anerkennung war, die ihr für ihre echte Arbeit am rechtsmedizinischen Institut kaum bis selten zuteilwurde.

Jedenfalls hatte sie gleich damit begonnen, ein neues Modell zu planen. Ihr schwebte entweder eine Szene aus Star Wars oder aus Herr der Ringe vor. Vielleicht würde sie ihre Follower entscheiden lassen.

Sie widmete ihre Aufmerksamkeit wieder der Akte im Fall Willem de Ram, die sie im digitalen Informationssystem aufgerufen hatte. Fotos des Leichenfundorts waren darin enthalten. Die Kriminaltechnik hatte den bedauernswerten alten Herrn abgelichtet, wie er mit leicht verdrehten Gliedmaßen und herunterhängendem Kopf am Fuß der Wendeltreppe in seinem Haus lag.

Wie in vielen niederländischen Häusern handelte es sich um eine wirklich steile Treppe. Es kam nicht selten vor, dass insbesondere ältere Menschen auf dieser Art von Treppe Unfälle erlitten, mit zum Teil entsprechend drastischen Verletzungen.

Soweit Ann-Remi anhand der Fotos sehen konnte, gab es in diesem Fall zudem nur ein Geländer, nämlich zur offenen Seite der Treppe hin. Der innenliegende Teil der Treppe lief an einer rauen Bruchsteinmauer entlang, ohne Handlauf oder andere Sicherungsmaßnahmen.

Sollte Willem de Ram tatsächlich diese Treppe hinuntergestürzt sein – egal, ob nun bei vollem Bewusstsein oder nicht –, hatte er tatsächlich überraschend wenige Verletzungen davongetragen, wenn man einmal von dem gebrochenen Genick absah. Doch das konnte natürlich auch durch einen anderen Umstand herbeigeführt worden sein. Genau dies zu klären war ihre Aufgabe im Rechtsmedizinischen Institut, und Ann-Remi hatte die leise Befürchtung, dass sie ihre Arbeit nicht gründlich genug gemacht hatte.

Sie blickte vom Monitor auf. Links und rechts der Bürotür befanden sich bodentiefe Fenster. Sie sah ihren Besucher bereits, bevor er ihr Zimmer betrat. Mit einem schnellen Klick in die obere linke Ecke des Bildschirms schloss sie die Fallakte.

Cees Koning steckte den Kopf zur Tür herein. »Wie weit sind Sie mit dem Obduktionsbericht?«, fragte er.

»Ich brauche noch einen Moment.«

Koning blickte demonstrativ auf seine Armbanduhr. »So etwas geht auch in schnell, mein Fräulein. Ich möchte den Bericht morgen früh auf meinem Schreibtisch haben. Sie bleiben heute, bis Sie fertig sind.« Er hatte sich schon zum Gehen gewandt, als er innehielt. Mit Daumen und Zeigefinger zwirbelte er an einem Ende seines Schnurrbarts. »Sollten Sie wieder einmal anderer Meinung sein als ich, behalten Sie das entweder für sich oder wir besprechen das unter vier Augen. Verstanden?«

Ann-Remi nickte pflichtschuldig. Als Koning die Tür hinter sich geschlossen hatte, streckte sie ihm die Zunge raus.

In Wahrheit war sie längst fertig mit dem Obduktionsbericht. Das Einzige, was sie davon abhielt, ihn abzuschicken, war die nagende Ungewissheit, dass sie vielleicht nicht ganz auf den Grund der Wahrheit vorgedrungen war.

Plötzlicher Herztod, so lautete aktuell die Diagnose, hatte zu dem Treppensturz geführt. So etwas kam allerdings meist nicht so plötzlich, wie die Bezeichnung vermuten ließ.

Im Frühstadium gingen dem Herztod oft Herzrhythmusstörungen voraus, außerdem krankhafte Veränderungen der Herzkranzschlagadern mit Verhärtungen, Verdickungen und Koronararteriensklerose. Aufgrund solcher Gefäßwandveränderungen konnte ein Verschluss einer Herzkranzschlagader durch ein reflektorisches Geschehen, einen Koronarspasmus, oder durch Blutgerinnselbildung auf der Gefäßinnenwand entstehen, eine Koronarthrombose. Infolge würde das zugehörige Versorgungsgebiet im Herzmuskel nicht mehr durchblutet, eine sogenannte Ischämie, sodass der betreffende Herzmuskelbezirk abstarb. Ein klassischer Herzinfarkt.

Führte ein solcher Infarkt nicht sofort zum Tod, vernarbte der abgestorbene Muskelabschnitt. Und genau das war bei Willem de Ram der Fall.

Ann-Remi hatte sich sein Herz noch einmal angesehen, nachdem Koning mit dem Polizeichef den Sektionssaal verlassen hatte. Willem de Ram hatte tatsächlich einen Herzinfarkt gehabt – nur lag dieser schon eine ganze Weile zurück.

Entweder hatte Koning einen Grund gesucht, die Sache möglichst schnell vom Tisch zu haben und der Polizei keine unnötigen Scherereien zu machen. Oder Ann-Remi hatte es mit einem seiner inzwischen unter den Kollegen berüchtigten Aussetzer zu tun.

Ihr Smartphone vibrierte. Eine SMS, die nur von ihrem Onkel stammen konnte, dem letzten Mensch, der noch SMS schrieb.

Hallo Ann.
Brauche Puntjes, Filet Americain und Chocomel.
Bedankt.
B

Onkel Boudewijn war der Bruder ihrer Mutter. Ann-Remi kannte ihn schon seit Kindertagen. Mamas Familie stammte aus Zeeland, und Ann-Remi hatte als Kind oft die Sommerferien hier verbracht. In der Weihnachtszeit war Boudewijn im Gegenzug häufig nach Köln gekommen, vor allem auch wegen der Weihnachtsmärkte. Ann-Remis Vater kam aus der

Domstadt. Er hatte ihre Mutter bei einem Urlaub auf Walcheren kennengelernt.

Ann-Remi hatte die Heimat ihrer Mutter schon als Mädchen in ihr Herz geschlossen. Das flache Land, der weite Horizont, das Meer, die salzige Luft und immer eine frische Brise, die die Gedanken durchpustete.

Onkel Boudewijn hatte sich sehr gefreut, als er erfuhr, dass Ann-Remi ihren Traum wahrmachen und nach Middelburg ziehen wollte. Seine Frau war vor einigen Jahren verstorben und seine einzige Tochter arbeitete im Controlling einer Firma in Amsterdam. Sie war sehr beschäftigt, immerzu auf Reisen und stattete ihrem alten Herrn nur sporadisch einen Besuch ab.

Ann-Remi war in das Obergeschoss seines Hauses gezogen, und Boudewijn wohnte im Parterre. Da er nicht mehr sonderlich gut zu Fuß war, erledigte Ann-Remi unter anderem die Einkäufe für ihn.

Boudewijn aß für sein Leben gern Puntjes, die länglichen weichen Brötchen, bestrichen mit Filet Americain, fein gehacktem Rindertartar mit Zwiebeln. Ann-Remi hatte inzwischen den Versuch aufgegeben, ihm eine gesündere Ernährungsweise an den Kopf zu reden. Mit vegetarischen oder gar veganen Gerichten brauchte sie ihm gar nicht erst kommen.

Sie schrieb ihm kurz zurück, dass sie sich um die Besorgungen kümmern würde. Dann legte sie das Smartphone auf den Schreibtisch.

Sie nahm das Diorama mit den Superhelden zur Hand und betrachtete es. Tony Stark, der Iron Man, hielt darauf den mit Infinity-Steinen besetzten Handschuh in der Hand.

Kurz entschlossen griff Ann-Remi nach der Computermaus und rief erneut die Fallakte auf. Mit wenigen Klicks fand sie den Namen und die Telefonnummer des Hausarztes von Willem de Ram. Sie wählte die Nummer der Praxis in Veere auf ihrem Smartphone und wartete, während das Freizeichen erklang. Die Sprechstundenhilfe meldete sich. Ann-Remi erklärte ihr ihr Anliegen und ließ sich mit dem Arzt, einem Peer Terwind, verbinden.

»Was kann ich für Sie tun?«, hörte sie seine Stimme am anderen Ende.

Ann-Remis Mund war plötzlich ganz trocken. Ihr war klar, dass sie hier eigenmächtig handelte und sie den Ärger, in dem sie ohnehin schon steckte, nur noch größer machte.

»Ich bin die zuständige Rechtsmedizinerin in der Sache Willem de Ram«, erklärte sie. »Ich habe heute die Obduktion durchgeführt und … es haben sich ein paar Fragen ergeben.«

»Ich habe gestern davon erfahren«, sagte Terwind. »Eine traurige Sache. Sehr unerwartet. Wenn ich helfen kann, nur zu.«

»Ist es richtig, dass Willem de Ram vor nicht allzu langer Zeit einen Herzinfarkt erlitten hat?«

»Das stimmt. Es ist jetzt etwas über ein Jahr her. Ich glaube, es war damals auch seine Haushälterin, die bemerkte, dass es ihm nicht gut ging. Sie verständigte mich, von selbst wäre der alte Haudegen wohl nicht zu mir gekommen. Es war auf den letzten Drücker. Ich habe ihn sofort ins Krankenhaus geschickt. Sonst wäre es wohl nicht so glimpflich ausgegangen.«

»Wie ging es ihm danach?«

»Oh, ich habe ein kleines Wunder erlebt. Er verstand, dass der Tod da mit einem großen Zaunpfahl gewunken hatte. Willem stellte seinen Lebenswandel um. Er gab das Rauchen auf, trank nicht mehr … Ja, er begann sogar regelmäßig Sport zu treiben. Er bekam natürlich die übliche Medikation.«

»Wann war er das letzte Mal bei Ihnen?«, fragte Ann-Remi.

»Das kann nicht lange her sein. Warten Sie ...« Sie hörte Tastaturgeklapper. »Er war erst vor einer Woche hier. Wir haben den jährlichen Gesundheitscheck durchgeführt, mit Belastungs-EKG.«

Ann-Remi spürte, wie sie das Handy etwas fester als nötig in der Hand hielt. »Und? Gab es dabei etwas Auffälliges?«

»Nicht wirklich. Das Vitamin D war ein wenig niedrig. Ansonsten war er wirklich gut in Form für jemanden in seinem Alter.«

»Würden Sie es für möglich halten«, sagte Ann-Remi langsam, »dass Willem de Ram an einem plötzlichen Herztod verstorben ist?«

»Hm.« Der Arzt schwieg einen Moment. »Möglich ist natürlich alles bei einer solchen Vorgeschichte. Aber ... es gab zumindest keinerlei Anzeichen, die darauf hingedeutet hätten. Deshalb hat mich die Nachricht gestern auch so überrascht. Wenn Sie mich gefragt hätten ... Mit seinem neuen Lebensstil hätte ich Willem noch viele wunderbare Jahre vorausgesagt.«

12

Vom Turm des Rathauses erklang ein Glockenspiel, als sie an dem historischen Bau vorübergingen. Die Vorderfront war versehen mit zahlreichen Spitzbögen, Zierelementen wie Gewändefiguren, und auf den Ecken rechts und links saßen kleine Türme. Darüber thronte der Hauptturm, auf dessen Spitze als Windfahne ein Segelschiff saß. Das Rathaus befand sich am Marktplatz, der ringsum von Häusern mit Stufengiebeln eingerahmt war.

Liv wischte sich den Schweiß von der Stirn. Die Temperaturen schienen am späten Nachmittag ihren Höhepunkt zu erreichen, wobei man in diesem Fall wohl besser von Siedepunkt sprechen konnte. Vom Hotel aus waren es nur wenige Schritte am Hafen vorbei und in die nächste Seitenstraße bis zum Markt, dennoch kam es Liv vor, als hätte sie bereits einen Marathonlauf im Backofen absolviert.

Ruben schien es ähnlich zu gehen. Unter seinen Achseln zeichneten sich auf dem Hemd deutliche Flecken ab. Noemi schien die Hitze hingegen wenig auszumachen, was daran liegen mochte, dass sie besser trainiert war, vielleicht, dachte Liv, war es aber auch einfach das fortschreitende Alter, das einen für solche Temperaturexzesse empfindlicher machte.

Ruben führte sie in eine Seitenstraße, in der sich schmale Reihenhäuser im Schatten der Grote Kerk duckten.

»Sie kennen den Mann?«, fragte Liv ihn im Gehen.

»Ich wohne hier in Veere«, sagte Ruben. »Da lernt man die Leute kennen. Außerdem hatte ich mit Theo Leinders im Zuge der damaligen Ermittlungen zu tun.«

»Davids Schwester sagte, dass sein Vater schwer erkrankt ist.« Liv erzählte Ruben von den Briefen.

»Ja, er leidet schon lange an COPD. Wohl eine Folge des Rauchens. Er hat lange tapfer gegen die Krankheit gekämpft. Aber seit er nicht mehr arbeitet, geht es rapide bergab.«

»Wo hat er gearbeitet?«, fragte Noemi.

»Im Kontrollzentrum des Scheldedamms. Theo ist ein einfacher Mann. Die Arbeit erfüllte ihn mit großem Stolz. Er, wie soll ich es sagen ...«, Ruben verzog den Mund, »... die Arbeit gab ihm wohl das Gefühl, zur Sicherung des Landes beizutragen, wenn Sie verstehen, was ich meine.«

Liv konnte sich vorstellen, worauf er anspielte. Mit dem Bau der Deltawerke hatte man nach der Hollandsturmflut von 1953 begonnen – eine der größten Überflutungen, die man in Zeeland jemals erlebt hatte. Die Fertigstellung der weltgrößten Sturmflutanlage dauerte Jahrzehnte und schützte die gesamte Region seitdem vor dem Untergang. Liv wusste, dass viele ihrer Landsleute und natürlich besonders die Bewohner von Zeeland den Bau als das achte Weltwunder bezeichneten.

»Wie dem auch sei«, sprach Ruben weiter, »seine Krankheit ließ das nicht mehr zu. Er wäre zwar ohnehin bald in Rente gegangen, aber die Arbeit hielt ihn über Wasser, richtete ihn selbst nach dem Tod seiner Frau auf. Theo ist jetzt seit einem halben Jahr zu Hause. Die Ärzte geben ihm nicht mehr lange.«

Sie bogen ein weiteres Mal links ab und kamen in die Oudestraat, vorbei an einem kleinen Geschäft mit dem

Namen Omas Snoepwinkel, in dem Bonbons aller Art verkauft wurden. Ein paar Mädchen drängten sich vor dem Verkaufsfenster. Liv erspähte aus dem Augenwinkel ein großes Einmachglas mit Himbeerbonbons, die sie an ihre Kindheit erinnerten. Ihre Großmutter – die in besonderer Weise für ihr Aufbringen verantwortlich gewesen war, da ihre Eltern den ganzen Tag arbeiteten und Opa sich vornehmlich der Zeitung und seinen Briefmarken widmete – hatte darauf bestanden, dass es Süßigkeiten nur zu besonderen Anlässen und an Sonn- und Feiertagen gab. Als Kind hatte Liv diese Regel gehasst, im Nachhinein dankte sie ihrer Großmutter heimlich dafür, ansonsten hätte sie sich wohl ebenso maßlos mit Schokoriegeln, Chips und Gummibärchen vollgestopft wie die anderen in ihrem Alter. Die Himbeerbonbons brachte Oma nach ihrem sonntäglichen Kirchenbesuch mit nach Hause. Sie war fromme Calvinistin gewesen, hatte aber davon abgesehen, Opa oder Papa mit ihrem Glauben zu belästigen, die sich beide nichts aus dem lieben Gott machten. Liv würde jedenfalls nie die Geschmacksexplosion vergessen, die sich in ihrem Mund ausbreitete, wenn sie das erste Bonbon lutschte. Am liebsten hätte sie immer die ganze Tüte verputzt, was Oma aber natürlich zu verhindern wusste.

Ruben blieb vor einem einstöckigen weißen Haus stehen, das sich nicht nur in der Farbe von den gepflegten roten Backsteinbauten unterschied, die es umgaben. Der Putz blätterte von der Fassade, die Fenster mussten, so trüb, wie sie waren, vor Jahren das letzte Mal mit Wasser in Berührung gekommen sein, und in dem kleinen Vorgärtchen neben der Eingangstür, das vielleicht gerade einmal die Größe eines Badehandtuchs hatte, wucherten zwei wilde Hagebuttensträucher.

Über der Haustür waren noch blass zwei in Stein gemeißelte Wörter zu erkennen: *Gods Rijk* – Gottes Reich.

Viele Häusernamen stammten noch aus alten Zeiten. Damals hatte es in den Dörfern und selbst größeren Orten und Städten noch keine Straßennamen oder Hausnummern gegeben. Die Häusernamen dienten nicht nur Besuchern zur Orientierung. Da die Bewohner die Namen selbst wählten, variierten sie stark. Einige entschieden sich für die Namen von Blumen oder Vögeln, Fischen und anderer Tiere. Manch andere gaben einfach den Beruf an, den sie ausübten, oder den Ort ihrer Herkunft, wenn sie zugezogen waren. Auch die Namen von Schutzheiligen waren beliebt gewesen. Ein anderer Teil der Häusernamen stammte aus jüngster Vergangenheit, als dieser Brauch wieder in Mode gekommen war.

»Was weiß er über seinen Sohn?«, fragte Liv.

Ruben zuckte mit den Schultern. »Was Theo angeht, verließ David Veere nach der Sache mit Esmée Vriesde. Er zog in die große Stadt, hing dort mit seinen rechten Freunden ab und meldete sich nur noch selten bei seinen Eltern. Irgendwann brach der Kontakt vollends ab … unter anderem, weil er in den Zeugenschutz ging, aber davon weiß Theo nichts.«

»Suchten seine Eltern nicht den Kontakt zu ihm?«

»Nicht wirklich. Nach dem Verdacht gegen David brach sein Vater mit ihm. Und seine Mutter starb wenige Jahre nach der ganzen Geschichte an einem Wintermorgen an Krebs, kurz nach ihrem sechzigsten Geburtstag.«

Ruben betätigte die Klingel, allerdings wohl nur pro forma. Denn er griff gleich nach dem Knauf der Haustür und öffnete sie. »Theo kann uns ohnehin nicht aufmachen«, erklärte er beim Reingehen über die Schulter hinweg. »Seine Tochter sieht zweimal am Tag nach ihm, außerdem kommt der Pflegedienst. Das Haus steht immer offen.«

Sie folgten Ruben durch einen schmalen gefliesten Flur in das Wohnzimmer. Der graue Teppichboden hatte seine besten Tage hinter sich, war an etlichen Stellen von Flecken und Löchern verunziert. Ein großer Fransenteppich verdeckte wohl das Schlimmste. Im hinteren Teil des Raums stand ein großer Esstisch, an dem die Familie Leinders wohl früher ihre Mahlzeiten eingenommen hatte. Ein Kreuz mit einer Jesusfigur hing an der Wand dahinter.

Das Licht drang nur spärlich in den Raum, blickdichte Gardinen verdeckten die Fenster. In den Sonnenstrahlen, die durch einen Schlitz zwischen ihnen fielen, tanzte der Staub.

Theo Leinders saß in einem Rollstuhl neben dem Beistelltisch der Couchgarnitur. Im Fernsehen lief irgendeine belanglose Spielshow. Leinders hob zum Gruß die linke Hand.

»Hallo Theo«, sagte Ruben und kniete sich zu dem alten Mann. »Wie geht es dir?«

Theo Leinders sprach mit dünner, kaum hörbarer Stimme. »Het moet well.«

Der Mann trug ein weißes T-Shirt und eine graue Jogginghose. Von der Sauerstoffflasche neben seinem Rollstuhl verlief ein Schlauch zu seiner Nase, der mit einem Bügel hinter den Ohren befestigt war. Seine grauen Haare waren weit zurückgewichen, sein Gesicht von Falten und Furchen durchzogen.

Ein Ventilator neben dem Fernseher kämpfte vergeblich gegen die stickige Luft im Zimmer an und verteilte nur einen warmen Wind. Ein Flügel des Geräts schrappte regelmäßig gegen den Metallkäfig, in dem sich der Propeller befand.

Ruben deutete mit der Hand auf Liv und Noemi und stellte sie vor. »Wir sind wegen David hier.«

»David?« Leinders hustete heftig.

»Ja.« Liv trat einen Schritt vor. »Es tut mir leid, dass wir Sie behelligen müssen. Aber wir suchen nach Ihrem Sohn.«

Theo Leinders holte tief Luft, seine Brust hob sich, dann sagte er so bestimmt, wie ihm das wohl noch möglich war: »Mein Sohn ist tot.«

Liv warf Ruben einen Blick zu. Ausgehend von dem, was der Polizeichef ihnen eben erzählt hatte, meinte Theo Leinders diese Aussage wohl nicht wörtlich.

»Ich denke nicht«, sagte Liv und signalisierte Ruben mit einem Nicken, dass er dem alten Mann die Wahrheit erzählen sollte. Aus seinem Mund würde er es eher glauben.

»David ... Du weißt nicht alles über deinen Sohn, Theo«, begann Ruben. »Was ich dir jetzt erzähle, wird überraschend sein. David hat für die gute Sache gearbeitet. Er hat sich bekehren lassen, wenn du so willst. Er hat der Polizei geholfen. Man hat ihn in den Zeugenschutz aufgenommen. Deshalb hast du auch so lange nichts mehr von ihm gehört. Er konnte damals nicht anders, als den Kontakt zu allen abzubrechen, die ihn kannten, selbst zu seinen Eltern.«

Es war schwer, eine Reaktion im Gesicht von Theo Leinders zu lesen. Er saß unbewegt da, den Blick auf den Fernseher gerichtet, wo die Bilder weiter tonlos vor sich hin flackerten. Die einzigen Geräusche im Zimmer kamen vom Ventilator und dem Rauschen des Sauerstoffschlauchs. Schließlich schüttelte Theo Leinders den Kopf. »Das ändert gar nichts. Was er getan hat, kann nicht wiedergutgemacht werden. Und das habe ich ihm auch gesagt.«

»Theo, du solltest nicht ...«, versuchte es Ruben.

»Er ist für mich gestorben!«, blaffte der alte Mann. »Das habe ich ihm ebenfalls gesagt.«

»Das bedeutet, David war hier?« Noemi hatte Liv die Frage praktisch aus dem Mund genommen.

Theo Leinders nickte.

»Wann war das?«, wollte Liv wissen.

»Am Freitagabend …« Leinders atmete schwer. Das Gespräch strengte ihn sichtlich an. »Er stand plötzlich hier im Zimmer.«

»Erinnern Sie sich noch an die genaue Uhrzeit?«

»Es wird so gegen acht gewesen sein.«

David war gegen sechs von zu Hause aufgebrochen. Er musste also unmittelbar nach seiner Ankunft in Veere den Weg zu seinem Vater gesucht haben.

»Was wollte er?«

»Frieden schließen, wie er es nannte. Er sagte, dass es ihm leidtäte. Alles. Unser Streit, die Sache mit seiner Mutter, das Mädchen …«

»Er meinte Esmée?«, hakte Noemi ein. »Was sagte er über sie?«

»Er …«, Leinders gab ein schweres Husten von sich, »… er bedauere, was damals geschehen war.«

»Also hat er zugegeben, für ihr Verschwinden verantwortlich zu sein?«, fragte Noemi.

Liv warf ihr einen mahnenden Blick zu, dass dies nicht der Zeitpunkt war, in dem alten Fall herumzustochern. Sie waren wegen David hier, und was seinen Sohn betraf, schien die Gesprächsbereitschaft des alten Mannes ohnehin nicht allzu groß zu sein.

Sie kniete sich neben Theo Leinders. »David wollte sich also mit Ihnen versöhnen.«

»Und ich sagte ihm, dass daraus nichts wird.«

»Weshalb?«

Das Gesicht des alten Mannes verfinsterte sich. »Nach allem, was er getan hat … Er hat die Familie ins Unglück gestürzt. Nach dieser Sache mit dem Mädchen … Die Leute haben sich den Mund über uns zerrissen. Das hat Guude krank gemacht. Er ist nicht einmal zu ihrer Beerdigung gekommen. Aber der liebe Herrgott sieht das alles, und er vergisst nicht. Er wird seine gerechte Strafe erhalten, das habe ich David gesagt.«

Liv seufzte. Seltsamerweise war es nicht das erste Mal, dass sie einem gottesfürchtigen Menschen begegnete, der sich in der Vergebung schwertat. »Ihr Sohn hat eine Freundin. Lisanne. Sie hat uns verständigt. David ist nicht nach Hause gekommen. Er gilt als vermisst …«

»Er is een tijd van komen en een tijd van gaan. En de tijd te gaan is nu gekomen«, brummte der alte Mann.

Liv kannte die Redensart, die auf eine Bibelstelle zurückgeführt wurde. Es gibt eine Zeit des Kommens und eine Zeit des Gehens. Und die Zeit des Gehens ist nun gekommen. In der Regel fand der Spruch bei Trauerfällen Anwendung – oder eben, wenn man unliebsamen Besuch loswerden wollte.

»Der Herr wird mich bald zu sich rufen. Ein willkommenes Ende. Ich werde meine Guude wiedersehen.« Theo Leinders stützte sich auf den Armlehnen ab und richtete den Oberkörper auf. »Aber mein Sohn ist schon vor langer Zeit für mich gestorben. Und wenn er jetzt wieder verschwunden ist … Meinetwegen kann er das gerne bis in alle Ewigkeit bleiben.«

13

Es versprach ein langer, warmer Sommerabend zu werden. In der Ferne färbte die untergehende Sonne den Himmel in orangeroten Tönen. Liv erinnerte sich, wie die Sonne in ihrer Kindheit manchmal tagelang nicht hinter einer dichten Wolkendecke hervorgekommen war. Damals war es unvorstellbar gewesen, dass man sich während einer Hitzeperiode wie dieser darüber freute, wenn der glühende Planet abends endlich vom Himmel verschwand und die brütende Hitze nicht noch weiter anfachte. Wenigstens machte eine aufkommende Brise die Sache ein wenig erträglicher.

Die Grillen zirpten im hohen Gras, als Ruben van der Meer mit ihnen über die Zugbrücke im Hafen ging und sie zu einem Trampelpfad führte, der über eine Weide direkt auf eine Windmühle zulief.

»Ich habe mir das Altertümchen vor ein paar Jahren gekauft«, erzählte der Polizeichef. »Und ich plane, in nicht allzu ferner Zukunft meinen wohlverdienten Ruhestand dort zu verbringen.«

»Da könnte ich mir in der Tat auch Schlechteres vorstellen«, erwiderte Liv.

Ruben hatte vorgeschlagen, dass sie ihn nach Hause begleiteten und mit ihm zu Abend aßen. So konnten sie sich besser kennenlernen und in Ruhe über den Fall sprechen. Liv hatte nichts dagegen einzuwenden gehabt. Aus Theo Leinders hatten sie nichts mehr herausbekommen. Ruben hatte sich hingegen als gesprächig erwiesen und schien das Umfeld des verschwundenen David Leinders bestens zu kennen. Sein Wissen konnte ihnen helfen, Klarheit in diese Angelegenheit zu bringen.

Die Mühle war zur Hälfte umgeben von einem Wassergraben, der offenbar zur alten Wehranlage des Ortes gehörte. In der Nähe sah Liv eine Familie mit ihren Kindern, die mit einer von Hand gezogenen Fähre den Graben überquerte.

Die Windmühle war in einem tadellosen Zustand. Der weiß verputzte Oberbau mit den Flügeln saß auf einem schwarzen Fundament. Ruben hielt ihnen das Tor des hüfthohen Holzzauns auf, der das Anwesen umgab. Der Vorgarten bestand aus einer wilden Blumenwiese, in der die Bienen und Hummeln summten und Rotklee, Klatschmohn, Kornblumen und Margeriten gediehen. Sie gingen über einen Kiespfad zur Rückseite der Mühle, wo sich eine Terrasse zu einer weiten Wiese öffnete.

Ruben schloss die Terrassentür auf und bat sie herein. Liv ließ Noemi den Vortritt. Sie kamen in einen großen Wohn-Ess-Bereich. Links von ihnen stand ein langer Esstisch mit massiver Holzplatte vor den bodentiefen Sprossenfenstern. Rechts waren zwei Sofas vor einem offenen Kamin gruppiert. Offenbar war Ruben ein Vielleser, denn auf dem Couchtisch in der Mitte stapelten sich die Bücher. Aus Fernsehen schien er sich hingegen wenig zu machen, den suchte man hier vergeblich.

Auf einem der Sofas lagen in einem Wäschekorb ein paar Hemden und Hosen, die offenbar darauf warteten, gebügelt zu werden.

Im hinteren Teil des Raums befanden sich eine Küchenzeile und ein frei stehender Block mit Kochplatten und Abzugshaube. Kochen schien das andere große Hobby des Polizeichefs zu sein. Über der Spüle hing ein Regal mit Dutzenden Gewürzen, darunter stapelte sich in der Spüle das schmutzige Geschirr.

»Ich hatte heute nicht mit Besuch gerechnet«, entschuldigte sich Ruben.

Neben der Küchenzeile führte eine Tür zu weiteren Räumen, Liv konnte eine Wendeltreppe erkennen.

Noemi ging zu dem Küchenblock und stellte die Papiertüte darauf, die sie den ganzen Weg getragen hatte. Heute Abend waren Rubens Künste als Hobbykoch nicht gefragt. Sie hatten sich im Ort am Imbiss gegenüber der Zugbrücke mit einer schnellen Mahlzeit versorgt. Ruben hatte sich für eine Portion Fritten mit Erdnusssoße und Mayonnaise und Frikandel special entschieden, und Liv hatte sich ein Brot mit Krabbensalat bestellt, während die Wahl für Noemi etwas schwieriger gewesen war. Die Kollegin ernährte sich vegan, wie Liv bei der Gelegenheit herausgefunden hatte. Das Einzige, was das Etablissement in dieser Richtung führte, war ein weiches Brötchen mit Falafel gewesen.

Ruben entkorkte eine Flasche Rotwein, und wenig später saßen sie beim Essen am Tisch auf der Terrasse. Die Sonne war mittlerweile vollends verschwunden, der Mond zeigte sich noch ein wenig schüchtern und blass am Himmel.

Noemi erzählte während des Essens von ihrer Arbeit bei der Kriminalpolizei in Leeuwarden.

Ruben hatte ein Bild in der Zeitung von der Heldin des Elfstedentocht gesehen und Noemi wiedererkannt. »Eine reife Leistung«, sagte er.

»Das war nicht allein mein Verdienst«, antwortete Noemi. »Auch wenn die Medien das unter den Tisch haben fallen lassen, ich hatte Kollegen, die ebenso großen, wenn nicht sogar größeren Anteil an der Ergreifung des Täters hatten.«

Ruben schob sich eine Pommes in den Mund. »Ihr Chef wird sich trotzdem über die gute Presse gefreut haben. Und Ihrer Karriere hat es ja offenbar keinen Abbruch getan.«

Noemi nickte. »Ja, das stimmt. Ich hätte mir nicht träumen lassen, mal bei der Landespolizei zu arbeiten.«

»Hm.« Ruben spießte eine weitere Pommes auf, tunkte sie in die Erdnusssoße und die Mayonnaise. »Scheinen recht harte Zeiten dort oben zu sein, was man so in der Zeitung liest.«

Er warf Liv einen Blick zu, der durchscheinen ließ, dass er über den Zwischenfall gelesen hatte, in den sie verwickelt war. Sie hatte allerdings nicht die Absicht, mit ihm darüber zu reden.

»Kommen wir zum eigentlichen Thema«, sagte sie, nachdem sie den letzten Bissen ihres Krabbenbrotes gegessen hatte. »Die Familie Leinders. Du scheinst sie gut zu kennen.«

»Nun, wie ich schon sagte, ich habe sie bei den damaligen Ermittlungen in der Sache Esmée Vriesde unter die Lupe genommen. Und wenn man seit nun bald dreißig Jahren seinen Dienst auf Walcheren tut, dann bleibt es nicht aus, dass man die Leute kennenlernt.«

»Was sind das für Leute?«, fragte Noemi. »Der Name an der Mauer des Hauses, Gottes Reich, das Kreuz über dem Esstisch, das Bibelzitat ...«

»Gut beobachtet«, lobte Ruben. »Die Leinders sind *zwartekousen.*«

Liv hatte den Ausdruck schon lange nicht mehr gehört, aber er überraschte sie natürlich nicht. Sie waren hier im Bibelbelt der Niederlande, viele strenggläubige Menschen lebten hier. Die *zwartekousen*, die Schwarzstrümpfe, richteten ihr Leben streng nach der Bibel aus. Eine verschworene Glaubensgemeinschaft, die man sonntags in komplett schwarzer Kleidung in die Kirche ziehen sah. Sogar die Socken mussten schwarz sein, daher der Name. Gegenüber Fremden gaben sich die Angehörigen dieser Gemeinschaft eher zurückweisend. Sie durften also vermutlich dankbar sein, dass Theo Leinders überhaupt mit ihnen gesprochen hatte.

Dass es sich bei den Leinders um Zwartekousen handelte, warf allerdings ein neues Licht auf die Beziehung von Vater und Sohn. Denn egal, ob David nun zu Recht von allen Vorwürfen freigesprochen worden war oder nicht – Liv konnte sich gut vorstellen, welchen Gesichtsverlust die ganze Sache für die Familie im Kreis der Glaubensgemeinde bedeutet haben musste.

»War David ebenfalls ein gläubiger Mensch?«, wollte Noemi wissen.

»Nein, kann man nicht sagen.« Ruben trank einen Schluck Wein. »David und seine Schwester Famke hatten dem Glauben, zumindest in der strengen Auslegung ihrer Eltern, früh abgeschworen. Vor allem Famke war eine Rebellin. Sie wollte nach dem Schulabschluss so schnell wie möglich von zu Hause weg. Sie suchte sich ein günstiges Zimmer in Middelburg. David war hingegen schon immer … speziell.«

»Was meinst du damit?«, fragte Liv.

»Seine Mutter erzählte mir einmal, dass er als Kind häufig krank war. Er hat wohl ein ganzes Schuljahr verpasst. Bei seinen Altersgenossen fand er nur mühsam Anschluss. In der Schule hing er hinterher, musste eine Klasse wiederholen. Bis er eines Tages Bouke Visser kennenlernte. Bouke war Davids erster echter Freund. Und für diese Freundschaft tat er alles.

Ich frage mich manchmal, was gewesen wäre, wenn er ihn nie getroffen hätte.«

»Du meinst, Bouke Visser brachte ihn erst auf dumme Ideen?«

»Allerdings. Bouke war der Sohn eines Trinkers und Taugenichts. Dem alten Visser gehörte einmal die Frituur, in der wir eben unser Essen geholt haben. Er versoff den Laden. Ein fleißiger Marokkaner übernahm das Geschäft. Visser verzapfte im Ort Verschwörungstheorien, der Mann hätte ihn um seinen Laden gebracht. Garniert mit rassistischem Geschwätz. Das muss auf Bouke abgefärbt haben.« Ruben ließ den Blick über die Wiese schweifen, die bei einem kleinen Deich endete, auf dem Schafe weideten. »Ich machte zum ersten Mal Bekanntschaft mit David Leinders und Bouke Visser, als die beiden unerlaubterweise ein Banner am Rathaus von Veere aufhängen wollten, auf dem sie vor Überfremdung warnten.«

»Überfremdung?«, fragte Noemi und verschluckte sich dabei an einem Stück Falafel. Sie hustete. »In keiner Region unseres Landes gibt es so wenige Einwanderer wie hier – wenn man mal von den Touristen und ihren Ferienhäuschen absieht.«

Ruben hob die Hände. »Ist mir klar. Aber David und Bouke, diese Idioten … Pim Fortuyn und Geert Wilders kamen damals groß auf, die beiden plapperten einfach deren Parolen nach und fühlten sich stark. Sie unterstützten im Wahlkampf die Wilders-Partei hier in Walcheren und plakatierten auf der ganzen Insel. Und … tja, dabei nahm dann das Übel seinen Anfang.«

»Du meinst die Sache mit Esmée Vriesde?« Liv spürte, wie langsam ihre Aufmerksamkeit nachließ. Es war ein anstrengender Tag gewesen, und der Wein tat sein Übriges – ihr erstes Glas seit langer Zeit.

Ruben nickte. »David und Bouke erwischten Esmée eines Abends dabei, wie sie ... aus nachvollziehbaren Gründen ... eines der Wilders-Plakate abriss. Die Jungs bedrohten sie. Esmée kam mit dem Schrecken davon und erstattete Anzeige. Es blieb für die Jungen bei einer Ermahnung, doch ... Nun ja ...« Er grinste verschmitzt. »Ich ließ es mir nicht nehmen, David auf seiner Ausbildungsstelle zu besuchen. Er machte eine Kochlehre in einem Restaurant hier in Veere. Das sollte ihm einen ordentlichen Schrecken einjagen. Was es auch tat, denn sein Chef setzte ihn im hohen Bogen vor die Tür, als er erfuhr, was er getan hatte.«

»Zu Recht«, meinte Noemi. »Ich nehme an, er hat sich dafür an Esmée gerächt.«

»Nein, zumindest nicht direkt. Ich schätze, seine Eltern und die Glaubensgemeinde haben versucht, Einfluss auf David zu nehmen. Das gelang ihnen zum Teil. David blieb zwar in der rechten Szene, verhielt sich aber zumindest eine Weile friedlich.«

»Bis zu dem Abend, als Esmée verschwand.« Noemi blickte Ruben forschend an. Der schien seine nächsten Worte genau abzuschätzen.

»Wir wissen schlussendlich nicht, was an jenem Abend geschehen ist. Ich hatte meine Vermutungen, die Indizien deuteten auf David. Es sah tatsächlich ganz danach aus, als hätte er sich für den Ärger gerächt, den Esmée ihm bereitet hatte. Aus Gründen, die mir bis heute nicht begreiflich sind, setzte die Justiz ihn auf freien Fuß. Gesellschaftlich befand sich die Familie Leinders dennoch im freien Fall. Ihr Ansehen war beschädigt, in der Glaubensgemeinde rückte man von ihnen ab.

Den Rest kennt ihr. Theo brach mit seinem Sohn, David ging nach Amsterdam. Und das war das Letzte, was ich von dem Jungen gehört habe. Bis heute.«

Liv lehnte sich zurück und blickte in den Nachthimmel hinauf. Die blinkenden Lichter eines Flugzeugs waren in der Höhe zu sehen. So tragisch die Familiengeschichte der Leinders auch sein mochte, sie waren hier, um herauszufinden, ob mehr hinter Davids Verschwinden steckte. Falls ja, würde Adriaan entscheiden müssen, ob sie weitere Ermittlungsschritte einleiteten.

Es gab einen Punkt bei der Sache, der Liv die ganze Zeit im Hinterkopf herumspukte und für den sie noch keine einleuchtende Erklärung gefunden hatte. »Du sagst, er hat mit seiner Familie gebrochen und nichts mehr von sich hören lassen.« Sie beugte sich vor und stützte die Ellbogen auf den Tisch. »Das passt damit zusammen, dass er ins Zeugenschutzprogramm aufgenommen wurde und eine neue Identität bekam.«

Ruben nickte zustimmend.

»Dennoch hat er zwei Briefe aus Veere erhalten, die beide an seine neue Adresse und seinen neuen Namen gerichtet waren. Der erste stammte von einem ›Freund‹. Er bewegte David zu der Reise hierher. Der zweite Brief kam von seiner Schwester Famke. Sie berichtete ihm von seinem sterbenskranken Vater und bat um sein Kommen. Nun wissen wir, dass David direkt nach seiner Ankunft tatsächlich seinen Vater aufsuchte. Das legt den Schluss nahe, dass dieser wirklich der Grund für sein Kommen war. Möglich also, dass dieser Freund bereits in dem ersten Brief davon erzählte. Vielleicht schrieb er ihm aber auch in ganz anderer Sache. Was bleibt, ist die Frage, woher dieser Freund und seine Schwester von Davids neuer Identität und Adresse wussten?«

»Nun«, sagte Ruben. »Was Famke ɔetrifft, lässt sich die Frage sicherlich beantworten. Wir fragen sie einfach. Sie lebt und arbeitet drüben in Vrouwenpolder.«

»Vielleicht hat David sie ebenfalls besucht«, sagte Noemi.

»Zweifelhaft.« Ruben schürzte die Lippen. »Famke Leinders war damals die beste Freundin von Esmée Vriesde.«

14

Ann-Remi trat kräftig in die Pedale ihrer Gazelle und schaffte es gerade noch bei Grün über die Kreuzung, wobei sie darauf achten musste, dass die Einkäufe nicht aus dem Korb sprangen, der am Lenker hing. Auf den Straßen tummelten sich abendliche Flaneure, und die Terrassen der Restaurants waren gut besucht. Ann-Remi folgte dem Londonsekaai, der entlang des Binnenhafens verlief, wo sich Hausboote aneinanderreihten. Etwas weiter die Straße hinunter ragten die Masten von Segeljachten und alten Plattbodenschiffen in die Höhe.

Sie war spät dran. Zu ihren Pflichten als Untermieterin gehörte neben dem Einkaufen unter anderem auch die Zubereitung des Abendessens, und sie hatte Onkel Boudewijn nun bereits über Gebühr warten lassen.

Nach ihrem Telefonat mit dem Hausarzt von Willem de Ram hatte sie kurz entschlossen den Weg in die Toxikologie angetreten. Die Kollegen arbeiteten in der Etage über ihr, und zu einem von ihnen hatte sie einen guten Draht: Marinus Dekker. Seinen Kollegen galt Marinus als Nerd, da er seine Freizeit am liebsten mit Computerspielen verbrachte. Was sie alle nicht begriffen, Ann-Remi aber sehr wohl, war, dass er damit Geld verdiente. Marinus, der in ihrem Alter war, hatte sich auf Rennsimulationen spezialisiert, das sogenannte Sim Racing, in dem Onlineturniere abgehalten wurden. Er würde es wohl nicht in die Weltspitze der E-Sportler schaffen, daran hinderte ihn ganz einfach sein Vollzeitjob, dennoch war er so gut, dass er bei Wettkämpfen regelmäßig Preisgelder einstrich. Davon konnte er sich den Jahresurlaub finanzieren.

Marinus hatte ihr einmal von seinem Hobby vorgeschwärmt, nachdem sie ihre gemeinsame Begeisterung für Marvel-Comics und -Filme festgestellt hatten. Aus dem unverfänglichen Plausch war ein gemeinsamer Kinobesuch mit anschließendem Abendessen beim Japaner erwachsen. Während sie bei Sushi und Sake über das neueste Spiderman-Abenteuer sprachen, hatte Ann-Remi sich des starken Verdachts nicht erwehren können, dass Marinus ein Auge auf sie geworfen hatte.

Was ihre eigenen Gefühle für ihn anging, war sie sich noch nicht sicher. Auf jeden Fall war ihr Marinus gewogen, und sie wusste sich das zunutze zu machen.

Cees Koning hatte auf eine toxikologische Untersuchung von Willem de Rams Blut verzichtet, da der Fall in seinen Augen glasklar war und er ungern Ressourcen verschwenden wollte.

Weil die Sache Ann-Remi keine Ruhe ließ, besonders nach ihrem Gespräch mit dem Hausarzt, hatte sie Marinus zwei Reagenzgläser mit dem Blut des Toten gebracht, mit der Bitte, es sich in aller Verschwiegenheit einmal anzusehen. Am besten sofort. Als Gegenleistung hatte sie Marinus einen weiteren gemeinsamen Abend in Aussicht gestellt, ein Köder, den er nur allzu bereitwillig geschluckt hatte.

Nach ihrem Besuch in der Toxikologie hatte sie sich auf den Heimweg gemacht, mit einem kurzen Zwischenstopp bei Albert Heijn an der Pottenbakkerssingel, wo sie schnell die nötigsten Einkäufe erledigt hatte.

Ann-Remi bog in die Bellinkstraat ab, eine schmale Sackgasse, die vom Binnenhafen abzweigte. Alte, gedrungene Häuser aus rotem oder grauem Backstein kauerten sich hier dicht aneinander. Onkel Boudewijns Haus lag an einer Straßenecke. Mit drei Stockwerken war es noch eines der größeren Gebäude in der Gasse, wobei das Dachgeschoss unter dem Stufengiebel nicht ausgebaut war.

Sie stieg ab, schob das Fahrrad um das Haus herum zum Garteneingang. Boudewijn hatte das Grundstück auf der Rückseite mit der kleinen Wiese, der Terrasse und dem Gartenteich durch eine hohe Mauer vor neugierigen Blicken geschützt. Die Holztür in der Mauer war mit einem Schloss gesichert. Ann-Remi öffnete die Tür und schob ihr Fahrrad in den Garten.

Boudewijn saß auf der Terrasse in einem Plastikgartenstuhl – für robusteres Mobiliar war er zu geizig gewesen – und hielt eine Flasche Trappistenbier in der Hand. Ann-Remi erkannte das Bier anhand des Zwergs auf dem Etikett schon von Weitem. La Chouffe, Boudewijns Lieblingsmarke.

Neben ihm saßen seine Hunde, zwei braune Cockerspaniel, denen er ebenfalls ein wenig Bier in den Napf gegossen hatte. Die beiden schliefen danach immer gut.

In seinen jüngeren Jahren hatte Boudewijn zwei große Lebensträume gehabt. Der erste Traum war eine Weltumseglung. Als ersten Schritt hatte er einmal in den Sommerferien eine Segeljacht mit Skipper gemietet, der ihm das grundlegende Seemannshandwerk beibringen sollte. Ann-Remi hatte mitgedurft. Was ein einwöchiger Törn auf dem Ijsselmeer hatte werden sollen, endete nach gut einem Tag. Sowohl Boudewijn als auch ihr war speiübel geworden. Sie hatten schleunigst den nächsten Hafen angesteuert und ihr Onkel Traum Nummer eins von seiner Liste gestrichen.

Sein zweiter Traum war ein eigener Zoo. Boudewijn liebte Tiere, und zumindest diesen Traum hatte er mit seiner Pensionierung wahr gemacht. Er hatte nicht nur die beiden Hunde, sondern auch drei Katzen. Außerdem standen im Garten diverse Ställe. Einer für die Hühner, ein anderer für die Hasen und dazu noch ein Verschlag für die Tauben, die er regelmäßig kreisen ließ. Er hatte einmal über Schafe nachgedacht, die den Rasen bearbeiten konnten. Ann-Remi hatte ihm allerdings davon abgeraten. Den Nachbarn war sein kleiner Streichelzoo – aus nachvollziehbaren Gründen, man bedenke nur den Gestank, besonders in einem Hitzesommer wie diesem – ein Dorn im Auge, und manche drohten immer wieder mit dem Ordnungsamt.

»Hallo Onkelchen«, sagte Ann-Remi.

Aus dem Nachbargarten klang Gelächter, dann laute Jubelrufe. Das Haus nebenan hatte eine Weile leer gestanden. Wie es schien, hatte es neue Bewohner gefunden.

»Wurde aber auch Zeit«, brummte Boudewijn.

»Hat leider etwas länger auf der Arbeit gedauert«, erklärte Ann-Remi, während sie die Einkäufe aus dem Korb hob.

»Du willst wohl hoch hinaus in deinem Beruf.«

Ann-Remi quittierte die Bemerkung mit einem schiefen Lächeln und ging über die Terrasse ins Haus. Sie war nicht in der Stimmung, ihrem Onkel das Leid mit ihrem Vorgesetzten zu klagen.

In der Küche stellte sie die Einkäufe auf die Anrichte. Boudewijn folgte ihr mit schlurfenden Schritten, sie hatte schon alles in den Kühlschrank und die Vorratsschränke geräumt, als er endlich die Küche erreichte.

Er stemmte sich mit beiden Händen auf seinen schwarzen Gehstock. »Was hast du denn mitgebracht?«

»Puntjes, Filet Americain und Chocomel. Wie gewünscht.«

»Und was gibt es heute Abend?«

»Moussaka.«

Boudewijn rümpfte die Nase. »Ich habe schon mal davon gehört ... aber ist das nicht eher Nachtisch, so ein Mus?«

»Onkelchen, Moussaka ist ein Auflauf mit Auberginen, Hackfleisch und Béchamelsauce.« Ann-Remi holte eine Pfanne und eine Auflaufform aus dem Küchenschrank und machte sich daran, das Gemüse zu schneiden.

»Klingt gesund. Ist da Fleisch drin?«, erkundigte sich Boudewijn.

»Na, Hackfleisch, sag ich doch.«

»Hm ... Ich hatte eher an ein schönes Stück Fleisch gedacht, also etwas Richtiges.«

Ann-Remi hackte etwas zu fest mit dem Küchenmesser in die Aubergine, sodass das Messer in der Arbeitsplatte stecken blieb. Sie wandte sich ihrem Onkel zu und schenkte ihm ein mildes Lächeln. »Morgen gibt es wieder richtiges Fleisch, einverstanden? Ich fahre extra beim Metzger vorbei.«

Diese Aussicht schien ihn versöhnlich zu stimmen. Er grinste. »Wunderbar. Soll ich dir ein Bier aufmachen oder lieber ein Glas Wein?«

»Du weißt doch, dass ich keinen Alkohol trinke.«

»Man kann ja mal eine Ausnahme machen.« Boudewijn schüttelte den Kopf. »Ich versteh euch junge Leute nicht. Immer alles so gesund. Wollt ihr ewig leben? Man muss doch auch Spaß im Leben haben.«

»Glaub mir, den hab ich.«

»Indem du dich abends in deinem Zimmer verkriechst und irgendwelche Püppchen anmalst? Eine Frau in deinem Alter sollte sich nach einem Mann umsehen und mal richtig ...«

»Wie wäre es, wenn du dir noch ein Bier nimmst, dich auf die Terrasse setzt und mich in Ruhe kochen lässt, hm?«

Boudewijn brummte etwas Unverständliches, zog aber ab, nachdem er sich eine neue Flasche Trappistenbier aus dem Kühlschrank genommen hatte.

Ann-Remi machte alles fertig, schob den Auflauf in den Ofen und machte sich anschließend daran, den Tisch auf der Terrasse zu decken. Als sie mit zwei Tellern und Besteck nach draußen ging, erklangen aus dem Nachbargarten wieder lautes Jubeln und Gelächter.

Boudewijn saß auf seinem Gartenstuhl, trank einen Schluck Bier und machte ein miesepetriges Gesicht. »Das geht schon den ganzen Tag so.«

»Die neuen Nachbarn?«, fragte Ann-Remi. »Du meinst, sie feiern schon den ganzen Tag?«

»Nein. Erst haben sie mit dem Umzugswagen die ganze Straße blockiert …«

»Was dich kaum gestört haben dürfte, da du ohnehin nicht rausgehst.«

»Aber die anderen hat es gestört. Mevrouw Langejans von gegenüber ist nicht mal mit dem Fahrrad an dem Laster vorbeigekommen. Als sie mit der Polizei gedroht hat, konnte sie sich von denen ein Gekeife anhören …«

Ann-Remi hob die Augenbrauen. »Sie wollte den neuen Nachbarn gleich die Polizei auf den Hals hetzen?«

»Allerdings. Zu Recht.«

»Was soll das denn heißen? Hätte sie nicht zuerst einfach mal fragen können, ob die das Auto ein Stück zur Seite fahren?«

»Ich glaube kaum, dass die unsere Sprache sprechen.«

»Was sind das denn für Leute?«

»Syrer.«

»Aha. Also hast du mit ihnen gesprochen.«

»Nein.«

»Und woher weißt du das dann?« Ann-Remi setzte sich neben ihren Onkel auf den freien Stuhl und goss sich ein Glas Wasser ein.

»Sie sehen aus wie Syrer.« Boudewijn machte eine relativierende Handbewegung. »Auf jeden Fall sind es Araber. Sie unterhalten sich sehr laut und … dieses Gekreische da drüben geht schon seit Stunden so.«

»Vermutlich feiern sie ihren Einzug.«

»Das kann man auch leiser machen. Außerdem riecht es.«

»Wie, es riecht?«

»Na, aus dem Garten. Vermutlich schächten sie da gerade irgend so ein armes Tier. Man weiß doch, wie das bei denen ist.«

»Onkelchen.« Ann-Remi stieß einen Seufzer aus.

Sie war in Köln zur Schule gegangen, und die Lehrer hatten ihnen nicht nur im Geschichtsunterricht eingebläut, welche Verbrechen ihre Vorfahren sich hatten zu Schulden kommen lassen. Obwohl Ann-Remi zur Hälfte Niederländerin war, hatte sie sich das alles sehr zu Herzen genommen. Deshalb hatte sie sich auch besonders mit der deutschen Besatzung in den Niederlanden und speziell den Ereignissen hier auf Walcheren befasst und schnell verstanden, weshalb die Familie ihrer Mutter nie ganz darüber hinweggekommen war, dass sie ausgerechnet einen Deutschen geheiratet hatte.

Als sie nach Middelburg gezogen war, hatte Ann-Remi sich vorgenommen, in jeder Hinsicht vorbildhaft zu sein – nur um festzustellen, dass der niederländische Teil ihrer Familie in Sachen Fremdenfeindlichkeit kein Blatt vor den Mund nahm.

Die vermeintliche Liberalität hierzulande beschränkte sich oft aufs Wegsehen, nach dem Motto, solange du mir nicht auf den Keks gehst, kannst du meinetwegen machen, was du willst, aber komm mir bitte nicht zu nahe. Ann-Remi war sich ziemlich sicher, dass Onkel Boudewijn bei ihren deutschen Freunden im Rheinland als waschechter Rassist durchgegangen wäre. Was er natürlich nicht war, er mochte es nur nicht, wenn sich die Dinge auf seinem kleinen putzigen Walcheren zu sehr änderten.

Ann-Remi trank einen Schluck, stand auf und ging hinüber zur Gartenmauer.

»Was hast du vor?«, rief Boudewijn ihr besorgt hinterher, als wäre sie gerade auf die Idee gekommen, spontan den Mount Everest zu erklimmen.

»Mich in Völkerverständigung üben.«

Sie zog einen Holzblock heran, stellte sich darauf und lugte über die Mauer in den Nachbargarten.

Dort hatte sich ein gutes Dutzend Leute versammelt. Dem Aussehen nach schien sie tatsächlich arabischer Abstammung zu sein. Zwei der Frauen trugen Kopftücher. Die Gruppe hatte sich um einen Schwenkgrill versammelt und schien guter Laune.

Ann-Remi räusperte sich, und einer der Männer wurde auf sie aufmerksam. Er kam zu ihr herüber an die Mauer.

»Goedenavond«, sagte er und sprach weiter in akzentfreiem, fließendem Niederländisch: »Sind wir zu laut? Das tut mir sehr leid … Wir sind heute erst eingezogen, und ich bedanke mich bei meinen Umzugshelfern mit einem Grillabend.«

Ann-Remi lächelte. »Kein Problem. Ich wollte nur mal sehen, wer unsere neuen Nachbarn sind.«

Der Mann sah zu ihr auf, hob einen Finger, als Zeichen, dass sie sich kurz gedulden möge. Er holte einen Gartenstuhl herbei und stieg darauf, sodass sie sich nun auf Augenhöhe über die Mauer unterhalten konnten. Der Mann reichte ihr eine Hand. »Ich bin Salim. Salim Vriesde.«

»Ann-Remi.« Sie erwiderte den Händedruck und deutete hinter sich auf die Terrasse. »Und das ist mein Onkel Boudewijn.«

Salim, der krauses dunkles Haar, braune Augen und einen Vollbart hatte, winkte dem alten Mann zu. Es dauerte einen Moment, bis Boudewijn ganz offensichtlich etwas widerwillig die Bierflasche zum Gruß hob.

»Willkommen«, sagte Ann-Remi. »Es ist schön, dass jetzt wieder Leute hier wohnen. Das Haus hat lange leer gestanden.«

»Ja, wir freuen uns auch, dass wir endlich etwas gefunden haben. War nicht gerade leicht. Aber die Wohnung, die wir vorher hatten, wurde für uns einfach zu klein.« Salim deutete mit einem Nicken hinter sich, wo zwei Mädchen über den Rasen tobten.

»Lebt ihr schon länger hier auf Walcheren?«

»Oh ja, seit zehn Jahren. Mir gehört der Blumenladen drüben in Veere. Man wird nicht gerade reich damit, aber ...«

Ein verbrannter Geruch stieg Ann-Remi in die Nase. »Oh, verdammt! Der Auflauf.«

»Was gibt es denn bei euch?«, fragte Salim, während sie von dem Holzblock herunterstieg.

»Moussaka.«

Ann-Remi eilte in die Küche, wo bereits Rauch aus dem Ofen quoll. Sie schnappte sich zwei Topflappen, zog die Auflaufform heraus und stellte sie auf die Küchenarbeitsplatte.

Nachdem der Qualm sich verzogen hatte, begutachtete sie den Schaden. Die Moussaka war nicht mehr zu retten.

Mit hängenden Schultern ging sie wieder hinaus auf die Terrasse.

»Gibt es jetzt essen?«, fragte Boudewijn.

»Würde es heute Abend auch ein Butterbrot tun?«

Boudewijn verzog die Mundwinkel.

»Ann-Remi?« Salim lugte über die Mauer und winkte sie zu sich. »Gibt es ein Problem?«

»Die Moussaka ist mir verbrannt.«

Salim lächelte. »Ist mir auch schon passiert. Moment.«

Er verschwand und tauchte kurze Zeit später wieder auf. Er bedeutete Ann-Remi auf den Holzblock zu steigen. Dann reichte er ihr eine große Platte mit Fleischstücken über die Mauer. »Hier. Damit ihr nicht verhungert, und das hier ...«, er hielt ihr einen üppigen Blumenstrauß hin, »... als Geschenk für dich. Auf gute Nachbarschaft.«

Ann-Remi schüttelte den Kopf. »Das kann ich doch nicht annehmen.«

»Doch, kannst du. Und jetzt esst schnell, bevor es kalt wird.«

Ann-Remi bedankte sich noch einmal.

Sie ging mit der Fleischplatte zu Boudewijn hinüber und stellte sie vor ihn auf den Tisch.

Ihr Onkel bekam große Augen. »Was sehen meine entzückten Augen denn da?«

»Lamm!«, rief Salim zu ihnen herüber, winkte noch einmal und verschwand hinter der Mauer.

Boudewijn spießte ein Stück Fleisch mit der Gabel auf und schob es auf seinen Teller. »Also ... Das mit deiner Völkerverständigung ... Das finde ich eine ganz ausgezeichnete Sache.«

15

Veere, Insel Walcheren, 08. Oktober 1944

»Warum ist sie nicht nach Hause gekommen, wenn sie noch lebt?« Vater legte die gefalteten Hände auf den Tisch und beugte sich vor. In seinen dunkel unterlaufenen Augen lagen Kummer und ein Flehen. »Junge, ich wünschte mir auch, sie wäre irgendwie davongekommen. Doch irgendwann muss man sich den Tatsachen stellen, so schlimm es auch sein mag.«

Henk saß seinem Vater am Küchentisch ihres Hauses in der Wijngaardstraat gegenüber. Draußen dämmerte es bereits, und Tante Jolanda hatte ihnen eine Kerze auf den Tisch gestellt. Sie stand am Herd und bereitete das Abendessen zu. Aus dem Kessel roch es nach Stamppot, einem Eintopf aus Kartoffeln und Gemüse.

Jolanda wohnte mit ihrem Mann und den Kindern nur ein paar Straßen weiter, und nach den schrecklichen Ereignissen in Westkapelle war es für sie gar keine Frage gewesen, dass sie ihrem Bruder beim Haushalt unter die Arme griff.

»Streitet euch nicht«, sagte sie, während sie weiter mit einem Holzlöffel im Topf rührte. »Das macht Mareike auch nicht wieder lebendig.«

Henk beachtete ihren Einwand nicht. Er sah zum Fenster hinaus und dachte nach. Vater hatte natürlich, wie es seine Art war, direkt den springenden Punkt getroffen.

Warum war Mareike nicht nach Hause gekommen, wenn sie noch lebte?

Henk hatte ihre Leiche nicht gefunden. Stunden hatte er in dem mit Trümmern gefüllten Schlammloch, in das sich die zusammengestürzte Windmühle verwandelt hatte, nach ihr gesucht. Er hatte gewartet, bis alle Leichen geborgen worden waren, und dann war er ein weiteres Mal hineingestiegen. Ergebnislos. Mareike war nicht unter den Toten.

Also musste sie leben, oder nicht? Sie musste es irgendwie geschafft haben, sich aus den Trümmern zu befreien, bevor die ersten Helfer eingetroffen waren.

Und dann?

Unter den Leuten vor Ort hatten sich schnell zwei Theorien gebildet. Entweder hatte Mareike sich gar nicht in der Mühle befunden – dagegen sprach, dass man sie kurz vor dem Bombardement mit Mutter genau dorthin hatte fliehen sehen. Oder, die andere Version, sie war aus dem Trümmerhaufen geklettert und von den durch den zerbombten Deich hereinströmenden Wassermassen mitgerissen worden und ertrunken.

Dieser Auffassung hatte sich Vater angeschlossen. Sein einziger Gedanke galt nun der Beerdigung und wie das Leben danach weitergehen würde.

Mutter und Mareike würden in ein gemeinsames Grab kommen. Mareikes Sarg würde leer sein. Wenn es keine Leiche gab, bedeutete das nicht zwangsläufig, dass sie noch lebte?

Wenn die Flut sie wirklich mitgerissen hatte, wäre ihre Leiche landeinwärts angespült worden, oder nicht? Sicher, die später einsetzende Ebbe konnte sie auch hinaus aufs Meer gezogen haben, aber wie wahrscheinlich war das?

Henk hatte sich überall umgehört. Er hatte mit der Familie gesprochen, mit Freunden, mit Tessa, Mareikes bester Freundin, ja, er war sogar die umliegenden Dörfer abgefahren, in der Hoffnung, dass jemand Mareike gesehen hatte.

Nichts.

Die Leute waren mit anderen Dingen beschäftigt. Alle hatten Angst, fürchteten um ihr Leben. Erst gestern hatte es wieder ein Bombardement gegeben. Die Alliierten hatten Nolledijk bei Vlissingen beschossen. Wieder war Land überflutet worden, wieder waren Menschen ertrunken. So langsam war auch dem Letzten klar, was die Alliierten bezweckten, da gab es keine Zweifel mehr. Sie würden die Deiche so lange bombardieren, bis Walcheren unter Wasser stand, in der Hoffnung, die Deutschen nicht in einem langwierigen Gefecht vertreiben zu müssen, das viele Soldatenleben kosten würde. Die Leben der Menschen hier auf der Insel schienen weniger wert zu sein.

Warum ist Mareike nicht nach Hause gekommen?

Es ergab einfach keinen Sinn. Wenn sie überlebt hatte, warum hatten Vater und er sie nicht in Westkapelle angetroffen? Aus welchem Grund wäre sie einfach weggelaufen? Warum wandte sie sich an niemanden aus der Familie oder an Freunde?

Außer … Ja, natürlich, außer sie war wirklich tot, doch das wollte Henk nicht glauben.

Vater griff über den Tisch und fasste seine Hand. »Junge, wir müssen loslassen …«

Henk entwand sich seinem Griff, stand auf und ging hinüber ins Wohnzimmer. Dort hockte Antje, Tante Jolandas Tochter, auf dem Sofa und ließ ein kleines Holzpferd über die Rückenlehne galoppieren. Ihr jüngerer Bruder saß auf dem Teppich und stapelte Holzklötze aufeinander.

»Na, wohin reitest du denn?«, fragte Henk und setzte sich neben sie.

»Weit fort von hier.« Antje ließ das Pferd von der Lehne über Henks Arm reiten. Plötzlich hielt sie inne und sah ihn mit großen Augen an. »Sag, glaubst du, dass auch bei uns hier Feuer vom Himmel regnen wird? Müssen wir dann alle sterben, so wie Tante Mareike?«

Henk nahm ihre Hand und gab ihr einen sanften Kuss. »Nein. Mach dir keine Sorgen. Das wird nicht passieren.«

»Mama meint, dass wir vielleicht weggehen müssen.«

»Das … könnte sein. Aber nicht weit weg. Vielleicht nach Middelburg.«

In dieser Hinsicht machte sich niemand etwas vor. Wenn wirklich die Deiche unter dem Bombardement brachen, wäre die Stadt der beste Zufluchtsort, weil am höchsten gelegen. Vorausgesetzt, man kam rechtzeitig dorthin.

»Ist Tante Mareike jetzt im Himmel?«, fragte Antje.

»Ich will dir was sagen.« Henk lächelte sie an. »Ich glaube, dass Tante Mareike noch lebt.«

»Aber warum ist sie nicht hier?«

»Das werde ich herausfinden. Sie hat bestimmt einen Grund.«

»Vielleicht …« Antje drehte das Holzpferd in ihren Händen.

»Was?«

»Ach, nichts.«

»Du kannst es mir sagen. Ich verrate es niemandem.«

»Ehrenwort?« Antje blickte zu ihm hoch. »Ich hab Mareike versprochen, keinem was davon zu erzählen.«

Henk kniete sich vor das Sofa, sodass er mit dem Mädchen auf Augenhöhe war, und erhob die Hand zum Schwur. »Ehrenwort. Ich weiß nicht, wo Tante Mareike steckt. Aber es

könnte sein, dass sie sich in Schwierigkeiten befindet. Und ...
es gibt bestimmte Momente, in denen man ein Versprechen
brechen kann, wenn man jemandem damit hilft. Falls es also
hilft, Tante Mareike zu finden ... glaube ich, wäre sie dir nicht
böse, dass du mir euer Geheimnis anvertraust.«

Antje richtete ihren Blick auf das Holzpferd und schien
über seine Worte nachzudenken.

Aus der Küche kam Tante Jolandas Stimme. »Es gibt gleich
Essen.«

»Nun?«, fragte Henk.

»Sie ...«, begann Antje vorsichtig, »... sie ist vielleicht bei
ihrem Freund.«

»Ihrem Freund?« Das war neu.

Antje nickte. »Ich habe die beiden zusammen gesehen. Und
da hat Tante Mareike mir gesagt, dass ich niemandem etwas
davon sagen darf.«

»Weißt du noch, wo du die beiden gesehen hast?«

»Bei der Zisterne an der Kirche.«

Tante Jolanda wohnte mit ihrer Familie direkt an der Grote
Kerk. Die Kinder spielten dort, es war also nicht unplausibel,
was Antje da erzählte.

»Hat sie dir den Namen ihres Freundes verraten?«

Antje schüttelte den Kopf. »Aber Tessa war bei ihnen.«

»Tessa?«

»Mhm.« Antje nickte.

»Kommt ihr beiden?«, rief Tante Jolanda erneut aus der
Küche.

Henk stand auf und reichte Antje eine Hand. Das Mädchen
folgte ihm in die Küche und setzte sich auf einen Stuhl.

Henk griff nach seiner Jacke und Mütze, die neben der Tür
am Mantelbrett hingen. »Ich muss noch einmal los.«

»Aber das Essen«, wandte Jolanda ein.

»Später.«

Vater warf einen bedeutungsvollen Blick auf die Wanduhr über dem Esstisch. Sie zeigte kurz nach sechs. »Bald ist Sperrstunde. Sieh zu, dass du zeitig ...«

Henk hörte die letzten Worte nicht mehr. Er hatte sich die Jacke übergestreift und war schon zur Tür hinaus.

Keine fünf Minuten später hämmerte er an die Tür von Tessas Elternhaus. Es dauerte einen Moment, bis ihm geöffnet wurde. Reinout, Tessas Vater, streckte den Kopf heraus und sah sich argwöhnisch nach beiden Seiten um. Eine Zigarette steckte in seinem Mundwinkel.

»Was willst du um die Zeit hier?«, fragte er und reckte das kantige Kinn hervor.

»Ich muss mit Tessa sprechen.«

»Das kann bis morgen warten.«

»Kann es nicht«, insistierte Henk. »Es geht um meine Schwester ...«

Reinout musterte ihn mürrisch. Dann bedeutete er ihm mit einem Nicken, dass er hereinkommen durfte. »Du bist weg, bevor die Deutschen auf der Straße sind. Wir wollen keinen Ärger.«

»Natürlich«, versprach Henk und trat ein.

Die Sperrstunde galt von acht Uhr an. Ab diesem Zeitpunkt patrouillierte nur noch die Wehrmacht auf den Straßen.

Die Familie saß in der Küche beim Essen beisammen. Tessa, ihre Mutter, ihre Großeltern und die beiden Geschwister. Suppenteller standen vor ihnen auf dem Tisch.

»Wir müssen reden«, sagte Henk ohne Umschweife, als Tessa zu ihm aufsah. »Über Mareike.«

»Willst du etwas mitessen«, fragte ihre Mutter, wurde aber von Reinout barsch unterbrochen: »Will er nicht. Besprecht, was ihr zu besprechen habt, und danach sieh zu, dass du wieder nach Hause kommst, Junge.«

Tessa stand auf und führte Henk durch das Wohnzimmer in den Garten hinaus. Mittlerweile war es schon stockdunkel. Tessa zog sich die Strickjacke, die sie trug, enger um die Schultern. In der kalten Luft war ihr Atem zu sehen.

»Wusstest du, dass Mareike einen Freund hat?«, fragte Henk geradeheraus.

Tessa wand sich.

»Ich habe es eben erfahren«, insistierte er. »Also lüg mich nicht an. Vielleicht ist Mareike bei ihm.«

»Das würde mich wundern.«

»Es stimmt also?«

Tessa seufzte. »Also schön ... Ja, sie hat einen Freund.«

»Wie heißt er?«

»Es ist Hendrik. Hendrik van der Straaten.«

Henk brauchte einen Moment. »Du meinst ... der Sohn vom Schuster drüben in Vrouwenpolder?«

»Ja.«

»Warum hast du mir das nicht gleich gesagt? Sie ist vielleicht bei ihm.«

»Wie gesagt, das würde mich wundern.« Tessa blickte durch das Fenster ins Wohnzimmer, als wollte sie sichergehen, dass ihnen niemand zuhörte.

»Was soll das bedeuten? Wie kannst du dir da sicher sein?«

»Weil niemand weiß, wo Hendrik steckt.«

Henk spürte, wie es in seinem Nacken kribbelte. »Er wird ebenfalls vermisst? Sind die beiden zusammen ...«

Tessa zuckte mit den Schultern. »Ich hab keine Ahnung. Vermutlich.« Wieder ein Blick ins Wohnzimmer, dann mit einem Seufzen: »Du musst das für dich behalten. Versprichst du mir das?«

Henk nickte. »Natürlich.«

»Hendrik … Er wird von den Deutschen gesucht. Er arbeitet für den Verzet …«

»Den *Verzet*?« Henk hatte das Wort etwas zu laut ausgesprochen, woraufhin sich Tessa wieder umsah und ihm die Hand auf den Mund presste.

»Nicht so laut. Sonst weiß gleich die ganze Nachbarschaft, dass er etwas mit dem Widerstand zu tun hat.«

»Steckt Mareike da etwa auch mit drin?«

»Ich weiß es nicht. Jedenfalls … Entweder haben sich die Deutschen Hendrik geschnappt oder er ist untergetaucht.«

»Untergetaucht?«

Tessa trat einen Schritt näher an ihn heran und flüsterte in sein Ohr.

16

Veere, heute

Am nächsten Morgen wurde Liv von einem lauten Klopfen an der Tür ihres Hotelzimmers geweckt. Sie öffnete etwas mühsam ein Auge und blickte auf die Uhr ihres Smartphones, das auf dem Nachttisch lag. Gerade halb acht durch. Es klopfte erneut. Liv setzte sich auf die Bettkante. Sie hatte schlecht geschlafen. Selbst in der Nacht waren die Temperaturen nur unwesentlich gesunken. Irgendwann in den Morgenstunden war sie schweißgebadet aufgewacht, hatte wach gelegen und gegrübelt – über David Leinders, aber auch über ihr eigenes Schicksal, das sie derzeit nur bedingt in der eigenen Hand hielt. Sie würde später mit Adriaan telefonieren, ihm berichten und hören, wie sich die Großwetterlage in Den Haag entwickelte. Im Grunde war sie froh, im Moment von alledem weit weg zu sein, und mochte sich gar nicht vorstellen, das beschauliche Veere vielleicht bald schon wieder verlassen zu müssen.

Durch das Fenster, das auf Kipp stand, drangen die Geräusche des Hafens herein. Ein Schiffsmotor blubberte vor sich hin, Wanten klapperten im leichten Wind, Leute unterhielten sich.

Es klopfte ein drittes Mal.

»Moment«, rief Liv. Sie stand auf und zog sich an. Vor dem Spiegel band sie sich die Haare zu einem Pferdeschwanz, dann öffnete sie die Tür.

Noemi lehnte mit dem Ellbogen am Türpfosten. In der einen Hand hielt sie einen Laptop.

»Pardon«, murmelte sie. »Ich dachte, du wärst schon auf den Beinen ... Wir wollten doch früh loslegen.«

»Ja, ich ...« Liv deutete mit dem Daumen hinter sich. »Ich war gerade dabei, meine Notizen durchzugehen ... wenn der Kopf noch frisch ist. Ich mach mich fertig, dann frühstücken wir.«

»Mir reicht ein Kaffee. Allerdings mag ich keine Hotelbuffets. Nebenan habe ich gestern ein Café gesehen. Wollen wir uns dort treffen?«

»In Ordnung.«

»Ich geh schon mal vor.«

Liv schloss die Tür und ging ins Bad, um sich frisch zu machen.

Gestern war es ein langer Abend geworden. Ihr Gespräch hatte sich bald zu entspannteren Themen verlagert, und Ruben hatte eine zweite Flasche Wein geöffnet. Es war kurz nach Mitternacht gewesen, als sie erschöpft ins Bett gefallen war.

Doch der Alkohol rächte sich an diesem Morgen.

Sie zog sich Jeans und T-Shirt an, spritzte sich Wasser ins Gesicht, um endlich wach zu werden, und trug dann leichtes Make-up auf.

Das Café befand sich nur wenige Häuser weiter. Der Geruch von frischem Kaffee wehte Liv entgegen, als sie die Tür öffnete. Noemi hatte an einem Fenster Platz genommen, den Laptop vor sich auf dem Tisch aufgeschlagen. An den holzvertäfelten Wänden hingen Bilder von Segelschiffen, die Decke war mit Fundstücken aus der Seefahrt geschmückt, von Fischernetzen über kleinere Bojen bis hin zu einem Steuerrad, das in der Mitte des Raums als Kronleuchter diente.

Liv setzte sich zu ihrer Kollegin und bestellte einen *koffie verkeerd*, einen Milchkaffee.

»Ich dachte, ich nehme Bouke Visser mal unter die Lupe«, erklärte Noemi.

Liv überlegte, ob sie Noemis Tatendrang bremsen sollte. Im Grunde wussten sie nach wie vor nicht, ob David Leinders tatsächlich verschwunden oder ihm gar etwas zugestoßen war. Und nur das würde weitergehende Ermittlungen rechtfertigen. So gesehen mochte sich Noemis Vorstoß als vergebene Liebesmühe entpuppen. Wobei Liv sich nicht sicher sein konnte, ob Noemi von ihrem persönlichen Interesse am Fall Esmée Vriesde getrieben wurde, nachdem sie gestern erfahren hatten, dass Bouke damals ebenfalls zum Kreis der Verdächtigen gezählt hatte. Andererseits konnte es nicht schaden, wenn sie einen kleinen Vorsprung hatten, sollte diese Sache doch größere Kreise ziehen. Und für den Besuch bei Leinders Schwester Famke, der für heute Morgen geplant war, brauchte sie Noemi nicht.

»Mach das«, sagte sie. »Ich fahre in der Zeit mit Ruben rüber nach Vrouwenpolder, einverstanden?«

»Geht klar.«

»Willst du hier arbeiten, oder soll ich fragen, ob sie auf der Wache in Middelburg einen Platz für dich haben?«

»Für den Moment ist es hier in Ordnung.«

Die Kellnerin brachte den Kaffee, und Liv trank ihn zügig aus. Sie musste in einer Viertelstunde bei Ruben sein, und auf dem Weg zu seiner Mühle wollte sie sich noch den Katakombengang ansehen.

Als Wegzehrung steckte sie den in Plastik verpackten Keks ein, der neben ihrer Kaffeetasse lag. Sie verabschiedete sich von Noemi und verließ das Café.

Liv überquerte die weiße Zugbrücke, die den vorderen Bereich des Hafenbeckens von dem kleineren, dahinterliegenden Teil abtrennte. Der Weg führte zu einer großen Wiese, an deren Ende der Stenen Beer lag, jener Katakombengang, zu dem der Concierge David Leinders am vergangenen Samstagabend hatte gehen sehen – und zwar genau um halb neun. Diese Zeit hatte auch auf dem Notizfetzen gestanden, den sie in Davids Hotelzimmer gefunden hatten.

Sollte er sich mit jemandem dort getroffen haben, hätten sie sich wohl keinen dunkleren und abgelegeneren Ort aussuchen können, wie Liv klar wurde, als sie vor dem Bauwerk stand.

Der Katakombengang führte von der Wiese aus zum Deich, der den Ort zur Seite des Veerse Meers hin umgab. Der Eingang bestand aus einem Flügeltor, das in die Wallanlage eingelassen war. Hinter den beiden Türflügeln fiel der Weg jäh ab und führte hinab in die Dunkelheit, der Schlund eines finsteren Lochs, dessen Boden nicht zu sehen war.

Liv schaltete die Taschenlampe ihres Handys ein, damit sie nicht stolperte, und tastete sich vorwärts.

Der Gang war aus dicken Bruchsteinen gemauert, die sich zur Decke hin wölbten. Auf der linken Seite folgten im Abstand von wenigen Metern schmale Schießscharten aufeinander. Liv warf einen Blick durch einen der Schlitze. Der Gang überspannte den Festungsgraben, der den Ort umgab. In der Ferne konnte sie die Flügel von Rubens Windmühle sehen.

Liv ging weiter, bis sie in der Mitte der Katakombe angekommen war. Sie blickte sich um. Zu beiden Seiten mochten es etwas mehr als hundert Meter bis zum Ausgang sein. Durch die Schießscharten fiel nur wenig Licht herein, was bedeutete, dass es in der Nacht stockdunkel hier drin sein musste. Nicht unbedingt ein Ort, wo man am späten Abend einen Spaziergang unternahm. Was hatte David Leinders dazu veranlasst, herzukommen?

Liv ging weiter zum anderen Ende des Gangs. Eine steile Wendeltreppe führte nach oben ins Freie. Beim Hochsteigen blieb Liv einen Moment stehen, als ein stechender Schmerz durch ihr rechtes Knie zog. Ein Knorpelschaden, hatte der Arzt ihr erklärt und eine komplizierte Operation beschrieben, mit der der Schaden vielleicht zu beheben sei. Liv schreckte bis heute davor zurück, was dazu geführt hatte, dass ihre Kondition ab- und ihre Pfunde dafür umso mehr zugenommen hatten.

Als der Schmerz nachließ, ging sie weiter und hatte gerade die letzten Stufen erreicht, da tauchte eine Hundeschnauze auf. Zwei braune Augen sahen sie neugierig an. Liv schreckte zurück, wäre beinahe die Treppe rückwärts hinuntergestolpert.

Als sie den Streuner erkannte, der ihnen bereits bei der Ankunft begegnet war, sagte sie: »Du bist es. Du hast mir einen ganz schönen Schrecken eingejagt, weißt du das?«

Sie stieg die letzten Stufen hoch, und der weißbraun gescheckte Beagle machte bereitwillig Platz. Er blickte zu ihr auf und winselte.

»Hast du etwa Hunger?«

Der Hund schmatzte und leckte sich um die Schnauze.

»Verstehe.« Liv griff in ihre Hosentasche und zog den Keks hervor, der bei ihrem Kaffee gelegen hatte. Sie löste die Plastikfolie, ging in die Knie – die ein hörbares Knacken von sich gaben – und hielt dem Hund das Gebäck hin. »Magst du das?«

Der Beagle ließ sich nicht zweimal bitten und schnappte gierig zu. Liv streichelte dem Tier über den Kopf, während es kaute. Ein paar graue Haare durchzogen sein Fell.

»Na, der Jüngste scheinst du ja auch nicht mehr zu sein«, meinte Liv. Dann stand sie wieder auf. »Tut mir leid, aber ich muss weiter. Nett, dass wir uns wiedergesehen haben. Auf bald.«

Sie folgte dem Trampelpfad zum Wassergraben hinab, warf noch einmal einen Blick über die Schulter. Der Beagle stand an Ort und Stelle und schaute ihr nach. Am Wassergraben lag die Zugfähre – im Grunde eine einfache Metallplattform mit Geländer –, auf der sie gestern Abend die Familie beobachtet hatte. Die Fähre schwankte unter ihren Füßen, als Liv sie betrat.

Ein Stahlseil führte zum gegenüberliegenden Ufer. Man musste nur daran ziehen, um die Fähre in Bewegung zu setzen.

Liv hatte gerade den ersten Zug gemacht, da hörte sie hinter sich ein lautes Poltern. Der Beagle war mit einem Satz auf die schwankende Plattform gesprungen und rutschte nun unbeholfen auf sie zu. Liv bückte sich schnell und bremste den Hund, damit er nicht nach vorne aus der offenen Fähre ins Wasser schoss.

»Du hast mich wohl ins Herz geschlossen.« Liv schob die Unterlippe vor. »Ich habe leider kein Leckerchen mehr für dich.«

Während sie die Fähre ans andere Ufer zog, wünschte sie sich insgeheim, dass ihr einmal im Leben ein Mann so treu hinterherlaufen würde wie dieser Hund. Stattdessen hatten bislang alle spätestens nach einem Jahr das Weite gesucht. Sie fragte sich, wie das wohl bei Adriaan sein würde.

Die Fähre stoppte mit einem metallenen Poltern am gegenüberliegenden Steg. Ein Trampelpfad führte von hier aus
über den Deich. Dummerweise befand sie sich nun auf der
falschen Seite des kleinen Flusses, wie Liv erst jetzt bewusst
wurde. Die Mühle lag genau gegenüber.

Sie sah den Hund an und zeigte mit ausgestrecktem Finger
auf die Mühle. »Weißt du vielleicht, wie ich da rüberkomme?«

Als würde der Beagle verstehen, was sie wollte, lief er auf
flinken Pfoten los. Sie folgten dem Pfad ein Stück, dann
führte der Hund Liv hinab zu einer weiteren Fähre, die sich
unweit der Mühle befand und sie auf die richtige Seite des
Wassergrabens bringen würde.

Auch dieses Mal blieb der Hund bei ihr.

Auf dem anderen Ufer waren es nur wenige Schritte bis
zur Windmühle. Ruben kam gerade aus der Haustüre. Er trug
seine Uniform und hatte einen Kaffeebecher in der Hand.

»Ich wollte dich gerade im Hotel abholen«, sagte er.

»Nicht nötig. Ich brauchte einen kleinen Morgenspazier-
gang.«

»Offenbar hast du dabei einen neuen Freund gefunden.«
Er blickte zu dem Beagle, der sich zu Livs Füßen gesetzt
hatte.

»Mit Speck fängt man Mäuse.« Liv schmunzelte und streichelte dem Tier über den Kopf. »Nun muss ich dich aber leider allein lassen, mein Kleiner.« Sie wandte sich wieder Ruben zu. »Wollen wir?«

Gemeinsam gingen sie zu seinem Streifenwagen, einem
weißen Jeep mit blauroten Streifen und der Aufschrift *politie*.

Im Wegfahren sah sich Liv noch einmal um. Der Beagle saß
noch immer vor der Mühle und blickte ihnen hinterher. Als
Touristenführer machte er sich ganz gut.

Liv blickte auf die Uhr an ihrem Handgelenk. Vom Stenen Beer bis zu Rubens Windmühle hatte sie auf dem Weg, den der Hund ihr gezeigt hatte, schätzungsweise weniger als zehn Minuten gebraucht.

17

Der historische Kern von Vrouwenpolder, einem kleinen Ort am Meer, nur wenige Kilometer von Veere entfernt, bestand aus etwa zwei Dutzend niedrigen Häusern, die sich dicht an dicht um eine alte Kirche aus roten Backsteinen drängten. Die Straßen in dem kleinen Nest waren gerade so breit, dass der Polizeijeep hindurchpasste. Ruben bog auf eine Ausfallstraße ab, die direkt auf die Dünen zuführte. Dort befand sich der Bungalowpark, für den Famke Leinders arbeitete. Ruben hatte heute Morgen versucht, die Frau zu erreichen, um ihr Kommen anzukündigen, und war schließlich bei der Rezeption des Parks gelandet, wo man ihm berichtete, dass Famke den Vormittag über Reparaturen an den Strandhäusern beaufsichtigte.

Ruben zwängte sich an einer Gruppe von Radfahrern vorbei, die es nicht allzu eilig hatten. Zu ihrer Linken passierten sie den Ferienpark. Ruben steuerte den Jeep über eine schmale Straße, die Versorgungsfahrzeugen, Rettungskräften und Polizei vorbehalten war, die Dünen hinauf.

Hier oben weitete sich der Blick über den Strand und die Nordsee. Durch das offene Fenster wehte Liv der Seewind durchs Haar. Rechts sah sie wieder das gigantische Oosterschelde-Bollwerk, aus dessen Schleuse gerade eine Gruppe von Segelschiffen Kurs aufs offene Meer nahm.

Ruben parkte an einem Abgang zum Strand. Das Thermometer auf dem Armaturenbrett des Jeeps zeigte zwar schon jetzt wieder vierundzwanzig Grad, doch der große Hitzehammer würde sie wohl erst am Nachmittag treffen. Mit dem leichten Wind war es ganz angenehm, und Liv spürte, wie der kurze Spaziergang durch die Dünen ihre Lebensgeister weckte und den letzten Rest Müdigkeit vertrieb.

Am Zugang zum Strand befand sich ein Beachclub mit einem überdimensionierten, riesigen Liegestuhl, in dem ein Vater gerade seine Frau mit drei Kindern fotografierte. Schmale Strandhäuser reihten sich am Saum der Dünen.

Etwas weiter den Strand hinauf lag ein Schiffswrack, doch der Eindruck täuschte, wie Liv bei näherem Hinsehen feststellte. Es handelte sich um einen Abenteuerspielplatz in Form eines versunkenen Piratenschiffs.

Um diese Uhrzeit war der Strand nur spärlich bevölkert. Lediglich ein paar Frühaufsteher bezogen mit Bollerwagen, voll bepackt mit Sonnenschirmen, Liegen und Spielzeug, ihre Positionen. Außerdem liefen ein paar Jogger am Meeressaum entlang, und zwei Männer versuchten etwas unbeholfen, ein Kitesegel zu bändigen.

Ruben blieb stehen, zündete sich eine Zigarette an und blickte sich um. »Ich mag die Weite hier.« Er stieß den Rauch durch die Nase aus. »Wusstest du, dass der Breezand unser breitester Strand hier in Zeeland ist?«

Tatsächlich fielen Liv nur wenige Strandabschnitte in den Niederlanden ein, die eine ähnliche Ausdehnung hatten. Man hatte beinah das Gefühl, in einer Wüste zu stehen. Selbst bei Flut musste es ein kleiner Fußmarsch von hier bis zu den Wellen sein, doch jetzt war das Wasser so weit zurückgewichen, dass sich eine riesige Sandfläche mit Prielen und Sandbänken gebildet hatte – ein Paradies für Kinder, die im flachen, warmen Wasser spielen oder mit einem

Kescher auf die Jagd nach Krebsen und kleinen Fischen gehen wollten.

Ruben zog abermals an seiner Zigarette. »Schon seltsam. Wir haben das Glück, in der richtigen Zeit zu leben. Über siebzig Jahre zurück, und du wärst hier deines Lebens nicht sicher gewesen.«

»Warum?«

»Im Zweiten Weltkrieg haben die Alliierten diesen Abschnitt bombardiert, als sie die Deutschen vertrieben haben. In dem Moment hättest du nicht an dieser Stelle stehen wollen.«

Er wandte sich den Strandhäusern zu, und Liv folgte ihm. Während die vorderen von Urlaubern bewohnt waren, standen die letzten drei Häuser in der Reihe offenbar leer. Sie trafen zwei Handwerker an, die ihnen sagten, dass sie Famke Leinders im Nachbargebäude finden würden.

Die Strandhäuser standen auf Stelzen. Eine schmale Treppe führte zum Eingang, einer Terrassentür, die direkt in den Wohnraum führte. Ruben klopfte gegen die Fensterscheibe. Kurz darauf kam aus dem hinteren Teil, wo sich wohl die Schlafzimmer und das Bad befanden, eine rothaarige Frau in mittlerem Alter.

»Famke Leinders?«, fragte Ruben.

»Was kann ich für euch tun? Ist was passiert?« Sie taxierte den Polizeichef.

»Das ist Liv de Vries von der Landespolizei«, sagte er. »Es geht um deinen Bruder.«

»David? Ihm ist hoffentlich nichts zugestoßen?«

»Wir suchen nach Ihrem Bruder«, sagte Liv. »Seine Freundin hat uns verständigt. Er ist nicht wie verabredet nach Hause gekommen.«

»Oh.« Famke Leinders presste die Lippen aufeinander und machte ein bestürztes Gesicht.

»Wir versuchen derzeit noch zu rekonstruieren, weshalb Ihr Bruder hergekommen ist und wo er sich aufgehalten hat«, sagte Liv. »David wurde das letzte Mal am Samstagabend gesehen.«

»Er hat mich Samstagmorgen aufgesucht.«

»Sie hatten ihm einen Brief geschrieben, richtig?«

»Ja, und deshalb ... war ich etwas überrascht, ihn zu sehen.«

»Das müssten Sie mir erklären. Sie baten in dem Brief doch um sein Kommen.«

»Ich war überrascht, ihn so *schnell* zu sehen«, präzisierte Famke Leinders. »Ich hatte den Brief erst am Vortag abgeschickt. Also selbst wenn die Post offenbar ausnahmsweise sehr zügig war, hätte ich David so rasch nicht erwartet.«

»Er hat Ihren Brief nicht geöffnet«, erzählte Liv. »Ich habe ihn bei seiner Freundin gelesen. David reiste vorher ab. Er hatte bereits einen anderen Brief erhalten. Wir kennen allerdings den genauen Inhalt nicht.«

»Von wem stammte dieser Brief?«, fragte Famke.

»Auch das wissen wir nicht. Vermutlich von einem Freund. Sagte Ihr Bruder, weshalb er herkam?«

»Wegen Vater natürlich. Er hat nicht mehr lange zu leben, das hatte ich David in meinem Brief geschrieben. Deshalb ging ich davon aus ...« Famke blickte Liv verwirrt an. »Aber wenn er meinen Brief gar nicht geöffnet hat, woher wusste er davon?«

»Vermutlich hat dieser Freund im ersten Brief davon geschrieben.«

»Das ist nicht möglich ...«

»Weshalb?«

»Papas Erkrankung, nur sein Arzt, Doktor Terwind, und ich wissen davon. Sonst niemand.«

»Da wäre ich mir nicht so sicher«, schob Ruben ein. »Terwind hat mir davon erzählt. Und du weißt, wie schnell sich hier etwas herumspricht.«

»Da ist noch etwas anderes, das mir Rätsel aufgibt«, sagte Liv. »Woher hatten Sie die Adresse Ihres Bruders?«

Famke Leinders zögerte. »Von ... Ich habe sie von ihm selbst.«

Liv legte den Kopf zur Seite und taxierte die Frau. »Ihnen ist also bekannt, dass Ihr Bruder im Zeugenschutzprogramm war.«

»Ja«, gab Famke unumwunden zu.

»Und David vertraute Ihnen das selbst an?«

»Wir trafen uns nach Mutters Tod. Die Polizei, also Ihre Kollegen aus dem Zeugenschutzprogramm, hatten David über ihren Tod informiert, ihm aber davon abgeraten, Kontakt mit uns aufzunehmen oder an der Beerdigung teilzunehmen. Aber David kam mit der Trauer alleine nicht klar. Er nahm trotz aller Warnungen Kontakt zu mir auf. Daher trafen wir uns in einem kleinen Ort hinter der deutschen Grenze. Dort konnten wir sicher sein, dass ihn niemand erkannte. David ... Er hatte sich sehr verändert, wissen Sie. Es war ein anderer Mensch, dem ich da gegenübersaß. Er fühlte sich schuldig für Mamas frühen Tod, weil er all das Leid ausgelöst hatte, das ihr so viel Kummer bereitet hatte. Er ... Er tat mir leid.«

»Tatsächlich?«, meinte Ruben. »Wir wissen beide, was damals geschehen ist. Ich hätte nicht gedacht, dass du ihm das jemals verzeihen würdest.«

Famke zuckte mit den Schultern. »Du hast recht. Verziehen habe ich ihm das bis heute nicht. Aber am Ende ist er immer noch mein Bruder.«

»Du sagtest, David war vergangenen Samstag bei dir«, sagte Ruben.

»Er kam zu mir nach Hause. Wir haben Kaffee getrunken.«

»Und er hatte keine Angst, dass ihn jemand erkennt?«

»Nein, das schien ihn nicht mehr zu kümmern.«

»Wo wollte er danach hin?«, fragte Liv.

»Zu Esmées Eltern …«

»Den Vriesdes?«, entfuhr es Ruben.

»Ja. Aber ich habe ihm gesagt, dass die schon vor Jahren aus Veere weggezogen sind.«

»Was wollte er von ihnen?«

»Sich entschuldigen. Er meinte, es sei Zeit, dass endlich die Wahrheit ans Licht kommt.«

»Die Wahrheit«, hakte Liv ein. »Was meinte er damit?«

»Das sagte er nicht. Es schien ihm nur aufrichtig leidzutun, wie er mit ihr umgesprungen war. Er schämte sich. Und darüber wollte er auch mit Finn sprechen.«

»Du meinst Finn van Werff?« Ruben machte ein erstauntes Gesicht.

»Ja. David ist nach unserem Treffen direkt zu ihm.«

»Danke, Famke.« Der Polizeichef reichte ihr die Hand. »Sollten wir etwas herausfinden, melden wir uns bei dir.«

Liv verabschiedete sich ebenfalls und folgte Ruben zum Jeep. Der Wind hatte gedreht und wehte ihnen nun von Land her wie ein warmer Föhn ins Gesicht.

»Wer ist dieser Finn?«, wollte Liv wissen.

»Finn war damals Esmées Freund. Die beiden waren frisch verliebt. Der Junge hat mir jahrelang in den Ohren gelegen,

dass es falsch gewesen war, David auf freien Fuß zu setzen. Wenn es nach ihm gegangen wäre, hätte man David am
nächstbesten Baum aufgeknüpft.«

18

Ann-Remi überquerte die Bahnhofsbrücke, bog links ab und folgte dem Radweg entlang des Walcherenkanals, der die Halbinsel in Nord-Süd-Richtung von Veere nach Vlissingen durchschnitt und das Veerse Meer mit der Westerschelde verband. Selbst in den frühen Morgenstunden wehte ihr der Fahrtwind warm ins Gesicht.

Nach wenigen Kilometern erreichte sie einen modernen, kubusförmigen Bau, das Gebäude des GGD, in dem sich das Rechtsmedizinische Institut befand. Die Fassade des Erdgeschosses bestand beinahe vollständig aus Glas, sodass es den Anschein hatte, der riesige Würfel würde in der Luft schweben.

Beim Reingehen grüßte Ann-Remi den Pförtner im Foyer, zog ihre ID-Karte über den Scanner und machte sich über das Treppenhaus auf den Weg zur Toxikologie.

Mit jeder Stufe, die sie erklomm, wuchs ihre Neugierde. Sie hatte in aller Frühe eine Nachricht von Marinus auf dem Handy erhalten. Er bat sie, heute als Erstes bei ihm vorbeizusehen. Es ging um das Blut von Willem de Ram.

Wenn Marinus tatsächlich etwas entdeckt hatte, grenzte das schon fast an ein kleines Wunder. Denn ohne einen direkten Hinweis, dass jemand schädliche Substanzen zu sich genommen hatte oder diese ihm verabreicht worden waren, bestand bei toxikologischen Analysen ein grundlegendes Problem: Man wusste nie genau, wonach man eigentlich suchte. Dies war eine der Ursachen, weshalb viele Vergiftungen unentdeckt blieben – ohne einen konkreten Verdacht waren sie schwer festzustellen, zumal bestimmte Stoffe nicht unendlich lange nachweisbar blieben.

Vermutlich war dies auch ein Grund, weshalb Cees Koning in der Angelegenheit Willem de Ram – die er ohnehin für geklärt hielt – erst gar nicht auf eine solche Untersuchung bestanden hatte, bedeutete sie doch immer einen hohen methodischen Aufwand.

Natürlich hatte Ann-Remi trotzdem die routinemäßigen Entnahmen bei der Leichenöffnung vorgenommen. Herzblut, Oberschenkelvenenblut und Urin sowie Organproben aus Lungen, Leber, Nieren und Gehirn als auch den Magen- und Darminhalt. Letztlich war dieses Untersuchungsmaterial aber begrenzt, weshalb man sich gut überlegen musste, für welche Analysen man es einsetzte.

»Da bist du ja«, begrüßte Marinus sie, als sie sein Labor betrat. Er saß vor einem Computerbildschirm, neben sich eine kleine Zentrifuge mit Reagenzgläsern.

»Du hast etwas gefunden?«, fragte Ann-Remi, und ihre Stimme klang dabei höher und aufgeregter, als es ihr lieb war.

Marinus bedeutete ihr, die Tür hinter sich zu schließen.

»Ich würde sagen, du hast ein Problem«, sagte er.

»Warum?«

»Ich bin tatsächlich auf etwas gestoßen.« Er grinste. »Jetzt wirst du deinem Boss beibringen müssen, weshalb du ohne seine Erlaubnis diese Analyse angeordnet hast.«

»Das lass mal meine Sorge sein. Wie hast du das überhaupt so schnell hinbekommen?« Sie hatte Marinus zwar gestern gebeten, sich zu beeilen, dennoch hatte sie frühestens morgen mit einem Ergebnis gerechnet.

»Für meine Lieblingskollegin schiebe ich auch mal ein paar Überstunden.« Marinus lächelte. »Halb so wild. Ich hab erst mal ein Screening gemacht. Und das war recht eindeutig.«

Das Screening-Verfahren war ein Vortest, bei dem nachgesehen wurde, ob im Blut überhaupt verdächtige Substanzen anzufinden waren. Auf diese Weise sparte man sich den unnötigen Verbrauch von Untersuchungsmaterial. Das Ergebnis diente der Orientierung und zog bei einem positiven Nachweis spezifischere Analysemethoden nach sich.

»Nämlich?« Ann-Remi mochte es nicht, wenn man sie auf die Folter spannte.

»Ich habe Rückstände eines Benzodiazepins gefunden. Genauer gesagt Flunitrazepam.«

»Flunitrazepam?«

»Ja. Und du hättest nicht viel länger mit der Blutanalyse warten dürfen«, sagte Marinus. »Flunitrazepam ist maximal dreißig Stunden nachweisbar.«

»Da haben wir wohl Glück gehabt.«

»Kann man so sagen.«

»Flunitrazepam …«, überlegte Ann-Remi laut, »… wie ist das Zeug wohl in de Rams Körper gekommen?«

»Ich würde sagen, es ist jetzt Aufgabe der Polizei, das herauszufinden.« Marinus zuckte mit den Schultern. Dann setzte er wieder ein verschlagenes Lächeln auf. »Ein gemeinsames Abendessen. Hast du mir versprochen.«

»Natürlich. Danke dir.«

Ann-Remi verließ das Labor und machte sich auf den Weg in die Leichenhalle, die sich im Keller des Gebäudes befand.

Ihre Gedanken rasten, während sie die Treppen hinuntereilte. Flunitrazepam hatte eine starke sedative Wirkung. Es war vor allem als Date-Rape-Droge und K.-o.-Tropfen in Verruf gekommen. Für die Täter verband es gleich zwei nützliche Eigenschaften: Flunitrazepam narkotisierte nicht nur das Opfer, es beeinträchtigte auch sein Erinnerungsvermögen.

Die Hersteller hatten inzwischen die Zusammensetzung verändert. Die Tabletten wiesen seitdem eine bläuliche Färbung auf, Flüssigkeiten verfärbten sich, klumpten und nahmen einen bitteren Geschmack an. Die Chancen, dass Willem de Ram das Mittel versehentlich zu sich genommen hatte, standen also fast bei null.

Natürlich gab es andere Erklärungen. Flunitrazepam erfreute sich in der Drogenszene großer Beliebtheit. Abhängige spritzten es sich alternativ oder ergänzend zu anderen Opiaten. Und bei Konsumenten von Partydrogen stand es hoch im Kurs, um etwa nach der Einnahme halluzinogener Drogen wieder runterzukommen. Allerdings hegte Ann-Remi Zweifel, dass der Tote zu einer dieser beiden Gruppen zählte. Wobei sie zu diesem Zeitpunkt nichts ausschließen konnte, denn wie ihr nun bewusst wurde, wusste sie zu wenig über Willem de Ram, um diese Einschätzung treffen zu können.

Letztlich blieb noch eine weitere Möglichkeit. Jemand hatte de Ram das Mittel gegen seinen Willen verabreicht.

Ann-Remi erreichte die Leichenhalle, trat durch die Flügeltür und fand den Raum verlassen und dunkel vor. Weder Koning noch einer der Kollegen hatte so früh am Morgen hier unten zu tun.

Sie zog sich Schutzanzug, Handschuhe und Brille an und ging hinüber zu dem Fach, in dem sich die Leiche von Willem de Ram befand. Die Kälte, die hier unten herrschte, um den Verwesungsprozess der Toten zu bremsen, war eine willkommene Erfrischung.

Ann-Remi zog den Toten aus dem Fach und brachte ihn zum Untersuchungstisch.

Bei der Obduktion hatte sie einen nicht unwesentlichen Schritt vergessen. Sie schalt sich im Stillen dafür, dass sie Koning und der Polizeichef wohl mehr aus dem Konzept gebracht hatten, als sie gedacht hatte.

Sie nahm das weiße Tuch von der Leiche. Mit einer Lupe begann sie bei den Füßen und arbeitete sich langsam hoch. Dabei achtete sie darauf, penibel und genau vorzugehen, um nichts zu übersehen.

Beinahe eine halbe Stunde verging, bis sie den Körper von beiden Seiten besehen hatte und am Kopf angelangt war.

Nichts.

Ann-Remi stieß einen Seufzer aus und legte die Lupe beiseite.

Als ihr Blick noch einmal auf die Hämatome am Hinterkopf fiel, hielt sie inne. Sie zogen sich von der Hutkrempenlinie abwärts bis in den Nacken. Es waren so viele, dass Ann-Remi die Hautveränderung, die sich zwischen ihnen verbarg, beinahe übersehen hätte. Sie nahm die Lupe noch einmal zur Hand und ging nahe an den Nacken des Toten heran.

Schräg unterhalb des linken Ohrs gab es einen Leberfleck. Er war dunkel, beinahe schwarz, und erhaben. Gut möglich, dass sich hier ein Hautkrebs im Anfangsstadium entwickelt hätte.

Ann-Remi schaltete das eingebaute Licht der Lupe ein.

Nun sah sie, wonach sie die ganze Zeit gesucht hatte.

In der Mitte des Leberflecks gab es eine kleine, punktgroße Einstichstelle. Ein Stich wie von einer Spritzennadel.

19

Finn van Werff gehörte eine Segelschule, die sich einige Kilometer außerhalb von Veere in einer Marina am Veerse Meer befand. Die Fahrt dorthin führte sie durch den Gemeindeteil Buiten de Veste, der sich außerhalb der alten Stadtbefestigung befand und überwiegend aus Ferienhäusern bestand. Die Straße verlief über den Deich, von wo aus die Inseln im Veerse Meer in Sicht kamen und bald auch die ersten Masten der Segelschule.

Ruben van der Meer lenkte den Jeep auf das Hafengelände und fuhr an den Anlegestegen vorbei zum Gebäude der Segelschule.

Als Liv aus dem klimatisierten Auto ausstieg, traf sie beinahe ein Hitzeschlag. Der Wind war inzwischen vollständig eingeschlafen, Backofenwärme hing über dem Land. Es fühlte sich mehr nach Süditalien im Hochsommer als nach Zeeland an.

Dennoch herrschte in der Marina emsiges Treiben. Im Hafenbecken vor der Segelschule lagen Schiffe in unterschiedlichsten Größen – von Jollen und Falkbooten bis zu ausgewachsenen Jachten –, auf denen die Leute Segel kontrollierten, Leinen aufrollten oder dem Schmutz mit Wasserschlauch und Besen zu Leibe rückten.

»Einen echten Seebären schreckt wohl kein Wetter ab«, kommentierte Liv.

Ruben lachte. »In ein paar Tagen findet auf dem Veerse Meer die Zeeland-Regatta statt. Eine der größten in der

Gegend, mit vielen Besuchern. Finns Schule gehört zu den Ausrichtern.«

Sie gingen hinüber zum Hauptgebäude. Die Dame an der Rezeption telefonierte gerade, sodass sie Zeit hatten, sich umzusehen. In dem Bereich vor dem Empfangstresen befanden sich zahlreiche Glasvitrinen mit Pokalen und Fotos. Die meisten der Auszeichnungen – viele erste Plätze und einige Zweit- und Drittplatzierungen – gehörten Finn van Werff. Auch auf den Fotos war er zu sehen, auf Siegerpodesten, wie er eine Trophäe in die Höhe hielt oder hinter dem Ruder eines Segelschiffs die Finger zu einem V ausstreckte.

»Finn war in seinen jungen Jahren sehr erfolgreich«, erklärte Ruben. »Er räumte in seiner Altersklasse so ziemlich alles ab, und viele trauten ihm eine ganz große Karriere bei den großen Profiregatten zu.«

»Daraus ist scheinbar nichts geworden.«

»Nein.« Ruben schob die Hände in die Hosentasche und blickte mit nachdenklichem Gesicht eines der Fotos mit dem jugendlichen Finn an. »Ganz genau kann ich dir nicht sagen warum. Ich schätze, es war die Sache mit Esmée. Er liebte dieses Mädchen wirklich sehr. Nach ihrem Verschwinden war er nicht mehr derselbe. All das hier, das Segeln, die Regatten, die Pokale, das schien ihm nicht mehr wichtig. Er war besessen davon, herauszufinden, was mit ihr geschehen war.«

»Ich schätze, das wäre mir ähnlich ergangen«, sagte Liv nachdenklich.

Sie kannte solche Fälle. In ihrer Anfangszeit bei der Kripo in Amsterdam hatte sie im Fall eines vermissten Ehemanns ermittelt, der von einem Ausflug zum Supermarkt nicht heimgekommen war. Sie hatten den Mann nicht finden können, und offenbar hatte er auch alles dafür getan, nicht gefunden zu werden. Denn es verdichteten sich rasch die Indizien, dass er das Weite gesucht und seine Frau sitzen gelassen hatte. Doch davon hatte diese nichts wissen wollen. Noch Jahre später, als der Fall längst bei den Akten gelandet war, setzte sie alles daran, ihren Mann zu finden, engagierte Privatdetektive, reiste herum und stellte eigene Nachforschungen an. Sie verlor darüber ihren Job und ihr Haus.

Finn schien hingegen irgendwann die Kurve bekommen zu haben.

»Was hat ihn ins Leben zurückgeholt?«, fragte Liv.

Ruben zuckte mit den Schultern. »Das war ein mühsamer, langer Weg. Seine Eltern, Psychologen, Lehrer ... auch ich, wir haben alle auf ihn eingeredet, ihn beschworen, es gut sein zu lassen. Ich habe ihm versprochen, dass ich Esmée nicht vergessen werde und Augen und Ohren offen halte, ob sich etwas Neues in ihrer Sache ergibt. Er hat dann die Segelschule eröffnet, und sein alter Wettkampfgeist ist zumindest in Teilen zurückgekehrt. Er tritt inzwischen wieder in der Zeeland-Regatta an. Vergangenes Jahr hat er in seiner Klasse gewonnen. Ich schätze, er ist auch dieses Jahr wieder dabei.«

Die Dame an der Rezeption beendete ihr Telefonat und wandte sich ihnen lächelnd zu. »Was kann ich für Sie tun?«

Ruben stellte sie beide vor. »Wir würden gerne mit Finn reden.«

»Sie finden ihn draußen auf der Sea Arrow.« Sie wies durch die Scheibe auf ein schnittiges Schiff unweit des Hauptgebäudes.

Sie bedankten sich und gingen nach draußen.

Liv glaubte sofort, dass Finn van Werff es mit der Segelei durchaus ernst nahm. Die Sea Arrow war eine waschechte

Rennmaschine. Schnittiger, nach hinten abfallender Rumpf, tief ausgeschnittenes Heck, zwei große Steuerräder auf jeder Seite und ein stolz aufragender Mast, dessen Großsegel mehr als genug Wind für eine rasante Fahrt auffangen würde.

Die Rennjacht lag mit dem Bug zum Steg. Finn arbeitete gerade an der Reling und versuchte, mit einem Schäkelmesser einen Splint zu lösen, der sich festgesetzt hatte.

Als er Ruben und Liv bemerkte, nickte er ihnen zu und kam an Land. Er war ein stämmiger kleiner Mann, mit sehnigen Muskeln und wallendem blonden Haar, das ihm bis auf die Schultern reichte.

Er reichte dem Polizeichef die Hand. »Ruben, was führt dich hierher?«

»Das ist Liv de Vries von der Landespolizei«, stellte er sie vor.

Liv hielt Finn van Werff ihren Dienstausweis hin. »Es geht um David Leinders.«

Finns Gesicht verfinsterte sich augenblicklich. »Was ist mit dem Kerl?«

»David war hier in der Stadt. Hat er Sie vergangenen Samstag aufgesucht?«

»Der Kerl war nicht hier.«

»Da sind Sie ganz sicher?«

»Wenn ich es Ihnen sage …«

»David hat an dem Tag Famke besucht«, sagte Ruben. »Sie meinte, er wollte anschließend zu dir.«

»Wenn ich es sage, er war nicht hier …« Finn schüttelte den Kopf und versuchte, den Dorn des Schäkelmessers einzuklappen, das er noch immer in der Hand hielt.

Liv entging nicht, dass seine Finger dabei ein wenig zitterten. Für einen erfahrenen Segler wirkte das, was er da machte, reichlich unbeholfen. Prompt rutschte er ab, und die Spitze des Dorns bohrte sich in seinen Handballen.

»Verdammt!«, fluchte er. Er führte die Hand zum Mund und sog das Blut auf.

»Du solltest vorsichtig mit so etwas ein«, sagte Ruben. »David hat sich ansonsten nicht bei dir gemeldet?«

»Nein. Warum sollte er? Die Drecksau weiß, was ich von ihm halte. Warum interessiert ihr euch eigentlich für ihn?«

»Er wurde vermisst gemeldet«, erklärte Liv. »Wir gehen dem nach.«

Finn stieß ein ungläubiges Lachen aus. »Ernsthaft? Ihr sucht nach ihm? Ich glaub's ja nicht … Wie wäre es, wenn ihr nach Esmée sucht? Zehn Jahre sind inzwischen vergangen, und wir wissen nach wie vor nicht, was mit ihr geschehen ist. Kümmert euch gefälligst darum.«

»Sachte«, beruhigte Ruben ihn. »Wir tun unsere Arbeit. Und du weißt, dass ich Esmée nie vergessen habe.«

Finn griff nach einem Handtuch, das auf dem Deck seiner Jacht lag, und wickelte es sich um die Hand. »War es das jetzt? Ich habe einiges zu erledigen. Wir erwarten dieses Jahr so viele Teilnehmer und Besucher bei der Regatta wie nie.«

»Sollte dir etwas einfallen oder du doch von ihm hören, melde dich bitte bei mir«, sagte Ruben.

»Ist gut. Aber wenn er nicht wiederauftaucht, wäre das ein echter Gewinn für die Menschheit.«

Mit diesen Worten ließ Finn sie stehen und ging hinüber zum Hauptgebäude. Liv sah, wie er sich den Erste-Hilfe-Koffer schnappte, der neben dem Eingang an der Wand hing, und damit nach hinten verschwand.

»Was denkst du?«, fragte sie, als sie gemeinsam zum Polizeijeep gingen.

Liv stieg ein und schaute Ruben von der Seite an.

»Ich weiß nicht.« Er legte die Hände aufs Lenkrad und betrachtete nachdenklich das Haus der Segelschule. »Irgendwie wirkte er aufgekratzt und nervös.«

»Er schien auch nicht sonderlich überrascht von der Tatsache, dass sich David Leinders in Veere aufhielt.«

»In der Tat. Glaubst du, er lügt?«

»Darauf würde ich mein Hausboot verwetten. Finn wusste, dass David in Veere war.«

20

»Ich habe dir gerade den Link von der aktuellen Titelseite des Telegraaf geschickt«, sagte Adriaan am anderen Ende der Leitung.

Sie nahm das Smartphone vom Ohr und öffnete den Link.

*** Breaking News *** telegraaf.nl *** Breaking News ***

Killercop tötet Unschuldigen!

Sensationelle Enthüllung in Todesschüssen auf Abu Kamal al-Din

Den Haag/Rotterdam. Bei einem Einsatz unter Leitung des Dienst Landelijke Recherche wurde vorgestern im Rotterdamer Stadtteil Delfshaven Abu Kamal ad-Din durch Schüsse der Einsatzkräfte lebensbedrohlich verletzt. Der syrische Einwanderer stand unter dem Verdacht, einen Anschlag auf ein Einkaufszentrum geplant zu haben. Über den genauen Hergang des Einsatzes, die Beweise, die gegen Kamal al-Din vorlagen, als auch die Identität des Todesschützen hält sich die Landespolizei bislang bedeckt.

Aus internen Quellen erhielt unsere Redaktion heute Morgen spektakuläre Enthüllungen, die das

Geschehen in völlig neuem Licht erscheinen lassen.

Bei Abu Kamal al-Din handelte es sich offenbar keineswegs um einen Terroristen, sehr wohl aber um einen Drogendealer. Der Terrorverdacht, der den Einsatz des DLR auslöste, hat sich mittlerweile offenbar als völlig unbegründet erwiesen. Auslöser scheint eine Fehlinformation des Inlandsgeheimdienstes AIVD gewesen zu sein.

Auch der Schusswaffengebrauch wird nun hinterfragt. Laut unseren Quellen läuft eine interne Untersuchung. Was bedeutet: Abu Kamal al-Din könnte vielleicht noch leben, wenn er nicht der falschen Polizistin über den Weg gelaufen wäre.

Denn inzwischen ist aus gut unterrichteten Kreisen die Identität der Todesschützin ans Licht gekommen.

Es handelt sich um keine Geringe als Hoofdinspecteur Liv de Vries. Es ist nicht das erste Mal, dass sie mit einem schnellen Finger am Abzug für Schlagzeilen sorgt.

Knapp zwei Jahre ist es her, dass Liv de Vries, damals noch bei der Kriminalpolizei in Amsterdam, im Dienst einen Mann erschoss.

Sie war Teil einer Sonderkommission, die einem Vergewaltiger auf der Spur war. Als mutmaßlicher Täter galt ein 25-jähriger Somalier. Bei dem Versuch, ihn festzunehmen, eröffnete Liv de Vries das Feuer und tötete ihn.

Der Vorfall sorgte damals für großen Aufruhr, zumal Zweifel bestanden, dass der Einsatz der

Schusswaffe gerechtfertigt war. De Vries sah sich schweren Vorwürfen ausgesetzt, unter anderem wurde gemutmaßt, sie gehöre jenem Teil des Polizeikorps an, in dem Fremdenfeindlichkeit und rechtsradikale Ansichten grassieren. Nach den jüngsten Ereignissen dürfte dieser Verdacht wieder aufleben und die Debatte über Polizeigewalt in unserem Land zusätzlich anstacheln.

Die Landespolizei war zunächst zu keiner Stellungnahme bereit.

Sobald uns genauere Informationen vorliegen, folgt ein ausführlicher Bericht.

Liv ließ das Smartphone sinken und sah aus dem Fenster.

Ruben hatte ihr für das Telefonat mit Adriaan sein Büro überlassen, ein Glaskasten mit Lamellenjalousien im hinteren Teil eines Großraumbüros.

Die Polizeiwache von Middelburg befand sich in der Straße Achter de Houttuinen, zwischen dem inneren und äußeren Grachtenring, der den historischen Stadtkern umgab. Durch das bodentiefe Fenster, an dem sie im obersten Stockwerk stand, konnte Liv ein Ausflugsboot mit Urlaubern sehen, das langsam über die Gracht schipperte. In diesem Moment hätte sie gerne mit jedem x-Beliebigen an Bord des kleinen Bootes getauscht, um ihre Sorgen auf einen Schlag loszuwerden.

Ausgerechnet der Telegraaf.

Der Telegraaf war die auflagenstärkste Boulevardzeitung in den Niederlanden. Beinahe eine Dreiviertelmillion Menschen lasen täglich allein die Printausgabe. Und was im Telegraaf oder eben auf dessen Internetseite stand, verbreitete sich in Windeseile in der übrigen Medienlandschaft. Der Druck der

Öffentlichkeit würde bald enorm sein. So wie damals. Auch da war es der Telegraaf gewesen, der als erste Zeitung über die tödlichen Schüsse berichtet und gefordert hatte, dass man Liv zur Rechenschaft zog.

Doch es war nicht nur ihr eigenes Schicksal, das ihr Sorgen bereitete. Da gab es noch etwas anderes, das an ihrem Gewissen nagte und das sie jetzt überkam wie eine Woge aus Teer, der sie in die Tiefe zog.

Schuld.

Denn der Telegraaf hatte vielleicht recht. Abu Kamal al-Din mochte in den Handel mit Drogen verstrickt gewesen sein – was man ihm allerdings auch erst hätte nachweisen müssen – und somit gegen das Gesetz verstoßen haben. Ein Terrorist war er aber auf keinen Fall gewesen, das Vorgehen gegen ihn somit unbegründet und unrechtmäßig. Egal, wer ursächlich für den Fehler verantwortlich war, sie hatte auf der falschen Seite gestanden. Abu Kamal al-Din wäre noch am Leben, wenn sie alle ihren Job richtig gemacht hätten.

Und hatte sie in dieser Situation wirklich so reagieren müssen? Ihr Handeln war ihr alternativlos erschienen, doch jetzt war sich Liv nicht mehr so sicher. Hätten es nicht auch ein lauter Ruf oder ein Warnschuss getan? Hatte sie gleich auf ihn schießen müssen? Und warum hatte sie auf den Torso gezielt, nicht auf die Beine?

Liv blickte erneut auf den Bildschirm des Smartphones.

Killercop.

»Liv?«

Liv hatte Adriaan völlig vergessen. Sie nahm das Telefon wieder ans Ohr.

»Hast du den Artikel ...?«

»Ja, ich habe ihn gelesen.«

»Dann weißt du, was hier gerade los ist.«

»Ich kann es mir vorstellen.« Liv ging ein paar Schritte am Fenster auf und ab. »Wer hat es der Presse gesteckt?«

»Das ist jedenfalls nichts Offizielles, das versteht sich. Irgendjemand mit einem heißen Draht zum Telegraaf muss geplaudert haben. Du weißt ja, wie das läuft.«

Das wusste Liv in der Tat. In ihrer Laufbahn hatte sie bereits zahlreiche Anfragen von Journalisten abgelehnt, für sie als Informantin zu arbeiten. Üblicherweise lockten die Redaktionen mit Essenseinladungen, Konzert- oder Theaterkarten, andere winkten auch gleich unverhohlen mit einem Geldumschlag.

»Was nun?«

Adriaan seufzte. »Die interne Untersuchung wird neu zusammengestellt. Das übernehmen Kollegen aus Utrecht. Das soll Unabhängigkeit garantieren. Jetzt, wo uns die Medien auf die Finger schauen, muss alles überkorrekt ablaufen.«

»Wann wird es losgehen?«

»Sie werden wohl noch ein paar Tage brauchen, bis sie alles zusammenhaben. Aber dann werden sie gründlich und rigoros vorgehen. Der öffentliche Druck lässt ihnen keine andere Wahl. Sie werden dich sicherlich ein weiteres Mal befragen.«

»Vielleicht sollte ich meine Marke lieber gleich abgeben«, schlug Liv vor.

»Immer langsam«, sagte Adriaan mit beruhigender Stimme. »Ich glaube nicht, dass es so weit kommen wird. Kamal hat einen Polizisten attackiert. Das wird man zu deinen Gunsten auslegen.«

»Was bei meiner Vorgeschichte aber vielleicht nicht hilft.«

»Natürlich sieht das nicht gut aus. Dir ist klar, dass der Telegraaf die Sache ausschlachtet. Sensation ist deren Geschäft.

Es werden bald ausgewogenere Berichte kommen, die die Sache ins rechte Licht rücken.«

»Da wäre ich mir nicht so sicher.«

»Etwas Gutes hat der Artikel nun doch ...«

»Und das wäre?«

»Unser kleines Vögelchen hat dem Telegraaf auch von dem Fehler beim Geheimdienst berichtet. Die Idioten vom AIVD können uns also nicht mehr allein den Schwarzen Peter zuschanzen.«

»Warten wir es ab«, sagte Liv. »Im Moment haben wir es ohnehin nicht in der Hand. Lass uns lieber auf den Fall zu sprechen kommen.«

»Was habt ihr herausgefunden?«

Liv lehnte sich an die Fensterscheibe, erzählte, was sie bislang in Erfahrung gebracht hatte, und endete mit: »Das letzte Mal wurde er am Samstagabend gesehen. In der Nähe des alten Katakombengangs. Möglich, dass er sich dort mit jemandem getroffen hat, wir haben das Teilstück einer Notiz gefunden, das diesen Schluss zulässt. Danach verliert sich seine Spur.«

»Was ist mit der Version, dass er aus eigenen Stücken abgetaucht ist. Können wir die Hypothese aufrechterhalten?«, fragte Adriaan.

»Ehrlich gesagt, ich glaube nicht daran. Sein Hotelzimmer ist unangetastet. Nichts deutet darauf hin, dass er abreisen wollte. Außerdem ist seine Freundin schwanger. Er wünschte sich wohl ein Kind mit ihr. Ich sehe keine plausible Erklärung für sein Verschwinden.«

»Du denkst also, ihm ist etwas zugestoßen.«

Liv überlegte einen Moment, bevor sie antwortete. Von ihrer Einschätzung würde das weitere Vorgehen abhängen, und sie wollte nicht in kurzer Abfolge einen zweiten kapitalen Fehler begehen. Eine groß angelegte Suche nach David Leinders, oder Rob van Loon, wie er nun offiziell hieß, würde hier auf Walcheren alle Kräfte binden. So etwas setzte man nicht leichtfertig an. Aber egal wie sie es drehte oder wendete, sie kam immer auf den gleichen Nenner. »Ich fürchte, dass wir davon ausgehen müssen. Es gibt hier in Veere einfach zu viele Leute, die das Verschwinden von Esmée Vriesde nicht vergessen haben und David für den Verantwortlichen halten. Sein Vater hasst den Jungen, weil er Unglück über die Familie gebracht hat. Ich glaube, er macht ihn sogar für den Tod der Mutter verantwortlich. Davids Schwester Famke war damals die beste Freundin von Esmée. Außerdem sind da noch Davids alter Freund Bouke Visser und Esmées Freund Finn van Werff. Bouke steckt offenbar tief im rechten Sumpf. Du weißt, was man dort von Verrätern hält. Und Finn ist der festen Überzeugung, dass David sie umgebracht hat. Dann hätten wir da noch den Verfasser des ersten, anonymen Briefs, der David überhaupt hierhergelockt hat …«

»Du kannst aufhören …« Wieder seufzte Adriaan. »Was für ein Schlamassel.«

»Was sollen wir tun? Weiten wir die Suche aus?« Liv wollte, dass er diese Entscheidung traf.

Es dauerte einen Moment, bis Adriaan antwortete. »Ja«, sagte er schließlich. »Startet eine groß angelegte Suche. Wir müssen ihn finden. Offiziell suchen wir natürlich nach Rob van Loon, einem unbescholtenen Koch aus Den Haag.«

»Natürlich.«

»Versuch dich im Hintergrund zu halten. Lass die Kollegen vor Ort die Arbeit tun und auch eventuelle Fragen von der Presse beantworten. Je weniger Leute wissen, dass du da unten bist, desto besser. Alles andere würde nur die Aufmerksamkeit der Medien auf die Sache lenken. Und ...«

»Was?«, hakte Liv nach.

»Was den Fall Esmée Vriesde angeht ... Es wäre gut, wenn diese alte Sache nicht neu aufkocht.«

»In Ordnung. Ich melde mich wieder.« Liv wollte den Anruf schon beenden, als sie innehielt. »Adriaan?«

»Ja.«

»Ich vermisse dich.«

Adriaan schwieg. Doch dann sagte er: »Ich weiß. Wir sehen uns bald.«

Liv betrachtete das Smartphone in ihrer Hand. Er hatte aufgelegt. Kein: *Ich vermisse dich auch.*

Doch bevor sie weiter darüber nachdenken konnte, klopfte es hinter ihr an der Tür.

»Herein.«

Noemi betrat das Zimmer. Nach ihrem Besuch bei Finn van Werff hatte Liv sie mit Ruben eingesammelt, und sie waren auf die Wache in Middelburg gefahren, um das weitere Vorgehen zu beraten.

»Können wir reden?«, fragte Noemi.

»Später.« Liv hob ihr Handy in die Höhe. »Wir haben gerade unseren Marschbefehl bekommen. Wir weiten die Suche aus.«

»Ich denke, es ist sehr wichtig«, wandte Noemi ein.

»Trotzdem muss es warten.« Liv schob sich an ihr vorbei durch die Tür. Noemi folgte ihr, als sie das Großraumbüro durchquerte und zu einem der Konferenzräume am anderen Ende ging.

Dort wartete Ruben mit einem guten Dutzend Uniformierter, die in den Stuhlreihen vor einem Sprecherpult Platz genommen hatten. Liv hatte geahnt, worauf die Entscheidung hinauslaufen würde. In Anbetracht der Fakten hatte Adriaan kaum anders entscheiden können, zumal ihm persönlich an David Leinders zu liegen schien. Deshalb hatte sie Ruben angewiesen, seine Kollegen zusammenzutrommeln und die Vorbereitungen für eine Suchaktion zu treffen.

Ruben sah sie erwartungsvoll an, als sie den Raum betrat.

Sie nickte ihm zu. »Legen wir los.«

21

Üblicherweise interessierte sich Ann-Remi nicht für die Identität und das Leben der Menschen, die auf ihrem Sektionstisch in der Rechtsmedizin landeten. Die Professionalität gebot es, denn wie sollte sie Distanz und Sachlichkeit bewahren, wenn sie private Details ihres Untersuchungssubjekts kannte. Auch ihrem eigenen Seelenheil war diese Haltung wohl zuträglich.

Deshalb zögerte sie, ob sie diese ungeschriebene Regel brechen sollte. Allerdings sah sie keine andere Möglichkeit, in der Sache Willem de Ram zu neuen Erkenntnissen zu gelangen.

Sie hatte den Obduktionsbericht – und zwar den vollständigen, inklusive des Ergebnisses des toxikologischen Screenings – ausgedruckt und ihrem Vorgesetzten auf den Tisch gelegt. Cees Koning würde ihn vorfinden, sobald er aus seiner morgendlichen Besprechung mit den anderen Bereichsleitern des Rechtsmedizinischen Instituts kam.

Ann-Remi rechnete fest damit, dass Koning ihr für das eigenmächtige Vorgehen den Kopf abreißen würde. Umso hilfreicher wäre es, noch etwas zu finden, mit dem sie ihren Verdacht unterfüttern konnte. Doch das bedeutete eben, die Regel zu verletzen, die sie sich selbst auferlegt hatte.

Sie saß eine gefühlte Ewigkeit an ihrem Schreibtisch und grübelte, während draußen auf dem Flur die Kollegen vorbeigingen. Schließlich griff sie zum Telefonhörer.

Der Name und die Rufnummer der Haushälterin von Willem de Ram waren in der Fallakte verzeichnet, die Ann-Remi über das Informationssystem aufrufen konnte. Lydia de Brouwer, Ende fünfzig, verheiratet, zwei Kinder, wohnhaft im Norden von Middelburg.

Nach mehrmaligem Klingeln hörte Ann-Remi eine dünne Frauenstimme.

»Lydia de Brouwer?«

»Ja.«

»Ann-Remi Blom vom Rechtsmedizinischen Institut. Sie sind … waren die Haushälterin von Willem de Ram, ist das richtig?«

»Ja, genau.«

»Sie haben Willem de Ram vorgestern leblos in seinem Haus aufgefunden?«

»Auch das stimmt. Ich habe darüber schon mit Ihren Kollegen von der Polizei gesprochen.«

»Das weiß ich, und es tut mir leid, dass ich Sie in dieser schlimmen Sache noch einmal behelligen muss.« Ann-Remi machte eine Pause. Solche Anrufe gehörten nun wirklich nicht zu ihrem Tagesgeschäft, und sie musste sich ihre nächsten Worte genau überlegen, um die arme Frau nicht vollends zu verschrecken. »Die Obduktion hat gewisse Fragen aufgeworfen, weshalb ich gerne mit Ihnen reden würde.«

»Wenn ich irgendwie helfen kann, gerne.«

»Würden Sie mir vielleicht erzählen, wie das genau war, als Sie ihn gefunden haben?«

»Willem lag am Fuß der Treppe, als ich reinkam …«

»Wann war das genau?«, unterbrach Ann-Remi die Frau.

»Gegen neun Uhr morgens. Ich kam wie immer zum Saubermachen. Ich klingelte, aber niemand öffnete. Also benutzte ich den Schlüssel, den Willem mir gegeben hatte, falls er mal nicht zu Hause ist, und schloss auf. Und … nun ja, da lag er. Die Treppe befindet sich gleich im Hausflur. Ich bin sofort zu ihm hin. Da habe ich bemerkt, dass er nicht mehr atmete …«

»Sagen Sie, *mevrouw* de Brouwer, lebte Willem allein?«

»So ist es. Willem war ein ewiger Junggeselle. Er lebte einzig und allein für seine Arbeit.«

»Er war Chefredakteur des PZC, richtig?«, fragte Ann-Remi. PZC war die Abkürzung, unter der das zeeländische Regionalblatt Provinciale Zeeuwse Courant allgemein bekannt war.

»Nicht mehr. Sie haben Willem vor einigen Jahren entlassen und ihn gegen jemand Jüngeren ersetzt. Trotzdem war er sehr fleißig. Wenn ich da war, saß er immer an seinem Computer und schrieb Artikel für allerhand Zeitungen.«

Ann-Remi räusperte sich. »Die Frage mag für Sie überraschend sein, aber ist Ihnen vielleicht bekannt, ob er Drogen konsumierte?«

Lydia de Brouwer lachte. »Sie meinen abgesehen von Whisky und Zigarren? Nein, nicht dass ich wüsste. Ehrlich gesagt fragen Sie da die Falsche. So gut kannte ich ihn auch wieder nicht.«

»Hm«, machte Ann-Remi. Vielleicht hatte sie sich von diesem Gespräch zu viel versprochen. »Kennen Sie jemanden, der ihm nahestand?«

»Willem war ein ziemlicher Eigenbrötler. Sie könnten es bei Derk van Urs versuchen. Das ist ein ehemaliger Kollege beim PZC. Ich hörte die beiden oft miteinander telefonieren, wenn ich da war, und sie trafen sich regelmäßig zum Mittagessen.«

»Vielen Dank. Das hilft mir schon weiter.« Ann-Remi beendete das Gespräch.

Durch die Glasscheibe neben ihrer Bürotür sah sie die Bereichsleiter den Flur hinuntergehen. Offenbar war das morgendliche Meeting beendet. Nur noch eine Frage der Zeit, bis Koning ihren Bericht entdeckte und ihre berufliche Hinrichtung in die Wege leiten würde.

Sie rief auf dem Computer die Webseite des PZC auf, suchte die Kontaktdaten und tippte die angegebene Rufnummer in das Ziffernfeld des Telefons. Ein automatisches Band sprang an, und sie brauchte einige Minuten, bis sie sich durch die Auswahlmenüs gekämpft hatte und endlich in der Telefonzentrale mit einem persönlichen Ansprechpartner landete. Ann-Remi erklärte ihr Anliegen. Die Stichworte »Rechtsmedizinisches Institut«, »zuständige Rechtsmedizinerin« und »Todesfall Willem de Ram« genügten, damit sie mit Derk van Urs verbunden wurde, dem stellvertretenden Chefredakteur des Blattes, wie sich herausstellte.

»Eine schlimme Geschichte«, sagte er. »Wir waren hier in der Redaktion alle ziemlich geschockt, als wir das erfahren haben.«

»Man sagte mir, dass Sie mit ihm befreundet waren.«

»Kann man so sagen. Willem ... war mein Mentor. Er hat mir den Job von der Pike auf beigebracht. Ohne ihn wäre ich wohl nicht dort, wo ich heute bin.«

»Ich bin bei der Untersuchung seiner ...« Ann-Remi fehlten einfach die Worte, wie sie ihre Tätigkeit umschreiben sollte, ohne ihrem Zuhörer die unappetitlichen Details ihres Berufs in den Sinn zu rufen.

»Sie meinen seine Obduktion.« Derk van Urs lachte kurz. »Sprechen Sie ruhig geradeheraus. Mir ist klar, was in einem solchen Fall geschieht, wenn jemand zu Hause tot aufgefunden wird.«

»Ja, ich bin dabei auf einige Fragen gestoßen«, sagte Ann-Remi. »Soweit ich weiß, hatte Willem de Ram keine Familie, und Sie scheinen ihm am nächsten gestanden zu haben. Also dachte ich, Sie könnten mir vielleicht helfen.«

»Ich werde es jedenfalls versuchen. Es stimmt schon, ich war wohl sein bester Freund, wenn man so will. Willem machte sich nicht viel aus sozialen Kontakten, wenn sie ihm nicht in irgendeiner Form beruflich nutzten.«

»Ich würde Sie bitten, unser Gespräch vertraulich zu behandeln«, sagte Ann-Remi, der gerade siedend heiß aufging, dass sie gegenüber einem Reporter darauf achten musste, was sie sagte. »Ich möchte morgen nicht in der Zeitung über das lesen, worüber wir hier reden.«

»Das versteht sich doch. Ich werde einfach Ihre Fragen beantworten. Einverstanden?«

»Nun gut. Ist Ihnen bekannt, ob Willem de Ram Drogen konsumierte? Und ich meine damit nicht den Whisky und die Zigarren.«

»Oh ja, das liebte er wirklich beides«, antwortete Derk van Urs. »Aber harte Drogen? Nein. So ein Typ war er nicht. Heutzutage ist es ja fast Usus, dass sich manch einer mit Drogen aufputscht, um den Stress zu bewältigen. Aber nicht Willem. Er war ein ehrlicher, harter Arbeiter.«

»Wie ist es mit Schlafmitteln oder Beruhigungsmitteln?«

»Ebenfalls Fehlanzeige. Das einzige Schlafmittel, das er regelmäßig zu sich nahm, war ein Jenever.«

»Hätten Sie gewusst, wenn er einen Grund gehabt hätte, sich das Leben zu nehmen? Oder wenn ihm jemand danach getrachtet hätte?«

»Schwer zu sagen.« Van Urs schwieg einen Moment. »Vermutlich ja. Wir haben recht offen über unsere Probleme und Sorgen geredet, also hätte er mir vermutlich davon erzählt, wenn ihn etwas über die Maßen bedrücken würde. Da war aber nichts. Und was den zweiten Punkt angeht – in unserem Beruf macht man sich fast zwangsläufig Feinde, zumindest, wenn man seinen Job ordentlich macht. Heutzutage gehen bei uns in der Reaktion beinahe täglich Drohungen von irgendwelchen Spinnern ein. Und ich vermute, Willem wird das nicht anders ergangen sein.«

»Soviel ich weiß, hatte man ihm gekündigt ...«

»Das stimmt. Allerdings hatte er sich ein neues Steckenpferd aufgebaut. Das *Blad van de Vrijheid*, kurz BV. Seine eigene Zeitung. Wenn auch nur digital.«

»Das sagt mir nichts«, sagte Ann-Remi.

»Muss es nicht. Sie haben nichts verpasst, glauben Sie mir.« Wieder machte van Urs eine Pause, und sie hörte ihn seufzen. »Ehrlich gesagt hatten wir uns deshalb in letzter Zeit öfters in den Haaren. Seine jüngsten Veröffentlichungen haben unsere Freundschaft doch ziemlich belastet.«

»Wie kommt das?« Ann-Remi hatte parallel die Webseite des BV aufgerufen. Es genügte, die Überschriften einiger Artikel zu überfliegen, um zu erkennen, welcher politischen Gesinnung Willem de Ram wohl gewesen sein musste.

»Willem ist beim PZC nicht aus freien Stücken gegangen«, erzählte van Urs. »Sie haben ihn im hohen Bogen gefeuert. Und das, nachdem er zwanzig Jahre für das Blatt gearbeitet hatte. Die Meinungen, die er in seinen Editorials und Kommentaren vertrat, und die Richtung, in die er die Zeitung entwickeln wollte, gefielen hier den wenigsten. Ich würde Willem nicht als Rechtsradikalen bezeichnen, aber ... Nun ja, er wetterte gegen Flüchtlinge und Asylanten, witterte Verschwörungen, sah kriminelle ausländische Banden die Macht im Land übernehmen. Jedenfalls machte die Verlagsleitung kurzen Prozess mit ihm. Willem gründete darauf seine eigene Zeitung, und, tja, im Internet hält einen niemand davon ab, seinen Schwachsinn zu verbreiten. Es war ziemlich erschreckend, wie er immer mehr in diese rechte, verschwörungsideologische Ecke abdriftete. Zumindest war ich noch einer der wenigen, die er an sich ranließ und denen er zuhörte. Allerdings glaube ich nicht, dass ich mit meiner Kritik bei ihm durchgedrungen bin.«

Ann-Remi sah, dass Cees Koning vor ihrer Bürotür auftauchte. Er hatte bereits die Türklinke in der Hand, nur eine Kollegin, die ihm im Vorbeigehen eine Frage stellte, hielt ihn davon ab, hereinzukommen.

»Sie haben mir sehr weitergeholfen, vielen Dank.«

»Wenn Sie noch Fragen haben, melden Sie sich gerne jederzeit.«

Sie legte den Hörer in dem Moment auf, als Koning ihr Büro betrat. Er hielt den Ausdruck des Obduktionsberichts in der Hand und baute sich damit vor ihr auf.

»Was soll das?« Er hielt die Papiere in die Höhe.

»Der Obduktionsbericht«, sagte Ann-Remi in unbedarftem Ton. »Den wollten Sie doch haben.«

»Mein liebes Fräulein …« Er stieß ein heiseres Lachen aus. »Was bilden Sie sich eigentlich ein? Warum haben Sie einfach eine Blutuntersuchung hinter meinem Rücken veranlasst?«

»Es ist ein Screening. Und ich wollte nur sichergehen. Es gehört doch zum Standardvorgehen bei einer Obduktion.«

»Belehren Sie mich nicht über meinen Job. Ich habe schon Leute seziert, da haben Sie noch mit Puppen im

Sandkasten gespielt! Ihr Vorgehen ist nicht zu entschuldigen. Sie haben den Dienstweg nicht eingehalten. Außerdem haben Sie Mittel und Kapazitäten der Kollegen verschwendet.«

»Das sehe ich nicht so. Die Blutuntersuchung hat ergeben, dass sich eine nicht zu vernachlässigende Menge Flunitrazepam im Körper von Willem de Ram befand ...«

»Und wenn schon. Das ändert nichts an der Todesursache. Der Mann hatte einen Herzinfarkt, fiel die Treppe runter und brach sich das Genick. Punktum.«

»Wenn Sie meinen Bericht genau gelesen hätten, wüssten Sie, dass Sie falschliegen.« Nun war Ann-Remi aufgestanden und stemmte die Hände auf den Schreibtisch. Sie war nicht länger bereit, die Inkompetenz ihres Vorgesetzten zu decken. »Ich habe mit seinem Hausarzt gesprochen. Der Infarkt liegt Jahre zurück.«

»Für wen halten Sie sich eigentlich ...« Sein Gesicht war puterrot angelaufen.

Ann-Remi sah, wie sich ein paar Kollegen vor den Scheiben ihrer Bürotür versammelt hatten. Nun gab es kein Zurück mehr.

»Ich habe zudem gerade mit zwei Leuten telefoniert, die ihm sehr nahestanden. Willem de Ram nahm weder Drogen noch Beruhigungsmittel zu sich. Suizidal war er offenbar ebenfalls nicht. Es gibt also keinen vernünftigen Grund, weshalb er das Flunitrazepam aus freien Stücken zu sich genommen haben sollte. Das bedeutet, jemand muss ...«

Koning schüttelte den Kopf. »Sie sollten vielleicht besser bei der Polizei arbeiten. Wissen Sie was? Ich gebe Ihnen die Gelegenheit dazu. Sie sind frist...«

Er hielt mitten im Satz inne. Seine Augen weiteten sich vor Schreck und er fasste sich an die linke Brust.

»Verdammt«, war das letzte Wort, das Cees Koning herausbrachte, bevor er auf die Knie sank und der Länge nach auf den Teppich vor Ann-Remis Schreibtisch kippte.

22

»Sie hätten mich umgehend informieren müssen!«

Bürgermeister Sander Terpstra saß an einem schweren Holztisch in seinem Amtszimmer im Rathaus von Veere. Hinter dem riesigen Möbelstück, das mit aufwendigen Intarsien und Ornamenten versehen war, wirkte der Mann etwas verloren. Doch Ruben hatte sie gewarnt, dass er nicht zu unterschätzen war. Sander Terpstra gehörte zu jener Sorte Politiker, die ihre Karriere scheinbar vom Kindergartenalter an geplant und akribisch verfolgt hatten. Der Mann war erst Anfang dreißig und hatte sich bei den letzten Wahlen gegen etliche ältere, etablierte Konkurrenten durchgesetzt. Niemand zweifelte daran, dass er sein Amt beim diesjährigen Urnengang verteidigen würde.

Terpstras Erscheinungsbild war tadellos. Er trug einen blauen Zweireiher – sein Büro war selbstredend klimatisiert –, weißes Hemd und braune Krawatte. Der akkurat gestutzte Bart, der sein Gesicht einrahmte, ließ ihn ein wenig älter erscheinen, als er es tatsächlich war. Sein schwarzes Haar hatte er an den Seiten kurz geschoren und zu einem Seitenscheitel gelegt.

»Wir informieren Sie gerade«, versuchte Ruben, den Bürgermeister zu besänftigen.

»Fast sechs Stunden, nachdem Sie mit der Suchaktion begonnen haben.« Terpstra schlug mit der flachen Hand auf den Tisch.

Es war inzwischen später Freitagnachmittag. Die Vermisstensuche lief seit dem Morgen. Teile der Bereitschaftspolizei, Suchhunde und Hubschrauber waren im Einsatz, und mit Einbrechen der Dunkelheit würde man Wärmebildkameras zu Hilfe nehmen. Die Küstenwache und lokale Rettungsdienste wie die Feuerwehr und die Ambulanz waren ebenfalls informiert und hielten die Augen auf. Über das Informationssystem war der Gesuchte zur Fahndung ausgeschrieben worden. Alle Dienststellen hatten Zugriff darauf. Würde die gesuchte Person im Rahmen einer polizeilichen Kontrolle erfasst, würde gleich festgestellt, dass sie vermisst wurde.

Offiziell suchten alle nach Rob van Loon. Niemand wusste etwas von seiner wahren Identität, die es nach wie vor geheim zu halten galt. Dies war auch ein Grund, weshalb sie zunächst noch darauf verzichtete, ein Phantombild an die Öffentlichkeit zu geben oder gar ins Internet zu stellen. Lediglich die Kollegen, die direkt an der Suche beteiligt waren, kannten sein Äußeres.

Nun, wo er offiziell vermisst wurde, hatten sie mit einem richterlichen Beschluss sein Smartphone orten können – oder besser: Sie hatten es versucht. Mittels der Providerdaten hatten sie lediglich herausfinden können, dass sich David Leinders' Handy zuletzt am vergangenen Samstagabend in der Funkzelle von Veere eingeloggt hatte. Danach hatte es kein Signal mehr gegeben, und auch jetzt ließ sich das Gerät nicht mehr orten. Vermutlich war es ausgeschaltet.

Liv stand am Fenster von Terpstras Zimmer, von wo aus der Blick auf den Marktplatz hinausging. Die Terrassen der Cafés und Restaurants waren gut gefüllt mit Gästen. Die einen vergnügten sich noch mit Kaffee und Kuchen, während andere zu einem frühen Abendessen anrückten. Die meisten hatten sich Schattenplätze unter Schirmen und Balustraden gesucht, nur wenige saßen in der prallen Sonne. Wenn sie den Blick über die Hausdächer schweifen ließ, sah Liv flirrende Luft aufsteigen. Obwohl es Hochsommer war, rieselte in der Mitte des Marktplatzes hier und da bereits trockenes Laub von den Bäumen.

Ruben setzte erneut zu einem Versuch an, die Wogen zu glätten. »Sander ...«

Liv verlor die Geduld. Das hier führte zu nichts. Sie waren hergekommen, um den Bürgermeister über die Ermittlungen und deren aktuellen Stand zu informieren. Mehr nicht. Sie drehte sich um. Noemi stand mit verschränkten Armen hinter Ruben. Ein kurzer Blickwechsel bestätigte Liv, dass sie genauso dachte.

»Das genügt«, sagte sie. »Sie wissen jetzt, was Sie wissen müssen. Wir haben es mit einem Vermisstenfall zu tun. Sie werden es uns also sicher nachsehen, dass wir uns zunächst darum gekümmert haben, die Suche in Gang zu setzen.«

Terpstra wirkte ob ihres bestimmten Tons überrascht.

Liv fuhr fort: »Wir werden Sie über den aktuellen Stand der Suche auf dem Laufenden halten. Zu gegebener Zeit werden wir uns auch an die Presse wenden, aber erst, wenn wir genauere Erkenntnisse haben. Vorher geben wir keinen Kommentar ab. Einverstanden?«

Er nickte, doch Liv konnte förmlich spüren, wie der Mann innerlich zu kochen begann. Seine Wangen liefen rot an.

»Gut«, sagte sie. »Entschuldigen Sie uns jetzt. Wir würden uns gerne unserer Arbeit zuwenden.«

Sie wandte sich zum Gehen und war mit Noemi und Ruben schon halb zur Tür hinaus, als sie hinter sich Terpstras

Stimme hörte: »Und wann wollten Sie mir offenbaren, dass Sie nach David Leinders suchen?«

Liv verharrte in der Bewegung. Sie blickte aus dem Augenwinkel zu Ruben und Noemi, dann schlossen sie die Tür wieder hinter sich und gingen alle drei zurück zum Schreibtisch des Bürgermeisters. Ein Lächeln spielte nun um Terpstras Gesicht. Er deutete auf die Stühle vor seinem Tisch.

»Setzen Sie sich.«

Obwohl das Büro klimatisiert war, spürte Liv, wie ihr heiß wurde. Sie fragte sich, woher der Bürgermeister diese Information hatte.

»Ich hatte genügend Zeit, meine Hausaufgaben zu machen«, sagte Terpstra, als könnte er ihre Gedanken lesen. »Heute Morgen hatte ich Besuch von einem jungen Mann. Finn van Werff. Ich nehme an, Sie kennen ihn?«

Liv nickte, obwohl die Frage wohl eher rhetorischer Natur war.

»Finn war sehr aufgebracht darüber, dass die Polizei nach David Leinders suchte und sogar die Landespolizei sich mit der Sache bemühte.« Er sah Ruben an. »Er sagte, mit solcher Akribie hätten Sie und Ihre Kollegen damals nach seiner Freundin Esmée suchen sollen. Und er wünschte sich, dass ihr Verschwinden endlich aufgeklärt würde, wozu die Polizei aber nicht die Ressourcen zu haben scheint, wie er von Ihnen immer zu hören bekommt. Für einen Rechtsradikalen, der zudem des Mordes an seiner Freundin verdächtigt wurde, würden Sie hingegen alle Hebel in Bewegung setzen.«

Ruben hob eine Hand. »Ich fürchte, das ist so nicht ganz richtig ...«

»Seien Sie still«, unterbrach Terpstra ihn rüde. »Ich habe dagestanden wie ein dummer Schuljunge. Ich wusste weder, was es mit dieser Esmée oder dem verschwundenen David Leinders auf sich hatte, noch, dass Sie nach dem Kerl suchen.«

Liv konnte sich gut vorstellen, dass dem Bürgermeister die Situation nicht geschmeckt hatte. Die Sache mit Esmée Vriesde lag nun etwas mehr als zehn Jahre zurück, grob geschätzt hatte Terpstra zu jener Zeit im Hörsaal irgendeiner Uni gesessen.

»Es tut mir leid«, versuchte Ruben es erneut, »mit so etwas habe ich nicht gerechnet. Sonst hätte ich Sie natürlich früher informiert.«

Sander Terpstra kniff die Lippen zusammen und taxierte abwechselnd Ruben und Liv. »Nach dem Besuch von Finn habe ich mir gedacht, dass Sie früher oder später hier aufschlagen. In der Zwischenzeit habe ich mir alte Zeitungsartikel zum Fall Esmée Vriesde kommen lassen. Ich dachte mir, wenn die Landespolizei es für nötig erachtet, eigens eine Delegation zu schicken, die nach David Leinders sucht, muss es sich ja um etwas Größeres handeln.« Er machte eine Pause, seufzte und sagte zu Liv: »Es liegt wohl nicht in Ihrer Hand, aber ich hätte mich über einen Anruf Ihres Vorgesetzten gefreut, besonders, wenn er eine Beamtin losschickt, die gerade für Schlagzeilen sorgt, weil sie einen losen Finger am Abzug hat. Sollte mich die Presse auf die ganze Sache ansprechen ...«

»Werden Sie nichts sagen.« Liv lehnte sich nach vorne und sah dem Bürgermeister in die Augen. Es war Zeit, die Initiative zurückzugewinnen. »Offiziell weiß bislang niemand, dass wir nach David Leinders suchen. Wir suchen Rob van Loon, einen unbescholtenen Koch aus Den Haag. Und dabei soll es auch bleiben.«

»Wenn ich dazu etwas anmerken dürfte?«, schaltete sich Noemi ein.

»Dürfen Sie nicht. Wie stellen Sie sich das vor?« Terpstra schüttelte den Kopf. »So, wie Finn mit der Geschichte hausieren geht, ist es nur eine Frage der Zeit, bis ganz Walcheren weiß, was hier wirklich gespielt wird.«

»Das mag sein, und in dem Fall wird Ihre Antwort lauten: kein Kommentar«, erklärte Liv. »Wir werden der Öffentlichkeit erst Rede und Antwort stehen, wenn wir wissen, was mit David Leinders geschehen ist.«

Terpstra lachte. »Sie wollen, dass ich lüge.«

»Das gehört doch wohl zu Ihrem täglichen Geschäft.«

Der Bürgermeister hob einen Zeigefinger. »Wir sind mitten im Wahlkampf. Können Sie sich vorstellen, was los ist ...«

Noemi stand auf und ging zum Fenster hinüber. »Was zum Teufel ...?«

Jetzt hörte Liv es auch. Draußen vom Marktplatz her kam lautes Stimmengewirr. Sie ging ebenfalls ans Fenster, Ruben und der Bürgermeister folgten ihr.

»Da haben wir den Salat.« Terpstra stöhnte. »Das hat mir gerade noch gefehlt.«

Unten vor dem Rathaus hatte sich eine Menschenmenge versammelt. Es handelte sich offenbar überwiegend um Männer, Liv konnte nur ein paar Frauengesichter ausmachen. Ungefähr vierzig oder fünfzig Leute. Einige hielten ihre Handys in die Höhe und schienen Fotos und Videos zu machen. Andere trugen Pappschilder und ein Banner bei sich, auf einem stand: WO IST ROB VAN LOON?

Der Rädelsführer der Versammlung war Liv kein Unbekannter. Bouke Visser. Sie sah ihn die Stufen des Rathauses erklimmen, mit einem Megafon in der Hand.

»Ist das angemeldet?«, wandte sich der Bürgermeister an Ruben.

»Nicht, dass ich wüsste.« Ruben trat ein paar Schritte vom Fenster weg und griff nach seinem Funkgerät. Nachdem ihm von der Wache in Middelburg bestätigt wurde, dass keine Demonstration angemeldet war, beorderte er zwei Streifenwagen nach Veere. Er wandte sich an Liv und Noemi. »Wird einen Moment dauern, bis die Kollegen hier sind. Ich könnte eure Hilfe gebrauchen.«

Sie gingen los, und der Bürgermeister kam ihnen hinterher.

»Was haben Sie vor?«, fragte Terpstra, während sie die Treppe ins Foyer des Rathauses hinuntereilten.

»Die Versammlung auflösen«, sagte Ruben.

»Kommt nicht infrage!« Der Bürgermeister versperrte ihnen die Tür. »Die haben da draußen alle ihre Handys dabei. Was meinen Sie, wie schnell sich die Bilder im Internet verbreiten, wenn die Polizei Demonstranten abführt. Und denken Sie auch an die Urlauber. Wir werden das hier schiedlich-friedlich lösen. Ich übernehme das!« Terpstra rückte seine Krawatte zurecht und griff nach der Türklinke.

»Ich weiß nicht, ob das eine gute Idee ist …«, versuchte Liv, den Mann aufzuhalten. Bouke Visser war sicherlich nicht ohne einen Plan hierhergekommen und würde sich nicht so leicht abspeisen lassen. Doch der Bürgermeister war bereits durch die Tür.

Sie folgten ihm.

Draußen schlugen ihnen die Hitze und ein Sprechchor der Menschenmenge entgegen, den Bouke Visser mit seinem Megafon anpeitschte.

»WO IST ROB? WO IST ROB?«

Die Situation erschien Liv völlig skurril, beinahe wie in einem Monty-Python-Sketch. Niemand in Veere kannte Rob van Loon – jedenfalls nicht unter seiner neuen Identität. Es schien also unvorstellbar, dass sich binnen weniger Stunden eine spontane Schar von Mitbürgern zusammengetan hatte, die sich derart um ihn sorgte, dass sie vor dem Rathaus aufzog.

Nein, hier stimmte etwas nicht. Das war eine Inszenierung. Es war wie mit den vielen anderen Geschichten, Behauptungen und kruden Theorien, die aus rechtsnationalen Kreisen in die Welt gesetzt wurden: Das Ganze stank dermaßen zum Himmel, dass man das falsche Spiel schon zehn Kilometer gegen den Wind roch. Bouke Visser führte ein Theater auf. Nur mit welchem Zweck?

Mittlerweile hatten sich die Gäste der Cafés und Restaurants erhoben, einige kamen sogar zum Rathaus hinüber, und zahlreiche Passanten waren stehen geblieben. Das ließ den Menschenauflauf größer wirken, als er tatsächlich war.

Dies schien auch Bouke Visser zu bemerken und ergriff die Gelegenheit beim Schopf. Er wies einen Gefolgsmann an, die Szene mit seinem Handy zu filmen.

»WO IST ROB?«, skandierte die Menge weiter.

Der Bürgermeister ging auf Bouke Visser zu. »Darf ich fragen, was das werden soll?«

»Ist doch ziemlich klar, oder? Wir wollen wissen, was mit Rob van Loon geschehen ist.«

Bouke Visser war ein grobschlächtiger Mann. Liv schätzte ihn auf Anfang dreißig. Die Muskeln unter seinem T-Shirt zeugten entweder von harter körperlicher Arbeit oder regelmäßigem Training. In seinem kantigen Gesicht fielen die hellblauen Augen und der hervorstehende Kiefer auf. Die Haare trug er so kurz rasiert, dass man die Adern auf seiner Kopfhaut sehen konnte.

»Sie haben diese Versammlung nicht angemeldet«, sagte Terpstra, »daher bitte ich Sie, den Platz friedlich zu verlassen. Ich werde …«

Bouke Visser nickte seinem Gefolgsmann zu, der sofort seine Handykamera auf ihn und den Bürgermeister richtete.

»Am vergangenen Wochenende ist Rob van Loon, ein Besucher unseres Ortes, spurlos verschwunden«, hob Visser an. »Dafür scheint sich von den Behörden niemand interessiert zu haben. Die Polizei hat erst heute, eine geschlagene Woche später, mit einer Suche begonnen. Das ist nicht hinnehmbar. Uns in Zeeland liegt am Wohlergehen unserer Gäste. Und dazu zählt ihre Sicherheit. Wir alle wissen, dass bei uns die Kriminalität überhandnimmt Es sind vor allem kriminelle Zuwanderer, die unser Land unsicher machen. Auch hier bei uns in Zeeland. Die Regierung und die Polizei tun nichts dagegen. Das muss ein Ende haben!«

Liv entging nicht, dass Visser inzwischen nicht mehr zum Bürgermeister sprach, sondern direkt in die Handykamera.

»Vor zehn Jahren stellte die Polizei alles auf den Kopf«, fuhr er fort, »weil ein Ausländermädchen verschwand. Unbescholtene Bürger wurden aus ihren Häusern gezerrt, verhört, verdächtigt, verleumdet. Wir können nur hoffen, dass mit gleicher Akribie vorgegangen wird, um unseren niederländischen Landsmann zu finden. Wir fordern Aufklärung! Was ist mit Rob van Loon geschehen? Ich lobe eine Prämie von eintausend Euro aus – für jeden, der uns Informationen liefert, die helfen, Rob zu finden. Wendet euch an die Lijst Bouke Visser, ihr findet uns im …«

Ruben drängte sich an Liv vorbei und schob sich zwischen den Bürgermeister und Visser. Er packte das Handy und drückte es runter. »Das reicht!«

»Wir sind friedliche Bürger. Es ist unser Recht zu demonstrieren«, protestierte Visser, doch Ruben drehte ihm den Arm auf den Rücken und schickte sich an, ihm Handschellen anzulegen.

»Sie haben vor allem das Recht zu schweigen.«

Ein aufgebrachtes Raunen ging durch die Menge. Plötzlich klatschten Eier und Tomaten gegen die Rathauswand hinter ihnen.

Liv sah zwei Streifenwagen auf den Markt einbiegen. Die Uniformierten sprangen aus den Autos und kamen herübergelaufen.

»Das gerät außer Kontrolle«, sagte Noemi.

»Seh ich auch so. Sehen wir zu, dass wir den Bürgermeister hier wegbekommen.« Liv ging zu Terpstra hinüber und fasste ihn am Arm. »Los, gehen wir.«

Terpstra leistete keinen Widerstand. In seinem kreidebleichen Gesicht stand der Schock.

Liv schob den Bürgermeister durch die Tür ins Foyer des Rathauses, Noemi blieb an seiner Seite. Aus dem Augenwinkel bemerkte Liv, dass hinter ihnen ein paar Männer die Rathaustreppe hinauf gestürmt kamen. Sie gab Noemi ein Zeichen, den Bürgermeister in Sicherheit zu bringen.

Dann rannte sie nach draußen, schloss die Tür hinter sich und trat den Männern entgegen.

Ruben kam ihr zu Hilfe und baute sich mit seiner ganzen Körpergröße vor den Randalierern auf. Diese schienen allerdings wenig beeindruckt. Von den Plakaten, die sie eben noch in die Höhe gehalten hatten, hatten sie die Latten abgebrochen und hoben diese nun drohend über die Köpfe, um Bouke Visser zu Hilfe zu kommen.

Liv griff instinktiv nach ihrer Dienstwaffe, als zwei Männer die letzte Stufe der Treppe erklommen und auf sie zustürmten, besann sich aber eines Besseren.

Sie sah, wie Ruben den Knüppel aus dem Gürtel an seiner Uniform zog. Doch dann traf etwas Hartes ihren Kopf.

23

Es war eine Dachlatte gewesen. Eine gewöhnliche Dachlatte, wie man sie in jedem Baumarkt kaufen konnte. Das Holzstück hatte Liv seitlich an der Stirn erwischt und sie ins Land der Träume geschickt. Sie hatte nicht mitbekommen, wie Noemi sie ins Rathaus geschleift hatte oder wie Ruben den Dachlattenschläger überwältigt und festgenommen hatte. Als sie wieder zu sich gekommen war, hatte Sander Terpstra mit einem Erste-Hilfe-Koffer neben ihr gekniet. Der Bürgermeister wusste nicht nur mit Riechsalz umzugehen, er hatte auch die Erstversorgung ihrer Wunde übernommen. Um den Rest hatten sich die Sanitäter gekümmert.

Mit dem Krankenwagen war die restliche Verstärkung eingetroffen. Ruben und seine Leute hatten die Situation schnell unter Kontrolle bekommen. Der Sturm auf das Rathaus, ausgeführt von einigen wenigen, und das daraus entstandene Gemenge hatte die übrigen Demonstranten verschreckt. Geblieben waren Bouke Visser und seine Helfershelfer, die Ruben allesamt auf die Wache in Middelburg verfrachtet hatte.

Inzwischen hatte sich der Trubel gelegt, und die letzten Schaulustigen waren verschwunden.

Liv saß auf der Ladekante des Krankenwagens und hielt sich ein Kühlpack an die Stirn.

Die Ambulanz war von hinten an das Rathaus herangefahren und stand in einer Seitenstraße, wo Absperrband sie vor neugierigen Blicken schützte.

»Das wird ein Nachspiel haben«, versicherte ihr Terpstra, der die ganze Zeit an ihrer Seite geblieben war. Er hatte sich neben sie auf die Ladekante gesetzt. Noemi stand einige Meter von ihnen entfernt bei einem Streifenbeamten. Sie sahen sich etwas auf dessen Smartphone an.

»Ist schon eine Weile her, dass ich mich so ins Gewühle stürzen musste«, sagte Liv und verzog das Gesicht, als sie das Kühlpack fester auf die Stirn drückte.

»Der Mann wird sich wegen Angriffs auf eine Polizistin verantworten müssen. Auch seine Mitstreiter werden nicht ungeschoren davonkommen. Und ihrem Anführer Bouke droht zumindest eine saftige Geldstrafe, weil er die ganze Geschichte angezettelt hat.«

»Wir haben Glück gehabt, das hätte anders ausgehen können«, sagte Liv. »Und ich glaube nicht, dass sich diese Kerle um die Strafen scheren, die ihnen drohen.«

»Das wird Bouke auf jeden Fall politisch schaden. Die Leute geben niemandem ihre Stimme, der so offen gegen das Gesetz verstößt.«

»Da wäre ich mir nicht so sicher.« Noemi kam zu ihnen herüber und hielt ihnen das Smartphone hin. »Seht euch das hier an.«

Terpstra nahm das Gerät entgegen und hielt es so hin, dass Liv es sehen konnte. Dann drückte er auf den Play-Button und spielte das Video ab, das Noemi aufgerufen hatte.

Es waren Szenen der Demonstration vor dem Rathaus. Die Ansprache von Bouke Visser. Danach die Auseinandersetzung mit der Polizei. Die Aufnahmen waren geschickt zusammengeschnitten, sie erzählten eine andere Geschichte als die, die sich in Wirklichkeit zugetragen hatte. Ein Textband, das am unteren Bildschirmrand mitlief, beschrieb das

Geschehen mit dem Tenor: Die Polizei ist ohne Grund auf friedliche Demonstranten losgegangen, hat sie rücksichtslos niedergeknüppelt und ist sogar den Lokalpolitiker Bouke Visser angegangen, der seine persönliche Meinung nicht mehr öffentlich kundtun durfte. So weit ist es mit der Versammlungs- und Meinungsfreiheit in den Niederlanden gekommen.

Terpstra schüttelte den Kopf und reichte Noemi das Smartphone zurück. »Die Leute glauben das?«

»Es geht gerade viral«, erklärte Noemi. »Und natürlich glauben es die Leute. Oder zumindest jener Teil, der ohnehin allen Schwachsinn aus dem Internet für bare Münze nimmt. Das ganze Land wird nun von der Suche nach Rob van Loon erfahren. Es wäre vermutlich gut, wenn wir in der Sache rasch vorankommen.«

»Zumindest können wir uns damit trösten, dass Bouke nicht weiß, nach wem wir da tatsächlich suchen«, sagte Terpstra.

»Das können wir nur hoffen«, entgegnete Liv. Sie dachte an das Hotelzimmer von David Leinders und Bouke Vissers Schiff, das am Kai direkt davor lag. Es war nicht auszuschließen, dass Bouke seinen alten Freund gesehen hatte.

»Das sehe ich auch so.« Noemi schürzte die Lippen.

Bevor Liv etwas sagen konnte, kam der Arzt zu ihnen.

»Würden Sie mich die Schwellung bitte noch einmal ansehen lassen«, sagte er.

Liv nahm das Kühlpack zur Seite.

Der Arzt kam noch einen Schritt näher. »Sieht gut aus«, erklärte er. »Das ist bald wieder vergessen.«

Er tauschte das Kühlpack gegen ein neues und verabschiedete sich.

Noemi setzte sich neben Liv. »Ich habe mich heute Morgen doch mit Bouke Visser beschäftigt, falls du dich erinnerst. Ich wollte dir die ganze Zeit davon erzählen.«

In ihrer Stimme schwang ein leiser Vorwurf mit, der Liv daran erinnerte, dass sie Noemi tatsächlich einige Male abgewürgt hatte. »Tut mir leid.«

»Ich glaube, Bouke Visser spielt ein hinterhältiges Spiel«, sagte Noemi. »Er ist mit seiner Partei sehr aktiv in den Sozialen Medien. Es gibt etliche offizielle Seiten und Kanäle von ihm persönlich und von der Lijst Bouke Visser. Aber ich habe etwas tiefer gegraben und bin auf einige weitere Profile bei einschlägigen Social-Media-Diensten gestoßen. Sie laufen nicht unter seinem Namen, lassen sich aber über ein paar Ecken mit ihm in Verbindung bringen. Und dabei bin ich auf das hier gestoßen …«

Noemi reichte Liv ihr Smartphone. Auf dem Bildschirm war ein Chatverlauf des Messengerdienstes Telegram zu sehen. Darin hatte jemand ein Foto gepostet. Liv tippte darauf, um es zu vergrößern. Es zeigte einen Mann, der aus einer schmalen Gasse kam. Liv konnte nicht sagen, ob die Aufnahme mit dem Teleobjektiv einer Profikamera oder mit dem Handy gemacht worden war, heutige Smartphones verfügten ebenfalls über ausreichende Zoomfunktionen, als dass jemand das Foto als zufälligen Schnappschuss gemacht haben konnte. Auf jeden Fall musste das Bild in Veere entstanden sein. Im Hintergrund ragte die Silhouette der Grote Kerk in den Himmel.

Liv vergrößerte die Aufnahme ein wenig, bis sie das Gesicht des Mannes genau erkennen konnte. Es bestand kein Zweifel, es war David Leinders.

Unter dem Bild stand in fetten Lettern: DER VERRÄTER IST WIEDER IN DER STADT!!!

Gepostet hatte das Ganze jemand mit dem Nicknamen FreddyK. Sein Profilbild zeigte das Konterfei von Freddy Krueger, dem Monster mit verbranntem Gesicht und Messerhänden aus dem Achtzigerjahre-Horrorschinken »A Nightmare on Elm Street«. Liv wunderte sich schon lange nicht mehr über die Geschmacklosigkeiten des Internets.

»Du glaubst, dieser FreddyK ist Bouke Visser?«

»Mit ziemlicher Sicherheit. Ich habe heute in Den Haag mit den Kollegen gesprochen, die die rechte Szene im Blick haben. FreddyK ist ihnen kein Unbekannter. Auch sie vermuten Bouke hinter dem Pseudonym.«

Liv betrachtete noch einmal das Bild. Diese neue Information rückte die heutige Demonstration in ein neues Licht. Liv hatte die ganze Zeit das unbestimmte Gefühl gehabt, dass es dabei in Wahrheit um etwas ganz anderes gegangen war. Und nun ahnte sie auch, um was. »Du meinst ...?« Sie blickte zu Noemi.

»Allerdings.« Ihre Kollegin nickte.

»Ja, das wäre durchaus plausibel.«

»Entschuldigung«, brachte sich Terpstra ein, »aber könnte mir jemand erklären, worum es geht?«

Liv deutete auf das Foto. »Bouke Visser weiß sehr wohl, nach wem wir tatsächlich suchen. Er hat David Leinders hier in der Stadt gesehen. Und er hat nicht vergessen, was dieser ›Verräter‹ getan hat. Leinders hat als Informant einige rechte Netzwerke ausspioniert.«

»Aber ...«, Terpstra schüttelte den Kopf. »Was sollte dann diese Demo?«

»Bouke möchte dasselbe wie wir«, erklärte Liv. »Er will Leinders finden. Deshalb auch die Belohnung, die er ausgesetzt hat. Und ich brauche Ihnen nicht zu erklären, was er und seine Spießgesellen mit ihm anstellen, wenn sie ihn in die Finger bekommen.«

»Das bedeutet, dass er ebenfalls nicht weiß, wo Leinders steckt«, schloss Terpstra. »Also kann er wohl nichts mit seinem Verschwinden zu tun haben.«

»Das ist eine Erklärung«, sagte Noemi.

»Es gibt noch eine andere.« Liv sah den Bürgermeister an. »Bouke könnte sehr wohl wissen, wo David steckt und was mit ihm geschehen ist. Und das heute Nachmittag war nur eine Scharade, mit der er sich eine weiße Weste verschaffen will.«

24

Ann-Remi schloss das Gartentor auf und schob ihr Fahrrad hindurch. Es war wohl den aufreibenden Ereignissen der vergangenen Stunden geschuldet, dass sie in Gedanken ganz woanders war und ihre Umwelt nur wie im Traum wahrnahm, zugegebenermaßen einem üblen Traum. Sie stellte zuerst ihr Fahrrad ab, nahm ihre Handtasche aus dem Fahrradkorb und war schon halb die Stufen zur Terrasse hochgelaufen, als sie Onkel Boudewijn bemerkte.

Er hatte eine Trittleiter an die Gartenmauer gestellt, eine von den kleineren mit drei Stufen, wie man sie für Verrichtungen im Haushalt verwendete. Boudewijn stand freihändig auf dem obersten Tritt. Eine recht wackelige Angelegenheit – zumindest sah es für Ann-Remi so. Ihr Onkel konnte jeden Moment das Gleichgewicht verlieren. Doch das Risiko lohnte sich offenbar aus Boudewijns Sicht.

Salim, ihr neuer Nachbar, lugte über die Mauer und reichte ihm gerade einen Teller, auf dem mehrere Scheiben Fleisch gestapelt lagen. Als er Ann-Remi entdeckte, winkte er ihr.

Boudewijn drehte sich um und verlor in dem Moment das Gleichgewicht. Er schwankte nach links, dann nach rechts, die Leiter unter seinen Füßen kippelte. Das Fleisch auf dem Teller geriet in bedrohliche Schräglage.

Glücklicherweise hatte Salim eine schnelle Reaktion. Er zog sich mit einer Hand an der Mauer hoch, langte mit der anderen herüber und packte Boudewijn am Schlafittchen.

Dessen Höhenakrobatik dauerte noch einige Sekunden, bevor er sich wieder fing.

Boudewijn bedankte sich bei seinem Nachbarn für den beherzten Rettungseinsatz und das Fleisch, anschließend kam er zu Ann-Remi herüber und setzte sich an den Terrassentisch, auf dem er bereits Teller, Besteck und diverse Fläschchen mit Saucen bereitgestellt hatte.

»Scheint doch ganz nett zu sein«, sagte er mit einem Nicken in Richtung Nachbargrundstück. »Jedenfalls haben sie heute keinen Radau gemacht.«

»Na, auf jeden Fall ist Salim sehr um dein leibliches Wohl besorgt.« Sie deutete nun mit einem Nicken auf die Fleischlappen.

»Ja, er hat den Dreh beim Grillen wirklich raus. Allerdings ...« Boudewijn senkte seine Stimme. »Ich frage mich, wie er das Haus bezahlt hat. Ich meine, ich könnte mir mein eigenes Haus ja heute nicht mehr leisten, so, wie die Preise explodiert sind. Und der Kerl hat nur einen kleinen Blumenladen.«

»Wenn er seine Sache gut macht, kann er damit auch Geld verdienen.«

Boudewijn verzog die Lippen. »Ich bitte dich. Man weiß, wie so etwas läuft. Diese Leute ... Die verdienen ihr Geld mit ganz anderen Sachen. Solche Läden sind für sie nur Fassade.«

»Natürlich, da hast du recht.« Ann-Remi nickte mit ernster Miene. »Salim ist bestimmt der Boss irgendeines Clans ... Arabische Mafia, du weißt schon. Wetten, er bunkert Schwarzgeld oder Koks in seinen Blumenkübeln? Und das Fleisch da ... Also, ich würde wetten, da ist er einem Konkurrenten mit der Kettensäge zu Leibe gerückt.«

Boudewijn machte ein pikiertes Gesicht. »Ich fühle mich nicht ganz ernst genommen.«

»Zu Recht.«

»Lassen wir das lieber«, sagte er und winkte ab. »Setz dich und greif ruhig zu.«

»Ich wollte heute eigentlich Zucchini ...«

»Papperlapapp. Man muss sich auch mal was gönnen. Im Fleisch sind viele wichtige Vitamine. Also, bitte.«

Ann-Remi seufzte. Wenn heute kein guter Tag war, um eine Ausnahme zu machen ...

»Ein Bier wäre prima dazu.« Er blickte sie erwartungsvoll an.

»Natürlich.«

Sie ging ins Haus. Onkel Boudewijns Kühlschrank war immer gut mit Bier gefüllt. In erster Linie natürlich mit La Chouffe. Sie nahm eine Flasche heraus und holte ein großes kelchförmiges Bierglas aus dem Schrank, goss das Bier ein und gab einen Schuss Grenadinesirup dazu, der dem bitteren Geschmack etwas Süße hinzufügte.

Draußen auf der Terrasse stellte sie das Glas vor ihren Onkel auf den Tisch. Er hatte ihr bereits ein Grillsteak auf den Teller gelegt. Selbstredend so, wie er es persönlich am liebsten aß, ohne Salat oder andere störende Beilagen. Doch auch das kümmerte Ann-Remi heute wenig. Sie setzte sich.

Boudewijn musterte sie argwöhnisch. »Du siehst gestresst aus. Anstrengender Tag?«

»Das wäre untertrieben. Es war eine einzige Katastrophe.«

»Was ist denn passiert?«

Ann-Remi erzählte ihm alles. Wie Cees Koning vor ihrem Schreibtisch zusammengebrochen war. Wie er aufgehört hatte zu atmen. Wie die Kollegen und sie sofort Wiederbelebungsmaßnahmen und Erste Hilfe geleistet hatten. Sie selbst hatte die Herzdruckmassage übernommen, die Mund-zu-Mund-Beatmung dankenswerterweise einer der männlichen Kollegen.

Inzwischen befand sich Koning im Krankenhaus auf der Intensivstation. Sein Zustand war stabil. Den ersten Erkenntnissen nach schien es sich um einen Herzinfarkt zu handeln. Niemand wusste, ob er sich wieder berappeln würde, geschweige denn, ob er weiterhin seine Arbeit tun könnte.

»Du meine Güte. Das ist ja fast ein Grund zum Feiern. Wer träumt nicht davon, dass sein Chef tot umfällt!« Boudewijn lachte und hielt sein Glas in die Höhe. »Im Ernst. Trinken wir auf den armen Kerl. Auf dass er bald gesund wird!«

Sie aßen schweigend. Während des Essens war Boudewijn für gewöhnlich nie gesprächig, vor allem, wenn es ihm besonders gut schmeckte. Unnötiges Geplapper lenkte ihn nur vom Genuss ab.

Als sie fertig waren, legte er eine Hand auf die Armlehne seines Stuhls und trommelte mit den Fingern. Dabei sah er Ann-Remi aus dem Augenwinkel an. »Das ist nicht alles, oder? Dir liegt noch mehr auf der Leber, hab ich recht?«

Ann-Remi lehnte sich zurück. Sie haderte einen Moment. War es gut, Boudewijn so viel zu erzählen? Aber sie vertraute ihm, hatte es immer getan.

»Ich weiß nicht«, sagte sie. »Ich mache mir Vorwürfe.«

»Weshalb? Er hat den Herzinfarkt ja nicht deinetwegen bekommen.«

»Das ist es ja gerade.« Sie erzählte ihm von Willem de Ram, von ihrem eigenmächtigen Vorgehen und den Problemen, die daraus mit ihrem Vorgesetzten entstanden waren. »Letztendlich hat er sich doch meinetwegen dermaßen aufgeregt. Und er ... Nun ja, eigentlich war er gerade dabei, mich zu feuern.«

»Da ist ihm zum Glück etwas dazwischengekommen.«

»Onkelchen ...«

»Was denn? Sonst stündest du jetzt auf der Straße.«

»Trotzdem, so was denkt man nicht mal. Und um ganz offen zu sein ... Ich überlege die ganze Zeit, ob ich jetzt nicht meinerseits die Kündigung einreichen sollte. Ich meine, das wäre doch nur ehrlich, oder?«

So. Nun war es endlich raus. Dieser Gedanke hatte Ann-Remi den ganzen Tag über gequält.

»Hast du denn etwas falsch gemacht?«, fragte Boudewijn und trank einen Schluck.

»Ich habe meinen Vorgesetzten übergangen. Für ihn lag der Fall ganz klar. Er hat seine Einschätzung sogar schon dem Polizeichef gegenüber abgegeben ...«

»Wenn ich das richtig verstehe, bist du da auf etwas gestoßen, das die Sache in einem neuen Licht erscheinen lässt. Eventuell wurde der arme Mann sogar ermordet.«

»So weit würde ich nicht gehen. Aber ja, was ich herausgefunden habe, wirft auf jeden Fall Fragen auf.«

»Nun, ich denke, wenn das so ist, hast du dir nichts vorzuwerfen.« Boudewijn machte eine Pause und schien nach den richtigen Worten zu suchen. »Sag, bist du glücklich mit dem, was du tust?«

»Ich denke doch.« So genau hatte Ann-Remi sich darüber bislang keine Gedanken gemacht. »Ich liebe meinen Beruf. Ich halte das, was ich tue, für sinnvoll.«

»Dann solltest du dort bleiben, wo du bist, dich nicht verdrehen und dir nichts einreden lassen.« Er lehnte sich vor und stützte sich mit den Ellbogen auf den Tisch. »Weißt du, es läuft nicht immer alles glatt im Leben. Man muss ständig improvisieren und auf das eigene Bauchgefühl vertrauen. Das Wichtigste ist: Es ist dein Leben. Du hast nur dieses eine. Du triffst die Entscheidungen, und mit denen musst du leben. Niemand anderes. Also lass dir auch von niemandem reinreden. Mach dein Ding.«

»Das sagt sich so leicht ...«

»Dein Chef mag ein renommierter Mann sein. Aber Alter schützt vor Torheit nicht. Wenn der Kerl Mist baut, brauchst du nicht mit ihm untergehen. Und entschuldigen musst du dich schon gar nicht, wenn du deine Arbeit ordentlich machst ...«

Ann-Remi spürte, wie sich ein Lächeln auf ihre Lippen schlich. Diesen Zuspruch hatte sie gebraucht.

»Übrigens, was diesen Willem de Ram angeht«, sagte Boudewijn, »ist schon schade um ihn ... Würde mich tatsächlich interessieren, was ihm zugestoßen ist.« Er trank einen weiteren Schluck Bier.

»Kennst du ihn etwa?«, hakte Ann-Remi nach.

»Nicht persönlich, nein. Aber ich habe einige seiner Artikel gelesen. Guter Schreiber und ein kritischer Geist.«

»Kritischer Geist?« Ann-Remi sah ihren Onkel mit großen Augen an. »Hast du dir wirklich durchgelesen, was der Kerl geschrieben hat? Das ist völlig krudes rechtsradikales Zeug. Das war ein astreiner Nazi!«

»Ich weiß nicht, was die mit dir da drüben in Deutschland gemacht haben. Warum ist für dich jeder, der eine andere Meinung hat, sofort ein Nazi?«

»Willem de Ram hat gegen Einwanderer gehetzt ...«

»Wenn er deiner Ansicht nach ein Nazi war, weshalb interessierst du dich dann eigentlich so für das Schicksal dieses Mannes, dass du deine eigene Karriere aufs Spiel setzt?«

»Weil das mein Job ist. Da kann ich ja schlecht nach Sympathie gehen. Trotzdem brauche ich es nicht gutzuheißen, wenn der Mann gegen Fremde ...«

»Apropos, wo wir gerade beim Thema sind«, unterbrach Boudewijn sie und lehnte sich mit verschwörerischem Blick zu ihr herüber. »Ist dir aufgefallen, dass unser neuer Nachbar scheinbar allein mit den beiden Kindern in dem Haus lebt?«

»Nein. Wäre das schlimm?«

»Na ja, ich frag mich, wo die Frau ist, die die beiden zur Welt gebracht hat.«

»Onkelchen, alleinerziehende Väter sind heute nun wirklich keine Seltenheit mehr.«

»Auch in solchen Kulturkreisen? Man weiß doch, was die Araber mit ihren Frauen machen, wenn die ihnen auf den Zeiger gehen. Vielleicht hat er seine Alte ...«

»Lalala!« Ann-Remi steckte beide Zeigefinger in die Ohren. »Ich will das wirklich nicht hören.«

Unglaublich! Sie hatte gedacht, es könnte nicht mehr schlimmer kommen. Doch dieser Scheißtag hielt immer noch Überraschungen parat.

25

Liv schloss die Tür ihres Zimmers auf, ging hinein und stellte als Erstes die Klimaanlage auf die höchste Stufe. Sie war dankbar dafür, dass sich das Hotel scheinbar auf die heißen Sommer, die es nun auch in den hiesigen Breiten gab, eingestellt hatte.

Nachdem sie sich ihrer Kleidung entledigt hatte, ging sie unter die Dusche. Der harte Wasserstrahl auf der Haut tat gut, ihre Muskeln entspannten sich allmählich. Mit dem Schmutz und dem Schweiß wuschen sie auch die Anstrengung des Tages weg. Eine gefühlte Ewigkeit blieb sie unter dem Duschkopf stehen und musste sich regelrecht dazu zwingen, die Dusche abzustellen.

Nach dem Abtrocknen ging sie zurück ins Zimmer, das inzwischen auf eine angenehme Temperatur heruntergekühlt war. Sie nahm ihre Reisetasche, hievte sie aufs Bett und öffnete sie. Den Laptop, der zuoberst in der Tasche lag, stellte sie auf den großen Tisch am Fenster. Dann zog sie sich eine Baumwollhose und eine Bluse an.

Noemi hatte sich für den Abend verabschiedet. Die Ereignisse des Tages hatten sie geschafft, und sie wollte mit ihrem Freund skypen. Als sie ihr das erzählte, war Liv beinahe peinlich berührt gewesen, dass sie so wenig über ihre neue Kollegin wusste. Normalerweise lag ihr viel daran, die Personen, mit denen sie zusammenarbeitete, auch privat zu kennen. Was Noemi betraf, war dafür bislang keine Zeit gewesen, und auch heute Abend stand wohl keiner von ihnen beiden der Sinn nach einem Kennenlerngespräch.

Natürlich hätte Liv zu Ruben gehen können. Er hatte gerade von der Wache aus angerufen und sie auf den neuesten Stand gebracht. Der Mann, der sie mit der Dachlatte angegriffen hatte – ein Metzgerlehrling aus einem Nachbarort –, schmorte in der Arrestzelle. Gleiches galt für seine Helfer, die sich mit den Uniformierten angelegt hatten. Bouke Visser hingegen befand sich bereits wieder auf freiem Fuß. Er hatte sofort seinen Anwalt hinzugezogen, und dieser hatte sich mit einem saftigen Bußgeld einverstanden erklärt, mit der Bedingung, dass sein Klient keine weitere Minute in Polizeigewahrsam verbringen würde. Ruben hatte sich zähneknirschend damit einverstanden erklärt. Einerseits, weil der weitere Rechtsweg zu keiner deutlich höheren Strafe geführt hätte, andererseits, weil die Wache in Middelburg nicht auf Massenarreste ausgelegt war und jeder Häftling weniger eine Erleichterung darstellte.

Ruben hatte sie eingeladen, den Abend bei ihm in der Mühle zu verbringen. Die Aussicht, mit dem Polizeichef auf seiner Terrasse zu sitzen und bei einem Glas Wein die Schafe auf dem Deich und den Sonnenuntergang zu beobachten, empfand Liv als durchaus reizvoll. Allerdings würden sie mit ziemlicher Gewissheit über die Arbeit sprechen, und davon hatte Liv für heute genug. Sie brauchte den Abend für sich, um einen klaren Kopf zu bekommen, zu viele Gedanken und Sorgen schwirrten in ihm herum.

Aus diesem Grund hatte sie auch nicht mit Adriaan telefoniert. Er würde über die heutigen Vorgänge informiert werden wollen, doch das konnte bis morgen warten. Es gab andere Dinge, um die sie sich noch kümmern wollte, um eine dieser vielen Sorgen, die ihr auf dem Magen lagen und die sie viel zu lange vor sich hergeschoben hatte.

Liv zog sich Baseballkappe und Sonnenbrille an und ging zu ihrem Auto. Sie stieg ein und fuhr los. Um den Abendverkehr zu meiden, nahm sie nicht den direkten Weg über Middelburg, sondern den etwas längeren über die Land- und kleinere Nebenstraßen. Mit heruntergelassenem Fenster und dem Fahrtwind in den Haaren – das Thermometer zeigte erträgliche fünfundzwanzig Grad – fuhr sie vorbei an verdorrten Feldern und vereinzelten Bauernhöfen, dazwischen lange Alleen und ab und an ein kleineres Dorf, über das ein hoher Kirchturm wachte.

Obwohl sie nicht an die Arbeit denken wollte, ließen sie die Ereignisse des Tages nicht los. Vor allem ein Detail gab ihr zu denken. Im Video, das Bouke Visser über die sozialen Netzwerke verbreitete, war auch sie zu sehen. Natürlich nicht der Moment, als sie mit der Dachlatte attackiert worden war. Man konnte sie lediglich im Hintergrund erkennen, wie sie hinter dem Bürgermeister stand, als dieser mit Bouke sprach.

Liv schätzte, dass es nur eine Frage der Zeit war, bis irgendein findiger Journalist die gleiche Entdeckung machte. Dann würden sie hierherkommen und Fragen stellen. Nicht nur zu den Schüssen auf Kamal, sondern auch, weshalb sich die Landespolizei für den Fall eines vermissten Kochs interessierte. Doch daran war jetzt ohnehin nichts mehr zu ändern. Die Dinge würden ihren Lauf nehmen, und sie konnte nur versuchen, das Beste daraus zu machen. Den Kopf über Wasser zu halten und nicht unterzugehen.

Liv konzentrierte sich wieder auf die Straße. Die Route führte über Grijpskerke, Meliskerke, vorbei an Zoutelande und Valkenisse, bis sie bei Koudekerke schließlich in Richtung Dishoek abbog. Die Dünen an diesem Abschnitt der Küste waren die höchsten auf Walcheren, und sie konnte sie bereits von Weitem sehen.

Der Campingplatz lag ein paar Kilometer vom Strand entfernt. Liv stelle ihren Wagen auf einem großen Parkplatz auf der gegenüberliegenden Straßenseite ab. Das Gelände war frei zugänglich, also ging sie an dem Schlagbaum vorbei, der die Zufahrt zum Campingplatz regelte. Im vorderen Teil des Areals befand sich eine große Wiese, die in einzelne Bereiche für Wohnmobile und Wohnwagen oder Zelte unterteilt war, im hinteren die Mobilheime der Dauerbewohner. Die meisten hatten ihre Behausungen mit Holzveranden und kleinen, eingezäunten Vorgärten verschönert. Üppige Blumenampeln hingen an den Vordächern, hier und da wehte die Flagge der Niederlande oder die eines Fußballvereins an einem Fahnenmast. Und natürlich schmückten hier und da auch die obligatorischen Gartenzwerge das gepflegte Grün.

Viele saßen vor ihren Mobilheimen bei Tisch, andere machten sich mit Rucksäcken auf den Weg zu einem abendlichen Strandgang. Es roch nach Essen und Grillkohle.

Das Mobilheim von Livs Vater befand sich in der letzten Reihe an der Außengrenze des Campingplatzes. Er war sehr stolz darauf gewesen, dieses Fleckchen ergattert zu haben. In einer Ecke, umzäunt von hohen Eiben, gehörte sein Trailer zu den wenigen, die nicht ringsum von Nachbarn umgeben waren. An diesem Fleckchen hatte man seine Ruhe.

Liv erkannte schnell, dass sich seit ihrem letzten, etwas turbulenten Besuch einiges verändert hatte. Das Mobilheim hatte einen neuen Anstrich erhalten, glänzte in frischem Weiß. Ihr Vater hatte sich noch nie viel daraus gemacht, im Dreck zu wühlen, der kleine Vorgarten war inzwischen pflegeleicht mit weißen Kieseln ausgestreut.

Mit einem Quietschen öffnete Liv das Törchen des hüfthohen braunen Holzzauns, der den Stellplatz umgab. Daneben stand ein amerikanischer Briefkasten, in dem eine Zeitung lag. Liv stieg die Stufen zur Veranda aus Bangkirai hinauf, die das Mobilheim umgab.

Die Eingangstür befand sich auf der rückwärtigen Seite. Liv klopfte, aber niemand öffnete. Sie versuchte es noch einmal, mit demselben Ergebnis. Ein Blick durch eines der Fenster zeigte ein überraschend aufgeräumtes Inneres. Bei ihrem letzten Besuch hatte es hier ausgesehen wie in einer Junggesellenbude.

Nach dem Tod der Großeltern hatten ihr Vater und ihre Mutter allein im Haus in Rotterdam Delfshaven gewohnt. Doch nachdem auch ihre Mutter gestorben war, war ihr Vater in einer Nacht-und-Nebel-Aktion hierher gezogen, ohne Liv davon zu erzählen. Keine zwei Monate, nachdem sie ihre Mutter in einem Urnengrab beigesetzt hatten, hatte er sie vor vollendete Tatsachen gestellt und verkaufte das Haus.

Dass es so schnell ging, verriet Liv, dass er diesen Plan schon lange im Voraus gefasst haben musste. Sie hatte ihm bitterböse Vorhaltungen gemacht, so schnell nach Mutters Tod das Weite zu suchen. Außerdem hatte er zwar ihren Teil des Hauses geerbt, trotzdem war es auch Livs Elternhaus, und sie hätte gerne ein Wörtchen mitgeredet, was damit geschehen sollte.

Letztlich war sein Umzug natürlich nur der Stein des Anstoßes für einen Streit gewesen, der im Keim lange geschwelt hatte, den sie aber beide aus Rücksicht auf Mutter vor sich hergeschoben hatten. Sie hatte ihrem Vater vorgeworfen,

Mutters Krankheit nicht früh genug erkannt zu haben, und er ihr im Gegenzug, dass sie sich nicht um Mutter gekümmert und ihn mit den Sorgen und Problemen allein gelassen hatte.

Bei ihrem letzten Streit war Liv wutentbrannt aus dem Mobilheim gestürmt und hatte ihrem Vater entgegengeworfen, ihn nie wiedersehen zu wollen.

Zwei Jahre war das nun her.

Inzwischen war ihr Ärger verflogen. Sie wusste nicht, ob es ihrem Vater ähnlich ging.

Jedenfalls hatte sie eingesehen, dass sie beide recht und unrecht und es gleichermaßen übertrieben hatten.

Ihr Vater war nun Ende sechzig. Mit der Zeit war in ihr die Sehnsucht nach Versöhnung gewachsen, der Wunsch, die Jahre, die er noch da sein würde, in irgendeiner Form gemeinsam zu verbringen. Er war ihr Vater, und trotz seiner Verfehlungen liebte sie ihn. Und außerdem war er der einzige Angehörige, der ihr noch geblieben war.

Sie wollte gerade erneut klopfen, als sie Stimmen hörte. Eine Männerstimme und eine Frauenstimme. Sie unterhielten sich angeregt, lachten. Das Gartentörchen quietschte. Schritte auf der Treppe zur Veranda. Ihr Vater kam um die Ecke. Eine Frau mit blond-grauen Haaren hatte sich bei ihm untergehakt und schmiegte sich lachend an ihn.

Ihr Vater blieb wie angewurzelt stehen. »Liv.«

Sie brachte zunächst keinen Ton heraus, blickte zwischen ihm und der Frau hin und her. Liv schätzte sie dem Aussehen nach mindestens zehn Jahre jünger als ihn.

Schließlich kam ihr ein schlichtes »Papa« über die Lippen.

Die Frau musterte Liv mit gleichsam erschrockenem wie misstrauischem Blick. »Geert-Jan, wer ist das?«, fragte sie.

»Das ... ist meine Tochter.«

Die Frau machte ein verwundertes Gesicht. »Oh.«

Liv kam sich unglaublich dumm vor. Erst jetzt wurde ihr bewusst, was in den vergangenen Jahren wirklich geschehen war. Ihr Vater war ein Fremder geworden. Ein Fremder, über dessen jetziges Leben sie nichts wusste.

»Tut mir leid«, stammelte sie. »Ich … hätte vorher anrufen sollen.«

»Liv …«, versuchte es ihr Vater, doch sie zwängte sich an den beiden vorbei und die Treppe zum Gartentor hinunter.

»Liv, komm zurück«, hörte sie ihren Vater noch hinter sich rufen.

Mit schnellen Schritten lief sie zurück zum Auto, warf die Tür zu, startete den Motor mit zitternden Fingern und fuhr davon.

Erst auf der Landstraße beruhigte sich ihr Puls wieder. Das Gefühl der Überraschung und totalen Verwirrung machte einem anderen Platz. Liv spürte, wie sich ihr Magen verkrampfte und ihr die Tränen in die Augen schossen. Was hatte sie sich nur dabei gedacht? Es war nicht einmal die Frau. Natürlich, sie an seiner Seite zu sehen, das war seltsam. Aber sie machte ihm daraus keinen Vorwurf, sie konnte schließlich kaum von ihm erwarten, dass er den Rest seines Lebens im Zölibat verbrachte. Sie gönnte ihm sogar eine neue Liebe.

Was sie schwer getroffen hatte, war etwas anderes. Das verwunderte Gesicht der Frau. Ihr Vater hatte sie seiner neuen Lebensgefährtin gegenüber offenbar mit keinem Wort erwähnt. Vermutlich durfte sie sich darüber nicht beschweren. Bei ihrem letzten Aufeinandertreffen hatte sie ihm entgegengeschleudert, ihn nie wiedersehen zu wollen. Und ganz offensichtlich hatte er das akzeptiert und sie seinerseits ebenfalls aus seinem Leben gestrichen.

Eine halbe Stunde später ging sie durch die Gassen von Veere zu ihrem Hotel zurück. Den Wagen hatte sie auf dem Parkplatz am Außenhafen abgestellt.

Liv hatte sich wieder gefangen, doch ihre Knie fühlten sich noch wackelig an. Die Straßen waren gefüllt mit Flaneuren und Urlaubern, vor den Restaurants saßen die Leute und genossen den Abend bei Wein und gutem Essen. Das alles zog wie ein verschwommener, dumpfer Film an ihr vorbei.

Ihre Sinne klärten sich erst wieder, als sie in die nächste Seitengasse abbog. Die Gärten waren hier von schulterhohen Mauern umgeben, an denen wilde Stockrosen emporwuchsen. In der Gasse steckte ein Pferdegespann fest. Genauer gesagt, kam es nicht an einem Hund vorbei, der mitten auf dem Weg laut kläffend auf und ab sprang. Der Lenker des Gespanns hatte seine liebe Mühe, das Pferd unter Kontrolle zu halten.

»Drecksverdammter Köter!«, rief der Mann.

Sie eilte hinüber, um zu helfen, und erkannte, dass sie es mit alten Bekannten zu tun hatte. Bei dem vierbeinigen Unruhestifter handelte es sich um den Beagle und bei dem Mann mit dem Pferdekarren um Jorrit Kok, den alten Mann, der im Campveerse Toren seine Rente als Mädchen für alles aufbesserte.

»Bist du still!«, fuhr Liv den Hund an.

Er erschrak und hörte auf zu kläffen. Liv ging in die Knie und lockte ihn zu sich heran. Sie streichelte ihm über den Kopf und packte ihn schließlich so in den Schwitzkasten, dass er nicht mehr ausbrechen konnte. Der Beagle schien wirklich Vertrauen zu ihr zu haben, denn er ließ sich das alles gefallen.

Jorrit Kok rollte mit seinem Pferdekarren weiter, bis er auf gleicher Höhe war. Nun konnte sie sehen, was er geladen hatte: einen Haufen Mist.

»Oh, Sie sind es«, sagte Jorrit. »Vielen Dank für die Hilfe. Der Köter bringt mich noch um den Verstand. Eines Tages schnapp ich ihn mir.«

Der Beagle knurrte, und Liv räusperte sich. »Ich fände es schade um ihn. Er scheint ein munterer kleiner Geselle zu sein ...«

»Vielleicht sollten Sie ihn adoptieren.«

»Ich glaube, er möchte eher mich adoptieren.«

»Mein herzliches Beileid.« Jorrit zog an dem Zigarillo, den er im Mundwinkel hatte. Er trug einen Hut mit breiter Krempe, und für einem Moment erinnerte der Mann Liv ein wenig an Clint Eastwood in fortgeschrittenem Alter. Wie der US-Schauspieler gehörte auch Jorrit zweifellos zu jener beneidenswerten Spezies von Methusalems, die manch Jüngeren in Sachen Fitness in die Tasche steckten.

»Bevor Sie ihn mit nach Hause nehmen ...«, sagte er, »... waschen Sie die Töle erst mal. Sein Fell stinkt und ist bestimmt voller Flöhe.«

Liv deutete mit einem Nicken auf den Misthaufen. »Ihre Ladung riecht aber auch nicht viel besser.«

»Frischer Mist. Der beste Dünger für meinen Garten.« Er hob den Hut ein Stück in die Höhe. »Einen schönen Abend.«

Liv sah zu, wie er mit dem Karren davonzuckelte. Der Beagle gab noch mal ein Bellen von sich.

Sie ließ ihn los, als das Gefährt außer Sichtweite war, erhob sich und ging weiter. Der Hund folgte ihr noch bis vor das Hotel.

»Nein, hier kannst du nicht rein«, verabschiedete sie sich von dem Hund. »Nun zieh schon Leine.«

Sie wartete, bis sich der Hund endlich trollte, ging hinein und schloss die Tür hinter sich. Sie legte ihre Sachen ab und zog sich um. In Nachthemd und mit der Klimaanlage ließ es sich aushalten.

Liv beschloss, den Tag mit ein paar Seiten in einem Buch von John Steinbeck zu beenden, vielleicht würde sie das auf andere Gedanken bringen. Sie hatte ihre Liebe zu alten Klassikern wiederentdeckt. Gerade las sie *Reisen mit Charly*, in dem Steinbeck von einer Rundreise durch sein Heimatland, den USA, berichtete – mit einem Pudel namens Charly an seiner Seite.

Sie legte sich aufs Bett, machte es sich gemütlich und begann zu lesen. Doch nach nicht einmal einer Seite legte sie das Buch wieder aus der Hand. Sie konnte sich nicht konzentrieren. Ihr Vater, das Handgemenge vor dem Rathaus, David Leinders, Adriaan … Die Gedanken schwirrten wie ein wilder Schwarm Schmetterlinge in ihrem Kopf herum.

Sie schloss die Augen für einen Moment, und als sie sie wieder öffnete, fiel ihr Blick auf den großen Tisch vor dem Fenster, auf dem ihr Laptop lag.

Liv setzte sich auf. Sie konnte sich erinnern, dass sie das Gerät dort hingelegt hatte, als sie ihre Reisetasche ausgepackt hatte. Woran sie sich nicht erinnern konnte, war, dass sie ihn auch aufgeklappt hatte.

26

Ann-Remi schlief schlecht in dieser Nacht. Es war zu heiß. Selbst nach Mitternacht kühlte es nicht ab, und die Hitze schien in dem alten Haus aus jeder Pore des Mauerwerks zu quillen. Es brachte auch nichts, die Fenster auf Durchzug zu stellen, kein Lüftchen regte sich. Dazu kamen die Bilder, die Ann-Remi in ihren Träumen sah und die sie jedes Mal mit klopfendem Herzen aufwachen ließen.

Genau genommen war es immer derselbe Traum: Sie saß an ihrem Schreibtisch im rechtsmedizinischen Institut und tippte auf der Tastatur ihres Computers. Dann hörte sie plötzlich ein Stöhnen. Eine Hand griff vom Boden aus nach der Schreibtischplatte. Cees Koning zog sich hoch, bis sie sein Gesicht sehen konnte. Es war blau verfärbt, die Adern in den Augen geplatzt, sodass sie mit Blut gefüllt waren.

»Sie bringen mich ins Grab«, stöhnte er. »Ich hätte Sie gleich rauswerfen sollen!«

Irgendwann in den frühen Morgenstunden gab Ann-Remi den Versuch auf, wieder einzuschlafen. Sie ging hinunter in die Küche und bereitete Boudewijn und ihr Frühstück zu.

Sie musste an seine Worte denken, und je mehr sich ihre Gedanken klärten, desto alberner kam ihr der Traum vor. Sie schmunzelte. Nein, es gab wirklich keinen Grund, sich Vorwürfe zu machen. Und schon gar nicht würde sie sich von Cees Koning im Schlaf verfolgen lassen. Schluss damit.

Es war kurz nach sechs Uhr, und sie hatte gerade die Kaffeemaschine eingeschaltet, als ihr Smartphone vibrierte. Der Anruf kam aus dem rechtsmedizinischen Institut.

Ann-Remi ging ran, und der Institutsleiter Simon van Aken, der vorübergehend Konings Aufgaben übernommen hatte, meldete sich. »Ann-Remi, wir müssen etwas besprechen.«

27

Insel Walcheren, 11. Oktober 1944

In der Nähe von Oostwatering bog Henk Cornelisse vom Deichweg auf einen schmalen Schotterpfad durch die Felder ab. Die Reifen seines Fahrrads rumpelten über Steine und durch Schlaglöcher, und Henk musste den Lenker mit beiden Händen festhalten. Wegen der Verdunklungsmaßnahmen, auf die die Deutschen seit den Bombardements noch strenger als gewöhnlich achteten, war die Schwärze der Nacht um ihn herum vollkommen. Kein einziger Lichtschimmer weit und breit, und natürlich musste auch sein Fahrrad unbeleuchtet sein. Sich auf diese Weise fortzubewegen, barg einige Gefahren. Nicht nur, dass es die Orientierung erschwerte, man kam auch schnell vom Weg ab oder konnte stürzen. Es gab immer wieder Kollisionen, oder Menschen landeten unversehens in einer Gracht oder einem Kanal und ertranken. Henk nahm die Gefahr in Kauf. Er wollte nicht gesehen werden, und er ging davon aus, dass derjenige, den er suchte, ihm dankbar sein würde, wenn er so diskret wie möglich vorging und dafür Sorge trug, dass er unentdeckt blieb.

In den vergangenen Tagen hatte Henk zahlreiche Bauernhöfe auf der Insel abgeklappert, auf der Suche nach Hendrik van der Straaten, dem mutmaßlichen Freund seiner Schwester. Tessa hatte gemeint, dass Hendrik sich höchstwahrscheinlich auf einem der Gehöfte vor den Deutschen versteckte, was naheliegend war, da die Bauern Hilfesuchenden immer wieder Zuflucht boten. Die Suche hatte sich schnell zu einer Sisyphusarbeit entwickelt, zumal Henk wenig Zeit dafür hatte. Es blieben ihm lediglich die Stunden von Dienstschluss bis zur Ausgangssperre. Er ging weiterhin seiner Ausbildung bei Bäckermeister Barthuis nach – wie auch alle anderen trotz der Bombardements dem Alltag nachgingen und so irgendwie den Schein von Normalität aufrechterhielten. Man lebte von Tag zu Tag, ohne an das Übermorgen zu denken, denn wer wusste schon, ob es das überhaupt geben würde.

Henk roch das Gehöft, noch bevor er es sehen konnte. Der Gestank von Kuhmist drang in seine Nase, und aus der Dunkelheit tauchten die Konturen eines Stalls auf, dahinter ein lang gezogenes Haus mit Reetdach. Der Hof gehörte dem alten Sibe den Boer.

Sibe hatte seine Frau vor einigen Jahren verloren, und nun kümmerte er sich allein um den Betrieb. Ein Knecht ging ihm dabei zur Hand, wobei Sibe seine Gehilfen verschliss wie andere die Unterhosen. Er war ein knurriger Kauz, der es nicht gut mit anderen Menschen aushielt, seine Frau, Gott hab sie selig, war da wohl eine der wenigen Ausnahmen gewesen. Aber immerhin war der Alte nicht als Freund der Deutschen bekannt.

Henk lehnte sein Fahrrad an die Hauswand, ging zur Tür und klopfte.

»Was hast du um die Zeit hier zu suchen?«, hörte er fast augenblicklich eine Stimme. Sie kam allerdings nicht aus dem Haus.

Henk wandte sich um. Vom Stall her kam eine Gestalt mit einer Mistgabel in der Hand zu ihm herüber. Im

215

Näherkommen schälte sich aus den Schatten das Gesicht von Sibe mit der dicken Knubbelnase heraus. Der Bauer musterte ihn mit argwöhnischem Blick.

»Dich habe ich schon mal gesehen. Beim Bäcker, stimmt's? Du bist einer der Gesellen.«

Henk nickte. »Ich bin auf der Suche nach jemandem …«

»Hat derjenige auch einen Namen?«

»Meine Schwester. Mareike Cornelisse.«

Sibe grunzte und spuckte auf den Boden. »Hier sind keine Frauen mehr.«

»Mareike ist verschwunden, und es könnte sein, dass sie sich in Gesellschaft ihres Freundes befindet. Hendrik van der Straaten.«

»Ich würde sagen, du suchst an der falschen Stelle, Junge.« Sibe ließ den Blick zu dem Feldweg wandern, über den Henk hierhergekommen war, als wollte er sicherstellen, dass ihm niemand gefolgt war.

Er kennt Hendrik auf jeden Fall, schoss es Henk durch den Kopf. Sonst hätte er sich erkundigt, von wem ich spreche.

»Es könnte sein, dass die beiden in Schwierigkeiten stecken«, versuchte er es weiter, doch Sibe den Boer brachte ihn mit einem scharfen Blick zum Schweigen.

Der Bauer senkte die Mistgabel ein Stück, sodass die Spitzen der Forke auf Henks Brust zielten. »Ich würde vorschlagen, dass du jetzt wieder verschwindest.«

»Sibe, ich will dir nichts …«

»Lass ihn«, hörte Henk eine Stimme hinter seinem Rücken.

Eine hagere Gestalt kam um die Hausecke geschlichen. Ein junger Mann, der in Henks Alter sein musste. Er trug eine Schiebermütze, die Wangenknochen ragten in seinem

Gesicht hervor. In seinem Mund steckte ein Zahnstocher, auf dem er kaute.

»Du bist Henk Cornelisse, Mareikes Bruder?«, fragte er.

»Ja.«

Der junge Mann bedeutete Sibe mit einem Nicken, dass er sie allein lassen sollte.

»Hendrik?«, fragte Henk.

Statt einer Antwort fasste der Junge ihn am Arm und führte ihn zum Stall hinüber. »Herein in die gute Stube.«

Sie gingen an den Kühen vorbei zu den Strohballen. Der junge Mann schob einen von ihnen zur Seite und öffnete darunter eine Falltür. Über eine Leiter stiegen sie in einen Raum hinab, der gerade Platz genug für ein Feldbett und einen kleinen Holztisch samt Stuhl bot. Darauf stand eine Kerze, die Hendrik anzündete.

»Setz dich«, sagte er und deutete auf den Stuhl. Er selbst setzte sich auf das Bett.

»Ich suche Mareike«, erklärte Henk. »Sie ist in das Bombardement in Westkapelle geraten. Seitdem fehlt jede Spur von ihr. Tessa meinte …«

Hendrik brachte ihn mit erhobener Hand zum Schweigen. »Sie war hier …«

»Meine Schwester war bei dir? Wo ist sie jetzt?« Normalerweise hätte er dem heimlichen Freund seiner Schwester ganz andere Fragen gestellt, doch das spielte alles keine Rolle. Henk wollte nur wissen, ob es ihr gut ging.

»Ruhig Blut. Eins nach dem anderen.« Hendrik drehte den Zahnstocher in seinem Mund um. »Sie hat mich nach dieser Sache in Westkapelle hier aufgesucht.«

»Woher wusste sie, dass du hier bist? Warum ist sie nicht nach Hause …«

Hendrik zog eine Grimasse. »Eins nach dem anderen. Mareike ist nur knapp mit dem Leben davongekommen, weißt du. Die Mühle ist über ihnen zusammengestürzt. Sie konnte sich irgendwie befreien. Ihre ... Eure Mutter ... Nun ja, du weißt schon. Tut mir sehr leid. Mareike machte sich Vorwürfe, dass sie ihr nicht mehr helfen konnte. Ich sagte ihr, dass sie froh sein kann, selbst noch am Leben zu sein.«

»Aber warum ist sie zu dir gekommen? Warum nicht zu uns? Und wo ist sie?« Henk verstand nicht im Geringsten, was vor sich ging.

»Ich hatte ihr an dem Morgen eine Nachricht zukommen lassen. Sie sollte hierherkommen. Ich brauchte sie.« Hendrik rückte auf der Bettkante vor. »Wenn du mit Tessa gesprochen hast, weißt du, dass ich mich nicht ohne Grund verstecke.«

»Du arbeitest für den Verzet.«

»Nicht nur ich. Henk, es gibt da ein paar Dinge, die du über deine Schwester nicht weißt ...«

»Du meinst zum Beispiel die Tatsache, dass sie einen Freund hat, der im Widerstand aktiv ist? Ich hoffe für dich, dass du sie nicht in Schwierigkeiten gebracht hast!«

Henk hasste die Deutschen, und er wusste, dass die Leute im Verzet ihrem Land einen großen Dienst erwiesen. Er hatte selbst schon einige Male überlegt, sich ihnen anzuschließen, doch Vater hatte ihn gemahnt, sich und die Familie nicht in Probleme zu bringen.

Hendrik verzog den Mundwinkel zu einem schiefen Grinsen. »Weißt du, sie ist alt genug und kann für sich selbst ...«

»Sie ist sechzehn! Und sie ist eine Frau.«

»Wenn du wüsstest, wozu die Frauen fähig sind. Wie auch immer. Mareike schreibt seit einiger Zeit für die Trouw.«

Henk hob die Augenbrauen. Er hatte die Trouw schon einige Male in Händen gehalten. Sie war die größte der illegalen Untergrundzeitungen und kursierte im gesamten Land. Insgeheim musste er seiner Schwester Respekt zollen. Sie verstand es wirklich, ein Geheimnis für sich zu behalten.

»Ich hatte nach Mareike geschickt ... nicht nur, weil ich sie wiedersehen wollte«, erzählte Hendrik weiter. »Ich brauchte ihre Hilfe in einer wichtigen Sache.«

»Was für eine Sache war das? Ich hoffe, es hatte nichts mit dem Widerstand zu tun.«

»Sagt dir Oom Peter etwas?«

Henk nickte langsam. Oom Peter – Onkel Peter – so nannte sich den Gerüchten zufolge der Leiter der Widerstandsgruppe in Middelburg. Es gab ihn also wirklich. »Was hat Mareike mit ihm zu tun?«

»Oom Peter steht in Verbindung mit einem Kontaktmann der Engländer. Der Mann hat angeblich Informationen über die bevorstehenden Bombardierungen, die die Alliierten auf Walcheren planen. Es hatte bereits einen Versuch der Kontaktaufnahme gegeben, der leider fehlschlug. Die Deutschen griffen unseren Mann auf. Wir müssten uns also etwas Neues einfallen lassen.«

Henk stand auf. »Ihr habt doch nicht etwa ...«

»Mareike sollte den Mann treffen. Deshalb war sie hier. Ich habe ihr den Treffpunkt und das Datum genannt. Seine Informationen sollten unter anderem über die Trouw in der Bevölkerung verbreitet werden, um unnötige Opfer zu vermeiden.«

Henk spürte, wie die Wut in ihm hochkochte. Dieser Kerl hatte das Leben seiner Schwester aufs Spiel gesetzt. Mareike musste nach dem Erlebnis in der Mühle völlig aufgelöst gewesen sein, und anstatt sie in den Schoß der Familie zu bringen, hatte dieser Fatzke sie auf dieses riskante Unterfangen geschickt. Er baute sich vor Hendrik auf und drohte ihm mit der Faust. »Wo ist sie jetzt?«

Hendrik sah zu ihm auf. In seinem Blick lag Hilflosigkeit. »Ich liebe deine Schwester über alles, das musst du mir glauben ...«

»Halt's Maul! Wo sollte sie den Mann treffen?«

»Sie waren verabredet, am Abend des ...«

Das Poltern von schnellen Schritten über ihnen brachte sie beide zum Schweigen. Sibe den Boer streckte den Kopf zur Falltür herein.

»Ihr müsst verschwinden. Beide!«, rief er herunter. »Die Deutschen sind da!«

Binnen Sekunden war Henk hinter Hendrik die Leiter hinaufgeklettert. Sie schoben sich seitlich an eines der milchigen Fenster des Stalls. Vor dem Hof war ein schwarzer DKW vorgefahren. Leute des SD stiegen aus und kamen auf das Haus zu.

»Verdammter Mist!«, entfuhr es Hendrik. »Irgendjemand muss es den Drecksäcken gesteckt haben.«

Sibe drängte sie beide zur Hintertür des Stalls. »Los, los, beeilt euch! Raus aufs Feld, und nehmt die Beine in die Hand.«

»Egal, was jetzt gleich passiert«, sagte Hendrik. »Du musst mir versprechen, dass du Mareike findest.«

»Darauf kannst du dich verlassen.«

»Geh zu Derk van der Velde. Er koordiniert die Trouw hier auf Walcheren. Er arbeitet in Vlissingen in der Werft. Frag dort nach ihm.«

Sibe riss die Hintertür des Stalls auf, und Henk wollte hinausstürmen. Doch dann blieb er wie angewurzelt stehen. Der Lauf eines Maschinengewehrs zielte auf sie.

»Keine Bewegung«, sagte der uniformierte SD-Mann.

Henk hob die Hände. Da hörte er das Grollen in der Luft.

Wenige Augenblicke später explodierte die Welt um ihn herum.

TEIL 3

DIE TOTEN VON VEERE

28

Veere, heute

Liv schreckte aus dem Schlaf hoch. Wieder war es lautes
Klopfen an der Tür ihres Zimmers, das sie geweckt hatte.
Unwillkürlich musste sie an den Film *Und täglich grüßt das
Murmeltier* denken, in dem Bill Murray ein und denselben
Tag in Endlosschleife erlebte und jeden Morgen von demselben Weckerklingeln begrüßt wurde. Mit dem Unterschied,
dass ihre morgendlichen Besucher offenbar von Tag zu Tag
früher kamen, wie ihr ein Blick auf die Uhr zeigte. Es war erst
kurz nach halb sechs.

Sie zog sich schnell T-Shirt und Shorts an und öffnete.

Ruben stand in Uniform vor der Tür. Er machte ein besorg-
tes Gesicht.

»Tut mir leid, dass ich dich damit am frühen Morgen überfallen muss«, sagte er, »aber du kommst besser raus. Es wurde
eine Leiche gefunden.«

»Wo?«

»An der Brücke im Hafen.«

»Okay. Bin gleich da. Noemi?«

»Ist schon am Fundort.«

»Natürlich.« Liv nickte ihm noch etwas schlaftrunken zu,
schloss die Tür wieder, ging ins Bad und machte sich fertig.
Sie ahnte, weshalb Ruben Noemi und sie bei diesem Leichenfund dabeihaben wollte. Ihre Kleiderwahl fiel auf eine Jeans

und ein blaues Hemd. Die Ärmel krempelte sie hoch und steckte ihren Dienstausweis ein.

Als sie das klimatisierte Hotelzimmer verließ, schlug ihr im Hausflur ein Schwall warmer Luft entgegen. Die Hitze hielt sich auch über Nacht in den Gebäuden, der Boden und die Wände schienen sie wie riesige Heizplatten abzustrahlen.

Draußen vor der Tür ebenfalls keine Spur von Abkühlung, das Thermometer war diese Nacht sicher nicht unter die zwanzig Grad gefallen.

Um diese Uhrzeit waren kaum Menschen auf der Straße. Zu ihrer Rechten sah Liv, wie der Concierge des Hotels mit einem Streifenpolizisten verhandelte. Der Uniformierte hatte – wohl auf Geheiß von Ruben – die Straße mit Absperrband abgeriegelt und versperrte damit einem Lieferfahrzeug die Zufahrt zum Campveerse Toren. Der Concierge gestikulierte mit Händen und Füßen und wollte dem Polizisten wohl begreiflich machen, dass die Lieferung äußerst wichtig für ihn war, doch der Beamte ließ sich nicht erweichen.

Liv ging am Kai entlang zu der kleinen Zugbrücke in der Mitte des Hafenbeckens. Es brauchte ihr niemand zu sagen, wo sie hinkommen sollte, das erklärte sich von selbst. Bei der Brücke standen mehrere Streifenwagen und eine Ambulanz geparkt. Selbst von Weitem konnte man ohne Schwierigkeiten den Grund für diesen Auflauf sehen.

Von der Brücke baumelte ein menschlicher Körper.

Auf dem Weg dorthin sah Liv, dass auch die kleineren Gassen, die vom Hafen abzweigten, mit Polizeiband versperrt waren. Ruben und seine Männer hatten offenbar schnell reagiert und verhindert, dass der grausige Fund die Öffentlichkeit anlockte.

Ruben erwartete sie bei der Brücke. Er deutete mit einem Nicken zu Noemi, die sich mit einer Frau unterhielt, die einen Hund an der Leine führte. Bei ihnen standen noch eine Handvoll weiterer Menschen.

»Die Dame hat den Toten vor etwa einer halben Stunde gefunden, als sie mit ihrem Hund Gassi ging«, berichtete Ruben.

»Und die anderen?«

»Anwohner und Passanten, die kurz nach der Frau hier eintrafen.«

Noemi kam zu ihnen herüber. Liv hätte sich gerne auch nur ansatzweise so hellwach gefühlt, wie ihre jüngere Kollegin aussah.

»Was sagen sie?«, fragte Liv.

»Die Frau mit dem Hund schwört, dass sie den Toten so gefunden und nichts angerührt hat. Aufgrund seiner offensichtlichen Verletzungen hat niemand einen Rettungsversuch unternommen. Die anderen Zeugen bestätigen das. Sie haben mit der Frau hier gewartet, bis die Kollegen eingetroffen sind. Die Leute sind verständlicherweise ziemlich durch den Wind, insbesondere die Frau.«

»Haben sie irgendetwas bemerkt, das uns helfen könnte?«

»Nein. Schon gar keinen flüchtenden Täter.«

»Wäre ja zu schön gewesen«, murmelte Liv.

»Wollen wir?«, fragte Ruben.

»Ja, sehen wir uns das an.« Liv folgte mit Noemi Ruben zu einer Leiter, an deren Fuß ein kleines Ruderboot im Hafenbecken vertäut war. Die Sprossen waren teilweise verrostet und rutschig vor Algenbewuchs. Livs Knie schmerzten, als sie die schwankenden Bewegungen des Bootes ausgleichen musste. Sie setzte sich mit Noemi auf das vordere Sitzbrett, Ruben hockte sich in die Mitte, machte die Leine los und langte in die Ruder.

Mit wenigen kräftigen Zügen brachte er sie unter die Brücke, wo er langsamer wurde und das Boot so dirigierte, dass sie unterhalb der Leiche zum Stehen kamen.

Der Tote hing an einem Strick von der Brücke. Fliegen umschwirrten ihn. Eine Schlinge lag um seinen Hals, das andere Ende des dicken Seils war am Brückengeländer befestigt worden. Die Arme und Beine des Toten hingen schlaff herunter. Seine Füße berührten beinahe das Wasser.

Das wohl Bemerkenswerteste war, dass der Mann völlig nackt war. Der Täter hatte ihn seiner Kleider entledigt und den geschundenen Körper offenbart. Die marmorierte Haut der Arme und Beine, des Torsos und des Gesichts war überzogen mit Hämatomen. Für Schlussfolgerungen war es zu früh, doch Liv konnte sich nicht des Eindrucks erwehren, dass der Mann gefoltert worden war.

Die Schlinge hatte sich fest geschlossen, sodass der Kopf schief auf dem Hals zu sitzen schien. Nicht ausgeschlossen, dass er von der Brücke gestoßen worden war und der Fall das Genick gebrochen hatte.

»Ich habe schon mit den Kollegen von der Kripo gesprochen«, berichtete Ruben. »Die Kriminaltechnik und der Rechtsmediziner sind unterwegs.«

»Danke«, sagte Liv und beantwortete gleich die Frage, die Ruben unausgesprochen gelassen hatte: »Ich kläre mit ihnen, wer in diesem Fall die Ermittlungen führt.«

Sie sah wieder zu dem Toten auf. In seinem Gesicht standen die Qualen geschrieben, die er offenbar vor seinem Ableben erlitten hatte. Neben den Blutergüssen gab es Platzwunden an der Stirn und an den Jochbeinen. Die leblosen Augen quollen aus ihren Höhlen.

»Ist er es?«, fragte Ruben.

Um sicherzugehen, rief Liv ein aktuelles Foto des Toten auf ihrem Smartphone auf. Sie verglich es mit dem Mann, der von der Brücke baumelte.

Sie nickte. »Ja, sieht ganz danach aus.«

Trotz der Verletzungen im Gesicht gab es kein Vertun, wen sie hier gefunden hatten. Der auffälligste Unterschied zu dem Foto waren sicherlich die Haare. Auf dem Bild war das Haar des Mannes voll. Dem Toten hingegen war der Schädel kahl geschoren worden. Am Hinterkopf gab es anscheinend eine Verletzung, die aber von ihrem Standort nicht genau zu erkennen war.

Liv bedeutete Ruben, sie wieder an Land zu bringen. Sie kletterte aus dem Boot und ging auf die Brücke. Auf der Mitte, wo der Strick mit einem dicken Knoten am Geländer befestigt worden war, blieb sie stehen und blickte hinab auf den Toten.

Auf der linken Seite des Hinterkopfes klaffte ein Loch. Liv konnte ein Gemenge aus Blut, Knochensplittern und Hirnmasse erkennen. Es würde wohl Sache des Rechtsmediziners sein, ob diese Verletzung den Tod herbeigeführt hatte oder der Strang.

Sie wandte sich ab und sagte zu Noemi: »Wir brauchen trotzdem jemanden, der ihn eindeutig identifizieren kann.«

»Die Schwester?«

Liv überlegt kurz. »Eventuell, wobei sie ihn nach langer Zeit nur einmal kurz wiedergesehen hat … Besser wäre die Freundin.«

»Gut«, sagte Noemi, »ich kümmere mich gleich darum.« Sie holte ihr Smartphone heraus und ging ein paar Schritte zur Seite.

»Wie geht es jetzt weiter?«, fragte Ruben.

Liv zuckte mit den Schultern. »Wir haben ihn gefunden. Ich muss klären, ob wir in seinem Tod weiter ermitteln oder das den Kollegen von der Kripo überlassen.« Sie nahm ihr Handy und wählte Adriaans Nummer.

Er ging bereits nach dem zweiten Klingen dran. »Liv, was kann ich für dich tun?«

»David Leinders ist tot«, sagte sie. »Wir haben gerade seine Leiche gefunden. Er wurde ermordet.«

29

»Nein, Sie wollen sich das wirklich nicht ansehen«, bekräftigte Liv und baute sich vor dem Bürgermeister auf.

»Sie sind sich sicher, dass es sich um diesen David Leinders handelt?« Sander Terpstra blickte über ihre Schulter zum weißen Zelt, das die Kriminaltechnik aufgebaut hatte und in dem sich Leinders' Leiche befand.

»Ja. Allerdings steht eine definitive Identifikation durch seine Freundin noch aus.«

»Gehe ich recht in der Annahme, dass die Kriminalpolizei die Angelegenheit nun übernimmt?«

»Nein, wir ermitteln weiter in diesem Fall«, antwortete Liv. »Gewöhnen Sie sich also lieber an meine Anwesenheit, so etwas klärt sich selten von heute auf morgen.«

Adriaan hatte entschieden, dass in Anbetracht von David Leinders' Vorgeschichte die Landespolizei klären musste, was geschehen war, da sie überdies nicht ausschließen konnten, dass der Mord am Ende überregionale Hintergründe hatte. Vermutlich hing Adriaan gerade in dieser Minute am Telefon und erläuterte den hiesigen Kripo-Kollegen seine Entscheidung.

Terpstra stemmte die Hände in die Seiten und blickte zum Himmel empor. »Jesus Maria ... Das hat mir gerade noch gefehlt.«

»Reizend von Ihnen.«

»Nein, nein«, er hob beschwichtigend die Hand, »das war doch nicht persönlich gemeint. Es ist nur so ... Wir haben

Hochsaison, und das Ganze hier droht uns allmählich das Geschäft zu vermiesen. Dazu der Wahlkampf …«

Der Bürgermeister sah sich demonstrativ um. Der Ortskern rund um den Hafen war inzwischen vollständig abgeriegelt. Am nördlichen und südlichen Ende hatten sich an den Absperrbändern Menschentrauben gebildet. Ruben und seine Kollegen hatten alle Hände voll damit zu tun, die Leute abzuhalten und sie zu beruhigen.

Liv hatte durchaus Mitleid mit Terpstra. Die meisten Geschäfte und Gaststätten in Veere befanden sich im Bereich rund um den Hafen. Und sie konnte sich vorstellen, dass ihm alsbald die Händler, Hoteliers und die Gastronomie im Nacken sitzen würden. Zumindest heute war hier an ein normales Alltagstreiben nicht zu denken, und erfahrungsgemäß würden die weiteren Ermittlungen manchen Feriengast verschrecken – ein Toter im Urlaubsparadies, das machte sich selten gut.

Im Verlauf der vergangenen Stunde hatte sich der Hafen mit den Spezialisten der Kriminaltechnik gefüllt. Sie hatten die Leiche von David Leinders vom Strick genommen, keine einfache Aufgabe, da der Tote mitten über dem Wasser baumelte und sie ihn natürlich möglichst unbeschadet an Land schaffen mussten. Sie hatten die Leiche in einem weißen Zelt aufgebahrt, wo sie vor neugierigen Blicken geschützt war und auf die erste Sichtung der Rechtsmedizinerin des GGD, des Gemeentelijke Gezondheidsdienst Zeeland, die erst vor wenigen Minuten eingetroffen war, wartete.

Die Kriminaltechniker untersuchten nun den gesamten Bereich rund um die Brücke auf Spuren. Noemi unterhielt sich ein paar Meter weiter mit dem Leiter der Kriminaltechnik, einem untersetzten Mann mit Glatze, dessen Bauch unter dem weißen Schutzanzug spannte, den er trug.

»Ich werde Sie über den Stand unserer Ermittlungen auf dem Laufenden halten«, versprach Liv dem Bürgermeister. »Und nun würde ich mich gerne wieder meiner Arbeit widmen.«

Terpstra nickte. »Sicher. Ich überlege mir derweil, wie ich einen Volksaufstand verhindere.«

Liv wandte sich ab und ging zu dem Zelt hinüber. Die Rechtsmedizinerin stand neben dem Zelt und zog sich einen weißen Schutzanzug an. Oder besser gesagt, sie versuchte es, der Reißverschluss schien zu klemmen.

»Kann ich Ihnen behilflich sein?«, fragte Liv.

»Oh, das …« Die Situation schien der Frau sichtlich peinlich zu sein. Schließlich sagte sie aber: »Ja, das wäre nett. Ich mache so etwas hier nicht jeden Tag, wissen Sie.«

Liv half ihr mit dem Reißverschluss, der sich in der Tat als äußerst widerspenstig erwies. Schließlich gelang es ihr, ihn hochzuziehen. Dabei entging ihr nicht, dass auf dem T-Shirt, das die Rechtsmedizinerin unter dem Anzug trug, der Arc-Reaktor abgebildet war, jene Energiequelle in Form eines leuchtenden, umgedrehten Dreiecks, welche die Rüstungen von Iron Man aus den gleichnamigen Marvel-Filmen antrieb. Die Superheldenstreifen gehörten zu den wenigen Filmen, die Liv in ein Kino lockten, einfach aus dem Grund, dass sie für sie ein wunderbares Mittel der Realitätsflucht darstellten.

»Vielen Dank«, die Rechtsmedizinerin streckte ihr die Hand hin. »Ann-Remi Blom vom GGD Zeeland.«

»Liv de Vries, Landespolizei.« Sie erwiderte den Händedruck.

Ann-Remi nahm eine Haarspange zwischen die Zähne und band ihr Haar zu einem Zopf zusammen. Von ihrer

zierlichen Nase aus verteilten sich unzählige Sommersprossen über die Wangen. In Ann-Remis blauen Augen lag der
aufgeregte Glanz von jemandem, der eine Abwechslung zum
Alltag willkommen hieß.

»Normalerweise landen ältere Herrschaften auf meinem
Tisch, die man tot zu Hause aufgefunden hat, oder Leute, die
es mit den Drogen übertrieben haben«, erklärte Ann-Remi.
»Ein Mord kommt selten vor. Und selbst dann werden wir
selten direkt an den Tatort beordert.«

»Tut mir leid«, sagte Liv, »aber in diesem Fall wollte ich
nicht erst auf die Obduktion warten.«

»Sehen wir uns das am besten mal an, was?« Ann-Remi
streifte die Kapuze ihres Schutzanzugs über, zog sich Handschuhe an und ging voraus in das Zelt.

Der Körper von David Leinders lag auf einer Kranken-
bahre. Scheinwerfer in jeder Ecke strahlten das Zelt aus.

Ann-Remi umrundete die Leiche. »Den hat jemand ziemlich übel zugerichtet. Womit hatte er das verdient?«

»Da bin ich mir noch nicht ganz sicher.«

Ann-Remi machte sich an die Arbeit und untersuchte den
Toten. Minuten vergingen. »Könnten Sie mir kurz helfen?«,
sagte sie und blickte Liv an.

Gemeinsam drehten sie die Leiche auf den Bauch. Der
Rücken war mit Leichenflecken übersät, die sich Ann-Remi
genauer ansah. Dann widmete sie sich der Kopfverletzung,
indem sie sich vor den Toten kniete und die Wunde von
Nahem betrachtete.

Sie seufzte, als sie sich wieder aufrichtete. »Also, ich bin
mir nicht ganz sicher, was Sie jetzt von mir erwarten. Außer
ein paar sehr allgemeinen Dingen kann ich nicht viel sagen.
Da müssen Sie schon …«

»… die Ergebnisse der Obduktion abwarten, ja, ich weiß«, erwiderte Liv. »Ein paar allgemeine Dinge könnten mir aber vielleicht schon sehr weiterhelfen.«

»Beginnen wir doch mit dem Offensichtlichen.« Ann-Remi nahm einen Arm des Toten und hielt ihn etwas in die Höhe, sodass Liv das Handgelenk sehen konnte. Sie drehte es vorsichtig nach beiden Seiten. »Fesselspuren an beiden Handgelenken. Dasselbe an den Knöcheln.«

»Er wurde also gefangen gehalten.«

»Sofern er nicht auf besondere Sexualpraktiken stand«, Ann-Remi lächelte flüchtig, »wäre das wohl die naheliegende Erklärung. Helfen Sie bitte noch einmal, den Mann zurückzudrehen.«

Sie drehten ihn wieder auf den Rücken.

Ann-Remi deutete auf die Verletzungen im Gesicht. »Platzwunden rund um die Augenregion, an den Jochbögen und dem Kinn. Aufgeplatzte Lippen, und es fehlen auch mindestens zwei Zähne. Die Verletzungen sind durch stumpfe Gewalt zustande gekommen, Faustschläge oder Fußtritte.«

»Man hat ihn also verprügelt. Vielleicht ein Verhör …«

Ann-Remi hob die Hände. »Sorry, da kann ich nichts zu sagen. Was Sie aus meinen Beobachtungen schlussfolgern, ist Ihr Metier.«

»Natürlich. Lässt sich sagen, woran er gestorben ist? Durch Erhängen oder die Kopfwunde?«

»Wenn Sie mich festnageln wollen, müssen Sie auf die Obduktion warten. Aber Stand jetzt tippe ich darauf, dass er mit ziemlicher Sicherheit nicht am Strang gestorben ist. Normalerweise bilden sich während des Krampfstadiums beim Erhängen Abrinnspuren von Tränenflüssigkeit, Nasensekret und Speichel. Solche kann ich nicht feststellen. Die Leichenflecke auf dem Rücken und dem oberen Torso deuten zudem darauf hin, dass er nach dem Eintreten des Todes eine Weile auf dem Rücken gelegen hat. Es gibt noch weitere Methoden, dies später durch die Analyse einer Blutprobe herauszufinden, aber ich bin mir ziemlich sicher.«

Liv bemerkte, wie in ihrem Rücken jemand das Zelt betrat, und wandte sich um. Es war Noemi.

»Tut mir leid, wenn ich zu spät komme«, sagte sie. »Ich hatte ein Gespräch mit der Kriminaltechnik.«

Liv wartete ab, bis sich Noemi und Ann-Remi miteinander bekannt gemacht hatten. »Und was sagen die Kollegen?«

»Wie zu erwarten war, nicht viel.« Noemi schürzte die Lippen. »Das hier ist ein öffentlicher Raum, da können wir wohl keine Wunder erwarten. Der eindeutigste Hinweis ist der Knoten, mit dem der Strick am Brückengeländer befestigt worden ist.«

»Inwiefern?«

»Es handelt sich wohl um einen sogenannten Webeleinstek. Der Leiter der Kriminaltechnik ist Segler, er hat den Knoten direkt erkannt. Er wird in der Seefahrt eingesetzt.«

Liv musste augenblicklich an Bouke Visser denken und wie sie ihn dabei beobachtet hatte, wie er mit seinem Plattbodenschiff im Hafen von Veere festmachte.

»Sonst noch etwas?«

»Erst mal nicht. Sie werden den Strick im Labor untersuchen. Wir erfahren die Ergebnisse beizeiten.«

»In Ordnung.« Liv bedeutete Ann-Remi, dass sie fortfahren sollte.

Die Rechtsmedizinerin bat Noemi und sie, neben sie an den Kopf des Toten zu treten. Sie nahm einen langen Metallstab aus der Mappe mit ihrem Untersuchungswerkzeug und deutete damit auf die Wunde im Hinterkopf.

»Die Haare rund um die Verletzung sind teilweise glatt durchtrennt, teilweise rechtwinklig gebogen. Ein kantiges Werkzeug muss auf den Schädelknochen eingewirkt haben«, erklärte sie. »Wir haben es hier mit einem Terrassenbruch zu tun. Ein Teil des Knochenstücks wurde schräg in das Schädelinnere gedrückt.«

»Ist der Tod unmittelbar eingetreten?«, fragte Noemi.

»Nun, auf jeden Fall zeitnah«, antwortete Ann-Remi. »Ich werde mir das bei der Obduktion natürlich noch genauer ansehen, aber es sieht nach einer Hirnzermalmung aus, und die sind in der Regel sofort tödlich.«

»Das Tatwerkzeug war also ein Hammer«, stellte Noemi fest, und Liv entging nicht, wie Ann-Remi kurz mit den Augen rollte.

»Das habe ich nicht gesagt. Ein kantiges Werkzeug. Das kann letztendlich alles Mögliche sein.«

»Lässt sich sagen, wie der Schlag ausgeführt wurde?«, fragte Liv.

Ann-Remi kniete sich hin und besah sich die Kopfverletzung noch einmal aus der Nähe. Vorsichtig führte sie ihren Metallstab in das Loch. »Am besten stellt ihr euch das wie die Lasche einer Cola-Dose vor, die ihr beim Öffnen nach innen drückt. Ein Teil des Knochens bleibt mit dem Schädel verbunden, der andere wird in das Gehirn gedrückt. Wenn ich von der tiefsten Stelle des Bruchs ausgehe, würde ich vermuten, dass der Schlag von oben in gerader Linie ausgeführt wurde.«

»Das Opfer saß also?«, fragte Liv.

»Wäre möglich, ja.«

»Wie viel Zeit ist nach Eintreten des Todes vergangen?«, wollte Liv wissen, und weil sie den Einwand eines jeden Rechtsmediziners kannte, wenn man ihm am Tatort diese Frage stellte, schob sie hinterher: »Mir genügt für den Moment eine grobe Schätzung.«

»Die ist aber dann sehr grob.«

»Soll reichen.«

Ann-Remi hob nachdenklich die Augenbrauen, musterte den Toten noch einmal. »Etwa vierundzwanzig Stunden. Auf keinen Fall länger als dreißig.«

»Vielen Dank.«

Liv wollte sich schon zum Gehen wenden, als die Rechtsmedizinerin sagte: »Dürfte ich interessehalber auch etwas fragen?«

»Nur zu«, meinte Liv und schenkte der Frau ein aufmunterndes Lächeln.

»Ich verstehe das nicht ganz ... Warum erschlägt der Täter diesen Mann und hängt ihn anschließend auf? Ich meine ... zweimal töten kann er ihn ja nicht.«

»Eine gute Frage, der wir nachgehen müssen«, sagte Liv. Sie deutete auf den Kopf des Toten. »Zu Lebzeiten hatte der Mann langes Haar. Ich kann mir noch nicht erklären, warum man ihm den Schädel geschoren hat. Aber aus der Tatsache, dass sein Mörder ihn an die Brücke gehängt hat, schließe ich, dass es ihm wohl darum ging, den Toten öffentlich zur Schau zu stellen. Etwas anderes macht wenig Sinn. Er hätte die Leiche verschwinden lassen können, doch er wollte offensichtlich, dass sie gefunden wird.«

»Weshalb?«

»Dafür ... gibt es mehrere Gründe, über die ich allerdings nicht sprechen kann.« Eine Erklärung war, dass jemand für

238

Gerechtigkeit sorgen wollte, weil er davon ausging, dass David Leinders etwas mit dem Verschwinden und dem vermeintlichen Tod von Esmée Vriesde zu tun hatte. Er hatte ihn für seine Tat büßen lassen. Die andere war, dass es um etwas anderes ging, darum, einen Verräter zu bestrafen und ein Exempel an ihm zu statuieren.

»Haben Sie ihn schon identifiziert?«, fragte Ann-Remi. »Wer war der Mann?«

Liv zögerte kurz. Beinahe wäre ihr David Leinders' Klarname über die Lippen gerutscht. »Van Loon«, antwortete sie. »Rob van Loon.«

»Was wissen wir über ihn?« Die Rechtsmedizinerin zeigte sich ungewöhnlich neugierig.

»Nicht viel«, erwiderte Liv. »Ein junger Mann, der hier Urlaub machte ...«

Draußen erklang plötzlich lautes Rufen. »*Potverdomme!*«

Liv trat aus dem Zelt und sah den Leiter der Kriminaltechnik mit den Händen fuchteln.

»Der verdammte Köter soll von hier verschwinden!«, rief er und trat nach dem Beagle, der zwischen den Kriminaltechnikern hin und her wetzte.

Liv nahm Daumen und Zeigefinger zwischen die Lippen und stieß einen lauten Pfiff aus. Der Beagle bemerkte es und kam zielstrebig zu ihr herübergelaufen.

»Alle Achtung«, sagte Ann-Remi, die hinter ihr mit Noemi aus dem Zelt getreten war. »Das versuche ich schon mein Leben lang und bekomme es nicht hin.«

Liv kniete sich hin und nahm den Beagle in Empfang.

»Ist das Ihr Köter?« Der Leiter der Kriminaltechnik kam zu ihnen herüber, völlig außer Atem und mit hochrotem Kopf. »Dries Mertens«, stellte er sich vor.

»Liv de Vries, DLR.« Sie schenkte dem Mann ein Lächeln, in der Hoffnung, dass er sich beruhigen möge. Seine Frage beantwortete sie aus einem Bauchgefühl heraus und weil sie fand, dass jemand, der Hunde trat, keine ehrliche Antwort verdient hatte. »Er gehört zu mir. Das hier ist … Charly. Er ist Polizeihund in Ausbildung. Und wie es scheint, hat er seine erste heiße Spur gefunden.«

Der Beagle hatte einen Stofffetzen im Maul. Liv nahm ihn vorsichtig an sich. Es schien sich um das herausgerissene Stück einer schwarzen Jeans zu handeln.

Sie hielt den Stofffetzen Mertens hin. »Nehmen Sie das hier doch zu den Beweisen und untersuchen Sie es bitte.«

Der Leiter der Kriminaltechnik stemmte die Hände in die Hüften und schüttelte zunächst mit dem Kopf. Als er begriff, dass es Liv ernst meinte, holte er schließlich einen Beweismittelbeutel und gab das Stoffstück dort hinein.

Liv streichelte dem Beagle noch einmal über den Kopf. »Warum hast du mir das gebracht, Charly, hm?« Der Hund setzte sich vor sie und leckte sich aufgeregt ums Maul.

Liv sah sich Hilfe suchend um.

Ann-Remi begriff, was sie suchte. Sie öffnete ihren Overall und zog eine Plastikverpackung heraus. »Sollte eigentlich mein Mittagessen sein.«

»Die Landespolizei weiß Ihr Opfer zu schätzen«, sagte Liv mit einem Lächeln und nahm die Snacksalami entgegen.

Sie öffnete die Verpackung und hielt dem Hund ein Stück Wurst hin, als plötzlich ein helles Licht aufflammte. Liv drehte sich zur Seite, wo das Licht hergekommen war.

Ein Mann mit Kamera stand dort auf dem Rasen und drückte ein weiteres Mal ab.

Noemi war sofort zur Stelle und wollte ihn wegführen.

Der Mann hob abwehrend die Hände. »Nicht so schnell. Ich würde gerne mit Ihrer Kollegin sprechen. Liv de Vries, wenn ich mich nicht täusche?« Er wich Noemi aus und kam mit ausgestreckter Hand auf Liv zu.

»Toon van der Horst. Chefreporter des Telegraaf.«

30

Erst als Ann-Remi die Bürotür hinter sich zuzog und sich mit einer Dose kaltem Eistee an ihren Schreibtisch im Rechtsmedizinischen Institut setzte, spürte sie, wie die Anspannung von ihr abfiel.

Sicher, sie hatte sich mehr Verantwortung gewünscht. Doch es war ein Unterschied, ob man mit der Zeit an größere Aufgaben herangeführt wurde oder wie ein Fisch in einem Topf mit in diesem Fall siedend heißem statt eiskaltem Wasser landete.

Dieser Tote ... Rob van Loon ... Wer er wohl war?

Die Frage schoss Ann-Remi unwillkürlich durch den Kopf. Die intensive Beschäftigung mit dem Tod von Willem de Ram schien dafür gesorgt zu haben, dass sich in ihrem Unterbewusstsein ein Interesse an den Menschen, die auf ihrem Tisch landeten, ausgeprägt hatte. Sie würde es besser nicht zur Gewohnheit werden lassen.

Sie nahm nicht für sich in Anspruch, die allerbeste Menschenkenntnis zu haben – die meisten Menschen, mit denen sie es täglich zu tun hatte, waren schließlich äußerst verschwiegen. Dennoch hatte sie das Gefühl, dass die Inspektorin ihrer Frage ausgewichen war, als sie sich erkundigt hatte, um wen es sich bei dem Opfer handelte. Sie wusste zweifelsohne mehr, als sie preisgegeben hatte. Was ihr gutes Recht war. Ann-Remi wusste, dass die Kriminaler am liebsten so wenig wie möglich über ihre Ermittlungen nach außen dringen ließen.

Sie trank einen Schluck Tee, startete anschließend ihren Computer und loggte sich aus reiner Neugier in das Informationssystem ein, um zu sehen, was in der digitalen Fallakte über Rob van Loon zu lesen stand. Doch sie kam nicht weit, der Zugriff war gesperrt.

Ann-Remi lehnte sich in ihrem Stuhl zurück.

Das musste nichts zu bedeuten haben. Tatsächlich brauchte sie die Fallakte auch nicht zu interessieren. Für ihre Arbeit war sie nicht von Belang. Wenn sie spezifische Informationen benötigte, konnte sie die Inspektorin persönlich fragen.

Liv de Vos, so war ihr Name gewesen. Oder? Nein ... de Vries ... Ja, so hieß sie. Liv de Vries. Um Himmels willen! Sie war gerade Ende zwanzig und hatte das Namensgedächtnis einer alten Oma.

Die Tür ihres Büros wurde aufgerissen, Ann-Remi zuckte zusammen. Es war Simon van Aken, der den Raum betrat. Er war zehn Jahre älter als Ann-Remi und hatte auf dem Weg die Karriereleiter hinauf einige ältere Kollegen überholt, unter anderem auch Cees Koning, der selbst gerne Anspruch auf den Spitzenposten erhoben hätte. Das Verhältnis der beiden war deshalb seit längerer Zeit nicht mehr das Beste.

Van Aken trug die Haare kurz geschnitten zu einer Strubbelfrisur, dazu einen Dreitagebart – ein Trend, den Ann-Remi nicht nachvollziehen konnte. Sie schätzte sich froh, keinen dieser Flusenträger küssen zu müssen. Im Fall von van Aken kam hinzu, dass er selbst an den kältesten Wintertagen transpirierte. Auch jetzt zeichneten sich auf seinem Hemd Schweißflecken unter den Achseln ab. Normalerweise wäre das bester Tuschelstoff für die Gespräche in der Teeküche, doch bei den gegenwärtigen Temperaturen fiel van Aken gar nicht weiter auf, da bei über dreißig Grad im Schatten alle zerflossen wie Schneemänner auf der Sonnenbank.

»Vielen Dank, dass Sie heute Morgen so spontan eingesprungen sind«, kam er gleich zur Sache. »Ist wirklich nicht einfach, den Laden am Laufen zu halten.«

»Kein Problem, hab nur meinen Job gemacht.«

»Sicher. Dennoch schicken wir Sie nicht jeden Tag an einen Tatort. Also … gute Arbeit.«

»Etwas Neues über den Kollegen Koning?«

»Sein Zustand hat sich stabilisiert. Aber er bleibt vorerst noch auf der Intensivstation …« Van Aken klopfte mit der flachen Hand auf die Akte, die er dabeihatte. »Ich habe mir den Bericht über Willem de Ram angesehen. Sie haben die Obduktion durchgeführt?«

»Also eigentlich hat der Kollege Koning …«

»Schon gut.« Er machte eine beschwichtigende Handbewegung. »Er hat Sie die Arbeit machen lassen und seinen Namen auf den Bericht gesetzt. Ich würde gerne Ihre persönliche Einschätzung hören. Müssen wir ernsthaft in Betracht ziehen, dass es sich nicht um einen Unfall handelt?«

Ann-Remi zögerte einen Moment. »Wir haben beim Screening Rückstände von Flunitrazepam in seinem Blut gefunden. Das wirft Fragen auf. Natürlich ist es weiterhin möglich, dass er einfach einen Fehltritt getan hat und die Treppe runterstürzte …«

Simon van Aken ging zum Fenster, das zur Gracht hinausführte. Ann-Remi sah, wie seine Kiefer mahlten.

»Ich möchte diesen Befund ungern an die Polizei weitergeben, solange wir uns nicht hundertprozentig sicher sind«, sagte er.

»Dann sollten wir weitergehende Analysen vornehmen.«

»Ja, tun Sie das. Allerdings müssen wir uns erst um Rob van Loon kümmern.«

»Ich bin etwas überrascht, dass die Landespolizei mit der Sache befasst ist.«

»Habe ich auch erst vorhin erfahren. Über die Hintergründe weiß ich leider genauso wenig wie Sie. Sicher ist jedenfalls, dass der Fall mit absoluter Priorität behandelt wird. Ich hatte eben den Leiter der Landespolizei in der Leitung. Wir sollen die Obduktion des Toten vorrangig behandeln. Am liebsten wäre ihm, wenn wir gleich heute anfangen.«

Ann-Remi nickte. »Das kann ich machen.«

»Gut.« Van Aken hielt die Akte in die Höhe. »Und danach schauen Sie, was sich in der Sache Willem de Ram noch ergibt.«

Nachdem er ihr Büro verlassen hatte, trank Ann-Remi ihren Tee aus und machte sich auf den Weg in die Leichenhalle.

Der Körper von Rob van Loon war gerade erst hierhergebracht worden, sodass ihm bislang kein Fach zugewiesen worden war. Er lag auf einem Obduktionstisch, abgedeckt mit einem grünen Tuch.

Ann-Remi zog sich Schutzkleidung an und legte ihr Arbeitsgerät zurecht. Dann nahm sie das Tuch weg und betrachtete den Körper des Mannes. Man hatte ihn wirklich übel zugerichtet. Wer auch immer für seinen Tod verantwortlich war, musste ihn zuvor gefoltert haben, und zwar auf wenig subtile Weise. Im hellen Licht des Sektionssaals erschienen die Hämatome, mit denen die Leiche übersät war, Ann-Remi noch zahlreicher.

Während sie auf die Assistentin wartete, die ihr zur Hand gehen würde, machte sie sich schon einmal an die Vorarbeiten. Sie aktivierte das Diktafon und begann mit einer Begutachtung und Beschreibung der Leiche, gefolgt von Größe, Gewicht und Hautfarbe sowie der Lage und Farbe der Totenflecken.

Sie maß die Hauttemperatur und errechnete den Todeszeitpunkt, der zu ihrer Erleichterung ziemlich genau mit den Angaben übereinstimmte, die sie der Inspektorin gegenüber am Fundort geäußert hatte.

Als ihre Assistentin eintraf, beauftragte Ann-Remi sie zunächst damit, den Schmutz unter den Fingernägeln des Toten hervorzukratzen und ihn zu asservieren. Sie selbst entnahm derweil Abstriche aus allen Körperöffnungen und Proben der Körperflüssigkeiten.

Die innere Leichenschau folgte als Nächstes. Ann-Remi führte den Y-förmigen Schnitt aus, mit dem sie den Brust- und Bauchraum öffnete. Sie holte als Erstes das Gedärm heraus. Mit der Knochensäge entfernte sie das Brustbein, um sich Zugang zu den inneren Organen zu verschaffen, und nahm eines nach dem anderen heraus.

Dabei wurde schnell deutlich, dass der Tote einige innere Verletzungen erlitten hatte. Rippen waren gebrochen, die Milz gerissen, und auch die Nieren hatten etwas abbekommen. Es konnten nicht nur Faustschläge und Fußtritte gewesen sein, die das angerichtet hatten. Der Mann musste mit etwas Robusterem bearbeitet worden sein, mindestens einem Baseballschläger oder etwas Vergleichbarem. Diese Verletzungen allein wären tödlich gewesen.

Als Hauptursache für den Tod betrachtete Ann-Remi aber weiterhin die Kopfverletzung, die sie sich als Nächstes ansah. Mit der Säge öffnete sie den Schädel und betrachtete von Nahem die Einschlagstelle, als sie die Schädelplatte abnahm. Auch hier sah sie ihre erste Beobachtung bestätigt. Ein kantiges Werkzeug, etwas wie ein Hammer oder ein Metallteil, hatte die Verletzung herbeigeführt.

Aufschlussreich konnten vielleicht die Verunreinigungen rund um das Loch im Schädelknochen sein. Spuren von Blut und Rost sowie von Schmutz oder Erde. Ann-Remi nahm eine Probe.

Dann stülpte sie das Schädeldach um.

Mit einer Lupe beugte sich Ann-Remi über die Hirnmasse. Unterhalb der Einschlagstelle hatte das Großhirn eine raumgreifende Verletzung erlitten. Sie musste auf der Stelle tödlich gewesen sein.

Auch hier dieselben Spuren von Verunreinigung wie auf dem Schädeldach. Und da war noch etwas.

Ann-Remi nahm eine Pinzette zur Hand und angelte ein stecknadelkopfgroßes Korn aus der Gehirnmasse.

Sie betrachtete es unter der Lupe und ließ ihre Assistentin ebenfalls einen Blick darauf werfen.

Obduktionen mochten manchmal überraschende Erkenntnisse zutage fördern. Das Gehirn von Rob van Loon hatte gerade ein Geheimnis preisgegeben, das sowohl Ann-Remi als auch den Ermittlern noch Rätsel aufgeben würde, da war sie sich ziemlich sicher. Das, was sie da mit der Pinzette unter der Lupe vorsichtig von allen Seiten betrachtete, war ein Samenkorn.

31

Der Tod gehörte zu ihrem Beruf. Liv kannte ihn in allen Formen, hatte ihn schon an vielen Orten gesehen. Der Tod, wie sie ihm begegnete, war meist hässlich und ungerecht. Er suchte jene heim, deren Zeit eigentlich noch lange nicht gekommen war. Manche verzweifelten daran. Auch sie hatten in ihren frühen Jahren die Zweifel heimgesucht – an den Menschen, denen die Boshaftigkeit innezuwohnen schien, und an der Wirkmacht ihres eigenen Tuns, denn egal, wie gut sie ihre Arbeit machte, es würden einfach endlos weitere Tote folgen. Irgendwann hatte Liv sich damit arrangiert. Sie sah es pragmatisch: Wenn die Menschen sich nicht mehr gegenseitig umbringen würden, wäre sie arbeitslos. Natürlich wäre das einer der besten Gründe überhaupt, auf der Straße zu stehen, aber dieser Zustand würde fraglos niemals eintreten. Die Welt befand sich in einem ewigen Ringen zwischen Gut und Böse, und daran würde sie nur wenig ändern.

Womit sie sich hingegen nie abgefunden hatte, das war das Überbringen von Todesnachrichten. Einen toten Menschen zu sehen, dessen Leben ein gewaltsames Ende gefunden hatte, war das eine. Wenn man sich daran gewöhnt hatte, konnte man die Situation sachlich nüchtern angehen. Erklärte man aber einem anderen Menschen von Angesicht zu Angesicht, dass einer seiner Liebsten ermordet worden war, konnte man beobachten, was diese Nachricht mit ihm machte. Das Leid, das der Tod auch bei den Lebenden auslöste, wurde plötzlich greifbar. Und besonders schlimm war es bei dem Tod von Kindern, ganz gleich welchen Alters.

Kinder bedeuteten für ihre Eltern das Leben und die Zukunft. Für viele waren sie der Inhalt und der Antrieb ihres Tuns und Seins. Überbrachte man die Nachricht, dass dieses Kind nun nicht mehr existierte – selbst wenn es schon erwachsen war und nicht mehr zu Hause lebte –, sah man in den Augen der Eltern ihr Leben zerbrechen. Liv hasste diesen Anblick. Ihr Panzer aus routinierter Sachlichkeit und Professionalität bekam in diesen Momenten Risse. Das Leid fraß sich direkt in ihr Herz, und es würde dortbleiben und sie in ihren Träumen heimsuchen.

Umso überraschter war sie, dass diese Reaktion bei Theo Leinders ausblieb.

Nachdem sie ihm vom Tod seines Sohns David berichtet hatte, schnaubte der alte Mann nur kurz verächtlich und widmete sich wieder der Quizshow, die im Fernsehen lief.

Mit derselben Gleichgültigkeit ließ er die Untersuchung des Hausarztes über sich ergehen, ein Mann namens Peer Terwind, der sich ob der bestürzenden Nachricht um das Wohl seines ohnehin schwachen Patienten sorgte.

Terwind nahm das Stethoskop ab, mit dem er Theo Leinders' Herz abgehört hatte, und drückte dem alten Mann die Hand. Dann verabschiedete er sich.

Sie standen im Wohnzimmer des kleinen Hauses im Schatten der Grote Kerk. Ruben hatte Liv begleitet, was er als seine Pflicht ansah, da er der oberste Polizist der Region war und er die Leute gut kannte.

»Mein Beileid, Theo«, sagte er. »Es tut mir sehr leid.«

Auch darauf zeigte der alte Mann im Rollstuhl keine Reaktion.

»Warum hat ihm jemand so etwas angetan?«, fragte Famke Leinders.

Davids Schwester hatte sich auf die Sofakante neben ihren Vater gesetzt und hielt dessen Hand, was dieser sich nur widerwillig gefallen ließ.

Ruben hatte sie zuerst verständigt, und sie waren darin übereingekommen, dass es das Beste wäre, dem Vater die schreckliche Nachricht in ihrem Beisein zu überbringen.

Famkes Stimme klang brüchig, und sie kämpfte mit den Tränen. Allerdings konnte Liv auch in ihrer Mimik keine allzu große Überraschung oder Bestürzung über den Mord an ihrem Bruder erkennen, beinahe schien es so, als habe sie ohnehin damit gerechnet, dass es einmal ein solches Ende mit ihm nehmen würde.

Liv fragte sich, wie wohl die Reaktion von Davids Freundin Lisanne Eldering ausfallen würde. Noemi hatte den Anruf bei ihr übernommen und würde ihre Anreise nach Zeeland regeln. Sie würde ihren toten Freund in der Leichenhalle des GGD identifizieren müssen.

»Wir wissen noch nicht, was geschehen ist«, sagte Liv wahrheitsgemäß. »Wir werden aber alles tun, um das herauszufinden.«

»Meine Leute befragen gerade die Anwohner, ob sie in der vergangenen Nacht etwas Verdächtiges beobachtet haben«, erklärte Ruben.

Sie beide wussten, dass bei dieser Routineaktion kaum mit etwas Verwertbarem zu rechnen war. Sollte tatsächlich jemand beobachtet haben, wie der Täter David Leinders an der Brücke aufhing, hätte er sich ohne Frage längst gemeldet. Natürlich konnte man Überraschungen nicht ausschließen, doch Rubens Worte sollten Famke vor allem beruhigen und bekräftigen, dass die Polizei alles in ihrer Macht Stehende tat, um den Tod ihres Bruders aufzuklären.

»Wir werden heute eine Mitteilung an die Presse rausgeben«, erklärte Liv. »Nach dem Aufsehen, das wir erregt haben, ist das unvermeidlich. Wir verhindern damit auch, dass die Gerüchte völlig ins Kraut schießen.«

»Werdet ihr seinen Namen nennen?«, fragte Famke.

»Nein. Aber erfahrungsgemäß könnte die Presse das auf anderen Wegen herausfinden. Ob sie dahinterkommen, dass Rob van Loon in Wahrheit David Leinders war … Schwer zu sagen. Möglich ist es, wir sollten auf alles gefasst sein.«

Liv kamen mindestens zwei Personen in den Sinn, die für Ärger sorgen könnten. Bouke Visser, der mit ziemlicher Sicherheit erfahren würde, wessen Leiche sie in Veere gefunden hatten. Und der Reporter des Telegraaf, Toon van der Horst, der sie am Fundort der Leiche überrascht hatte. Der Mann war ihr kein Unbekannter, auch wenn sie noch nie persönlich mit ihm zu tun gehabt hatte.

Van der Horst hatte sich in den vergangenen Jahren einen Namen als Enthüllungsjournalist gemacht. Erst vor wenigen Monaten hatte er einen hochrangigen Minister wegen Schmiergeldzahlungen zu Fall gebracht. Soweit sich Liv erinnern konnte, hatte er sogar einmal mit der Amsterdamer Polizei zusammengearbeitet, als es um einen Mord ging, und zur Lösung beigetragen. In diesem Fall, fürchtete sie, würde er eher gegen die Polizei arbeiten.

Noemi hatte den Reporter unter Protest hinter die Absperrung gebracht. Doch aus seinen wenigen Worten hatte Liv herauslesen können, weshalb er sich in Veere befand: ihretwegen. Vermutlich hatte er sie in dem Video von der Demonstration vor dem Rathaus gesehen, das sich auf Twitter,

YouTube und Konsorten weiter hoher Beliebtheit erfreute. Der Leichenfund im Hafenbecken würde für ihn wohl eher ein angenehmer Zufall sein, der sich in einen aufmerksamkeitsträchtigen Artikel verwandeln ließ.

Vor allem bedeutete es, dass Adriaans Plan gescheitert war, Liv von der Bildfläche verschwinden zu lassen.

Sie verabschiedeten sich von Theo Leinders und seiner Tochter mit dem Versprechen, sie über die Ermittlungen auf dem Laufenden zu halten.

Nachdem sie das Haus verlassen hatten, gingen sie durch eine schmale Seitengasse, die rechts und links von Gärten gesäumt war. Ruben blieb an einer hüfthohen Bruchsteinmauer stehen, hinter der ein besonders ansehnliches Paradies lag. Im Gegensatz zu einigen der umliegenden Gärten, die von Hitze und Trockenheit geplagt waren, spross hier das Grün. Obst, Gemüse und vor allem mannshohe Stockrosen in den unterschiedlichsten Farben. Neben einem verwitterten Gartenhaus befand sich eine kleine Luke im Boden, aus der ein Teil einer Leiter ragte.

»Kannst du dir vorstellen, dass sich die Leute früher dort drin versteckt haben?«, fragte Ruben unvermittelt.

»Du meinst in diesem Gartenverschlag?«

»Das ist nicht nur ein Verschlag. Die Gärten auf der Insel sind voll von solchen unterirdischen Verstecken. Die Leute haben sie im Zweiten Weltkrieg selbst gebaut, um sich vor den Bomben zu schützen.«

Ein Mann mit Strohhut und Latzhose kam aus dem Loch herausgeklettert, in der Hand einen Eimer mit Dünger, den er auf die Blumen zu verteilen begann.

»Ich frage mich jedes Jahr, wie du das machst«, sagte Ruben zu ihm. »Es ist immer wieder eine Pracht.«

Der Mann sah auf und kam zu ihnen an die Mauer. Als er den Strohhut nach hinten rückte, erkannte Liv Jorrit Kok.

»Liebe, Geduld und guter Dung.« Der alte Mann grinste. »So schwer ist es eigentlich gar nicht.«

»Vermutlich habe ich einfach keinen grünen Daumen«, sagte Ruben und zuckte mit den Schultern.

»Daran kann man arbeiten. Ich kann dir gerne ein wenig Nachhilfe geben«, munterte Jorrit ihn auf. »Sag mal, stimmt es, dass ihr heute Morgen einen Toten im Hafen gefunden habt?«

»Ja.«

»Wer war es?«

»Das kann ich dir nicht sagen.«

»Er soll von der Brücke gehangen haben. War es ein Mord?«

»Wie gesagt, kein Kommentar. Du wirst früh genug in der Zeitung davon lesen.«

»Deine Leute gehen offenbar von Tür zu Tür und befragen alle.«

»Das ist richtig. Wir wollen wissen, ob jemand vergangene Nacht etwas Ungewöhnliches beobachtet hat«, erklärte Ruben. »Was ist mit dir – hast du?«

Jorrit schüttelte den Kopf. »Nein. Das einzige Ungewöhnliche, was ich gesehen habe, war ein guter Film im Fernsehen. Kommt ja nicht mehr so häufig vor.«

»Nun, falls dir etwas einfällt, kannst du dich ja melden.«

Sie gingen weiter und waren schon fast um die nächste Ecke, als sie die Stimme des alten Mannes hörten. »Ruben?«

»Was denn?«

»Kommt noch einmal her.« Jorrit kratzte sich unter dem Strohhut am Kopf. »Ich weiß wirklich nicht, ob das irgendwie von Belang ist ...«

»Nur raus mit der Sprache«, sagte Ruben. »Alles kann wichtig sein.«

»Also, ich habe da tatsächlich etwas Seltsames beobachtet. Allerdings war das am vergangenen Samstag.«

»Um wie viel Uhr?«, fragte Ruben.

»Abends, muss so gegen neun gewesen sein. Du weißt, ich mache um die Zeit gerne noch einen kleinen Spaziergang, bevor ich es mir zu Hause gemütlich mache.«

Ruben warf Liv einen Blick zu. Am vergangenen Samstagabend war David Leinders das letzte Mal lebend gesehen worden.

»Was haben Sie beobachtet?«, fragte Liv.

»Das war am Hafen. Ich sah Bouke Visser einen großen Sack auf sein Schiff schleppen. Und ich meine, das war ein wirklich schwerer Sack. Bouke ist ja ein kräftiger Bursche, und er hatte ordentlich damit zu kämpfen. Wenig später fuhr er raus aufs Meer.«

Ruben schürzte die Lippen. »Und was findest du daran ungewöhnlich?«

»Tja, so ziemlich alles«, sagte Jorrit. »Oder kannst du mir einen guten Grund nennen, warum Bouke Visser in der Dunkelheit allein rausfährt? Das tut er normalerweise nie.«

32

Irgendetwas stimmte nicht. Liv sah es seinem Gesicht an. Sie kannte Adriaan nun schon lange genug, um jede kleinste Regung, jedes noch so unscheinbare Minenspiel interpretieren zu können, und was sie da in den sorgenvollen Zügen des Mannes las, der sie aus dem Monitor heraus anblickte, konnte nur Schwierigkeiten bedeuten.

Sie saß mit Noemi an dem großen Holztisch in Rubens Mühle. Wo sie dieses Gespräch führten, machte keinen Unterschied, daher hatten sie darauf verzichtet, eigens dafür auf die Wache in Middelburg zu fahren.

Ruben hatte seinen Laptop auf dem Tisch aufgestellt, und Liv hatte eine Videoschalte mit Adriaan eingerichtet, um ihn auf den neuesten Stand zu bringen.

Warme Luft wehte durch die offene Terrassentür herein.

Ruben machte ihnen allen gerade noch Kaffee, dann kam er mit drei Tassen an den Tisch und setzte sich zu ihnen.

Adriaan räusperte sich. »Schön, nun sind wir wohl alle komplett. Könnten wir anfangen? Liv, was haben wir bislang?«

»Ich fürchte, nicht viel.« Sie trank einen Schluck Kaffee, um sich einen Moment Zeit zu erkaufen.

»Ich habe gehört, ihr lasst die Freundin von David mit dem Hubschrauber nach Zeeland einfliegen?«, fragte Adriaan.

»Das ist richtig«, bestätigte Liv. »Noemi hat das arrangiert. Sie wird sich mit Lisanne Eldering in der Leichenhalle des GGD treffen ...«

»Ist das wirklich erforderlich? Du bist dir hoffentlich sicher.«

»Das bin ich.« Etwas im Unterton seiner Frage gefiel Liv nicht. Es handelte sich hier um eine reine Formalität, warum verbiss er sich darin? »Lisanne ist die Lebensgefährtin von David und ihm in jüngster Zeit am nächsten gewesen. Damit ist die Glaubhaftigkeit ihrer Aussage am größten.«

»Was ist mit der Schwester oder dem Vater?«

»Theo Leinders sitzt im Rollstuhl und hat nicht mehr lange zu leben. Die Schwester hat ihn neulich nach Jahren zum ersten Mal wiedergesehen. Außerdem bin ich mir noch nicht sicher, wie ich die beiden einschätzen muss.«

»Du zählst sie zum Kreis der Verdächtigen?«

»Im Moment können wir nichts ausschließen.«

»Hat die Rechtsmedizin oder die Kriminaltechnik etwas Verwertbares geliefert?«

»Zum Teil. Wir können uns wenigstens ein grobes Bild des Tathergangs machen.«

»Und das sieht wie genau aus?«

Liv hatte sich vor dem Gespräch Notizen gemacht und blickte nun kurz auf den Zettel, der vor ihr auf dem Tisch lag. »David wurde am Samstagabend um zwanzig Uhr dreißig zum letzten Mal gesehen«, rekapitulierte sie. »Da ging er in Richtung des Stenen Beer, einem Katakombengang hier in Veere. Eventuell traf er sich dort mit jemandem. Es existiert das Stück einer Notiz aus seinem Hotelzimmer, auf dem eine Verabredung zu dieser Uhrzeit angedeutet wird. Ich habe mich in dieser Katakombe umgesehen. Dunkel, abgelegen, wenn man dort jemanden überfällt, bekommt es niemand mit. Der Täter könnte ihn überwältigt und verschleppt haben. David wurde mehrere Tage gefangen gehalten und in die Mangel genommen.«

»Das bedeutet, der Mörder wollte ihn nicht nur tot sehen, sondern etwas aus ihm herausbekommen«, schlussfolgerte Adriaan.

»Ja, zum Beispiel die Wahrheit über den Tod von Esmée Vriesde«, schaltete sich Noemi ein, und Ruben ergänzte: »Oder seine alten rechtsradikalen Freunde haben ihn wiedererkannt und ihm einen Denkzettel verpasst.«

»Möglich wäre wohl beides.« Adriaan legte die Stirn in Falten. »Wie genau ist er zu Tode gekommen?«

»Der Täter hat ihm mit einem kantigen Gegenstand den Schädel eingeschlagen.«

»Nach der Tatwaffe frage ich wohl besser erst gar nicht«, sagte Adriaan.

Liv schüttelte den Kopf. »Keine Spur davon. Dafür gibt es ein paar Ungereimtheiten. Warum hängte der Täter ihn an der Brücke auf? Was soll das mit dem kahl geschorenen Kopf ...«

»Ihm wurde der Kopf geschoren?«, fragte Adriaan ungläubig.

»Ja. Außerdem wissen wir noch immer nicht, wer den ersten Brief an David geschrieben hat, der ihn überhaupt dazu veranlasst hat, hierherzukommen.«

»Vielleicht war es der Vater selbst«, schlug Noemi vor. »Er lastet seinem Sohn an, die Familie ins Unheil gestürzt zu haben. Vielleicht wollte er vor seinem Ableben reinen Tisch machen. Wir wissen ziemlich sicher, dass David herkam, um ihn zu treffen. Eventuell hat er ihn mit dem Schreiben hergelockt.«

Ruben schüttelte den Kopf. »Theo sitzt im Rollstuhl. Der ist froh, wenn er das mit der Fernbedienung seines Fernsehers hinbekommt und den Weg zur Toilette schafft. Die Ausführung einer solchen Tat dürfte ihn vor große körperliche Probleme gestellt haben.«

»Ich habe ja auch nicht gesagt, dass er ihn eigenhändig getötet hat«, erklärte Noemi. »Vielleicht hatte er Helfer?«

»Und wen hast du da im Sinn?«, fragte Ruben.

»Wie wäre es mit Finn van Werff?«, sagte Noemi. »Er hätte sicherlich gerne aus dem Kerl rausgeprügelt, was aus seiner Freundin geworden ist. Oder Bouke Visser? Eine kleine Racheaktion für Davids Informantentätigkeit. Die beiden wissen bestimmt, wie man einen Seemannsknoten macht.«

»Was hat es mit diesem Knoten auf sich?«, wollte Adriaan wissen.

»Der Strick, mit dem David von der Brücke hing«, erklärte Liv, »wurde mit einem Webeleinstek am Geländer befestigt.«

Auf dem Monitor lehnte sich Adriaan zurück und seufzte. »Das ist alles, was wir haben?«

»Leider ja«, sagte Liv, »wir können keine Wunder vollbringen. Wir brauchen schlicht mehr Zeit.«

»Ich fürchte, die haben wir nicht.« Adriaan beugte sich wieder vor und stützte die Ellbogen auf den Tisch. »Vorhin habe ich einen Anruf von Toon van der Horst erhalten ...«

Liv schürzte die Lippen. »Wie hat er es geschafft, zu dir durchzukommen?«

Adriaans Antwort kam verzögert. »Ich hatte schon mal mit ihm zu tun, er hat meine Nummer. Jedenfalls hat er Lunte gerochen. Es wird nicht lange dauern, bis wir über den Mord in der Zeitung lesen.«

»Dann sollten wir keine Zeit verlieren«, sagte Liv, »machen wir uns an die Arbeit.«

Sie wollte die Videoverbindung schon beenden, als Adriaan eine Hand hob. »Warte. Ich würde gerne ein Wort mit dir allein reden.«

Liv warf Noemi und Ruben einen Blick zu. Die beiden standen auf und gingen nach draußen auf die Terrasse. Als sie außer Hörweite waren, sagte Adriaan: »Van der Horst hat dich gesehen, und er weiß, wer du bist.«

»Ja, wir sind uns kurz über den Weg gelaufen.«

»Ich brauche dir wohl nicht zu erklären, dass das die ganze Sache erheblich verkomplizieren könnte.«

»Ist mir klar.«

»Mir sitzt neben der Internen auch der Polizeipräsident im Nacken. Die Medien laufen heiß wegen deines Schusses auf Kamal. Willkür, Polizeigewalt, Fremdenfeindlichkeit … und was weiß ich alles. Der Polizeipräsident will nun hart durchgreifen, lückenlose Aufklärung und ein Exempel, dass wir solche Dinge in den eigenen Reihen nicht dulden. Also könnte ich mir vorstellen …«

Er brauchte den Satz nicht vollenden, Liv wusste, worauf er hinauswollte. »Er wird die internen Ermittler anweisen, ganz genau hinzuschauen und im Zweifel gegen mich zu entscheiden.«

»So ist es. Wenn Toon van der Horst jetzt auch noch in die Welt setzt, dass ausgerechnet du in Veere im Mordfall eines ehemaligen Rechtsradikalen ermittelst, der zudem selbst des Mordes verdächtig wurde, dann sieht das nicht gut aus.«

»Das bedeutet, du willst mich von dem Fall abziehen?«

»Nein. Van der Horst weiß, dass du an der Sache dran bist. Es sähe seltsam aus, wenn ich dich abziehe. Außerdem …« Er faltete die Hände wie zum Gebet. »Ich vertraue auf deine Fähigkeiten. David Leinders hat damals alles aufs Spiel gesetzt, um für uns zu arbeiten. Vielleicht hat er sogar mit dem Leben dafür bezahlt. Ich schulde dem Jungen etwas. Ich schulde ihm, dass wir zumindest seinen Mörder finden.«

»Das werde ich tun«, sagte Liv, »darauf kannst du dich verlassen.«

»Gut. Ich denke, ein solcher Erfolg würde sich auch sehr positiv auf dich auswirken.« Adriaan nickte ihr zu und beendete das Videomeeting.

Liv lehnte sich zurück und verschränkte die Arme hinter dem Kopf. Ein Schwindelgefühl ergriff sie. Die ganze Sache war dabei, ihr über den Kopf zu wachsen. Sie erlebte tatsächlich den gleichen Albtraum ein zweites Mal, nur schlimmer. Um sich wieder zu beruhigen, atmete sie tief durch.

»Liv?« Es war Ruben.

Sie stand auf und ging nach draußen auf die Terrasse. Noemi saß mit einer Tasse Kaffee am Gartentisch. Ruben stand mit dem Telefon in der Hand neben ihr. Er deutete mit dem Gerät in Livs Richtung.

»Das war Bürgermeister Terpstra. Die Partei von Bouke Visser hat vor dem Rathaus eine Mahnwache für David Leinders errichtet. Sie wollen erst weichen, wenn sein Mörder gefunden ist.«

Liv setzte ein schiefes Lächeln auf. »Bouke Visser. Das trifft sich gut. Mit dem wollte ich ohnehin ein Wörtchen reden.«

33

Ann-Remi steuerte den Fiat 500 mit einer Hand, in der anderen hielt sie ein *broodje gezond*, von dem sie ein Stück abbiss. Anders, als der Name vermuten ließ, war das Baguette gar nicht so gesund, klemmten zwischen seinen beiden Hälften zwar Salat, Gurken und Tomaten, aber ebenso Käse, Schinken und Eischeiben, garniert mit einer gehaltvollen Mayonnaise. Es war dennoch das gesündeste Angebot gewesen, das der Imbiss gegenüber dem rechtsmedizinischen Institut parat gehabt hatte. Ann-Remi gehörte nicht zu den Leuten, die aus ihrer veganen oder vegetarischen Ernährungsweise eine Pseudoreligion machten. Tatsächlich mochte sie den Geschmack von Fleisch. Doch sie hatte gelernt, dass ihr Körper es dankte, wenn sie überwiegend gesunde Sättigungsbeilagen in ihn hineinstopfte. Aber man konnte ja mal eine Ausnahme machen. Es durften halt nicht zu viele werden.

Sie war auf dem Weg nach Veere. Die Klimaanlage des Fiats hatte vor ein paar Wochen den Geist aufgegeben, und weder Boudewijn noch sie waren dazu gekommen, das Gefährt in die Werkstatt zu bringen. Also fuhr sie mit offenen Fenstern. Der warme Sommerwind verwehte ihr die Haare und trocknete für den Moment den Schweiß auf ihrer Haut.

Ann-Remi war froh, dem Institut und der Leichenhalle für ein paar Stunden zu entkommen, besonders nach der Erfahrung, die sie gerade hinter sich gebracht hatte.

Noemi Bogaard, eine der Ermittlerinnen der Landespolizei, hatte das Institut aufgesucht, um den Toten zweifelsfrei von dessen Freundin identifizieren zu lassen. Der Besuch war sehr kurzfristig angekündigt worden, und Ann-Remi hatte die Sektion noch nicht ganz beendet. Sie hätte sich gewünscht, dass die Polizei ihre Prioritäten etwas umsichtiger setzte – wenn die Obduktion schon Vorrang hatte und so schnell geschehen sollte, konnte man kaum erwarten, dass der Tote gleichzeitig für eine Identifizierung bereitlag. Ann-Remi war es mithilfe ihrer Assistentin gelungen, die Leiche in aller Eile wieder notdürftig zusammenzuflicken, sodass zumindest der Kopf und das Gesicht vorzeigbar waren, solange alles andere unter einem Tuch verborgen lag.

Es war das erste Mal gewesen, dass Ann-Remi einer Identifizierung durch Angehörige beiwohnte.

Die Lebensgefährtin des Toten musste erst vor wenigen Stunden von dessen Tod erfahren haben und stand sichtlich unter Schock. Die Art, wie sie sich mit langsamen, schwankenden Schritten – Noemi Bogaard hatte sie unterhaken müssen – dem Tisch genähert hatte, auf dem der tote Körper ihres Freundes aufgebahrt lag. Die rot unterlaufenen Augen. Die Tränen. Ann-Remi würde der Moment in Erinnerung bleiben, als sie auf ein Nicken von Bogaard hin das Tuch weggezogen und das Gesicht des Toten enthüllt hatte. Erst das Zeichen des Wiedererkennens in den Augen der jungen Frau, gepaart mit einem Anflug von Abscheu über den Zustand des geliebten Menschen. Dann die Erkenntnis, dass sein Tod real war und endgültig. Ann-Remi hatte ihre Gesichtszüge beobachtet, wie ihre Mundwinkel erschlafften und sich ihre Miene versteinerte. In diesem Moment brach etwas in der jungen Frau.

Nachdem Bogaard die Frau wieder hinausgeführt hatte, hatte Ann-Remi sich auf einen Hocker gesetzt und einige Minuten allein mit dem Toten in der Leichenhalle verbracht, bis sie sich wieder gefangen hatte.

Ihr waren die Worte von Onkel Boudewijn in den Sinn gekommen. *Wenn er ein Nazi war, weshalb interessierst du dich eigentlich so für das Schicksal dieses Mannes?* Das hatte er über Willem de Ram gesagt, doch es passte ebenso gut auf David Leinders. Nun war es einfach ihr Beruf, die Toten zu untersuchen, ganz gleich, was sie im Leben getrieben hatten. Wenn sie aber noch nach einem anderen Grund gesucht hatte, hatte die junge Frau ihn ihr geliefert. Es waren Angehörigen wie sie, für die sie es tat. Damit sie Antworten erhielten.

Schließlich hatte sie sich aufgerafft, war hoch ins Labor zu Marinus gegangen. Sie bat ihn, eine weitergehende Analyse aller Körperflüssigkeiten von Willem de Ram vorzunehmen, um den Befund des Screenings zu bestätigen. Marinus hatte ihr wohl angesehen, dass irgendetwas an ihr nagte. Also hatte Ann-Remi ihm von ihrem Erlebnis erzählt, worauf Marinus nur mit den Schultern gezuckt hatte. Wenn man mehr Verantwortung wollte und höhere Aufgaben übernahm, hatte er gemeint, gehörten solche Erfahrung wohl in ihrem Beruf dazu. Besser, sie würde sich schnell daran gewöhnen.

Vermutlich hatte er recht.

Ann-Remi konzentrierte sich wieder auf das Hier und Jetzt, als sie das Ortsschild von Veere passierte. Ihren Wagen stellte sie auf dem Parkplatz am Außenhafen ab. Dann ging sie durch die schmalen Gassen zum Marktplatz. Dort befand sich der Blumenladen ihres Nachbarn Salim, zwischen Restaurants und Cafés, deren Terrassen mit Urlaubern gefüllt waren.

Eine ziemlich gute Lage für ein solches Geschäft, dachte Ann-Remi. Vielleicht lag Onkel Boudewijn also falsch, und man konnte doch so viel Geld damit verdienen, dass man sich ein Haus in Middelburg leisten konnte.

Sie stattete Salim keinen reinen Höflichkeitsbesuch ab, sondern erhoffte sich von ihm eine schnelle Antwort in einer ganz speziellen Frage – eine schnellere, als die Kriminaltechnik oder sie selbst sie liefern konnten.

Ann-Remi öffnete die Tür, betrat den Laden und fand sich in einem grünen Paradies wieder. Rosen, Tulpen, Orchideen, Lilien, Sonnenblumen und vieles mehr. Dazu eine reiche Auswahl an Pflanzen, von Azaleen über Yuccapalmen bis hin zu Farnen. Der feuchte, mannigfaltige Geruch eines Gewächshauses lag in der Luft.

Salim stand hinter der Theke und steckte gerade einen Blumenstrauß für einen älteren Herrn.

Während Ann-Remi wartete, schlenderte sie durch den Laden. Onkelchens Haus konnte durchaus ein wenig mehr Grün vertragen.

Schon bald hatte sie einen hochgewachsenen Ficus und eine Zimmerpflanze ins Visier genommen, die das Etikett, das an einem Stängel baumelte, als Strelitzia Nicolai ausgab.

»Hast du etwas gefunden?« Salim war hinter sie getreten.

Ann-Remi drehte sich um. »Oh, ähm … Ja, vielleicht.«

»Eine gute Wahl.« Salim breitete die Hände aus. »Du darfst sie mitnehmen. Ein Geschenk unter Nachbarn.«

»Nein, das kann ich nicht annehmen. Ich bezahle natürlich.«

Er zuckte mit den Schultern. »Wie du willst …«

»Ich weiß nur nicht, ob sie ins Auto passen.«

»Das ist gar kein Problem. Ich nehme sie heute Abend einfach mit nach Hause und bringe sie euch rüber.«

»Das wäre wirklich sehr nett.«

Salim lächelte. »Das ist nun wirklich das Mindeste, was ich tun kann.«

»Nun … eigentlich bin ich wegen einer ganz anderen Sache gekommen. Etwas Berufliches. Ich dachte, du könntest mir vielleicht helfen.«

»Immer gern. Worum geht es?«

Ann-Remi holte einen Plastikbeutel aus ihrer Handtasche. Darin befand sich das Samenkorn, das sie bei der Sektion von Rob van Loons Leiche entdeckt hatte. »Ich wüsste gerne, was das ist.«

Salim nahm den Beutel in die Hand. »Hm, du hast mit Blumen zu tun?«

»Was? Nein, ich … bin Rechtsmedizinerin.«

»Oh, ein sehr spannender Beruf.«

»Manchmal, ja.«

»Nun, das hier ist ein Samenkorn«, sagte Salim.

»So weit war ich schon.« Ann-Remi lächelte. »Ich müsste wissen, von welcher Blume oder Pflanze es genau stammt.«

»Das … könnte eine Rose sein.« Salim betrachtete den Beutel von allen Seiten. »Ich müsste das nachschlagen. Eilt es sehr?«

Salim schaute über die Schulter zu der Dame, die bereits an der Theke auf Bedienung wartete.

»Es muss nicht sofort sein«, sagte Ann-Remi. »Ich muss das Samenkorn allerdings wieder mitnehmen. Es ist ein Beweisstück.«

»Kann ich ein Foto machen?«

»Natürlich.«

Salim ging zur Theke, vertröstete die wartende Dame noch einen Moment und kam mit seinem Handy zurück. Er machte ein Foto des Samenkorns und gab Ann-Remi den Plastikbeutel zurück.

»Ich melde mich so schnell wie möglich bei dir. Und die Pflanzen bringe ich wie gesagt heute Abend.«

»Was bekommst du von mir?«

Salim legte die Hand aufs Herz. »Ich möchte sie dir wirklich gerne schenken. Du beleidigst meine Ehre und die meiner Familie, wenn du das ablehnst.«

Ann-Remi war so perplex, dass sie nichts erwidern konnte. Doch im nächsten Moment begann Salim zu lachen und klopfte ihr auf die Schulter. »War ein Scherz. Macht vierzig Euro. Aber den Transport bekommst du wirklich gratis.«

»Einverstanden.« Ann-Remi gab ihm das Geld und wollte gehen, als sie kurz innehielt. »Vielen Dank noch mal, und … ein wirklich schöner Laden.«

»Danke. Er bedeutet mir viel. Ich habe ihn vor vielen Jahren von meinem Onkel Anish übernommen. Und ihn weiterzuführen, das erfüllt mich mit Stolz.«

Ann-Remi nickte ihm zum Abschied zu und verließ das Geschäft.

Draußen auf dem Marktplatz erwartete sie eine Überraschung. Vor dem historischen Rathaus hatte sich eine Menschenmenge versammelt. Die Leute hatten Banderolen und Pappschilder aufgestellt.

Ann-Remi ging näher heran, bis sie lesen konnte, was darauf geschrieben stand. Es war ein Name.

Rob van Loon.

Sie spürte, wie ihr ein Schauer über den Rücken lief. Aus einem für sie bisher unbegreiflichen Grund interessierten sich die Leute hier ganz offensichtlich für das Schicksal des Menschen, dessen Körper sie erst vor wenigen Stunden seziert hatte. Dieser Fall schien noch größere Kreise zu ziehen, als sie ohnehin schon angenommen hatte.

34

Vor dem historischen Rathaus von Veere hatte sich eine Menschentraube gebildet. Die Szene erinnerte Liv an die erste, völlig aus dem Ruder gelaufene Demonstration von Bouke Visser und seinen Anhängern. Mit dem Unterschied, dass die Menge diesmal weniger aus Protestierenden als aus Schaulustigen bestand, die sich neugierig um eine kleine Gruppe drängten, die vor der Rathaustreppe Stellung bezogen hatte. Es waren lediglich drei oder vier Mann, die Spruchbänder aufgestellt hatten.

**WAS GESCHAH MIT ROB VAN LOON?
WARUM VERSCHWEIGT DIE POLIZEI
SEINEN NAMEN?
WIR FORDERN AUFKLÄRUNG!**

**WÄHLT LIJST BOUKE VISSER!
FÜR EIN FREIES ZEELAND!**

Bouke Visser wusste offenbar genau, wen sie da heute Morgen tot an der Brücke im Hafen aufgefunden hatten. Das entsprechende Pressekommuniqué der Landespolizei an die Medien musste inzwischen raus sein, doch sie hatten den Namen des Opfers darin nicht genannt. Woher hatte Visser dieses Wissen?

Bei den Menschen, die sich um die Kundgebung versammelt hatten, handelte es sich zum Teil um Touristen, die mit ihren Handys filmten oder Fotos machten, zum anderen Teil um Einheimische, die mit zweien der Männer in heftige Diskussionen verstrickt waren. Aus den wenigen Wortfetzen, die zu Liv herüberwehten, schloss sie, dass es Streit darum gab, welche Folgen solche Aktionen mitten in der Saison für das Geschäft mit sich brachten.

Bouke Visser selbst war nicht zu sehen, diesmal schien er den Mitgliedern seiner Partei die Arbeit zu überlassen.

Ruben stand vor der Eingangstür des Rathauses und unterhielt sich mit Terpstra. Seine undankbare Aufgabe bestand darin, dem Bürgermeister beizubringen, dass gegen die Mahnwache wenig auszurichten war. Denn anders als beim ersten Mal hatte die Partei von Bouke Visser die Kundgebung zwar sehr kurzfristig, aber ordnungsgemäß angekündigt. Dass Ruben gerade eben erst davon erfahren hatte, lag an dem Versäumnis einer seiner Mitarbeiter auf der Wache, der die entsprechende Meldung angenommen, jedoch vergessen hatte, sie ihm umgebend weiterzugeben, da er von einem dringenderen Ereignis abgelenkt worden war – auf der Landstraße zwischen Middelburg und Vrouwenpolder war ein Traktor mit Anhänger und einer Ladung Kartoffeln umgekippt und blockierte nun den Verkehr.

Terpstra schien das nicht zu besänftigen. Er gestikulierte wild mit den Händen und hochrotem Kopf, und wenn Liv die Gesten richtig las, hatte Ruben alle Mühe, den Bürgermeister davon abzuhalten, dass er sich ins Getümmel stürzte.

Beinahe schien es, als würde die Sonne, die heiß vom Himmel auf das Kopfsteinpflaster und die Dächer der schmalen Giebelhäuser herunterbrannte, auch die Gemüter erhitzen.

Liv wandte sich ab.

Sie ging ein paar Schritte zum Hafenbecken hinüber. Dort, wo das alte Segelfrachtschiff von Bouke Visser lag, hatte sich eine lange Warteschlange gebildet. Die Menschen standen an, um sich Tickets für eine Rundfahrt zu kaufen.

Liv reihte sich ebenfalls ein, kaufte eine Karte und bestieg mit den anderen Gästen das Schiff. Das Deck des alten Plattbodenschiffs war erstaunlich geräumig. Der Kabinenaufbau trennte den Steuerstand vom Vordeck, das genügend Platz für Mitfahrer bot. Liv schätzte das Boot auf etwa zwanzig Meter Länge, vielleicht sogar etwas mehr. An den Seiten hingen schwere Holzschwerter ins Wasser. Neben einem großen Hauptmast gab es im hinteren Bereich einen zweiten, kleineren Mast.

Bouke Visser stand an der riesigen Steuerpinne und gab seinen zwei Matrosen Anweisungen, das Schiff zum Ablegen klarzumachen. Liv meinte die Gesichter der beiden Männer auch bei der ersten Demonstration gesehen zu haben. Um selbst nicht so leicht erkannt zu werden, hatte sie ein Baseballcap und eine Sonnenbrille aufgesetzt.

Visser wartete, bis alle Gäste an Bord waren, dann gab er seinem Mitarbeiter, der die Karten verkauft hatte, ein Zeichen. Der Mann entfernte die breite Holzplanke, über die die Fahrgäste an Bord gegangen waren, löste die Festmacherleine an Land und kletterte an Bord.

So pittoresk der Hafen von Veere auch sein mochte, viel Platz zum Manövrieren gab es nicht. An den Stegen lagen zahlreiche Motorboote und Segeljachten, und es rang Liv stille Bewunderung ab, wie Visser das lange Plattbodenschiff rangierte. Indem er die lange Pinne nach Steuerbord oder Backbord legte und den Gashebel behutsam vor- und zurückschob, dirigierte er das Boot vorbei an den kleineren Schiffen durch die Hafenausfahrt auf das Veerse Meer hinaus.

Als er seinen Leuten das Zeichen zum Segelsetzen gab, machten sich zwei von ihnen daran, das Vorsegel zu setzen, der dritte Mann half Bouke, das Tuch am hinteren Mast hochzuziehen. Da es keine Winschen oder elektrische Helfer gab, waren Muskelkraft und beherztes Anpacken gefragt, die Segel wurden lediglich über das jeweilige Fall, das aus dickem Tau bestanden, gesetzt.

Das Ganze diente aber wohl eher der Belustigung der Fahrgäste. Schon den ganzen Tag über hatte sich kein Windhauch geregt, und auch jetzt herrschte Flaute. Das Meer lag da wie ein grauer, flacher Spiegel. Entsprechend schlapp flatterten die blutroten Segel im Wind. Das Schiff bewegte sich weiter mit Motorkraft voran, was Liv daran spürte, wie das Deck unter ihren Füßen vibrierte.

Dennoch brachte die Fahrt über das Veerse Meer eine kleine Erfrischung. Der Bug des Plattboots schnitt durch das Wasser, und der Fahrtwind wehte Liv in das von der Sonne erhitzte Gesicht. Sie trat an die Bordwand, hielt sich an einer der Wanten fest, schloss die Augen und genoss den Moment. In ihr keimte kurz der Wunsch auf, sich selbst das nächstbeste Boot im Hafen zu schnappen und damit einfach auf die Nordsee hinauszusegeln, immer dem Horizont nach, und alle Probleme hinter sich zu lassen.

Als sie die Augen wieder öffnete und einen Blick auf das Wasser warf, endete ihr Anflug von Seefahrerromantik ebenso schnell, wie er aufgekommen war. Das Meer war voller Quallen. So viele hatte Liv noch nie gesehen. Ein kleiner Schwarm, ja, das kam vor, doch das Veerse Meer schien komplett voll von ihnen zu sein. Es musste mit der anhaltenden

Hitze zu tun haben, die das Wasser weit über seine normale Sommertemperatur aufheizte.

Plötzlich hörte sie die Stimme von Bouke Visser. Liv drehte sich um. An den Decksaufbauten waren kleine Lautsprecher angebracht. Visser stand weiterhin an der Pinne und sprach in ein Mikrofon.

Er lenkte den Blick seiner Gäste auf die längliche Insel, die sie gerade umrundeten. Sie befand sich in der Mitte des Veerse Meers.

»Der Haringvreter. Eine von dreizehn kleineren, unbewohnten Inseln und Sandbänken hier im Veerse Meer«, erklärte Visser. »Sollten Sie sich mal ein Boot ausleihen, finden Sie hier einsam gelegene Stege und Festmacherplätze. Ein wirklich idyllischer Ort fürs Picknick. Seien Sie aber bitte umsichtig, das Eiland ist ein Naturschutzgebiet. Halten Sie sich also unbedingt auf den ausgewiesenen Pfaden. Es liegt nun schon viele Jahre zurück, da war der Haringvreter völlig verwildert. Die zuständige Behörde hatte sich einfach nicht darum gekümmert. Das führte unter anderem dazu, dass die auf der kleinen Insel lebende Hirschpopulation völlig außer Kontrolle geriet. Es wurden einfach zu viele Tiere, für die der begrenzte Lebensraum keinen Platz bot. Es endete damit, dass viele Hirsche geschossen werden mussten. Des einen Leid, des anderen Freud. Während die Tierfreunde in Tränen versanken, haben andere ein Fest daraus gemacht. In der Gegend gab es in den Wochen danach jede Menge Hirschfleisch zu günstigen Preisen bei den Metzgern und in den Restaurants.«

Unter den Fahrgästen machte sich heiteres Gelächter breit.

Nachdem sie die Insel umrundet hatten, steuerte Bouke Visser in die Mitte des Veerse Meers. Dort übergab er das

Ruder an einen seiner Männer und kam auf das Vorschiff. Die Fahrgäste versammelten sich um ihn; Liv hielt sich im Hintergrund. Bouke deutete mit dem Finger in die Ferne, wo Autos über einen Damm fuhren.

»Das Veerse Meer, auch *Veerse Gat* genannt, war früher einmal Teil der Nordsee«, erklärte er. »Es gab immer wieder schwere Sturmfluten und Überschwemmungen. Die schlimmste natürlich 1953, die große Hollandsturmflut. Auf zweihundert Kilometern brachen die Deiche, das Land stand innerhalb einer halben Stunde zwei bis drei Meter unter Wasser, eintausendachthundert Menschen verloren ihr Leben.«

Er schwieg einen Moment, damit seine Worte ihre Wirkung entfalteten. Man merkte ihm an, dass er es gewohnt war, Reden zu halten, und durchaus wusste, wie er die Leute in seinen Bann schlug.

»Das hat unser Land für immer verändert«, fuhr Bouke Visser fort. »Das Veerse Gat wurde im Zuge des Deltaplans eingedeicht. Das brachte andere Probleme mit sich. Der Salzgehalt des Wassers nahm ab, und das Veerse Meer, jetzt ein Binnengewässer, wurde brackig. Erst 2004 entschloss man sich, fortan bei Hochwasser Salzwasser von der Oosterschelde her einzuleiten. Damit hat sich das Gewässer wieder stabilisiert.« Er ging zum Bug hinüber, wo unter dem Vorsegel ein Fischernetz lag, nahm es hoch und breitete es mit beiden Händen vor seinen Gästen aus. »Das Veerse Meer mag zwar heute ein friedliches Gewässer sein. Dennoch befinden sich auf dem Meeresgrund noch Relikte vergangener Tage.« Wieder eine Kunstpause, dann mit erhobener, freudiger Stimme: »Und Sie haben Glück! Sie dürfen heute einer Premiere beiwohnen. Wir werden versuchen, versunkene Schätze wieder ans Tageslicht zu holen. Meneer Luijendijk«, er nickte einem hageren Mann zu, der im Rücken der Gäste-gruppe am Decksaufbau lehnte, »ist Experte für Antiquitäten und wird uns helfen, zu bestimmen, was von echtem Wert ist. Natürlich kann ich nichts versprechen, das Glück muss uns hold sein. Doch falls uns etwas in Netz geht, haben Sie am Ende unserer Fahrt die exklusive Gelegenheit, die Fundstü-cke zu erwerben. Natürlich zum Vorzugspreis!«

Mit diesen Worten ging Bouke Visser wieder nach hinten zum Steuerstand. Liv trat einen Schritt zur Seite und ging ein Stück am Decksaufbau entlang, bis sie sehen konnte, was er dort hinten machte. Sie konnte es nicht genau erkennen, doch mittig in Reichweite des Ruders schien nachträglich ein Na-vigationspult installiert worden zu sein. Bouke überprüfte auf einem GPS-Gerät die Position und warf einen Blick auf den Kompass. Er gab seinen Männern ein Zeichen, das Netz auszubringen. Auch Luijendijk, der Experte, packte mit an.

Liv musterte den Mann. Er trug Bermudas und Segelschuhe, unter einem Kurzarmhemd traten muskulöse Arme hervor. Als er sich kurz nach Bouke umwandte, bekam Liv sein Ge-sicht besser zu sehen. Seine Haare waren kurz geschoren, was die Geheimratsecken betonte. Eine lange Narbe verlief über seine rechte Wange.

Man sollte Menschen nicht nach ihrem Äußeren beurteilen, das hatte die Erfahrung Liv in ihrer Berufslaufbahn hinrei-chend gelehrt. Dennoch konnte sie sich des Eindrucks nicht erwehren, dass der Mann keineswegs wie ein Historiker oder Altertumsforscher wirkte.

Das Plattbodenschiff zog eine geschätzte Viertelstunde ei-nen Kreis durch das Veerse Meer. Dann holten Vissers Män-ner das Netz wieder hoch und leerten es auf dem Vordeck aus. Neben Sand, Muscheln, kleineren Meerestieren und dem

einen oder anderen Fisch kullerten tatsächlich einige Fundstücke über die Holzplanken.

Bouke Visser war wieder nach vorne gekommen. Er
klatschte in die Hände und strahlte über das ganze Gesicht.
»Was sind wir doch Glückspilze!«

Liv sah dem Minenspiel einiger Fahrgäste an, dass sie ihm
das Laienspiel ebenfalls nicht abkauften. Das war kein Zu-
fallsfund, und Liv hätte ihre Rente darauf verwettet, dass die
vermeintlichen Antiquitäten, die nun auf dem Deck lagen,
nicht echt waren. Dennoch beugten sich immer noch genug
Fahrgäste zu Luijendijk herunter, als er sich hinkniete, um
die mit Schlamm bedeckten Stücke in Augenschein zu
nehmen.

Als Bouke Visser wieder nach hinten zum Steuerstand ging,
nutzte Liv die Gelegenheit und folgte ihm.

»Ich muss Sie leider bitten, auf dem Vorschiff zu bleiben«,
sagte Visser, als er sich ans Ruder stellte und Liv bemerkte.

Sie nahm die Baseballkappe und die Sonnenbrille ab und
kniff die Augen gegen das helle Sonnenlicht zusammen. »Wir
haben bereits kurz Bekanntschaft gemacht. Allerdings hatten
wir dabei keine Gelegenheit, uns einander vorzustellen. Liv
de Vries, Hoofdinspecteur der Landespolizei.«

Bouke Visser setzte ein schiefes Grinsen auf. »Doch, ich
erinnere mich. Beim Rathaus ... Sie standen neben Ruben. Sie
sind unglücklich gestürzt, wenn ich mich recht entsinne.«

»Ich habe vorhin Ihre kleine Versammlung vor dem Rathaus gesehen«, sagte Liv, ohne auf seine Tatsachenverdre-
hung einzugehen.

»Eine Mahnwache. Wir wollen, dass der Gerechtigkeit Ge-
nüge getan wird und die Sache nicht so schnell unter den Teppich gekehrt wird.«

Liv tat einen Schritt auf den Mann zu. »Niemand kehrt irgendetwas unter den Teppich. Ich werde sehr genau hinsehen. Das verspreche ich Ihnen.«

»Dann verstehe ich nicht, warum Sie Zeit haben, eine kleine Kreuzfahrt auf dem Veerse Meer zu unternehmen.«

»Woher wissen Sie, dass es Rob van Loon ist, den wir heute Morgen aufgefunden haben?«, fragte Liv. »Der Name des Toten wurde nicht in den Medien genannt.«

»Veere ist ein kleiner Ort. Neuigkeiten verbreiten sich schnell. Besonders, wenn ein unbescholtener Tourist aus Den Haag eines schrecklichen Todes stirbt.« Bouke klemmte sich die Pinne unter den Arm und zündete sich eine Zigarette an. Oder besser, er versuchte es. Er schaffte es nicht, das Ruder festzuhalten und gleichzeitig das Feuerzeug gegen den Fahrtwind zu schützen.

Liv ging ihm zur Hand, nahm ihm das Feuerzeug ab und hielt es ihm schützend mit beiden Händen hin. »Wie wäre es, wenn wir aufhören, um den heißen Brei herumzureden. Ich denke, dass Sie genauso gut wie ich wissen, wer da wirklich heute Morgen tot von der Brücke im Hafen gebaumelt hat.«

Bouke Visser sah sie aus zusammengekniffenen Augen an, zog kräftig an seiner Zigarette und stieß den Rauch aus. »Sie meinen, es war doch nicht Rob van Loon?«

»Tun Sie nicht so. Sie wissen, dass sein wirklicher Name David Leinders war.« Liv zog ihre Baseballkappe wieder an, da ihr die Sonne trotz des Fahrtwinds zu heiß auf den Kopf schien.

Bouke Visser richtete den Blick auf den Kompass und sagte beiläufig: »Sollte der Name mir etwas sagen?«

»Sie beide waren Freunde. Ich will herausfinden, was David zugestoßen ist.«

»Sehen Sie, das will ich auch. Es ist für die ganze Region nicht gut, wenn Touristen ermordet und ... so bestialisch zur Schau gestellt werden.«

»Dann helfen Sie mir, den Mord an Ihrem Freund aufzuklären. Ich bin über seine Vergangenheit im Bilde. Ich weiß, dass er sich gegenüber seinen alten Freunden etwas zu Schulden hat kommen lassen.«

Bouke Visser musterte sie wieder mit verschlagenem Blick. »Und weshalb kommen Sie da ausgerechnet zu mir?«

Nun musste Liv herzhaft lachen. »Hören Sie sich eigentlich auch mal selbst zu? Sie sind wirklich lustig. Sie fragen mich das als Gründer einer Partei, die so weit rechts steht, wie es nur geht. David steckte tief im rechten Sumpf, und soweit ich weiß, gibt es dort Leute, die ihm nicht wohlgesonnen waren.«

Visser schnaubte. »Rechtsradikal, nationalistisch ... Ich weiß, was man mir alles zuschreibt. Aber was hat das schon zu bedeuten.«

»Eine ganze Menge, denke ich ...«

Visser zog ein letztes Mal an seiner Zigarette und warf sie dann ins Meer. Vor dem Bug des Plattbodenschiffs lag die Silhouette von Veere, mit der Grote Kerk, die alles in dem Ort überragte – sie befanden sich auf der Rückfahrt.

»Ich will Ihnen mal was erzählen, vielleicht denken Sie anschließend ein wenig anders. Als ich noch zur Schule ging, fuhr ich mit meinem besten Freund am Wochenende gerne zum Feiern nach Rotterdam«, erzählte Visser. »Wir nahmen immer morgens den ersten Zug zurück. Selbstverständlich tranken wir ordentlich. Bei einem dieser Ausflüge wurden wir überfallen. Es war dunkel, als wir am frühen Morgen aus einer Kneipe kamen und in Richtung Bahnhof gingen. Drei Marokkaner lauerten uns auf. Wir gaben ihnen unser

Geld. Wir hatten nicht mehr so viel, deshalb nahmen sie auch unsere Jacken. Zusammengeschlagen haben sie uns trotzdem. Wir waren wehrlos. Natürlich gingen wir zur Polizei. Doch die machte sich gar nicht erst die Mühe, für Gerechtigkeit zu sorgen, solche Vorfälle waren Alltag für sie, und die Aussichten, die Täter zu ermitteln, ihrer Ansicht nach gleich null. Sie verstehen an diesem Punkt vielleicht, weshalb mein Zutrauen an das Beharrungsvermögen Ihrer Kollegen im Fall von … Rob van Loon nicht das Größte ist. Jedenfalls habe ich aus dem Vorfall meine Lehren gezogen. Was in unseren Städten geschieht, ist schlimm genug, No-go-Areas, ganze Viertel, in denen kein Niederländer mehr wohnen will, Kriminalität und Banden, die ihr Unwesen treiben. Ich kämpfe seit jenem Tag dafür, dass unser beschauliches Zeeland nicht auch von diesen Einwandererhorden überlaufen wird, sie sich nicht um unsere Regeln und Gesetze scheren. Meine Heimat soll so bleiben, wie ich sie kenne. Und Sie als Polizistin sollten das verstehen. Sie wissen, wie die Realität aussieht.«

»Und Sie meinen, das hat Ihnen und Ihrem *Freund* damals das Recht gegeben, Esmée Vriesde zu schikanieren?«

Bouke Visser lächelte und hob die Augenbrauen. »Jetzt kommen Sie mir mit der alten Geschichte?«

»Ihre Einstellung scheint sich seit damals nicht wesentlich verändert zu haben.«

»Das Ganze wurde maßlos übertrieben. Die Medien haben sich da etwas zusammengelogen. Es gab Tausende Gründe, weshalb das Mädchen verschwunden sein konnte. Man weiß doch, wie das in solchen Milieus läuft. Rachemorde, Ehrenmorde … Vielleicht hatte sie ihre Familie gekränkt, weil sie mit dem falschen Typ gevögelt hatte. Trotzdem hatte die Polizei nichts Besseres zu tun, als die Sache David und mir in die Schuhe zu schieben, obwohl es keinerlei Beweise gab. Das hat mich damals nur noch mehr darin bestärkt, dass sich in diesem Land etwas ändern muss.« Er grinste. »Letztendlich waren es Ihre übereifrigen Kollegen, die mich damals ermuntert haben, in die Politik einzusteigen.«

Liv erkannte, dass dieses Gespräch zu nichts führte. »Wo waren Sie gestern Nacht?«

»Ich weiß nicht, warum das eine Rolle spielen soll, aber ich war mit Freunden in der Kneipe.« Er deutete mit einem Nicken zu den Männern, die gerade dabei waren, das Vorsegel einzuholen. »Zwei von den Jungs waren dabei. Sie können sie fragen.«

»Und wie ist es mit vergangenem Samstagabend?«

»Sie wollen es wohl genau wissen.«

»Beantworten Sie bitte meine Frage.«

»Da habe ich auf meiner Freundin gelegen und es ihr schön langsam besorgt. Den ganzen Abend lang.« Bouke Visser brach in ein kehliges Lachen aus.

Liv bewahrte die Fassung. Wenn man ihren Beruf von der Pike auf gelernt hatte und mit den grotesken Situationen konfrontiert worden war, die der Dienst auf der Straße mit sich brachte, perlte ein solch plumper Versuch einfach von einem ab. »Ich schätze, Ihre Freundin wird das bestätigen, wenn wir sie fragen?«

»Oh, und ob sie das wird. Den Abend wird sie bestimmt nie vergessen.« Wieder lachte er. »So. Und jetzt wäre es nett, wenn Sie mich in Ruhe lassen. Ich muss mich konzentrieren.«

Sie hatten die Hafeneinfahrt von Veere erreicht. Visser stoppte das Plattbodenschiff kurz auf und ließ ein ausfahrendes Boot passieren. Dann drehte er den Motor wieder hoch und fuhr in den Hafen ein. Allerdings legte er nicht an dem

Platz an, von dem sie abgefahren waren, sondern steuerte das Schiff in den hinteren Teil des Hafens, wo er längsseits festmachte.

»Warum legen wir hier an?«, fragte Liv.

Bouke Visser deutete mit einem Nicken zu der Stelle, von der sie abgefahren waren. »Dort drüben liegen wir nur tagsüber, um die Gäste an Bord zu nehmen. Die Nacht über liegt das Schiff immer an diesem Platz.«

Liv nickte ihm zu und ging von Bord. Sie hatte erst wenige Schritte getan, als sie stehen blieb und das Plattbodenschiff noch einmal betrachtete. Solche Schiffe waren früher als Frachtkähne verwendet worden, mit denen ihre – zugegebenermaßen wagemutigen – Vorfahren sogar bis nach England, Dänemark oder noch weiter gesegelt waren, um ihre Waren an den Mann zu bringen. Im Rumpf dieser Schiffe befand sich ein ausladender Frachtraum.

Livs Blick wanderte auf die andere Seite, wo der gepflasterte Hafenbereich in eine weite Wiese überging, an deren entferntem Ende der Eingang zum Stenen Beer lag. Sie erinnerte sich an die Aussage von Jorrit Kok, der Bouke Visser am Samstagabend einen großen, offensichtlich sehr schweren Sack zu seinem Schiff schleppen sah. Zu seinem geräumigen Plattbodenschiff, das nur wenige Hundert Meter von dem alten Katakombengang entfernt lag, wo David Leinders mutmaßlich seinem Mörder begegnet war.

35

»Typen wie Bouke ändern sich nie«, sagte Ruben van der Meer. »Späte Einsicht kann man da nicht erwarten. Dass er nun unter die Unterwasserarchäologen gegangen ist, das ist allerdings wirklich neu.«

Sie standen im Amtszimmer von Bürgermeister Terpstra. Liv war nach ihrem Ausflug mit dem Plattbodenschiff hierher zurückgekehrt. Noemi hatte sich ebenfalls zu ihrer Runde gesellt, nach ihrem Besuch im rechtsmedizinischen Institut hatte sie sich darum gekümmert, dass Lisanne Eldering, die Lebensgefährtin von David Leinders, auf schnellstem Weg wieder nach Hause gebracht wurde.

»Jedenfalls liegt Boukes Schiff die Nacht über in der Nähe des Stenen Beer«, sagte Liv. »Und zwischen den Zeilen konnte ich herauslesen, dass er sich durchaus an seinen alten Freund David erinnert und sicherlich nicht vergessen hat, was sich dieser zu Schulden hat kommen lassen.«

»Aber ob er ihn auch getötet hat?« Ruben fuhr sich mit den Händen über das Gesicht.

»Er muss es ja nicht persönlich erledigt haben«, wandte Noemi ein. »In seiner Organisation wird sich bestimmt jemand finden, der solche Jobs übernimmt.«

Terpstra, der am großen Sprossenfenster seines Büros stand, hob die Augenbraue. »Sie meinen in seiner Partei?«

»Nein. Aber sein Netzwerk geht weit über die Partei hinaus«, erklärte Noemi. »Er hat Verbindungen in der rechten

Szene, und wie wir schon festgestellt haben, hat er in den Sozialen Medien eine große Reichweite. In diesen Kreisen braucht man keinen Flammenwerfer, um ein Feuer zu entfachen. Es genügt ein Funke, um irgendeinen Verrückten zu einer Straftat zu verleiten.«

»Wie auch immer. Bouke schippert jedenfalls seelenruhig durch die Gegend und verdient sich eine goldene Nase, während uns die Scheiße um die Ohren fliegt.« Terpstra sah aus dem Fenster zum Marktplatz hinaus. »Entschuldigen Sie meine Ausdrucksweise.«

Dort unten hatten sich inzwischen noch mehr Menschen versammelt. Es handelte sich aber nicht mehr um zufällige Schaulustige. Die meisten hatten sich der Mahnwache der Partei von Bouke Visser angeschlossen. Unzählige Pappschilder ragten in die Luft.

Liv fragte sich die ganze Zeit, weshalb Visser nicht den Klarnamen von David Leinders verwendete. Vielleicht, weil dessen rechtsradikale Vergangenheit und der Mordverdacht gegen ihn nicht in sein Konzept passten? Ihm schien es vor allem darum zu gehen, den aufsehenerregenden Mord an einem niederländischen jungen Mann für seine Zwecke zu instrumentalisieren. Noemi hatte ihnen soeben die neuesten Posts auf Telegram gezeigt. Dort kursierten bereits erste Gerüchte, dass Rob van Loon von einer Ausländerbande überfallen wurde. Wie so oft im Internet brachte für solche Behauptungen natürlich niemand Beweise bei, und die Plausibilität solcher Vorhaltungen schien ebenfalls die wenigsten zu kümmern.

»Das Telefon steht nicht mehr still«, jammerte Terpstra. »Mich rufen inzwischen nicht nur Geschäftsleute und Hoteliers aus dem Ort an. Drüben in Vrouwenpolder bekommen die ersten Urlauber Panik und packen die Koffer.«

Ruben zuckte mit den Schultern. »Die Demo ist rechtmäßig, ich kann da leider nichts machen. So gerne ich das würde. Ich kann höchstens versuchen, sie an einen anderen Ort zu lotsen.«

»Das wäre ein Anfang. Gerne irgendwohin, wo sie nicht ein solches Aufsehen erregen ...«

»Kommen wir mal wieder zur eigentlichen Sache«, sagte Liv. Sie hatte weder Zeit noch Lust, sich die Tiraden des Bürgermeisters anzuhören. »David Leinders wurde zweifelsfrei identifiziert?«

»Ja«, antwortete Noemi. »Da können wir einen Haken dranmachen. Ich habe mich danach mit Lisanne unterhalten, zumindest, soweit das in ihrem Zustand möglich war. Ich habe Andeutungen über Davids Vergangenheit gemacht. Aber sie scheint mir diesbezüglich völlig ahnungslos. Er hat ihr vermutlich nichts darüber erzählt. Auch auf diesen ersten, dubiosen Brief, der David nach Veere gelockt hat, habe ich sie noch mal angesprochen. Ihr ist nichts Neues dazu eingefallen.«

Liv nickte. Etwas anderes hatte sie kaum erwartet.

Tatsache war, dass sie auf der Stelle traten. Abgesehen von Bouke Visser hatten sie keinen einzigen brauchbaren Hinweis, der sie der Lösung des Falls ein Stück näherbrachte. Allerdings wollte Liv sich diese Ratlosigkeit nicht anmerken lassen.

»Wir überprüfen die Alibis«, wies sie Noemi an. »Bouke Visser, die gesamte Crew seines Schiffs und Famke Leinders und Finn van Werff. Ich will wissen, wo und wie sie die vergangene Nacht verbracht haben.« Sie berichtete, welche Geschichte Bouke Visser ihr aufgetischt hatte, und bat Noemi, sie zu verifizieren.

»In Ordnung«, erwiderte ihre Kollegin. »Ich mach mich gleich an die Arbeit.«

Rubens Smartphone klingelte. Er nahm den Anruf entgegen und hielt Liv das Telefon hin. »Dries Mertens.«

»Ich kann Ihnen leider nichts Erhellendes berichten«, sagte der Leiter der Kriminaltechnik, als Ruben den Lautsprecher aktiviert hatte. »Aber ich habe diesen Stofffetzen untersucht, den Sie diesem Köter aus dem Maul geangelt haben.«

»Vielen Dank«, sagte Liv. »Was ist dabei herausgekommen?«

»Das Stück stammt vermutlich von einer Jeanshose. Den Rissen nach zu urteilen, muss der Hund es abgebissen haben. Wir haben außerdem Rückstände von Muttererde und Dünger daran gefunden.«

Liv sah Ruben und Noemi wechselseitig an. Das war weniger als nichts, und die beiden wussten es. Weder konnten sie bestimmen, woher der Hund das Stück Stoff hatte, noch, ob es in irgendeiner Verbindung zu dem Toten stand, den sie an dem Ort gefunden hatten, wo der Hund aufgetaucht war. Darüber war Liv sich schon bewusst gewesen, als sie den Fetzen dem Kriminaltechniker zur Analyse in die Hand gedrückt hatte. Trotzdem hatte sie es getan, einfach, weil sie händeringend nach Anhaltspunkten suchte und für die kleinste Spur dankbar war. Sie hatte bereits an Ermittlungen mitgewirkt, in denen am Ende die abstrusesten Details zum Erfolg geführt hatten.

Sie verabredete mit Ruben und Noemi, dass sie sich morgen früh wieder bei seiner Mühle zusammenfinden würden, um die nächsten Schritte zu besprechen. Dann machte sie sich auf den Weg zum Hotel. Sie wollte den Abend nutzen, um die bisherigen Erkenntnisse, so mager sie auch waren, in die digitale Fallakte einzutragen, die Adriaan in Den Haag einsehen konnte.

Bevor sie auf ihr Zimmer ging, suchte sie die Rezeption auf, wo sie am Morgen den Schlüssel abgegeben hatte. Die Angewohnheit mochte etwas altfränkisch sein, doch Liv hatte bereits einmal einen Hotelschlüssel verloren und wusste, welchen Ärger das nach sich zog.

Der Concierge händigte ihr den Schlüssel aus. »Wir haben noch eine Nachricht für Sie. Dieser Herr hat vorhin angerufen.« Er reichte ihr einen Zettel mit einer Telefonnummer, darunter der Name Geert-Jan de Vries. Es war die Handynummer ihres Vaters.

Liv war für einen Moment perplex. Woher wusste ihr Vater, dass sie in diesem Hotel wohnte?

Der Concierge sagte: »Er will sich noch einmal melden. Ansonsten könnten Sie ihn auch jederzeit zurückrufen.«

»Danke.« Liv steckte den Zettel ein. Ihr fiel wieder ein, wie sie gestern Abend auf ihr Zimmer gekommen war und den Laptop aufgeklappt vorgefunden hatte, sicher, dass sie ihn nicht so zurückgelassen hatte. »Ach, da wäre noch etwas …«

»Ja, bitte?«

»Kann es sein, dass gestern am Nachmittag oder Abend jemand von Ihren Leuten in meinem Zimmer war?«

»Das halte ich für ausgeschlossen. Die Reinigungskräfte sind angehalten, ihre Arbeit bis zum Mittag zu erledigen. Und da in Ihrem Zimmer keine technischen Probleme vorliegen, gibt es keinen Grund, dass sich sonst jemand Zutritt verschafft haben sollte. In einem solchen Fall würden wir auch immer versuchen, Sie vorab zu informieren.«

Liv nickte. »In Ordnung, vielen Dank.«

Sie verließ das Hauptgebäude und ging zu ihrem Zimmer hinüber, die Frage im Sinn, wer sich wohl bei ihr umgesehen haben mochte – wenn sie nicht einer Fehleinschätzung aufsaß und doch selbst das Gerät aufgeklappt hatte.

Liv schloss die Tür auf, betrat ihr Zimmer. Sie begann die verschwitzten Sachen auszuziehen. Nach einer kalten Dusche würde sie sich mit einem Drink aus der Minibar an die Arbeit machen.

Doch so weit kam sie nicht. Ihr Handy klingelte. Es war Adriaan.

»Liv, es tut mir leid«, sagte er. »Aber es ist passiert. Die Katze ist aus dem Sack.«

36

Ann-Remi stand gerade in der Küche und bereitete das Abendbrot zu – ein Avocadosalat mit Pinienkernen –, als es an der Tür klingelte. Salim stand mit den beiden Zimmerpflanzen vor dem Haus, die sie vorhin in seinem Laden ausgesucht hatte. Ann-Remi bat ihn herein, und sie brachten die Pflanzen gemeinsam ins Wohnzimmer.

Boudewijn kam aus dem Garten, wo er gerade die Hühner gefüttert hatte. Er trug eine Latzhose und Klompen. »Was ist das denn?«, fragte er, ohne seinen Nachbarn zu begrüßen.

»Pflanzen«, sprach Ann-Remi das Offensichtliche aus.

»Wofür?«

»Na, für dein Wohnzimmer.«

Boudewijn rümpfte die Nase. »Brauche ich nicht.«

»Ein wenig Grün kann nicht schaden …«

»Grün ist draußen im Garten genug.«

»… ist gut für die Raumluft, und im Winter, wenn's draußen grau in grau ist, freust du dich.«

»Wie du meinst. Solange ich das Grünzeug nicht essen muss.« Er sah Salim an. »Was bekommst du dafür?«

Ann-Remi hob beschwichtigend die Hand. »Haben wir alles schon geregelt. Vielen Dank, Salim.«

Sie begleitete ihren Nachbarn zur Haustür, bevor Boudewijn noch einen größeren Aufstand probte.

Als sie wieder ins Wohnzimmer kam, waren die Pflanzen verschwunden. Boudewijn hatte sie raus auf die Terrasse getragen.

»Hier gehören sie hin, in die Natur«, sagte er. »Wie viel haben die gekostet? Ich möchte von diesen Leuten keine Geschenke annehmen. Das verpflichtet nur.«

»Ich habe sie bezahlt, okay?«

»Was hat er genommen?«

»Vierzig Euro.«

Boudewijn hob die Augenbrauen. »Für die beiden Blümchen? Ist ja nicht zu fassen. Die kann man selbst züchten. Und das unter Nachbarn ...«

»Was soll das heißen? Eben hast du dich beschwert, dass du keine Geschenke von ihm annehmen willst, bezahlen aber auch nicht, oder wie?«

»Lass dich von dem bloß in nichts reinziehen. So fängt es nämlich an. Blumen. Dann bittet er dich irgendwann um einen Gefallen, und schwups – bist du in Geldwäsche oder Schlimmeres verwickelt. Ich kenne solche Kerle. Am Ende will er dir an die Wäsche!«

Ann-Remi verdrehte die Augen. »Wir sind nicht in einem Mafiafilm. Er hat einen ganz normalen Blumenladen, auf den er sehr stolz ist. Er hat ihn von seinem Onkel übernommen ... Wie hieß er gleich ... Anish. Das Geschäft existiert also sehr lange und ist total legal.«

Boudewijn setzte sich auf einen Gartenstuhl und zündete sich eine Zigarette an. Ann-Remi hatte bislang vergeblich versucht, ihm dieses Laster abzugewöhnen, zumal er filterlose rauchte, aber immerhin hatte er seinen Nikotinkonsum ein wenig reduziert.

Er inhalierte den Rauch und stieß ihn durch die Nase aus. »Anish, sagst du?«

»Ja.«

»Nachname?«

»Was weiß ich. Vielleicht derselbe wie Salim. Sie sind eine Familie.«

»Wie hieß denn Salim noch mal gleich?«

»Vriesde.«

»Natürlich. Vriesde.« Boudewijn setzte sich auf. »Anish und Sherida Vriesde. Wer kennt die hier nicht.«

»Sherida? Das war Anishs Frau?«

»Ja.« Boudewijn zog den Aschenbecher auf dem Tisch heran und aschte ab. »Sie hatten eine Tochter, Esmée. Das müsste jetzt zehn Jahre her sein. Das Mädchen verschwand eines Nachts spurlos.«

Er erzählte ihr die Geschichte von Esmée Vriesde und dem Wirbel, den ihr Verschwinden in Veere damals verursacht hatte.

»Das ist ja furchtbar«, sagte Ann-Remi. »Und man weiß bis heute nicht, was mit dem armen Mädchen geschehen ist?«

»Nein. So etwas kann letztendlich viele Gründe haben.«

»Was soll das heißen?«

Boudewijn sah sie mitleidig an, wie eine Schülerin, die auch nach der zehnten Erklärung das Einmaleins nicht verstanden hatte. »Man weiß doch, wie das in solchen Kulturkreisen ist. Schon mal was von Ehrenmorden gehört? Wer weiß ...«

»Hör mir auf mit diesem Mist, ehrlich! Das ist so was von rassistisch.«

»Ich würde eher sagen realistisch.«

»Außerdem ist es dämlich. Ehrenmorde gibt es, ja. Allerdings in archaischen Gesellschaften im Nahen und Mittleren Osten. Suriname befindet sich in Südamerika, falls du das nicht wusstest. Das ist ein völlig anderer Kulturkreis!« Sie hob die Augenbrauen. »Echt, ich kapiere das nicht. Nach allem, was gewesen ist … Du hast mir oft genug erzählt, was die Nazis hier angerichtet haben und wie froh ihr wart, als sie weg waren. Und jetzt benimmst du dich selbst wie einer!«

»Nicht jeder, der anderer Meinung ist, ist gleich ein Nazi.« Boudewijn zog an seiner Zigarette. »Wann ist denn eigentlich das Essen fertig?«

»*Klootzak!*«, warf Ann-Remi ihm entgegen, marschierte in die Küche, packte die Schüssel mit Salat und stellte sie im Wohnzimmer auf den Esstisch. »Bitte sehr! Guten Appetit.«

Ohne ein weiteres Wort stürmte sie in den Flur, packte ihre Handtasche und verschwand zur Haustür hinaus.

Sie folgte der Gracht in Richtung Stadtzentrum. Es ging ihr einfach nicht in den Kopf hinein. Es war ihr unbegreiflich, weshalb ausgerechnet jene Generation, die den Zweiten Weltkrieg, oder zumindest sein Ende, noch miterlebt hatte, nun auf dieselben Parolen hereinfiel, die ihn ausgelöst hatten.

Ihr kam der Gedanke, auszuziehen. In letzter Zeit bekamen Boudewijn und sie sich immer häufiger wegen seiner Ansichten in die Wolle.

Sie atmete tief durch, versuchte sich nicht von ihrem Ärger übermannen zu lassen. Die Bewegung half, auch die vielen Menschen, die in der Stadt flanierten oder auf den Terrassen der Restaurants saßen, ließen ihren Ärger langsam verfliegen. Die Boudewijns dieser Welt waren zum Glück in der Minderheit, die meisten dachten anders. Man konnte nur hoffen, dass dies so blieb.

Als sie an einer *Slijterij* vorbeikam, einem Spirituosengeschäft, blieb sie stehen. Sie hatte das Bedürfnis, sich in irgendeiner Weise bei Salim erkenntlich zu zeigen. Mit einer Flasche Wein lag man selten falsch.

Eine Viertelstunde später betätigte sie die Klingel an der

Haustüre ihres Nachbarn. Es dauerte einen Moment, bis Salim öffnete.

Ann-Remi hielt ihm die Weinflasche hin. »Ich wollte mich bedanken.«

»Das ist doch nicht nötig.«

»Diesmal bestehe ich darauf.«

Salim lächelte und nahm die Flasche entgegen. Ein Mädchen steckte den Kopf zwischen seinen Beinen hervor. »Wer ist das, Papa?«

»Das ist Ann-Remi, unsere Nachbarin.«

Sie bückte sich nach dem Kind. »Und wer bist du?«

»Ich bin Marleen.«

»Freut mich, dich kennenzulernen.«

»Magst du kurz reinkommen?«, fragte Salim. »Ich mache gerade Essen.«

»Nur, wenn es dir nichts ausmacht.«

»Gäste sind bei uns immer willkommen.«

Ann-Remi betrat das Haus und folgte Salim. Er schien mit den Kindern allein zu sein.

Salim bat sie, am Esstisch auf der Terrasse Platz zu nehmen. Ein zweites Mädchen kam aus dem Haus und setzte sich zu ihnen. Murielle war die ältere Schwester von Marleen, wie Salim erklärte.

Er holte eine Pizza aus dem Backofen, stellte sie auf den Tisch und schnitt sie in mehrere Stücke.

Aus Boudewijns Garten war das Gackern der Hühner zu hören, und die Tauben gurrten.

»Ich hoffe, die Tiere stören euch nicht zu sehr«, entschuldigte sich Ann-Remi. »Die anderen Nachbarn beschweren sich laufend, und ich versuche schon lange, ihn zu überreden, seinen Bauernhof zu verkleinern.«

»Aber warum?«, fragte Salim. »Ich höre lieber Tiere als Autolärm, und …«, er warf aus dem Augenwinkel einen Blick auf seine Töchter, »… die beiden sind ganz neugierig.«

Marleen ergriff die Gelegenheit beim Schopf und fragte: »Dürfen wir mal gucken kommen?«

»Sicher. Heute ist es ein bisschen spät. Wie wäre es morgen?«

»Au ja!«, riefen beiden Mädchen wie aus einem Mund.

Sie aßen die Pizza, und als sie fertig waren und die Kinder zum Spielen im Haus verschwanden, entkorkte Salim die Flasche Wein und goss sich ein Glas ein, nachdem er Ann-Remi ein alkoholfreies Bier aus dem Kühlschrank geholt hatte.

»Wollen wir doch mal sehen, ob er etwas taugt.« Er probierte und machte ein erfreutes Gesicht. »Ausgezeichnet.«

»Das freut mich.«

»Onkel Anish hätte sicherlich seinen Spaß daran. Er ist ein großer Weinkenner.«

»Dir scheint viel an ihm zu liegen.«

»Durchaus«, bestätigte Salim. »Ich bin in Eindhoven aufgewachsen. In den Ferien habe ich meinen Onkel oft in Veere besucht.«

»Tatsächlich?«, meinte Ann-Remi. Es schien einige Parallelen in ihrer Kindheit zu geben. »So ist es mir mit meinem Onkel Boudewijn auch ergangen.«

»Ich habe mich damals in Walcheren verliebt und wusste, dass ich irgendwann hier leben möchte. Als Anish seinen Laden aufgab …« Salim brach den Satz ab und senkte den Blick betreten auf sein Weinglas.

»Es geht mich sicher nichts an … Boudewijn hat mir von eurer Familiengeschichte erzählt. Von Esmée. Es tut mir sehr leid, was ich da gehört habe.«

Salim nickte. »Ja, das war eine furchtbare Sache.«

»Man hat sie bis heute nicht gefunden, oder?«

»Nein. Wir haben nie erfahren, was ihr zugestoßen ist. Ich denke noch oft an sie.«

»Die Polizei muss doch zumindest irgendeine Vermutung gehabt haben, was mit ihr passiert ist.«

»Es gab ein paar Verdachtsmomente. Unter anderem gegen ein paar Jungs aus der Gegend. Aber die Polizei hat die Ermittlungen recht bald eingestellt.« Salim trank einen Schluck Wein. »Für Onkel Anish und Tante Sherida begann das Schlimmste erst danach. Diese Gleichgültigkeit der Leute. Bald interessierte sich niemand mehr für Esmées Verschwinden. Es war, als hätte der Rest der Welt sie einfach vergessen, niemand außer uns vermisst sie.«

»Hat es denn nach der polizeilichen Suche noch andere Versuche gegeben, sie zu finden?«

»Natürlich. Anish suchte selbst nach ihr, engagierte sogar einen Detektiv und schaltete Anzeigen in den Zeitungen. Doch das brachte nichts. Nichts außer dem Zorn und Argwohn der Leute. Manche fühlten sich zu Unrecht verdächtigt, andere kümmerte das ›Ausländermädchen‹ nicht, und am Ende wurden sogar Vorwürfe laut, mein Onkel und meine Tante könnten selbst irgendetwas mit Esmées Verschwinden zu tun haben. Schließlich hielten sie es nicht mehr aus und zogen weg. Für Anish war es zumindest ein Trost, dass ich sein Geschäft übernahm und es damit in der Familie blieb.«

»Was ist aus den beiden geworden?«

»Sie gingen nach Leeuwarden. Dort oben kannte sie niemand, und sie fingen ganz von vorn an.«

»Das tut mir wirklich alles sehr leid.«

»Schon gut. Du kannst ja nichts daran ändern. Es ist nun einmal, wie es ist.« Er deutete auf ihre leere Flasche Bier. »Noch eins?«

»Nein, danke. Ein andermal. Es ist schon spät.«

Sie verabschiedete sich. Nebenan schloss sie die Haustür auf, ging direkt hoch in die erste Etage, ohne ein Wort mit Boudewijn zu wechseln.

Ihre kleine Wohnung im ersten Stock bestand aus einem Wohn- und Schlafzimmer sowie einem eigenen Bad.

Ann-Remi brauchte Ablenkung. Also ging sie an ihren Schreibtisch, der im Wohnzimmer vor dem Fenster stand, und begann mit der Arbeit an einem neuen Diorama. Sie hatte sich für eine Szene aus dem Herrn der Ringe entschieden, in der Gandalf auf der Brücke gegen den Barlog kämpft.

Es war bereits kurz vor Mitternacht, als sie wieder von ihrer Arbeit aufsah. Draußen war es kein bisschen kühler geworden, ein warmer Wind kam durch das Fenster ins Zimmer.

Ann-Remi musste wieder an ihre Arbeit denken. Willem de Ram, der vielleicht doch nicht zufällig die Treppe in seinem Haus heruntergefallen war. Rob van Loon, der mysteriöse Tote, der die Landespolizei und Demonstranten in Veere in helle Aufregung versetzte. Wer war der Mann?

Ann-Remi blickte einen Moment lang zum Fenster hinaus, zu den Sternen, die hell am nachtschwarzen Himmel standen. Schon wieder war sie im Begriff, ihre eigene ungeschriebene Regel zu verletzen. Sie steckte ihre Nase in Dinge, die sie nichts angingen. Doch ihre Neugier gewann schließlich die Oberhand. Sie holte ihren Laptop, stellte ihn auf den Schreibtisch und klappte ihn auf.

Die Suche nach Rob van Loon bei Google landete einige Treffer. In den vergangenen Stunden waren mehrere Artikel über ihn erschienen. Alle bezogen sich auf einen Bericht des Telegraaf, von einem Toon van der Horst. Ann-Remi überflog die Zeilen und musste sie am Ende zweimal lesen, um wirklich zu realisieren, was dort geschrieben stand.

Rob van Loon war offenbar im Zeugenschutzprogramm der Landespolizei gewesen und hieß eigentlich David Leinders. Der Artikel berichtete von seiner rechtsradikalen Vergangenheit und seiner Verwicklung in das Verschwinden von Esmée Vriesde. Am Ende verlor der Autor auch noch einige Sätze über Liv de Vries, die Inspektorin, die mit der Aufklärung seines Todes befasst war.

Doch das interessierte Ann-Remi schon gar nicht mehr.

Mit einem Mal fühlte sie sich vollkommen leer, ratlos und irgendwie aus der Realität katapultiert. Sie lehnte sich in ihrem Schreibtischstuhl zurück, richtete den Blick aus dem Fenster. Langsam sickerte in ihr Bewusstsein, was die Zeilen im Telegraaf wirklich bedeuteten.

Der tote Mann, dessen Körper sie heute obduziert hatte und der in einem Schubfach in der Leichenhalle lag, war vor zehn Jahren verhaftet und wieder freigelassen worden, obwohl ihn viele für den mutmaßlichen Mörder von Esmée Vriesde gehalten hatten, der Cousine ihres Nachbarn Salim, der noch heute um sie trauerte.

37

Liv tippte die letzten Zeilen ihres vorläufigen Berichts. Dann lehnte sie sich zurück, trank einen Schluck aus der Dose mit Eistee, die sie sich aus der Minibar genommen hatte, und sah zum Fenster ihres Hotelzimmers hinaus. Die Dunkelheit hatte sich über Veere gesenkt, die Straßenlaternen leuchteten. Rund um das Hafenbecken war es ruhig geworden. Die letzten Gäste kamen aus den Restaurants und gingen nach Hause, nur vereinzelt sah man in den Schiffen, die an den Stegen vertäut lagen, noch Licht brennen oder jemanden an Deck sitzen. Die Glocke der Grote Kerk schlug Mitternacht.

Die Arbeit an der Fallakte hatte sie abgelenkt, doch nun kehrten Livs Gedanken zu dem Artikel im Telegraaf zurück. Er war vor einigen Stunden erschienen, Adriaan hatte ihr einen Link dazu geschickt.

Toon van der Horst hatte die wahre Identität von Rob van Loon aufgedeckt. Wie er an die Information gekommen war, darüber konnte man nur Vermutungen anstellen.

Da van der Horst außerdem gleich die rechtsradikale Vergangenheit Leinders' und seine Verwicklung in das Verschwinden von Esmée Vriesde beschrieben hatte, war ihrem Fall nun maximale Aufmerksamkeit sicher. Der Artikel hatte sich im Internet rasant verbreitet, andere Zeitungen griffen ihn auf, und Radio und Fernsehen hatten es bereits in den Spätnachrichten gebracht. Nicht nur der Mord an Leinders, sondern auch das ungeklärte Verschwinden von Esmée war nun wieder in aller Munde.

Der Reporter hatte zudem Liv erwähnt, was suboptimal war, würde es doch sicher für weitere Unruhe sorgen. Er stellte die Frage in den Raum, ob Liv angesichts ihrer persönlichen Situation – immerhin lief in Den Haag parallel eine interne Ermittlung gegen sie – wohl die Richtige wäre, um sich mit der Sache zu befassen.

Diese Frage hatte Liv sich ebenfalls schon gestellt. Adriaans Plan, sie aus dem Verkehr zu ziehen, war misslungen. Vielmehr steckte sie nur noch tiefer im Schlamassel. Mehr als zuvor stand sie nun im Licht der Öffentlichkeit, und das, ohne einen vernünftigen Anhaltspunkt in diesem Fall zu haben.

Sie versuchte, sich neuen Mut zuzusprechen. Den Kopf in den Sand zu stecken, brachte nichts.

Ihr Blick wanderte hinaus zu dem großen Plattbodenschiff, das auf der entfernten Seite des Hafens an einem abgelegenen Platz lag. Bouke Vissers Schiff.

Es galt nicht nur die Frage zu klären, wer David Leinders umgebracht und wie er dies im Detail bewerkstelligt hatte. Offen war weiterhin, wo er dies getan hatte. Leinders war mehrere Tage lang gefangen gehalten worden, und ein Teil der Lösung bestand darin, herauszufinden, wo.

Liv schaltete das Licht der Stehlampe neben dem Schreibtisch aus und fuhr den Laptop herunter. Sie zog eine schwarze Jeans zu dem schwarzen T-Shirt an, das sie trug. Dann verließ sie das Zimmer, schloss die Tür hinter sich und ging nach draußen.

Das Hafenbecken lag nun beinahe verlassen da. Auf den Booten waren die Lichter erloschen, in den Restaurants schlossen die Besitzer die Türen ab.

Liv ging über das Kopfsteinpflaster zu der kleinen Brücke, die die beiden Seiten des Hafens miteinander verband, überquerte sie und verbarg sich im Schatten einer nahen Eiche. Von dort aus beobachtete sie eine Viertelstunde lang das Plattbodenschiff, bis sie sicher sein konnte, dass sich niemand an Bord befand.

Das Schiff lag im Dunkeln, und eine einfache Holzplanke führte an Deck. Liv betrat sie vorsichtig und gab acht, dass sie keinen falschen Schritt machte und im Wasser landete.

In geduckter Haltung schlich sie an Deck am Kabinenaufbau entlang zur Tür, die hinab in den Frachtraum führte. Sie war nicht verschlossen, und selbst wenn, wäre es keine Schwierigkeit gewesen, sie zu öffnen. Die Flügeltür bestand aus Holz, teilweise schon spröde und rissig von Wind und Wetter. Das altertümliche Schloss hätte keinem ernsthaften Versuch widerstanden, es zu knacken.

Liv trat auf die Leiter, die in den Bauch des Schiffs führte, schloss die Tür hinter sich und stieg hinab. Am Fuße der Leiter blieb sie stehen und lauschte in die Dunkelheit. Nur das Knarren des Schiffsrumpfs und das Gluckern des Wassers. Durch die Bullaugen an beiden Seiten fiel spärlich der Mondschein. Liv aktivierte die Taschenlampe ihres Smartphones. Sie kannte Plattbodenboote, die für den Fahrgastbetrieb umgebaut worden waren, mit Küche, Wohnraum und Kojen. Die größeren Schiffe boten gut und gerne Platz für ein Dutzend Passagiere oder gar mehr. Der Frachtraum dieses Schiffs war hingegen originalbelassen. In der Mitte des Raums kam von oben der Großmast herunter und verlief senkrecht in den Rumpf. Ansonsten sah Liv eine Ansammlung von Kisten und Fässern sowie einige große Säcke.

Lautlos bewegte sie sich weiter. Sie ging hinüber zu den Säcken, die aus Sisalfasern gefertigt waren. Einer der hinteren hatte ein Loch, aus dem der Inhalt auf den Boden gerieselt war.

Liv hockte sich hin und betrachtete im Schein des Smartphones, was sie gefunden hatte. Samenkörner. Sie holte einen Plastikbeutel aus der Hosentasche und legte ein paar davon hinein. Dann stand sie wieder auf.

In der hinteren Ecke des Raums befanden sich ein paar einfache Holzstühle und Tische, daneben lagerten Taue. Liv bückte sich und nahm eines davon in die Hand. Dick genug, um jemanden damit zu fesseln.

Plötzlich hörte sie ein Geräusch von oben. Jemand war an Deck.

Liv schaltete das Smartphone aus und stellte sich seitlich an eines der Bullaugen. Sie sah Bouke Visser zum Ruderstand am Heck des Schiffs gehen. Er war nicht allein. Einer seiner Männer zog die Planke ein und verstaute sie an Deck. Danach ging er nach vorne zum Vorschiff, wo er die Leinen löste. Fast zeitgleich erbebte das ganze Schiff, als der schwere Dieselmotor ansprang.

Sie legten ab. Verdammt!

Liv huschte zu dem vorderen Bullauge. Vissers Spießgeselle legte auf dem Bug die Leinen zusammen. Das Schiff steuerte zur Hafenausfahrt hinaus auf das Veerse Meer.

Als der Mann seine Arbeit getan hatte, ging er nach hinten zu Bouke Visser und unterhielt sich mit ihm. Liv wechselte erneut die Position, schlich an die Treppe, um zu hören, was die beiden sagten. Es stellte sich als belangloses Zeug heraus. Fußball, insbesondere der Zustand der Elftal, der Nationalmannschaft, für die wieder einmal ein neuer Trainer bestellt worden war.

Liv lehnte sich an die schwankende Wand. Es gab keinen Weg hier raus, sie saß in der Falle. Sie konnte nur abwarten und hoffen, dass sie niemand entdeckte.

Nach etwa einer Viertelstunde wurde der Schiffsmotor leiser.

Liv stellte sich wieder an das Bullauge. Sie waren nun mitten auf dem Veerse Meer. Bouke Visser stand am Steuer und zog den Gashebel zurück. Gleichzeitig schien er mittels Kompasses und Navigationsgeräts ihre Position zu überprüfen. Er gab seinem Kompagnon, der an der Reling stand, ein Zeichen. Der kam nun zur Tür des Frachtraums herüber.

Liv huschte hinter die großen Fässer. Sie konnte nur beten, dass der Mann nicht ausgerechnet dort ran wollte.

Die Holzleiter knarrte unter seinen Schritten. Er betätigte einen Lichtschalter, und es wurde taghell im Frachtraum. Liv duckte sich noch tiefer hinter die Fässer, als er zu den Kisten herüberkam, die sich in ihrer Nähe befanden. Er wuchtete eine davon hoch und trug sie hinüber zur Treppe. Bouke Visser kam von oben und half ihm, sie an Deck zu hieven. Bevor der Mann die Tür des Frachtraums hinter sich schloss, löschte er das Licht.

Liv wartete noch einen Moment, um sicherzugehen, dass keiner der beiden zurückkam. Sie verließ ihr Versteck und trat wieder an eines der Bullaugen.

Visser und sein Helfer standen an der Reling. Sie öffneten die Kiste, hoben sie hoch und kippten den Inhalt aus.

Liv traute zunächst ihren Augen nicht, als sie sah, was dort mit lautem Platschen ins Meer fiel.

Innerlich musste sie trotz der riskanten Situation schmunzeln. Ihr Gefühl hatte sie nicht getrogen. Bouke Visser war nichts weiter als ein kleiner, mieser Betrüger.

Sie aktivierte ihr Smartphone und machte eine kurze Videoaufnahme der Szene. Dann steckte sie das Gerät wieder weg und ging hinüber zu den verbliebenen Kisten. Sie öffnete eine davon und fand noch mehr von dem, was die beiden gerade der See übergeben hatten. Liv machte ein Foto von dem Schatz, der hier im Frachtraum lagerte. Es waren Karaffen, Vasen, Töpfe, Tassen und auch Schmuck. Die gleichen »Antiquitäten«, die Bouke Visser heute Nachmittag aus der See gefischt und seinen Passagieren für teures Geld als echte historische Fundstücke verkauft hatte.

38

Der Lärm in der Schiffswerft war ohrenbetäubend. An der Stahlhaut des gigantischen Kriegsschiffs wurde gehämmert und geschweißt, Funken sprühten, und ein verschmorter Geruch lag in der Luft. Dennoch schienen die Arbeiten eher langsam vonstattenzugehen. Hier und da sah man die Leute Pause machen, und die Arbeiter, die mit Material umherliefen, schienen es nicht allzu eilig zu haben, dies an den Ort zu bringen, wo es gebraucht wurde. Es war ein offenes Geheimnis, dass die Werftarbeiter ein Spiel mit den Besatzern trieben. Arbeit wurde verschleppt, es geschahen viele Fehler, Material verschwand, und ab und an gab es einen kleinen Sabotageakt. Alles mit dem Ziel, die deutschen Kriegsschiffe, die im Dock auf Vordermann gebracht werden sollten, so lange wie möglich auf dem Trockenen zu halten, damit sie nicht an den Kampfhandlungen teilnehmen konnten. Dass hier Leute anzutreffen waren, die im Verzet arbeiteten, wunderte Henk nun wirklich nicht.

Er hatte sich den halben Tag frei genommen. Anders hätte er die Fahrt nach Vlissingen und zurück nicht vor Anbruch der Sperrstunde geschafft. Etwas über eine Stunde hatte er mit dem Fahrrad von Veere aus gebraucht.

Meister De Jonge hatte abermals Verständnis gezeigt. Sie hatten Mutter zwar vorgestern unter die Erde gebracht und einen leeren Sarg für Mareike bestattet. Doch De Jonge hatte nur genickt, als Henk ihm erklärt hatte, dass er seine Schwester nicht für tot hielt und weiter nach ihr suchen würde.

»Ihr habt keine Leiche gefunden«, hatte er gesagt, während er einen Brotteig knetete, »also ist alles möglich, hm? Du musst tun, was du für richtig hältst. Außerdem … Wenn das mit den Bomben so weitergeht, ersaufen wir ohnehin bald alle. Was spielt es also für eine Rolle. Du kannst den ganzen Tag haben, wenn du willst.«

Die Bomben. Sie hatten Henk gerettet. An dem Abend, als er Hendrik aufgesucht hatte, hatten die Alliierten den Deich von Oostwatering bei Veere, in direkter Nähe des Bauernhofs, bombardiert. Ein Irrläufer hatte das Haupthaus erwischt, ein Volltreffer, dessen Sprengkraft und Druckwelle auch den Stall hatten einstürzen lassen.

Henk hatte Glück gehabt. Er war ins Freie geschleudert worden. Hinter ihm hatten die herabfallenden Steine, Dachbalken und Ziegel Hendrik und Sibe, den Bauern, unter sich begraben.

Ein paar von den Deutschen hatte es ebenfalls erwischt, und die anderen waren um ihr Leben gelaufen. Als er sich wieder aufgerappelt hatte, war auch Henk über den Acker davongerannt.

Dabei hatte er in einer weiteren Hinsicht Dusel gehabt. In der Dunkelheit und dem Durcheinander schien ihn niemand erkannt zu haben. Jedenfalls hatten weder der SD noch die Wehrmacht danach an seine Tür geklopft.

Das mochte daran liegen, dass nun alle, die Deutschen eingeschlossen, andere Probleme hatten. Die Bomben hatten ein Loch in den Deich gerissen, sodass bei Flut das Wasser ungehindert ins Land strömte. Veere selbst war durch seine Deiche und Befestigungsanlagen noch einigermaßen geschützt. Doch selbst hier hatte sich ein steter Strom von Bewohnern auf den Weg nach Middelburg gemacht, dem höchsten Punkt der Insel.

Henk war es ein Rätsel, woher die Deutschen an jenem Abend plötzlich aufgetaucht waren. Waren sie ihm gefolgt? Eigentlich unmöglich. Er hatte darauf geachtet, dass niemand hinter ihm war, und ein Auto hätte er sicherlich bemerkt. Hatten sie am Ende vielleicht gewusst, dass Hendrik sich auf dem Hof aufhielt? Das würde bedeuten, dass ihn jemand verraten haben musste.

Henk blieb bei einer Gruppe von Arbeitern stehen, die sich um einen Mann geschart hatte, der ihnen gerade einen Auftrag erteilte. Er schien eine Art Vorarbeiter zu sein. Als er seine Ansprache beendet hatte und die Männer davongingen, trat Henk an ihn heran. »Ich suche einen Derk van der Velde.«

Der Mann, dessen Hände mit Öl verschmiert waren, musterte ihn von oben bis unten. »Warum bist du dir so sicher, dass du ihn hier findest?«

»Man schickt mich zu ihm.«

»Und wer ist *man*?«

»Ein Freund. Er meinte, ich soll mich an Derk wenden, wenn ich Arbeit finden will.«

Der Mann betrachtete Henk und sagte: »Na, kräftig genug bist du ja. Du findest ihn hinten bei der Schraube. Und … falls du runterfällst, sieh zu, dass du auf einem Deutschen landest!« Er stieß ein donnerndes Lachen aus.

Henk bedankte sich und ging zum Heck des Schiffs. Dort ragte ein Gerüst auf, das bis zu der riesigen Antriebsschraube reichte. Obwohl er die Höhe nicht mochte, blieb ihm keine andere Wahl, Henk packte die Leiter mit beiden Händen und stieg hinauf.

Oben angekommen hielt er einen Moment inne und klammerte sich an das Gerüst. Die Menschen, die unten vorbeigingen, sahen aus wie Ameisen. Henk spürte, wie ihm die Knie weich wurden und ihm der Schweiß ausbrach. Aber er musste sich zusammennehmen. Schau einfach nicht runter, sagte er sich, halt dich auf der Schiffsseite am Geländer fest, blick geradeaus und mach einen Schritt nach dem anderen.

Drei Männer machten sich an der Antriebswelle der Schraube zu schaffen. Henk näherte sich ihnen, indem er langsam einen Fuß vor den anderen schob, was ein Grinsen auf deren Gesichter zauberte.

»Entweder ist er betrunken oder er hat die Hose voll«, sagte einer von ihnen und stieß seinen Kollegen an.

»Lasst den Mann«, sagte der Älteste von ihnen, ein Mann mit grauem Bart und Glatze. Im Gegensatz zu seinen beiden Helfern trug er keinen Helm. »Trotzdem hoffe ich, du kommst nicht, um nach Arbeit zu fragen.«

»Derk van der Velde?«, stammelte Henk. »Ich bin auf der Suche nach Mareike Cornelisse.«

»Mareike?«

»Ich bin ihr Bruder.«

Der Bärtige presste die Lippen zusammen. Dann gab er seinen Helfern ein Zeichen, sie allein zu lassen. »Warum kommst du zu mir?«

»Hendrik schickt mich«, sagte Henk.

»Soso.« Der Bärtige trat einen Schritt auf ihn zu, sodass Henk seinen alkoholschwangeren Atem riechen konnte. »Bist du dir da ganz sicher?«

»Ja. Hendrik van der Straaten.«

Der Bärtige nickte, blickte kurz nach unten auf die Arbeiter. Unversehens packte er Henk am Hemdkragen und zog ihn zu sich heran. »Hendrik ist tot. Tote schicken keinen Besuch.«

Henk hob beide Hände. »Ich war bei ihm. In der Nacht, als die Bomben fielen.«

»Ach ja? Warum lebst du noch?«

»Ich hatte Glück.«

»Das muss Riesenglück gewesen sein.«

»Hendrik erzählte mir, dass meine Schwester für die Trouw schreibt. Sie sollte jemanden treffen. Jemanden, der Informationen über die Angriffe hat. Und er meinte, dass Sie ebenfalls für die ...«

»Leise!« Der Bärtige gab ihm einen warnenden Blick, ließ aber von ihm ab.

»Ich will nur wissen, was mit meiner Schwester geschehen ist.«

Der Mann stützte sich mit beiden Händen auf das Gerüst. »Deine Information ist korrekt«, flüsterte er. »Mareike hatte einen Auftrag, und sie ist losgegangenen, um sich mit dem Mann zu treffen. Aber ...«

»Was?«

»Ich habe seitdem nichts mehr von ihr gehört. Und der Mann, mit dem sie sich treffen sollte ... Er wurde zwei Tage später gefunden. Auf einem Feld bei Koudekerke. Die Deutschen hatten sich nicht mal die Mühe gemacht, ihn zu vergraben.«

Henk spürte, wie sich sein Magen verkrampfte. Wenn sich Mareike wirklich mit diesem Mann getroffen hatte ... vielleicht ...

»Ist es denn sicher, dass Mareike ...?«

Der Bärtige sah ihn von der Seite an. »Das kann ich dir nicht sagen, Junge. Wenn sie bei ihm war ... Wir müssen davon ausgehen, dass die beiden verraten wurden. Tut mir leid.« Mehr sagte er nicht. Er wandte sich ab und widmete sich wieder seiner Arbeit.

Henk stand noch einen Moment da, starr vor Schock. Als er begriff, dass er von dem Mann nicht mehr erfahren würde, machte er sich wieder an den Abstieg von dem Gerüst.

Eine halbe Stunde später fuhr er mit seinem Rad über die Felder zwischen Middelburg und Veere. Regen klatschte ihm ins Gesicht.

Seine Gedanken rasten. Wer hatte Mareike und den Informanten verraten? Wer hatte noch gewusst, dass sie sich mit ihm traf? Verrat, schoss es Henk durch den Kopf. Verrat, wie man ihn vielleicht auch an Hendrik van der Straaten begangen hatte.

Wer hatte gewusst, dass Mareike und er sich im Widerstand engagierten? Wer hatte gewusst, dass er sich auf dem Bauernhof ...

Henk trat die Bremse und blieb mitten auf dem schmalen Feldweg stehen, um sich herum nichts als die Weite der Felder. Er keuchte, völlig außer Atem.

Ihm fiel nur eine Person ein, die all dies gewusst hatte.

39

Middelburg, heute

»Ann-Remi?«

Sie sah sich um, als sie das Fahrrad zum Gartentor hinaus-schob. Es war Salim. Er schloss die Tür seines Hauses ab und bedeutete seinen Töchtern, mit denen er wohl einen sonntäg-lichen Ausflug machen wollte, zu warten.

»Die Blumensamen, die du mir gegeben hast ... Ich habe nachgesehen, es sind Stockrosensamen.«

»Oh, vielen Dank.«

»Ich hoffe, das hilft dir weiter.«

»Das werden wir sehen. Ich mache es bei Gelegenheit wie-der gut ...«

»Nicht nötig. War doch keine große Sache.« Salim blickte verstohlen auf seine Schuhe und biss sich auf die Unterlippe. »Ann-Remi ... Dürfte ich dich etwas fragen?«

»Natürlich, immer.«

»Du sagtest, du arbeitest in der Rechtsmedizin ... Hast du mit der Polizei zu tun?«

»Durchaus.«

»Nun, es ist so ... Ich habe gestern einen Artikel gelesen. Es ging um den toten Mann, den man in Veere gefunden hat. In den Medien mutmaßen sie, dass es sich wohl um einen gewissen David Leinders handelt. Hast du vielleicht eine Möglichkeit, herauszufinden, ob das stimmt?«

Ann-Remi zögerte. Im Privaten sprach sie nie über ihre Arbeit, insbesondere, wenn es um Informationen ging, die einen Toten betrafen, für den sie zuständig war.

Andererseits ... Salim hatte ihr nun schon mehr als einen Gefallen getan, und vielleicht genügte es, wenn sie ihm das bestätigte, was ohnehin im Internet zu lesen stand.

»Ja, das ist korrekt«, sagte sie. »Der Tote ist David Leinders.«

Salim seufzte. »Weißt du, es ist so. Dieser Mann war ...«

Er brach ab. Es fiel ihm sichtlich schwer, darüber zu reden. Daher vollendete Ann-Remi für ihn den Satz. »Ich weiß, Salim, als Esmée verschwand, war er der Hauptverdächtige.«

Er nickte. »Dann ist er wirklich tot?«

Unter normalen Umständen wäre diese Frage Ann-Remi reichlich seltsam erschienen. Doch sie verstand, was Salim umtrieb. »So tot, wie man nur sein kann. Ich habe selbst die Obduktion an ihm durchgeführt.«

Auf Salims Gesicht zeigte sich eine Mischung aus Erleichterung und Kummer. »Wie ist er gestorben?«

»Darüber kann ich nicht sprechen, Salim.«

»Bitte. Es ... ist wichtig, das zu wissen. Nicht nur für mich, auch für die Familie, besonders Onkel Anish und Tante Sherida.«

Während Ann-Remi überlegte, was sie erwidern sollte, rief eines der Mädchen: »Papa, wann kommst du denn endlich?«

»Gleich, mein Schatz. Gleich.« Salim wandte sich wieder Ann-Remi zu. »Bitte.«

»Du musst mir versprechen, dass ihr das für euch behaltet. Nur du, deine Tante und dein Onkel. Sonst niemand. Und kein Wort gegenüber den Medien.«

Salim fuhr sich mit Daumen und Zeigefinger über den Mund, als schließe er einen Reißverschluss. »Ehrenwort.«

»Jemand hat ihn erschlagen.«

»Ein schneller Tod?«

»Wohl kaum. Er wurde mehrere Tage lang gefangen gehalten, und seinen Verletzungen nach zu urteilen, hat ihn jemand verhört.«

»Verhört?«

»Ja.«

Salim nickte. »Verstehe. Danke, Ann-Remi. Es … ist nicht gut, so etwas zu sagen, aber es ist besser, dass dieser Mensch nicht mehr auf der Welt ist. Er war ein böser …«

»Dir ist schon klar, dass er freigelassen wurde, weil sich der Verdacht gegen ihn nicht bestätigte? Wir leben in einem Rechtsstaat …« Sie biss sich auf die Zunge, kaum, dass sie den Satz ausgesprochen hatte. Nun klang sie schon wie Onkel Boudewijn, als müsse sie Salim die hiesige Gesellschaftsordnung erklären, dabei war er wie sie in diesem Land aufgewachsen.

»Das weiß ich«, sagte Salim ohne ein Zeichen des Beleidigtseins. »Doch die Polizei lag damals falsch.«

»Woher willst du das wissen?«

»Esmée hatte einen Freund. Finn. Er hat mir erzählt, was an jenem Abend geschehen ist. Er hatte alles herausgefunden. Und es konnte nur David gewesen sein.«

»Hatte dieser Finn auch einen Beweis?«

»Nein, wenn man alle Tatsachen aneinanderreiht, konnte es nur David gewesen sein.« Salim zuckte mit den Schultern. »Nun, wo er tot ist, und das ist das einzig Traurige an seinem Tod, werden wir wohl nie erfahren, was er Esmée damals angetan hat.«

Er nickte ihr noch einmal dankbar zu und ging zu seinen Töchtern hinüber.

Ann-Remi mochte sich nicht vorstellen, wie ihm wohl zumute sein musste. Ihm, aber auch seinem Onkel und seiner Tante, den Eltern von Esmée Vriesde. Einen Menschen zu verlieren, der einem nahestand, und nie zu erfahren, was ihm tatsächlich zugestoßen war, musste schrecklich sein – besonders wenn es sich um das eigene Kind handelte. Man erlangte nie Gewissheit, konnte nie damit abschließen und trauern, weil irgendwo ein Funken Hoffnung keimte, dass dieser Mensch am Leben war.

Dieser Gedanke begleitete sie auf ihrem Weg an der Gracht entlang zum rechtsmedizinischen Institut. Im Gegensatz zu anderen Kollegen, die sich gegenüber ihren Vorgesetzten profilieren wollten, arbeitete sie für gewöhnlich nie am Wochenende. Heute wollte sie eine Ausnahme machen. Durch ihre Nachforschungen zu Willem de Ram und die außerplanmäßige Obduktion von David Leinders war zu viel vom Tagesgeschäft liegen geblieben. Sonntags würde sie ihre Ruhe haben und schnell vorankommen.

Als Erstes hörte sie die Mailboxnachrichten im Büro ab. Marinus hatte mehrmals versucht, sie zu erreichen. Ann-Remi holte ihr Smartphone heraus und suchte seine Privatnummer heraus, denn in der Toxikologie würde sie ihn heute kaum erreichen.

»Welch Überraschung!«, sagte er, als er abhob.

»Tut mir leid, ich hab gerade erst gesehen, dass du es bei mir versucht hast.«

»Sitzt du etwa an einem Sonntag im Büro?«

»Viel zu tun …«

»Lass es besser nicht zu Gewohnheit werden. Ich wollte dir sagen, dass ich eine Analyse des Bluts und der Körperflüssigkeiten von Willem de Ram vorgenommen habe. Das Ergebnis wird dir nicht gefallen.«

»Egal, raus mit der Sprache.«

»Der Verdacht auf Rückstände von Flunitrazepam hat sich leider nicht bestätigt. Keine Spur von dem Zeug, weder im Blut noch im Urin.«

»Wie kann das sein? Das Screening war in der Hinsicht eindeutig.«

»Aber es war nur ein Screening. Und ich habe dir gesagt, dass sich das Flunitrazepam recht schnell abbaut. Hätten wir die eingehende Analyse der Körperflüssigkeiten früher vorgenommen, so, wie es eigentlich üblich ist ...«

»Du weißt doch. Koning ...«

»Ja, natürlich, Koning. Ich meinte auch nicht, dass du daran schuld bist. Im Gegenteil.«

»Trotzdem vielen Dank, Marinus.«

»Kein Problem.«

Ann-Remi legte auf, oder besser: Der Telefonhörer fiel ihr mehr oder weniger aus der Hand, denn Cees Koning öffnete gerade die Bürotür und betrat ihr Zimmer. Einen Moment blieb er stehen, betrachtete die Stelle vor ihrem Schreibtisch, wo das Leid seinen Anfang genommen hatte. Schließlich zog er sich einen Stuhl heran und setzte sich.

Trotz der Hitze war das Gesicht von Cees Koning bleich. Es bestand kein Zweifel, dass dieser Mann, wenn nicht in ein Krankenhaus, dann zumindest in ein Bett gehörte. So überrascht Ann-Remi auch war, ihn hier zu sehen, wunderte es sie nicht. Bei jemandem wie ihm, der sich selbst so wichtig nahm und davon ausging, dass ohne sein Wirken der gesamte Betrieb zusammenbrach, hätte sie damit rechnen müssen, dass er wieder hier auftauchen würde, sobald er nur halbwegs wieder auf den Beinen war.

»Was ... machen Sie denn hier?«, stammelte sie.

Koning musterte sie aus müden Augen. »Danke, es geht mir gut. Den Umständen entsprechend. Es war nur ein kleiner Infarkt. Das wird wieder. Nun werde ich ein wenig Arbeit nachholen ... und wo Sie nun schon mal hier sind, werde ich gleich damit anfangen.«

Ann-Remi wusste nicht, was sie erwidern sollte.

»Wir hatten leider keine Gelegenheit, unser Gespräch neulich zu beenden. Ich hatte Ihnen ja bereits gesagt, dass ich Ihr eigenmächtiges Vorgehen nicht gutheiße. Nun habe ich erfahren, dass man Sie in meiner Abwesenheit offenbar mit einer Sache von größter Wichtigkeit betraut hat. Der Fall David Leinders. Ich weiß nicht, wie, aber sonderbarerweise haben Sie es wohl geschafft, diesmal keinen Mist zu bauen. Simon van Aken ist sehr zufrieden mit Ihrer Arbeit. Und das ist es, was Sie vor einem Rauswurf bewahrt. Ich erwarte von nun an keine Extratouren mehr von Ihnen. Das ist die letzte Warnung.«

Als er ihr Zimmer verlassen hatte, griff Ann-Remi mit zittriger Hand nach dem Telefon und wählte die Nummer der Polizei.

»Ann-Remi Blom von der Rechtsmedizin«, meldete sie sich. »Ich würde gerne mit Ruben van der Meer sprechen. Ja, es ist dringend.«

40

Es war beachtlich, wie schnell man sich an etwas gewöhnen konnte. Der morgendliche Spaziergang zu Rubens Mühle über den Damm und die Wiesen mit Schafen kam Liv bereits so vertraut vor, als ginge sie die Strecke seit Jahren. Vermutlich lag es auch daran, dass ihr normaler Arbeitsweg deutlich weniger pittoresk war. Jeden Morgen zwischen zwei Städten zu pendeln und auf der Autobahn im Stau zu stehen, belebte ihre Sinne nicht auf diese Weise.

Die Landluft schien ihr in einer weiteren Hinsicht gutzutun. Sie hatte verschlafen. Dabei zählte Schlaf üblicherweise zu den Dingen, die es in ihrem Leben nicht im Überfluss gab.

Noemi hatte ihr einen Zettel unter der Tür des Hotelzimmers durchgeschoben, mit der Nachricht, dass sie bei Ruben auf sie warten würde.

Liv fand sie mit dem Polizeichef bei einer Tasse Kaffee auf der Terrasse hinter der Mühle vor. Der Holztisch, an dem sie saßen, lag zum Glück noch im Schatten.

Ruben deutete mit seiner Tasse auf den Platz neben sich. »Guten Morgen, Langschläferin. Setz dich, wir haben dir etwas übrig gelassen.«

»Ist vorzüglich«, sagte Noemi, während sie auf einem Stück Baguette kaute, »viel besser als das Hotelfrühstück.«

Auf dem Tisch standen zwei Teller, einer mit Aufschnitt, der andere mit Käse. Außerdem eine Packung Schokoflocken und Vla.

Liv setzte sich. Sie hatte noch keinen Hunger, doch ein Kaffee war genau das Richtige, um ihre Lebensgeister zu wecken. Sie ließ sich von Ruben eine Tasse einschenken und trank einen Schluck.

»Ihr habt Toon van der Horsts Artikel gelesen?« Liv hatte ihren beiden Kollegen gestern Abend einen Link zu dem Stück geschickt.

»Ja«, sagte Ruben, »und der Bürgermeister hat mich eben auch schon angerufen. Er fürchtet, dass es bald vor Reportern wimmeln wird und noch mehr Urlauber das Hasenpanier ergreifen.«

»Keine ganz unbegründete Sorge«, sagte Noemi.

»Ja, ich glaube, es ist mir nicht gelungen, ihn zu beruhigen.«

»Dann sollten wir zusehen, dass wir vorankommen und die Sache zu einem Abschluss bringen«, sagte Liv. »Was machen die Alibis?«

»Habe ich überprüft.« Noemi streute sich Schokostreusel auf ein Brot. »Fangen wir mit der Nacht an, als Leinders verschwand. Bouke Vissers Freundin bestätigt, dass sie den Abend gemeinsam verbracht haben …«

»Was wenig überraschend ist«, warf Ruben ein.

»Allerdings«, pflichtete Liv ihm bei. »Gibt es noch jemanden, der das bestätigen kann?«

»Nein«, Noemi schüttelte den Kopf. »Famke Leinders verbrachte den Abend bei ihrem Vater, dem es nicht gut ging. Sein Hausarzt, Peer Terwind, bestätigt das. Er hat dem alten Mann gegen acht einen Hausbesuch abgestattet.«

»Der Concierge sah David gegen halb neun zum Stenen Beer gehen«, sagte Liv. »Wie lange war Terwind bei den Leinders?«

»Etwa eine halbe Stunde. Vielleicht etwas länger. Ich halte es ehrlich gesagt für sehr unwahrscheinlich, dass Famke etwas mit dem Tod ihres Bruders zu tun hat. Sie hat für den Abend und die Nacht, als David an der Brücke aufgehängt wurde, ein glaubhaftes Alibi. Die Eltern ihres Manns waren zu Gast und haben bei ihnen übernachtet. Sie sind auch jetzt wieder bei ihr, um ihr in der Situation beizustehen.«

»Und Bouke Visser, wie sieht es bei ihm aus?«

»Was jenen Abend angeht, könnte sein Alibi kaum besser sein. Er hat mit der Crew seines Schiffs in einer Kneipe gefeiert. Einer der Männer hatte Geburtstag. Es muss hoch hergegangen sein. Der Wirt erinnert sich, dass Visser mit ein paar anderen den Laden kurz nach Mitternacht verlassen hat.«

»Das hätte ihm genug Zeit gegeben, Leinders an die Brücke zu hängen«, sagte Ruben.

»In dem Zustand, in dem er sich befand?« Noemi hob eine Augenbraue. »Eher nicht. Der Wirt sagt, dass Bouke ziemlich geladen hatte.«

»Ausschließen würde ich deshalb nichts«, bemerkte Ruben. »Bouke trinkt regelmäßig einen über den Durst. Den habe ich unter Alkoholeinfluss die tollsten Hafenmanöver mit seinem Schiff fahren sehen, die andere nüchtern nicht hinbekommen.«

»Er fährt betrunken mit seinem Schiff durch die Gegend?«, fragte Noemi.

Ruben grinste. »Gehört unter Seeleuten zum guten Ton, und das nicht nur bei den Profis, sondern auch bei den Hobbykapitänen, die hier im Sommer rumschippern. Wenn die Kollegen von der Wasserschutzpolizei regelmäßig Alkoholkontrollen durchführen würden, müsste die Hälfte von denen den Bootsführerschein abgeben.«

»Das bedeutet also, dass wir uns bei Bouke Visser nicht hundertprozentig sicher sein können, was er wirklich an den beiden Abenden und Nächten getrieben hat«, schloss Liv.

Ruben nickte. »So ist es wohl.«

»Bleibt Finn van Werff«, sagte Noemi. »Er gibt an, beide Abende mit Jorrit Kok verbracht zu haben.«

»Jorrit Kok?« Liv legte die Stirn in Falten. »Was treibt ein junger Mann wie Finn mit so einem alten Kerl?«

»Er sagt, sie hätten Schach gespielt.«

»Hat Kok das bestätigt?«

»Ich bin nicht dazu gekommen …«

»Dann übernehme ich das gleich«, sagte Liv. Sie wollte den alten Mann ohnehin noch etwas fragen.

Ruben blickte auf die Uhr seines Smartphones. »Wenn du dich beeilst, triffst du ihn im Suster Anna. Ist ein nettes Café in Veere. Er frühstückt dort immer.«

Sie trank einen Schluck Kaffee und überlegte einen Moment. Es gab einfach so viele Fragen in diesem Fall, die ihr Rätsel aufgaben. Sie hoffte, dass sie mit ihrem nächsten Schritt den Antworten zumindest ein Stück näherkamen – und sei es allein dadurch, dass sie gewisse Möglichkeiten ausschließen konnte.

»Wir bestellen Bouke Visser zu einer Vernehmung auf die Wache ein«, sagte sie. »Ruben, es wäre wohl am besten, du holst ihn noch heute ab.«

»Haben wir denn etwas Brauchbares gegen ihn in der Hand?«, fragte der Polizeichef.

»Für eine Verhaftung? Nein.« Liv holte ihr Smartphone aus der Hosentasche und legte es auf den Tisch. »Ich habe etwas, das ihn gehörig ins Schwitzen bringen dürfte, und wer weiß, vielleicht gibt er sich etwas redseliger.«

Sie ließ die Aufnahme abspielen, die sie gestern Nacht gemacht hatte, und berichtete von ihrem Besuch auf dem Plattbodenboot.

»Der Kerl ist tatsächlich ein Betrüger, unglaublich!« Ruben lachte, wurde jedoch schnell wieder ernst. »Du weißt, dass das gehörig ins Auge hätte gehen können?«

»Ist es aber nicht.«

»Trotzdem ...« Noemi blickte Liv nachdenklich an. »Visser ist doch mit seinem Kahn auf dem Veerse Meer unterwegs und hat ständig Fahrgäste. Da wird er kaum Leinders unter Deck gefangen gehalten haben.«

»Das habe ich mir auch schon überlegt«, gab Liv zu und wandte sich dann an Ruben: »Allerdings hast du mir erzählt, dass sein Plattbodenschiff einige Tage im Hafen gelegen hat, wegen Reparaturarbeiten.«

»Das ist korrekt.« Ruben nickte ihr über den Rand seiner Kaffeetasse zu.

»Noemi, du erkundigst dich bitte beim Hafenmeister, wann das genau war«, sagte Liv.

»Geht klar.«

Liv wollte sich erheben, als Rubens Handy klingelte. Er sah kurz auf das Display und ging ran. Das Gespräch dauerte nur wenige Sekunden.

Als Ruben wieder auflegte, erklärte er: »Das war Ann-Remi Blom von der Rechtsmedizin.«

»Was wollte sie?«, fragte Liv.

»Sie will sich mit mir treffen.« Ruben stand auf und nahm die Schlüssel des Polizeijeeps vom Tisch. »Allerdings habe ich selbst noch nicht ganz verstanden, worum es ihr da geht.«

41

Das Suster Anna befand sich in einem unscheinbaren grauen Haus, viel kleiner als die umstehenden Gebäude und direkt gegenüber dem historischen Rathaus gelegen, vor dem die Mahnwache der Lijst Bouke Visser ausharrte. Den Giebel direkt über dem Eingang zierten drei alte Segelschiffe. Liv schloss das Restaurant sofort ins Herz, kaum dass sie es betreten hatte. Die hohe Decke mit Holzbalken, die Wände, die teilweise aus ursprünglichem Bruchstein bestanden, und eine kleine Empore mit Geländer, auf der man sich ebenfalls niederlassen konnte. Es war eines jener Lokale, in denen man gut und gerne den Vormittag mit einer Zeitung, Kaffee und gutem Essen zubringen konnte, während man durch eines der Fenster die Passanten draußen beobachtete.

Liv ging in das Zimmer auf der rückwärtigen Seite des Gebäudes, das von der Atmosphäre her einem Wohnzimmer mit angebautem Wintergarten glich. Von hier blickte man in den Hinterhof, in dem sich ein kleiner Garten befand. Er war umgeben von einer hohen Bruchsteinmauer. Büsche und vereinzelt ein paar der für Veere obligatorischen Stockrosen gediehen in ihm. Eine Hecke und ein hochgewachsener Baum spendeten Schatten.

Jorrit Kok saß allein an einem der Gartentische, in der einen Hand eine Zeitung, in der anderen eine Tasse Kaffee.

»*Goedemorgen*«, sagte Liv. »Darf ich mich zu Ihnen setzen?«
Jorrit sah zu ihr auf. »Oh, die Kommissarin …«

»Hoofdinspecteur, um genau zu sein.«

»Wie auch immer.« Er faltete die Zeitung zusammen und legte sie auf den Tisch. Dann deutete er auf den freien Stuhl. »Nehmen Sie Platz.«

»Danke.« Liv setzte sich. »Ein schönes Plätzchen haben Sie sich ausgesucht.«

»Ich komme jeden Morgen her. Es gibt keinen besseren Ort, um den Tag zu beginnen.«

Der Kellner kam, und Liv ließ sich ebenfalls einen Kaffee kommen.

»Sind Sie meinem kleinen Hinweis nachgegangen?«, erkundigte sich Jorrit.

»Sie meinen Bouke Visser?«

Er nickte.

»Wir sind dabei. Ich komme wegen etwas ganz anderem. Sie kennen Finn van Werff?«

»Sicher. Schon sehr lange, wir sind gute Freunde.«

»Er sagte uns, dass er vorgestern Abend bei Ihnen war. Ist das korrekt?«

»Durchaus. Wir haben Schach gespielt. Weshalb ist das von Belang für Sie?«

»Sie werden sicherlich mitbekommen haben, dass wir im Fall des Toten ermitteln, den wir gestern im Hafen gefunden haben.«

»Sie glauben doch wohl nicht etwa, dass Finn etwas damit zu tun hat?«

»Es ist reine Routine, dass wir solche Informationen einholen …« Sie unterbrachen ihre Unterhaltung, als der Kellner Liv den Kaffee brachte.

Als er fortging, machte Jorrit eine wegwerfende Handbewegung. »Reden wir nicht um den heißen Brei herum.« Er tippte mit einem Finger auf die Zeitung, die auf dem Tisch lag. »Hier steht sowieso alles drin. Es ist David Leinders, um den es geht. Da ist es nur logisch, dass Sie sich nach Finn erkundigen.«

»Man munkelt, er ist überzeugt, dass David Leinders für das Verschwinden seiner Freundin verantwortlich war.«

»Sagt man das, ja? Nun, was den betreffenden Abend angeht, kann ich Ihnen versichern, dass Finn bei mir war. Wir haben Schach gespielt, so, wie wir das jede Woche tun.«

»Wie lange ist er geblieben?«

»Er hat sich kurz vor Mitternacht verabschiedet und ist nach Hause gegangen.«

»Meine Frage soll nicht respektlos sein«, sagte Liv, »aber zwischen Ihnen und Finn besteht ein ziemlich großer Altersunterschied ...«

»Ich verstehe. Es ist unsere gemeinsame Vergangenheit, die uns zusammenschweißt.«

»Das müssen Sie mir erklären.«

»Esmée verbindet uns. An dem Abend, als sie verschwand ... Ich war selbst in die Ereignisse verwickelt. Sind Sie mit den damaligen Geschehnissen vertraut?«

»Zum Teil.«

»Nun, ich will nicht zu weit ausholen ... Ich holte mir damals jede Woche frischen Dung vom Bauern für meinen Garten. An jenem Abend war ich spät dran, es war dunkel, als ich mit meinem Karren durch die Straßen fuhr. Ich hörte einen Hilfeschrei, ging dem nach und wurde Zeuge, wie David und sein Freund Bouke das Mädchen bedrängten.«

»Sie meinen Esmée?«

»Ganz recht. Ich ging dazwischen ...«

»Sie hatten keine Angst?« Der Abend, an dem Esmée verschwand, lag zwar bereits zehn Jahre zurück, doch Jorrit war schon damals ein alter Mann gewesen, und die Vorstellung, dass er es ganz allein mit zwei jungen Kerlen aufnahm, überraschte sie.

Er trank einen Schluck Kaffee. »Wissen Sie, ich habe als Kind erlebt, was die Nazis hier während des Zweiten Weltkriegs angerichtet haben. Solche Idioten darf man einfach nicht gewähren lassen. Für mich war das reiner Instinkt. Typen wie David und Bouke haben gegenüber Schwächeren eine große Klappe und schubsen sie herum. Wenn man aber weiß, wie man mit ihnen umgehen muss, kneifen die ganz schnell den Schwanz ein.«

»Sie schlugen die beiden also in die Flucht.«

»So ist es. Und dann brachte ich Esmée nach Hause.«

»Ich verstehe das nicht. Man hat doch David Leinders in der Zisterne bei der Grote Kerk gefunden, das Blut von Esmée an den Händen. Aber wenn Sie die beiden vertrieben und das Mädchen heimgebracht haben ...«

»Was genau geschehen ist, haben wir nie erfahren. Esmée hat an jenem Abend das elterliche Haus noch einmal verlassen. Warum und wohin sie ging, das weiß niemand. Außer vielleicht David Leinders.«

Liv gab ein Stück Zucker und einen Schuss Milch in den Kaffee. Neue Gäste kamen in den Garten hinaus und nahmen an einem Tisch in der hinteren Ecke Platz.

»Welchen Grund hätte David Leinders gehabt, ihr etwas anzutun?«

Jorrit hob die Schultern. »Brauchen solche Kerle überhaupt einen Grund, außer dass jemand anders aussieht oder eine andere Hautfarbe hat? Ehrlich gesagt, ich glaube, die Gründe sind heute dieselben wie früher. Warum sind damals in Deutschland so viele diesem Irren mit dem Charlie-Chaplin-Schnurrbart hinterhergelaufen? Weil er ihnen das Blaue vom Himmel versprochen hat. Eine bessere Zukunft, ein besseres Leben. Viele Leute waren damals so arm dran, dass sie das gerne geglaubt haben – nicht wenige waren natürlich einfach dämlich. Und heute? Macht die Politik wieder dieselben Fehler. Unser System, dieser Ellenbogenkapitalismus, lässt einfach zu viele Leute auf der Strecke. Das können wir uns als Gesellschaft auf Dauer nicht leisten. Meine Meinung. Denn jene, die zurückgelassen werden, tun das, was die Leute damals getan haben: Sie wählen aus lauter Frust Idioten und Wirrköpfe in die Parlamente. Dabei braucht es noch nicht mal eine Mehrheit. Es genügt, wenn die Zahl derer, die das System im Stich gelassen haben und die sich nun ihrerseits von diesem System abwenden, eine gewisse Größe erreicht. Ich fürchte, diese Zahl ist bei uns heute viel zu groß. Das macht mir Angst.«

»Kann ich gut nachvollziehen«, antwortete Liv. »Geht mir nicht anders.«

»Wissen Sie, was mich besonders ärgert?« Jorrit machte eine Kunstpause. »Mich ärgert, dass die Nazis heute aus unseren eigenen Reihen kommen. Nach all dem, was wir unter den deutschen Besatzern erlebt haben, sind es jetzt ausgerechnet meine eigenen Landsleute, Typen wie David und Bouke, die dieselben Töne spucken wie die Nazis damals.«

»Ich fürchte, da haben Sie recht. Ich habe unser Land lange Zeit für liberaler gehalten, als es augenscheinlich ist.« Liv nippte an ihrem Kaffee. »Manchmal frage ich mich allerdings, ob nicht ein Körnchen Wahrheit in dem steckt, was aus der populistischen Ecke kommt. Wenn Sie in meinem Beruf tätig sind, erfahren Sie fast täglich, welche Probleme unsere Einwanderungsgesellschaft mit sich bringt, besonders, wenn Sie auf einer Wache arbeiten und Dienst auf der Straße tun.«

»Natürlich haben wir Probleme«, gab Jorrit zu. »Wie sollte es anders sein? In jedem Land und jeder Gesellschaft gibt es nette und weniger nette Menschen, solche, die aufrichtig sind, und andere, die sich nicht an die Regeln halten. Außerdem sind es teils völlig unterschiedliche Kulturen, die sich bei uns vermischen. Diese Schwierigkeiten lassen sich alle im Rahmen von Demokratie und Rechtsstaatlichkeit lösen. Und wissen Sie was? Ich denke, dass das eine große Chance ist, wenn die Menschen aus allen Herren Ländern hierherkommen. Denn die meisten eint eine Sehnsucht: ein Leben in Frieden und Freiheit. Und das können wir ihnen bieten. Wenn wir es richtig anstellen, können wir ein Vorbild für die Welt sein.«

»Ihr Wort in Gottes Ohr.« Liv stand auf und bedankte sich für das Gespräch. Sie hätte den Plausch mit Jorrit gerne fortgesetzt, doch auf sie warteten andere Aufgaben. Sie legte das Geld für ihren Kaffee auf den Tisch, verabschiedete sich und wandte sich zum Gehen.

Sie hatte schon die Terrassentür erreicht, als sie innehielt und noch einmal zu Jorrit an den Tisch zurückging.

»Sagen Sie, dieser Übergriff von David und Bouke, den Sie damals vereitelt haben …« Liv überlegte kurz. »Wo war der?«

»Das war dort hinten«, Jorrit deutete mit dem Finger in die entsprechende Richtung. »Beim alten Katakombengang. Dem Stenen Beer.«

»Vielen Dank.« Liv ging durch das Restaurant nach draußen. Die Attacke auf Esmée hatte also an demselben Ort stattgefunden, an dem David Leinders vor gut einer Woche zuletzt gesehen worden war. Langsam keimte in Liv das Gefühl auf, dass das Verschwinden von Esmée Vriesde und David Leinders vielleicht mehr miteinander zu tun hatte, als sie bislang angenommen hatte.

Als ihr Blick auf die Menschenmenge vor dem Rathaus fiel, war ihr sofort klar, dass neuer Ärger drohte. Ein Kamerateam des NPO, des öffentlich-rechtlichen Fernsehens, unterhielt sich mit den Demonstranten.

Und das war nicht das einzige Problem.

42

Willem de Ram hatte in einem rot verklinkerten Reihenend-
haus in der Wingaardstraat gelebt, fast direkt am Fuß der
Grote Kerk, lediglich ein wilder Garten trennte es von der
Mauer, welche die Kirche umgab. De Rams Haus unterschied
sich von den umstehenden darin, dass es einen kleinen Grün-
streifen vor dem Eingang gab und die schwarz-weißen Fens-
terläden frisch gestrichen glänzten.

Ann-Remi parkte den Fiat auf dem welligen Kopfsteinpflaster vor dem Haus. Der Polizeichef traf beinahe zeitgleich
mit ihr ein. Sie sah den wuchtigen Polizeijeep im Rückspiegel
immer größer werden, bis er hinter ihr anhielt.

Ruben van der Meer stieg aus und kam zu ihr herüber. »Ich
habe viel zu tun, also hoffe ich, Sie haben eine gute Erklärung
auf Lager.«

»Es geht um Willem de Ram …«

Ruben sah zu dessen Haus hinüber und hob die Augenbrauen. »Das hatte ich mir fast gedacht.«

»Ich meine die Todesursache.«

»Ihr Chef klang da sehr eindeutig. De Ram hatte einen
Herzinfarkt und ist die Treppe runtergefallen.«

Ann-Remi wog ihre Worte ab, bevor sie antwortete. Von
hier aus gab es kein Zurück mehr. »Nun … Ich fürchte, das
ist vielleicht nicht ganz richtig.«

»Was soll das heißen?«

»Dass sein Tod auch einen anderen Grund haben könnte.«

Van der Meer hob eine Hand. »Sie wollen mir also sagen, dass Ihr Chef ...«

»Ich habe De Rams Leiche obduziert«, erklärte Ann-Remi. »Bei einem ersten Screening haben wir Flunitrazepam in seinem Blut gefunden.«

»Das taucht nicht im Obduktionsbericht auf.«

»Weil es bei einer zweiten, eingehenderen Blutuntersuchung nicht erneut nachgewiesen werden konnte. Das liegt daran, dass es sich schnell abbaut. Bei dem Screening, das zeitnah zu seinem Ableben erfolgte, war es definitiv da.«

»Nun ...« Der Polizeichef zuckte mit den Schultern. »Dafür könnte es diverse Erklärungen geben.«

»Nein. Ich habe das schon überprüft. Der Herzinfarkt, der angeblich zu De Rams Tod geführt hat, liegt bereits eine ganze Weile zurück. Der kann es also nicht gewesen sein. Was das Flunitrazepam betrifft: Weder war er drogenabhängig noch bekam er das Zeug verschrieben. Es bleibt nur eine Möglichkeit ...«

»Sie meinen, jemand hat es ihm gegen seinen Willen verabreicht.«

»So ist es. Ich habe an seinem Nacken eine Einstichstelle entdeckt ...«

»... die ebenfalls nicht im Bericht auftaucht.«

»Mein Chef und ich ... Sagen wir einfach, unsere professionellen Meinungen gehen auseinander.«

»Und wie sicher sind Sie sich?«

»Deshalb sind wir hier ...« Ann-Remi warf einen Blick zu dem Haus hinüber. »Ich würde mich gerne dort drinnen umsehen. Vielleicht finden wir gemeinsam einen Hinweis, der meinen Verdacht erhärtet.«

»Ihnen ist schon klar, dass das nicht zum üblichen Prozedere gehört, oder?«

»Es ist ja auch kein alltäglicher Fall.«

Van der Meer überlegte einen Moment, blickte kurz auf die Uhr an seinem Handgelenk, dann nickte er. »Was soll's. Sehen wir uns um.«

Ann-Remi folgte ihm zur Haustür, die mit einem Polizeisiegel versehen war. Van der Meer öffnete sie, und sie betraten den Hausflur. Die Hitze hatte sich hier drin gestaut, und die Luft war stickig.

Der schmale Flur bot lediglich Platz für ein Mantelbrett, einen Spiegel und eine kleine Kommode als Ablagefläche. Direkt neben dem Eingang stand links die Tür der Gästetoilette halb offen. Geradeaus führte eine weitere Tür zu den Wohnräumen. Direkt vor ihr kam eine Wendeltreppe von oben herab.

»Dort hat er gelegen?« Ann-Remi deutete auf den Fuß der Treppe.

Van der Meer nickte stumm und ging weiter in das Wohnzimmer. Ein spartanisch eingerichteter Raum mit Sofa, Fernseher und einem breiten Bücherregal, das eine Wand ausfüllte. Von der dahinterliegenden Küche, die aus einfachen Einbauschränken und veralteten Geräten bestand, kam man über die Terrasse in einen kleinen Garten.

»Hat es Spuren eines Einbruchs gegeben?«, erkundigte sich Ann-Remi, als sie bei der Terrassentür angelangt waren und einen Blick auf den Rasen hinter dem Haus warfen.

»Nein. Die Kollegen, die als Erste vor Ort waren, haben sich das natürlich angesehen. Sowohl die Fenster als auch die Terrassentür waren verschlossen. Keine Einbruchsspuren.«

Ann-Remi ließ den Blick durch den Garten schweifen. Er war zu beiden Seiten von hohen Backsteinmauern umgeben.

Selbst wenn jemand von hinten in das Haus eingedrungen wäre, hätte er über eines der Nachbargrundstücke kommen müssen.

Sie wandte sich ab und ging wieder in den Flur zur Treppe, an deren Fuß sie einen Moment stehen blieb. Es war ein seltsames Gefühl, an der Stelle zu stehen, an der vor wenigen Tagen ein Menschenleben abrupt geendet hatte.

»Darf ich?« Ann-Remi blickte nach oben.

»Nur zu.« Ruben stieg hinter ihr die Treppe hoch.

Die Stufen waren schmal und eng aneinandergesetzt. Ann-Remi konnte sich gut vorstellen, dass man hier schnell einen Fehltritt tat, wenn man nicht genau aufpasste. Zudem war die Treppe sehr steil. Als Handlauf diente lediglich eine dicke Kordel, die auch nicht allzu stramm gespannt war. Die Wand, an der die Treppe hoch führte, war übersät mit Bildern – alles Motive aus der Seefahrt, in erster Linie Schlachtengemälde mit alten Segelschiffen.

Oben angekommen, blieb Ann-Remi stehen, ließ Ruben vorbei und blickte die Treppe hinab. Nun war sie keine Kriminaltechnikerin, doch das musste man vielleicht auch nicht sein, um eine Einschätzung treffen zu können, ob Willem de Ram tatsächlich diese Treppe hinuntergefallen sein konnte und, falls ja, wie sich dieser Sturz ereignet haben müsste. Allein das Wissen aus ihrem eigenen Fach ließ Zweifel in ihr aufsteigen.

»Was ist?«, fragte Van der Meer.

»Ich … glaube nicht, dass er runtergefallen ist.«

»Warum?«

»Aus zwei Gründen.« Ann-Remi deutete auf die Bilder an der Wand. »Sehen Sie die?«

»Ja, und?«

»Nehmen wir für einen Moment an, die Herzinfarkt-Theorie stimmt.« Ann-Remi stellte sich an den Treppenabsatz. »Er steht hier, plötzlich gehen ihm die Lichter aus. Er fällt die Treppe hinunter. Wenn er noch irgendetwas mitbekommen hat, hätte er wohl versucht, sich irgendwo festzuhalten. Und selbst wenn er bewusstlos war ... Die Treppe macht einen Knick. Also wäre er mit ziemlicher Sicherheit an der Wand angeschlagen und hätte einige der Bilder runtergerissen.«

Van der Meer stemmte die Hände in die Hüfte und betrachtete die Treppe. »Ja, das wäre vermutlich so gewesen. Doch die Bilder hängen alle an Ort und Stelle, so, wie wir sie vorgefunden haben. Was ist der zweite Grund?«

»Die Verletzungen. Wir haben Hämatome und Prellungen an seinem Körper gefunden. Aber bei einem Sturz aus dieser Höhe, mit einer solch steilen Treppe ... Sie hätten wesentlich schlimmer sein müssen.«

»Nehmen wir mal an, Sie haben recht ...« Van der Meer rieb sich das bärtige Kinn. »Jemand spritzt Willem de Ram ein starkes Sedativum. Nehmen wir weiterhin an, er hat es im Haus getan. Da es keine Einbruchsspuren gibt, hat de Ram denjenigen vermutlich freiwillig reingelassen, was dafür spricht, dass er seinen Mörder kannte. Er überwältigt De Ram. Und dann?«

Ann-Remi hob die Schultern. »Schwer zu sagen. Gestürzt ist er auf jeden Fall, allerdings nicht aus dieser Höhe. Es wäre vielleicht möglich, dass der Täter ihn bis zur Hälfte der Treppe hochgezogen und runtergestoßen hat – in gerader Linie, ohne dass er die Bilder mit sich riss.«

»Ja, möglich. Beweisen können wir das nicht.«

»Nein. Die andere Möglichkeit ist, dass er ihm das Genick brach und ihn in die entsprechende Position legte, damit es wie ein Sturz aussieht.«

»Auch das wäre denkbar. Sehen wir uns weiter um.«

Van der Meer schob sich an ihr vorbei ins Schlafzimmer, einer der beiden Räume auf der oberen Etage.

Ann-Remi nahm sich das andere Zimmer vor, augenscheinlich Willem de Rams Büro. An den Wänden standen übervolle Bücherregale und vor dem Fenster ein Schreibtisch, der vor Papier, Zeitungen und Ausdrucken überquoll. Die Stapel überragten sogar den Monitor. Weitere Aktenstapel, Bücher und Papiere verteilten sich lose über den Teppichboden.

Ann-Remi zog den Bürostuhl nach hinten und setzte sich an den Schreibtisch.

»Und, etwas entdeckt?« Van der Meer trat hinter sie.

»Es geht wohl eher um das, was ich nicht entdeckt habe. Hier steht zwar ein Monitor, doch es gibt weder einen Desktop noch einen Laptop.«

»Stimmt. Ich sehe mal unten nach. Vielleicht haben wir etwas übersehen.«

Sie hörte, wie sich seine Schritte auf der Treppe entfernten.

Bei den Papieren, die auf dem Tisch lagen, schien es sich um den Ausdruck eines Artikels zu handeln, an dem Willem de Ram gearbeitet hatte. Die Seiten waren mit roten Anmerkungen, Ergänzungen und Durchstreichungen versehen. Dort, wo einmal eine Überschrift stehen sollte, diente eine Zeile voller X als Platzhalter.

Es waren fünf eng bedruckte Seiten. Ann-Remi überflog kurz die ersten Zeilen des Textes und stellte zu ihrer Verwunderung fest, dass sich der Artikel um Esmée Vriesde drehte. Sie beschloss, das Stück später in Ruhe zu lesen, legte die Seiten zusammen und faltete sie.

Sie drehte sich auf dem Bürostuhl und ließ den Blick durch den Raum schweifen. De Ram schien wirklich in seinem

Beruf aufgegangen zu sein, alles machte den Eindruck eines geschäftigen Menschen.

Als sie aufstehen wollte, fiel ihr Blick auf den Mülleimer. Er quoll über. Es war mehr Intuition als gezielte Suche, dass Ann-Remi ihn nahm und auf dem Teppich ausleerte.

Aufgerissene Briefumschläge, zerknüllte Textseiten, Werbeprospekte, Zeitungen – eben was man in einen Papiermülleimer warf.

Plötzlich hielt Ann-Remi inne. In dem Wust befanden sich auch Schnipsel eines zerrissenen Fotos. Sie suchte sie heraus, schuf Platz auf dem Schreibtisch und legte die Stücke aneinander.

»Unten auch keine Spur von einem Computer«, sagte van der Meer, als er wieder hochkam. »Was haben Sie da?«

»Ich denke, das sollten Sie sich mal ansehen.«

Van der Meer beugte sich über ihre Schulter und betrachtete die Fotoschnipsel, die sie aneinandergelegt hatte. »Da laust mich der Affe. Das Bild habe ich schon mal gesehen …«

Das Foto zeigte einen Mann, der aus einer Gasse herauskam. Hinter ihm ragte die Grote Kerk in Veere auf.

Es war David Leinders.

43

Weit in der Ferne türmten sich über der Nordsee dunkle graue Wolken auf. Sie waren weit weg, und es würde sicherlich einige Stunden dauern, bis sie hier waren, doch Liv hoffte, dass ein ordentliches Sommergewitter etwas Abkühlung bringen würde – die Gemüter in Veere konnten es sicherlich vertragen.

Von der Rathaustreppe aus konnte sie das Treiben beobachten, das sich direkt vor dem altehrwürdigen Gebäude abspielte. Das Kamerateam des NPO interviewte einen Sprecher der Mahnwache, während Gleichgesinnte mit Zwischenrufen und hochgehaltenen Plakaten Stimmung machten. Toon van der Horst, der Mann vom Telegraaf, stand ebenfalls mit einem Aufnahmegerät dabei und sammelte offenbar O-Töne für seinen nächsten Artikel.

Liv verstand nur Wortfetzen, die zu ihr heraufwehten. Es schien, als wiederhole der Mann für die Kameras nur, was sie bereits von anderen Teilnehmern der Mahnwache gehört hatte und was sich in den sozialen Medien verbreitete – eine Geschichte, welche die Tatsachen auf wundersame Weise verdrehte und ungefähr folgendermaßen ging: David Leinders, ein gewöhnlicher Niederländer, war in jungen Jahren etwas vom Weg abgekommen, hatte aber Läuterung erfahren, sogar mit der Polizei zusammengearbeitet und sich schließlich ein neues, rechtschaffenes Leben aufgebaut. Als er seine Familie hier in Veere besuchen kam, wurde er bei einem

Spaziergang am Hafen von kriminellen Einwanderern überfallen, ausgeraubt und in brutaler Weise zur Schau gestellt,
um das ganze Land zu verhöhnen.

Keine Frage, diese Geschichte war von der Wahrheit weiter
entfernt als der Mond von der Erde, und natürlich ließ sie
einige durchaus wesentliche Details – wie etwa, dass Leinders schon seit Tagen vermisst wurde – unter den Tisch fallen.
Die Fernsehleute und Toon van der Horst interessierte das
im Moment offenbar wenig. Sie hingen den *Besorgten Zee-
ländern*, wie die von Bouke Visser initiierte Mahnwache sich
nun nannte, förmlich an den Lippen. Liv hegte keinen Zweifel daran, dass sich im Internet genügend Umnachtete finden
würden, die das Geschwätz für bare Münze nahmen.

In ihrem Rücken stand der Bürgermeister vor der Rathaus-
tür, umringt von einer Traube aus Geschäftsleuten, Restau-
rantbesitzern und Hotelbetreibern, die wild gestikulierend
auf ihn einredeten. Terpstra hatte sichtlich Mühe, ihnen zu
versichern, dass er die Lage unter Kontrolle hatte. Soweit
Liv mitbekommen hatte, gab es inzwischen eine regelrechte
Abreisewelle unter den Urlaubern, und Tagesgäste scheuten
zunehmend den Weg hierher.

Noemi bahnte sich einen Weg durch die Menge und kam
die Treppe zu ihr herauf.

»Und, wie ist es gelaufen?«, erkundigte sich Liv, sie hatte
die Kollegin zum Hafenmeister geschickt.

»Es war interessant«, sagt Noemi mit einem Blick auf die
Menschenmenge. »Aber mir scheint, wir haben ein ganz anderes Problem?«

»Ja, und ich fürchte, es wird noch schlimmer.« Sie deutete
mit einem Nicken in Richtung Hafen hinüber. Dort zog,
bewaffnet mit Schildern, ein neuer Zug aus Demonstranten

heran. Ihr lautes Skandieren brachte sogar die *Besorgten Zeeländer* für einen Moment aus dem Konzept. Sie verstummten, auch die Fernsehkameras drehten sich in Richtung der Neuankömmlinge. Nun war gut zu verstehen, was sie riefen: »Wo ist Esmée?«

Die Stille währte allerdings nur einen Moment. Sobald die *Besorgten Zeeländer* begriffen hatten, worum es ihren Konkurrenten ging, folgten böse Widerrufe.

»Das passiert jetzt nicht wirklich, oder?«, entfuhr es Noemi.

»Ich fürchte doch«, meinte Liv. Hätte sie nicht gewusst, wie ernst es alle Beteiligten meinten, die Situation hätte skurriler nicht sein können.

»Das darf nicht wahr sein ...« Terpstra war neben sie getreten und starrte den Protestzug mit offenem Mund an.

»Sander, das musst du unterbinden!«, forderte einer der Geschäftsmänner, und seine Kollegin stimmte ihm zu. »Wenn das so weitergeht, ist die Saison für uns ruiniert!«

»Das weiß ich, und das alles wird bald vorüber sein, ihr werdet sehen.« Terpstra wandte sich halb zu Liv und zischte: »Wo zum Henker steckt van der Meer?«

Sie zuckte mit den Schultern. »Sehe ich aus wie seine Sekretärin?« Natürlich wusste sie, dass Ruben ein Treffen mit der Rechtsmedizinerin hatte. Doch erstens gefiel ihr der Ton des Bürgermeisters nicht, zweitens wollte sie nicht den Eindruck erwecken, die Landespolizei habe nichts Besseres zu tun, als Demonstranten für ihn zu verscheuchen.

Terpstra seufzte entnervt und hob die Hände. »Okay, tut mir leid, ja? Ich weiß, dass das nicht Ihre Aufgabe ist. Aber ... Sie sehen auch, dass das hier außer Kontrolle gerät.«

»In dem Fall werden die hiesigen Kollegen sicherlich einschreiten.«

»Natürlich. Es ist nur so …« Terpstra blickte aus dem Augenwinkel zu den Geschäftsleuten. »Sie hätten einen großen Gefallen bei mir gut, wenn Sie ein wenig Aktionismus vortäuschen könnten.«

Liv seufzte. Der Mann hatte ihr keine Befehle zu erteilen. Andererseits … Ein paar Freunde konnte sie gerade gut gebrauchen.

Sie bedeutete Noemi und zwei Streifenpolizisten, die am Fuß der Rathaustreppe Stellung bezogen hatten, ihr zu folgen.

Der Esmée-Vriesde-Protestmarsch zog am Marktplatz und dem Rathaus vorbei. Es mussten gut zwei Dutzend Menschen sein. Finn van Werff ging ihnen voran über die Brücke im Hafen und schnurstracks auf den Stenen Beer zu.

Bei einem Blick über die Schulter sah Liv, dass die Fernsehkameras und Toon van der Horst ihre Zelte abgebrochen hatten und ihnen folgten. Liv folgte ihnen ebenfalls. Die *Besorgten Zeeländer*, plötzlich um ihre Aufmerksamkeit beraubt, starrten ihnen ungläubig hinterher.

Die Demonstrantengruppe baute sich vor dem alten Katakombengang auf.

Liv ging direkt zu Finn van Werff. »Erklären Sie mir bitte, was das werden soll.«

»Das trifft sich gut«, sagte Finn. »Sie können mir nämlich auch einiges erklären …«

»Ich stelle die Fragen. Also, wenn das eine Demo werden soll, können Sie gleich wieder einpacken. Es liegt keine Anmeldung vor.« Liv ging davon aus, dass Ruben es ihnen gesagt hätte, wenn dem so gewesen wäre, und offenbar lag sie damit richtig, wie ihr die Antwort des jungen Manns zeigte.

»Was Bouke Visser und seine Nazis können, können wir schon lange. Und machen Sie sich nicht gleich ins Hemd.

Wir wollen hier nicht übernachten. Wir werden nur unsere Meinung kundtun, friedlich, und ebenso friedlich wieder abziehen.«

»Dennoch brauchen Sie ...«

»Ah, da kommt ja auch schon die Kavallerie.« Finn sah an ihr vorbei zu den anrückenden Reportern. »Wenn Sie mich entschuldigen, ich werde den Medien und dem Rest des Landes jetzt mal erzählen, was wir normalen Menschen von der ganzen Sache halten.«

Finn wollte zu den Kameras hinüber, aber Noemi versperrte ihm den Weg. »Meine Kollegin war noch nicht fertig, und vorher reden Sie mit niemandem.«

Er drehte sich mit genervtem Gesichtsausdruck zu Liv um. »Was zum Teufel soll das?«

»Genau das möchte ich gerne von Ihnen wissen.«

Finn schüttelte den Kopf und kam zu ihr zurück. »Also schön. Der Polizei ist es nie gelungen, den Verbleib meiner Freundin Esmée aufzuklären. Man hatte zwar den Kerl gefasst, der ihr Leben auf dem Gewissen hatte und der sicherlich hätte sagen können, was er ihr angetan hatte, wenn man ihn denn unter Druck gesetzt hätte. Aber nein. Man ließ ihn frei. Und jetzt ...« Finn sah von Liv zu Noemi. »Jetzt setzt die Polizei Himmel und Hölle in Bewegung, um den Tod eben dieses Mannes aufzuklären. Sogar die Landespolizei ist im Einsatz! Eine Ehre, die meiner Freundin nie zuteilgeworden ist. Außerdem frage ich mich, warum leitet ausgerechnet eine Kommissarin diese Ermittlung, die erst vor ein paar Tagen einen unschuldigen Marokkaner erschossen hat?« Nun sah er Liv direkt in die Augen. »Liegt es vielleicht daran, dass ein rechtsradikaler Mörder Ihnen näher ist als ein unbedeutendes Mädchen mit Migrationshintergrund?«

»Wenn das Ihre Meinung ist, hindert Sie niemand daran, das kundzutun. Voraussetzung ist aber, dass Sie eine solche Demonstration bei den Kollegen vor Ort ordnungsgemäß anmelden. Davon abgesehen ...« Sie trat einen Schritt auf ihn zu. »Ich wüsste gerne, was Sie vorgestern Abend nach Ihrem Schachspiel mit Jorrit Kok gemacht haben?«

»Bitte was?« Die Frage brachte Van Werff sichtlich aus dem Konzept.

»Sie haben richtig gehört.«

»Was soll das werden?«

»Beantworten Sie meine Frage, dann können Sie mit Ihren Freunden von der Presse reden.«

Er schüttelte abermals den Kopf. »Nicht zu fassen ... Aber gut. Ich bin nach Hause gegangen. Zufrieden?«

»Um wie viel Uhr war das?«

»Weiß ich nicht genau. Gegen Mitternacht.«

»Was haben Sie danach getan?«

»Mich ins Bett gelegt und geschlafen. Überraschend, was?«

»Kann das jemand bezeugen?«

»Nein.«

»Sie haben keine Lebensgefährtin oder ...«

»Echt jetzt?« Finn musterte sie mit ungläubigem Blick. »Ich habe eine Freundin, ja. Sie ist vor zehn Jahren verschwunden, und es vergeht keine verdammte Nacht, in der ich nicht wach liege und nachdenke, was wohl mit ihr geschehen ist!«

Liv behielt die Ruhe. »Sie kennen Theo Leinders?«

»Ja.«

»Sie wissen, dass er ernsthaft erkrankt ist?«

»Ich ...« Er blickte Liv an, und seine Selbstsicherheit war mit einem Mal verschwunden. »Theo ist krank, ja. Und das ... Das wissen hier doch alle.«

In diesem Punkt war sich Liv nicht sicher. Wenn sie der Aussage von Famke Leinders Glauben schenken durfte, hatte die Familie das nicht an die große Glocke gehängt.

»Wenn Sie das wussten …«, fragte sie weiter. »Sie haben David Leinders nicht zufällig einen Brief mit ebendieser Information geschickt?«

Finn blickte zwischen ihr und Noemi hin und her, dann zu den Fernsehkameras, die vor der Demonstrantengruppe aufgebaut wurden. »Warum hätte ich das tun sollen?«

»Um ihn hierherzulocken.«

»Ich weiß nicht, wovon Sie reden.«

Ein überzeugtes Dementi klang anders.

»David Leinders ist am Samstag vergangener Woche das letzte Mal gesehen worden«, sagte Liv. »Da ging er hierher zum Katakombengang. Haben Sie sich mit ihm hier getroffen, nachdem Sie ihm eine Notiz im Hotel hinterlegt haben?«

Es war ein Schuss ins Blaue. Doch Liv erkannte, dass sie unversehens einen Volltreffer gelandet hatte. Dieser Junge mochte alles sein, talentierter Segler und Lokalheld, zorniger Verfechter der gerechten Sache, trauernder Freund. Eines war er gewiss nicht: ein guter Lügner.

Finn schüttelte den Kopf. »Nein … Wenn Sie mich jetzt bitte entschuldigen würden.«

Er schob sich an Noemi vorbei und ging zur Fernsehkamera hinüber, wo er den Journalisten Rede und Antwort stand.

Livs Smartphone vibrierte in ihrer Hosentasche. Sie holte es heraus und nahm den Anruf an.

»Ich bin mit Ann-Remi Blom auf etwas gestoßen«, sagte Ruben van der Meer. »Wir sollte uns umgehend treffen.«

»Daraus wird wohl nichts.« Liv erklärte ihm die Situation.

»Verdammt!«, fluchte Ruben. »Das ist ja schlimmer als einen Sack Flöhe zu hüten! Ich schicke Verstärkung.«

»Tun Sie das. Was ist mit Bouke Visser?«

»Den bringen zwei meiner Männer gerade auf die Wache. Sie können ihn befragen.«

»Gut. Ich schlage vor, dass wir hier so lange noch die Stellung halten, bis …«

Während sie die Worte sprach, sah Liv einen Pulk der *Besorgten Zeeländer* über die Brücke kommen. Die Gesichter der Männer waren vor Zorn gerötet – es waren tatsächlich ausschließlich Männer. Ohne Vorworte und ungeachtet der Fernsehkamera stürmten sie auf die Demonstranten vor dem Stenen Beer zu. Dann flogen die Fäuste.

Während das Fernsehen alles aufzeichnete, kam Toon van der Horst zu Liv herüber. In erster Linie suchte er wohl Schutz, denn erst nachdem er sich vergewissert hatte, dass ihm abseits des Tumults niemand etwas anhaben konnte, sagte er mit einem Lächeln: »Das wird eine großartige Geschichte!«

44

»Was soll der verfluchte Mist?« Bouke Visser saß mit verschränkten Armen hinter dem Metalltisch im Verhörzimmer. »Bin ich festgenommen, oder was?«

»Das sind Sie nicht«, sagte Liv in neutralem Ton.

»Dann werde ich jetzt gehen.«

»Das steht Ihnen frei.« Liv wies auf die Tür, neben der Noemi an der Wand lehnte. »Sie werden allerdings nicht erfahren, weshalb ich Sie herbestellt habe.«

»Herbestellt?« Visser hob die Augenbrauen. »Sie haben mich abführen lassen. Was werfen Sie mir eigentlich vor?«

»Nichts. Noch nicht jedenfalls und nicht offiziell.« Liv machte eine Pause und trank einen Schluck Kaffee. Sie hatte Visser ebenfalls einen angeboten, doch er hatte abgelehnt. »Ich möchte mit Ihnen über David Leinders reden. Ich hatte den Eindruck, dass Sie bei unserem Plausch auf Ihrem Schiff nicht ganz bei der Sache waren. Das führe ich mal darauf zurück, dass Sie vermutlich zu beschäftigt damit waren, das Schiff zu steuern. Und ich dachte, in einer etwas ruhigeren Umgebung ist es vielleicht leichter für Sie. Es gäbe außerdem die eine oder andere Frage, was das Betragen der *Besorgten Zeeländer* angeht, die Ihrer Partei ja sehr nahestehen.«

Es waren nun zwei Stunden seit dem Zusammenstoß beim Stenen Beer vergangen. Die Verstärkung, die Ruben van der Meer losgeschickt hatte, war zum Glück schnell eingetroffen und hatte die Streitparteien auseinanderdividiert. Bis dahin hatte sich die Auseinandersetzung allerdings ohnehin schon abgekühlt. Der Zorn der Männer war schnell verflogen, als manch einer erkannte, dass es sich anders als im Internet nicht um jemand Anonymen handelte, auf den er da einprügeln wollte, sondern um Nachbarn, Bekannte oder den Sohn oder die Tochter eines Freundes. Für die Fernsehkameras war es dennoch ein Festessen gewesen. Die Aufnahmen verbreiteten sich mittlerweile wie ein Lauffeuer in den sozialen Medien, und das Fernsehen berichtete aus dem historischen Örtchen wie aus einer Kriegszone. Den Vogel abgeschossen hatte Toon van der Horst, der auf der Seite des Telegraaf in fetten Lettern titelte: *VEERE BRENNT! Streit zwischen linken und rechten Fanatikern eskaliert.*

Bouke Visser lehnte sich auf seinem Stuhl zurück und schnaufte. »Also gut. Sie geben ja sowieso keine Ruhe. Was wollen Sie wissen?«

»Sie haben auf dem Schiff sehr überrascht getan, als ich Ihnen eröffnete, dass es sich bei Rob van Loon in Wahrheit um Ihren alten Freund David Leinders handelt und er sich in Veere aufhielt. Ich vermute, dass Sie in Wahrheit bereits wussten, dass er hier ist?«

»Möglich.«

»Ein klares Ja oder Nein wäre mir lieber.«

»Ja. Ich wusste, dass er hier ist.«

»Und Sie wussten, dass er unter dem Namen Rob van Loon lebt?«

»Nein.«

»Da sind Sie sich sicher?«

»Nein … Also, ja, ich bin mir sicher.«

»Sie wussten nicht, dass David in Den Haag ein neues Leben begonnen hatte?«

»Nein. Wie ich schon sagte.«

»Reden wir über den vergangenen Samstag, als David zum letzten Mal gesehen wurde. Was taten Sie an jenem Abend?«

Bouke Visser lehnte sich vor. »Sagen Sie mal, sind Sie schwer von Begriff? Das habe ich Ihnen doch erzählt. Und Ihre Kollegin«, er sah zu Noemi hinüber, »hat sich das schon von meiner Freundin bestätigen lassen.«

»Das stimmt, allerdings ist sie eben Ihre Freundin«, erklärte Liv. »Es wundert uns also nicht, dass sie Ihr Alibi stützt …«

»Mein Alibi? Wollen Sie mir etwa den Mord an ihm in die Schuhe schieben?«

»Noch unterhalten wir uns einfach.« Liv hatte zu viele Verhöre geführt, um sich durch den Wutausbruch des Mannes aus der Ruhe bringen zu lassen. »Und damit das so bleibt, wäre Ihre uneingeschränkte Mitarbeit wünschenswert. Sie bleiben also bei Ihrer Angabe?«

»Ja, natürlich. Weil es die Wahrheit ist.«

»Und vorgestern Abend?«

»Habe ich auch gesagt. War ich in der Kneipe.«

»Was Ihre Freunde bestätigen. Bis kurz nach Mitternacht. Was taten Sie danach?«

»Bin ich sternhagelvoll ins Bett gefallen.«

»Was Ihre Freundin uns bestätigen würde.«

»Natürlich.«

»Sagen Sie, wissen Sie, dass Davids Vater schwer erkrankt ist?«, fragte Liv und sah, wie der abrupte Themenwechsel Bouke Visser verwirrte und ihm den Wind aus den Segeln nahm. »Er wird vermutlich bald sterben.«

»Theo? Nein, das wusste ich nicht.«

»Tatsächlich? David war mal Ihr bester Freund. Da kennt man die Eltern …«

»Ich hatte keinen Kontakt mehr zu Theo, nachdem David vor vielen Jahren verschwunden ist.«

»Weshalb?«

Bouke Visser antwortete nicht direkt. Liv sah, wie sein Kiefer vor Anspannung mahlte. Natürlich kannte sie die Antwort: David war zu einem Verräter geworden und Bouke hatte jeden Kontakt zu ihm und seiner Familie abgebrochen. Etwas anderes bereitete ihr hingegen mehr Kopfzerbrechen. Wenn Visser tatsächlich nichts von Theo Leinders Krankheit gewusst hatte, hatte er sehr wahrscheinlich nicht den Brief geschrieben, der David hierhergelockt hatte – was natürlich noch nicht bedeutete, dass er ihn nicht umgebracht hatte.

»Es ist irgendwie im Sande verlaufen, als David nicht mehr da war«, sagte Visser schließlich.

»Aber Sie wussten, dass David in Veere war, und haben sich mit ihm getroffen?«

»Nein, das habe ich nicht gesagt. Ich habe ihn nicht getroffen.«

Liv gab Noemi ein Zeichen. Sie kam zu ihnen herüber und legte den Ausdruck des Fotos auf den Tisch, das David Leinders zeigte, wie er in Veere aus einer Gasse herausspaziert kam.

»Wir haben dieses Foto beim Messaging-Dienst Telegram gefunden«, sagte Noemi. »Mit der Unterzeile *DER VERRÄTER IST WIEDER IN DER STADT*. Gepostet von FreddyK. Wir wissen, dass Sie sich hinter diesem Pseudonym verbergen.«

Wieder schwieg Bouke Visser. Er blickte zwischen Liv und Noemi hin und her, bis er sich zu einer Antwort durchrang. »Dazu möchte ich nichts sagen.«

»Auch nicht dazu, dass Sie über Ihre Kanäle die Leute aufstacheln und zu Straftaten antreiben?«, fragte Liv.

»Ich verweigere die Aussage.«

Liv sah, dass Visser mittlerweile der Schweiß auf die Stirn getreten war. »Was wäre, wenn ich einen Durchsuchungsbeschluss erwirke und sich die Kriminaltechnik auf Ihrem Schiff umsieht? Was würde Sie wohl dort finden? Spuren, dass Sie jemanden festgehalten, gefoltert und schließlich ermordet haben?«

Bouke Visser sprang auf und schlug mit der flachen Hand auf den Tisch. »Jetzt reicht's aber! Lesen Sie es von meinen verdammten Lippen ab: Ich. Habe. Ihn. Nicht. Getötet!«

»Hinsetzen!«, befahl Liv und sagte, ohne zu ihrer Kollegin zu schauen: »Noemi.«

Noemi stellte ein Tablet vor Bouke Visser auf den Tisch. Sie wischte ein paarmal über den Bildschirm und zeigte ihm zunächst die Fotos, dann die Filmaufnahme, die Liv in der Nacht auf seinem Schiff gemacht hatte.

Als das kurze Video endete, starrte Visser sie mit offenem Mund an. »Woher haben Sie das? Sie ... Verdammte Scheiße ... Sie haben sich doch glatt auf mein Schiff geschlichen!«

»Es spielt keine Rolle, wie diese Aufnahmen entstanden sind.« Liv gönnte sich ein Lächeln. »Ihnen brauche ich ja nicht zu erklären, wie das heutzutage läuft. Es genügt, wenn dieses Material in irgendeinem Internetforum auftaucht und sich von dort aus verbreitet. Vermutlich wäre das weder für Ihr Rundfahrtgeschäft noch für Ihre politische Karriere förderlich. Daher schlage ich vor, dass wir noch mal von vorne anfangen. Was meinen Sie?«

Bouke Visser fühlte sich sichtlich unwohl in seiner Haut. Auch Liv war heiß – die Luft stand in diesem Zimmer ohne

Klimaanlage –, aber Visser schwitzte wie in einer Sauna. Sein Kopf war rot, und auf seinem T-Shirt bildeten sich zahlreiche feuchte Stellen ab. Er rang vermutlich im Stillen mit sich, ob er an diesem Punkt nicht doch besser einen Anwalt hinzuziehen sollte. Liv konnte nur hoffen, dass er es nicht tat, aus der Furcht heraus, dass alles seinen offiziellen Weg nehmen und sein kleines Geheimnis erst recht an die Öffentlichkeit dringen würde. Und genauso war es auch.

Er räusperte sich. »Es geht Ihnen doch eigentlich um David Leinders, richtig?«

»So ist es«, bestätigte Liv. »Ich persönlich halte nichts von den politischen Pfaden, auf denen Sie wandeln. Parteien wie die Ihre gehören meiner Meinung nach verboten. Dasselbe gilt für die Lügen und die Hetze, die Sie im Internet verbreiten. Von Ihrem Schwindel mit den gefälschten Artefakten will ich gar nicht reden … Aber ja, es geht mir um David Leinders.«

»Gut.« Visser legte die Hände auf den Tisch. »Dann schwöre ich Ihnen hier und jetzt beim Arsch meiner Mutter, dass ich ihn nicht umgebracht habe.«

»Das Hinterteil Ihrer Frau Mama in allen Ehren.« Liv schürzte die Lippen. »Aber ich fürchte, das überzeugt mich nicht. Sie hatten nicht nur ein Motiv, sondern auch die Mittel und die Gelegenheit zur Tat.«

Noemis Treffen mit dem Hafenmeister war in dieser Hinsicht sehr aufschlussreich gewesen. Das Plattbodenschiff von Bouke Visser hatte ab dem Samstag, an dem David Leinders verschwand, wegen Reparaturarbeiten für mehrere Tage im Hafen gelegen. Segel als auch Schoten und Falle hatten ausgetauscht werden müssen – alles Arbeiten, die Visser und seine

Besatzung selbst durchgeführt hatten, niemand Fremdes hatte in dieser Zeit das Schiff betreten.

»Was ich jetzt sage, bleibt unter uns?«, fragte Visser.

»Ich bin nicht Ihre Beichtschwester«, erwiderte Liv. »Wenn Sie sich selbst belasten, mir einen Mord oder ein anderes Verbrechen gestehen, kann ich das schlecht für mich behalten. Ansonsten ... gibt es einen gewissen Ermessensspielraum.«

»Also schön.« Visser nickte. »Ich wusste, dass David in den Zeugenschutz gegangen war. Aber ich wusste weder wo noch unter welchem neuen Namen. Ich hatte das vor einigen Jahren eher zufällig erfahren. Sie wissen vermutlich, warum das in meiner ... nennen wir es Branche ... von Interesse war.«

»Ja. Weil er geholfen hat, einige Ihrer Freunde hochgehen zu lassen. Ich nehme an, Sie unterhalten weiterhin gute Kontakte in diesen Kreisen.«

»Es ist kein Geheimnis, dass meine Partei von gewissen Netzwerken gefördert wird ...«

»Wie zum Beispiel dem rechtsradikalen Oorsprong?«, fragte Noemi.

»Wie gesagt, kein Geheimnis, alles offen einsehbar. Ein Teil unserer Finanzierung kommt aus diesen Kreisen. Und ja, David hat unserer Sache geschadet. Trotzdem, ich habe ihm deshalb nichts angetan.«

»Das klingt hier ganz anders ...« Liv tippte auf das Foto, das auf dem Tisch lag. »FreddyK, das sind Sie. Und Sie haben dieses Foto gepostet. Mit dem dezenten Hinweis: Der Verräter ist wieder in der Stadt. Ich denke, Ihre Follower wissen so etwas zu deuten.«

Visser wand sich. »Nun, es stimmt, dass der FreddyK-Account mit mir verbunden ist. Nur ... Sie müssen verstehen, dass ich so etwas nicht selbst poste. Ich habe Leute, die das übernehmen.«

»Trotzdem sind Sie dafür verantwortlich. Was haben Sie also damit bezweckt?«

»Aufmerksamkeit. Es geht vor allem um Aufmerksamkeit.«

Liv schüttelte den Kopf. »Erzählen Sie mir keinen vom Pferd. Ihnen muss doch klar sein, was geschieht, wenn irgendein Wirrkopf das sieht. Es kommt fast einem Mordaufruf gleich.«

»Das lag nicht in meiner Absicht.«

Liv lehnte sich vor und fixierte Visser. »David Leinders wurde vergangenen Samstag zuletzt am Stenen Beer gesehen. Er hat sich dort mit jemandem getroffen. Ich könnte mir vorstellen, dass Sie das waren. Sie wollten reinen Tisch machen, ihm seinen Verrat heimzahlen. Sie überwältigten ihn. Dann hielten Sie ihn im Frachtraum Ihres Schiffs gefangen und verprügelten ihn ...«

Visser hob die Hände und schüttelte vehement den Kopf. »Nein, wirklich. Das habe ich nicht getan! Wie oft soll ich das denn noch sagen?«

Liv sah zu Noemi. Ihrem Gesichtsausdruck nach zu urteilen, schien sie ähnlich zu denken. Vissers Dementi klang aufrichtig, wobei sie sich nicht sicher sein konnten. Auf der anderen Seite hatten sie keine harten Beweise, die den Verdacht gegen den Mann bestätigten, lediglich Indizien.

Sie betrachtete das Foto und hielt es Visser noch einmal hin. »Woher stammt das Foto? Wann und wo wurde die Aufnahme gemacht?«

»Das weiß ich nicht.«

»Was soll das heißen? Sie müssen doch wissen, woher Sie das Bild haben.«

»Es wurde mir zugespielt. Anonym. Ich weiß nicht, wer es gemacht hat.«

Hinter ihnen öffnete sich die Tür des Verhörraums. Ruben van der Meer kam herein. »Aber ich weiß, wer dieses Bild gemacht hat.«

45

Schon wieder hatte sie gegen die Anweisungen von Cees Koning verstoßen. Sie musste wirklich verrückt sein, dachte Ann-Remi. Was, wenn sie nun doch falschlag? Wenn Cees Koning recht hatte und es sich einfach um einen Unfall handelte? Was hatte sie schon in der Hand? Einen halb fertigen Artikel aus der Hand des Verstorbenen, in dem es um ein vor vielen Jahren verschwundenes Mädchen ging. Ein Foto aus seinem Mülleimer, das ein Mordopfer zeigte. Und ein Screening mit Verdacht auf Rückstände eines Betäubungsmittels, was sich bei einer eingehenderen Analyse nicht bestätigt hatte. Zu allem Überfluss bestand die Chance, dass die Inspektorin der Landespolizei ihren Mutmaßungen nicht folgen würde und sie schlicht für verrückt erklärte.

Ann-Remi schwirrte der Kopf.

Auf der anderen Seite stand das sichere Gefühl, dass etwas am Ableben von Willem de Ram merkwürdig war. Da waren eben das Flunitrazepam und das mit Bildern behangene Treppenhaus, das keinerlei Anzeichen eines Sturzes zeigte. Der fehlende Computer im Arbeitszimmer, wo de Ram doch angeblich ein so emsiger Schreiber gewesen war.

Oh Gott, diese Warterei machte sie einfach wahnsinnig!

Seit einer halben Stunde schmorte sie nun im Büro von Ruben van der Meer, und das durchaus im wahrsten Sinne des Wortes, denn offenbar war die Klimaanlage in der Polizeiwache ausgefallen, oder es gab schlicht keine. Die bodentiefen

Fenster ließen sich zudem nicht öffnen. Ann-Remi fühlte sich wie in einem Treibhaus.

Van der Meer hatte gemeint, dass er die Landespolizei hinzuziehen wollte, da es in der Sache Willem de Ram eventuell Überschneidungen mit dem Fall David Leinders gab. Liv de Vries befand sich wohl gerade in einem Verhör. Er hatte sie holen wollen – dauert nicht lange, hatte er noch gemeint, ehe er sein Saunabüro verlassen und sie allein gelassen hatte.

Sie hasste sinnloses Warten. Es handelte sich schlicht um vertane Lebenszeit. Sie musste etwas tun. Vielleicht würde das das Gedankenkarussell bremsen.

Ann-Remi nahm ihr Smartphone und suchte die Nummer von Derk van Urs, dem ehemaligen Kollegen von Willem de Ram bei der Lokalzeitung. Ihr Daumen schwebte einen Moment zögerlich über dem Anrufbutton, bevor sie ihn drückte.

Während das Freizeichen erklang, ging Ann-Remi zum Fenster hinüber. Immerhin hatte der Polizeichef eine schöne Aussicht auf die Gracht. Dort lag eine Reihe von Hausbooten. Auf einem von ihnen war die Besitzerin gerade damit beschäftigt, an Deck die Sonnenschirme und Gartenstühle vor dem nahenden Unwetter zu sichern.

Auf der Fahrt hierher hatten sie im Autoradio gehört, dass von See her ein kräftiges Gewitter aufzog. Die Abkühlung würde aber wohl nur von kurzer Dauer sein. Schon morgen rechnete der Wetterdienst mit neuen Höchsttemperaturen, bevor dann ein neues Unwettertief den Hundstagen ein Ende bereiten würde.

Derk van Urs nahm den Anruf entgegen. »Mevrouw Blom, was kann ich für Sie tun?«

Offenbar hatte er ihre Nummer ebenfalls abgespeichert, sodass ihr Name in seinem Display erschien.

»Es geht mir noch einmal um Willem de Ram.«

»Ah. Sind Sie in der Sache weitergekommen?«

»Nicht wirklich. Ich gehe aber weiter davon aus, dass ich über unser Gespräch nicht morgen in der Zeitung lese.«

»Versteht sich. Ich würde mich im Gegenzug freuen, wenn ich es als Erster erfahre, sollten Sie auf eine Information stoßen, die für die Allgemeinheit von Interesse ist.«

»Wissen Sie, ob Willem von zu Hause aus gearbeitet hat?«, fragte Ann-Remi.

»Ja, er hatte dort ein Arbeitszimmer.«

»Ich meinte, ob er ausschließlich von dort arbeitete. Oder gab es noch einen anderen Ort?«

»Lassen Sie mich kurz überlegen ...«

Ann-Remi hörte aufmerksam zu, was er ihr erzählte.

Sie ging hinüber zum Schreibtisch des Polizeichefs, nahm sich einen Kugelschreiber und machte sich eine Notiz auf den Handrücken, während sie das Telefon zwischen Ohr und Schulter klemmte. Dann bedankte sie sich bei van Urs und legte auf.

Fast im selben Moment betrat Ruben van der Meer das Zimmer. Liv de Vries und ihre Kollegin folgten ihm.

»Wir waren mitten in einer Befragung«, kam die Inspektorin gleich zur Sache. »Ich hoffe also, es ist wirklich wichtig. Ruben sagte, es geht um einen Willem de Ram?«

»Ja«, bestätigte Ann-Remi. »Er war früher Chefredakteur des PZC, der größten Lokalzeitung in der Gegend. Danach hat er sich mit einer eigenen Publikation selbstständig gemacht ...«

»Moment mal«, fiel ihr Noemi Bogaard ins Wort. »Ist das nicht der Kerl, der das *Blad van de Vrijheid* herausgibt?«

Ann-Remi nickte.

»Du kennst ihn?«, fragte Liv de Vries.

»Allerdings.« Noemi setzte sich auf eine Kante des Schreibtischs und verschränkte die Arme. »Das BV ist eines von diesen rechtsradikalen Schmierblättern, die versuchen, sich einen bürgerlichen Anstrich zu geben. De Ram wetterte gegen Einwanderer, den Staat und die Medien. Was Letztere angeht, handelte es sich wohl um eine persönliche Vendetta, nachdem er reichlich unsanft seines Chefpostens bei der Lokalzeitung entledigt wurde ...«

»Wir haben de Ram vor ein paar Tagen tot in seinem Haus aufgefunden«, erklärte Ruben van der Meer. »Es sah alles nach einem Unfall aus. Aber Ann-Remi ist da auf ein paar Dinge gestoßen, die die Sache vielleicht in anderem Licht erscheinen lassen.«

Auf sein Nicken hin erzählte Ann-Remi von dem Flunitrazepam, den fehlenden Spuren eines Sturzes im Treppenhaus und dass sie bei der Obduktion keine Hinweise gefunden hatte, die auf einen natürlichen Tod des Mannes hindeuteten.

»Und wir haben noch etwas gefunden, als wir uns heute in seinem Haus umgesehen haben«, nahm der Polizeichef den Faden auf.

Er hielt Liv und Noemi das Foto hin, das David Leinders zeigte, wie er in Veere aus einer Gasse kam.

»Das ist das Bild, das Bouke Visser auf Telegram verbreitet hat«, sagte Noemi. »Also hat Willem de Ram es gemacht?«

»Eventuell.« Liv de Vries beäugte Ann-Remi mit kritischem Blick. »Ich frage jetzt gar nicht, warum Sie als Rechtsmedizinerin bei einer Hausdurchsuchung dabei waren.«

»Nun ja, ich ...«, wollte sie sich rechtfertigen, kam aber gar nicht zu Wort.

»Habt ihr noch mehr gefunden?« Liv de Vries nahm das Foto in die Hand und betrachtete es. »Vielleicht Dateien mit weiteren Bildern von David Leinders? Ein Fotoapparat oder Handy?«

Der Polizeichef schüttelte den Kopf. »Nein. Wir haben nicht mal einen Computer in seinem Arbeitszimmer entdeckt.«

»Was ziemlich seltsam ist, da De Ram sein Geschäft von zu Hause aus betrieb …«, schob Ann-Remi ein.

»Dafür haben wir das hier entdeckt«, sprach der Polizeichef weiter. Er reichte der Kommissarin den Artikel, an dem Willem de Ram gearbeitet hatte.

»Worum geht es da?«, fragte sie, offenbar hatte sie weder Zeit noch Lust, das mehrere Seiten umfassende Manuskript zu lesen.

»Um Esmée Vriesde«, sagte Ann-Remi. Sie hatten den Artikel kurz überflogen, während sie gewartet hatte. »Es ist eine Replik auf ein persönliches Essay von Finn van Werff, das der PZC wohl ein paar Tage zuvor abgedruckt hat. Es sind nun zehn Jahre seit dem Verschwinden des Mädchens vergangen. Finn erzählte vor allem, wie es ihrer Familie danach ergangen war, dass die Vriesdes wegziehen mussten, weil die Leute hier die Eltern selbst verdächtigten und diffamierten. Er breitete ein weiteres Mal den Verdacht aus, dass die Polizei damals zwei Tatverdächtige in Haft hatte, sie aber laufen ließ. Finn spekuliert, dass einer davon Esmée mit Sicherheit ermordet hat, wenn nicht sogar beide. Willem de Ram feuert in seinem Artikel zurück. Er nimmt die ›Jungs‹ in Schutz, die seiner Ansicht nach in einem Akt der Polizeiwillkür zu Unrecht verdächtigt wurden. Und er mutmaßt, dass wohl etwas ganz anderes hinter dem Verschwinden von Esmée steckte. Er schwadroniert von Ehrenmorden und greift allerhand Gerüchte auf, die damals von den Leuten gestreut wurden.«

Liv de Vries kam zu Ann-Remi ans Fenster und sah nachdenklich hinaus. »Ist der Artikel schon erschienen?«

»Ja. Ich habe ihn auf der Webseite des BV gefunden«, sagte Ann-Remi. »Das hier scheint eine frühe Version des Manuskripts zu sein. Allerdings unterscheidet es sich nicht sonderlich von der finalen Fassung.«

»Das dürfte Finn van Werff nicht gefallen haben, falls er den Artikel denn gelesen hat«, sagte de Vries, den Blick auf die Gracht gerichtet. »Ich frage mich auch, was es mit diesem Foto auf sich hat. Falls Willem de Ram es wirklich gemacht hat, müssten sich Dateien finden lassen. Was ohne seinen Computer natürlich schwierig wird.«

»Vielleicht bin ich da auf etwas gestoßen«, warf Ann-Remi ein. »Ich habe mit einem ehemaligen Kollegen von De Ram gesprochen. Er erzählte, dass er wohl ein Schiff besaß. Wenn ihm der Trubel an Land zu viel wurde und er Ruhe zum Schreiben suchte, fuhr er damit raus zu einer der Inseln im Veerse Meer oder auch rüber ins Grevelingenmeer. Möglich also, dass sich sein Computer an Bord des Schiffs befindet.«

Liv de Vries hob eine Augenbraue. »Ihre Ermittlungstalente in allen Ehren, Ihnen ist schon klar, dass so etwas eigentlich unsere Baustelle ist, oder?«

Ann-Remi nickte. »Schon, ja. Ich gebe zu, ich war neugierig.«

»Was nichts Schlechtes ist. Sagte der Mann auch, wo das Schiff liegt?«

»Ja. Hier im Hafen von Veere. Es …« Ann-Remi sah auf die Rückseite ihrer Hand. »Es ist die *Vrijheid*.«

»Natürlich.« Noemi Bogaard verzog die Mundwinkel. »Die Freiheit, was sonst.«

»Also gut.« Liv de Vries ging wieder in die Mitte des Raums. »Ich möchte, dass die Kriminaltechnik das Haus von De Ram noch mal gründlich unter die Lupe nimmt.«

»Ich rede mit den Kollegen und sehe, was sich machen lässt«, bestätigte Ruben van der Meer.

»Noemi, du siehst dich auf dem Schiff von de Ram um. Am besten umgehend, bevor uns jemand zuvorkommt. Ich besorge uns den Durchsuchungsbeschluss.« Sie warf Ann-Remi einen kurzen Blick zu. »Und nimm Ann-Remi mit ... Sie scheint ein scharfes Auge zu haben. Außerdem will ich wissen, was De Ram am Tag seines Todes getrieben hat.« Dann wandte sie sich zum Gehen.

»Da wäre noch etwas«, sagte Ann-Remi.

»Nämlich?«

»David Leinders. Ich habe keinen offiziellen Bericht verfasst, aber ich habe die Obduktion bereits durchgeführt. Im Grunde hat sich das bestätigt, was ich Ihnen bereits am Fundort seiner Leiche gesagt habe. Da ist lediglich eine wirklich seltsame Sache. Seine Kopfverletzung ...« Ann-Remi stockte. Was sie gefunden hatte, war eine Tatsache, dennoch kam es ihr in dieser Situation albern vor. »Also, ich habe in dem verletzten Hirnareal Blumensamen entdeckt.«

»Blumensamen?« Ruben van der Meer hob die Augenbrauen.

»Ja, Stockrosensamen, um genau zu sein.«

»Wie sollen die denn dorthin gekommen sein?«, fragte van der Meer.

»Es könnte sein, dass sich einzelne Samenkörner an der Tatwaffe befanden.«

»Sehen die vielleicht diesen hier ähnlich?« Liv de Vries zog einen Beweismittelbeutel aus der Jackentasche, in dem sich ebenfalls Samenkörner befanden.

Ann-Remi nahm ihn in die Hand und betrachtete den In-halt. »Ja, ich würde sagen ... sie sehen sogar exakt so aus wie diese hier.«

»Woher hast du die?«, wollte der Polizeichef wissen.

Ein Lächeln trat auf das Gesicht von Liv de Vries. »Aus dem Frachtraum von Bouke Vissers Schiff.«

46

Ein Dutzend Fragen gingen Liv durch den Kopf. Wenn die junge Rechtsmedizinerin richtiglag, wer hatte dann einen Grund gehabt, Willem de Ram zu ermorden, und wie hing sein Tod mit dem Fall David Leinders zusammen? Hatte Willem de Ram wirklich Fotos von ihm gemacht, und falls ja, warum?

Nachdem Noemi und Ann-Remi den Raum verlassen hatten, hatte Liv den Artikel von De Ram kurz überflogen. Es war ohne Frage ein übles Pamphlet, das vor Rassismus nur so strotzte und sich in keiner Weise für die wahren Gegebenheiten und Fakten interessierte. Hatte Willem de Ram den Jahrestag von Esmées Verschwindens lediglich als Aufhänger genutzt, um seine kruden Vorstellungen unters Volk zu bringen? Oder gab es einen anderen Grund, weshalb dieses lange zurückliegende Geschehen ihn derart in Rage brachte?

Sie hoffte, zumindest ein paar Antworten von Bouke Visser zu erhalten. Liv atmete einmal tief durch, sammelte sich und öffnete die Tür zum Vernehmungszimmer. Ruben folgte ihr.

Bouke Visser saß mit verschränkten Armen auf seinem Stuhl. Seine angespannte Miene und die herabhängenden Mundwinkel verrieten, dass seine Geduld überstrapaziert war.

Liv nahm ihm gegenüber Platz und legte den Beweismittelbeutel mit Stockrosensamen auf den Tisch. Ruben baute sich in Vissers Rücken auf.

»Das hier stammt aus dem Frachtraum Ihres Schiffs«, sagte Liv. »Wir haben Rückstände derselben Samenkörner an der Leiche von David Leinders gefunden.«

Bouke Visser rutschte auf dem Stuhl herum, sagte aber nichts.

»Wie erklärst du uns das?«, schaltete sich Ruben ein.

»Ganz einfach. Ich züchte Stockrosen. Dieses Jahr werde ich zum ersten Mal auf dem Gartenfest am Wettbewerb teilnehmen.«

»Das erklärt lediglich, weshalb Sie einen Sack davon im Frachtraum Ihres Schiffes haben«, sagte Liv. »Wobei ich so etwas eher in Ihrer Gartenlaube vermuten würde. Ist es nicht so, dass sich David ebenfalls dort unten befunden hat und Sie …«

Bouke Visser schüttelte den Kopf. »Ehrlich, Sie haben doch 'ne Macke!«

»Du solltest auf deine Wortwahl achten«, ermahnte Ruben ihn.

Liv lehnte sich vor. »Wir haben inzwischen genug zusammen, um Sie für ein paar Tage hierzubehalten. Außerdem darf ich Sie daran erinnern, dass wir über Ihre Betrügereien im Bilde sind. Aus meiner Sicht gibt es zwei Möglichkeiten: Entweder, Sie lügen uns die Hucke voll, oder Sie meinen es ehrlich und haben tatsächlich nichts mit Davids Tod zu schaffen. Sollte Letzteres zutreffen, wäre es in Ihrem eigenen Interesse, das hier nicht unnötig ausarten zu lassen.«

Bouke sah über die Schulter zu Ruben auf, der ihm mit kühlem Blick bedeutete, dass seine Lage ernst war.

»Ich fange also noch mal von vorne an«, sagte Liv und vergewisserte sich, dass das Aufnahmegerät lief. »Sie wussten also, dass sich David Leinders in Veere aufhält.«

»Sagte ich ja bereits. Ich habe ihn von meinem Schiff aus im Fenster seines Hotelzimmers gesehen.«

»Was taten Sie daraufhin?«

»Ich wollte wissen, was er hier zu suchen hat.«

»Sie suchten also Kontakt zu ihm?«

»Nein. Ich ... bat jemanden, ihn zu beobachten.«

»Handelte es sich bei diesem Jemand vielleicht um Willem de Ram?«

Bouke Visser kämpfte mit sich. Doch schließlich presste er hervor: »Ja ... Es war Willem.«

»Ihnen ist bekannt, dass Willem de Ram vor ein paar Tagen verstorben ist?«

»Habe ich gehört. Tragische Sache.«

»In welcher Beziehung standen Sie zu ihm?«

»Wir kämpften für die gleiche Sache.«

»Und die wäre?«

»Dass unser Land endlich wieder seinen rechtmäßigen Bürgern gehört ...«

»Zu denen ihr lediglich weiße Männer zählt«, warf Ruben ein. »Verschon uns lieber mit dem Mist. Warum ließ Willem de Ram sich von dir für solch einen Handlangerdienst einstellen? Er hatte gewiss Besseres zu tun.«

»Berufliches Interesse«, sagte Bouke Visser. »Vielleicht wäre eine gute Story für ihn dabei herausgesprungen.«

Liv legte ihm noch einmal das Foto von David Leinders vor. »Und dabei hat er diese Aufnahme für Sie gemacht, die Sie bei Telegram einstellten?«

»So ist es.«

»Ist das hier das einzige Bild?«

»Nein, Willem hatte noch mehr gemacht. Dieses war aber das Beste.«

»Wo befinden sich die übrigen Bilder?«

»Das weiß ich nicht.«

»Er hat Sie Ihnen also auf irgendeine Weise zur Auswahl geschickt. Per Mail, WhatsApp …?«

»Die, die ich nicht brauchte, habe ich gelöscht.«

»Welches Ziel verfolgten Sie, indem Sie das Bild von David bei Telegram posteten?«, fragte Liv.

»Wie schon gesagt, das Social-Media-Zeug mache ich nicht selbst. Es geht dabei letztendlich um Aufmerksamkeit und Reichweite, um viele Klicks.«

»Dennoch tragen Sie die Verantwortung für das, was Sie in die Welt setzen. Wie gesagt, DER VERRÄTER IST WIEDER IN DER STADT, das ist ziemlich eindeutig. Auch wenn Sie es vielleicht nicht explizit wollten, haben Sie zumindest in Kauf genommen, dass jemand daraus die entsprechenden Schlüsse zieht und sich zum Handeln aufgefordert fühlt.«

Bouke Visser sagte nichts.

»Trafen Sie oder Willem de Ram sich mit David Leinders?«, fragte Liv weiter.

»Nein. Wir blieben auf Distanz. Ehrlich gesagt waren wir ein wenig irritiert.«

»Was soll das heißen?«

»Nun ja … Willem hatte herausgefunden, dass David unter dem Namen Rob van Loon im Campveerse Toren eingecheckt hatte. Wir konnte eins und eins zusammenreimen. Mir war ja bekannt, dass er im Zeugenschutz war, nur wusste ich nicht, dass er diesen Namen angenommen hatte. Wir fragten uns daher kurz, ob wir uns vielleicht getäuscht hatten …«

Ruben schüttelte den Kopf und schnalzte mit der Zunge. »Und dann habt ihr trotzdem das Foto von ihm auf Telegram gepostet? Es hätte tatsächlich ein Wildfremder sein können …«

Liv bedeutete ihm mit einem kurzen Blick, es nicht zu weit zu treiben, selbst wenn er recht hatte. Aber sie wollte nicht Vissers Gesprächigkeit aufs Spiel setzen.

»Was brachte Willem de Ram noch über David Leinders in Erfahrung?«, fragte sie.

»Nicht viel.« Bouke Visser zuckte mit den Schultern. »Er hatte seinen Vater und seine Schwester besucht, und danach … Tja, danach verschwand er plötzlich von der Bildfläche.«

»Das war am vergangenen Samstag«, sagte Liv. »Ich nehme an, Willem de Ram hat die Fotos an jenem Tag gemacht?«

»Richtig.«

»Wann hat er Ihnen die Fotos geschickt?«

»Am Sonntagmorgen.«

»Haben Sie oder Willem David an diesem Tag getroffen?«

»Nein, zumindest ich nicht. Für Willem kann ich nicht sprechen.«

Liv lehnte sich zurück und sah zu Ruben auf, der die Lippen zusammenpresste. Ihm schienen dieselben Gedanken durch den Kopf zu gehen.

Es mochte Zufall sein, wobei Liv gelernt hatte, dass es sich gerade bei solch vermeintlichen Zufällen lohnte, genauer hinzusehen. Doch Willem de Ram war am Tag nach David Leinders' Verschwinden tot in seinem Haus aufgefunden worden, und die Rechtsmedizinerin war der Ansicht, dass es sich um kein natürliches Ableben handelte. Wenn Willem de Ram am vergangenen Samstag David Leinders beschattet hatte, dann drängte sich die Frage auf, ob er etwas beobachtet hatte, das jemanden dazu veranlasste, ihn mundtot zu machen.

47

Als Liv wenig später den Hafenkai entlangging, erreichten die ersten Wolken des Gewitters die Küste und verdunkelten den Himmel. Für einen Sommertag war das ansonsten so trubelige Veere menschenleer. Nur vereinzelt verirrten sich dieser Tage noch Touristen hierher. Liv blieb vor einem schmalen Haus aus dunkelrotem Backstein stehen. Es lag direkt neben den beiden Schottenhäusern »Het Lammeken« und »In de Struijs«, in denen sich das Museum von Veere befand und die mit ihren Stufengiebeln und vielfältigen Ornamenten nicht nur die Gotik in ihrer späten Blüte zeigten, sondern auch von den jahrhundertelangen Handelsbeziehungen des Ortes mit dem hohen Norden zeugten. Liv interessierte sich allerdings weniger für Geschichte als für den Hausarzt, der gleich nebenan seine Praxis betrieb.

Sie stieg die drei Stufen zum Eingang hinauf, stellte aber fest, dass die Tür verschlossen war. Ein Schild mit Öffnungszeiten verriet, dass die Praxis geschlossen war.

Einen Moment lang stand sie ratlos vor der Tür und wollte schon wieder gehen, als das Fenster neben dem Eingang geöffnet wurde. Eine Frau streckte den Kopf heraus.

»Tut mir leid, wir haben sonntags geschlossen. Ich bin nur wegen der Buchhaltung hier«, sagte sie. »Wenn es dringend ist, müssten Sie ...«

Liv wiegelte ab und zeigte der Dame ihren Dienstausweis. »Ich komme in anderer Sache. Ist Doktor Terwind vielleicht zu sprechen?«

Die Frau zögerte kurz, dann deutete sie mit dem Daumen um die Hausecke. »Sie können es ja mal versuchen. Er ist im Garten. Sie kommen von der Seite rein.«

Liv bedanke sich und ging in die nächste Seitenstraße. Hinter einer Bruchsteinmauer sah sie hohes Blattwerk und Ranken hervorwuchern. Vor dem bogenförmigen Eingang mit verwitterter Holztür stand eine Schubkarre voller Unkraut. Die Tür war nicht verschlossen. Liv betrat den Garten und entdeckte den Arzt bei einer Reihe von prächtigen Stockrosen.

Er winkte sie zu sich herüber. »Was kann ich für Sie tun?«

»Mir scheint, das Rosenzüchten ist hier so eine Art Volkssport.« Liv betrachtete die Blüten, die in Farben von Weiß über Rosa zu Rot leuchteten.

Terwind lächelte. »Könnte man so sagen.«

»Ich wünschte, ich hätte auch einen grünen Daumen. Bei meinem Geschick muss ich froh sein, wenn meine Pflanzen einen Sommer überstehen.«

»Es ist wie alles eine Sache der Übung.« Er deutete auf ein paar besonders hoch gewachsene und farbenprächtige Exemplare. »Ich werde dieses Jahr wieder am Wettbewerb teilnehmen. Wobei ich mir nichts ausrechne. Gegen Jorrit habe ich sicher keine Chance.«

»Sie meinen Jorrit Kok?«

»Allerdings. An dem kommt niemand vorbei. Er hat nun drei Jahre in Folge gewonnen. Aber …« Terwind tat einen Schritt auf sie zu und senkte die Stimme in verschwörerischem Ton. »… ich habe ihm sein kleines Geheimnis entlockt!«

»Ach, tatsächlich?« Es war beileibe nicht so, dass dieses Thema Liv interessiert hätte, doch der Doktor schien eine kleine Plaudertasche zu sein. Ein etwas zu gesprächiges Gegenüber war ihr immer lieber als versiegelte Lippen.

»Jorrit und ich sind gut befreundet und treffen uns ab und an auf einen Genever. Neulich war es einer zu viel, da hat er sich verplappert. Und wissen Sie, was es ist? Es ist so simpel …«

»Nun spannen Sie mich nicht auf die Folter, Doktor.«

»Pferdedung!« Terwind ließ die Finger spielen, als vollführe er einen Zaubertrick. »Aber nicht irgendwelcher. Er nimmt den Dung von Ponys. Den bekommt er von einem Bauern drüben bei Vrouwenpolder. Ich meine, darauf muss man erst mal kommen, wobei … So, wie Jorrits Karren immer stinkt, hätte man das auch ahnen können.«

Erst jetzt, wo er es sagte, realisierte Liv, dass das stimmte. Als sie den alten Jorrit neulich Abend mit seinem Karren getroffen hatte, hatte dieser tatsächlich eine gehörige Duftmarke hinter sich hergezogen. Wenn er den Dung in seinem Garten ausbrachte, musste es dort entsprechend stinken. »Seinen Nachbarn muss das doch ein Graus sein.«

Terwind winkte ab. »Sein Garten ist ringsum von anderen Gärten und einem leer stehenden Grundstück umgeben. Die Nachbarn sind weit genug weg, dass sie nichts mitbekommen. Schon eher werden sie ihm bald verbieten, mit seinem Karren durch die Gegend zu fahren.«

»Warum das?«

»Es hat vor Kurzem einen kleinen Unfall gegeben. Jorrit hatte seinen Karren in der Gasse neben seinem Haus abgestellt. Es war schon dunkel. Wouter Witteveen kam ausgerechnet in dem Moment mit dem Fahrrad dort lang, sah den Karren nicht und rauschte ungebremst rein. Ich habe ihm vor Ort noch die Platzwunde an der Stirn genäht.«

»Eine wirklich kuriose Geschichte«, sagte Liv, die nun zum eigentlichen Grund ihres Besuches kommen wollte. »Weshalb ich Sie aufsuche ... Also, ich bin wegen Theo Leinders hier.«

Das Lachen auf Terwinds Gesicht erstarb. »Was ist mit ihm?«

»Keine Sorge.« Wie viele Menschen ging wohl auch der Doktor davon aus, dass die Polizei grundsätzlich schlechte Nachrichten überbrachte. »Es geht ihm gut. Ich habe nur ein paar Fragen. Wie lange behandeln Sie ihn schon?«

»Oh, auf den Tag genau kann ich Ihnen das nicht sagen. Aber sicherlich zwanzig Jahre. Ich hatte meine Praxis damals gerade aufgemacht. Wissen Sie, das war so ...«

»Hat Theo Leinders mit Ihnen über seinen Sohn gesprochen?«

»Selten. In jüngster Zeit kaum noch.«

Liv überlegte einen Moment. Vor allem eine Frage beschäftigte sie nach wie vor: Der erste Brief, der David nach Veere gelockt hatte, von wem stammte er, wer hatte gewusst, dass David als Rob van Loon in Den Haag lebte? Seine Schwester Famke hatte das bereits zugegeben, und von ihr stammte der zweite Brief, der nach seinem Verschwinden eingegangen war. Unwahrscheinlich, dass sie auch das erste Schreiben geschickt hatte.

»Wann hat er Ihnen gegenüber David das letzte Mal erwähnt?«, fragte sie.

»Das kann ich nicht sagen ...« Terwind brach ab und presste die Lippen aufeinander. »Es war nicht ganz unproblematisch. Wissen Sie, die ganze Sache mit David hat ihn sehr aufgeregt. Er machte seinem Sohn große Vorhaltungen. Eines Tages kam Famke zu mir und bat um meine Hilfe. Sie hatte wohl erfahren, wo David nun lebte ...«

»Verriet sie Ihnen, wo genau?«

»Nein, sie blieb da seltsamerweise vage. Doch sie hatte bereits mit Theo darüber gesprochen. Sie sah eine Chance zur Versöhnung. Ihr Vater wollte davon nichts wissen. Also bat sie mich, es bei ihm zu versuchen.«

»Ich vermute, Sie hatten keinen Erfolg.«

»Bei Theo biss ich auf Granit. Er wollte David nicht wiedersehen.«

»Haben Sie darüber mit jemandem gesprochen?«

Terwind hob abwehrend die Hände. »Nein, Patientengeheimnis.«

Liv nickte. »Ich danke Ihnen für Ihre Zeit, Doktor.« Sie verabschiedet sich und ging durch das Gartentor hinaus. Als sie es schließen wollte, hörte sie ein Knurren hinter sich. Der Beagle saß auf dem Kopfsteinpflaster und fletschte die Zähne.

»Charly«, sagte sie verwundert.

Warum knurrte sie der Hund auf einmal an, wo er sonst … Doch der Blick des Hundes ging an ihr vorbei in den Garten zu Terwind. Sie folgte seinem Blick und bemerkt erst jetzt, dass der Doktor trotz der Hitze eine lange Hose trug. Eine schwarze Jeans. Vermutlich, um seine Beine bei der Gartenarbeit zu schützen. Am Saum des linken Hosenbeins fehlte ein Stück. Beinahe so, als wäre es herausgerissen worden. Etwa von scharfen Hundezähnen.

48

Mit weichen Knien ging Ann-Remi über den Steg auf das Schiff von Willem de Ram zu. Sie hasste Boote, und sie hasste Wasser seit ihrer Kindheit. Seit dem ersten und einzigen Segeltörn mit Onkel Boudewijn.

Noemi Bogaard ging voran. Vor einer weißen Motorjacht blieb sie schließlich stehen und deutete auf den Rumpf. Dort stand in schwungvollen Lettern geschrieben: *Vrijheid.* »Das muss es sein.«

Ann-Remi betrachtete das Boot. Sie kannte sich mit den vielen unterschiedlichen Bauarten nicht aus, sie konnte lediglich zwischen groß, mittel und klein unterscheiden. Hierbei handelte es sich um ein kleineres Schiff, das für Tagesausflüge geeignet war. Es gab einen Aufbau für den Steuerstand, dahinter befanden sich an Deck ein Tisch mit Sitzbänken und eine Überdachung. Sie stellte sich vor, wie Willem de Ram an einem lauen Sommertag dort gesessen und an seinen unsäglichen Pamphleten gearbeitet hatte.

Plötzlich begann der Steg heftiger zu schwanken. Ann-Remi hielt sich instinktiv an einem nahen Holzpfahl fest, an dem Steckdosen für die Stromversorgung der Schiffe angebracht waren.

Hinter ihnen kamen der Hafenmeister und ein Mann in roter Arbeitskleidung heran. Es musste der Schlüsseldienst sein, den Noemi bestellt hatte. Die Körperfülle des Mannes ließ den Steg bei jedem seiner Schritte von rechts nach links schwanken.

Als die Männer sie erreichten, sagte Noemi: »Wie bereits erwähnt, wollen wir uns kurz auf dem Schiff umsehen.« Sie zeigte dem Hafenmeister den Durchsuchungsbeschluss, der mittlerweile eingetroffen war.

Der Hafenmeister nickte und gab dem Mann vom Schlüsseldienst ein Zeichen, dass er sich ans Werk machen sollte. Das Plexiglasschott, das den Zugang zum Innenraum des Schiffs versperrte, stellte für ihn kein größeres Hindernis dar. Nach wenigen Sekunden hatte er das Schloss geknackt und ihnen Zutritt verschafft.

Ann-Remi folgte Noemi ins Schiffsinnere.

Wegen der geschlossenen Luken hatte sich die Luft hier unten gehörig aufgeheizt. Schon nach wenigen Augenblicken trat Ann-Remi der Schweiß auf die Stirn.

Es gab eine kleine Küchenzeile, einen Tisch mit einer Sitzbank auf jeder Seite sowie ein Navigationspult. Im Bugbereich befand sich eine offen stehende Tür, durch die Ann-Remi in eine Koje mit Doppelbett blicken konnte.

Was sie suchten, befand sich allerdings direkt vor ihren Augen auf dem Navigationspult. Zwischen Seekarten, Zeitungen und ausgedruckten Textseiten, die mit Rotstift bearbeitet waren, lag ein Laptop.

»Wollen wir uns ansehen, was drauf ist?«, fragte Ann-Remi.

»Ist eigentlich Sache der Kriminaltechnik. Aber wir können einen kurzen Blick wagen.«

Noemi klappte den Laptop auf und startete ihn. Wie nicht anders zu erwarten, war das Gerät passwortgeschützt. »Okay, das können wir vergessen.« Sie wollte den Laptop wieder runterfahren.

»Moment, nicht so eilig«, sagte Ann-Remi. Sie dachte an Onkel Boudewijn. Wie viele andere in seinem Alter hatte er seine liebe Mühe damit, sich die diversen Passwörter und PINs zu merken, die man im digitalen Alltag brauchte. Und wenn man sich im Umgang mit Computern ohnehin schwertat, dann half, wie in seinem Fall, auch ein Passwortmanager nichts – zumal Boudewijn wenig davon hielt, seine Passwörter von Dritten speichern zu lassen, sobald er einmal begriffen hatte, welcher Schaden angerichtet werden konnte, wenn sie in falsche Hände gerieten. Seine Lösung war allerdings nicht besser. Er schrieb die Passwörter einfach auf einen Zettel, den er in der Nähe seines Computers aufbewahrte.

»Darf ich mal?«, fragte sie.

Noemi machte Platz, und Ann-Remi setzte sich hinter das Navigationspult.

Als Erstes drehte sie den Laptop um und besah ihn sich von der Unterseite. Dort hatte Onkel Boudewijn den Zettel mit seinen Passwörtern als Erstes befestigt. Auf Ann-Remis gutes Zureden hatte er wenigstens eingesehen, dass es Sinn machte, ihn etwas weiter von seinem Computer entfernt aufzubewahren, wenn auch nicht allzu weit. Als Nächstes hatte er den Passwortzettel einfach in den Stiftehalter gesteckt, der auf dem Schreibtisch stand.

Willem de Ram hatte seine Stifte in einer Kaffeetasse deponiert. Sie stand rechts auf dem Navigationspult. Ann-Remi sah darin nach, aber ebenfalls Fehlanzeige.

Sie lehnte sich zurück und ließ den Blick über das Pult schweifen. Vielleicht war Willem de Ram einfach schlauer gewesen als Onkel Boudewijn.

Erst jetzt bemerkte sie, dass sich das Pult aufklappen ließ. Sie reichte Noemi den Laptop und hob anschließend die Klappe an. Wieder nichts. Nur Seekarten und Navigationsbesteck.

»Das wird für die digitale Forensik kein Problem sein«, sagte Noemi.

Ja, antwortete Ann-Remi im Stillen, ich würde aber gerne jetzt gleich wissen, ob sich noch mehr Fotos auf dem Laptop befinden.

Sie seufzte, griff mit der Hand an den Tisch, um sich daran hochziehen. Sie hielt inne. Ihr Daumen berührte auf der Unterseite etwas. Ann-Remi bückte sich und sah nach.

Unter dem Navigationstisch klebte ein kleiner Notizzettel. Ann-Remi zog ihn ab. Diverse Passwörter standen darauf notiert: WLAN, Router, Amazon und das Kennwort für den Laptop.

»Hab's«, sagte sie.

Noemi stellte den Laptop zurück auf das Pult.

Ann-Remi loggte sich ein und fand mit wenigen Klicks den Foto-Ordner auf der Festplatte. Willem de Ram hatte die Bilder nach Datum sortiert.

»Rufen Sie den vergangenen Samstag auf.« Noemi nannte ihr das Datum.

In dem entsprechenden Ordner befand sich eine ganze Fotoreihe. Mit einem Klick ließ sich Ann-Remi die Bilder nach Uhrzeit geordnet anzeigen. Offenbar hatte Willem de Ram an jenem Tag David Leinders vom frühen Morgen an beobachtet. Die ersten Bilder zeigten, wie er aus dem Hotel gekommen war, später folgten Aufnahmen von einem Besucher bei seiner Schwester Famke. Danach war David noch einmal zum Haus seines Vaters gegangen, wo ihm aber scheinbar niemand geöffnet hatte.

»Der Concierge hat ihn gegen halb neun das letzte Mal gesehen«, sagte Noemi.

Tatsächlich notierten einige Fotos auf diese Uhrzeit. Mit

ihnen endete die Serie. Ann-Remi öffnete die letzten Bilder und klickte sie der Reihe nach durch.

David Leinders, wie er zu später Stunde sein Hotelzimmer verließ. David Leinders, der die Brücke im Hafen überquerte. David Leinders, der auf den Stenen Beer zuging und schließlich durch dessen Eingang verschwand.

Das letzte Foto zeigte einen Mann, der kurz nach David Leinders den Katakombengang betrat. Er trug Jeans und T-Shirt.

»Näher ranzoomen«, befahl Noemi.

Ann-Remi tat, wie ihr geheißen.

Willem de Ram hatte zum Glück mit einer guten, hochauflösenden Kamera fotografiert, die auch in der beginnenden Dämmerung gute Aufnahmen gemacht hatte. Selbst in der höchsten Zoomstufe war das Gesicht des Mannes einwandfrei zu erkennen.

Finn van Werff.

49

Die ersten Gewitterböen kamen plötzlich und heftig. Der Wind fuhr in die Bäume, brachte ihre Äste zum Tanzen und ließ die dürren Blätter davonfliegen. Liv zog instinktiv den Kopf ein und beschleunigte ihren Schritt, als der Platzregen wie aus einem Feuerwehrschlauch auf sie niederging. Ihr T-Shirt und ihre Jeans waren binnen Sekunden völlig durchnässt. Sie rannte über die Wiese auf Rubens Windmühle zu. Der Polizeichef sah sie bereits kommen und hielt die Terrassentür auf.

»Nichts wie rein mit dir!«, rief er und zog hinter ihr hastig die Tür wieder zu, bevor der Wind den Regen ins Wohnzimmer treiben konnte.

Doch auch so war es um den Holzboden geschehen, wie Liv feststellte, als sie an sich heruntersah. Ihre Klamotten triefen aus allen Poren, und zu ihren Füßen bildete sich bereits eine kleine Lache.

»Darum kümmern wir uns später«, sagte Ruben. »Mir scheint, du kannst erst mal ein paar neue Sachen gebrauchen.«

»Da würde ich tatsächlich nicht Nein sagen.«

Ruben führte sie zum Badezimmer im ersten Stock und brachte ihr aus seinem Kleiderschrank eine Jeans und ein rotschwarzes Hemd mit Karomuster.

»Ich warte unten. Noemi und Ann-Remi sollten eigentlich schon da sein … Vielleicht warten sie das Gewitter noch ab«, sagte er und zog die Tür hinter sich zu.

Liv war froh, dass sie aus den nassen Sachen rauskam, auch wenn die Hose und das Hemd ihr viel zu groß waren. Aber es gab viel zu besprechen, und das ließ sich in trockenem Zustand besser ertragen.

Nachdem sie sich mit einem Handtuch die Haare notdürftig abgetrocknet hatte, ging Liv wieder nach unten.

Ruben setzte gerade Wasser auf. »Ich mache mir einen Tee. Möchtest du auch einen oder lieber Kaffee?«

»Tee ist gut.«

»Einen Chai?«

»Gerne.«

Liv setzte sich an die Theke, die Küche und Wohnzimmer voneinander trennte.

Ruben goss ihnen Tee auf und kam mit zwei Tassen zu ihr herüber. »Was sagt der Doktor?«

»Nicht viel. Famke hatte ihm erzählt, dass sie wusste, wo David nun lebte. Sie nannte ihm jedoch weder seinen neuen Namen noch den genauen Wohnort. Er will mit niemandem darüber gesprochen haben.«

»Hm.« Ruben trank einen Schluck. »Trotzdem muss es jemand gewusst haben ... Ich meine, außer Famke.«

»Ja, ganz offensichtlich. Ehrlich gesagt, ich werde im Moment nicht ganz schlau aus dem Ganzen. Dieser erste Brief, die Nachricht im Hotelzimmer, die öffentliche Zurschaustellung des Toten, der kahl geschorene Kopf ... und jetzt dieser Willem de Ram ...«

Ruben hob einen Zeigefinger. »Ich kann deine Verwirrung vielleicht komplett machen. Mir ist da nämlich etwas eingefallen.«

Er zog ein Fotoalbum heran, das auf der Theke lag, und schlug es auf. Als er die Seite gefunden hatte, die er suchte, drehte er das Album so, dass Liv die Bilder sehen konnte. Er tippte auf ein Foto, das ihn mit einer Frau, einem Mädchen und einer älteren Dame zeigte.

»Du bist verheiratet?«, fragte Liv aus dem Bauch heraus, denn die Ähnlichkeit des Mädchens mit ihm war nicht zu verkennen. Sie bereute die Frage sogleich, als sie sah, wie sich Rubens Miene verdüsterte.

»Ich war verheiratet«, antwortete er. »Meine Tochter und meine Frau ... Sie sind bei einem Autounfall gestorben. Es ist jetzt auf den Tag fünf Jahre her.«

»O Gott, das tut mir leid. Ich wusste nicht ...«

Er lächelte flüchtig. »Schon gut, wie solltest du.«

Liv mochte sich nicht vorstellen, wie ihm zumute sein musste, gerade an einem solchen Tag. Sie konnte sich aber vorstellen, dass er zumindest den Abend lieber allein verbringen würde, statt sich mit der Arbeit zu beschäftigen. »Hör zu, wenn du lieber allein sein möchtest ...«

»Nein, bleib ruhig«, wiegelte er ab. »Dieser Tag ... Ich hasse ihn. Es ist alles wieder so präsent. Weißt du, diese Mühle ...«, er sah sich um, »... das war unser Projekt. Wir haben sie renoviert, und hier wollten wir Antje großziehen. Nun ja, wie das Leben eben so spielt. In Gesellschaft ist es erträglicher. Und der Fall bringt mich auf andere Gedanken.«

»Wie du meinst«, meinte Liv. »Fühl dich zu nichts verpflichtet, wir können auch morgen weitermachen.«

»Als ich eben nach Hause gekommen bin ... Da ist alles wieder über mich gekommen, und ich habe mir das alte Album angesehen.« Er stockte kurz und schien mit den Tränen zu ringen. Nachdem er tief durchgeatmet hatte, sprach er weiter: »Jedenfalls sah ich mir dieses Foto an, und da kam mir etwas in den Sinn. Ich hab keine Ahnung, ob es wirklich von Belang für den Fall ist, vermutlich eher nicht ...«

»Im Moment bin ich für alles dankbar. Es kann ja nur besser werden.«

Ruben tippte erneut auf das Bild. »Das ist meine Mutter. Lydia. Sie wurde hier in Veere geboren, 1944, als die Deutschen abzogen. Sie war ein Moffenkind. Sagt der Begriff dir etwas?«

»Nein, ich fürchte nicht.«

»Als Moffenkind bezeichnete man damals die Kinder von Niederländerinnen, die sich mit einem der deutschen Soldaten eingelassen hatten.«

»Warte mal«, meinte Liv, »das würde bedeuten, deine Großmutter ...«

»Richtig.« Ruben schürzte die Lippen. »Ich bin wirklich nicht stolz auf das, was sie getan hat ...«

50

Veere, Insel Walcheren, 16. Oktober 1944

Die alte Dame holte ein Etui aus Papier aus der Handtasche, in dem sie ihre Lebensmittelkarten aufbewahrte. Sie reichte eine davon Henk über die Ladentheke, und er händigte ihr dafür einen Brotlaib aus, den sie in ihren Einkaufskorb legte. Die Dame verabschiedete sich und ging zur Tür hinaus. Draußen vor der Bäckerei stand eine Schlange an Kunden, ein gutes Dutzend. Der Atem der Leute kondensierte in der kalten Luft, und einige rieben sich die Hände.

Henks Blick wanderte kurz hinauf zu der Uhr, die gegenüber der Verkaufstheke an der Wand ging. Kurz nach fünf. Ihm blieb eine gute Stunde, um die verbliebenen Brote auszugeben, klar Schiff zu machen und alles für den nächsten Tag vorzubereiten.

Meister De Jonge hatte sich eine üble Erkältung eingefangen. Er hatte in aller Früh vor der Tür von Henks Elternhaus gestanden. Die Augen rot unterlaufen, zitternd und das Fieber auf der Stirn. Außer Henk gab es zwei andere Gesellen in der Bäckerei, doch die hatten sich De Jonges Vertrauen bislang nicht verdient. Also hatte er Henk gebeten, sich um den Laden zu kümmern. Nach allem, was De Jonge für ihn getan hatte, hatte er unmöglich ablehnen können.

Dennoch, dachte Henk, warum musste das ausgerechnet heute passieren?

Durch De Jonges Krankheit hatte sich die Arbeit verzögert. Natürlich kannte Henk die Abläufe, allerdings war es etwas anderes, für alles selbst verantwortlich zu sein und dazu die anderen Gesellen anzuweisen. Deswegen standen jetzt noch die Leute in einer Schlange vor der Tür und warteten auf ihr Brot. Normalerweise wäre längst Schluss gewesen. Henk konnte nur hoffen, dass sein Vorhaben, was die Suche nach Mareike betraf, dadurch nicht gefährdet wurde.

Er hatte zwei Tage lang überlegt, was er tun sollte und ob er mit seiner Vermutung überhaupt richtiglag.

Natürlich fielen ihm auch andere Erklärungen ein, Dutzende sogar, aber nur diese eine erschien ihm naheliegend und plausibel. Lediglich eine Person kam infrage, die Mareike und Hendrik verraten haben konnte. Tessa. Und es führte kein Weg daran vorbei, er musste sie zur Rede stellen und herausfinden, was sie getan hatte. Sie war die beste Möglichkeit, seine Schwester doch noch zu finden.

Er hatte schnell gewusst, wie er es anstellen würde. Sie arbeitete seit einiger Zeit drüben im Hotel Campveerse Toren als Zimmermädchen. Abends, nach getaner Arbeit, kam sie immer an der Bäckerei vorbei. Meist gegen achtzehn Uhr.

Henk wusste, dass er keine weitere Zeit vergeuden durfte. Es musste heute geschehen.

Er fertigte die restlichen Kunden ab, putzte mithilfe der anderen beiden Gesellen den Verkaufsraum und bereitete alles vor, um am nächsten Tag wieder in aller Herrgottsfrühe mit dem Backen anzufangen. Dann verabschiedete er die beiden und wartete, bis sie, erschöpft vom Tag, die Backstube verlassen hatten.

Henk schloss den Hinterausgang ab, zog sich um und ging nach vorne in den Verkaufsraum, wo er das Licht ausschaltete

und die Rollos vor dem Fenster herunterließ. Die Schiebermütze tief ins Gesicht gezogen, stellte er sich so hinter die Tür,
dass ihn niemand sehen konnte. Das Glöckchen über der Tür
hängte er ab. Anschließend wartete er.

Ihm war nicht wohl bei dem Gedanken, was er tun würde.
Er kannte sie seit Kindertagen. Sie waren im selben Alter. Er
mochte sie. Und sie waren Landsleute, die eigentlich gegen
die Moffen zusammenhalten sollten. Aber das hatte sie nicht
getan, und damit hatte sie sich selbst zuzuschreiben, was nun
geschehen würde.

Er blickte sich nach der Uhr um. Achtzehn Uhr.

Er wartete eine weitere Viertelstunde und fürchtete, dass
sie heute nicht kommen würde, eventuell einen anderen Weg
gewählt hatte, aber dann sah er sie endlich.

Mit eiligen Schritten, die Wollmütze über den Ohren und
den Kragen ihres Mantels hochgeschlagen, ging sie über das
Kopfsteinpflaster am Hafen entlang.

Henk öffnete die Tür und glitt lautlos hinaus in die Dunkelheit. Rings um das Hafenbecken herum brannten Laternen, doch er hielt sich im Schatten.

Wie immer führte sie ihr Heimweg über die Brücke im
Hafen und vorbei am Stenen Beer, dem alten Katakombengang.

Nur wenige andere Leute waren unterwegs, und, viel wichtiger, es waren keine Deutschen zu sehen, die ihm einen Strich
durch die Rechnung machen würden. Dieser Tage hatten die
Kerle andere Sorgen, selbst der Letzte von ihnen begriff wohl
langsam, dass der Kriegsverlauf sich gegen sie gewandt hatte.
Vermutlich galt das auch für all jene seiner Landsleute, die auf
die falsche Karte gesetzt und sich mit den Deutschen gemein
gemacht hatten.

So wie du, dachte Henk mit Blick auf Tessa, der er folgte. Er beschleunigte seinen Schritt.

Als sie gerade die Brücke überquert hatte, hatte er sie eingeholt. Er packte ihren Unterarm, woraufhin sie erschrak und zu ihm herumfahren wollte. Er zog sie weiter mit sich, um kein Aufsehen zu erregen.

»Hallo Tessa«, sagte er mit einem Lächeln. »Ich glaube, wir beide müssen uns unterhalten.«

»Henk …«, stammelte sie und stolperte vorwärts. »Was soll das?«

»Halt deine Klappe und komm einfach mit.«

Er schob sie weiter in Richtung des Stenen Beer. Tessa sträubte sich und versuchte, seinem Griff zu entkommen. Er packte noch fester zu, sodass sie einen kurzen Schrei ausstieß.

»Du tust mir weh!«

»Still. Weiter.«

Als sie den Katakombengang erreicht hatten, stieß er sie hinein und zog die Flügeltür hinter sich zu.

Tessa versuchte zu fliehen. Auf der anderen Seite des Gangs wäre sie über eine Wendeltreppe wieder ins Freie gelangt. Doch sie rutschte auf den feuchten Pflastersteinen aus.

Henk war sofort über ihr, zog sie hoch und presste sie gegen die Backsteinwand.

Es war finster hier drin. Auf der einen Seite des Gangs reihten sich Schießschachten aneinander, durch die das Mondlicht fiel. Henk konnte in dem schwachen Schein die Angst in ihrem Gesicht sehen. Gut so, dachte er.

»Was hast du getan, Tessa?«

»Ich … Was … Was soll ich getan haben? Nichts.«

»Mareike und Hendrik«, zischte Henk. »Du hast die beiden verraten.«

»Was sagst du da? Ich soll was getan haben? Du ... Du spinnst.« Sie schüttelte den Kopf und lächelte flüchtig, doch ihre Stimme verriet sie, es lag keine Überraschung darin.

»Ich weiß nicht, wie du es gemacht hast oder warum, aber du wusstest, dass die beiden im Verzet sind. Du wusstest, wo sich Hendrik versteckt, und vermutlich wusstest du auch, wo Mareike hinwollte. Du hast sie ans Messer geliefert.«

Tessa wollte zu einem Schrei ansetzen. Henk presste ihr die Hand auf den Mund. »Wenn du dein gottverdammtes Maul das nächste Mal aufmachst, sagst du nichts anderes als die Wahrheit, hast du das kapiert?«

Sie nickte.

Henk nahm die Hand langsam wieder von ihrem Mund weg, bereit, sofort wieder zuzudrücken, sollte sie trotzdem versuchen, um Hilfe zu rufen.

»Ich ... habe nicht die geringste Ahnung, wovon du redest«, stieß sie hervor.

Henk seufzte. Er hatte damit gerechnet, dass sie nicht aus freien Stücken reden würde, und er schämte sich für das, was er hier tat, doch er sah keinen anderen Weg.

Mit der rechten Hand griff er in seine Jackentasche und holte das Springmesser hervor. Er ließ es aufschnappen und drückte es Tessa so fest an den Hals, dass einige Tropfen Blut über die Klinge flossen. Ihren Schrei erstickte er mit der freien Hand.

»Überleg dir deine nächsten Worte ganz genau. Es könnten deine letzten sein, Tessa. Wirst du mir jetzt endlich die Wahrheit sagen?«

Mit weit aufgerissenen Augen sah sie ihn an und nickte.

Er nahm die Hand von ihrem Mund, ließ das Messer aber an ihrem Hals.

Tränen liefen nun über ihre Wangen. »Er ... Er hat mich abgewiesen.«

Henk verstand nicht. »Was soll das heißen?«

»Er wollte mich nicht, sondern ... deine Schwester.«

»Von wem redest du?«

»Hendrik. Ich ... Ich hatte mich in ihn verliebt.«

Henk verstand mit einem Mal, worauf das hier hinauslief, wollte es aber nicht glauben. »Was zum Teufel hast du getan?« Er spuckte das letzte Wort förmlich in ihr Gesicht.

»Nichts ... Bis ich ... Bis ich Rüdiger kennenlernte.«

»Rüdiger? Einen Deutschen?«

Tessa nickte und schluckte die Tränen herunter. »Er ist drüben in Middelburg. Er ... Er ist nicht so wie die anderen, Henk. Zumindest dachte ich das.«

»Ich nehme an, da hatten Mareike und Hendrik dir schon anvertraut, dass sie im Wiederstand sind?«

»Ja, sie wollten, dass ich mitmache. Jeder könne dazu beitragen, die Moffen zu vertreiben, meinten sie. Doch ich wollte ja gar nicht, dass Rüdiger geht.«

»Gottverdammt!« Henk presste das Messer noch fester an ihre Kehle. »Mareike war deine Freundin, Tessa. Deine beste Freundin. Sie hat dir vertraut! Und Hendrik ebenfalls.«

»Es tut mir leid. Wirklich ... Ich ... war noch so voller Wut. Ich dachte, sie verpassen ihnen einen kleinen Denkzettel, stecken sie für eine Nacht in eine Zelle ...«

»Du dämliches Huhn, jeder weiß doch, was die Deutschen mit einem machen!« Er ließ von ihr ab und trat einen Schritt zurück. Wenn er jetzt nicht die Ruhe bewahrte, würde er sie auf der Stelle umbringen, ihr die Kehle durchschlitzen. Er atmete einige Male durch, bis sich sein Herzschlag beruhigt hatte und er wieder halbwegs klar denken konnte. »Was hast du diesem Rüdiger genau erzählt?«, fragte er dann.

Tessa zögerte kurz. »Mareike wollte sich mit jemandem treffen. Sie fragte, ob ich mich ihr anschließe, damit sie nicht allein gehen muss.«

»Du sprichst von dem Treffen mit dem Informanten?«

»Ja.«

»Der Mann ist tot. Und Mareike ist nicht zurückgekommen.« Henk ging wieder einen Schritt auf sie zu. »Hendrik ist ebenfalls tot, Tessa. Hast du ihn auch verraten? Und Gnade dir Gott, wenn Mareike deinetwegen etwas zugestoßen ist!«

Sie nickte und begann heftig zu schluchzen. »Das wollte ich doch alles nicht, das musst du mir glauben. Irgendwo … hab ich ihn noch immer geliebt. Hendrik. Er sollte nicht sterben. Und das mit Mareike … Ich wusste ja nicht …«

»Was ist mit ihr geschehen?«

»Rüdiger sagte mir, sie hätten sie festgenommen.«

»Dann lebt sie?«

»Das weiß ich nicht. Er hatte damit nichts mehr zu tun. Der SD hat sie sich geschnappt. Ich habe Rüdiger schon einige Tage nicht mehr gesehen …«

Henk überlegte einen Moment. Er konnte Tessa nicht trauen, dennoch war sie der beste, vielleicht sogar der einzige Weg zu seiner Schwester.

»Tessa, auf welcher Seite stehst du?«

Sie blickte aus verquollenen Augen zu ihm auf. »Auf … Auf unserer natürlich.«

»Was du da getan hast, das kann man nicht wiedergutmachen. Aber wenn noch eine Chance besteht, dass Mareike lebt, kannst du ihr jetzt helfen. Willst du das?«

Sie nickte. »Ja ...«

»Gut.« Henk ging nah an sie heran und sah ihr bestimmt in die Augen. »Du wirst dich mit deinem Rüdiger treffen. Hier. Alleine. Sag ihm, du hast eine kleine Überraschung für ihn.«

51

Der Regen klatschte wie aus Eimern gegen die Scheiben der Windmühle.

»Tessa van der Meer«, sagte Ruben. »Meine Großmutter war eine Kollaborateurin. Sie hatte sich auf einen jungen deutschen Offizier eingelassen. Das machte sie zur Verräterin … Zumindest sahen das damals die Leute hier so. Aus der Beziehung entstand dann noch ein Moffenkind – meine Mutter. Meine Großmutter hatte eine andere Sicht auf die Dinge. Sie erzählte mir einmal, dass die beste Überlebenschance war, sich mit den Deutschen gut zu stellen. Und es war wohl auch nicht unbedingt so, dass sie freiwillig mit diesem Kerl Sex hatte. Tatsächlich stellte er ihr wohl nach, und irgendwann hatte sie klein beigeben müssen, um nicht mit einer Kugel im Kopf zu enden.«

»Das muss eine schreckliche Zeit gewesen sein.«

»Glaube ich auch, und ich hoffe, dass wir so etwas nie wieder erleben müssen.« Er trank einen Schluck Tee und blickte nach draußen, wo ein Blitz über den Himmel zuckte. »Jedenfalls sprang man mit Kollaborateuren nach dem Krieg nicht gerade zimperlich um. Man rächte sich an ihnen und demütigte sie öffentlich, indem man sie durch das ganze Dorf jagte, in so einer Art Walk of Shame. Manche wurden sogar geteert und gefedert. Etliche überlebten das nicht. Das ganze Dorf sah dabei zu, sogar Kinder. Ihnen sollte sich wohl einprägen, wie man mit Leuten umging, die sich mit Nazis einließen.«

»Das bedeutet, deine Großmutter musste so etwas ebenfalls ertragen?«

»Ja. Allerdings ließ man bei ihr Milde walten. Vielleicht, weil sie eine Frau war und der eine oder andere doch Zweifel daran hatte, ob sie sich das Moffenkind freiwillig hatte machen lassen. Sie jagten Großmutter ebenfalls durch das Dorf. Alle sahen zu ...«

»Was ist aus ihr geworden?«

»Sie musste sich ein neues Leben aufbauen. Weit weg. Sie zog mit meiner Mutter nach Groningen. In der Stadt lebte es sich anonymer. Dass ich ausgerechnet die Stelle hier bekommen habe ... Tja, vielleicht meinte das Schicksal, etwas wiedergutmachen zu müssen. Aber das ist gar nicht der Punkt, auf den ich hinauswill.«

»Sondern? Ich finde diese Geschichte schon erschütternd genug.«

»Es geht um die Art und Weise, wie Großmutter damals bestraft wurde. Man demütigte sie, indem man ihr die Haare abrasierte.«

Liv setzte sich unwillkürlich auf. »Moment mal, meinst du etwa, so wie ...«

Ruben nickte. »Man schor ihr den Kopf – so wie David Leinders.«

52

Liv vermochte nicht zu sagen, ob die Geschichte von Rubens Großmutter in Zusammenhang mit ihrem Fall tatsächlich relevant war. Interessant war sie allemal, besonders in Anbetracht dessen, was Noemi und Ann-Remi Blom entdeckt hatten.

Wenig später saßen die beiden ebenfalls an der Theke in Rubens Küche. Das Gewitter war vor einer Viertelstunde abgezogen, und die beiden hatten die Pause vor dem nächsten Regenguss genutzt, um schnell vom Hafen hierherzukommen.

Was sie mitgebracht hatten, konnte ein entscheidender Hinweis sein – oder nur ein weiteres Stück in einem Puzzle, das einfach nicht zusammenpassen wollte.

Liv betrachtete das Foto auf dem Laptop von Willem de Ram, das offenbar Finn van Werff zeigte, wie er David Leinders in den Katakombengang folgte.

War er es also gewesen, der sich mit ihm dort getroffen hatte? Eine Möglichkeit. Die andere: Er hatte zu später Stunde einen Spaziergang gemacht und war zufällig auf die Aufnahme geraten. Denn es gab kein Bild, das eindeutig zeigte, wie er die Katakombe betrat, geschweige denn, wie er David Leinders etwas antat.

Vielleicht eben doch nur ein weiteres dubioses Puzzlestück.

Dann war da natürlich noch Willem de Ram selbst. Die Bilderserie auf seiner Festplatte bewies nicht, dass er die Fotos tatsächlich selbst geschossen hatte. Das ließ sich allenfalls aus der Aussage von Bouke Visser schließen, der ihm diesen Auftrag gegeben hatte. Doch selbst wenn man davon ausging, dass De Ram an jenem Abend selbst den Auslöser betätigt hatte, stellte sich die Frage: Weshalb hatte er mit dem Fotografieren just in dem Moment aufgehört, als es interessant wurde?

Möglichkeit eins: Er hatte einfach Feierabend gemacht, weil er in der Szene nichts Brisantes erkannte. Zwei Menschen, die zufällig denselben Weg wählen.

Möglichkeit zwei: Er war bei seiner Tätigkeit gestört worden. Doch von wem? Und hatte derjenige ihn später zu Hause aufgesucht und ermordet, weil er die Fotos aus der Welt schaffen wollte?

Handelte es sich bei diesem Jemand um Finn? Immerhin hätte er ein Motiv gehabt, Leinders nach dem Leben zu trachten.

In dieser Hinsicht ergab die Zurschaustellung des Toten einen gewissen Sinn. Falls Finn über die entsprechenden historischen Kenntnisse verfügte, hatte er David vielleicht den Kopf geschoren, so, wie man es damals mit Nazikollaborateuren gemacht hatte, um sie zu demütigen.

Möglicherweise, dachte sich Liv. Vielleicht war aber auch alles ganz anders gewesen. Nichts von dem, was sie in Händen hielt, würde jemals von einem Staatsanwalt als stichfester Beweis für irgendetwas anerkannt werden.

»Ich bin mir nicht wirklich sicher, ob uns das weiterbringt«, sagte Noemi, die offenbar Livs Meinung war. »Aber wir sollten Finn in die Mangel nehmen.«

»Wenn ihr das wollt, müsst ihr euch ein wenig gedulden«, sagte Ruben. »Morgen ist die Regatta auf dem Veerse Meer. Ihr werdet ihn kaum auf seinem Schiff verhören wollen.«

Er stand auf, ging hinüber zur Terrassentür und öffnete sie. Das Gewitter hatte tatsächlich ein wenig Abkühlung gebracht, frische Luft wehte herein. Dann kam er wieder zu ihnen zurück an die Theke.

»Darf ich etwas fragen?«, erkundigte sich Ann-Remi, die bislang geschwiegen hatte.

»Nur zu«, ermunterte Liv sie. Jede Frage, jede Idee, jeder Einwurf, und mochte er noch so abseitig sein, konnte sie weiterbringen. In ihrer Laufbahn hatte sie Kollegen erlebt, die es lieber sahen, wenn andere nicht zu viele Fragen stellten, besonders, wenn sie nicht zum Ermittlungsteam gehörten. Erfahrungsgemäß brachte man die Leute auf diese Weise nicht dazu, ihr Bestes zu geben. Daher bevorzugte Liv ein offenes Miteinander und flache Hierarchien. Gemeinsam kam man schneller ans Ziel.

Ann-Remi räusperte sich. »Dieser alte Katakombengang. Wenn ich es recht verstehe, spielte er eine Rolle beim Verschwinden von Esmée Vriesde. Nun ist David Leinders dort verschwunden. Sein alter Freund Bouke, der damals ebenfalls in diese Sache verwickelt war. Und dieses Foto von Finn, der Leinders für den Mörder seiner Freundin hält.« Sie machte eine Pause, blickte unsicher von einem zum anderen. Ihr war anzumerken, dass sie es nicht gewohnt war, ihre Gedanken vor einer Gruppe auszubreiten, besonders einer Gruppe von Menschen, für die solche Dinge Alltag waren. Schließlich fuhr sie fort: »Irgendwie hängt doch alles mit diesem alten Fall zusammen ... dem Verschwinden von Esmée Vriesde. Ich weiß nicht allzu viel darüber. Aber ich frage mich, was damals in jener Nacht tatsächlich passiert ist. Und weshalb scheinen so viele Leute davon überzeugt, dass David Leinders der Mörder des Mädchens war? Was hatte man überhaupt gegen ihn in der Hand?«

Liv nickte der jungen Frau anerkennend zu. Das war in der Tat eine gute Frage. Alle Fäden schienen bei Esmée Vriesde zusammenzulaufen. Tatsächlich wusste sie selbst nicht allzu viel darüber, abgesehen von dem, was Noemi ihr erzählt hatte.

Sie sah Ruben auffordernd an. Schließlich war er damals in die Suchaktion und die Ermittlungen involviert gewesen.

»Die Nacht, in der Esmée verschwand ...«, hob er an, kam jedoch nicht weit. Durch die offen stehende Terrassentür kam der Beagle hereingerannt. Das Tier war vom Regen völlig durchnässt und schleppte allerhand Dreck an den Pfoten mit.

Ruben stieß einen Fluch aus und sprang auf, um den Hund einzufangen. Der Beagle schlug einen Haken, entwischte ihm und kam zu Liv gelaufen. Er sprang an ihren Beinen hoch.

»Hallo Charly«, sagte sie und streichelte dem Hund über den Kopf. »Ich freue mich, dich zu sehen. Vielleicht putzt du dir nächstes Mal die Füße ab, bevor du reinkommst.« Sie blickte an sich herab. Die frische Jeans, die sie gerade erst angezogen hatte, war von schlammigen Pfotenabdrücken übersät.

Charly ließ von ihr ab und machte unter der Theke die Runde, beschnüffelte zunächst Noemis Schuhe, dann die von Ann-Remi. Die schienen ihm besser zu gefallen. Er machte Ansätze, an der Rechtsmedizinerin hochzuspringen, doch die hob mahnend einen Finger und sah ihn mit erhobenen Augenbrauen an. »Untersteh dich!«

»Glückwunsch«, sagte Ruben. »Sie sind wohl der erste Mensch, auf den er hört. Wenn Sie dafür sorgen könnten, dass er hier verschwindet, ohne dass ich ein Sonderkommando kommen lassen muss, wäre ich Ihnen sehr verbunden.«

Ann-Remi kraulte den Hund hinter dem Ohr, nachdem sie ihm die Gelegenheit gegeben hatte, ihre Hand ausgiebig zu beschnüffeln. »Hast du ein Handtuch?«, fragte sie an Ruben gewandt.

»Wozu?« Er sah sie argwöhnisch an. »Hoffentlich nicht für den Hund?«

»Er will sich bestimmt gerne ein wenig aufwärmen«, sagte Ann-Remi.

»Gute Idee«, warf Liv ein.

Ruben hob beide Hände, als Zeichen, dass er klein beigab. Er holte ein Badehandtuch, mit dem Ann-Remi den Hund abrubbelte.

»Du bist eine Hundeflüsterin«, raunte Noemi mit amüsiertem Unterton.

Ann-Remi setzte sich wieder zu ihnen an die Theke. Charly folgte ihr und legte sich zu ihren Füßen. »Mein Onkel, bei dem ich wohne, betreibt in seinem Garten einen Kleinzoo. Da bleibt das nicht aus. Wem gehört der Hund?«

»Das wissen wir nicht. Ein Streuner«, sagte Ruben. »Er geht den Leuten hier schon eine ganze Weile auf die Nerven.«

»Wobei er manche Menschen offenbar weniger mag als andere«, sagte Liv. »Den armen Doktor Terwind kann er anscheinend gar nicht leiden. Charly stand vorhin vor dessen Garten und knurrte ihn mit gefletschten Zähnen an. Möglicherweise hat das einen Grund ...«

»Charly?«, fragte Ann-Remi.

Liv winkte ab. »Ich hab ihm den Namen gegeben ...«

»Nun, wie auch immer«, sagte Ruben. »Zurück zum Thema. Esmée Vriesde. Ich kann euch ziemlich genau sagen, was in der Nacht geschah, als sie verschwand. Ich hatte damals erst wenige Monate zuvor die Leitung der Wache in Middelburg übernommen. Noch heute gibt es einige Lücken, doch die Ermittlungen haben damals einen recht genauen Ablauf dessen ergeben, was sich wohl zugetragen haben muss. Allerdings ist das eine längere Geschichte.«

Liv wandte den Blick zum Fenster hinaus. Am Horizont kamen bereits die nächsten grauen Regenwolken heran. »Ich schätze, wir haben heute Abend alle nichts mehr vor. Also … bitte.«

Ruben trank einen Schluck Tee. Dann begann er zu erzählen.

53

»Das alles liegt nun zehn Jahre zurück«, erinnerte sich Ruben. »Was damals geschah, hat eine Vorgeschichte. Einen Monat vor ihrem Verschwinden unternahm Esmée Vriesde, Tochter surinamischer Einwanderer, die in Veere einen Blumenladen betrieben, mit ihrer besten Freundin einen Ausflug nach Middelburg. Bei ihrer Freundin handelte es sich um Famke Leinders, die Schwester von David.

Die beiden taten, was Mädchen in ihrem Alter in der Stadt eben so tun. Sie bummelten durch die Läden, kauften Klamotten, aßen bei McDonald's und gingen am frühen Abend ins Kino.

Es war kurz vor zweiundzwanzig Uhr, als sie den Bus zurück nach Veere nehmen wollten. An der Bushaltestelle warteten zu der Zeit fünf andere Fahrgäste mit ihnen.

An dieser Stelle sollte ich vielleicht erwähnen, dass in jenem Jahr Wahlen anstanden und die rechtsnationalen Parteien Hochkonjunktur hatten, allen voran die Partei voor de Vrijheid, die PVV, von Geert Wilders.

Eben von jener Partei war ein Plakat an der Plexiglasscheibe der Bushaltestelle angebracht worden, wo die Mädchen warteten. Ich erinnere mich nicht mehr an den Slogan, aber auf jeden Fall hatte er etwas mit Einwanderern zu tun und lief darauf hinaus, dass man sie am besten alle aus dem Land halten und die, die schon hier sind, wieder rauswerfen sollte.

Esmée und Famke machten sich daran, das Plakat zu entfernen. Die wartenden Fahrgäste hielten sie nicht davon ab, von einigen ernteten sie sogar Zuspruch.

Dann tauchten plötzlich David Leinders und sein Kumpel Bouke Visser auf.

Die beiden engagierten sich damals für die PVV, unter anderem, indem sie Plakate klebten. Das Plakat an der Bushaltestelle hatten sie an jenem Tag erst angebracht. Sie wollten ebenfalls mit dem Bus zurück nach Veere, als sie sahen, was Esmée und Famke da trieben.

David und Bouke setzten den Mädchen zu. Oder besser gesagt, sie setzten vor allem Esmée zu. Sie stießen sie gegen die Wand der Bushalte und bedrohten sie.

Dass es nicht zu Schlimmerem kam, lag vermutlich an den umstehenden Fahrgästen – von denen allerdings niemand eingriff.

Famke versuchte, ihren Bruder zur Raison zu bringen. Er bedrohte sie ebenfalls und meinte, dass die Sache auch für sie noch ein Nachspiel haben würde.

Schließlich zogen sie davon.

Famke war vor ihrem Bruder wieder zu Hause, und sie berichtete ihren Eltern brühwarm von dem Erlebnis.« Ruben schaute von Liv zu Noemi. »Ihr habt Theo Leinders ja mittlerweile selbst kennengelernt und wisst, dass er ein strenggläubiger Mensch ist. Ich würde sagen, seine Frau übertraf ihn in Sachen Gottesfurcht sogar noch. Wenn ihr mich fragt, die alten Leinders waren so stockkonservativ und verklemmt, dass sie mit dem Hintern Nüsse knacken konnten. Aber, wie gesagt, gläubige, fromme Menschen.

Theo stellte seinen Sohn zur Rede, als er nach Hause kam. Er muss David wirklich gehörig die Leviten gelesen haben, wie mir später Nachbarn erzählten. Man muss seine Stimme durch die Wände gehört haben.

Er trug David auf, sich gleich am nächsten Tag in aller Form bei Esmée zu entschuldigen und ihr Wiedergutmachung anzubieten. Was David natürlich nicht tat.

Theo suchte daraufhin seinerseits die Eltern von Esmée auf. Man kannte den Blumenladen der Vriesdes. Und Theo war daran gelegen, dass kein Schatten auf den Ruf seiner Familie fiel. Er entschuldigte sich für das Verhalten seines Sohns und bat die Vriesdes um Nachsicht. Dazu wären sie wohl auch bereit gewesen, als Geschäftsleute war ihnen ebenfalls daran gelegen, keine große Sache daraus zu machen.

Aber Esmée sah das anders. Sie erstattete gleich am nächsten Tag Anzeige gegen David Leinders und Bouke Visser. Genügend Zeugen hatte sie, nicht nur Famke, sondern auch die Fahrgäste an der Bushaltestelle, von denen sie sich an Ort und Stelle die Kontaktdaten hatte geben lassen.

Das genügte, um David ins Straucheln zu bringen.

Er machte damals eine Ausbildung zum Koch in einem Restaurant in Middelburg. Sein Chef konnte sich weder mit Davids offen rechter Gesinnung noch mit seiner Tätlichkeit gegenüber einer jungen Dame anfreunden. Er kündigte ihm fristlos. So weit die Vorgeschichte.« Ruben presste die Lippen aufeinander und schüttelte den Kopf. »Nun zum Abend, als Esmée verschwand. Es war ein Bilderbuchsommer, wenn nicht gar so heiß wie der aktuelle. Esmée hatte sich mit Famke verabredet. Sie wollten sich am Strand von Veere treffen und dort den Abend verbringen. Es gibt mehrere Möglichkeiten, dorthin zu gelangen. Von Esmées Elternhaus führte der kürzeste Weg durch den Stenen Beer.

Am Strand traf Esmée Famke zur verabredeten Uhrzeit aber nicht an. Esmée wartete eine Weile – vergebens. Ihre Freundin tauchte nicht auf. Auf dem Handy erreichte sie sie nicht. Also brach Esmée auf. Wohin, das ist eine der Sachen, die wir nicht genau wissen – entweder zu sich nach Hause oder zu ihrer Freundin Famke.

So oder so wählte sie erneut den kurzen Weg durch den Katakombengang. Dort lief sie David Leinders und seinem Freund Bouke Visser in die Arme. Die beiden – vor allem David – hatten ordentlich Wut im Bauch.

Um das zu verstehen – nicht, um ihr Verhalten zu entschuldigen –, muss ich noch mal kurz abschweifen.

Die Anzeige von Esmée gegen die beiden war noch immer anhängig. Für Bouke hatte sie bislang keine Konsequenzen gehabt. Sein Vater bestärkte den Jungen sogar in seinen Ansichten, und auf dem Fischkutter, auf dem Bouke lernte, fand er sich wohl ebenfalls von Gleichgesinnten umgeben.

Bei David lag die Sache wie gesagt anders. Er hatte seine Ausbildungsstelle verloren und fand so schnell keine neue. Schließlich konnte er keine vernünftigen Referenzen aufweisen, und im Gaststättengewerbe hatte sein ehemaliger Chef wohl dafür gesorgt, dass die Geschichte die Runde machte.

David wollte es Esmée heimzahlen, und Bouke war bereit, seinem besten Kumpel dabei zu helfen. Wir wissen, dass die Jungen sich dazu den nötigen Mut angetrunken hatten. Und David hatte offenbar von seiner Schwester erfahren, dass sie sich mit Esmée am Strand treffen wollte, deshalb hatten sie sich diese Stelle ausgeguckt.

Was Famke betrifft, telefonierte sie übrigens zu dieser Zeit mit ihrer Großmutter. Der Anruf hatte sie überrascht, als sie zu ihrer Verabredung aufbrechen wollte, und sie sah während des Gesprächs nicht auf ihr Handy.

Ich habe das später überprüft. Es gab tatsächlich einen Anruf, der zur betreffenden Uhrzeit auf dem Festnetz der Leinders einging, und er stammte, wie Famke angab, von der Großmutter aus Bergen op Zoom.

Esmée rannte also diesen beiden Typen in die Arme.

Im Verhör haben David und Bouke später sogar zugegeben, dass sie Rache üben wollten. Bouke hielt Esmée fest, David verpasste ihr etliche Ohrfeigen, schlug ihr in den Bauch.

Es ist unmöglich, zu sagen, wo das geendet hätte, wäre Jorrit Kok nicht eingeschritten.

Er kam mit seinem Karren vom Bauern in Vrouwenpolder. Durch einen Schrei wurde er auf Esmées Situation aufmerksam.

Ich muss sagen, dass der alte Knabe damals unheimliche Courage gezeigt hat. So etwas sieht man heutzutage nur selten.

Er eilte in den Katakombengang und brachte die beiden dazu, von Esmée abzulassen, und zwar, indem er David einen Kinnhaken verpasste und Bouke mit einem Tritt in die Kronjuwelen außer Gefecht setzte. Jorrit hat mir das später mal mit einigem Stolz erzählt. Er sagte, ich zitiere: Die beiden hatten wohl noch nie eine ordentliche Tracht Prügel kassiert. Das hat sie erst mal beeindruckt.

Jedenfalls hatte Jorrit das Überraschungsmoment auf seiner Seite und nutzte es, um Esmée von dort wegzuschaffen.

Er brachte sie nach Hause zu ihren Eltern. Von dort aus verständigten sie die Polizei. Da kam ich zum ersten Mal mit der ganzen Sache in Berührung.

Jetzt kommen wir zu dem Teil der Geschichte, der bis heute nebulös ist und es vermutlich für immer bleiben wird.

Als wir nämlich bei den Vriesdes ankamen, war Esmée verschwunden.

Jorrit saß mit den Eltern in der Küche beisammen und versuchte, sie zu beruhigen. Esmée hatte sich vor einer Weile in ihr Zimmer zurückgezogen, weil sie für einen Moment allein sein wollte, was in Anbetracht der Umstände verständlich war. Wir fanden ihr Zimmer aber verlassen vor. Das Fenster stand offen. Ihr Zimmer lag im ersten Stock über einer Garage mit Flachdach. Darüber hatte sie wohl das Haus verlassen.

Warum sie nach dem schlimmen Erlebnis an jenem Abend noch einmal rausging, und das, ohne die Eltern zu verständigen oder das Eintreffen der Polizei abzuwarten, ist ein Rätsel geblieben.

Eine Vermutung war, dass ihre Freundin Famke sich bei ihr gemeldet hatte. Doch diese bestritt das, und eine Untersuchung ihrer Handydaten bestätigte es – sie hatte keinen Kontakt mit Esmée.

Deren Handy haben wir übrigens nie gefunden, es ist mit ihr verschwunden. Daher können wir also nicht nachvollziehen, ob jemand sie vielleicht anrief und zu dem Ausbruch veranlasste.

Wir machten uns natürlich sofort auf die Suche nach ihr.

Was wir derweil wissen, ist, dass Bouke Visser nach der Tracht Prügel, die sie von Jorrit kassiert hatten, buchstäblich mit eingeklemmtem Schwanz das Weite gesucht hatte und nach Hause gegangen war. Sein alter Herr bestätigte, dass Bouke den Rest des Abends dort verbracht hat.

David hatte hingegen kein Alibi. Er gab später an, dass er durch den Ort gestromert sei, etwas unschlüssig, was er tun sollte. Ihm hatte die Abreibung durch Jorrit wohl zugesetzt.

Jedenfalls kam David, nach eigener Aussage, zufällig an der Zisterne bei der Grote Kerk vorbei, wo er das Blut auf dem Boden entdeckte. Und dort fanden wir ihn vor.

Diese Geschichte hat ihm natürlich niemand abgekauft. Alle, die in den Fall involviert waren, sahen es als höchst wahrscheinlich an, dass David durch Veere geirrt war, auf der Suche nach Esmée. Bei der Zisterne, wo sich Esmée aus welchem Grund auch immer hinverirrt hatte, fand er sie schließlich und vollendete sein Werk. Wir nahmen David fest.

Das Problem war, dass er seine Unschuld beteuerte und schwor, Esmée nichts angetan zu haben. Die Tatwaffe haben wir nie gefunden. Und von Esmée oder ihrer Leiche gibt es bis heute keine Spur. Das Einzige, was wir einwandfrei beweisen konnten: Es war das Blut von Esmée Vriesde, das David Leinders an den Händen klebte, als wir ihn in der Zisterne fanden. Und es war viel Blut.«

54

Es herrschte langes Schweigen, nachdem Ruben seine Erzählung beendet hatte. Liv hörte das Grollen eines neuen Gewitters.

Das Gesicht von Ann-Remi war bleich geworden. Sie mochte zwar jeden Tag mit toten Menschen zu tun haben, aber es war wohl doch immer noch etwas anderes, die Geschichte zu hören, wie sie zu Tode gekommen waren. Jedenfalls wirkte die junge Rechtsmedizinerin beinahe persönlich betroffen.

Noemi fand als Erste die Sprache wieder.

»Mal angenommen, Finn van Werff ist wirklich der Mörder von David Leinders«, sagte sie. »Ich bin mir nicht sicher, ob wir ihn festnehmen oder ihm eher eine Ehrenmedaille verleihen sollten. Ich meine, dieses Dreckschwein hatte nichts anderes verdient.«

»Das haben damals auch einige Kollegen so gesehen«, antwortete Ruben. »Ich habe bei einigen Verhören zugesehen, die die Kollegen von der Mordkommission mit ihm geführt haben. Vermutlich kennt ihr diese Befragungen, in denen es völlig offensichtlich ist, dass jemand lügt. Seine Mimik. Die Körpersprache. Die Art, wie er spricht. Es war für alle evident, dass David Leinders uns nach Strich und Faden die Hucke volllog. Manch einer war der Ansicht, dass wir … entschuldigt die Wortwahl … die Scheiße aus ihm rausprügeln sollten, damit er endlich die Wahrheit sagt.«

»Da wäre ich gern dabei gewesen«, sagte Noemi.

Liv drehte nachdenklich die Teetasse zwischen den Händen. Sie kannte die emotionalen Ausbrüche, zu denen sich manche Kollegen in solch einer Situation hinreißen ließen. Sie hielt sich lieber an die Fakten. Schon in manchem Fall, in dem alles glasklar erschienen war, hatte sich am Ende entpuppt, dass sich alles ganz anders verhielt. Wobei auch sie nicht umhinkam, dass David Leinders der logische Schuldige war, wenn man Rubens Schilderung folgte.

»Welcher Meinung war der Staatsanwalt?«, fragte sie.

Ruben zuckte mit den Schultern. »Schwer zu sagen. Er zögerte angesichts der wackligen Beweise und Indizien. Ob er David angeklagt hätte? Wer weiß. Jedenfalls war die Sache ohnehin gegessen, als dieser junge Commissaris auftauchte.«

»Was für ein Commissaris?«

»Ein Mann von der Landespolizei. Jung, ehrgeizig, Anzugträger. Einer, der hoch hinauswollte. Er überredete den Staatsanwalt, die Sache fallen zu lassen. Damals war schleierhaft, warum. Heute kann ich mir das zusammenreimen. David muss sich im Gegenzug dazu bereit erklärt haben, als V-Mann für die Landespolizei zu arbeiten und rechtsradikale Netzwerke zu infiltrieren.«

Liv ließ die Tasse sinken, die sie gerade zum Mund führen wollte. »Wie hieß dieser Commissaris?«

»Ich erinnere mich nur noch an seinen Vornamen. Adriaan.«

»Adriaan Verlaat?«

»Ja.« Ruben nickte. »Ich glaube, das war sein Name.«

TEIL 4

VEERE BRENNT

55

Am nächsten Morgen fühlte sich Ann-Remi zum ersten Mal seit Wochen wieder frisch und munter, was wohl daran lag, dass es nach dem Gewitterguss am vergangenen Abend merklich abgekühlt war und sie tatsächlich durchgeschlafen hatte. Am Nachmittag sollten die Temperaturen zwar wieder Höchstwerte erreichen, doch im Moment konnte man es bei einer leichten Brise noch gut draußen aushalten.

Sie begann den Tag mit einem Frühstück auf der Terrasse hinter dem Haus. Für heute hatte sie sich schon vor langer Zeit freigenommen. Es war der Tag der Zeeland-Regatta. Schiffe gehörten zwar nicht gerade zu Ann-Remis liebsten Interessen, dementsprechend sparsam fiel ihre Vorfreude auf den Besuch der Veranstaltung aus. Sie tat es vielmehr ihrem Onkel zum Gefallen. Trotz seines geplatzten Traums von der Weltumseglung war er immer ein Wassersportfan geblieben.

Boudewijn verschanzte sich hinter der Tageszeitung, die er seit Jahrzehnten im Abonnement bezog, und trank einen Schluck Kaffee. Aus dem Garten nebenan drang lautes Hämmern.

»Meinst du, Finn wird wieder gewinnen?«, fragte Boudewijn.

»Möglich.« Ann-Remi zuckte mit den Schultern und versuchte, möglichst gleichgültig zu klingen, was ihr bei diesem Thema nicht allzu schwerfiel. Anders verhielt es sich, wenn man wusste, dass Finn van Werff aktuell wohl als Hauptverdächtiger in einem Mordfall gelten durfte. Davon brauchte Boudewijn freilich nichts zu erfahren.

»Sag mal, du kennst dich doch mit Hunden aus«, sagte sie, um schnell das Thema zu wechseln.

Boudewijn ließ die Zeitung sinken. Sein Blick wanderte in den Garten, wo die beiden Cockerspaniel unter dem Apfelbaum ein Morgenschläfchen hielten.

»Könnte man meinen, ja«, antwortete er.

»Drüben in Veere läuft ein Streuner herum, ein Beagle. Er scheint den Leuten ziemlich auf die Nerven zu gehen …«

»Ich vermute, es verhält sich andersherum.« Boudewijn schürzte die Lippen. »Die Leute gehen dem Hund auf die Nerven.«

»Ist dir schon mal untergekommen, dass ein Hund nur ganz bestimmte Leute anfällt?«

»Was meinst du mit anfallen? Beißt er sie? Haben sie ihm etwas getan?«

»Nein. Er knurrt sie nur an oder springt höchstens an ihnen hoch.«

»Hunde sind gute Menschenkenner. Sie haben eine feine Nase dafür, wer es gut mit ihnen meint und wer nicht. Vielleicht waren sie nicht nett zu dem Hund. Gerade wenn es sich um einen Streuner handelt, kommt das ja oft vor. Sie scheuchen ihn fort, treten nach ihm oder schlagen ihn sogar. Ein Hund merkt sich so etwas.«

Plötzlich kam ein Schrei aus dem Nachbargarten.

»Oh … das klang nicht gut«, sagte Boudewijn. »Ob der Araber gerade seine Frau verprügelt?«

Ann-Remi verdrehte die Augen. »Hör endlich auf damit! Du treibst mich echt in den Wahnsinn.«

Ann-Remi stand auf, ging hinüber zu der Klappleiter, die am Geräteschuppen stand, und stellte sie an die Mauer zum Grundstück nebenan.

Salim stand neben zwei Holzböcken, auf die er eine Leiste und eine quadratische Pappe gelegt hatte. Auf dem Rasen lagen ein Hammer und eine Kiste mit Nägeln. Mit schmerzerfülltem Gesicht wedelte Salim die linke Hand in der Luft. Als er Ann-Remi erblickte, versuchte er sich an einem Lächeln, was aber nicht gelang.

»Der Daumen?«, fragte sie.

Salim biss sich auf die Lippe und nickte.

»Soll ich mal rüberkommen und mir das ansehen?« Als Salim zögerte, schob sie hinterher: »Ein wenig verstehe ich mich auch auf lebende Patienten.«

Wenig später saß sie mit Salim in dessen Küche. Sie rieb den malträtierten Daumen mit einer Salbe ein, nachdem sie ihn zuerst mit Eis davor bewahrt hatte, noch weiter anzuschwellen. Es war ruhig im Haus.

»Sind deine Kinder nicht da?«, fragte sie.

Salim schüttelte den Kopf. »Sie sind heute bei meiner Frau.« Salim presste die Lippen zusammen, als Ann-Remi einen losen Verband um den Daumen legte und das Kühlpack daraufdrückte.

»Am besten, du hältst die Hand still«, erklärte sie ihm.

»Aus meiner Bastelaktion wird wohl nichts mehr …« Er schaute durch den Flur in den Garten hinaus.

»Ist es etwas Aufwendiges?«

»Nein, nur zwei Nägel, die reingeschlagen werden müssen. Meinst du vielleicht, du könntest das schnell für mich machen?«

»Klar, kein Problem.«

Ann-Remi ging hinaus in den Garten. Ganz augenscheinlich war Salim dabei, ein Plakat zu basteln, das er an eine
Latte nageln wollte. Sie nahm Hammer und Nägel, hielt aber
inne, als sie sah, was auf dem quadratischen Pappschild geschrieben stand.

WO IST ESMÉE?

Sie wandte sich mit fragendem Blick zu Salim um.

»Finn van Werff hat mich angerufen«, erklärte er. »Heute
ist die Zeeland-Regatta. Über tausend Zuschauer werden
erwartet. Er will das für eine Kundgebung nutzen, um auf
Esmée aufmerksam zu machen.«

»Hoffen wir mal, dass es diesmal friedlich bleibt.«

»Weißt du ...«, Salim sah kurz zu Boden, »... meine Familie und ich, wir hatten schon fast damit abgeschlossen. Finn
meinte, dass wir vielleicht wieder hoffen können. Der Mord
an David Leinders. Die Anwesenheit der Landespolizei. Die
Medien. Das alles spiele uns in die Karten. Wir müssten den
Druck hochhalten, dann würde sich die Polizei eventuell
erneut der Sache annehmen.«

»Ich würde mir da keine zu großen Hoffnungen machen.«

Salim hob die Augenbrauen und seufzte. »Weißt du, wenn
ein geliebter Mensch einfach so verschwindet ... Das Leben
geht zwar irgendwie weiter, doch diese Ungewissheit bleibt.
Sie nagt an dir, jeden Tag und in den Nächten, die du wach
im Bett liegst. Natürlich wünsche ich mir Esmée zurück. Vor
allem will ich wissen, was mit ihr geschehen ist. Ich, ihre
Eltern, wir wollen Gewissheit. Und sei es, um endlich um sie
trauern zu können.«

Ann-Remi zögerte kurz. »Ich darf über meine Arbeit nicht
sprechen ... aber es gibt da vielleicht eine Chance.« Immerhin interessierte sich Liv de Vries wirklich für den alten Fall,

und es war nicht ausgeschlossen, dass er mit dem Mord an David Leinders in direkter Verbindung stand.

Mit wenigen entschlossenen Schlägen hämmerte sie die Nägel in das Demo-Plakat. Als sie fertig war, sagte sie: »Was hältst du davon, wenn wir uns gemeinsam anhören, was Finn zu sagen hat? Und dann kann ich dich vielleicht mit jemandem bekannt machen.«

Ihr Interesse an der Segel-Regatta war mit einem Mal um ein Vielfaches gestiegen.

56

Sie waren spät dran. Liv steuerte den Wagen auf den Parkplatz des Jachthafens Oostwatering im Nordwesten von Veere. Die Regatta hatte bereits begonnen. Auf der Fahrt hierher hatten sie vom Deich aus das große Regattafeld auf dem Veerse Meer sehen können. Es mussten über hundert Boote sein, die sich auf dem Wasser ein enges Rennen lieferten, überwiegend Kielboote und Jollen, aber auch ein Feld von Optimisten, noch kleiner als die Jollen, in denen sich die Nachwuchssegler übten.

Liv hatte mit Adriaan telefoniert, um ihn über die neuesten Entwicklungen zu informieren. Adriaan hatte sie im Gegenzug auf den neuesten Stand gebracht, was die internen Ermittlungen gegen sie anging. Er hatte seine Worte mit Bedacht gewählt, doch Liv konnte zwischen den Zeilen lesen. Es sah nicht gut für sie aus. Nach Auswertung der vorliegenden Fakten und der geführten Gespräche tendierte die Innenrevision wohl dazu, den Schusswaffengebrauch als ungerechtfertigt zu bewerten. Adriaan hatte versprochen, sein Wort in die Waagschale zu legen, allerdings konnte Liv sich wie schon bei ihrem letzten Telefonat nicht des Eindrucks erwehren, dass er dabei Vorsicht walten lassen und ihr Wohl nicht über sein persönliches stellen würde.

Ihr Gespräch war nur kurz gewesen, und Liv war nicht dazu gekommen, die Frage zu stellen, die sie mit am meisten beschäftigte. Warum hatte Adriaan sich damals in die Sache David Leinders eingeschaltet?

Sie parkte den Wagen und beide stiegen aus.

Der Platz vor der Segelschule, wo bei ihrem ersten Besuch noch Dutzende Segelboote gestanden hatten, war überfüllt mit Menschen. Viele warteten an einem der Essens- oder Getränkestände, andere reihten sich in einer Schlange für einen Platz im Restaurant gegenüber der Segelschule. Ein Pulk von Eltern jubelte vor dem Siegerpodest ihren Kindern zu – gerade wurden die Pokale für eine der Nachwuchsklassen vergeben.

Noemi stieß einen Seufzer aus. »Und ich dachte, wir hätten wenigstens hier vor denen Ruhe.«

»Vor denen?«, fragte Liv und zog die Augenbrauen zusammen.

Noemi deutete auf ein kleines Haus mit einem Spitzdach, das beinahe bis zum Boden herab reichte. Das Schild über dem Eingang verriet, dass es sich um ein Clubheim handelte. Daneben hatte sich eine Gruppe von Männern und Frauen versammelt, offenbar eine Delegation der *Besorgten Zeeländer*, die tags zuvor noch vor dem Rathaus ihre Mahnwache abgehalten hatten. Diesmal waren sie allerdings nicht allein. Die Partei von Bouke Visser hatte einen Stand mit Werbematerial und Infoflyern aufgestellt. Der Parteichef selbst war ebenfalls zugegen. Bouke unterhielt sich gerade mit Ruben van der Meer und – wie Liv zu ihrem Missvergnügen sah – Toon van der Horst, dem Reporter des Telegraaf.

Die drei hatten Liv ebenfalls bemerkt.

Van der Horst unterbrach das Gespräch und kam auf sie zu.

»Ich hätte eine Frage«, sagte er. »Meneer Visser hat mir gerade einige interessante Dinge erzählt.«

»Welche wären das?« Liv blieb nicht stehen, sondern ging weiter auf Ruben und Bouke Visser zu. Der Reporter folgte ihr.

»Er berichtete, dass Sie ihn widerrechtlich festgehalten und verhört haben. Ohne eine offizielle Vorladung und ohne dass er seinen Anwalt konsultieren konnte. Sie scheinen es mit den Regeln ja wirklich nicht so genau zu nehmen. Vielleicht interessieren sich ja auch Ihre Kollegen von der Internen in Den Haag für Ihr Vorgehen ...«

Liv schenkte ihm ein müdes Lächeln. »Vergessen Sie es.«

Ruben grüßte sie mit einem Nicken. »Mir scheint, wir haben ein kleines Problem.«

»Nein, glaube ich nicht.« Sie blieb vor Bouke Visser stehen und musterte ihn einen Moment. Sein amateurhafter Versuch, aus seiner Befragung auf dem Revier politisches Kapital zu schlagen, amüsierte sie. Er schien zu vergessen, in welcher Situation er sich befand. Zeit, seinem Gedächtnis ein wenig auf die Sprünge zu helfen. Sie sprach gerade laut genug, dass ihre Worte nicht im Geräuschpegel der Menge untergingen und Van der Horst sie hören konnte: »Ich halte Sie für einen halbwegs intelligenten Mann. Bevor Sie anfangen, Lügenmärchen in die Welt zu setzen, sollten Sie sich daran erinnern, was ich gegen Sie in der Hand habe. Toon van der Horst würde sich sicherlich brennend dafür interessieren ...«

Das genügte. Was auch immer Bouke Visser sich ausgerechnet hatte, er schien nun zu begreifen, dass sie es mit ihrer Drohung ernst meinte. Sein Gesicht wurde aschfahl, während sich auf dem von Toon van der Horst plötzliches Interesse zeigte.

»Was meinen Sie damit?«, frage der Reporter.

»Dafür habe ich jetzt keine Zeit«, antwortete Liv. »Ich habe gerade Besseres zu tun.« Sie ließ die beiden stehen und nahm Noemi und Ruben zur Seite.

»Wenn ihr wegen Finn kommt, müsst ihr euch gedulden«, sagte der Polizeichef. Er deutete auf das Veerse Meer hinaus. »Das Rennen in seiner Altersklasse läuft gerade.«

»Wie lange dauert das?«

Ruben zuckte mit den Schultern. »Der Startschuss ist gerade gefallen. Wir können es uns ja ansehen. Und … danke, dass du die Situation mit diesen beiden Idioten so schnell entschärft hast.«

Sie folgten ihm auf den Deich hinauf, wo sich eine Zuschauermenge versammelt hatte.

Für Liv war es die erste Regatta, die sie miterlebte. Auf dem Wasser sah sie ein Feld von bunten Segeln, das dicht beieinanderlag und sich auf den Raum zwischen drei gelben Tonnen konzentrierte. Auch ohne Fachwissen war ersichtlich, dass es offenbar darum ging, eben diese Tonnen in einer bestimmten Abfolge zu umrunden und möglichst als Erster über den Zielstrich zu segeln.

»Wo ist Finn?«, fragte sie.

Ruben griff nach dem Gürtel seiner Uniform und holte ein kleines klappbares Fernglas hervor. »Ohne das sollte man nicht zu einer Regatta gehen.« Er beobachtete einen Moment das Regattafeld, dann reichte er Liv das Fernglas und erklärte, worauf sie achten sollte.

Es handelte sich um eine Einheitsklasse, bei der alle Teilnehmer mit demselben Boot unterwegs waren – der Einhand-Trapezjolle Contender. Einem kleinen Segelboot, das von einer Frau oder einem Mann allein gesegelt wurde und einst sogar für den olympischen Wettbewerb vorgesehen gewesen war. Es war ein schnittiges Boot, das auch bei dem heute nur leicht bis mäßig wehenden Wind mit erstaunlichem Tempo durch die Wellen schnitt.

Finn war an zwei Dingen gut zu erkennen. Er trug einen knallroten Segelanzug. Und er lieferte sich mit einem Kontrahenten ein Kopf-an-Kopf-Rennen an der Spitze des Feldes.

Finn steuerte das Schiff, indem er sich auf einer Seite auf die Reling stellte und sich außerbords lehnte. Eine Hand hatte er an der Steuerpinne, in der anderen hielt er die Schoten, mit denen er die Segel bediente. Bei jeder Tonnenumrundung musste er die Seite wechseln und dabei gleichzeitig das Ruder und die Segel in die richtige Position bringen. Eine Aufgabe, die vermutlich einiges an Geschick, aber auch an Kraft und Ausdauer verlangte.

Unter den Zuschauern brach ein Jubelsturm los, als Finn schließlich das Rennen für sich entschied. Der local hero hatte gewonnen und winkte seinen Fans mit einem Siegerlächeln zu.

»Gehen wir runter und sehen uns die Siegerehrung an«, schlug Ruben vor.

Es würde ein paar Minuten dauern, bis das Regattafeld im Hafen eingelaufen war. Liv besorgte sich in der Zwischenzeit Kaffee und stellte sich in die Nähe des Siegerpodests.

Bürgermeister Terpstra war ebenfalls zugegen. Er stand neben dem Tisch mit den Siegerpokalen und gab einer Dame vom Lokalfernsehen ein Interview.

Jemand tippte Liv auf die Schulter. Sie wandte sich um und erblickte Ann-Remi Blom, die zwei Männer im Schlepptau hatte, der eine deutlich älter als der andere.

»Ich würde Ihnen gerne jemanden vorstellen«, sagte die Rechtsmedizinerin. »Das hier ist Salim. Salim Vriesde.«

»Vriesde?«, schaltete sich Noemi ein.

Der Mann nickte. »Ja, ich bin der Cousin von …«

Weiter kamen sie nicht.

Finn van Werff bestieg gerade gemeinsam mit den Zweit- und Drittplatzierten das Podest. Jubel brandete in der Menge auf, die sich vor dem Podium versammelt hatte.

»Wir suchen uns gleich eine ruhige Ecke und reden«, sagte Liv zu Salim und Ann-Remi.

»In Ordnung«, entgegnete die Rechtsmedizinerin.

Sie sahen zu, wie Terpstra die Pokale überreichte und den erfolgreichen Seglern nacheinander die Hand schüttelte. Eine junge Dame, vielleicht seine Assistentin, reichte ihm ein Mikrofon, und der Bürgermeister hielt eine kleine Laudatio auf Finn van Werff, den Sohn der Stadt Veere und einen der erfolgreichsten Segler des Landes.

Den letzten Teil der Rede bekam Liv nicht ganz mit, da sich neben ihr Ann-Remi kurz mit dem älteren Herrn stritt, den sie mitgebracht hatte. Offenbar hatte er Hunger und Durst. Ann-Remi machte sich schließlich mit einem verärgerten Gesichtsausdruck auf den Weg zu einem der Imbissstände.

Als Terpstra geendet hatte, ließ sich Finn das Mikrofon geben.

»Vielen Dank, danke!«, sagte er, als die Menge applaudierte. Er versuchte, mit einer beschwichtigenden Handbewegung für Ruhe zu sorgen. »Es war mir eine große Ehre, heute wieder hier antreten zu dürfen. Und ich würde den Moment gerne für ein persönliches Anliegen nutzen. Wie ihr sicherlich alle wisst, ist vor zehn Jahren meine Freundin ...«

Plötzlich ertönte ein lautes Geräusch.

Finn van Werff verstummte. Entsetzen zeigte sich auf seinem Gesicht.

57

Es gab Momente, in denen entwickelte Ann-Remi einen regelrechten Hass auf Onkel Boudewijn, und heute schickte sich der ganze Tag an, zu einem solchen Moment zu werden.

Erst hatte ihm nicht gepasst, dass sie gemeinsam mit Salim nach Veere zur Regatta fuhren. Aber es diente sich nun einmal an, alle in einem Auto, das sparte Sprit, und besser für die Umwelt war es allemal. Doch mit solchen Erwägungen brauchte man Boudewijn ohnehin nicht kommen.

Zumindest hatte er sich auf der Fahrt von seiner charmanten Seite gezeigt. Mit weit ausladenden Gesten hatte er Salim über die Geschichte der Orte erzählt, durch die sie fuhren, und ihn auf besondere Merkmale der Landschaft hingewiesen, ganz so, als sei sein Nachbar ein Tourist oder gerade erst hierhergezogen. Dabei wusste Boudewijn ganz genau, dass Salim und seine Familie schon viele Jahrzehnte hier auf der Insel lebten. Jedenfalls hatte Salim es mit Humor genommen. Mit einem Lächeln hatte er Rückfragen gestellt und sich alles genau erklären lassen. Boudewijn hatte seinerseits geduldig geantwortet. Was zu der etwas absurden Situation geführt hatte, dass Salim – über den Boudewijn sich wohl hatte lustig machen wollen – sich köstlich zu amüsieren schien. Insgeheim war deshalb Ann-Remi auch der böse Verdacht aufgekommen, dass ihr Onkel dieses Spielchen vielleicht gar nicht absichtlich betrieb, sondern er in einem Anflug von beginnender Altersdemenz schlicht vergessen hatte, dass ihr Nachbar sich hier überall bestens auskannte.

Jedenfalls kochte sie erneut vor Wut, als sie sich auf den Weg zum Imbissstand machte. Sie wollte Salim unbedingt mit Liv de Vries bekannt machen. Wer weiß, vielleicht konnte Salim in diesem Fall noch eine Hilfe sein, und vielleicht würde es der Kommissarin wirklich gelingen, Licht in das Verschwinden seiner Cousine zu bringen.

Doch Boudewijn hatte eine schlimme Hungerattacke gepackt, oder besser gesagt, er hatte ihr berichtet, dass er das Gefühl habe, eine solche befinde sich im Anzug. Sie hatten zwar gerade erst gefrühstückt, doch wie den meisten Rentnern waren ihm pünktliche Mahlzeiten äußerst wichtig. Und in Anbetracht der langen Warteschlangen an den Ständen hatte er wohl Muffensausen bekommen.

Nun war es nicht so, dass Ann-Remi ihm diesen Wunsch nicht gern erfüllte. Satt und zufrieden war Onkelchen genießbar. Sie fürchtete nur, dass sie den Moment verpassen und Liv de Vries sich anderen Dingen zuwenden könnte.

Es war voll vor dem Siegerpodium. Ann-Remi hatte Mühe, sich zwischen den Menschen einen Weg zu bahnen.

Sie war noch nicht weit gekommen, als sie plötzlich Schreie und ein lautes Geräusch hörte.

Es brauchte einen Moment, bis sie begriff, was sich hier abspielte.

Bei dem Geräusch handelte es sich um den laut aufheulenden Motor eines Autos. Ann-Remi wirbelte in die Richtung herum, aus der es kam. Sie sah die Menschen um sie herum zur Seite eilen. Andere wurden von dem Auto erfasst.

Es war ein schwarzer Pick-up. Der Geländewagen pflügte mit hoher Geschwindigkeit durch die Menge. Die Leute, die sein Kühlergrill traf, wurden zur Seite oder wie Puppen in die Luft geschleudert. Ann-Remi sah, dass ein Mann von diesem Ungetüm überrollt wurde. Der Wagen jagte direkt auf sie zu.

Obwohl oder vielleicht gerade weil sich vor Ann-Remis Augen alles in Zeitlupe abspielte, reagierte sie nicht. Es war wie in einem jener Albträume, in denen man durch einen tiefen Sumpf watete, und sosehr man sich auch anstrengte, man kam einfach nicht von der Stelle.

Der Wagen war nur noch wenige Meter von ihr entfernt, als etwas Schweres sie traf. Ann-Remi wurde zur Seite geschleudert, spürte den Fahrtwind, als der Pick-up in nächster Nähe an ihr vorbeischoss. Dann hörte sie einen lauten Knall und noch mehr Schreie.

Sie schlug hart auf den Boden auf. Das Knie eines flüchtenden Zuschauers traf sie an der Schläfe. Ann-Remi wurde kurz schwarz vor Augen. Ihr Kopf schien vor Schmerzen zu explodieren. Trotzdem warf sie sich zur Seite und versuchte, sich aus der Menge herauszurollen, um nicht totgetrampelt zu werden.

Als sie Gras unter sich spürte, hielt sie inne.

Der Lärm hatte aufgehört. Die Schreie erklangen jetzt vereinzelt und nicht panisch, sondern schmerzerfüllt.

Ann-Remi setzte sich auf. Der Schmerz schrillte weiter in ihrem Kopf, sie sah alles wie durch einen Nebel. Dennoch erkannte sie genug. Der Anblick, der sich ihr bot, glich einem Schlachtfeld. Überall lagen verletzte Menschen herum. Einige von ihnen mochten tot sein, danach zu urteilen, wie ihre Gliedmaßen verrenkt waren.

Der Pick-up war mit Wucht in das Siegerpodest gekracht und hatte es nach hinten gegen die Wand des Clubheims geschoben.

Zwischen Kühlerhaube und Hauswand war ein Mann eingeklemmt.

Ann-Remi hielt sich die Schläfe und kniff die Augen zusammen, um besser sehen zu können. Aber es bestand kein Zweifel. Es war Finn van Werff, den das schwere Geschoss zerquetscht hatte. Der Kühler hatte ihn auf Brusthöhe erwischt.

Ihr Blick wanderte zurück zu der Stelle, wo das Siegerpodest gestanden hatte. Sie atmete erleichtert auf, als sie Boudewijn sah. Er stand mit völlig verdattertem Gesichtsausdruck da. Um ihn herum hatten alle das Weite gesucht, aber das war für ihn natürlich alles viel zu schnell gegangen. Auch er schien erst langsam zu realisieren, in welchen Albtraum sie hier geraten waren und wie viel Glück er gehabt hatte.

Hinter ihm lag Liv de Vries auf der Erde. Sie hatte sich offenbar auf den Bürgermeister gestürzt und ihn aus der Gefahrenzone befördert.

Die Kommissarin rappelte sich auf. Ihre Blicke trafen sich, und Ann-Remi signalisierte ihr, dass sie in Ordnung war.

Liv ging zu der Stelle, wo sie selbst eben noch gestanden hatte. Dort lag jemand am Boden. Ann-Remi stand ebenfalls auf und ging hinüber.

Polizisten waren Profis. Besonders solche, die, wie Liv de Vries, bereits viele Dienstjahre hinter sich hatten. In ihrem Job wurden sie jeden Tag mit den Abgründen unserer Welt konfrontiert. Zerstückelte Leichen, vergewaltigte Frauen, getötete Kleinkinder. Dennoch zeigte sich auf dem Gesicht der Kommissarin blankes Entsetzen. Ann-Remi musste unwillkürlich an den Schrei von Edvard Munch denken. Es war ein lautloses Leid, das sich auf Liv de Vries' Miene gelegt hatte. Und Ann-Remi war sich sicher, dass sie diesen Anblick nie wieder loswerden würde, denn auch sie selbst würde ihn nie vergessen.

Dort auf dem Boden vor ihren Füßen lag die Person, die ihr soeben das Leben gerettet hatte, indem sie Ann-Remi zur Seite und sich selbst in die Schussbahn des Pick-ups gebracht hatte. Die Arme und Beine augenscheinlich gebrochen und in abstruse Winkel abgeknickt. Blut breitete sich in einer Lache um ihren Kopf aus.

Ann-Remi sah zu Liv de Vries auf, die nur ein einziges Wort über ihre zitternden Lippen brachte.

»Noemi.«

58

Sie kannte die vielen Gesichter des Todes. Er gehörte zu ihrem Alltag. Sie hatte schon erlebt, dass Kollegen im Einsatz verwundet wurden. Gestorben war in Ausübung seiner Pflicht zum Glück noch keiner. Noemi war die Erste.

Liv stand am Fenster des Amtszimmers von Bürgermeister Terpstra und blickte hinaus auf den Marktplatz, der verlassen dalag. Das Attentat hatte nun endgültig die letzten Touristen aus dem kleinen Ort vertrieben.

Warum? Diese Frage kreiste in ihrem Kopf.

Wenn man lange genug dem Korps angehörte, dann wurde es zu einer Art Familie. Irgendwann erschienen einem die Kollegen, mit denen man jeden Tag zu tun hatte, sogar vertrauter als die eigenen Eltern oder Geschwister. Natürlich kannte sie Noemi erst seit ein paar Tagen. Dennoch wusste sie genug. Der Tod war für sie viel zu früh gekommen. Das Leben hatte vor ihr gelegen. Ein Freund. Eine Familie. Vielleicht Kinder. All das würde sie nun nicht mehr erleben.

Und warum?

Der Amokfahrer hatte außer Noemi weitere Menschen aus dem Leben gerissen. Fünf, um genau zu sein. Eine ältere Dame und ihren Ehemann. Außerdem zwei junge Frauen, die ihren Urlaub in Vrouwenpolder verbrachten. Der fünfte Tote war Finn van Werff.

Machte insgesamt sechs Menschen, sinnlos ermordet.

Für alle war jede Hilfe zu spät gekommen. Außerdem gab es mehrere Dutzend Leicht- bis Schwerverletzte, die aber nach dem derzeitigen Stand der Dinge alle überleben würden.

Was für ein Mensch tat so etwas? Weshalb?

Dieser Frage würde nun Adriaan nachgehen. Er war binnen einer Stunde mit einer Sonderermittlungseinheit, bestehend aus ihm und fünf Kollegen, aus Den Haag angereist. Das Attentat zog zu viel Aufmerksamkeit auf sich, als dass seine Aufklärung nicht mit oberster Priorität zu behandeln gewesen wäre. Die Kameras des Regionalfernsehens, das live von der Regatta berichtete, hatten alles eingefangen, zudem kursierten im Internet unzählige private Handyaufnahmen.

»Das muss aufhören!« Sander Terpstra riss Liv aus den Gedanken und schlug mit der flachen Hand auf seinen Schreibtisch. »Das muss jetzt ein Ende haben! Ich will die Sache so schnell wie möglich aufgeklärt wissen.«

Adriaan saß ihm auf einem der Besucherstühle gegenüber. Sie waren hergekommen, um den Bürgermeister über den Stand der Dinge zu informieren. Es waren jetzt vier Stunden seit dem Ereignis vergangen.

»Natürlich«, sagte Adriaan. »Wir konnten den Amokfahrer zum Glück vor Ort festnehmen. Abgesehen von ein paar Schrammen ist er unverletzt. Einer Vernehmung steht also nichts im Wege.«

Vor Livs innerem Auge lief das Geschehen wieder ab, zum gefühlt tausendsten Mal an diesem Tag.

Sie hatte gesehen, wie der Wagen angeschossen kam. Er hatte eindeutig auf das Siegerpodium zugehalten, auf dem Finn van Werff und der Bürgermeister standen. Liv hatte Terpstra gepackt und ihn zur Seite gerissen. Dann hatte der

Pick-up das Podest mit sich gerissen und gegen die Wand des dahinterstehenden Clubhauses gerammt.

Ruben hatte zum Glück Geistesgegenwart bewiesen. An den Heckleuchten des Wagens war zu erkennen gewesen, dass der Fahrer bereits den Rückwärtsgang eingelegt hatte, doch Ruben war zu ihm hinübergesprintet und hatte den Mann mit vorgehaltener Waffe zum Aufgeben gezwungen.

»Wissen wir, was den Kerl geritten hat?«, fragte Terpstra. »Oder ist er einfach irre?«

»Das ist noch nicht klar. Aber wir werden es bald herausfinden«, antwortete Adriaan. »Er sitzt auf der Wache in Middelburg in einer Zelle. Ich werde ihn persönlich vernehmen. Doch zuerst will ich besprechen, wie die Darstellung gegenüber den Medien aussehen soll.«

Adriaan sagte dem Mann nur die halbe Wahrheit. Mehr brauchte der Bürgermeister vorerst allerdings nicht zu wissen.

Liv hatte ihren Vorgesetzten unlängst über den Ablauf der Ereignisse in Kenntnis gesetzt und ihm alles so detailliert beschrieben, wie ihr das derzeit möglich war.

Natürlich gab es einen Verdacht. Er drängte sich geradezu auf. Der Geländewagen hatte so gezielt auf das Podium zugehalten, und das ausgerechnet in jenem Moment, als Finn van Werff darauf stand, dass sie davon ausgehen mussten, dass dies nicht die Tat eines Verrückten gewesen war. Der Anschlag hatte Finn gegolten. Ein Mord, bei dem der Täter den Tod weiterer Personen billigend in Kauf genommen hatte.

»Wie heißt der Mann?«, wollte Terpstra wissen.

»Lois Verstraaten.«

»Kommt er von hier?«

»Nein, aus Rotterdam«, antwortete Adriaan. »Er ist uns kein Unbekannter. Verstraaten ist in der rechten Szene aktiv.«

Terpstra blickte zwischen Liv und Adriaan hin und her. »Könnte Bouke Visser etwas damit zu tun haben?«

Adriaan hob die Hände. »Wir werden es herausfinden. Wenn Sie uns jetzt entschuldigen würden.«

Er stand auf und bedeutete Liv, ihm zu folgen.

Sein Wagen parkte direkt vor dem Rathaus. Liv stieg auf der Beifahrerseite ein.

»Wie geht es dir?«, fragte Adriaan, nachdem er die Fahrertür zugezogen hatte. »Kommst du klar?«

Liv rechnete es ihm an, dass er sich nach ihrem Wohlbefinden erkundigte, was allerdings wohl eher ein Interesse rhetorischer Natur sein durfte, da auch ihm klar sein durfte, wie sie sich nach dem Erlebten fühlte.

»Es wird schon gehen«, antwortete sie, da sie keine Lust hatte, das Thema hier und jetzt zu vertiefen.

»Mir ist bewusst, wie schwierig das für dich sein muss. Ich habe heute ebenfalls eine Kollegin verloren. Das schmerzt. Wenn du also nicht weitermachen und nach Hause möchtest, ist das völlig in Ordnung. Nimm dir Zeit, gönn dir Ruhe. Du kannst natürlich jederzeit professionelle Hilfe in Anspruch nehmen, das weißt du.«

»Ich glaube, was mir im Moment am meisten helfen würde, ist, herauszufinden, was hier geschehen ist. Ich möchte das für Noemi zu Ende bringen.«

Adriaan seufzte und wandte sich im Fahrersitz halb zu ihr.

»Es tut mir leid, Liv, aber ich fürchte, ich muss etwas deutlicher werden. Nach dem, was du gerade erlebt hast, wäre es fahrlässig, dich einfach weitermachen zu lassen. Außerdem zieht deine Person zu viel Aufmerksamkeit auf sich, und der Druck in dieser Sache ist nun immens. Ich werde die Ermittlungen persönlich mit meinem Team führen.«

Liv brauchte einen Moment, bis sie vollends realisierte, was Adriaan ihr da gerade eröffnet hatte. Zu sehr stand sie noch unter Schock, zu sehr waren ihre Gedanken noch bei Noemi. Adriaan zog sie von dem Fall ab. Und das nicht nur, weil sie miterlebt hatte, wie eine Kollegin vor ihren Augen starb, sondern – und das schien für ihn der wahre Grund zu sein, wie sie zwischen den Zeilen las – weil sie für ihn zur Belastung geworden war.

»Etwas Gutes hat die Sache, wenn man so will«, fuhr er fort. »Die Interne wird dich nicht direkt einvernehmen. Sie werden dir eine kleine Schonfrist geben. Das gibt dir Zeit, dich darauf vorzubereiten. Und wer weiß, vielleicht stimmt sie das Geschehene etwas milder.«

Liv sah ihm in die Augen, erkannte jedoch keine Emotion darin.

So fühlte es sich also an, einfach abserviert zu werden. Sie hatte von Anfang an ein mulmiges Gefühl dabei gehabt, Berufliches und Privates zu vermischen. Dennoch hatte sie es getan. Weil sie tatsächlich geglaubt hatte, das mit Adriaan und ihr könnte etwas Ernsthaftes werden. Doch da hatte sie sich wohl getäuscht. Offenbar war sie für ihn nicht mehr als ein kleines Abenteuer gewesen, das ihm nun zu riskant wurde.

Er rochierte kurzerhand ihre Positionen, wie bei zwei Schachfiguren. Er warf sie den Hunden in Den Haag zum Fraß vor, während er sich hier unten aus der Affäre zog und sich im besten Fall sogar neue Meriten verdienen konnte, indem er einen aufsehenerregenden Mordanschlag aufklärte.

Sie spürte, wie die Trauer in den Hintergrund rückte und plötzlich Wut in ihr aufkochte.

»Was ist mit David Leinders?«

Adriaan hob die Augenbrauen. »Was soll mit ihm sein? Er ist tot.«

»Wer wird nun seinen Mord aufklären?«

»Darum werde auch ich mich kümmern.«

»Und Esmée Vriesde?«

»Hör zu«, Adriaan hob eine Hand, »ich weiß, dass du vermutest, dass Davids Tod mit ihrem Verschwinden zusammenhängen könnte. Doch dafür gibt es keinerlei Indizien. Außerdem ... Diese Sache ist zehn Jahre her. Wen interessiert das noch?«

Liv musterte den Mann, mit dem sie das Bett geteilt und dem sie sich geöffnet hatte wie lange keinem Menschen mehr.

Wie hatte sie sich derart in ihm täuschen können?

»Wie wäre es mit Esmées Eltern? Ihrer Familie?« Sie musste plötzlich an den gestrigen Abend denken, an das, was Ruben ihr über das abrupte Ende in den Ermittlungen gegen David Leinders erzählt hatte. Adriaan hatte dabei offenbar eine tragende Rolle gespielt. »Was ist damals eigentlich geschehen?«

»Wie meinst du das?«

»David Leinders. Du warst damals hier und hast für seine Freilassung gesorgt.«

Adriaan wandte den Blick ab, legte die Finger trommelnd auf das Lenkrad und sah zum Seitenfenster hinaus. »Das stimmt. Wie ich dir schon erzählt habe, gelang es mir, David als Informanten zu gewinnen. Er hat maßgeblich dazu beigetragen, dass ...«

»War er unschuldig?«

»Du meinst, was Esmée Vriesde betraf?«

»Was sonst?« Liv verzog den Mundwinkel.

»Esmée wurde vermisst. Ihr Verschwinden konnte viele Gründe gehabt haben. Niemand wusste, was mit ihr gesche-

426

hen war, und es gab keine Leiche. Sie konnte also genauso gut von zu Hause ausgerissen und am Leben sein.«

»Hör bitte auf, mich für dumm zu verkaufen. David wurde mit ihrem Blut an den Händen gefunden. Er und sein Freund Bouke waren bereits zuvor ihr gegenüber übergriffig geworden. Die beiden gaben in den Vernehmungen zu, dass sie sich an Esmée rächen wollten, weil sie eine Anzeige gestellt hatte. In jener Nacht überfielen sie das Mädchen im Katakombengang. Und danach verschwindet Esmée einfach so?«

»Es gab nun mal keinen Beweis, dass die beiden für ihr Verschwinden verantwortlich waren. Allenfalls Indizien. Eine mögliche Anklage hätte auf tönernen Füßen gestanden. Deshalb zögerte der Staatsanwalt auch damit.«

»Und das hat dir in die Karten gespielt«, sagte Liv. »Dir war scheißegal, was mit Esmée Vriesde war. Du hast nur diesen kleinen, miesen rechtsradikalen ›Drecksack‹ gesehen, der dir nützlich sein konnte, weil er gut in der Szene vernetzt war und wohl alles getan hätte, um seinen Hals aus der Schlinge zu ziehen.«

Adriaan wandte sich ihr wieder zu. »Weshalb willst du unbedingt den Mord an diesem kleinen Drecksack aufklären?«

»Weil das mein verdammter Job ist. Weil wir vor dem Gesetz alle gleich sind. Und die gleiche Aufmerksamkeit hätte auch damals das Verschwinden von Esmée Vriesde verdient. Aber deine Karriere war dir wohl wichtiger. Ein Mädchen aus einer Einwandererfamilie … Vermutlich hast du damit gerechnet, dass sie ohnehin niemand vermissen würde.«

»Nun werde nicht pathetisch. Es wurde alles unternommen, um sie zu finden. Wäre sie ermordet worden, hätten wir ihre Leiche gefunden.« Im Inneren des Wagens war es unerträglich heiß geworden. Er ließ den Motor an und schaltete die Klimaanlage ein. »Außerdem schwor David Stein und Bein, dass er dem Mädchen nichts angetan hatte.«

Liv lachte. »Und das hast du ihm geglaubt.«

»Ja, seine Beteuerung klang glaubhaft.« Adriaan nickte, um seine Aussage zu bekräftigen.

Doch seine Antwort war verzögert gekommen, gerade genug, um Liv zu verraten, dass das nicht ganz der Wahrheit entsprach.

»Aber da war noch etwas«, sagte sie. »Hab ich recht?«

Adriaan seufzte abermals und schüttelte den Kopf, als habe er es mit einem störrischen Kind zu tun. »Was soll da gewesen sein? Nichts.«

Liv lehnte sich ein Stück zu ihm herüber und lächelte. »Weißt du, was das Problem ist, wenn man sich mit uns Frauen einlässt und mit uns in die Koje springt? Nein? Ich verrate es dir. Wir durchschauen euch Kerle. Du kannst mir nichts vormachen.«

Adriaan war anzumerken, dass ihm dieses Gespräch nun ernstlich unangenehm wurde.

»Du hast mit dem Fall nichts mehr zu tun. Du fährst nach Amsterdam auf dein Hausboot zurück, nimmst Urlaub und hältst dich bedeckt. Und kein Wort über uns beide zu irgendjemandem. Einverstanden?«

Sein Tonfall machte klar, dass dies keine Frage oder Bitte war und auch kein Befehl. Es klang wie der Teil einer Abmachung.

Liv nickte, weil ihr in diesem Moment wenig anderes übrig blieb. »David Leinders. Du hast damals mit ihm gesprochen. Was hat er dir gesagt?«

»Das hier bleibt unter uns.«

»Natürlich. Also?«

»David wiederholte in den Verhören immer wieder, dass *er* Esmée nicht getötet habe.«

Das weiß ich schon längst, wollte Liv ihm an den Kopf werfen, besann sich jedoch eines Besseren. Da war etwas an der Art, wie Adriaan den Satz betont hatte. »*Er* habe Esmée nicht getötet. Das hat er wörtlich so gesagt?«

»Mhm. Ganz genau.«

»Dir war schon damals klar, was das implizierte?«

»Durchaus. Doch dafür gab es wie gesagt keine Beweise. Und Indizien hätten in dieser Sache vor Gericht nicht ausgereicht.«

»Seine Worte legen nahe, dass nicht er, aber jemand anderes Esmée Vriesde getötet hat.«

Adriaan nickte. »Und ich hatte das sichere Gefühl, dass David diesen Jemand beschützen wollte.«

59

An manche Dinge gewöhnte man sich überraschend schnell. Früher hätte man bei Temperaturen von an die dreißig Grad noch von einem außergewöhnlich heißen Tag gesprochen. Heute hingegen konnte das als einigermaßen erträglich gelten, man konnte schon froh sein, wenn das Thermometer sich nicht den vierzig Grad näherte. Immerhin brachte die Flut etwas frischen Wind mit sich. Er strich Liv über die Arme und um die Knöchel. Sie trug ein T-Shirt und hochgekrempelte Jeans und wanderte barfuß durch die Brandung am Breezand, einem Teil des endlos weiten Sandstrands, der an der gesamten Nordseite von Walcheren von Vrouwenpolder aus bis kurz vor Westkapelle reichte. Sie erinnerte sich an Sommer aus ihrer Kindheit, als die Nordsee selbst um diese Zeit so kalt gewesen war, dass man eine Gänsehaut bekam, wenn man nur den großen Zeh hineinsteckte. Das Wasser, das heute ihre Füße umspülte, hatte eher Mittelmeertemperaturen, besonders hier in der flachen Scheldemündung schien es sich unter der Sonneneinstrahlung besonders aufzuheizen.

Alles änderte sich, alles war in ständiger Bewegung, wie die Wellen, die an Land rauschten. Mal entwickelten sich die Dinge zum Besseren, mal zum Schlechteren. Dabei schien das Leben manchmal in einem Kreis zu verlaufen, das Schicksal führte einen an den Punkt zurück, wo alles angefangen hatte, ob nun im guten oder im schlechten Sinne.

Was Liv anging, traf wohl eher Letzteres zu.

Auch sie war nun wieder dort, wo sie angefangen hatte.

Sie war ganz unten gewesen, als sie zur Landespolizei kam. Ein Problemfall, den man loswerden wollte, indem man sie wegbeförderte. Das war sie nun wieder, eine Persona non grata.

Sie zweifelte nicht daran, dass Adriaan ebenfalls einen Weg finden würde, sie zu entsorgen, sobald er die Angelegenheiten in Veere geregelt hatte und zurück in Den Haag war. Eventuell würde ihm dabei sogar die interne Ermittlung in die Karten spielen, sollte sie zu dem Schluss kommen, dass eine Suspendierung unumgänglich war.

Liv hatte sich ein gutes Stück von den Stellen entfernt, wo die Urlauber mit ihren Strandmuscheln und Campingstühlen in der Sonne lagen oder mit ihren Kindern Sandburgen bauten.

Der Strand wurde hier breiter, Priele und Sandbänke hatten sich gebildet, die nun allmählich von der Flut überspült wurden. Sie ging hinüber zu den Dünen, wo sie sich ein Fleckchen zwischen dem hohen Strandhafer suchte. Sie setzte sich und öffnete die eiskalte Coladose, die sie sich an einer der Strandbuden besorgt hatte.

Was sollte sie jetzt tun?

Die Ansage von Adriaan hätte nicht klarer sein können. Sie war von dem Fall entbunden.

Nach der Unterredung mit ihm hatte sie ihr Zimmer im Campveerse Toren geräumt und die Tasche mit ihren Sachen in den Kofferraum gelegt. Danach hatte sie dasselbe mit Noemis Hinterlassenschaften getan. Adriaan würde sich von offizieller Seite aus an die Eltern wenden, und Liv hatte sich vorgenommen, sie persönlich zu besuchen und ihnen die Sachen ihrer Tochter zu bringen.

Der nächste Schritt würde nun also sein, ins Auto zu steigen, mit dem Sonnenuntergang im Rücken nach Amsterdam zu fahren und alles hinter sich zu lassen.

Allerdings war das nicht so einfach.

Liv war es gewohnt, die Dinge zu Ende zu bringen, die sie einmal begonnen hatte. Außerdem konnte sie nicht so tun, als wäre nichts gewesen. Das hier war kein Routinefall. Jetzt war es etwas Persönliches. Sie schuldete Noemi die Wahrheit. Ihre Kollegin hatte bei dieser Ermittlung ihr Leben verloren, da konnte man nicht einfach zur Tagesordnung übergehen.

Natürlich, sie konnte die Umstände zu ihren Gunsten nutzen. Die Polizeipsychologin aufsuchen, sich krankschreiben lassen, darauf hoffen, dass die Interne in Anbetracht der Umstände Milde würde walten lassen.

Doch so war sie nicht gestrickt. Im Gegensatz zu Adriaan.

»Adriaan«, sagte sie laut.

Was hatte sie sich nur dabei gedacht, sich auf ihn einzulassen. In ihrem Alter, mit ihrer Lebens- und Berufserfahrung hätte sie es besser wissen müssen.

Sie hegte keinen Zweifel mehr, dass Adriaan damals im Fall Esmée Vriesde die Fakten zu seinen Gunsten verdreht hatte. Deshalb war das Mädchen nie gefunden worden, ihr Mörder befand sich seit Jahren auf freiem Fuß und erfreute sich des Lebens, während ihr Körper irgendwo verrottete.

Was Adriaan ihr unter dem Mantel der Verschwiegenheit erzählt hatte, warf ein neues Licht auf die ganze Sache.

Wenn David damals tatsächlich nicht mit der Wahrheit herausgerückt war, weil er jemanden beschützt hatte, dann hatte es sich bei diesem Jemand vermutlich um den wahren Mörder von Esmée gehandelt.

Liv kam in den Sinn, was Davids Freundin, Lisanne Eldering, gesagt hatte: David war nach Veere gefahren mit den Worten, dass er eine alte Sache endlich ins Reine bringen wollte.

Sie waren zunächst davon ausgegangen, dass es sich dabei um den Streit mit seinem Vater handelte und dass er Versöhnung suchte. Aber was, wenn es ihm um etwas ganz anderes gegangen war, nämlich um Esmée Vriesde? Hatte ihn sein Gewissen zu sehr geplagt? War er am Ende hierhergekommen, um doch die Wahrheit ans Licht zu bringen?

Dann war es möglich, dass er deshalb ermordet worden war, möglicherweise von demjenigen, der auch Esmée auf dem Gewissen hatte.

Liv legte sich mit dem Rücken in den Sand und sah hinauf in den blauen Himmel, wo eine Möwe ihre Bahnen zog.

Sie traute Adriaan nicht. Wenn er nun die Ermittlungen an sich zog, würde die Wahrheit höchstwahrscheinlich nie ans Licht kommen. Er würde alles dafür tun, dass niemand mehr in dem alten ungelösten Fall herumstocherte. Ein guter Grund, zu bleiben. Und es gab einen weiteren, weshalb sie hier auf Walcheren nicht fertig war.

Liv griff in ihre Hosentasche, holte den Papierzettel heraus, der sich darin befand, und faltete ihn auf. Darauf stand die Nummer, die ihr Vater ihr im Hotel hinterlassen hatte.

In den vergangenen Tagen war so viel geschehen, dass sie nicht an ihn gedacht hatte. Doch nun hatte sie Zeit. Denn sie hatte nicht die Absicht, abzureisen, bevor sie eine alte Sache wieder ins Reine gebracht hatte. So wie David Leinders.

Liv nahm ihr Handy und wählte die Nummer. Sie gehörte zu einem Museum in Westkapelle. Ihr Vater arbeitete dort, wie sie von der Rezeption erfuhr, allerdings war er gerade beschäftigt. Liv versprach, sich später noch einmal zu melden.

Nachdem sie aufgelegt hatte, überlegte sie einen Moment, dann stand sie auf und machte sich auf den Weg zurück zu ihrem Auto. Adriaan hatte gesagt, sie solle sich Urlaub nehmen. Doch er hatte nicht gesagt, wo sie diesen Urlaub verbringen sollte.

60

Ihr Vater besserte sich die Rente im Polderhuis Westkapelle auf, einem Deich- und Weltkriegsmuseum. Die Dame am Telefon hatte ihr gesagt, dass Geert-Jan gerade eine Führung mit einer Touristengruppe machte. Da sie ihn ohnehin treffen wollte, konnte sie ihn auch auf der Arbeit besuchen.

Das Polderhuis lag direkt am Deich, der die Dächer der dahinterliegenden Häuser um fast das Doppelte überragte. In direkter Nähe des Museums befanden sich eine Frituur und eine Fischbude, wo die Leute in langen Schlangen für ein schnelles Abendessen anstanden. Im Vorbeifahren sah Liv, dass oberhalb des Polderhuis auf dem Deich ein alter Weltkriegspanzer stand, um den sich eine Menschengruppe scharte. Sie stellte ihr Auto in einer Seitenstraße ab und betrat das Museumsgelände über den Hinterhof. Dort waren weitere Weltkriegsrelikte ausgestellt.

Liv ging durch die Hintertür zum Empfangsschalter und erkundigte sich nach ihrem Vater.

»Geert-Jan ist gerade noch draußen mit der Gruppe.« Die Dame hinter der Theke deutete zum Panzer auf dem Deich. »Dauert aber nicht mehr lange. Sie können sich gerne in der Zwischenzeit die Ausstellung anschauen.«

Liv bedankte sich. Sie folgte den Wegweisern zur Dauerausstellung durch eine Tür und ging über eine Wendeltreppe ins Obergeschoss. Dort erklärten Bilder, Filme und Modelle, wie die Menschen hier auf Walcheren durch die Zeit gegen die Sturmfluten gekämpft hatten und wie der Deich nach und nach seine heutige Form erhalten hatte. Einen großen Part nahm die Hollandsturmflut von 1953 ein, der schwersten Nordseesturmflut des vergangenen Jahrhunderts.

Liv ging weiter und kam ins Untergeschoss, das sich einer menschengemachten Katastrophe widmete. Der Bombardierung Walcherens durch die Alliierten und der damit einhergehenden Überschwemmung der Insel. Dieser Teil der Landesgeschichte war Liv unbekannt, und was sie erfuhr, ließ sie schaudern.

Im Oktober und November 1944 wollten sich die Alliierten den wichtigen Seehafen von Antwerpen sichern. Eines der größten Hindernisse auf diesem Weg waren die deutschen Befestigungen auf Walcheren, ein Teil des Atlantikwalls, die den Zugang zur Schelde bewachten. Eine Eroberung auf dem Landweg wäre langwierig gewesen und hätte viele Soldaten das Leben gekostet. Die Alliierten entschieden sich deshalb für eine andere Lösung. Sie bombardierten unter anderem die Deiche bei Westkapelle, Veere und Vlissingen, in der Hoffnung, das einströmende Wasser würde die Besatzer vertreiben. Das tat es tatsächlich. Allerdings zu einem hohen Preis. Orte wie Westkapelle wurden vollständig zerstört, fast die gesamte Halbinsel wurde überflutet. Viele Menschen starben im Bombenhagel oder ertranken in den Fluten. Wer überlebte, suchte verzweifelt Zuflucht, etwa in Middelburg, an einem der wenigen Orte, die am Ende noch über Wasser lagen.

Die Ausstellung veranschaulichte das Geschehen mit Filmen, Fotos, Originalobjekten und Szenen, die mit Puppen nachgestellt waren: etwa einem historischen Wohn- und Esszimmer, das die beengten Verhältnisse der damaligen Zeit greifbar machte, oder einem unterirdischen Verschlag in einem Garten, in dem die Menschen Zuflucht vor den Bomben gesucht hatten, ähnlich jenem, den sie im Garten von Jorrit Kok gesehen hatte.

Liv blieb vor einer etwa vier Meter breiten Wand stehen. Die Schautafel war den Opfern einer eingestürzten Deichmühle gewidmet. Liv spürte, wie sie eine Gänsehaut bekam. Die Mühle hatte ungefähr an der Stelle gestanden, wo sich nun das Museum befand. Während des Bombardements hatten zahlreiche Menschen im Keller der Mühle Schutz gesucht. Doch die Mühle bekam einen Volltreffer ab, stürzte über den Schutzsuchenden zusammen. Dann strömte die Flut durch den Deich. Bis auf ein paar wenige ertranken alle, gefangen unter den Trümmern. Die Schautafel zeigte ein völlig zerstörtes Westkapelle, dazu die Namen und Fotos der bei dem Bombardement Verstorbenen. Liv betrachtete jedes Bild einzeln. Es waren viele junge Menschen unter den Opfern gewesen, teils Kinder, die noch das ganze Leben vor sich gehabt hatten.

Das alles, weil die Deutschen damals dem nationalsozialistischen Wahn verfallen gewesen waren.

Liv musste an David Leinders und Bouke Visser denken, die rechtsradikalen Parteien, die in vielen Ländern Europas das politische Klima mit ihren nationalistischen Parolen vergifteten, den Hass, der sich auf Internetplattformen breitmachte. Sie fragte sich, ob die Menschen vergessen hatten, was damals geschehen war. Waren sie dabei, dieselben Fehler ein zweites Mal zu begehen? Und weshalb grassierte der neue Nationalismus auch und besonders in Ländern, die damals unter den Deutschen gelitten hatten?

»Liv?«

Sie drehte sich um. »Papa.«

Ihr Vater schloss die Tür hinter sich und blieb ein paar Schritte von ihr entfernt stehen. Er lächelte, wirkte aber unentschlossen.

Liv betrachtete ihren Vater. In den vergangenen Jahren, die sie sich nicht gesehen hatte, war er gealtert, dennoch sah er besser aus als früher. Er hatte abgenommen, seine Haut war sonnengebräunt, und er hatte den Bart abrasiert, den er zuletzt getragen hatte. Er glich wieder jenem Mann aus Livs Kindheit, der an ihrem ersten Schultag an ihrer Seite gewesen war, der ihr Fahrradfahren beigebracht hatte und der für jeden Spaß zu haben war. Der verhärmte Mann, der nach dem Tod seiner Frau voller Selbstzweifel und Vorwürfe ihr gegenüber gesteckt und der eigentlich mit dem Leben abgeschlossen hatte, war verschwunden.

Bedauern und Wehmut ergriffen Liv, und sie musste sich Mühe geben, die Tränen zurückzuhalten. Aus dem Augenwinkel blickte sie noch einmal zu den Bildern der Toten. Mütter, Väter, Kinder, die von ihren Liebsten schmerzlich vermisst worden waren. Auch Noemi kam ihr wieder in den Sinn. Liv hatte das große Glück, das Leben führen zu dürfen, das diesen Menschen verwehrt geblieben war. Und sie vergeudete es, indem sie sich in den Nichtigkeiten des Alltags verfing, statt das zu schätzen, was ihr gegeben worden war. Ganze Jahre hatten ihr Vater und sie verschwendet, in einem sinnlosen Streit, der ihre Mutter doch nicht zurückbrachte. Sie hätten besser daran getan, die gemeinsame Zeit zu genießen, die ihnen beiden noch blieb. Das Leben konnte so schnell vorbei sein.

»Papa …«

»Also … Du hast mich etwas überrascht, ich wusste nicht, dass du da bist. Sonst hätte ich Marianne …«

Liv hob die Hand. »Ich hätte mich ankündigen sollen.«

»Weißt du, ich kenne Marianne erst seit Kurzem. Ich hatte ihr nicht von dir erzählt ...«

Aus einem Impuls heraus tat Liv ein paar Schritte auf ihren Vater zu und umarmte ihn. »Macht nichts. Es ist schön, dich wiederzusehen, Papa.«

Er drückte sie an sich. »Ja, ich freue mich auch.«

Liv löste sich und hielt ihn auf Armeslänge. »Ich möchte mich entschuldigen ... Es war dumm ...«

Er hielt ihr den Zeigefinger auf die Lippe, wie er es früher immer getan hatte, als sie klein gewesen war, und schüttelte den Kopf. »Nicht doch ... Nicht hier im Museum. Ich kenne ein gutes Restaurant in der Nähe. Wie wäre es?«

»Sehr gerne.«

Wie sich herausstellte, befand sich das Restaurant praktisch direkt nebenan. Sie fuhren mit dem Auto auf den Deich und bogen hinter dem Ortsausgang von Westkappelle nach knappen fünfhundert Metern auf einen asphaltierten Parkplatz ab, der wohl in erster Linie dazu gedacht war, aus dem Wagen heraus den Sonnenuntergang zu genießen. Ungefähr in der Mitte des Areals befand sich das Restaurantgebäude. Sie ergatterten einen der letzten Tische am Fenster, von wo aus sie einen Panoramablick auf die Nordsee hatten. Die Sonne stand tief über dem Horizont und färbte den Himmel in orangeroten Farben.

Die Kellnerin brachte ihnen die Speisekarten und zündete das Teelicht auf dem Tisch an. Sie bestellten Wasser und eine Flasche Wein.

»Also«, sagte ihr Vater und legte die Handflächen auf den Tisch. »Wollen wir gleich über den Elefanten im Raum sprechen?«

Liv schmunzelte. Ihr Vater war noch ganz der Alte. Mit emotionalen oder gar sentimentalen Momenten hatte er sich immer schwergetan. Er überspielte sie gerne mit nüchterner Geschäftsmäßigkeit. Vermutlich hatte dies auch zu einem guten Teil zu ihrem Streit beigetragen. In der Zeit, als ihre Mutter an der unheilbaren Krankheit gelitten hatte und schließlich gestorben war, hatte sie ihre eigenen Emotionen kaum unter Kontrolle gehabt. Darüber hatte sie wohl dem Umstand nicht genügend Rechnung getragen, dass ihr Vater die seinen selten nach außen trug.

»Es tut mir leid, Papa«, sagte sie. »Ich war damals ungerecht zu dir. Ich hätte ...«

»Nein«, sagte er. »Du hattest recht. Ich hätte früher erkennen müssen, wie schlecht es ihr ging. Sie hat selbst anfangs nicht darüber geredet. Ich glaube, es fällt uns allen schwer, darüber zu sprechen, wenn wir merken, dass etwas mit uns nicht stimmt. Jedenfalls habe ich dir Unrecht getan. Du warst damals mit dem Kopf ganz bei deinem Job, und das gehört sich wohl so, wenn man jung ist. Ich ... möchte mich bei dir entschuldigen.«

Liv griff über den Tisch nach seinen Händen. »Angenommen. Was hältst du davon, wenn wir das hinter uns lassen? Fangen wir neu an.«

Ihr Vater lächelte. »Weißt du, wie sehr ich dich vermisst habe, Liv? Ich hatte den Telefonhörer so oft in der Hand, aber ich wusste nicht, wie du reagieren würdest ...«

»Mir ging es genauso.«

Die Kellnerin brachte ihnen den Wein und goss ihnen ein. Dann bestellten sie die Fischplatte für zwei Personen, mit Kabeljau, Dorade und Muscheln. Als die Bedienung weg war, prosteten sie sich zu.

»Apropos neu anfangen«, sagte ihr Vater. »Die Sache mit Marianne. Ich weiß nicht, wie du …«

»Das ist in Ordnung«, sagte Liv. Sie ahnte, worauf er hinauswollte. »Warum solltest du den Rest deines Lebens im Zölibat leben? Ich glaube, das hätte Mama nicht gewollt.«

»Wenn es dir nichts ausmacht … würde ich euch gerne miteinander bekannt machen.«

»Gerne. Wo hast du sie kennengelernt?«

»Im Museum. Ich hatte gerade dort angefangen. Weißt du, den ganzen Tag nur rumsitzen, das ist nichts für mich. Also habe ich mir ein wenig Arbeit gesucht. Marianne machte Urlaub hier. Allein. Wir sind uns schnell nähergekommen.«

»Sie ist jünger als du.«

»Zehn Jahre. Sie kommt aus Brügge. Sie ist Chocolatier und hat dort ein kleines Geschäft. Wir besuchen uns regelmäßig.«

»Das freut mich für dich. Die neue Liebe scheint dir gutzutun.«

»Sie gibt mir neue Zuversicht. Wobei kaum ein Tag vergeht, an dem ich nicht an deine Mutter denke. Sie fehlt mir noch immer.« Ihr Vater trank einen Schluck. »Anderes Thema. Du bist beruflich hier?«

»Das stimmt. Oder besser gesagt: Ich war es.« Liv erzählte ihm die Kurzform dessen, was vorgefallen war.

»Du warst dort? Bei diesem Attentat?« Ihr Vater blickte sie bestürzt an. »Ich habe im Radio davon gehört.«

»Ich war mittendrin. Ich konnte gerade noch zur Seite springen. Meine Kollegin … Sie hatte weniger Glück.«

Ihr Vater schüttelte den Kopf. »Liv, mein Gott. Ich hätte dich verlieren können.« Er hielt kurz inne. »Das mit deiner Kollegin tut mir leid. Ich … Nein, ich kann nicht nachempfinden, wie das für dich sein muss. Aber falls ich irgendetwas für dich tun kann …«

»Danke.« Sie ergriff erneut seine Hand und drückte sie. Das hier war wohl der emotionalste Ausbruch, den sie bei ihrem Vater je erlebt hatte. Sie wusste es zu schätzen.

»Und was deinen Chef angeht …«, sagte er. »Du wirst also tun, was er verlangt, und nach Den Haag zurückgehen?«

»Ich bin mir ehrlich gesagt nicht sicher. Ein Teil von mir möchte die Wahrheit herausfinden. Ich glaube, das schulde ich auch meiner Kollegin. Andererseits verstoße ich damit gegen eine Weisung. Damit könnte ich mir endgültig mein eigenes Grab schaufeln.«

Ihr Vater zuckte mit den Schultern. »Hast du denn wirklich noch etwas zu verlieren? Nach allem, was du mir gerade erzählt hast, bleibt dir doch nur die Flucht nach vorne.«

»Wenn ich bleibe, brauche ich wohl als Erstes eine neue Unterkunft.«

»Kein Problem. In meinem Trailer ist genug Platz. Du bist herzlich willkommen. Ich schlafe auch auf der Couch.«

Die Kellnerin brachte ihnen das Essen.

»Lass es dir schmecken«, sagte ihr Vater.

»Danke.«

»Ich hab übrigens neulich mit dem Museumsdirektor über dich gesprochen. Er hatte im Fernsehen gesehen, dass eine Liv de Vries im Mordfall in Veere ermittelte, und wollte wissen, ob ich dich kenne, mit dir verwandt wäre.«

»Das war dir hoffentlich nicht peinlich. Ich weiß ja nicht, was sie da über mich erzählt haben.«

»Ganz im Gegenteil.« Ihr Vater schob sich einen Bissen in den Mund. »Der Direktor war sehr an dem Fall interessiert. Er meinte, es gäbe da gewisse Parallelen zu einer alten Sache.«

»Hat er dir zufällig genauer gesagt, was er damit meinte?«

»Es stimmt doch, dass dieser junge Mann von der Brücke im Hafen gebaumelt hat.«

»So ist es.«

»Der Direktor meinte, dass es Ende des Zweiten Weltkriegs in der Gegend wohl schon mal einen ähnlichen Mordfall gab.«

61

Veere, Insel Walcheren, 17. Oktober 1944

Die alte Mühle stand am Ortsrand von Veere. Schon seit langer Zeit kümmerte sich niemand mehr um sie, und es verirrten sich nur selten Menschen hierher. Am Tag sah man ab und an Kinder hier spielen, in der Nacht lag sie einsam und verlassen da.

Ohnehin hielten es immer weniger Menschen in Veere aus. Nach den jüngsten Bombardements stand das Land ringsum unter Wasser, und viele waren nach Middelburg aufgebrochen.

Auch Henk würde morgen mit Vater und der Familie von Tante Jolanda dorthin gehen. Vorher hatte er noch etwas zu erledigen.

Es musste kurz nach Mitternacht sein, so genau wusste er es nicht, als er aus dem Keller der Mühle nach draußen stieg und sich eine Zigarette anzündete. Er inhalierte tief und stieß den Rauch in die sternenklare Nacht aus. Dann massierte er die geschundenen, aufgeplatzten Knöchel seiner Hände. Er hatte schon so manche handfeste Auseinandersetzung ausgetragen. Einen Mann über Stunden zu bearbeiten, forderte ihm dennoch mehr ab, als er gedacht hatte, und das nicht nur körperlich. Mit brennender Wut im Bauch hatte es ihm nicht viel ausgemacht, wieder und wieder mit voller Härte zuzuschlagen. Aber die Wut verrauchte schnell, und danach kostete es Überwindung, weiter auf das blutende Gesicht ein-zuprügeln.

Er hatte bislang keine Fragen gestellt. Das würde er gleich tun. Der Kerl sollte erst mal im Ungewissen bleiben, in der Hoffnung, dass er später umso bereitwilliger auspackte.

Tessa hatte Wort gehalten. Was nicht selbstverständlich ge-wesen war. Sie hätte den Deutschen alles verraten können. Sie wären mit einem Trupp angerückt, und er hätte keine Chance mehr gehabt. Doch das hatte sie nicht getan. Sie hatte Rüdiger, den Offizier, wie verabredet zum Katakombengang gelockt, mit der Aussicht, dort eine heiße Liebesnacht mit ihr zu ver-bringen. Dort hatte Henk auf ihn gewartet.

Vom Stenen Beer aus hatten sie ihn gemeinsam über den Deich und Feldwege zur alten Mühle geschafft. Ihr Keller bestand aus dicken Bruchsteinen, sodass draußen, abseits des Orts, niemand etwas mitbekommen würde. Außerdem würden die Deutschen hier nicht als Erstes suchen – falls sie überhaupt nach ihrem Kameraden suchen würden. Auch sie waren nun auf der Flucht vor den Bomben und dem Wasser.

Henk hatte Tessa nach Hause geschickt. Es gab keinen Grund, dass sie das mitansehen musste, und sie wollte es auch nicht. Ob sie den Kerl wirklich liebte? Henk wusste es nicht, und es war ihm egal. Sie war zur rechten Zeit zur Besinnung gekommen.

Er rauchte die Zigarette zu Ende und stieg wieder hinab in den Keller.

Der Deutsche saß gefesselt auf einem Stuhl. Er trug seine Uniform, deren Jacke voller Blutspritzer war. Henk hatte ihn geknebelt. Seine Lippen waren aufgeplatzt, beide Augen zu-geschwollen und das Gesicht von blauen Flecken, Platzwun-den und Abschürfungen übersät.

Henk betrachtete den Mann, der für das Verschwinden seiner Schwester verantwortlich war. Er sah Mareikes Gesicht vor sich, und urplötzlich brannte die Wut wieder in ihm auf. Mit geballter Faust trat er an den Deutschen heran und schlug mit aller Kraft in dessen Gesicht. Etwas brach mit lautem Knacken, und der Mann stöhnte auf.

Henk wartete einen Moment, bis er sich wieder beruhigt hatte, dann nahm er dem Mann den Knebel ab.

»Was ... Was willst du von mir?«, stammelte der Deutsche durch die geschwollenen Lippen.

»Meine Schwester, du Drecksack. Was hast du mit ihr gemacht?«

Die meisten Soldaten, die hier stationiert waren, hatten sich einige Brocken Niederländisch angeeignet und begriffen einfache Sätze, trotzdem schüttelte der Mann den Kopf. »Ich verstehe nicht ...«

»Tessa hat dir von meiner Schwester erzählt«, sagte Henk. In Deutsch, dieser Sprache, die er hasste, die er aber doch in Grundzügen gelernt hatte, um sich mit den Besatzern zu verständigen, fügte er hinzu: »Mareike Cornelisse. Was hast du mit ihr gemacht?«

Wieder schüttelte der Deutsche den Kopf. »Kenne ich nicht ...«

Henk holte aus und schlug mehrere Male zu. So lange, bis der Deutsche rief: »Genug! Stopp! Alstublieft ...«

»Sag mir, was du mit meiner Schwester gemacht hast!«

Der Kopf des Mannes sackte nach vorne, und Blut lief aus seinem Mund. Er blubberte etwas Unverständliches.

Henk packte ihn an den Haaren und riss den Kopf hoch. »Rede. Sonst geht das die ganze Nacht so weiter.«

»Deine Schwester ... Sie ist selbst schuld.« Der Mann sah

ihn aus dem einen, noch nicht vollständig zugeschwollenen Auge an. »Sie hat für den Widerstand gearbeitet. Das war ein Fehler. Sie … hat sich mit jemandem getroffen …«

»Das weiß ich. Der Mann ist tot. Meine Schwester …«

Nun trat ein Lächeln auf die Lippen des Deutschen, und als sich seine Lippen öffneten, hörte Henk die Worte, die er nicht hören wollte, die er die ganze Zeit nicht hatte wahrhaben wollen.

»… die ist auch tot.«

In diesem Moment zerbrach etwas in Henk. In Gedanken war er plötzlich wieder ein kleiner Junge. Er spielte mit Mareike am Strand, wo die Eltern oft am Wochenende mit ihnen hingegangen waren, um ein paar schöne Stunden zu verbringen. Sie bauten Burgen, ließen Drachen steigen, Papa brachte ihnen beiden das Schwimmen bei. Das war eine gute Zeit gewesen, bevor die Deutschen kamen.

Henk musste gegen die Tränen ankämpfen. Er brachte nur ein Wort heraus: »Wo?«

Noch immer mit dem Lächeln im Gesicht antwortete der Deutsche: »Der Mann hat geredet. Deine Schwester nicht. Sie war stark …«

Henk schlug mit voller Wucht zu, und der Kopf des Deutschen flog nach hinten.

»Wo?«

»Drüben … bei Gapinge auf einem Feld. Aber … da ist jetzt das Wasser … Du wirst sie nicht mehr finden.« Er lachte.

Henk trat ein paar Schritte zur Seite. An der feuchten Backsteinwand des Kellers waren einige Holzlatten gestapelt. Er nahm sich eine. In Gedanken bei seiner Schwester, schlug er so oft zu, bis das Grinsen aus dem Gesicht des Deutschen für immer verschwunden war.

62

Middelburg, heute

Ann-Remi Blom saß beim Schein der Schreibtischlampe über ihr neues Diorama gebeugt, in dem Versuch, auf andere Gedanken zu kommen. Es gelang ihr nicht. Immer wieder lief die Erinnerung an die Ereignisse des heutigen Tages ab.

»Ich hätte dich beinahe verloren.« Das hatte Onkel Boudewijn gesagt, als sie nach dem furchtbaren Erlebnis in seinem Wagen gesessen hatten und zurück nach Middelburg gefahren waren.

Er hatte recht, es war verdammt knapp gewesen, und sie hatte es allein Noemi Bogaard zu verdanken, dass sie noch am Leben war. Noemi Bogaard, die ihrer statt gestorben war.

Boudewijn hatte alles gesehen. Dass Ann-Remi in eine Art Schockstarre verfallen war. Dass der Geländewagen direkt auf sie zuraste. Und Noemi, die losgerannt und sie zur Seite gestoßen, es selbst aber nicht mehr rechtzeitig aus der Gefahrenzone geschafft hatte. Sie war unter den Wagen geraten. Im Geist, hatte er gemeint, sah er die Szene immer wieder wie einen Film ablaufen. Ihr Körper, der unter dem massigen Gefährt verdreht und gebrochen wurde.

Die Polizei hatte eine Seelsorgestelle für Menschen eingerichtet, die vor Ort gewesen waren. Ann-Remi hatte ihrem Onkel vorgeschlagen, diese aufzusuchen. Er hatte es rundheraus abgelehnt, mit den Worten: »Von diesen Psychoklempnern lass ich mir doch nicht im Hirn rumfuhrwerken!«

Später, nachdem Salim mit seiner Ex-Frau und den Kindern gesprochen und ihnen versichert hatte, dass es ihm gutginge, war er zu ihnen rübergekommen. Gemeinsam hatten sie Boudewijn zugeredet, woraufhin er sich zumindest erweichen ließ, ein leichtes Schlafmittel zu nehmen. Salim hatte es in der Apotheke um die Ecke besorgt, und dann hatte Ann-Remi ihren Onkel zu Bett gebracht.

Sie legte den Pinsel und die Figur, die sie bemalen wollte, zur Seite und knipste die Schreibtischlampe aus. Der Vollmond stand hell am Himmel, und durch das geöffnete Fenster kam ein warmer Wind herein. Irgendwo in der Nachbarschaft kläffte ein Hund, was unten im Garten mit dem Knurren eines Cockerspaniels beantwortet wurde.

Jemand anderes hat sein Leben für deines eingetauscht, dachte Ann-Remi. Was folgt daraus? Kannst du das überhaupt jemals aufwiegen?

Am nächsten Morgen fuhr sie früh zur Arbeit und suchte als Erstes das Büro ihres Vorgesetzten auf. Cees Koning wusste über das Geschehene Bescheid. Sie erklärte ihm, dass sie nach dem schlimmen Erlebnis Zeit für sich bräuchte und sich außerdem um das Wohl ihres Onkels kümmern müsste, dem es gar nicht gut ginge. Koning genehmigte ohne Widerrede ihr Urlaubsgesuch. Sie wusste nicht, ob er wirklich nachvollziehen konnte, wie sie sich gerade fühlte, oder ob es ihn überhaupt interessierte. Möglich, dass er einfach die Aussicht genoss, sie für zwei Wochen aus dem Verkehr zu wissen.

Bevor sie das rechtsmedizinische Institut wieder verließ,

nahm sie den Aufzug ins Untergeschoss und ging in die Leichenhalle.

Die Körper von Noemi und Finn van Werff lagen bereits auf den Obduktionstischen für die Sektion bereit. Natürlich bestand keine Frage, weshalb die beiden verstorben waren. Es handelte sich vielmehr um Routine. Da sie es mit Mord zu tun hatten und die Staatsanwaltschaft den Attentäter vor Gericht bringen würde, mussten die Verletzungen der Opfer festgehalten werden.

Ann-Remi erklärte der Kollegin, die sich heute der Sache annehmen würde, dass sie kurz einen Moment allein sein wollte.

Sie wartete, bis sie den Raum verlassen hatte. Dann trat sie an den Tisch mit Noemis Leiche und schlug das weiße Tuch zurück, sodass sie ihr Gesicht sehen konnte.

Es wirkte beinahe friedlich, wenn man von den Schürfwunden und Blutergüssen absah. Doch Ann-Remi hatte auch das Bild vor Augen, wie die überrollte Noemi auf dem Asphalt gelegen hatte. Ihr professionelles Auge hatte sofort die Verletzungen gesehen, sie wusste, welche Zerstörungen unter dem Leichentuch verborgen lagen.

»Danke«, flüsterte Ann-Remi.

Sie wollte das Gesicht schon wieder mit dem Leichentuch bedecken, als hinter ihr die Tür des Sektionssaals geöffnet wurde. Ann-Remi wandte sich um, in der Erwartung, ihre Kollegin zu sehen, doch es war Liv de Vries.

»Ich würde mich gerne von Noemi verabschieden«, sagte die Inspektorin.

»Natürlich.« Ann-Remi trat ein paar Schritte zurück.

Liv de Vries betrachtete ihre tote Kollegin einen Moment lang. Mit beiden Händen schob sie sanft das Leichentuch über ihr Gesicht.

Ann-Remi räusperte sich. »Wie wird es jetzt weitergehen?«

Liv de Vries drehte sich zu ihr herum. »Der Attentäter wird vor Gericht landen, da besteht kein Zweifel.«

»Gut. Und ... die Morde an David Leinders und Willem de Ram? Die Sache mit Esmée Vriesde? Werden Sie weiter ermitteln?«

»Man hat mich beurlaubt. Mein Chef übernimmt jetzt die Sache. Allerdings ...« Sie zögerte einen Moment. »Ehrlich gesagt würde ich nicht zu viel erwarten. Sein Augenmerk wird auf dem Attentat liegen, da ist der öffentliche Druck gerade am höchsten. Dass er sich noch für einen zehn Jahre zurückliegenden Vermisstenfall interessiert, scheint mir unwahrscheinlich.«

»Wenn ich Sie richtig verstanden habe, dann glauben Sie, dass die beiden Morde vielleicht mit Esmées Verschwinden zusammenhängen.«

»Dieser Überzeugung bin ich nach wie vor.«

»Dann sollten Sie weitermachen.« Ann-Remi blickte auf den Körper von Noemi herab. »Sie hätte gewollt, dass wir weitermachen.«

»Sicher ...«

Erneut wurde die Tür des Obduktionssaals geöffnet. Marinus kam herein. Als er Ann-Remi erblickte, hob er die Augenbrauen. »Ich habe gehört, was gestern geschehen ist. Ich bin so froh, dich in einem Stück zu sehen. Geht es dir gut?«

»Den Umständen entsprechend.«

Sein Blick wanderte zu den beiden Toten. »Wirst du ...?«

»Nein, natürlich nicht. Die Kollegin übernimmt das. Sie hat uns nur für einen Moment allein gelassen. Ich bin schon im Urlaub.«

»Verstehe.« Marinus blickte auf das Blatt Papier, das sich in seiner Hand befand. Er räusperte sich und hielt es in die Höhe. »Das ist das erste Screening von Finn van Werffs Blut.« Er ging damit hinüber zu einem Arbeitstisch, auf dem ein Monitor stand. »Ich lege es für die Kollegin hier hin. Es … Es ist sehr interessant.«

Damit verabschiedete er sich und verschwand zur Tür hinaus.

Ann-Remi ging hinüber und sah sich den Bericht an.

»Und?«, fragte Liv de Vries.

»Das ist in der Tat interessant«, sagte Ann-Remi. »Marinus hat im Blut von Finn Rückstände von Flunitrazepam entdeckt.«

»Dasselbe Mittel, das bei Willem de Ram festgestellt wurde?«

»So ist es. Mich würde interessieren, warum das so ist.«

Liv de Vries setzte ein Lächeln auf. »Wie wäre es, wenn wir das gemeinsam herausfinden? Sie haben ja offenbar ebenfalls Urlaub. Allerdings sollten Sie sich über eines im Klaren sein … Wir werden an unseren Vorgesetzten vorbeiarbeiten und gegen einige Regeln verstoßen.«

Ann-Remi erwiderte das Lächeln. »Ich denke, darin bin ich ganz gut.«

63

Der spontane Entschluss – und nichts anderes war es gewesen –, die Rechtsmedizinerin in ihre nunmehr privaten Ermittlungen einzubeziehen, machte sich kurz darauf bereits bezahlt. In einem kleinen Ort wie Veere, wo es lediglich einen niedergelassenen Hausarzt gab, hatte Liv nicht lange Rätsel raten müssen, wen Finn van Werff wohl in gesundheitlichen Belangen konsultiert hatte. Doktor Terwind. Natürlich hätte sie auch allein mit ihm reden können, doch es erwies sich als förderlich, jemanden an seiner Seite zu haben, der sich in medizinischen Dingen auskannte und sich von dem Arzt, dem viele Menschen hier vertrauten, keinen Bären aufbinden ließ.

»Er war einer meiner Patienten«, bestätigte der Doktor, als sie ihm in seinem Sprechzimmer gegenübersaßen.

»Wie lange schon?«, erkundigte sich Liv.

»Seit ich diese Praxis übernommen habe. Da war Finn schon einige Jahre bei meinem Vorgänger in Behandlung.«

»Was meinen Sie damit genau«, hakte Ann-Remi ein und wiederholte die Worte des Arztes: »In Behandlung.«

»Nun, das, was man damit landläufig zum Ausdruck bringt. Er suchte ihn auf, wenn er krank war.«

»Das bedeutet, er war nicht wegen einer chronischen Erkrankung, einer langwierigen Verletzung oder etwas Ähnlichem bei Ihnen?«, fragte Liv.

»Nein. Weshalb fragen Sie?«

»Wir haben bei einer ersten Untersuchung seines Blutes Rückstände von Flunitrazepam festgestellt«, erklärte Ann-Remi.

Der Doktor sah sie beide an und kratzte sich am Kopf. »Und?«

»Die Vermutung liegt nahe, dass Sie ihm ein Medikament mit diesem Inhaltsstoff verschrieben haben«, sagte Liv.

»Das müsste ich in seiner Patientenakte nachschauen. Bei so vielen Patienten kann man nicht von jedem die Medikation auswendig herbeten.«

»Wenn Sie so freundlich wären?«

Terwind rückte mit dem Stuhl vor und aktivierte seinen Computer. Er klickte ein paarmal mit der Maus. Dann fuhr er mit dem Zeigefinger über den Bildschirm.

»Da haben wir es. Ja … Richtig … Er bekam Fluninoc.«

»Fluninoc?«, entfuhr es Ann-Remi.

»Was ist das?«, fragte Liv.

»Ein gewöhnliches Schlafmittel«, sagte Terwind im Brustton der Überzeugung.

Ann-Remi lachte auf. »Das ist wohl eine leichte Untertreibung. Mit dem Zeug könnte man einen Elefanten schlafen legen.«

»Aus welchem Grund haben Sie ihm dieses Medikament verschrieben?«, fragte Liv.

»Er hatte Schlafstörungen.«

Ann-Remi schüttelte den Kopf. »Entweder Sie erzählen Unfug oder Sie haben keine Ahnung von Ihrem Beruf.« Sie sah Liv an. »Fluninoc ist ungefähr dasselbe wie Rohypnol, das stark sedierend und hypnotisch wirkt. Man setzt es zum Beispiel bei der Behandlung von Angst- und Panikstörungen ein oder als Beruhigungsmittel vor operativen Eingriffen.

Und natürlich ist es als Date-Rape-Droge bekannt, weshalb es auch nicht frei erhältlich ist. Also, lieber Herr Doktor, ich würde meinen, um eine kleine Schlafstörung zu vertreiben, haben Sie da verdammt großes Geschütz aufgefahren.«

Terwind wand sind. »Er … hatte eine alte Sportverletzung. Vom Segeln. Das Knie. Es bereitete ihm so starke Schmerzen, dass er nachts nicht schlafen konnte.«

»Sie haben uns doch eben erklärt, dass er nicht wegen einer chronischen Erkrankung bei Ihnen in Behandlung war?«, sagte Liv.

»Ich …« Terwind senkte den Blick und fuhr sich mit der Hand über das Kinn. »Wissen Sie … In meinem Beruf wird man jeden Tag mit Krankheiten, Sterbefällen und menschlichen Tragödien konfrontiert. Aber so etwas wie gestern, das habe ich auch noch nicht erlebt. Ich kannte Finn sehr gut … und sein Tod geht mir wirklich nahe.«

Liv konnte nicht sagen, ob der Mann die Wahrheit sagte und wirklich unter dem Eindruck der Ereignisse etwas durcheinander war.

»Ich habe gestern meine Kollegin verloren«, sagte sie. »Trotzdem mache ich meine Arbeit. Es wäre also gut, wenn Sie Ihrem Erinnerungsvermögen auf die Sprünge helfen.«

»Warum Fluninoc?«, fragte Ann-Remi. »Ein anderes, weniger potentes Mittel kam nicht infrage?«

»Welche Medikation ich zur Behandlung meiner Patienten für angemessen halte, müssen Sie schon mir überlassen.«

Liv lehnte sich vor und bedachte den Mediziner mit ernstem Blick. »Ich werde Sie nun etwas fragen, Doktor Terwind. Und bevor Sie antworten, sollten Sie sich im Klaren darüber sein, dass ich Ihre Angaben überprüfen werde. Im Zweifelsfall besorge ich mir einen Durchsuchungsbeschluss und verschaffe mir Zugang zu Ihrem System. Sagen Sie mir also lieber gleich die Wahrheit, ich finde sie ohnehin heraus, und dann wird es ungemütlich für Sie.«

Terwind sah sie mit erschrockenem Blick an und nickte.

»Seit wann bekommt Finn das Fluninoc? Wann haben Sie es ihm zum ersten Mal verschrieben?«

Terwind brauchte nicht in seinem Gedächtnis zu kramen, er wusste es, das sah Liv seinem Blick an. Trotzdem wandte er den Blick zum Computermonitor, vermutlich, um sich ein wenig Zeit zu erkaufen und zu überlegen, ob es einen Grund gab, ihr nicht die Wahrheit zu sagen. Schließlich rückte er mit der Sprache raus: »Vor etwa einem Monat. Es ist achtundzwanzig Tage her, dass ich es ihm zum ersten Mal verschrieben habe.«

»Sagten Sie nicht gerade eben erst, es habe sich um eine alte Sportverletzung gehandelt, die ihn vom Schlafen abhielt?«, hakte Liv nach.

Terwind nickte. »Er hatte viele Jahre keine Probleme damit. Nun kam das … sehr plötzlich und heftig.«

»Verstehe.«

Terwind erhob sich plötzlich. »Sie müssen mich leider entschuldigen. Ich muss ein paar Hausbesuche abstatten. Einige meiner Patienten waren in den Anschlag gestern verwickelt und stehen noch unter Schock. Ich möchte gerne nach ihnen sehen.«

»Selbstverständlich.«

Liv erhob sich. Terwind geleitete sie und Ann-Remi zur Haustür. Als sie schon halb auf der Straße waren, blieb Liv stehen.

Auf der anderen Straßenseite scharwenzelte Charly bettelnd um einen Mann herum, der eine Tüte mit Pommes frites in der Hand trug. Er warf dem Hund ein paar davon hin, der gierig danach schnappte.

Liv dachte an die Szene im Garten, als Charly den Doktor angeknurrt hatte. Sie drehte sich noch einmal zu Terwind um. »Da wäre noch eine Sache ...«

Der Arzt hob die Augenbrauen. »Nämlich?«

Liv deutete auf den Beagle. »Der Hund dort drüben. Er ist ein Streuner, und die Polizei sucht nach seinem Besitzer. Ich sah den Hund neulich vor Ihrem Gartentor. Er gehört nicht zufällig Ihnen?«

Sie wusste, dass der Hund nicht Terwind gehörte, aber wenn ihre Vermutung zutraf, hatte er zumindest Bekanntschaft mit ihm gemacht.

Das Gesicht des Doktors verfinsterte sich. »Sie können diese Töle meinetwegen gerne auf der Stelle erschießen. Dieser Hund ist doch hochaggressiv!«

»Woher der Zorn auf das arme Tier?«

»Er hat mich neulich angefallen und meine Hose ruiniert. Ein ganzes Stück hat er herausgebissen. Ich kann von Glück reden, dass er nicht mein Bein erwischt hat.«

Liv sah zu Charly rüber. »Er hat Sie einfach grundlos angefallen?«

»Ja«, sagte Terwind. »Ich hatte Ihnen doch von Jorrit und dem Unfall mit seinem Karren erzählt.«

»Ich erinnere mich. Wouter hieß der Mann, richtig?«

»Ja, er rauschte mit seinem Fahrrad in Jorrits Karren.«

»Wo genau hatte sich das noch mal ereignet?«

»In der Gasse neben Jorrits Haus. Dort ist der Zugang zu seinem Garten. Er schaffte gerade den Dung von seinen Ponys rein. Wouter sah den unbeleuchteten Karren nicht und stieß mit ihm zusammen.«

»Und Sie waren zufällig vor Ort?«

Terwind zögerte kurz. »Nein, Jorrit rief mich herbei. Wouter hatte eine Platzwunde an der Stirn. Ich nähte sie an Ort und Stelle, und da … Da kam dieser Hund und griff mich an.«

»Das ist wirklich ärgerlich«, sagte Liv. »Wann war das genau?«

»Das war vorvergangenen Samstagabend.«

»Wissen Sie noch um welche Uhrzeit?«

»Das müsste gegen neun gewesen sein.«

»Vielen Dank, Doktor.«

Ann-Remi verabschiedete sich ebenfalls.

Ohne sich noch einmal umzudrehen, gingen sie schweigend zum Hafenbecken. Als die Praxis außer Sicht war, blieben sie stehen.

»An dem besagten Samstagabend«, begann Ann-Remi. »Ist da nicht …«

»Ganz richtig«, bestätigte Liv. »An dem Abend ist David Leinders verschwunden.«

64

Liv nahm Ann-Remi mit zu ihrem Wagen, den sie auf dem Parkplatz nahe der Grote Kerk abgestellt hatte. Von dort fuhren sie zum Ortsteil Buiten de Veste, der außerhalb des historischen Stadtkerns lag. Finn van Werff hatte dort in einem Bungalow gewohnt, den er von seinen Eltern geerbt hatte.

Die Adresse war nicht schwer zu finden. Streifenwagen und Einsatzfahrzeuge der Kriminaltechnik standen vor dem Bungalow, der Bürgersteig war mit Polizeiband abgesperrt.

Liv bog in eine Seitenstraße ab, wo sie zwischen zwei anderen Wagen parkte. Durch die Heckscheibe konnten sie das Geschehen beobachten. Vor dem Eingang sah Liv den Leiter der Kriminaltechnik stehen. Er unterhielt sich mit dem Polizeifotografen, der offenbar gerade angekommen war und mit seiner Arbeit begann. Es konnte also noch eine Weile dauern.

»Das Flunitrazepam …« Liv wandte sich wieder Ann-Remi zu. »Ich nehme an, dieses Zeug nimmt man nicht zum Spaß.«

»Absolut nicht. Sie müssen wirklich starke Schmerzen haben oder ein echtes Problem mit dem Schlafen. Junkies nehmen es auch als Drogenersatz …«

»Dann müssen wir Terwind also wohl glauben – das mit Finns alter Sportverletzung. Oder wie anders ließe sich das Ergebnis des Blutscreenings erklären?«

»Das lässt sich schnell rausfinden.« Ann-Remi griff in ihre Hosentasche, zog ihr Smartphone heraus und rief Marinus an. Sie sprachen kurz miteinander.

Als sie wieder auflegte, sagte sie: »Er ruft gleich zurück.«

Sie warteten. In der Zwischenzeit beobachtete Liv im Rückspiegel, wie ein schwarzer SUV vor dem Bungalow vorfuhr, gefolgt von einem Streifenwagen. Es waren Adriaan und Ruben.

Ann-Remis Telefon klingelte nach fünfzehn Minuten. Sie ging ran, hörte zu und bedankte sich.

»Sie haben die Obduktion gerade abgeschlossen«, berichtete sie. »Die Schulter und das Schlüsselbein – da muss er vor längerer Zeit etliche Brüche erlitten haben. Eine recht erhebliche Verletzung, die wohl mit Schrauben und Stahlplatten gerichtet wurde. Möglich, dass auch Muskeln und Nerven dabei zu Schaden gekommen sind.«

»Das könnte es also erklären?«

»Ja.«

»Du sagtest, Fluninoc habe ungefähr dieselbe Wirkung wie Rohypnol …«

»Es ist im Grunde dasselbe.«

»Man könnte damit also einen Menschen betäuben?«

»Sicherlich. Wenn man ihm die entsprechende Menge zuführt. Das ist es ja, was mich in der Sache Willem de Ram hellhörig gemacht hat.«

»Bei David Leinders habt ihr den Stoff nicht feststellen können.«

»Nein«, sagte Ann-Remi, »aber das muss nichts heißen. Nehmen wir an, sein Mörder hat David überwältigt, indem er ihm das Flunitrazepam verabreichte – auf welche Weise auch immer. Danach hielt er ihn etliche Tage gefangen. In dieser Zeit hätte sich der Stoff abgebaut und wäre nicht mehr nachweisbar gewesen …«

Liv schaute erneut in den Rückspiegel und sah, wie Adriaan

wieder aus dem Haus kam. Die Kriminaltechniker folgten ihm, ebenso der Fotograf. Sie stiegen in ihre Wagen und fuhren davon. Lediglich Ruben blieb mit einem Streifenbeamten zurück. Er machte sich daran, die Absperrbänder einzusammeln.

Liv nahm ihr Handy zur Hand, wählte die private Nummer des Polizeichefs und beobachtete ihn durch die Heckscheibe. Ruben betrachtete das Display seines Geräts und ging ran, nachdem er einige Schritte von dem Streifenbeamten weggegangen war.

»Ich bin es«, meldete sie sich. »Hast du eine Minute?«

»Für dich immer. Ich habe gerade mit deinem Vorgesetzten gesprochen. Was ich gehört habe, tut mir sehr leid. In Anbetracht der Umstände kann ich aber verstehen, dass du dich von den Ermittlungen zurückziehst. Noemi ... Vermutlich würde es mir an deiner Stelle genauso gehen.«

»Er hat mich beurlaubt.«

»Was?«

»Adriaan hat mich von dem Fall abgezogen. Ich habe nicht freiwillig hingeworfen. Er will die Ermittlungen jetzt selbst zum Abschluss bringen.«

»Aha. Und damit scheint er es sehr eilig zu haben. Vielleicht wird er bald Erfolg haben ...«

»Wie meinst du das?«

»Wir haben uns gerade in Finns Haus umgesehen und sind da auf etwas gestoßen. Dein Chef findet es sehr eindeutig ...«

»Wäre es möglich, dass ich mir das selbst anschaue?«

»Hm, du bist jetzt nicht mehr offiziell Teil der Ermittlung.« Ruben zögerte. »Ich bin mir nicht sicher, ob dein Chef auf der richtigen Fährte ist. Seine Schlüsse könnten etwas voreilig sein. Ich habe vor zehn Jahren schon mal erlebt, wie er eine Ermittlung zum Absturz brachte und ein Mörder ungestraft davonkam. Muss ich nicht wieder haben. Ich wäre also gewillt, ein Auge zuzudrücken. Allerdings bist du nach Hause gefahren, wie ich gehört habe.«

Liv ließ die Zündung an, trat mit einem Fuß auf das Bremspedal und ließ die Rücklichter mehrere Male aufleuchten.

Ruben blickte in ihre Richtung.

»Ja, ich bin näher, als du denkst.«

Ruben lächelte, wurde aber gleich wieder ernst. »Warte, bis der Streifenbeamte abgefahren ist«, sagte er leise.

Liv behielt das Haus und die Umgebung im Blick. Schon wenige Minuten später fuhr der Beamte ab und Ruben winkte sie zu sich herüber.

»Dann mal los«, sagte er und führte sie in den Bungalow. Auch wenn Finn es geerbt hatte, sah man doch sofort, dass es sich um ein Haus handelte, das für eine Familie bestimmt war – eine große Küche mit Kochinsel, geräumiger Wohn- und Essbereich, ein Eltern- und zwei Kinderschlafzimmer, eines davon zum Fitnessraum umfunktioniert, sowie ein riesiger Garten. Natürlich bedurfte es Liv keiner Erklärung, weshalb es keine Kinder und keine Frau gab, die das Anwesen bevölkerten. Finn hatte den Verlust von Esmée nie überwunden und folglich nicht den Schritt in ein neues Leben gestartet.

Ruben führte sie durch die Räume, die zwar stilvoll, aber spärlich eingerichtet waren. Der Bungalow wirkte unbelebt, die Einrichtung wie aus dem Prospekt. Es fehlten die vielen kleinen Dinge, die üblicherweise auf Tischen oder Schränken herumstanden und -lagen, Bilder oder Fotos an den Wänden.

»Deine Kollegen sind wirklich von der schnellen Truppe«, sagte Ruben, während sie sich umsahen. »Sie haben schon allerhand über den Attentäter in Erfahrung gebracht. Er scheint sich aber auch gesprächig zu zeigen.«

»Und?«, fragte Liv, »willst du uns an deinem Insiderwissen teilhaben lassen?«

»Lois Verstraaten hat sich offenbar über einschlägige virtuelle Foren radikalisiert. Er ist Mitglied der rechtsradikalen Telegram-Gruppe, in der Bouke Visser häufig postet und über die er die Proteste in Veere organisierte.«

Liv schalt sich im Stillen. Sie hätte Bouke Vissers virtuelle Umtriebe mehr im Blick haben müssen. Wenn man wie sie in den Achtziger- und Neunzigerjahren des vergangenen Jahrhunderts aufgewachsen war, konnte einem die virtuelle Welt teilweise noch immer wie ein Fremdkörper vorkommen. Sie hatte sich privat nie dazu hingezogen gefühlt.

»Bedeutet das, dass Bouke etwas mit dem Anschlag zu tun hat?«, fragte sie.

»Möglicherweise.«

Sie kamen am Badezimmer vorüber. Der kleine Spiegelschrank über dem Waschbecken stand offen. Einige Schachteln und Flaschen mit Medikamenten waren darin zu sehen.

»Darf ich?«, fragte Ann-Remi an Ruben gewandt.

»Nur zu.«

Liv folgte ihm weiter zum Schlafzimmer. »Kannst du etwas konkreter werden, was du mit ›möglicherweise‹ meinst?«

»Bouke hat unter seinem Pseudonym FreddyK zuletzt seine Anhänger dazu aufgestachelt, robuster gegen die Demonstranten rund um Finn van Werff vorzugehen. Die

Prügelei vor dem Katakombengang war wohl eine erste Folge davon. Vorgestern dann ein weiterer Post, der explizit gegen Finn gerichtet war. Darauf bezieht sich Lois Verstraaten in seinen bisherigen Aussagen. Er sah sich aufgefordert, endlich etwas zu unternehmen.«

»Boukes Hetze ist also auf fruchtbaren Boden gestoßen. Einen Irren findet man immer.«

»Allerdings. Verstraaten befindet sich schon länger in psychiatrischer Behandlung. Bislang hatte man keine Gefährdung in ihm gesehen. Das dürfte sich nun ändern.«

»Was ist mit Bouke?«

»Dein Chef will ihn sich vornehmen. Er muss mit dem Staatsanwalt sprechen, ob der Telegram-Post als Aufruf zum Mord verstanden werden kann. Und was das andere angeht, haben wir das hier gefunden …«

Er führte sie quer durch das Schlafzimmer, dessen bodentiefe Fenster zum Garten gingen und zu einem kleineren Raum, der ursprünglich wohl einmal als begehbarer Kleiderschrank gedacht gewesen war.

Finn hatte ihn zu einem Detektivbüro umgewandelt, wie Liv mit einem Blick feststellte.

Das Verschwinden von Esmée und der mutmaßliche Mord an ihr hatten ihn nie losgelassen, das wussten sie bereits. Doch nun begriff Liv erst, wie sehr ihn diese Angelegenheit all die Jahre beschäftigt haben und mit welcher Ausdauer er nach der Wahrheit gesucht haben musste.

Über einem Schreibtisch hing eine Pinnwand, die quer über die gesamte Wand reichte. Darauf befanden sich unzählige Fotos, Notizen und Zeitungsausschnitte, die mit Esmées Verschwinden zu tun hatten. Sie waren mit roten Bindfäden untereinander verbunden.

Der Raum hatte keine Fenster. Das einzige Licht kam von einer Neonröhre an der Decke, die ihren Zenit schon lange überschritten hatte und in unregelmäßigen Abständen flackerte. Liv trat näher an die Wand heran, um alles zu erkennen.

In der Mitte hing ein Foto von Esmée, eine junge Frau, die das Leben noch vor sich hatte – wie Noemi, schoss es Liv durch den Kopf.

Liv griff nach einer der handschriftlichen Notizen, einem kleinen viereckigen Zettel. Beides kam Liv vertraut vor, sowohl das ockerfarbene Papier, auf dem die Notiz verfasst war, als auch die Handschrift selbst. Sie glich jener auf dem abgerissenen Zettel, den sie im Hotelzimmer von David Leinders gefunden hatte.

»Hat die Kriminaltechnik sich das genauer angesehen?«, fragte sie.

»Nein ...«

Sie reichte ihm den Zettel. »Könntest du dafür sorgen, dass die Kollegen es bekommen und die Schrift mit jener auf dem Abriss aus Davids Zimmer vergleichen?«

»Mache ich.« Ruben nahm die Notiz an sich. »Ich glaube, das war heute die schnellste Spurensicherung, der ich in meiner gesamten Laufbahn beigewohnt habe.«

»Warum?«

»Adriaan hat sich einmal kurz umgesehen, dann hat er die Kollegen zum Abzug aufgefordert. Über Finns Tod würden sie an diesem Ort keine neuen Erkenntnisse finden. Und was den Mord an David betrifft, meinte er, das hier würde ihm schon ausreichen.« Ruben kratzte sich an der Stirn. »Daraus schließe ich, dass er Finn für Davids Mörder hält. Was sicherlich nicht auszuschließen ist, ich meine, wir haben das Foto, wie er sich mit David in der Nacht von dessen Verschwinden trifft, und nun das. Aber ich bin mir nicht sicher, ob das etwas voreilig ist.«

Liv zog den Bürostuhl vom Schreibtisch weg und setzte sich darauf. Sie betrachtete weiter die Pinnwand, während sie nachdachte.

Adriaan handelte genau so, wie sie es erwartet hatte. Ihm war daran gelegen, möglichst schnell alles abzurunden, den Sack zuzumachen. Ausgehend davon, wie er sich seinerzeit im Fall Esmée Vriesde verhalten hatte, würde ihm dabei nicht unbedingt die Wahrheitsfindung am Herzen liegen, sondern das, was ihm persönlich in dieser Situation den größten Vorteil verschaffte. Und so gesehen konnte man seine Worte auch anders interpretieren.

»Nein«, sagte sie schließlich, »das hier wird ganz anders laufen. Er ist gar nicht daran interessiert, ob Finn tatsächlich der Mörder von David ist.«

Ruben runzelte die Stirn. »Was soll das bedeuten?«

Liv stand wieder auf und durchmaß mit langsamen Schritten, die Hände in den Hosentaschen vergraben, das stickige Zimmer. »Die Indizien mögen auf Finn deuten, aber der ist tot. Und ich vermute, dass der Staatsanwalt zögern wird, Anklage gegen einen regionalen Segelhelden zu erheben, der beim Attentat durch einen rechtsradikalen Irren ums Leben gekommen ist, und ihn des Mordes an einem anderen rechtsradikalen Irren zu beschuldigen. So ein Indizienprozess kann einem schnell um die Ohren fliegen. Das sorgt für schlechte Publicity, und die ist Karrieregift.« Sie blieb stehen und sah Ruben an. »Nein, Adriaan will den Fall nicht aufklären. Er will, dass die Sache sang- und klanglos im Sande verläuft. Er wird den geständigen Attentäter präsentieren, dafür sorgen, dass er sein gerechtes Urteil erfährt, und dann kann Veere um seinen Helden und die anderen Opfer trauern. David Leinders wird niemanden mehr interessieren, ein weiterer ungeklärter Fall, der mangels eindeutiger Beweise im Archiv landet. Und mit ihm wird auch Esmée Vriesde endgültig verschwinden.«

»Ja ...«, stimmte Ruben zu. »So könnte das laufen. Wie damals eben.«

Ann-Remi kam zu ihnen ins Zimmer. »Leute, ich glaube, ich hab da etwas gefunden.«

Sie machte Platz auf dem Schreibtisch, indem sie ein paar Papiere zur Seite schob. Anschließend legte sie eine Medikamentenpackung, einen Mörser, eine Flasche mit einer Flüssigkeit und ein Set mit Spritzen darauf ab.

»Was soll das sein?«, fragte Liv.

»Man müsste die Pulverreste untersuchen, aber ich bin mir sicher, dass es das Flunitrazepam ist.« Ann-Remi deutete auf den Mörser. »Er hat die Tabletten darin zerkleinert. In der Flasche befindet sich eine Glukose-Infusionslösung. Man verwendet sie, wenn man Medikamente über eine intravenöse Infusion verabreichen will. Er hat das Medikament in Pulverform damit vermischt und mit den Spritzen aufgezogen.«

»Nehmen wir an, er ist wirklich der Mörder von David oder hatte zumindest damit zu tun«, sagte Liv. »Er hatte von Anfang an den Plan, ihn nicht direkt zu töten, sondern zu verhören. Vermutlich wollte er endlich erfahren, was mit seiner Freundin geschehen ist. Er musste David also erst mal überwältigen. Das könnte er getan haben, indem er ihm das Flunitrazepam gespritzt hat. Richtig?«

»Wenn er die Dosierung hoch genug gewählt hat, dürfte es David ziemlich schnell ausgeknockt haben«, bestätigte

Ann-Remi. »Aber wäre es denkbar, dass er auch mit dem Tod von Willem de Ram zu tun hatte?«

»De Ram fotografierte ihn, wie er sich mit David beim Katakombengang traf«, überlegte Liv laut. »Wenn Finn das mitbekam, hat er De Ram vielleicht aufgesucht. Er fürchtete, dass dieser zu viel wusste und ihn verraten könnte.«

»Entweder das«, schaltete sich Ruben ein, »oder es gibt einen Komplizen, der De Ram beobachtet und es Finn gesteckt hat.«

Liv wandte sich wieder der Pinnwand zu.

Die Theorie hatte etliche Lücken, und eine davon befand sich ganz am Anfang der Geschichte. Ohne wirklich danach zu suchen, fand Liv die Antwort auf der Wand.

Finn hatte die Fotos aller an dem Fall Beteiligten aufgehangen. Esmée in der Mitte, links ihre Familie, die Eltern und ihr Cousin Salim, den Liv wiedererkannte. Rechts die Verdächtigen, Bouke und David. Unter Davids Bild hing eine kleine Notiz: Rob van Loon, Den Haag.

»Er wusste also, dass David dort lebte?«, fragte Ann-Remi.

»Sieht ganz so aus«, meinte Liv.

»Aber woher?«

»Es gibt nur zwei Menschen, die das wussten. Famke und Doktor Terwind. Einer von beiden muss es ihm gesagt haben.«

Livs Blick blieb an einem weiteren Bild hängen – oder vielmehr dem Stück einer Landkarte. Finn hatte offenbar auch Orte versammelt, an denen er Esmées sterbliche Überreste vermutete. Sie befanden sich rings um Veere verteilt, auch die Dünen des Breezand waren darunter.

Dieses eine Bild allerdings zeigte das Veerse Meer mit seinen Inseln. Eine davon war mit Rotstift eingekreist.

Der Haringvreter.

Liv dachte an die Touristenfahrt auf Bouke Vissers altem Plattbodenschiff und was er den Urlaubern über das Eiland erzählt hatte. Eine einsame Insel, die seit Jahren unberührt war und auf der lediglich ein Rudel Hirsche siedelte.

65

Ann-Remi konnte nicht sagen, was es war, doch irgendetwas hatte die Inspektorin entdeckt, und es war nicht die Tatsache, dass Finn van Werff möglicherweise das Flunitrazepam zweckentfremdet hatte, um andere Menschen zu betäuben, oder der Umstand, dass er offenbar gewusst hatte, wo David Leinders unter seinem neuen Decknamen gelebt hatte. Nein. Als Liv die riesige Pinnwand betrachtet hatte, war da noch etwas anderes gewesen. Ann-Remi hatte es in ihren Augen und an ihrem Gesichtsausdruck gesehen. Eine plötzliche Erkenntnis. Zu dumm, dass sie sie nicht danach hatte fragen können. Denn ausgerechnet in jenem Moment hatte Salim angerufen und sie gebeten, so bald wie möglich in seinem Blumenladen vorbeizuschauen.

Kurz nachdem sie aufgelegt hatte, hatten sie die Besichtigung des Bungalows beendet und sich aufgeteilt. Liv macht sich auf den Weg zu Famke Leinders, um sie zu fragen, ob sie Finn von Rob erzählt hatte.

Ann-Remi ging durch die Gassen von Veere. Die Hitze lag schon wieder wie eine Glocke über der Stadt, und das T-Shirt klebte ihr am Leib. Als sie auf den Marktplatz einbog, wurde sie beinahe von einem kleinen Lieferwagen überrollt. Der Fahrer bremste im letzten Moment, und die Bretter auf der Ladefläche verrutschten mit einem lauten Knall. Der Mann entschuldigte sich kurz mit einem Handzeichen, brauste aber eilig weiter.

Auf dem Markt liefen die Vorbereitungen für das Gartenfest, und manch einer war offenbar spät dran. Stände wurden aufgebaut, die Straßen geschmückt, und die Cafés und Restaurants vergrößerten ihre Terrassen für den erwarteten Besucherandrang. Mitten im Getümmel erkannte Ann-Remi den Bürgermeister, der sich mit zwei Streifenpolizisten unterhielt.

Im Radio hatten sie darüber gesprochen, dass es Überlegungen gegeben hatte, das Fest unter dem Eindruck der jüngsten Ereignisse abzusagen. Doch Terpstra hatte sich dafür eingesetzt, es stattfinden zu lassen und damit Stärke zu beweisen. Allerdings würde man die Sicherheitsmaßnahmen dieses Jahr verschärfen.

Im Gehen holte Ann-Remi ihr Smartphone aus der Tasche und wählte die Nummer von Boudewijn. Sie hatte ein schlechtes Gewissen, dass sie ihn heute allein gelassen hatte, und wollte sich erkundigen, wie es ihm ging. Er antwortete erst nach mehrmaligem Klingeln. Wie sich herausstellte, war er gerade im Garten gewesen und hatte die Hühner gefüttert.

»Mach dir um mich keine Sorgen«, sagte er. »Unkraut vergeht nicht.«

Mehr bekam sie aus ihm nicht heraus, er hatte schon wieder aufgelegt.

Sie war sich ziemlich sicher, dass er – wie alle, die dabei gewesen waren – an den Erlebnissen des gestrigen Tages zu knabbern hatte. Und vermutlich würde das noch eine ganze Weile so sein, etwas so Furchtbares vergaß man nicht so schnell. Wie viele in seiner Generation hatte Boudewijn nie gelernt, offen über seine Gefühle zu reden. Man fraß lieber alles in sich hinein, versuchte, sich nichts anmerken zu lassen und damit Stärke zu demonstrieren.

Wenn er zumindest Freunde gehabt hätte, mit denen er reden konnte – aber Boudewijn hatte nur sie und seine Tiere.

Als Ann-Remi Salims Blumenladen erreichte und die Türe des Geschäfts öffnete, kam ihr ein Schwall feuchtwarmer Luft wie aus einem Treibhaus entgegen. Salim stand mit einem Mann hinter der Verkaufstheke und unterhielt sich mit ihm.

Im Gegensatz zu ihrem ersten Besuch in seinem Geschäft schien das Grün ringsherum noch üppiger. Offenbar hatte er zum Anlass des Gartenfests eine neue Lieferung Blumen und Pflanzen erhalten.

»Ann-Remi«, begrüßte Salim sie. »Gut, dass du so schnell kommen konntest.«

Sie ging zu den beiden Männern hinüber.

»Das hier ist Mark van Teunen«, stellte er seinen Gast vor, einen groß gewachsenen Mann mit vollem grauem Haar. »Mark ist Mitglied des Organisationskomitees.«

»Freut mich, Sie kennenzulernen.« Ann-Remi schüttelte ihm die Hand. »Was verschafft mir die Ehre?«

»Mark und ich haben uns über das diesjährige Gartenfest unterhalten«, erzählte Salim. »Da fielen mir die Stockrosensamen ein, nach denen du mich gefragt hast. Und ... Nun ja, das erklärt Mark dir vielleicht besser selbst.«

Der Mann lächelte sie an und nahm das Foto von den Stockrosensamen in die Hand, das auf der Verkaufstheke lag. Es waren die Samen, die sie Salim gezeigt hatte. »Dies sind Samen der Alcea veerensis ... Allerdings nicht die gewöhnliche Alcea veerensis. Hierbei handelt es sich um eine Unterart, eine ganz besondere Züchtung.«

Ann-Remi blickte zwischen Mark van Teunen und Salim hin und her. Sie wusste im ersten Moment nicht recht, was sie mit dieser Information anfangen sollte. Salim schien ihre Gedanken zu lesen.

»Begreifst du denn nicht?«, fragte Salim. »Jetzt ist nur noch die Frage, wer diese Rosen züchtet.«

Sie hob eine Augenbraue. »Aber das hat uns bislang nicht weitergebracht. Es wimmelt hier im Ort nur so vor Stockrosen. Also was …«

Mark van Teunen hob seinen Zeigefinger. »Bei dieser Unterart ist es etwas anderes. Sie kommt sehr selten vor, da es ungemein schwierig ist, sie zu züchten. Tatsächlich habe ich sie bislang nur einmal in Vollendung gesehen.«

»Und können Sie mir auch sagen wo?«, fragte Ann-Remi.

»Natürlich.« Sein Lächeln wurde breiter. »Sie ist nur einmal aufgetaucht. Nämlich hier auf unserem wunderschönen Gartenfest. Mit dieser Züchtung holte sich der Gewinner des letztjährigen Wettbewerbs seinen ersten Platz.«

66

Er fuhr nach Veere, um eine alte Sache ins Reine zu bringen.

Wieder gingen Liv die Worte von Lisanne Eldering durch den Kopf, als sie vom Parkplatz auf das Hauptgebäude des Ferienparks zuging, in dem David Leinders' Schwester Famke arbeitete. Die Anlage befand sich direkt hinter den Dünen des Breezand, umgeben von zahlreichen Bäumen, deren Laub sich durch die Hitze und Trockenheit bereits braun verfärbt hatte und hier und da, wie im Herbst, zu Boden rieselte.

Die alte Sache, das war es, worum sich alles drehte. Das Verschwinden von Esmée Vriesde.

Womöglich hatte sich David Leinders tatsächlich an ihr vergangen. Mittlerweile hatte sich in Livs Gedanken allerdings auch eine alternative Version der Ereignisse geformt, für die ihr noch die Beweise fehlten.

Die alte Sache – sie war es, warum David ermordet worden war. Entweder, weil jemand – vermutlich Finn – den mutmaßlichen Tod von Esmée gerächt hatte oder weil David die Wahrheit ans Licht hatte bringen wollen.

Was, wenn David in den vielen Verhören die Wahrheit gesagt und dem Mädchen tatsächlich nichts angetan hatte?

Adriaan hatte den Eindruck gehabt, David habe jemanden schützen wollen. Vielleicht den wahren Mörder. War David zurück nach Veere gekommen, um diesen zu entlarven, und hatte deshalb sterben müssen?

Alles war möglich. Doch zum ersten Mal hatte Liv das Gefühl, bei dieser Ermittlung voranzukommen. Allmählich fügten sich die einzelnen Teile zu einem Ganzen zusammen, und sie war sich sicher, nun die Antwort auf eine weitere grundlegende Frage zu bekommen.

An der Rezeption des Parks erkundigte sie sich nach Famke und erfuhr, dass diese sich gerade um die Endabnahme eines neuen Ferienhauses kümmerte. Liv ließ sich den Weg dorthin beschreiben, der sie quer durch den Park vorbei an einer künstlich angelegten Gracht führte. Das Haus stand in den Saum der Dünen gebaut zwischen zwei hochgewachsenen Buchen.

Liv klingelte an der Haustür, und als niemand öffnete, ging sie über den Rasen auf die Rückseite. Famke stand mit einem Klemmbrett in der Hand auf der Terrasse und begutachtete eine Gastherme, die in einem Verschlag neben der Terrassentür untergebracht war.

»Was führt Sie hierher?«, fragte sie mit einem Lächeln, als sie sich umdrehte und Liv entdeckte.

»Es sind da noch ein paar Fragen aufgetaucht, die ich gerne mit Ihnen besprechen würde.«

»Natürlich.« Sie deutete auf die Gastherme. »Ich muss das nur schnell fertig bringen. Die ersten Gäste …«

Liv hob eine Hand. »Es wird nicht lange dauern.«

Famke zögerte kurz, deutete dann aber auf die beiden Loungesofas, die unter einem großen Sonnenschirm standen. »Setzen wir uns doch.«

»Ich vermute, Sie wissen, was gestern bei der Segelregatta geschehen ist?«, fragte Liv, nachdem sie Platz genommen hatte.

»Natürlich, sie bringen es ja überall. Wegen Ihrer Kollegin … Das tut mir sehr leid.«

»Ein gewisses Risiko gehört leider zu unserem Beruf«, antwortete Liv knapp. Sie wollte mit der Frau weder über Noemi noch über ihre Gefühle sprechen. »Dann ist Ihnen auch bekannt, dass Finn van Werff bei dem Attentat ums Leben kam.«

Famke nickte.

»Bei der Durchsuchung seiner Wohnung sind wir auf einige Dinge gestoßen, die Fragen aufwerfen«, sagte Liv. »Finn scheint sich bis heute sehr intensiv mit dem Verschwinden seiner Freundin befasst zu haben. Und er hegte wohl keinen Zweifel daran, dass Ihr Bruder für ihr Verschwinden verantwortlich war. Mir ist inzwischen bekannt, was damals zwischen Ihrem Bruder und Esmée alles vorgefallen ist. Ich kann mir vorstellen, dass das für Sie nicht einfach war ... Immerhin waren Sie Esmées beste Freundin.«

»Nein, einfach war das tatsächlich nicht. Was ... Was David getan hat, war nicht richtig. Aber letztlich war er immer noch mein Bruder.«

»Als wir uns das letzte Mal gesehen haben, sagten Sie mir, dass David Ihnen im Vertrauen seine neue Identität und seinen neuen Wohnort offenbarte.«

»Das ist richtig.«

»Haben Sie darüber jemals mit jemand anderem außer vielleicht Ihrem Vater gesprochen?«

Famke schüttelte langsam den Kopf. »Nein, ich denke nicht.«

»Ich möchte, dass Sie mir jetzt gut zuhören. Finn ist derzeit unser Hauptverdächtiger im Mord an Ihrem Bruder ...« Liv wartete einen kurzen Moment, um Famkes Reaktion auf diese Offenbarung abzuwarten. Auf ihrem Gesicht zeigte sich keine Regung. Überraschung sah definitiv anders aus.

»Bei der Hausdurchsuchung sind wir auf Hinweise gestoßen, dass Finn die neue Identität und der Aufenthaltsort Ihres Bruders bekannt waren. Nun gibt es nicht viele andere Menschen, die davon wussten. Genauer gesagt: Doktor Terwind und Sie. Sollte sich unser Verdacht gegen Finn bestätigen, könnte es sich um Beihilfe zum Mord handeln. Das müssten die Staatsanwaltschaft und ein Gericht klären. Ich könnte mir durchaus vorstellen, dass Ihnen Finn gegenüber mal etwas rausgerutscht ist. Sicherlich nicht mit der Absicht, dass er Ihren Bruder tötet. Falls dem so ist, wäre jetzt der richtige Zeitpunkt, mir das zu sagen.«

Famke überlegte einen Moment. Dann sagte sie vorsichtig: »Ja, es könnte sein, dass ich ihm das gesagt habe.«

»Es *könnte* sein – oder haben Sie es ihm gesagt?«

»Ich …« Sie räusperte sich. »Ich habe es ihm gesagt, als er mich einmal fragte, ob ich wüsste, was aus David geworden ist.«

»Warum? Sie müssen doch gewusst haben, dass er einen Groll gegen Ihren Bruder hegte.«

»Ich sagte es … weil ich ein schlechtes Gewissen hatte. Ich hatte das Gefühl, ich schulde ihm etwas. Und Esmée auch.«

»Das müssen Sie mir erklären.«

»An dem Abend, als Esmée verschwand … Ich war mit ihr am Strand verabredet, aber ich habe noch mit meiner Großmutter telefoniert. Wäre ich pünktlich gewesen, wäre sie David und Bouke nicht begegnet und alles wäre anders gelaufen.« Famke verbarg das Gesicht in den Händen.

Sie hatte Liv nichts Neues erzählt, diese Geschichte hatte sie bereits von Ruben gehört, und sie entsprach dem, was Famke auch damals zu Protokoll gegeben hatte. Nur dass Liv diese Version inzwischen nicht mehr glaubte. David, Bouke,

Adriaan und Famke – sie hatten damals alle gelogen und waren damit durchgekommen, weil niemand mehr ein Interesse daran gehabt hatte, die Ermittlungen zu einem Abschluss zu bringen und die Wahrheit herauszufinden.

»Ich denke, dass sich das damals völlig anders zugetragen hat«, sagte sie. »Ich an Ihrer Stelle hätte jedenfalls kein schlechtes Gewissen gehabt, nur weil ich mit meiner Oma telefoniert und ein paar Minuten zu spät zu einer Verabredung gekommen bin. David und Bouke hatten es ohnehin auf Esmée abgesehen, es machte also keinen Unterschied.«

Famke ließ die Hände sinken. »Doch, das tat es … denn David hatte von mir erfahren, wo und wann ich mich mit Esmée treffen würde.«

»Er hat Sie danach gefragt?«

»Nein … Er schnappte es wohl auf, als ich es unserer Mutter sagte.«

»Das ist kein Grund für ein schlechtes Gewissen.« Liv lehnte sich vor. »Allerdings hat Ihre Geschichte einen kleinen Schönheitsfehler.«

»Wie meinen Sie das? Ich habe das alles Ihren Kollegen damals genau so erzählt.«

»Das weiß ich doch. Die haben nur nicht genau hingesehen.« Liv blickte Famke in die Augen. »Das normale Verhalten wäre gewesen, nach dem Telefonat zum Strand zu gehen. Sie mussten ja davon ausgehen, dass Ihre Freundin dort auf Sie wartet. Das hat Esmée aber nicht. Sie trat, wie wir wissen, den Heimweg an. Daraus schließe ich, dass sie sehr lange gewartet hat. Weil Sie sich gar nicht erst auf den Weg zum Strand gemacht haben. Das muss also ein sehr langes und inniges Gespräch mit Ihrer Großmutter gewesen sein. Ich kenne nur wenige junge Frauen, die sich deshalb von einer Verabredung mit ihrer besten Freundin und einem lauschigen Abend am Strand abhalten lassen würden. Ehrlich gesagt bezweifle ich, dass Sie dieses Telefonat jemals geführt haben.«

»Aber …« Famke schüttelte den Kopf. »Das wurde damals alles überprüft. Es gibt einen Beweis, dass meine Großmutter wirklich bei uns anrief.«

»Natürlich. Doch niemand weiß, mit wem sie bei Ihnen zu Hause tatsächlich gesprochen hat. Also … Was ist damals wirklich geschehen?«

»Ich … kann mich nicht genau erinnern.«

»Sie sollten sich überlegen, auf welcher Seite Sie stehen, Famke. Wollen Sie bei der Aufklärung des Mords an Ihrem Bruder behilflich sein oder die Ermittlungen lieber behindern? Wir gehen davon aus, dass Esmées damaliges Verschwinden und sein Tod zusammenhängen. Ihr Bruder sagte seiner Freundin, dass er hierherfahren würde, um eine alte Sache ins Reine zu bringen. Vielleicht sollten Sie das ebenfalls tun.«

Famke schwieg einen Moment und schien mit sich zu ringen. Schließlich nickte sie und sagte mit einem Seufzer: »Als Esmée am Strand auf mich wartete, da war ich mit meinem Freund zusammen.«

»Mit Ihrem Freund?« Liv stutzte. »Sie hatten also ein Date und ließen Ihre Freundin sitzen?«

»Nein, ich habe Esmée nicht sitzen lassen. Diese Verabredung mit ihr … Es gab sie nie wirklich. Wir hatten sie uns ausgedacht, weil meine Eltern nicht wollten, dass ich mich mit diesem Jungen treffe. Esmée war mein Alibi für diesen Abend. Ich habe erst später erfahren, dass sie trotzdem allein zum Strand gegangen ist.«

Liv lehnte sich zurück. »Warum haben Sie das damals niemandem erzählt? Ich kann mir nicht vorstellen, dass Sie das in Schwierigkeiten gebracht hätte.«

»Meine Eltern. Sie wollten es so. Ihnen war wichtiger, dass niemals rauskommt, dass ich mich mit dem Jungen getroffen habe, und ich musste ihnen auch versprechen, dass ich es danach nie wieder tue. Sie wissen vielleicht, dass meine Eltern sehr gläubig waren, und … nun ja, ein Typ, mit Lederjacke und Motorrad, der auf Iron Maiden steht und eine Kette mit umgedrehtem Kreuz um den Hals trägt, der passte da nicht so gut in ihr Konzept. Meine Mutter hatte an dem Abend sehr lange mit Großmama telefoniert … und dann erfand sie diese Geschichte, die ich erzählen sollte.«

»Gehe ich recht in der Annahme, dass Ihr Bruder damals mitbekam, als Sie Ihren Eltern die Lüge von der Verabredung mit Esmée am Strand auftischten?«

Famke nickte. »Ja.« Sie schaute auf ihre Hände. »Wenn ich mich nicht mit diesem Typen getroffen hätte, wäre Esmée vermutlich noch am Leben.«

»Da ist noch etwas, das für mich keinen rechten Sinn ergibt. Wir wissen, dass Esmée nach dem Zusammentreffen mit David und Bouke von Jorrit Kok, der beherzt einschritt, nach Hause gebracht wurde. Ihre Eltern verständigten die Polizei. Esmée verschwand aber aus dem Haus, bevor diese eintraf. Mir will einfach nicht in den Kopf, weshalb sie das getan hat. Besonders nach dem, was sie gerade erlebt hatte.«

Liv betrachtete Famke mit einem Blick, der ihr klarmachen sollte, dass sie nicht nachgeben würde, bevor sie die Wahrheit erfahren hatte. Tatsächlich war sie sich aber nicht sicher, ob sie mit ihrer Vermutung richtiglag.

Doch Famke sagte: »Ich fürchte, daran war ich ebenfalls schuld.«

»Inwiefern?«

»Als Esmée zu Hause war, rief sie mich auf dem Handy an und erzählte mir alles. Ich war außer mir vor Wut. Und ... mir kam eine Idee, wie wir uns rächen konnten. Bouke besaß damals ein kleines Motorboot. Es lag im Außenhafen. Eine Nussschale, aber sein Ein und Alles, das er sich mühsam erspart hatte. Ein Jammer, wenn das Ding ein Loch bekäme ... Esmée und ich verabredeten uns an der Zisterne bei der Grote Kerk.«

»Esmée stahl sich also heimlich aus dem Haus, um sich mit Ihnen zu treffen und es Bouke heimzuzahlen.«

»So ist es. Ich beeilte mich. Als ich bei der Zisterne ankam, sah ich, dass ich einen Riesenfehler gemacht hatte ...« Famke verzog das Gesicht zu einer Grimasse und begann zu weinen. »Bouke und David waren da. Sie hatten Esmée in der Zisterne in die Enge getrieben ...«

»Moment«, hakte Liv ein. »Erinnern Sie sich, wann das war, um welche Uhrzeit?«

»Ich weiß nur noch, dass ich kurz nach neun bei meinem Freund weg bin, also irgendwann danach.«

»Bouke hatte ein Alibi für diese Zeit. Er gab an, zu Hause bei seinem Vater gewesen zu sein, und dieser bestätigte das.«

»Aber ich habe ihn dort gesehen. Mit David. Sie schubsten Esmée herum, ohrfeigten sie. Dann stieß einer der beiden sie ... Ich glaube, es war Bouke. Esmée fiel hin, und ... Und ich hörte David schreien: ›Was hast du getan?‹«

Famke beugte sich vor, schlang die Arme um die Knie. Ihr Rücken bebte unter heftigen Schluchzern.

Liv hatte mit vielem gerechnet, aber nicht mit einer solchen Offenbarung. »Sie haben vermutlich den Mord an Ihrer

Freundin beobachtet. Warum in Dreiteufelsnamen haben Sie das damals niemandem erzählt?«

Famke antwortete nicht. Nur der Wind war zu hören, der über ihnen durch die Baumkronen fuhr. Schließlich richtete sich Famke wieder auf.

»Natürlich habe ich meinen Eltern erzählt, was ich gesehen hatte. Aber sie machten mir die Hölle heiß. David sei mein Bruder. Ob ich ihn ins Gefängnis schicken wollte? Was aus der Familie werden sollte? Die Eltern eines Mörders … Damit wäre ihr Ruf ruiniert. Ich …« Famke schüttelte den Kopf. »Sie sagten, ich sollte mir überlegen, ob dieses Ausländermädchen das wirklich wert sei.«

Liv spürte, wie eine Mischung aus Verachtung und Abscheu sie überrollte. Doch sie zwang sich zur professionellen Ruhe. »Nun begreife ich, weshalb Ihr Vater so große Stücke auf Sie hält. Sie haben darüber nie mit Finn van Werff gesprochen?«

»Nein. Was meine Eltern verhindern wollten, ist ja ohnehin eingetreten. Die Polizei nahm David fest … und Finn hat es immer irgendwie geahnt.«

»Als er Sie nach Davids Verbleib fragte, wussten Sie da, was er im Schilde führte?«

»Er hat das nicht ausdrücklich gesagt, ich wusste, dass er auch nach all den Jahren auf Rache sann. Und nachdem ich diese Last so lange mit mir herumgetragen hatte, da …«

Liv erhob sich. »Ich muss Sie bitten, diese Aussage zu Protokoll zu geben.«

Famke sah zu ihr auf. »Muss ich jetzt ins Gefängnis?«

»Darüber müssen andere urteilen.« Sie konnte der Frau wohl kaum sagen, dass sie derzeit nicht die Befugnis hatte, sie festzunehmen. »Ich kann bei der Staatsanwaltschaft ein gutes

Wort für Sie einlegen, weil Sie mir das zumindest halbwegs aus freien Stücken erzählt haben. Außerdem werden Sie wohl dazu beitragen, die Täter in zwei Morden zu ermitteln.«

Liv wollte gerade nach ihrem Smartphone greifen, um Ruben zu verständigen, als es klingelte.

»Er war es!«, hörte sie Rubens Stimme.

»Das muss Gedankenübertragung sein. Aber wovon redest du, wer war was?«

»Ich komme gerade aus der Kriminaltechnik. Die endgültige Analyse steht noch aus, doch der Schriftsachverständige meint, dass es kaum Zweifel gibt. Die Handschrift von Finn und die auf dem Zettel aus Davis Zimmer stimmen überein. Finn hat David also die Nachricht geschrieben, um ihn zum Katakombengang zu locken. Dorthin, wo alles angefangen hat. Dann hat er ihn überwältigt, indem er ihm dieses Flutraz... Ach, egal, wie das Zeug heißt. Auf jeden Fall spritzte er es ihm und schnappte ihn sich.«

»Ich habe mir gerade ebenfalls etwas Interessantes erzählen lassen. Komm zum Ferienpark am Breezand ...«

»Das geht nicht. Ich muss jetzt zum Bürgermeister. Ein Pressetermin wegen des Anschlags gestern. Ich soll dabei sein. Bin eh schon spät dran ...«

»Schick einen Streifenwagen. Sie sollen Famke Leinders mitnehmen.«

»Famke? Warum das?«

»Das erzähle ich dir später. Ich muss zuerst noch etwas überprüfen. Ich melde mich wieder. Könnte sein, dass ich dich um einen Gefallen bitten muss. Einen ziemlich großen Gefallen.«

67

Ann-Remi kam sich vor wie eine Getriebene. Zuerst war sie wegen Salims Anruf in dessen Laden geeilt, nun war sie wieder in die andere Richtung zur Grote Kerk unterwegs. Liv de Vries hatte sie gerade eben angerufen. Offenbar hatte sie von Famke Leinders etwas erfahren, das sie in Aufregung versetzt hatte, nur was, das hatte sie am Telefon nicht verraten wollen. Ann-Remi sollte rüber zur Zisterne kommen, alles Weitere würde an Ort und Stelle folgen. Und wo sie schon gerade bei ihm war, solle sie Salim ruhig mitbringen.

»Warum haben wir es denn so eilig?«, fragte Salim außer Atem.

»Ich weiß nur, dass es um Esmée geht.«

Die Erwähnung seiner Cousine genügte, damit Salim zwei schnelle Schritte machte und wieder zu ihr aufschloss.

Die Zisterne befand sich auf der südwestlichen Seite der Grote Kerk. Ein kleiner Steinbau mit Rundbögen und einem Spitzdach, über den die alte Kirche wie ein riesiger großer Bruder wachte. In ihrer Mitte stand ein alter, aus Bruchsteinen gemauerter Brunnen, der mit einem Gitter abgedeckt war.

Salim folgte Ann-Remi zum Brunnen und stützte sich mit beiden Händen auf den Rand. Auf seinem Gesicht zeigten sich Kummer und Schmerz.

»Hier ist es passiert, nicht wahr?«, fragte Ann-Remi. Der Schweiß stand ihr auf der Stirn, und sie wischte ihn mit dem Handrücken ab. Die Hitze wurde wieder unerträglich.

»Ja.« Salim biss sich auf die Unterlippe. »Ich ... komme nicht oft hierher. Es ist ein böser Ort.«

Ann-Remi hörte schnelle Schritte und sah Liv de Vries aus dem Schatten der Grote Kerk zu ihnen herüberkommen. Sie trug eine Sonnenbrille und hatte die Haare zu einem Zopf gebunden. Der Schweiß stand auch ihr auf der Stirn.

»Es ist gut, dass Sie mitgekommen sind«, wandte sie sich an Salim, als sie näher gekommen war. »Sie sind der Cousin von Esmée?«

Salim nickte und reichte ihr die Hand. »So ist es.«

»Sie haben Kontakt zu ihren Eltern?«

»Ja. Anish und Sherida leben in Groningen.«

»Es könnte sein, dass wir bald Kontakt mit ihnen aufnehmen müssen ...«

Salim hob die Augenbrauen. »Wissen Sie etwas Neues?«

»Ich fürchte, es sind keine erfreulichen Nachrichten.« Liv berichtete ihnen, was sie von Famke Leinders erfahren hatte.

Ann-Remi konnte nicht glauben, was sie da gerade gehört hatte. »Sie ... Sie hat den Mord an Esmée beobachtet?«

»Das lässt sich nicht mit Sicherheit sagen. Famke meinte lediglich, dass sie gesehen habe, wie die Jungen Esmée schubsten und ohrfeigten und wie sie schließlich zu Boden ging.«

»Aber ...«, meinte Salim. »Warum hat sie das die ganzen Jahre für sich behalten? Diese Information ... Das hätte der Polizei bestimmt geholfen.«

»Möglicherweise.« Liv stützte die Hände in die Hüften und sah sich nachdenklich um.

»Wir sind da ebenfalls auf etwas gestoßen, das Sie wissen sollten«, sagte Ann-Remi. »Die Stockrosensamen, die ich bei der Obduktion von David Leinders ...«

Liv de Vries hob die Hand. »Ich fürchte, David Leinders muss für den Moment warten. Seine Schwester hat mir da noch ein Detail berichtet, dem ich nachgehen möchte.«

Sie ging von dem Brunnen weg hinüber zu einem schmalen Pfad.

»Ich verstehe nicht, was Sie meint.« Salim sah Ann-Remi Hilfe suchend an.

Aber sie konnte nur die Schultern zucken, die Inspektorin war ihr manchmal ein Rätsel. »Ich leider auch nicht.« Sie folgten Liv den Weg entlang. Er führte unter den dicht bewachsenen Bäumen hinauf auf den Deich und von dort in direkter Linie auf den Außenhafen zu, wo zahlreiche Segeljachten und Motorboote festgemacht hatten. Liv ging vor bis an den Kai.

»Famke hat mir erzählt, dass Bouke Visser damals hier ein Motorboot liegen hatte. Die Mädchen wollten offenbar hierhin, um sich an ihm zu rächen.«

»Sie meinen ...« Ann-Remi ahnte plötzlich, worauf sie hinauswollte. Ihr Blick wanderte zurück zur Zisterne, die keine fünfhundert Meter entfernt lag.

Es war ihr unangenehm, ihre Vermutung im Beisein von Salim zu äußern. Sie wollte sich nicht respektlos gegenüber seinen Gefühlen zeigen. Er schien dies zu ahnen und sagte mit einem auffordernden Nicken: »Schon gut. Ihr müsst eure Arbeit tun. Nehmt auf mich keine falsche Rücksicht.«

Ann-Remi schluckte. »Wenn die beiden Esmée in der Zisterne ... getötet haben, dann ... haben sie sie vielleicht auf das Boot geschafft und weggebracht.«

De Vries nickte. »Ja, so könnte das gewesen sein. Und im Schutz der Dunkelheit dürfte sie hier kaum jemand beobachtet haben.«

»Da wäre ich mir nicht so sicher«, sagte Salim und deutete auf den hinteren Teil des Hafens. »Dort drüben hat sich früher das Büro des Hafenmeisters befunden. Falls er Dienst hatte, müsste er etwas gesehen haben.«

»Ist das heute noch derselbe Mann wie damals?«, fragte die Kommissarin.

»Meines Wissens ja«, antwortete Salim.

»Statten wir ihm einen Besuch ab und sehen, woran er sich erinnert.«

»Trotzdem sind einige Fragen unbeantwortet«, sagte Ann-Remi. »Wenn die beiden Esmée mit dem Boot fortschafften, weshalb griff die Polizei David Leinders dann an der Zisterne auf?«

»Ich denke, die Antwort darauf werden wir schon bald erfahren«, antwortete Liv. »Ruben hat mich gerade unterwegs angerufen. Bouke Visser wurde festgenommen, und die Staatsanwaltschaft wird ihn im Rahmen des Attentats der Anstiftung bezichtigen. Ich würde ihn gerne mit unseren neuesten Erkenntnissen konfrontieren.«

»Besteht denn eine Chance, dass Sie aus ihm herausbekommen, wohin er Esmée gebracht hat?«, fragte Salim.

Liv de Vries schob die Hände in die Hosentasche und richtete den Blick hinaus auf das Veerse Meer. »Ich glaube, das wissen wir schon. Haben Sie noch die Pinnwand in Finns Bungalow vor Augen, Ann-Remi?«

»Allerdings.«

»Wenn wir davon ausgehen, dass Finn der Mörder von David ist, dann wissen wir, dass er ihn einige Tage lang festgehalten und verhört hat. Möglicherweise hat David ihm tatsächlich etwas erzählt. Auf seiner Pinnwand hatte er den Haringvreter rot umkreist. Und ich schätze, nicht ohne Grund.«

Ann-Remi folgte dem Blick der Kommissarin hinüber zu der kleinen Insel, die vor den Toren von Veere lag. Einige Segelschiffe kreuzten vor ihr auf und ab.

Sie kannte sich mit Booten nicht sonderlich gut aus, doch Ann-Remi schätzte, dass man die Insel mit einem kleinen Motorboot, wie Bouke Visser es damals besessen hatte, in höchstens einer Viertelstunde erreichen konnte.

68

»Natürlich erinnere ich mich«, sagte der Hafenmeister, ein Mann mittleren Alters mit schwarzem Vollbart. Er war gerade aus seinem Büro gekommen, einem flachen viereckigen, eher einem Schuhkarton gleichenden Bau neben der Hafenmole, der lediglich aus einem Raum bestand. Er lehnte mit den Armen auf der Brüstung der Hafeneinfahrt und beobachtete ein hereinfahrendes Schiff. Sein marineblaues T-Shirt spannte über dem voluminösen Bauch.

»Bouke Visser hatte also zu jener Zeit tatsächlich ein Motorboot im Außenhafen liegen?«, vergewisserte sich Liv.

Ann-Remi und Salim warteten neben dem Hafenbüro, damit sie allein mit dem Hafenmeister sprechen konnte. Üblicherweise zeigten sich die Menschen zugänglicher, wenn sie nicht gleich von einer ganzen Gruppe Fragesteller umringt waren.

»Diese Schaluppe hat uns 'ne Menge Ärger bereitet«, sagte der Mann, griff nach einer Packung Zigaretten und zündete sich eine an. »Der Motor von dem verdammten Ding verlor ständig Öl und verdreckte das Wasser. Bouke hatte zu wenig Geld, ihn auszutauschen oder fachmännisch reparieren zu lassen. Er flickte ihn nur notdürftig, und ein paar Wochen später hatten wir dieselbe Schweinerei wieder.«

»Der Fall Esmée Vriesde sagt Ihnen etwas?«

»Sicher. Wenn man damals in Veere lebte, konnte einem das nicht entgehen. Es wimmelte vor Polizei, die das Mädchen suchte. Eine verdammte Schande, dass nie rausgekommen ist, was mit ihr geschah. Ich habe mich ein paarmal mit ihr unterhalten, war ein helles Köpfchen.«

»Ich interessiere mich für den Abend, als sie verschwand. Wissen Sie noch, ob Sie da Dienst taten?«

Der Hafenmeister nickte und zog an seiner Zigarette. Er lächelte kurz, als er die unbeholfenen Versuche eines Freizeitkapitäns beobachtete, sein Motorboot unbeschadet an den Anleger zu steuern. Dann wurde sein Gesicht wieder ernst. »Den Abend werde ich so schnell nicht vergessen. Ich hatte es mir gerade auf dem Sofa gemütlich gemacht, als die Polizei mich rausklingelte. Ich sollte dafür sorgen, dass kein Schiff den Hafen verließ.«

»Wann hatten Sie an jenem Tag denn Feierabend gemacht?«

»Spät. Damals lag mein Büro noch am Außenhafen, was reichlich unpraktisch war, da die meisten Touristen den alten Binnenhafen anlaufen. Wir waren zu jener Zeit mit dem Umzug in das neue Gebäude beschäftigt.« Er blickte kurz über die Schulter zu dem Schuhkarton. »Wenn das Tagesgeschäft erledigt war, schaffte ich schon die ersten Sachen rüber.«

»Es gibt eine Zeugenaussage, dass sich Bouke Visser an jenem Abend in der Nähe des Hafens aufgehalten hat.«

»Er war auf seinem Boot.«

»Da sind Sie sich absolut sicher?«

Der Hafenmeister nickte und verzog den Mund zu einem schiefen Grinsen. »Sein Freund David Leinders war bei ihm. Die beiden betranken sich mit Jenever. Das Amüsante war, dass Bouke eine Platzwunde an der Stirn hatte, nichts Ernsteres, es blutete nur ziemlich. David versuchte, die Blutung mit Klebeband zu stoppen, was die Sache nur noch schlimmer machte. Natürlich hatte Bouke kein Erste-Hilfe-Zeug auf seinem Boot, so schluderig, wie er war. Ich half den beiden mit Pflastern und Verband aus. Außerdem ermahnte ich sie, es nicht zu bunt zu treiben.«

»Wissen Sie noch, um welche Uhrzeit das ungefähr war?«

»Kurz vor neun. Ich hab danach Schluss gemacht und bin nach Hause. Eine Stunde später haben mich Ihre Kollegen rausgeklingelt.«

»Waren David und Bouke die Einzigen im Hafen oder waren noch mehr Leute auf ihren Schiffen?«

»Da war sonst niemand. Die Tage davor hatte es ziemlich geschüttet, und auch für die folgenden Tage war schlechtes Wetter angekündigt. Da treibt sich kaum jemand auf dem Wasser rum. Es lagen lediglich ein paar Hartgesottene im Binnenhafen.« Der Hafenmeister drückte seine Zigarette auf dem Geländer der Mole aus und steckte sie in die Packung zurück.

»Sie sagten, die Polizei bat Sie später, den Hafen abzusperren, damit niemand mehr rausfuhr. Vermutlich, weil die Kollegen nicht ausschließen konnten, dass sich das Mädchen auf einem der Schiffe befand. Das betraf also nur den Binnenhafen, wenn hier im Außenhafen niemand auf seinem Boot war?«

»Richtig. Der Ordnung halber bin ich natürlich trotzdem rüber und habe nachgesehen.«

»Waren Bouke und David da noch auf dem Boot?«

»Nein. Aber das Seltsame war …«

»Was?«

»Ich hätte damals schwören können, dass das Boot an einer anderen Stelle lag als vorher.«

»Sie meinen, die beiden sind mit dem Boot rausgefahren?«, fragte Liv.

»Keine Ahnung«, er zuckte mit den Schultern, »vielleicht haben sie in ihrem besoffenen Kopf nur eine Hafenrunde gedreht ... oder ich habe mich halt getäuscht.«

»Sie haben die beiden an dem Abend aber nicht mehr gesehen?«

»Nein.« Er drehte sich um und signalisierte einem Schiffsführer, der vor dem Hafenbüro stand, dass er gleich zu ihm kommen werde. »Ehrlich gesagt wundere ich mich ein wenig, dass Sie danach fragen. Sie scheinen Ihre Akten nicht sonderlich gut zu pflegen.«

»Wie meinen Sie das?«

»Ich habe das damals alles Ihren Kollegen erzählt.«

»Sie meinen der hiesigen Polizei?«

»Nein, es war tatsächlich einer Ihrer Kollegen von der Landespolizei, mit dem ich sprach. Und fragen Sie mich jetzt nicht nach einem Namen. Die vergesse ich andauernd, bin froh, dass ich mir meinen eigenen merken kann. Alsdann.« Er griff sich an eine imaginäre Mütze und ging zu seinem Büro hinüber.

»Was hat er gesagt?«, fragte Ann-Remi, als sie sich ein paar Schritte von dem Hafenmeisterbüro entfernt hatten und am Campveerse Toren vorbei zum Parkplatz gingen, wo Liv ihr Auto abgestellt hatte.

»Es passt zu Famke Leinders' Aussage. Er hat die beiden auf Bouke Vissers Boot gesehen.« Liv blieb stehen und wandte sich an Salim. »Wie gut erinnern Sie sich an den Ablauf des damaligen Abends?«

»Haargenau«, antwortete er. »Als Esmées Vater klar wurde, dass die Polizei den Fall nicht weiterverfolgte, machte er sich selbst daran, sie zu suchen. Mein Vater und ich halfen ihm.

Wir gingen alles, was bekannt war, noch mal bis ins kleinste Detail durch.«

»Wir wissen inzwischen, dass es die Verabredung am Strand mit Famke in Wahrheit nie gab«, sagte Liv. »Esmée ging trotzdem dorthin, vielleicht um allein dort ein paar Stunden zu verbringen. Wann verließ sie das Haus?«

»Gegen sechs«, sagte Salim. »Der Vorfall im Katakombengang ereignete sich um acht. Esmée lief David und Bouke in die Hände. Jorrit kam ihr zu Hilfe und brachte sie nach Hause. Sherida und Anish verständigten die Polizei.«

»Als diese eintraf, stellten ihre Eltern fest, dass Esmée nicht mehr auf ihrem Zimmer war. Sie hatte mit Famke telefoniert, und sie wollten sich bei der Zisterne treffen.«

»Es war kurz vor neun, als wir nachsahen«, erinnerte sich Salim. »Die Polizei machte sich sofort auf die Suche nach ihr.«

»Ungefähr zu dieser Zeit hat der Hafenmeister Bouke und David im Außenhafen auf dem Boot gesehen. Famke Leinders beobachtete wenig später, wie die beiden Esmée in der Zisterne zusetzten. Und David wurde kurz nach neun von der Polizei in der Zisterne aufgegriffen ...«

Ann-Remi legte die Stirn in Falten. »Da Esmée nicht gefunden wurde, bedeutet das, dass ihre Leiche fortgeschafft wurde. Für David dürfte die Zeitspanne zu knapp gewesen sein, um das bewerkstelligen zu können.«

»Richtig«, sagte Liv. »Es ergibt alles nur einen Sinn, wenn sein Freund Bouke ihm geholfen hat. David ist in der Zisterne geblieben, um die Spuren zu beseitigen. Wir wissen, dass er offenbar versuchte, das Blut aufzuwischen. Vorher hat er vielleicht seinem Freund Bouke geholfen, die Leiche auf das Boot zu schaffen, damit er sie wegbringt.«

Liv beobachtete, wie Salims Gesicht bleich wurde. Er ging ein paar Schritte und ließ sich auf eine Parkbank in der Nähe sinken.

»Ich muss mich entschuldigen, dass ich so unemotional über die Sache rede«, sagte Liv, als sie zu ihm hinüberging.

»Schon gut, das ist Ihr Job.« Salim sah zu ihr auf. »Sie müssen mir nur eines versprechen. Wenn Bouke wirklich etwas damit zu tun hatte, darf er diesmal nicht davonkommen. Und Sie müssen Esmée finden ... Sie ... Sie haben doch schon eine Vermutung, oder?«

Liv nickte. »Die habe ich. Und ich werde mich jetzt gleich darum kümmern.« Sie wandte sich an Ann-Remi. »Da gäbe es noch etwas, das Sie in der Zwischenzeit für mich erledigen könnten, Ann-Remi.«

»Gerne, worum geht es?«

»Sie müssten sich mit jemandem unterhalten. Schaffen Sie das?«

Liv erklärte ihr, was sie zu tun hatte. Dann trennten sie sich. Ann-Remi ging ihrer Aufgabe nach, Salim kehrte in seinen Blumenladen zurück. Wobei Liv keine Zweifel hegte, dass der Mann heute mit seinen Gedanken woanders sein würde.

Sie selbst setzte sich in ihr Auto. Sie aktivierte ihr Handy, richtete einen Hotspot ein und nahm den Laptop vom Beifahrersitz. Mit ihrem Passwort loggte sie sich in die Datenbanken der Landespolizei ein. Dort rief sie die Akte im Fall Esmée Vriesde auf.

Obwohl ihr Wagen im Schatten stand und sie das Fahrerfenster herunterließ, war es unerträglich heiß. Doch das ließ sich Liv egal sein. Esmée hatte Vorrang vor ihrem persönlichen Wohlempfinden.

Liv verbrachte eine gute Dreiviertelstunde damit, die Fallakte dreimal genau durchzusehen. Es war alles da. Zeugenbefragungen, die Verhöre von David Leinders und Bouke Visser, Ergebnisse der Spurensicherung ...

Lediglich eines fehlte. Die Aussage des Hafenmeisters, die nach dessen Angaben ein Kollege der Landespolizei aufgenommen hatte und die mit einiger Wahrscheinlichkeit dem Fall eine andere Wendung gegeben hätte.

Liv hatte eine gute Vorstellung davon, wer den Hafenmeister damals befragt und später vermutlich dafür gesorgt hatte, dass dessen Aussage aus der Fallakte verschwand.

69

»Ich hoffe, es ist wirklich wichtig«, sagte Ruben zu Liv, als er aus dem Büro des Bürgermeisters in das Vorzimmer trat. Er deutete mit dem Daumen hinter sich: »Toon van der Horst grillt den armen Terpstra gerade.«

Die Assistentin des Bürgermeisters hatte sich beharrlich geweigert, ihren Boss aus dem laufenden Interview herauszuholen, sosehr Liv sie auch beschworen hatte, dass es sich um eine dringliche Angelegenheit handelte, die sicherlich für den Bürgermeister gleichfalls von höchstem Interesse sei.

Schließlich hatte sie sich erweichen lassen, zumindest den Polizeichef zu informieren, dem sie offenbar den weniger wichtigen Part bei dieser Unterhaltung mit der Presse beimaß.

Liv berichtete Ruben in wenigen Worten, was sie herausgefunden hatte. Sie sprach zwar leise, dennoch konnte die Assistentin des Bürgermeisters vermutlich mithören, da sie in nächster Nähe zu ihr standen – was aber nicht weiter schlimm war, denn sie würde die Neuigkeit ohnehin bald von ihrem Vorgesetzten erfahren. Zumindest, wenn Livs Vorhaben aufging.

Nachdem sie die Akte gelesen hatte, hatte sie die Möglichkeiten durchdacht, wie sie mit ihrem neu erlangten Wissen umgehen sollte. Der korrekte Weg wäre gewesen, damit zu Adriaan zu gehen. Doch das war ausgeschlossen, da er befangen war und wohl kaum Interesse haben dürfte, dass seine Machenschaften im Fall Esmée Vriesde aufflogen.

Über ihm stand der Polizeipräsident. Allerdings hegte Liv erhebliche Zweifel, dass dieser ihr Gehör schenken würde. Von einer laufenden Ermittlung abgezogen, die völlig aus dem Ruder gelaufen war, dazu eine interne Ermittlung wegen Schusswaffengebrauchs gegen sie am Hals – ihr Leumund in den Fluren der Landespolizei war derzeit nicht der Beste.

Deshalb hielt sie ein anderes Vorgehen für vielversprechender. Das Einzige, was jetzt half, war die Flucht nach vorne. Dabei würde sie sich ausnahmsweise erlauben, eigennützig vorzugehen, da dies auch der Wahrheitsfindung zugutekommen würde. Sie konnte nur hoffen, dass Bürgermeister Terpstra sich ihrem unkonventionellen Vorgehen anschließen würde.

Als sie ihre Erzählung beendet hatte, schwieg Ruben für einem Moment. Lediglich das Tippen der Assistentin auf der Tastatur ihres Computers war zu hören und das Ticken einer alten Standuhr, die in einer Ecke neben einem deckenhohen Bücherregal stand. Aus einer nachträglich eingebauten Klimaanlage unter einem der Sprossenfenster rieselte leise kalte Luft.

»O mein Gott«, sagte er schließlich. »Das ist das fehlende Puzzleteil. Aber ... ich habe mir über die Jahre die Fallakte immer wieder vorgenommen, nach Dingen gesucht, die übersehen wurden. Warum bin ich nie darauf gestoßen?«

»Ich nehme an, dass die Aussage des Hafenmeisters aus der Akte entfernt wurde«, erklärte Liv. »Ich habe auch einen Verdacht, von wem.«

»Adriaan Verlaat?«

Liv nickte. »Davon gehe ich aus. Er wollte David Leinders als V-Mann. Ein Spitzel in einem der wichtigsten rechtsradikalen Netzwerke, der ihm direkt unterstand – damit konnte er Karriere machen. Alle Hindernisse, die diesem Ziel im Weg standen, hat er beiseitegeräumt. Natürlich hat er Glück gehabt, dass Famke Leinders ihrer Familie zuliebe nie erzählt hat, was sie an jenem Abend beobachtete. Doch allein die Beobachtungen des Hafenmeisters hätten dem Fall eine entscheidende Wendung gegeben.«

»Boukes Alibi ist damit hinfällig«, griff Ruben den Faden auf. »Er war nicht bei seinem Vater.«

»Richtig, er saß mit David auf seinem Boot. Die beiden betranken sich. Dann sahen sie Esmée, die zur Zisterne ging, um sich dort mit Famke zu treffen. Sie prügelten gemeinsam auf sie ein, der Alkohol hat ihnen sicherlich die letzten Hemmungen genommen.«

»Sie teilten sich auf«, überlegte Ruben laut. »David beseitigte die Spuren in der Zisterne, deshalb wurde er dort aufgegriffen. Bouke fuhr mit seinem Boot raus, um die Leiche zu beseitigen. Was glaubst du, was er mit ihr gemacht hat? Warf er sie einfach auf dem offenen Wasser über Bord?«

»Möglich, aber eher unwahrscheinlich. Das Veerse Meer gleicht eher einem großen See. Die Chancen, dass die Leiche wieder auftaucht, wären ziemlich hoch. Nein, ich habe da einen anderen Verdacht. Erinnerst du dich an die Pinnwand von Finn van Werff?«

»Ja. Er hatte den Haringvreter eingekreist.«

»Und das vermutlich nicht ohne Grund. Wenn er David Leinders tatsächlich überwältigt und festgehalten hat, könnte sich dieser als geständiger erwiesen haben, als Finn es vielleicht gedacht hat.«

»Wie kommst du darauf?«

»Aus mehreren Gründen.« Liv zählte an den Fingern ab. »Erstens: David hat sich von seiner Freundin mit den Worten, dass er eine alte Sache ins Reine bringen wollte, verabschiedet. Zweitens: In den Verhören seinerzeit hat er immer geschworen, dass er selbst dem Mädchen nichts angetan hat. Adriaan hat mir zudem erzählt, dass er in den Unterhaltungen mit David immer das Gefühl hatte, dass der Junge jemanden schützt. Dabei kann es sich um seine Schwester Famke gehandelt haben. Natürlich war es in seinem eigenen Interesse, dass sie dichthielt. Für wahrscheinlich halte ich aber mit unseren heutigen Erkenntnissen, dass er Bouke schützen wollte.«

»Das ist in der Tat denkbar. Bouke hatte ein schönes Alibi, und damit war die Chance gegeben, dass zumindest einer von ihnen ungestraft davonkam.«

»Wir wissen noch nicht, was damals in der Zisterne im Detail vor sich ging. Letztendlich sind beide Jungen am Tod von Esmée Vriesde schuld. Du weißt, wie das ist ... Aus der persönlichen Perspektive kann das für einen Täter anders aussehen. Möglich, dass Bouke dem Mädchen den entscheidenden Schlag oder Stoß versetzte, der sie tödlich verletzte. Das könnte David zu der Annahme geführt haben, dass er sie nicht auf dem Gewissen hatte. Wie auch immer, er hat die Wahrheit jahrelang mit sich herumgetragen. Und nun wollte er sich die Last von der Seele reden.«

»Was, denkst du, hatte er vor?«

Liv zuckte mit den Schultern. »Keine Ahnung. Vielleicht wollte er erst mit seiner Familie sprechen. Sich mit dem sterbenden Vater aussöhnen, indem er ihm sagte, dass er für seine Tat einstehen würde ... Wer weiß das schon. Jedenfalls dürfte er sich deshalb auch seinen Peinigern gegenüber als geständig erwiesen haben. Ich vermute, dass er Finn erzählt hat, wo sie damals die Leiche von Esmée Vriesde hingeschafft haben.«

»Ja, so könnte es gewesen sein.« Ruben stützte die Hände in die Hüften, blickte kurz zu Boden und schnaufte. »Unser nächster Schritt ist ziemlich klar. Das Ganze hat nur einen Haken – deinen Freund Adriaan. Er leitet die Ermittlungen und wird vermutlich kein Interesse daran haben, eine große Suchaktion auf dem Haringvreter zu veranlassen. Wenn das ans Tageslicht kommt, was du herausgefunden hast, kann er seine Karriere an den Nagel hängen.«

»Da kommst du ins Spiel.«

»Ich? Dafür fehlen mir leider die Mittel. Das wäre allenfalls Sache der Kripo. Ich fürchte, die werden sich nicht in die Belange der Landespolizei einmischen wollen.«

»Richtig, und deshalb bin ich hier.« Liv packte Ruben sanft am Oberarm und schob ihn in Richtung der Tür zu Terpstras Amtsstube. »Wir werden uns jetzt die nötige Rückendeckung des Bürgermeisters holen. Der Mann steckt gerade mitten im Wahlkampf. Die Aufklärung eines aufsehenerregenden Verbrechens könnte ihm ganz gelegen kommen. Und … was das Ans-Tageslicht-Bringen angeht … Ich glaube, für so etwas sitzt gerade der richtige Mann bei ihm da drinnen.«

70

Angst vor der eigenen Courage, so nannte man wohl das Gefühl, das Ann-Remi beschlich, als sie durch die Gassen von Veere ging.

Was hatte sie sich eigentlich dabei gedacht?

Ist nur eine kleine Sache, reine Routine, hatte Liv de Vries gesagt. Lediglich eine Aussage solle sie überprüfen, nichts allzu Schwieriges.

Das war es tatsächlich nicht. Sie würde es schon hinbekommen, diesem Wouter ... Wie hieß er noch? ... Witteveen, ja, Wouter Witteveen ... Sie würde ihm ein paar Fragen stellen, ob er zu einem bestimmten Zeitpunkt tatsächlich an einem bestimmten Ort gewesen sei und was er dort gesehen hätte. Sie würde einfach ihrer Intuition folgen, so, wie sie es auch bisher getan hatte. Ihrer Intuition, die sie überhaupt erst in diese Lage gebracht hatte. Denn allmählich dämmerte Ann-Remi, dass sie vielleicht zu weit über das Ziel hinausgeschossen war. Bislang waren es ihre Neugierde und Empathie gewesen, die sie antrieben. Etwas an dem Tod von Willem de Ram stimmte nicht, und sie hatte wissen wollen, was. Sie wollte es noch immer herausfinden, genauso wie die Wahrheit über das Verschwinden von Esmée Vriesde – sie wollte Salim helfen, seinen Seelenfrieden zu finden. Aber wohin hatte sie das gebracht? Sie war nun Teil einer polizeilichen Ermittlung ... Moment, nein ... einer privaten, vermutlich illegalen Schnüffelei einer Inspektorin, die von ihrem Vorgesetzten ihrer

Aufgaben entbunden worden war, die Ann-Remi im Grunde gar nicht kannte und der sie in ihrem Eifer blindlings gefolgt war. Sicherlich, das alles war unglaublich aufregend, und es war bestimmt nicht das erste Mal, dass ein kräftiger Adrenalinschub sie auf einen fragwürdigen Pfad geführt hatte. Mit Cees Koning hatte sie es sich ordentlich verscherzt. Wenn er herausfand, was sie hier trieb, konnte sie vermutlich den Job als Rechtsmedizinerin an den Nagel hängen.

Also, liebe Ann-Remi, sagte sie in Gedanken zu sich selbst und verlangsamte ihre Schritte, was hält dich davon ab, einfach nach Hause zu gehen und die Sache auf sich bewenden zu lassen? Bereite Boudewijn ein leckeres Abendessen zu, setz dich an deinen Schreibtisch und bemal ein paar Zinnfiguren oder schau irgendeine Serie auf Netflix.

Nein? Warum nicht?

Wegen deiner verfluchten Neugier. Du kannst es nicht lassen, richtig? Und weil du glaubst, dass Liv de Vries auf dem falschen Dampfer unterwegs ist. Du hast dem Urteil von Cees Koning nicht vertraut und ihrem traust du auch nicht.

Dabei hat sie ja nicht mal grundsätzlich unrecht. Sie versteht etwas von ihrem Handwerk. Ihr könnte gelungen sein, woran andere gescheitert sind: Sie ist dem Mörder und dem Verbleib von Esmée Vriesde auf den Spuren. Und was Finn van Werff betrifft, hat sie vermutlich recht. Alles spricht dafür, dass dieser David Leinders in den Katakombengang gelockt, ihn dort überwältigt und verschleppt hat. Aber hat Finn ihn auch getötet?

In dieser Hinsicht beschlichen Ann-Remi Zweifel, und sie konnte selbst nicht einmal sagen, ob diese begründet waren, beruhten sie doch auf einem etwas seltsamen Indiz.

Im ersten Moment hatte sie sich vorhin geärgert, dass die Inspektorin sie abgebügelt hatte, als sie ihr von der außergewöhnlichen Stockrosenart hatte erzählen wollen. Inzwischen war sie aber ganz froh, dass sie keine Gelegenheit dazu bekommen hatte. Es erschien ihr zu abstrus.

Dennoch nagte die Überlegung an ihr. In der tödlichen Wunde an David Leinders Kopf hatte sie Stockrosensamen gefunden. Die Annahme lag also nahe, dass er an einem Ort erschlagen worden war, wo diese vorkamen. Das Problem war nun: Finn van Werff hatte mit der Floristik nichts am Hut gehabt. In seinem Haus hatte es keinerlei Hinweise darauf gegeben, dass er sich als Hobbygärtner betätigte oder gar als Züchter, der sich auf eine besonders ausgefallene Rosenart verstand.

Denn der Fachmann, den sie vorhin in Salims Laden getroffen hatte, hatte erklärt, die besondere Unterart der Alcea veerensis bislang nur einmal gesehen zu haben, beim letztjährigen Stockrosenfest. Der Hauptpreis war auf diese Züchtung entfallen, und der Mann hatte sich auch an den Namen des Gewinners erinnert – Jorrit Kok.

Ann-Remi schüttelte den Gedanken ab, als sie an ihrem Ziel angekommen war. Ein gedrungenes Holzhaus in der Warwijksestraat. Die Bretter der Fassade waren schwarz gestrichen, das Spitzdach so tief, dass sie die Dachpfannen mit der Hand berühren konnte. Mehrere runde Steine führten über die Wiese vor dem Haus zum Eingang. Davor saß auf einem Campingstuhl, eine Pfeife in der einen, eine Zeitung in der anderen Hand, ein älterer Herr mit grauem Vollbart. Auf dem Kopf trug er einen Strohhut mit breiter Krempe, die vor der Sonne schützte.

»Wouter Witteveen?«, fragte Ann-Remi.

Der Mann sah von der Zeitung auf. »Kommt drauf an, wer das wissen will.«

»Ann-Remi Blom.« Sie ging über die Steine auf ihn zu und streckte die Hand aus, die er aber nicht ergriff. »Ich bin Rechtsmedizinerin und ... arbeite gerade mit den Behörden in einem Mordfall zusammen. Ich würde Ihnen gerne ein paar Fragen stellen.«

Wouter Witteveen musterte sie von oben nach unten und paffte dabei an seiner Pfeife. »Schicken die nicht üblicherweise einen Kommissar vorbei, wenn es um so was geht?«

»Schon, ja. Aber ... Sie haben bestimmt mitbekommen, was gestern geschehen ist. Sind gerade alle sehr beschäftigt.« Sie kam sich vor wie zu Schulzeiten, wenn sie ihrer Lehrerin eine besonders unglaubwürdige Ausrede für nicht gemachte Hausaufgaben auftischte.

Doch Wouter Witteveen schien eher von der leichtgläubigen Sorte zu sein. »Worum geht es denn?«

»Um den Samstagabend vor zwei Wochen. Uns ist zu Ohren gekommen, dass Sie da einen kleinen Unfall hatten.«

»Klein?« Witteveen hob die Augenbrauen. »Ich hätte mir fast das Genick gebrochen. Aber weshalb interessiert sich denn die Polizei dafür?«

»Nun, es könnte sein, dass Sie vielleicht etwas beobachtet haben, was für uns von Interesse sein könnte. Vielleicht erzählen Sie mir einfach, was geschehen ist?«

Der alte Mann rückte seinen Strohhut zurecht, überlegte, schien aber wohl keinen Grund zu finden, weshalb er nicht über sein Missgeschick reden sollte. »Ich kam aus der Kneipe. Es war schon dunkel, und ich hatte ein wenig geladen. Deshalb ... Nun ja, ich hab den Karren einfach zu spät gesehen.«

»Sie waren mit dem Fahrrad unterwegs, richtig?«

»Korrekt.«

»Wo fuhren Sie lang?«

»Den Weg, den ich immer nach Hause fahre. An der Grote Kerk links, durch die kleine Gasse und dann über die Brücke im Hafen hierüber.«

»Und wo stand dieser Karren?«

»In der Gasse, die links bei der Grote Kerk abzweigt. Wie gesagt, es war dunkel, und die Gasse ist nicht gut beleuchtet. Ich kam um die Ecke, und da stand mitten auf dem Weg der Karren von Jorrit Kok.«

»Jorrit Kok?«, wiederholte Ann-Remi.

Wouter Witteveen sah sie etwas verwirrt an. »Ja, sag ich doch. Er schafft mit dem Karren immer den Dung der Ponys in seinen Garten. Jorrit gehört zum Stadtbild, jeder kennt ihn. Jedenfalls stand das Ding so dämlich geparkt, dass man es nicht gesehen hat, wenn man um die Ecke kam. Ich machte einen Satz über den Lenker und schlug mir den Kopf an. Ein Glück, dass ich mir nichts gebrochen habe. Aber ich hatte eine Platzwunde. Finn kümmerte sich gleich und verständigte Doktor Terwind ...«

»Moment, Moment«, unterbrach Ann-Remi ihn erneut. »Sie meinen Finn van Werff.«

»Ja. Hab gehört, was ihm da gestern zugestoßen ist. Furchtbar.«

»Wissen Sie, was Finn dort zu suchen hatte?«

»Er half Jorrit, seine Ladung in den Garten zu räumen. Soweit ich weiß, verstanden sich die beiden ganz gut. Spielten Schach miteinander ...«

»Was genau meinen Sie mit Ladung? Den Dung?«

Witteveen wog den Kopf hin und her. »Weiß nicht, hab das im Dunkeln nicht so genau gesehen. Mir lief außerdem das Blut ins Auge. Aber ich glaub, Dung war das nicht. Es sei denn, Jorrit packt den neuerdings in große Jutesäcke.«

»Meneer Witteveen«, bat Ann-Remi höflich, »könnten Sie mir noch einmal genau beschreiben, wo sich die Stelle befindet, an der sich das alles ereignet hat?«

Sie hörte genau zu, was der Mann sagte. Dann machte sie sich auf den Weg.

Sie widerstand dem ersten Impuls, weiter nachzuforschen. Es lag auf der Hand, was der alte Mann da vielleicht beobachtet hatte. Dennoch ermahnte Ann-Remi sich, ihre Neugier zu zähmen. Eben noch war sie beinahe daran verzweifelt, worin sie sich verstrickt hatte. Es gab also keinen Grund zu überstürzten Taten. Sie würde Liv de Vries berichten, was sie erfahren hatte, und alles Weitere wäre deren Sache.

Zwei Stunden später stand sie in der Küche von Boudewijns Haus und bereitete ihrem Onkel Rookworst mit Grünkohl zu, sein Leibgericht. Boudewijn saß draußen auf der Terrasse und kraulte einem der Cockerspaniel das Ohr, als sie ihm das Essen rausbrachte. Der Hund scharwenzelte schon die ganze Zeit um den Tisch herum, in der Erwartung, dass etwas für ihn abfallen würde.

Ann-Remi nahm ebenfalls Platz und tat ihrem Onkel und sich selbst eine Portion auf.

»Köstlich«, lautete Boudewijns Urteil nach den ersten Bissen.

»Freut mich. Hast du dich heute ein wenig erholt?«

»Einigermaßen. Der Schreck sitzt mir ziemlich in den Knochen. Der Gedanke ...« Er hielt beim Essen inne und senkte das Besteck auf den Teller. »Der Gedanke, dich zu verlieren ... Ich glaube, mir ist gestern erst so richtig klar geworden, wie viel mir an dir liegt.« Er schluckte schwer, stopfte sich schnell den nächsten Bissen in den Mund und senkte den Blick auf den Teller.

Ann-Remi schmunzelte. Sie wusste, wie schwer ihm das über die Lippen gekommen sein musste. Onkelchen sprach weder gerne noch häufig über seine Gefühle. Sie griff über den Tisch und streichelte kurz mit der Hand über seinen Unterarm. »Ja, ich bin auch froh, dass wir noch da sind.«

»Hat die ... Hat die Polizei ...«, fragte er im Kauen, »... hat sie schon was über diesen Kerl rausgefunden?«

»Der Kerl sitzt hinter Gittern und wird seine gerechte Bestrafung erhalten. Offenbar ist er ein Anhänger von Bouke Vissers Partei. Du weißt schon, die *Besorgten Zeeländer*, die am liebsten alle Einwanderer des Landes verweisen wollen und alle Andersdenkenden gleich mit. Diese Typen scheinen dir ja aus der Seele zu sprechen.«

»Das ...« Boudewijn gestikulierte mit dem Besteck. »Das habe ich nie so gesagt. Ich habe nur festgestellt, dass manches in unserem Land nicht ganz richtig läuft und unter den vielen Einwanderern logischerweise auch ein paar schwarze Schafe sind ... Oh, Pardon ... Darf man das noch sagen, schwarze Schafe?«

Ann-Reim legte den Kopf schief. »Echt jetzt?«

»Schon gut, schon gut. Jedenfalls ...« Er presste die Lippen aufeinander. »Während du unterwegs warst ... Ich habe mir im Internet mal angesehen, was die Leute da so von sich geben. Vor allem dieser Bouke Visser. Und ... Ach, ich weiß nicht, ob das nicht alles etwas übertrieben ist.«

»Onkelchen. Ist das jetzt deine Art, mir zu sagen, dass diese rechten Schwachmaten falschliegen und du sie nicht mehr so toll findest?«

»Werd nicht gleich so rechthaberisch.« Er deutete mit der Zinke seiner Gabel auf sie. »Jedenfalls ... Ich hab mir überlegt, ob wir unseren neuen Nachbarn nicht mal zum Abendessen einladen. Was meinst du? Scheint ja doch ein ganz netter Kerl zu sein, und die Kinder ... Es ist schön, sie drüben beim Spielen zu hören. Vorher war hier ja eine Ruhe wie auf dem Friedhof.«

»Meinetwegen gerne.«

»Du scheinst ja prima mit ihm klarzukommen.« Er widmete sich wieder der Rookworst. »Er soll die Kinder ruhig mitbringen. Sie werden den Tieren gefallen.«

Ann-Remi musterte ihren Onkel beim Essen mit stillem Amüsement. So schrecklich das Erlebnis gestern auch gewesen sein mochte, es schien tatsächlich so, als hätte es ein Umdenken bei ihm ausgelöst. Vielleicht verstand er langsam, dass Leute wie Bouke Visser mit heimatverliebten Zeitgenossen wie ihm ein hinterlistiges Spiel trieben, das zu nichts Gutem führte und für das man sich nicht einspannen lassen sollte.

Wie immer überließ Boudewijn ihr das Aufräumen und den Abwasch. Er trottete zum Hühnerstall hinüber, schnappte sich einen Besen und fing an reinezumachen.

Ann-Remi ging in die Küche und ließ heißes Wasser in die Spüle laufen. Sie blickte gedankenverloren aus dem Küchenfenster. Es dämmerte bereits, und auf der Straße vor dem Haus fuhr ein Radfahrer ohne Beleuchtung vorbei.

Sie musste wieder an den Unfall denken, den Wouter Witteveen mit seinem Fahrrad im Dunkeln gehabt hatte.

Was wollte sie der Kommissarin eigentlich erzählen?

Es ergab alles nur Sinn, wenn man der Stockrosen-Theorie folgte. Ansonsten hatte Witteveen vermutlich einfach nur zwei Männer beobachtet, die Gartenbedarf einräumten, von denen der eine zwar als Mörder gelten durfte, was der andere aber nicht zwangsläufig gewusst haben musste.

Möglich, dass Liv de Vries sie für verrückt erklären würde. Wenn sie ihr glauben sollte, musste sie wohl schon mehr auf den Tisch legen.

Da war sie also wieder, diese verdammte Neugierde, die ihr keine Ruhe ließ. Sie wollte wissen, ob sie richtiglag.

Kurz entschlossen legte Ann-Remi das Geschirrspültuch zur Seite, ging in den Flur und schnappte sich den Autoschlüssel. Sie wollte noch in den Garten gehen und Boudewijn Bescheid sagen, doch der war in seine Arbeit vertieft. Vermutlich würde sie wieder da sein, ehe er überhaupt bemerkt hatte, dass sie weg war. Und wenn doch, würde er annehmen, dass sie ein paar Besorgungen machte.

Sie ging raus, stieg ins Auto und fuhr los.

Eine Viertelstunde später war sie wieder in Veere. Den Wagen stellte sie auf dem großen Parkplatz am Außenhafen ab. Dann ging sie zu Fuß weiter, umrundete die Grote Kerk und bog in die schmale Gasse ein, die Wouter Witteveen ihr beschrieben hatte.

Das Haus war kaum zu verfehlen. Es stand auf der Straßenecke, ein niedriger Bau aus rotem Backstein mit Stufengiebel. Dahinter erstreckte sich ein weites Gartengrundstück, das von einer mannshohen Mauer umgeben war. Das Haus lag im Dunkeln. Ann-Remi vergewisserte sich noch einmal, indem sie auf und ab ging und einen Blick in die Fenster warf. Da war niemand.

Sie schlich an der Gartenmauer entlang, bis sie an einen bogenförmigen Durchgang kam. Die Tür war nicht gesichert. Der Riegel, der sie von innen versperrte, ließ sich leicht aushebeln, indem sie die Tür anhob. Sie blickte sich nach allen

Seiten um, und als sie niemanden sehen konnte, betrat sie das Gartengrundstück und schloss die Tür wieder hinter sich.

Es war stockdunkel. Die Nachbarhäuser lagen ein Stück weit entfernt, und die Fenster, in denen Licht brannte, gingen zur Straßenseite hinaus.

Ann-Remi aktivierte die Taschenlampe ihres Smartphones und schlich langsam vorwärts. Der Garten bestand aus mehreren Beeten mit hochgewachsenen Stockrosen, zwischen denen ein Kiesweg zum Haus führte. Dort gab es lediglich eine kleine Steinterrasse mit einem Tisch und zwei Gartenstühlen.

Sie ließ den Lichtstrahl der Handylampe über das Anwesen gleiten. Nichts, außer Stockrosen und einigen andere Blumen.

Ann-Remi ging ein Stück weiter auf die andere Seite des Gartens zu. Hier waren die Stockrosen besonders dicht gewachsen, und einige Büsche wucherten an der Mauer des Grundstücks empor.

Als ihr rechter Fuß an etwas hängen blieb, konnte sie sich gerade noch abfangen. Ihr Smartphone glitt ihr aus der Hand.

Ann-Remi hob das Handy auf und richtete es auf die Stelle, an der sie gestolpert war.

Im Schein der Taschenlampe erkannte sie eine Holztür. Sie war in den Boden eingelassen, eingefasst von einer Betonumrandung mit zwei Scharnieren und einem Riegel.

Ann-Remi ging hinüber und bückte sich. Der Riegel war nicht verschlossen. Sie schob ihn zur Seite, öffnete die Tür und leuchtete hinein.

In dem Moment packten zwei Hände sie an den Schultern und stießen sie nach vorne. Sie stürzte und spürte noch, wie sie mit dem Kopf gegen etwas Hartes schlug. Dann wurde es dunkel um sie herum.

71

Grillgeruch lag in der Luft, die Erwachsenen unterhielten sich bei Wein und Bier, während die Kinder auf dem Rasen Fußball spielten oder herumtobten. Viele hatten Lampions oder kleine Laternen an ihren Behausungen aufgehängt, auf den Tischen brannten Kerzen.

Der Weg führte Liv weiter nach hinten zu den Stellplätzen der Dauercamper. Bei ihrem Vater brannte Licht, und im Näherkommen hörte Liv eine gedämpfte Unterhaltung von der Terrasse her. Sie umrundete das Mobilheim. Auf der Holzveranda saß ihr Vater mit einem Mann zusammen, der dem Äußeren nach jünger sein musste als er. Schätzungsweise Anfang, Mitte fünfzig, grauer Lockenkopf und eine silberne Stahlgestellbrille. Auf dem Tisch zwischen ihnen standen ein Rotwein und ein alkoholfreies Pils.

Vater begrüßte sie mit einer Umarmung. Die neue, wiedergewonnene Innigkeit fühlte sich noch ungewohnt an, dennoch drückte Liv ihren Vater kurz an sich.

»Entschuldige, ich hatte vergessen, dir zu sagen, dass ich heute Abend Besuch habe«, sagte er. »Darf ich vorstellen. Xander den Hartog, mein Chef.«

»Vor allem aber sind wir gute Freunde.« Der Mann erhob sich ebenfalls und reichte Liv die Hand. »Freut mich, Sie kennenzulernen. Ich bin Direktor des Museums in Westkapelle. Ihr Vater und ich kannten uns allerdings schon lange bevor er bei uns angefangen hat.«

Vater holte ihr einen Stuhl heran, und Liv setzte sich.

»Was darf ich dir anbieten?«, fragte er. »Magst du auch einen Wein?«

»Nein, lieber alkoholfrei.«

»Wie ist es mit dir, Xander? Jetzt vielleicht ein Gläschen?«

Der Museumsdirektor hob die Hand. »Danke, Geert-Jan, aber du weißt ... Ich muss noch fahren.«

Vater holte eine Flasche alkoholfreies Bier und schenkte Liv ein. Dann setzte er sich wieder. Zu ihrer Erleichterung verzichtete er darauf, sie danach zu fragen, wie ihr Tag gewesen oder ob sie in ihrem nicht ganz unproblematischen Vorhaben vorangekommen war. Er hatte wohl noch in guter Erinnerung, dass sie Fremden gegenüber nie über ihre Arbeit sprach. Stattdessen lenkte er das Gespräch auf das Wetter, was heutzutage längst nicht mehr ein so unverfängliches Thema war wie früher. Denn natürlich landete man bei einer so ungewöhnlichen Hitzewelle wie der aktuellen schnell beim Klimawandel. Xander den Hartog, ein Mann der Forschung und Wissenschaft, schien anderer Meinung als ihr Vater zu sein, dem die Hitze wenig ausmachte und der deshalb der galoppierenden Erderwärmung auch etwas Gutes abgewinnen konnte.

Liv hörte dem Gespräch der beiden Männer nur anfänglich zu, dann schweiften ihre Gedanken ab. Ihre Unterhaltung mit Bürgermeister Terpstra war gut gelaufen. Die Aussicht, in der heißen Wahlkampfphase mit der Aufklärung eines spektakulären Verbrechens punkten zu können, hatte sofort sein Interesse geweckt. Er hatte sich umgehend mit Staatsanwaltschaft und Kriminalpolizei in Verbindung gesetzt, und die hiesigen Kollegen hatten sich für die neuen Hinweise im Fall Esmée Vriesde sehr aufgeschlossen gezeigt. Darauf hatte Liv gebaut. Sollte der Leichnam des Mädchens tatsächlich gefunden werden – die Suche würde gleich morgen in aller Früh beginnen –, dann würde sie die Meriten den Kollegen überlassen. Sie hatte kein Interesse daran, ihr Gesicht schon wieder in den Schlagzeilen zu sehen. Das hatte sie auch Toon van der Horst erklärt. True Crime verkaufte sich immer gut, hatte er gemeint, besonders alte, ungelöste Fälle. Sie waren darin übereingekommen, dass er exklusiv darüber berichten durfte, natürlich unter Erwähnung des Bürgermeisters, der sich besonders für die Aufklärung dieser Angelegenheit eingesetzt und alle erdenklichen Mittel zur Verfügung gestellt hatte. Ruben hatte es nicht gefallen, den »Pressefuzzi«, wie er ihn nannte, derart einzubinden. Doch Liv hatte ihn beruhigt. Je nachdem, wie es lief, würde Toon van der Horst in ihrem Plan eine nicht ganz unwichtige Rolle spielen.

»Liv?«

»Was?« Sie zwang sich, ihre Aufmerksamkeit wieder auf das Hier und Jetzt zu richten.

»Ich fragte, wie das bei euch oben in der Stadt ist, wo sie alles zubetoniert haben. Wird man bei den Temperaturen nicht verrückt?«

»Doch, doch ...« Liv trank einen Schluck alkoholfreies Bier. »Es gibt ja zum Glück Klimaanlagen.«

»Das stimmt«, schaltete sich Xander den Hartog ein. »Letzten Endes verschlimmern die aber nur das Problem, indem sie noch mehr Wärme nach draußen pusten.«

Liv musterte den Mann. Er trug ein blaues Kurzarmhemd und eine beige Baumwollhose, die mit Hosenträgern gesichert war. Auf dem Tisch vor ihm lag ein Sommerhut mit breiter Krempe. Für einen Mann, der immerhin nur wenige Jahre älter war als sie selbst, ziemlich altfränkisch. Vielleicht entwickelte man auch bei der Mode eine gewisse Vorliebe für

Nostalgie, wenn man sich sein Leben lang mit der Vergangenheit befasste.

Da kam ihr ein Gedanke. »Pardon, wenn ich das Thema so abrupt wechsle. Mein Vater sagte mir, dass Sie sich für den Fall interessieren, an dem ich arbeite. Der Tote in Veere … Es scheint Ende des Zweiten Weltkriegs einen ähnlichen Fall hier gegeben zu haben?«

»Das ist richtig«, antwortete der Museumsdirektor. »Es war in den letzten Kriegswirren, den Tagen, als die Alliierten die Deiche bombardierten. Die Deutschen zogen teilweise schon ab. Man fand eines Morgens die Leiche eines toten deutschen Wehrmachtoffiziers.«

»Mein Vater erzählte, dass man ihn ebenfalls an der Brücke im Hafen von Veere aufgeknüpft hatte?«

»Ja, er baumelte nackt an einem Strick. Offenbar hatte jemand ihn zuvor gefoltert oder zumindest recht drastisch verhört. Seine Verletzungen ließen darauf schließen.«

»Interessant.« Die Parallelen zu David Leinders waren wirklich verblüffend. »Fand man heraus, wer das getan hatte oder warum?«

»Nein, das Wer und das Warum hat man nie klären können. Die Sache geriet auch schnell in Vergessenheit, da Walcheren unter dem Bombardement der Alliierten überflutet wurde. Die Menschen waren auf der Flucht vor dem Wasser. Soweit wir wissen, gab es einen Verdächtigen, einen jungen Mann namens Henk …«

Der letzte Satz des Museumsdirektors ging im Klingeln von Livs Handy unter. Liv entschuldigte sich bei ihrem Vater und Xander den Hartog und nahm ab.

»Ich bin es«, meldete sich Ruben. »Tut mir leid, falls ich störe, aber es könnte sein, dass wir ein Problem haben.«

»Worum geht es?«

»Ich habe gerade einen Anruf von Boudewijn Blom erhalten, dem Onkel von Ann-Remi. Er hat sie als vermisst gemeldet.«

»Was?«, entfuhr es Liv.

Ruben erklärte ihr in kurzen Worten, was Ann-Remis Onkel gesagt hatte. Kaum hatte er seinen Bericht beendet, erhob sich Liv. »Ich fürchte, ich muss leider noch einmal los.«

Eine Stunde später saß sie gemeinsam mit Ruben an einem Gartentisch auf der Terrasse des Hauses in der Bellinkstraat und versuchte, Boudewijn Blom zu beruhigen.

»Es ... Es ist ihr bestimmt etwas zugestoßen«, sagte er zum wiederholten Mal.

Seine Nervosität schien auf seine Tiere abzufärben. Besonders die Hunde spürten am Verhalten ihres Herrchens, dass etwas nicht stimmte. Sie hatten zwischenzeitlich zu einem Geheul angesetzt, dass sogar die Nachbarn die Fenster aufgerissen und lauthals nach Ruhe verlangt hatten.

Liv schenkte dem alten Mann ein Glas Wasser ein. »Trinken Sie einen Schluck und beruhigen Sie sich. Ich denke nicht, dass wir uns über Gebühr Sorgen machen sollten. Ann-Remi ist eine erwachsene Frau. Vielleicht ist sie zu einer Freundin.«

»Ohne mir etwas zu sagen? Das glaube ich kaum.«

»Was ist mit einem Freund? Ist sie mit jemandem zusammen?«

»Ich wünschte, es wäre so. Aber ... nein.«

»Nun, ich bin mir sicher, dass es eine andere Erklärung gibt. Sie kommt bestimmt bald wieder.«

Tatsächlich konnte sich Liv Dutzende von Gründen vorstellen, weshalb eine junge Frau wie Ann-Remi es vorzog, den Abend woanders zu verbringen als mit ihrem etwas wunderlichen Onkel auf dessen Gartenterrasse.

Generell verhielt es sich so, dass man sich bei der Vermisstenmeldung eines Erwachsenen weniger Sorgen machte als bei einem Kind. Erwachsene konnten ihren Aufenthaltsort frei wählen und waren niemandem Rechenschaft schuldig. Auch Boudewijn Blom nicht. Die Polizei leitete in der Regel erst nach einer gebührenden Wartezeit eine Suche ein, es sei denn, zwingende Gründe sprachen für ein sofortiges Handeln.

»Gehen wir das noch mal durch«, sagte Liv. »Sie hatten mit Ann-Remi zu Abend gegessen ...«

»Ja, genau. Sie räumte ab und machte in der Küche den Abwasch. Ich kümmerte mich um die Tiere.«

»Sie waren also die ganze Zeit hier draußen im Garten?«

»Mhm.« Er nickte und deutete zu den Ställen. »Dort drüben bei den Hühnern war ich. Ich habe sauber gemacht und sie gefüttert.«

»Wie lange haben Sie dafür gebraucht?«

»Etwa eine Stunde.«

»Und wann hatten Sie das Abendessen mit Ann-Remi beendet?«

»Weiß ich nicht genau. So gegen acht? Ich hatte mit dem Essen auf sie gewartet, sie kam heute etwas später.«

»Das heißt, Sie gingen dann gegen neun wieder ins Haus?«

»Richtig. Ich habe ferngesehen.«

»Da ist Ihnen aber noch nicht aufgefallen, dass Ann-Remi nicht da war?«

»Nein. Sie ist meistens oben auf ihrer Etage und ... Nun ja, sie bemalt diese komischen Figuren. Dabei wird sie nicht gerne gestört.«

»Und wann haben Sie ihr Fehlen bemerkt?«

»Kurz bevor ich bei der Polizei angerufen habe. Ich weiß nicht mehr, wann war das?« Er blickte Ruben Hilfe suchend an.

»Der Anruf ging um halb zehn ein«, erklärte dieser.

»Gut.« Liv schenkte dem alten Mann ein aufmunterndes Lächeln. »Und Sie sagten, dass Ann-Remi mit dem Auto weg ist.«

»Ja. Ich habe mich überall im Haus umgesehen, und zum Schluss war ich in der Garage. Der Fiat war nicht da.«

Liv warf Ruben einen fragenden Blick zu. »Wir haben das Kennzeichen und eine Beschreibung des Wagens«, antwortete er.

Liv nickte. »Gut. Und die Haustür war geschlossen? Sie haben keine Anzeichen entdeckt, dass sich irgendjemand Zutritt zum Haus verschafft hat?«

»So ist es«, sagte Boudewijn Blom.

»Also, das sieht mir doch ganz danach aus, als hätte Ann-Remi schlicht vergessen, sich bei Ihnen zu verabschieden. Sie ist ins Auto gestiegen … Und vielleicht wollte sie noch ein paar Besorgungen machen oder, wie gesagt, sich mit jemandem treffen … Wir wissen doch, wie das ist mit Freunden. Ein Wort gibt das andere, man köpft eine Flasche Wein, und wer weiß … Vielleicht übernachtet sie bei einer Freundin.«

»Ja.« Der alte Mann schnaufte und wog den Kopf hin und her. »Wollen wir es hoffen.«

»Du wirst sehen, spätestens morgen taucht sie wieder auf«, sagte Ruben und legte seine Hand auf die Schulter des Mannes.

Liv stand auf. »Dürfte ich mich vielleicht in Ann-Remis Zimmer umsehen?«

»Natürlich, nur zu«, sagte Boudewijn. »Die ganze obere Etage ist ihre.«

Liv ging hinein und ging die steile Wendeltreppe in den ersten Stock hinauf. Hier gab es neben einem Bad ein Wohnzimmer und ein Schlafzimmer. Liv sah sich um. Die Einrichtung entsprach dem, was man bei einem Menschen in Ann-Remis Alter erwarten durfte. Eine Couch, ein Fernseher, eine Blu-Ray-Sammlung, hauptsächlich mit Marvel-, Star-Wars- und Herr-der-Ringe-Filmen. Dazu eine Playstation, diverse Bücher, die sich auf dem Couchtisch zu einem Stapel türmten. An den Wänden hingen Poster von Wonder Woman, Black Widow und außerdem diverse Regale mit kleinen Fantasyfiguren und Dioramen, die meisten davon wohl selbst bemalt, wie Liv feststellte. Vor dem Fenster, das zum Garten hinausging, stand ein Schreibtisch mit Pinseln, Farben und einem Vergrößerungsglas.

Denn auch wenn Liv sich alle Mühe gegeben hatte, gegenüber Ann-Remis Onkel Ruhe auszustrahlen, empfand sie insgeheim das genaue Gegenteil.

Ann-Remi hatte sich nicht bei ihr gemeldet. Sie war zu Wouter Witteveen aufgebrochen, und danach hatte Liv nichts mehr von ihr gehört. Bislang hatte sie angenommen, dass es dafür wohl einen guten Grund gab und sie sie spätestens morgen wiedersehen würden. Doch mittlerweile war sie sich da nicht mehr so sicher.

72

Ann-Remi konnte nichts sehen. Als sie versuchte, die Augen zu öffnen, spürte sie, dass die mit irgendetwas verbunden waren, mit einem Stück Stoff, so wie es sich anfühlte.

Auch ihre Hände waren nutzlos. Sie waren hinter ihrem Rücken mit einem Kabelbinder zusammengeschnürt.

Der Versuch aufzustehen misslang. Ihre Beine gehorchten nicht, fühlten sich weich und kraftlos an.

Sie kroch nach hinten, bis sie mit dem Rücken gegen eine Mauer stieß, die sich kalt und feucht anfühlte.

Ann-Remis Atem ging schnell und stoßweise. Ihr Herz raste. Sie zitterte am ganzen Körper. Wo zum Teufel war sie hier gelandet? Was war mit ihr geschehen? Sie erinnerte sich wieder an die Hände und den Stoß. Jemand musste sie entdeckt und überwältigt haben.

Ob sie jetzt sterben musste?

Plötzlich drang ein schwacher Lichtschein durch den Stoff vor ihren Augen. Schritte. Das Knacken von Holzstufen. Ein Lichtschein traf ihr Gesicht, und sie musste die Augen unter dem Stoff zusammenkneifen.

Eine Hand berührte ihre Stirn. Dann ein Reißen und ein kurzer Schmerz.

»Sieht schon besser aus«, hörte sie die Stimme eines Mannes. »Hast Glück gehabt.«

Sie spürte, wie ihr ein neues Pflaster auf die Stirn geklebt wurde.

Die Schritte wichen ein Stück zurück.

Wieder die Stimme des Mannes.

»Mensch, Mädchen. Was hast du dir dabei gedacht? Du bist doch eine von den Guten. Warum musstest du ausgerechnet hierherkommen?«

73

Am Mittag des darauffolgenden Tags sah alles danach aus, als hätte Liv falschgelegen. Sie war in den frühen Morgenstunden, als die ersten Strahlen der Dämmerung über den Horizont krochen, mit einer Suchmannschaft samt Spürhunden, ein paar Kollegen der hiesigen Kripo und einem Trupp der Kriminaltechnik auf den Haringvreter übergesetzt. Die kleine Insel war ein Idyll. Grüne Wiesen, ein dichtes Wäldchen und eingezäunte Flächen, auf denen Hirsche und Rehe lebten. Auf beiden Seiten des Ufers luden Stege Segler und Motorbootfahrer zum Festmachen ein. Liv wünschte, sie wäre aus einem erfreulicheren Grund gekommen. Sie hätte nichts dagegen gehabt, eine Nacht auf einem Boot hier zu verbringen und an Deck den Sonnenuntergang und die Natur zu genießen. Die Suche hatte bislang keine Ergebnisse geliefert – von Mückenstichen mal abgesehen.

Liv stand am südlichen Anleger und blickte auf das Veerse Meer. Von Veere her näherte sich ein kleines Boot der Polizei. Dahinter türmten sich am Horizont schon wieder schwarzgraue Gewitterwolken auf. Es sah ganz danach aus, als würde der Wetterbericht recht behalten. Nicht mehr lange, und sie würden ihre Zelte abbrechen müssen.

Das Polizeiboot war heran. Ruben stand am Steuer und lenkte das Boot an den Steg. Liv nahm die Leine an, die er ihr herüberwarf, und band sie um einen Poller.

Ein hochgewachsener Mann stieg an Land, in der Hand einen großen Koffer. »Cees Koning«, stellte er sich vor. »Leiter der Rechtsmedizin. Und Sie sind …?«

»Liv de Vries, Landespolizei.«

»Haben Sie schon etwas gefunden?«

»Nein, noch nicht.«

»Warum ist es dann so eilig? Ich musste alles stehen und liegen lassen.«

»Tut mir leid.«

Liv hatte Ruben gebeten, das rechtsmedizinische Institut einzubeziehen. Für den Fall, dass sie auf der Insel sterbliche Überreste fanden, war es wichtig, dass die Rechtsmedizin bereits an Ort und Stelle eine erste Untersuchung machte. Ursprünglich hatte sie angenommen, dass Ann-Remi diesen Part übernehmen würde, doch sie hatte bis jetzt nichts von ihr gehört.

»Ich hatte zuletzt mit Ihrer Kollegin Ann-Remi Blom zu tun«, sagte Liv.

»Ja.« Cees Koning verzog abschätzig die Mundwinkel. »Sie hat mich vertreten. Ich hoffe, sie hat ihre Sache gut gemacht.«

»Absolut. Ehrlich gesagt hatte ich sie heute hier erwartet …«

»Sie befindet sich derzeit im Urlaub.«

»Verstehe. Wann haben Sie denn das letzte Mal von ihr gehört?«

Koning stutzte. »Vor zwei Tagen.«

»Und ich nehme an, seitdem hat sie sich nicht mehr bei Ihnen gemeldet?«

»Nein, warum sollte sie auch?« Er wandte sich ab und ging hinüber zu den Kriminaltechnikern, die ebenfalls auf ihren Einsatz warteten.

Ruben kletterte vom Boot an Land, sicherte das Heck mit einer weiteren Leine, dann kam er zu Liv herüber. »Der war schon immer ein ziemlich eingebildeter Pinsel. Ich glaube, die Kollegen von der Kripo freuen sich schon auf den Tag, an dem er endlich in Rente geht.«

Liv rang sich ein kurzes Lächeln ab. »Was ist mit Ann-Remi?«

»Ich bin vorhin noch mal kurz bei Boudewijn vorbeigegangen. Leider nichts.«

»Langsam mache ich mir ernsthafte Sorgen.«

»Geht mir genauso. Glaubst du, es hat mit den Ermittlungen zu tun? Vielleicht ist sie auf etwas gestoßen …«

»Ausschließen würde ich das nicht. Ich hatte sie gestern zu Wouter Witteveen geschickt, um eine Aussage zu überprüfen. Vielleicht könnte einer deiner Leute bei ihm vorbeisehen. Dann wissen wir zumindest, ob sie dort war.«

Ruben nickte. »Das kann ich veranlassen, kein Problem. Und da wäre noch etwas. Bouke Visser sitzt jetzt in Untersuchungshaft wegen der Amokfahrt. Die Staatsanwaltschaft will ihm Anstiftung und Beihilfe zur Last legen.«

»Was ist mit unseren neuen Erkenntnissen bezüglich Esmée Vriesde?«

»Die Kollegen der Kripo sind mit der Staatsanwaltschaft dran. Man weiß um die Aussage von Famke Leinders und Boukes geplatztes Alibi. Ich schätze, sie warten, ob wir heute hier fündig werden. Da kommt auf jeden Fall noch was auf Bouke zu.«

»Wo befindet er sich derzeit?«

»Auf der Wache in Middelburg. Sie lassen ihn ein wenig schmoren. Später will wohl dein Chef mit ihm reden.«

Liv hatte damit gerechnet, dass man Bouke Visser sehr zeitnah festnehmen würde. Sie hatte nicht ohne Grund ihr

Wissen mit den hiesigen Kollegen geteilt. Was David Leinders betraf, hatte sie ihn ohnehin von ihrer Liste der Verdächtigen gestrichen. Es deutete einfach alles auf Finn van Werff hin. Doch was Esmée Vriesde betraf, wollte sie ihn nicht vom Haken lassen, denn damit ihr Vorhaben gelang, brauchte sie Bouke genau an jenem Ort, an dem er sich nun befand.

»Hör zu, ich würde gerne mit Bouke ...«, begann sie, doch lautes Rufen aus dem Wäldchen in der Mitte der Insel ließ sie innehalten.

»Sie haben etwas!«, rief ihnen einer der Kriminaltechniker zu und bedeutete mit einem Armwink, ihm zu folgen.

Als sie sich einen Weg durch das dichte Unterholz bahnten, hörte Liv über sich die ersten Regentropfen in den Baumkronen klatschen. Sie folgten gemeinsam mit dem Kriminaltechniker den Rufen und kamen zu einer Stelle mitten im Wald, wo sich vermutlich seit langer Zeit niemand mehr hin verirrt hatte. Unter den hohen Bäumen wucherten Farn und stachelige Brombeerbüsche. Eine Gruppe von Kriminaltechnikern in weißen Overalls beugte sich über eine freigelegte Stelle im Boden. Einer der Hundeführer stand etwas abseits – scheinbar hatte sein Tier an dieser Stelle angeschlagen.

Liv näherte sich vorsichtig dem Fund und kniete sich hin. Vor ihr im moosigen Waldboden legte einer der Kriminaltechniker mit einem Pinsel vorsichtig ein Stück Knochen frei.

»Ist er menschlich?«, fragte Liv.

Der Kriminaltechniker nickte. »Ja, sieht ganz danach aus.«

Es dauerte eine gute halbe Stunde, bis der Schädel freigelegt, und weitere anderthalb Stunden, bis ein Großteil des übrigen Skeletts zu sehen war. Die Leiche war mit ihren Kleidern vergraben worden, einer Jeans und einem T-Shirt, die zwar ebenfalls im Verfall begriffen, aber noch einigermaßen intakt waren. Soweit sich das feststellen ließ, fehlten Ausweispapiere oder andere Dinge, die eine sofortige Identifikation möglich gemacht hätten.

Mittlerweile fiel der Regen beständig, und die Kriminaltechnik hatte ein Zelt über der Fundstelle errichtet. Liv hatte sich bei einem der Kripo-Kollegen, der eine große Thermoskanne dabeihatte, einen Kaffee geholt. Sie trank einen Schluck und spürte, wie das Koffein ihre Lebensgeister weckte.

Das Zelt öffnete sich und Cees Koning kam heraus. Er streifte sich die Kapuze des Overalls ab. »Es ist definitiv das Skelett einer Frau«, sagte er. »Alles Weitere muss sich zeigen. Wenn ich das richtig verstanden habe, gibt es einen Verdacht, um wen es sich hier handelt?«

»Ja«, entgegnete Liv. »Wir vermuten, dass ...«

»Gibt es Verwandte der Frau?«

»Eltern und einen Cousin.«

»Dann sollten wir einen DNS-Abgleich mit den Eltern machen. Der Cousin täte es zur Not auch, aber sicher ist sicher.« Koning ließ sich ebenfalls einen Kaffee von dem Kripo-Mann geben. »Dem Verwesungsgrad nach zu urteilen, liegt die Frau hier um die neun bis zehn Jahre.«

»Das würde zu unserem Verdacht passen.«

»Bei zehn Jahren würde ich annehmen, dass es einen Zahnarzt gibt, der eine Akte geführt hat. Die können wir zusätzlich zu einem odontologischen Abgleich verwenden. Doppelt hält besser, dann sind wir ganz sicher, um wen es sich handelt.« Er trank seinen Becher leer und sah zum Himmel auf. »So, und wenn mich jetzt jemand wieder zurückbringen könnte. Das ist ja ein furchtbares Wetter.«

Liv sah dem Rechtsmediziner nach, wie er etwas unbeholfen durchs Unterholz davonging.

Sie wusste, dass die nötigen Untersuchungen ein paar Tage dauern würden. Dennoch war sie sicher, dass sie die Leiche von Esmée Vriesde gefunden hatten.

Der Kripo-Kollege mit der Thermoskanne kam zu ihr und schenkte ihr Kaffee nach. »Ich wollte mich bei Ihnen bedanken«, sagte er. »Dafür, dass Sie Ihre Erkenntnisse mit uns geteilt haben und auf den ganzen Ruhm verzichten. So viel Uneigennützigkeit und Kooperationsbereitschaft erlebt man in unserem Beruf ja nicht oft. Daher weiß ich das sehr zu schätzen.«

Liv trank noch einen Schluck. »Wären Sie vielleicht bereit, mir im Gegenzug ebenfalls einen Gefallen zu tun?«

»Kommt drauf an. Wenn er sich erfüllen lässt, gerne.«

»Bouke Visser«, sagte Liv. »Ich möchte, dass Sie mich zu ihm bringen.«

74

»Du hast zehn Minuten«, sagte Ruben. »Danach wird die Landespolizei sich ihn vornehmen.«

Sie standen im Nebenzimmer des Verhörraums in der Wache von Middelburg. Auf dem Monitor an der Wand war Bouke Visser zu sehen, wie er an einem Stahltisch saß und auf seine Vernehmung wartete.

Der Mann von der Kripo hatte sich zunächst ein wenig geziert, ihrem Ansinnen schließlich aber doch stattgegeben, als Liv ihm zu verstehen gegeben hatte, dass ihr Gespräch mit Bouke sich auch für ihn als lohnenswert erweisen könnte.

Sie trat ans Fenster und blickte hinaus auf die Gracht, die sich an der Polizeiwache entlangschlängelte. Der Wind ließ den Regen schwallartig gegen die Scheibe klatschen, in der Ferne war Donnergrollen zu hören. Auf der Fahrt hierher hatte der Wetterbericht im Autoradio verlauten lassen, dass die Hitzegewitter bis in die Abendstunden anhalten würden.

Liv überlegte ein letztes Mal, ob sie das Richtige tat. Sie war dabei, jenen Mann zu verraten, der ihre Karriere vielleicht noch retten konnte. Andererseits hatte er durchblicken lassen, dass er daran vielleicht gar kein Interesse mehr hatte. Nachdem er ihre Beziehung so schnell und emotionslos beendet hatte wie die Kündigung eines Streamingabos, würde er sie auch beruflich fallen lassen, wenn das hier vorbei war – da war Liv sich ziemlich sicher.

»Kannst du mir dein Handy leihen?«, wandte sie sich an Ruben.

Der Polizeichef sah sie zuerst verwundert an, reichte es ihr aber dann.

»Und den Code.«

»Ich weiß zwar nicht, was du vorhast ...« Er nannte ihr die sechsstellige Zahlenkombination.

Liv steckte das Smartphone in die linke Innentasche ihres Jacketts, das sie sich für das Verhör angezogen hatte – weniger, weil es offiziöser wirkte als ein T-Shirt, sondern wegen der Möglichkeit, etwas darin zu verstauen.

Ruben blickte auf die Uhr, die über der Tür an der Wand hing. »Die Zeit läuft.«

»Dann legen wir mal los.«

Liv betrat den Verhörraum und setzte sich Bouke Visser gegenüber. Wenn es ihn überraschte, sie zu sehen, ließ er es sich nicht anmerken. Überhaupt wirkte er selbstsicher. Die kräftigen Arme vor der Brust verschränkt, ein listiges Grinsen auf dem Gesicht, sah er sie an.

»Sie scheinen ja wirklich Sehnsucht nach mir zu haben. Warum treffen wir uns nicht mal in einer schönen Kneipe auf ein Bier?«

»Das Einzige, was Sie für viele Jahre trinken werden, ist Wasser. Dazu mieses Essen und schlechte Gesellschaft.«

Das selbstgefällige Grinsen auf seinem Gesicht wurde breiter. »Ich fürchte, da werden Sie noch eine gewaltige Enttäuschung erleben.«

Die Zeit drängte, sie konnte sich nicht mit langer Vorrede aufhalten. »Wie es scheint, haben Sie sich bei Ihren Aufrufen gegen Finn van Werff auf Telegram etwas zu weit aus dem Fenster gelehnt. Man wird Sie wegen Anstiftung zum Mord drankriegen. Und was Esmée Vriesde betrifft: Wir haben ihre Leiche gefunden, auf dem Haringvreter. Es gibt die Aussage eines Zeugen, der Sie mit Ihrem Freund David in der betreffenden Nacht auf Ihrem Boot im Außenhafen gesehen hat. Und ein weiterer Zeuge hat gesehen, wie Sie beide kurz darauf auf das arme Mädchen einprügelten. Der Staatsanwalt wird dem Richter nicht lange erklären müssen, was damals geschah, das kann sich jeder an zwei Fingern ausrechnen.«

Sie wartete die Wirkung ihrer Worte ab.

Bouke lehnte sich vor und legte die Hände, die in Handschellen steckten, auf die Tischplatte. »Wie gesagt, ich fürchte, Sie ...«

»Machen Sie sich nichts vor. Die Dinge stehen nicht gut für Sie. Aber ich möchte Ihnen eine Chance geben. Mich interessiert dabei weniger die Amokfahrt als der Fall Esmée Vriesde. Wir haben genug in der Hand, um Sie für viele Jahre hinter Gitter zu bringen. Allerdings würde es das ganze Prozedere wohl abkürzen, wenn es eine Aussage von Ihnen gäbe, was sich damals genau ereignet hat. Der Richter und die Staatsanwaltschaft würden Ihre Kooperationsbereitschaft sicherlich berücksichtigen.« Liv lehnte sich nun ebenfalls vor, sodass sie Bouke Visser recht nahe kam. In leiserem Ton sagte sie: »Der einzige Punkt, der sich nicht genau rekonstruieren lässt, ist, wer von Ihnen beiden Esmée getötet hat. Derzeit halten alle noch David Leinders für den Mörder von Esmée Vriesde. Und ich möchte Sie darauf hinweisen, dass es zwar einen kleinen, aber immerhin noch einen Unterschied macht, ob man jemanden ermordet hat oder nur danebenstand ... Ich hoffe, Sie verstehen, was ich meine.«

Bouke Visser blickte kurz auf seine Hände und schien zu überlegen. Das Grinsen auf seinem Gesicht verschwand. Er holte tief Luft und nickte. »Also gut. Reden wir. Aber erst mal unter vier Augen.« Er blickte demonstrativ zur Videokamera hoch, an der ein rotes Licht leuchtete.

Liv sah in die Kamera und gab Ruben ein Zeichen, sie auszuschalten. Kurz darauf erlosch das rote Licht. Dann schaltete sie das Aufnahmegerät auf dem Tisch aus.

»Zufrieden?«

»Nicht ganz. Ihr Handy.«

Liv griff in die linke Brusttasche und legte das Smartphone auf den Tisch.

»Entsichern Sie es und zeigen Sie mir, dass alle Apps geschlossen sind und keine Aufzeichnung mitläuft«, forderte Bouke.

Liv tat, wie ihr geheißen, gab den sechsstelligen Code ein und hielt Visser das Display hin.

Er machte ein zufriedenes Gesicht. »Ich weiß Ihr Angebot zu schätzen. Allerdings muss ich Sie leider enttäuschen. Sie sind zu spät. Jemand anderes war schneller.«

Liv sah ihren schlimmsten Verdacht bestätigt. Dennoch versuchte sie, möglichst überrascht zu klingen. »Was genau meinen Sie damit?«

Das selbstgefällige Grinsen kehrte zurück. »Ihr Vorgesetzter hat bereits mit mir gesprochen, aber das … Oder Moment mal. Nein? Sie wissen es noch gar nicht?« Bouke Visser hob gekünstelt die Augenbrauen. Dann bewegte er den Zeigefinger seiner rechten Hand hin und her. »Nein, nein, nein. Sie meinen es nicht aufrichtig mit mir. Ich glaube, Sie sind hier allein auf weiter Flur und haben nicht die geringste Ahnung, was Ihre Spielkameraden treiben. Das bedeutet … Ihr Angebot ist nicht ernst gemeint. Sie wollen mich reinlegen!«

Liv setzte eine betretene Miene auf. »Nun ... Ich muss zugeben, dass ich mich in einer etwas diffizilen Lage befinde. Wenn Sie mir helfen, wäre ich allerdings bereit, ein gutes Wort für Sie ...«

»Ich pfeife auf Ihr gutes Wort.« Er vergewisserte sich mit einem schnellen Blick zur Kamera, dass diese noch immer deaktiviert war, und lehnte sich wieder vor. »Ich werde Ihnen jetzt erklären, wie das hier läuft. Ihre sogenannten Fakten kann man nämlich auch anders auslegen. Erstens ist es juristisch wohl sehr fraglich, ob man zwischen einem Telegrampost und der Amokfahrt eines Durchgeknallten eine direkte Verbindung ziehen kann, geschweige denn, dass ein Gericht es als Mordaufruf verstehen würde. Zweitens sind Ihre neuen Zeugenaussagen, was die Ausländerschlampe angeht, doch sehr fragwürdig. Warum kommen die Leute erst nach so vielen Jahren damit um die Ecke? Haben sie sich das vielleicht ausgedacht, um mir zu schaden – einem Politiker mitten im Wahlkampf? Alles sehr fraglich und wackelig. Und genau das wissen Ihre Spielkameraden auch. Sie wollen deshalb etwas ganz anderes von mir.«

»Nur unter uns ... Mit Spielkameraden meinen Sie wohl meine Kollegen von der Landespolizei?«

Visser lachte verächtlich. »Na, wen denn sonst? Tiffi von der Sesamstraße?«

»Was hat Adriaan Verlaat Ihnen angeboten?«

»Ich habe ihm gesagt, dass ich dasselbe will wie David. Eine Du-kommst-aus-dem-Gefängnis-frei-Karte. Im Gegenzug werde ich der Polizei ein wenig Nachhilfe geben. Mir scheint, Ihre Kollegen sind da nicht ganz auf der Höhe, was die Aktivitäten unserer Seite angeht. Na, wie klingt das für Sie? Wir beide, Sie und ich, wir sind bald Kollegen.« Er deutete mit einem Nicken zur Tür. »Ich warte darauf, dass Ihr Chef vom Staatsanwalt zurückkommt und mir den unterschriebenen Deal auf den Tisch legt.«

Liv ließ sich geschlagen im Stuhl zurücksinken. »Also gut, Sie haben gewonnen.«

»Aber, aber … Nun machen Sie doch nicht so ein trauriges Gesicht.« Visser setzte eine mitleidige Miene auf. »Wissen Sie was, für Ihr Seelenheil werde ich Ihnen sagen, wie sich das damals abgespielt hat. Sie wissen ja bereits, dass David und ich auf meinem Boot abhingen und unsere Wunden geleckt haben, nach dem bedauerlichen Zusammentreffen mit Jorrit Kok. Der alte Sack hatte uns ganz schön die Tour vermiest. Wäre David nicht so ein Schwächling gewesen, hätte Jorrit keine Chance gehabt. Aber sei's drum. Das Schicksal meinte es gut mit uns. Wir saßen also da an Deck, und was sehen meine entzückten Augen? Esmée Vriesde, die über den Damm auf die Grote Kerk zustolziert, als wäre nichts gewesen. Ich meine, was hat sich diese dämliche Schnepfe eigentlich gedacht? Sie musste doch damit rechnen, dass wir noch dort draußen rumlaufen. Aber wie auch immer, man muss die Karten spielen, die einem das Schicksal in die Hand gibt, nicht wahr? Wir sind also los und haben sie uns vorgeknöpft. Ich habe ihr ordentlich ein paar verpasst. David … Wie gesagt, ein Schwächling. Ich weiß nicht, ob Sie schon mal jemandem richtig aufs Maul gehauen haben. So ein Knochen bricht recht schnell, wissen Sie. Und als ich ihr auf die Schnauze gehauen habe … Tja, da fällt die Ausländerschlampe einfach um und knallt mit dem Kopf gegen den Steinbrunnen in der Zisterne. Das war's. Hat geblutet wie Sau. David war in dem Moment nicht zu gebrauchen. Ich hab ihm gesagt, dass er die Schweinerei wegmachen soll, und bin mit dem Boot rüber zum Haringvreter. Im Nachhinein … Ich schätze, ich muss der Schlampe sogar dankbar sein. Die ganze Sache hat mir später einiges an Ansehen eingebracht.«

Bouke Visser sah sie mit triumphierenden Augen an, und Liv hielt seinem Blick stand, obwohl sie ihm am liebsten eine Kugel in den Kopf gejagt hätte. »Und was ist mit David Leinders?«

»Oh Mann, Sie denken immer noch, ich war's? Nein. Mir hat nicht gepasst, dass er wieder hier aufgetaucht ist. Er hat zwar all die Jahre dichtgehalten, aber er war immer der Einzige, der wusste, was damals wirklich geschehen ist, und seiner Aussage hätten Ihre Kollegen vermutlich geglaubt. Als er verschwand … Mir war klar, dass vermutlich Finn dahintersteckt. Er konnte das Flittchen ja nicht vergessen. Dass Davids Leiche erst Tage später auftauchte, und derart zur Schau gestellt, ließ mich zum selben Schluss kommen wie Sie: Finn musste ihn in die Mangel genommen haben. Und David, das alte Weichei, hatte vermutlich ausgepackt. Sagen wir also mal so: Es ist bedauerlich, dass Finn bei der Amokfahrt dieses Irren ums Leben gekommen ist, so bedauerlich dann aber wiederum auch nicht. Und jetzt … entschuldigen Sie mich bitte, ich habe eine Verabredung mit der Freiheit. All das … Finn, Esmée, David … Das wird gleich wie von Zauberhand verschwinden.«

Er blickte über ihre Schulter zur Tür. Liv hatte nicht bemerkt, wie sie geöffnet worden war. Als sie sich umdrehte, stand Adriaan hinter ihr.

»Liv, was zum Teufel hast du hier zu suchen?«

Im Aufstehen angelte sie mit einer schnellen Handbewegung Rubens Handy vom Tisch. »Ich mache Urlaub, wie du mir empfohlen hast. Mein Vater wohnt auf Walcheren, und ich dachte, ich bleibe noch ein paar Tage bei ihm. Ach, und Bouke und ich sind alte Freunde. Ich wollte mich nur verabschieden ...«

Adriaan stemmte die Hände in die Hüften. »Hör auf, mich zu verarschen!«

Liv musterte den Mann, mit dem sie unzählige Male das Bett geteilt hatte. Sie hätte nicht übel Lust, in seinen Schritt zu fassen und beherzt zuzudrücken. Stattdessen fragte sie: »Wer hat denn damit angefangen, mein Lieber?«

»Ich weiß, was du hier tust, Liv. Ich schlage vor, du siehst dich schon mal nach einem neuen Job um.«

»Das hatte ich mir ohnehin überlegt.« Sie schob sich an ihm vorbei. »Und, Adriaan. Diesmal wirst du die Wahrheit nicht aufhalten können.«

Er schüttelte den Kopf und deutete auf ihre Hand. »Das Handy, her damit.«

»Das ist ...«

»Her damit, Liv.«

Mit einem Seufzen händigte sie es ihm aus. Dann verließ sie ohne ein weiteres Wort den Raum.

Ruben stand auf dem Flur und erwartete sie. »Tut mir leid«, sagte er. »Ich wollte dir Bescheid geben, aber er war schon ...«

»Alles gut.« Sie deutete mit dem Daumen über ihre Schulter. »Mir tut es leid um dein Handy. Am besten lässt du dein Handy sperren. Er ist ein richtiger Vieltelefonierer.«

Ruben folgte ihr nach draußen, und sie gingen durch den Regen zu ihrem Wagen auf dem Parkplatz vor der Wache.

»Irgendein Lebenszeichen von Ann-Remi?«, fragte Liv.

»Nein, nach wie vor nicht. Ich habe einen Mann zu Wouter Witteveen geschickt. Sie war bei ihm, und er hat die Aussage von Terwind bestätigt. Der Doktor ist am betreffenden Abend zur Unfallstelle ausgerückt und hat ihn verarztet.

Außer Wouter waren noch Jorrit Kok und Finn van Werff zugegen.«

»Finn?«

»Ja. Wouter erzählte meinem Kollegen, dass Finn Jorrit dabei half, Ladung von seinem Karren in den Garten zu laden.«

Liv blieb bei ihrem Auto stehen. Vor ihrem Auge setzten sich die Einzelteile, die offen vor ihr gelegen hatten, zu einem stimmigen Bild zusammen.

»Natürlich«, sagte sie mehr zu sich selbst, »das ergibt Sinn.«

Ruben legte die Stirn in Falten. »Ich fürchte, ich kann dir nicht ganz folgen ...«

»Später.« Sie schloss die Fahrertür auf. Für lange Erklärungen war jetzt keine Zeit. »Zuerst muss ich etwas überprüfen. Ann-Remi hat jetzt Priorität.«

»Ich habe die entsprechenden Schritte veranlasst, während du mit Bouke gesprochen hast. Wir werden sofort mit der Suche nach ihr beginnen.«

»Gut. Ich möchte mich noch einmal mit Salim unterhalten. Es könnte sein, dass er uns weiterhelfen kann.«

Liv stieg in ihren Wagen und zog die Fahrertür zu. Sie griff in die rechte Innentasche des Jacketts, holte ihr Smartphone heraus und entsperrte es. Auf dem Display erschien die Audioaufnahme-App, die die ganze Zeit über mitgelaufen war. Liv schob den Schieberegler der Datei auf Anfang und ließ das Gespräch zwischen ihr und Bouke Visser ablaufen. Währenddessen lehnte sie sich rüber zum Handschuhfach und holte ein altes Klapphandy hervor, das sie dort für jene Fälle bereithielt, in denen sie nicht mit ihrem Smartphone telefonieren wollte.

Sie wählte die Nummer von Toon van der Horst und wartete. Es dauerte einen Moment, bis angenommen wurde.

»Hören Sie sich das hier an«, sagte sie und ließ die Audio-datei erneut ablaufen.

Als die Aufnahme geendet hatte, sagte Van der Horst: »Brillant. Jetzt haben Sie wirklich etwas gut bei mir. Und … ich verspreche Ihnen, dass ich nie wieder eine böse Zeile über Sie schreiben werde.«

75

Durch den Stoff vor ihren Augen drang schwacher Lichtschein. Ob sie jemals wieder das Tageslicht sehen würde? Oder war es ihr Schicksal, in diesem stickigen Loch zu sterben?

Ann-Remi kauerte auf einer Matratze. Sie spürte kaum noch ihre gefesselten Hände hinter ihrem Rücken. Natürlich hatte sie versucht, den Kabelbinder loszuwerden, hatte damit an der Wand gerieben und war umhergerobbt, auf der Suche nach irgendeinem scharfen Gegenstand. Vergeblich.

Genau wie der Versuch, hier rauszukommen.

Als die ersten Sonnenstrahlen durch die Falltür gedrungen waren, hatte sie sich aufgerappelt und war in Richtung des Lichtscheins gegangen. Mit vorsichtigen Schritten hatte sie sich vorgetastet, bis sie gegen eine Stufe stieß. Mit gefesselten Händen und verbundenen Augen war sie die steile Holztreppe hinaufgestiegen. Keine gute Idee, aber was blieb ihr anderes übrig. Sie hatte sich gegen die Tür gestemmt, hatte versucht, sie hochzudrücken. Natürlich war sie verschlossen. Dennoch hatte Ann-Remi ihre Kräfte ein letztes Mal gesammelt und sich mit aller Macht gegen die Holztür geworfen. Bei dem Versuch hatte sie das Gleichgewicht verloren und war die Treppe runtergefallen.

Ihr Rücken schmerzte jetzt noch, und wahrscheinlich hatte sie sich den rechten Knöchel verstaucht.

Wie Onkel Boudewijn wohl ohne sie klarkommen würde? Und ob er jemals erfahren würde, was mit ihr geschehen war?

Wegen ihm tat es ihr leid.

Andere hätten vielleicht damit gehadert, sich überhaupt in eine solche Situation begeben zu haben. Doch damit konnte sie leben. Sie hatte getan, was sie für richtig gehalten hatte.

Ann-Remi fuhr zusammen, als die Kette, mit der die Falltür gesichert war, laut rasselnd beiseitegezogen wurde. Der Lichtschein wurde grell. Jemand kam zu ihr herunter. Sie roch sein Aftershave, als er sich neben sie kniete. Er war nass vom Regen, der seit vielen Stunden fiel, den sie auch in diesem Loch hören konnte.

Als er ihr den Knebel aus dem Mund zog, wollten die Worte raus, die Fragen. Ann-Remi wollte reden, aber er brachte sie zum Schweigen, bevor sie beginnen konnte.

»Schsch, hier, trink das.«

Ann-Remi spürte, wie ihr ein Glas an die Lippen geführt wurde. Sie trank mit hastigen Schlucken.

Er berührte mit seiner Hand ihren Knöchel. »Was hast du gemacht? Ah, natürlich, ich verstehe. Ja, hätte ich wohl auch versucht. War aber keine gute Idee. Hast du dich sonst noch irgendwo verletzt?«

Ann-Remi trank einen weiteren Schluck, ihr Hals fühlte sich rau an. »Mein … Mein Rücken.«

»Lehn dich mal vor.« Sanft zog er ihr T-Shirt hoch. »Hm … Das muss wehtun. Wir kümmern uns gleich darum, ja? Ich bring dir etwas, damit es besser wird.«

»Was … Was haben Sie mit mir vor?«

»Tja. Das ist eine gute Frage. Siehst du, ich möchte dir nichts tun. Am liebsten würde ich dich freilassen. Aber … Nun ja, wir wissen wohl beide, was passieren würde. Andererseits …« Er machte eine Pause. Dann ein Seufzen. »Vermutlich würde es nicht mal etwas ändern. Deine Freunde sind sicherlich schon auf der Suche nach dir. Ich rechne damit, dass sie bald auftauchen werden. Die Kommissarin ist schließlich keine Dumme, nicht wahr? Und dann … Tja, ich fürchte, dann muss ich eine Entscheidung treffen. So oder so wird das kein schönes Ende nehmen.«

76

Der Regen war inzwischen so stark, dass die Scheibenwischer von Livs Wagen Schwierigkeiten hatten, der Wassermassen Herr zu werden. Im Radio kamen die Achtzehn-Uhr-Nachrichten. Eigentlich hätte es zu dieser Zeit taghell sein müssen, doch es fühlte sich eher nach Mitternacht an. Die Blitze zuckten nun in rascher Abfolge über den pechschwarzen Himmel, und die Donnerschläge waren bis in ihre Magengegend spürbar. Liv konnte sich nicht erinnern, wann sie zuletzt ein derart heftiges Gewitter erlebt hatte. Vermutlich waren es mehrere Gewitter gleichzeitig, die über dem Ort hingen.

Der einzige Vorteil war, dass bei einem solchen Wetter niemand auf der Straße war. Deshalb hatte sie auch darauf verzichtet, das Auto auf dem öffentlichen Parkplatz abzustellen, sondern fuhr auf direktem Weg durch die engen Gassen von Veere zum Marktplatz, wo sich Salim Vriesdes Blumenladen befand.

Sie hatte einen Fehler gemacht, so viel stand fest. Er bestand darin, dass sie zu engmaschig gedacht hatte, statt den Blick zu weiten. Ziehe alle Möglichkeiten in Betracht, überlege dir verschiedene plausible Varianten des Geschehens, wenn die Faktenlage das zulässt, und versteife dich nicht auf eine Theorie. So hatte sie es vor vielen Jahren von ihrem Mentor bei der Kriminalpolizei gelernt – aber sie hatte sich nicht an diese Regel gehalten.

Sie war die ganze Zeit über davon ausgegangen, dass sie es mit einem Einzeltäter zu tun hatten. Sie hatte sich auf Bouke Visser versteift, war beinahe damit zufrieden gewesen, als alles auf Finn van Werff hindeutete, ein Täter, der ihr mehr oder weniger wie von selbst ins Netz ging.

Sie hatte sich zu eng auf diese beiden fokussiert, den Blick nicht geweitet. Ansonsten wäre ihr vielleicht schon früher aufgefallen, dass es auch andere Möglichkeiten gab, Varianten, die sich aus den Beweisen, Indizien und Aussagen ergaben, wenn man sie nur in der richtigen Reihenfolge arrangierte.

Sie hatte nie daran gedacht, dass es eine Gruppe sein könnte, die dafür verantwortlich war, dass David Leinders den Tod gefunden hatte.

Famke Leinders, Doktor Terwind, Finn van Werff. Jeder von ihnen hatte seinen Teil dazu beigetragen.

Famke, die unter Schuldgefühlen litt, verriet Finn, wo David unter seiner neuen Identität lebte. Finn wiederum lockte David mit einem Brief nach Veere – vielleicht ermunterte er Famke auch zu dem zweiten Schreiben, als auf seines keine direkte Reaktion erfolgte. Und Doktor Terwind besorgte ihm die Rezepte für das Flunitrazepam.

Finn setzte das Betäubungsmittel mutmaßlich gegen David ein, auf jeden Fall verwendete es der Mörder von Willem de Ram. Letzterer hatte zu viel gesehen und eventuell den Mörder von David fotografiert. Deshalb hatte er sterben müssen …

Spätestens an diesem Punkt verstärkten sich Livs Zweifel an der Theorie, dass Finn allein gehandelt hatte. Wenn man so viele Jahre wie sie in ihrem Beruf verbrachte, lernte man die Menschen kennen. Natürlich erlebte man auch dann noch Überraschungen, denn grundsätzlich waren die meisten

Menschen zu einem Mord in der Lage, wenn sie nur in die entsprechende Situation oder in Rage gerieten, und so konnte sich eine Person, die oberflächlich als völlig harmlos und unbedarft erschien, als Bestie entpuppen. Dennoch entwickelte man ein Gefühl dafür, ein Einschätzungsvermögen, wer zu einer bestimmten Tat fähig war.

Wäre Finn dazu imstande gewesen, David Leinders, den mutmaßlichen Mörder seiner Freundin Esmée, zu töten? Absolut. Aber hätte er auch Willem de Ram ermordet? Wobei allein schon fraglich war, ob er überhaupt bemerkt hatte, dass dieser ihn am betreffenden Abend fotografierte, immerhin hatte De Ram die Fotos aus einiger Distanz geschossen, und Finn war auf dem Weg zu seinem Treffen mit David gewesen. Angesichts dessen, was er vorgehabt hatte, musste er nervös gewesen sein, hatte vermutlich kaum auf seine Umgebung geachtet. Aber selbst wenn, so, wie Liv den jungen Mann kennengelernt hatte, war er niemand gewesen, der bei einem Fremden zu Hause eindrang und ihn kaltblütig tötete.

Und dann war da natürlich die Zurschaustellung von David Leinders' Leiche. Warum hatte er mit rasiertem Kopf von der Brücke im Hafen gebaumelt? Das ließ sich erklären, wenn man zwei historische Begebenheiten zusammenfügte. Erstens den alten Brauch, von dem Ruben ihr erzählt hatte, dass Kollaborateuren nach dem Ende des Zweiten Weltkriegs die Haare geschoren und sie in einem Walk-of-Shame erniedrigt wurden. Zweitens die Begebenheit, von der der Museumsdirektor gesprochen hatte, der Nazioffizier, der haargenau dasselbe Ende gefunden hatte. Wenn sich die Ereignisse nicht derart überstürzt hätten, wäre sie dieser Geschichte nachgegangen. Nun musste sie sich mit dem begnügen, was der Direktor ihr erzählt hatte.

Waren Finn diese beiden Begebenheiten bekannt gewesen? Möglich, aber nicht sehr wahrscheinlich, da es keine Anzeichen gab, dass seinerseits ein gesteigertes historisches Interesse bestanden hatte. Selbst wenn er darum gewusst hätte, was hätte ihn dazu verleitet, den alten Mord nachzustellen und Davids Leiche nicht einfach verschwinden zu lassen?

All das bestärkte Liv in der Annahme, dass Finn in Wahrheit David Leinders und Willem de Ram nicht ermordet hatte – oder er hatte es zumindest nicht allein getan. Es gab dort draußen womöglich noch jemanden, der zur Gruppe der Täter gehörte.

Sie konnten nicht ausschließen, dass Ann-Remi ihm bei ihren Nachforschungen in die Hände gelaufen war.

Denn ihr zweiter Fehler war gewesen, dass sie in einem vielleicht wichtigen Moment nicht zugehört hatte.

Ann-Remi und Salim waren auf etwas gestoßen und die Rechtsmedizinerin hatte ihr davon erzählen wollen. Doch Liv war mit den Gedanken woanders gewesen, ganz mit der Suche nach Esmée Vriesde befasst.

Liv parkte ihren Wagen vor dem Blumengeschäft von Salim. Sie blieb noch einen Moment in dem dunklen Auto sitzen und blickte durch das Schaufenster in den Laden hinein. Salim saß neben der Kasse und schien sich in Abrechnungsunterlagen vertieft zu haben. Zwei große Ordner lagen vor ihm auf der Theke, und er tippte etwas in einen Taschenrechner. Liv war sich nicht sicher gewesen, ob sie ihn nach den Ereignissen des heutigen Tages hier antreffen würde.

Sie öffnete die Wagentür, streifte ihre Jacke über den Kopf und rannte in geduckter Haltung durch den Regen hinüber zum Eingang des Ladens. Eine Glocke erklang, als sie eintrat.

Salim hob den Blick von den Unterlagen. »Liv.«

»Hallo Salim«, sie ging zur Theke hinüber. »Ich wusste nicht, ob Sie da sind oder ...«

Er deutete auf die Aktenordner. »Das lenkt mich ab.«

»Es tut mir wirklich leid. Ich kann mir ehrlich gesagt nicht vorstellen, wie sich das für Sie anfühlen muss.«

»Ich danke Ihnen für das, was Sie getan haben. Auch im Namen von Esmées Eltern. Ich habe mit ihnen telefoniert, sie werden bald herkommen. Es ... Es ist gut so. Nun haben wir zumindest endlich Gewissheit. Die Trauer bleibt, aber mir ist eine Last vom Herzen gefallen.«

»Wir können uns noch nicht ganz sicher sein, Salim. Natürlich deutet vieles darauf hin, dass sie es ist. Wir müssen trotzdem die Ergebnisse der Kriminaltechnik und Rechtsmedizin abwarten ...«

»Natürlich.« Er nickte und schlug den Aktenordner vor sich zu. »Was kann ich für Sie tun?«

»Es geht um Ann-Remi. Sie wird vermisst.«

Salims Augenbrauen schossen in die Höhe. »Oh mein Gott ...«

Liv hob beschwichtigend die Hände. »Es könnte alle möglichen Erklärungen dafür geben. Wir müssen nicht gleich vom Schlimmsten ausgehen. Es gibt da etwas, das ich Sie gerne fragen würde. Ann-Remi hat versucht, mir neulich etwas über Stockrosensamen zu erzählen ... Ich habe nicht genau zugehört, aber Sie wissen offenbar davon?«

»Ja. Sie war hier im Laden bei mir. Wir haben uns mit Mark van Teunen aus dem Organisationskomitee des Gartenfestes unterhalten. Ann-Remi hat ihn zu den Samenkörnern befragt, die ... Nun, Sie wissen schon, auf die sie bei ihrer Arbeit gestoßen ist. Van Teunen hat erklärt, dass es sich um eine spezielle Unterart der Alcea veerensis handelte, eine Züchtung, die er bislang nur einmal gesehen hatte. Hier auf dem Gartenfest. Der Sieger der letztjährigen Preisverleihung hatte mit diesen Stockrosen gewonnen.«

»Kannte er den Namen des Mannes?«

»Ja«, sagte Salim. »Jorrit Kok.«

Unbewusst trat Liv einen Schritt von der Theke zurück. Die Erkenntnis traf sie wie ein Schlag. Ihre Gedanken überschlugen sich.

Natürlich.

»Verständigen Sie auf der Stelle Ruben!«, rief sie Salim zu, als sie sich abwandte und zur Tür hastete. »Sagen Sie ihm, wo ich hin bin!«

Dann lief sie in den strömenden Regen. Während sie durch die Kopfsteinpflastergassen rannte, holte sie ihr Handy heraus und wählte die Nummer des Museums in Westkapelle, wo sie sich mit dem Direktor verbinden ließ.

»Wir haben gestern Abend bei meinem Vater zusammengesessen«, sagte Liv und atmete schwer. Sie war derart außer Form, dass sich schon die ersten Seitenstiche bemerkbar machten.

»Natürlich«, sagte Xander den Hartog. »Was kann ich für Sie tun?«

»Nur eine Frage. Der junge Mann, von dem Sie gestern erzählten, der verdächtigt wurde, den Nazioffizier getötet zu haben. Wie war sein vollständiger Name?«

»Henk Cornelisse.«

»Hatte er Familie? Einen Bruder oder andere Verwandte?«

77

Veere, Insel Walcheren, 18. Oktober 1944

Henk Cornelisse spannte die Pferde an, dann kletterte er auf den alten Holzkarren und nahm die Zügel in die Hand. Neben ihm saßen Tante Jolanda und ihr kleiner Sohn. Papa würde ihnen mit einem zweiten Gespann und Antje und ihrem Vater folgen, der sich nicht auf das Lenken eines Pferdewagens verstand. In aller Eile hatten sie nur das Nötigste auf die beiden Gespanne verteilt, das, was sie in nächster Zeit zum Überleben brauchen würden. Niemand wusste, was sie in Middelburg erwartete. Dem Hörensagen nach platzte die Stadt schon jetzt aus allen Nähten.

Gestern hatte es ein erneutes Bombardement auf Westkapelle gegeben. Die Deiche waren nun an mehreren Stellen auf der Insel durchbrochen und immer weitere Teile von Walcheren standen unter Wasser.

Im Grunde sind wir zu spät dran, dachte Henk. Sie hätten bereits vor Tagen aufbrechen und sich in Sicherheit bringen sollen. Aber er hatte sich seiner Suche verschrieben, einer vergeblichen Suche, wie er jetzt wusste. Mareike war tot. Sie war anders gestorben, als alle angenommen hatten, doch am Endergebnis änderte das nichts. Henk verspürte eine große Leere. Trotz dem, was er gestern Nacht getan hatte, würde seine Wut über jene bleiben, die sie ermordet hatten, und auch das Unverständnis, wie Menschen sich all das gegenseitig antun konnten. Der einzige Trost war, dass er nun zumindest Gewissheit hatte.

Mit einem Schnalzen ließ er die Zügel knallen und setzte den Karren in Bewegung. Es würde nicht einfach werden, die Wege waren größtenteils überflutet, die Räder des Gespanns versanken bereits jetzt zu einem Drittel im Wasser. Aber sie würden den anderen Wagen folgen und sich an die großen Straßen halten.

»Hüa!«, rief Jolandas Sohn neben ihm und trieb die Pferde an. Noch schien das für ihn ein großes Abenteuer zu sein, doch bald würde er begreifen, dass sie für eine ganze Zeit nicht nach Hause zurückkehren würden. Vielleicht niemals, wer wusste das schon.

Henk mochte den Kleinen. Er schien das Herz am rechten Fleck zu haben, und trotz aller Wirren zeigte er sich immer quirlig und guter Laune. Andererseits konnte man wohl kaum von einem Kind erwarten, dass es vollends begriff, was geschah, das würde erst später kommen, und erst dann würde man sehen, was dieser verdammte Krieg mit ihm gemacht hatte.

Sie zogen langsam hinter den anderen Wagen her am Hafenbecken entlang. Als sie an der Brücke vorbeikamen, verlangsamten die Wagen vor ihnen kurz, fuhren aber schließlich weiter.

Die Leute guckten neugierig, und Henk wusste, weshalb. Niemand machte sich allerdings die Mühe anzuhalten, nicht einmal die Deutschen kümmerten sich darum, sie wollten nur noch ihr Leben retten.

Tante Jolanda legte die Hand über die Augen des Kleinen. »Sieh nicht hin«, sagte sie.

Henk verlangsamte den Wagen. Dann schob er die Hand seiner Tante behutsam zur Seite. »Nein. Er soll sich das ruhig ansehen.«

Er hatte niemandem erzählt, was mit Mareike in Wahrheit geschehen war. Weder hatte er die Zeit dazu gehabt noch war es der richtige Moment dafür. Und es hätte ohnehin nichts geändert. Vermutlich war es sogar besser, Papa und alle anderen blieben in dem Glauben, dass Mareike mit ihrer Mutter auf tragische Weise bei dem Bombardement umgekommen war, als wenn sie erführen, was sie ihnen allen verheimlicht und was die Deutschen ihr angetan hatten. Diese grausame Gewissheit würde er für immer für sich behalten, auch wenn das schwierig werden würde.

Der Blick des Kleinen wanderte neugierig zur Brücke im Hafen hinüber. Dort baumelte Rüdiger, der deutsche Soldat, nackt an einem Strick.

Henk beugte sich zu dem Kleinen herunter und sprach zu ihm. »Sieh dir diesen Mann genau an. Er war ein Nazi. Die haben uns schlimme Dinge angetan. Eines merk dir gut: Das da ... und nur das da ist die einzige Art und Weise, mit den Dreckskerlen umzugehen.«

»Ich werd's mir merken«, sagte der kleine Jorrit und nickte entschlossen.

78

Nein, das entwickelte sich gar nicht gut.

Der Regen trommelte bereits lange auf das Holz der schweren Falltür, vermutlich Stunden, so genau konnte Ann-Remi das nicht sagen, sie hatte jegliches Zeitgefühl verloren.

Zuerst hatte sie sich nichts daraus gemacht, ihre Lage war schließlich auch so schon ungemütlich genug, und es gab weiß Gott andere Dinge, über die sie sich den Kopf zerbrach. Zum Beispiel, wie sie verdammt noch mal hier rauskommen sollte.

Doch dann war ihr aufgegangen, dass sie vielleicht in ernsten Problemen steckte.

Das Wasser war erst langsam gekommen. Irgendwo hatte es zu tropfen angefangen. Ein Rinnsal hatte sich den Weg zu ihren Füßen gebahnt. Für einen Sturzregen wie diesen war der Verschlag wohl nicht gebaut worden.

Inzwischen war die Matratze, auf der sie gesessen hatte, vollständig durchnässt. Das Wasser reichte Ann-Remi an die Knöchel.

Ein Unglück kam selten allein. Mittlerweile war es wieder so dunkel, dass sie durch den Stoff vor ihren Augen nicht mal mehr einen Schimmer erkennen konnte. Sie war komplett orientierungslos. Das Einzige, was ihr blieb, war, sich an der Wand entlangzutasten, bis sie die Treppe erreichte. Doch was dann? Die Tür war verschlossen. Sie würde nicht hier rauskommen. Also konnte sie nur hoffen, dass der alte Mann ihrer Situation gewahr wurde und sie hier rausholte.

Und wenn er gar nicht zu Hause war? Wenn er schon längst das Weite gesucht hatte?

Ann-Remi tastete sich weiter vor, bis sie gegen das Geländer der Treppe stieß. Sie drehte sich um und schob sich diesmal rückwärts die Stufen hoch, um nicht wieder das Gleichgewicht zu verlieren. Oben angekommen, stemmte sie den Rücken gegen die Holztür.

Keine Chance. Sosehr sie sich auch mühte, sie würde die Tür nicht aufstemmen können.

Plötzlich hörte sie über sich ein rasselndes Geräusch.

Die Kette und das Schloss wurden entfernt, ein Türflügel aufgerissen. Zwei kräftige Hände packten sie unter den Armen und wuchteten sie hinaus, als wöge sie nicht viel mehr als eine Schaufensterpuppe.

»Komm da raus, Mädchen«, hörte sie die Stimme des Mannes. Er klang außer Atem und nervös. »Ich würde dich ja gerne in die gute Stube einladen, damit du dich trocknen und aufwärmen kannst, aber ich fürchte, dazu haben wir keine Zeit.« Er ließ von ihr ab.

Ein Rappeln erklang. Es klang, als würde jemand versuchen, eine Tür zu öffnen. Das Tor zum Garten, schoss es Ann-Remi durch den Kopf, während sie der Regen bis auf die Haut durchnässte.

War ihre Rettung gekommen?

Wieder ein Rappeln, dann ein Poltern. Wer auch immer da draußen war, er warf sich mit ganzer Kraft gegen das Gartentor.

»Das wird nicht lange halten«, keuchte der Mann. »Wir müssen es also jetzt zu Ende bringen.«

Dann hörte sie ein metallisches Klicken, wie sie es aus Fernsehserien und Filmen kannte, wenn eine Waffe durchgeladen wurde.

79

Liv stemmte sich mit aller Macht gegen das Gartentor, dabei rutschte sie auf dem regennassen Pflaster immer wieder weg. Das Tor war aus einfachen Holzlatten gezimmert, die schon reichlich verwittert wirkten und mit einem einfachen Schloss gesichert waren. Liv hatte nicht gedacht, dass es so lange standhalten würde. Sie nahm Anlauf und warf sich erneut dagegen. Das Schloss knackte laut, gab aber immer noch nicht nach.

»Nicht, bleib hier!«, hörte Liv eine Männerstimme aus dem Garten rufen, gefolgt von dem Schrei einer Frau, vermutlich Ann-Remi.

Liv trat einige Schritte zurück, bis sie mit dem Rücken an der Mauer des gegenüberliegenden Gartens stand. Aus dem Augenwinkel sah sie den Schatten eines Tieres die schmale Gasse herunterkommen. Als er näher heran war, erkannte Liv den Beagle. Das Fell vollständig durchnässt, beobachtete er mit neugierigen Augen ihr Treiben.

Sie atmete einmal tief durch. »Charly, drück mir die Pfoten. Das wird wehtun.«

Dann rannte sie los. Mit voller Wucht krachte sie seitlich in die Tür. Diesmal gab das Schloss endlich nach. Splitter flogen um sie herum, doch es war nicht nur Holz, was da zerbrach. Als sie reichlich unsanft auf einem Schotterweg landete, durchfuhr ein schmerzhaftes Stechen ihre linke Schulter bis hin zum Schlüsselbein. Sie stöhnte laut auf, und die Tränen schossen ihr in die Augen.

Verschwommen sah sie vor sich Ann-Remi auf dem Boden liegen. Jorrit Kok über ihr. Er packte Ann-Remi am Arm und zog sie in die Höhe.

Liv versuchte, den Schmerz zu ignorieren. Sie winkelte ihren linken Arm an und hielt ihn mit der anderen Hand vor die Brust. Dann rappelte sie sich auf.

Jorrit stand schräg hinter Ann-Remi. Ihre Hände waren hinter dem Rücken gefesselt. Sie musste gestürzt sein, die Knie ihrer Jeans waren zerfetzt, und in ihrem Gesicht waren blutige Schrammen zu sehen. Ihre Augen waren mit einem Stück Stoff verbunden, das bei dem Sturz aber verrutscht war, sodass sie auf einer Seite sehen konnte.

Jorrit hielt ein Gewehr in Händen. Liv konnte das Fabrikat nicht erkennen, aber dem Aussehen nach musste es ungefähr genauso alt sein wie sein Besitzer. Die Mündung zielte auf Ann-Remis Kopf.

»So muss das nicht enden!«, rief Liv ihm zu.

Jorrit setzte ein schiefes Grinsen auf. »Nun, aber auf irgendeine Weise muss es hier und jetzt enden, nicht wahr?«

Den Ausdruck in seinen Augen hatte Liv schon einmal gesehen. Bei Abu Kamal al-Din. Wie ein in die Ecke gedrängtes Tier, das in seiner Not zu allem fähig war.

Es durfte nicht wieder mit einem Toten enden.

Liv tat vorsichtig ein paar Schritte auf die beiden zu, bis Jorrit den Kopf schüttelte.

»Stehen bleiben.«

»Überlegen Sie sich gut, was Sie tun, Jorrit. Bei dem, was passiert ist, gibt es bestimmte Umstände zu berücksichtigen. Es gibt für Sie einen Ausweg.«

»Das denke ich nicht.« Der alte Mann zuckte mit den Schultern. »Und Ann-Remi weiß das auch. Immerhin ist sie ein kluges Köpfchen, hat eine gute Spürnase. Sie ist mir vor Ihnen auf die Schliche gekommen, vielleicht sollten Sie ihr also einen Platz in Ihrem Team anbieten.«

Während er sprach, tat Liv noch einen Schritt nach vorne. »Uns ist klar, dass Sie das alles nur getan haben, um Esmée zu finden …«

»Ja, ist zwar nicht ganz so gelaufen, wie wir uns das vorgestellt hatten, aber am Ende wissen wir ja nun, was mit ihr geschehen ist. Ich hoffe nur, Bouke, der Drecksack, kommt nicht so leicht davon wie sein Freund.«

»Dafür habe ich gesorgt. Bouke wird seine gerechte Strafe erhalten, und … derjenige, der David damals vom Haken ließ, wird nicht ungeschoren aus der Sache rausgehen. Es wäre besser gewesen, Sie hätten das von Anfang an uns überlassen …«

»Ihr hattet genug Zeit, jahrelang ist nichts passiert. Da konnten wir die günstige Gelegenheit nicht verstreichen lassen.«

»Welche Gelegenheit meinen Sie?«, fragte Liv.

»Terwind«, sagte er. »Der gute Doktor hat sich bei einer Tasse Kaffee verplappert. Er erzählte mir, dass der alte Leinders todkrank ist. Ich sprach mit Finn darüber, und der hatte die Idee, David hierherzulocken und die Wahrheit aus ihm rauszuprügeln.«

»Er wusste von Famke, wo sich David aufhielt. Also schrieben Sie Briefe, die ihn herlockten.«

»So ist es.«

»Wusste Terwind, was Sie vorhatten?«

Jorrit hob die Augenbrauen. »Der Doktor? Wo denken Sie hin. Sie meinen wohl wegen des Betäubungsmittels … Nein, er wusste nichts. Finn hatte eine alte Verletzung. Er täuschte vor, sie sei schlimmer geworden, und ließ sich das Mittel verschreiben.«

»In der Nacht, als David verschwand …« Liv trat noch einen Schritt nach vorne, blieb aber stehen, als Jorrit den Gewehrlauf fester gegen Ann-Remis Schläfe presste. »Finn hatte David eine Nachricht geschrieben, dass er sich mit ihm treffen wollte. Ich nehme an, dieser ging darauf ein, weil er, wie wir inzwischen wissen, die Wahrheit ans Licht bringen wollte.«

»Ja, das sagte er uns auch. Er faselte etwas von der großen Last, unter der er selbst all die Jahre gelitten habe. Was Finn und Esmées Angehörige durchgemacht hatten, schien ihn weniger zu interessieren. Jedenfalls erzählte er uns, dass Bouke dem Mädchen damals den entscheidenden Schlag versetzt hatte. Esmée fiel gegen den Brunnen in der Zisterne, schlug sich den Kopf auf … Er sagte uns, wo sie Esmée hingeschafft hatten, und wäre tatsächlich bereit gewesen, dies gegenüber der Polizei auszusagen. Er habe das ohnehin vorgehabt, beteuerte er, vorher habe er nur noch ein paar persönliche Dinge mit seinem Vater und seiner Schwester ins Reine zu bringen. Tja, das hätte also vielleicht alles ein halbwegs gutes Ende nehmen können, wenn nicht …« Er brach ab und schaute kurz zu Boden.

Dies wäre vielleicht der Moment gewesen. Livs rechte Hand wanderte instinktiv zu ihrer Hüfte, wo für gewöhnlich bei solchen Einsätzen der Halfter mit ihrer Dienstwaffe am Hosenbund steckte. Doch diese lag, wie es die Vorschriften wollten, gut gesichert in einem Schließfach in der Wache von Middelburg.

»Was geschah dann?«, fragte sie, um Jorrit am Reden zu halten.

»Ich fürchte, dem gute Finn gingen die Pferde durch, als David uns erzählte, was er und Bouke mit Esmée getan hatten.« Er deutete mit einem Nicken auf den Verschlag im Boden. »Wir haben ihn dort unten festgehalten, und ich bewahre dort für gewöhnlich einige Gerätschaften auf. Finn schnappte sich eine Brechstange und schlug diesem Drecksack den Schädel ein. Ich hätte nicht gedacht, dass der Junge zu so etwas fähig wäre.«

»Was Sie mit David taten …«

»Damit hatte Finn nichts mehr zu tun. Ich habe ihn nach Hause geschickt. Um den Rest habe ich mich allein gekümmert.«

»Sie imitierten damit die Tat Ihres Cousins. Henk Cornelisse.«

»Oh«, Jorrit schenkte ihr ein Lächeln, »gut recherchiert. Hätte nicht gedacht, dass sich jemand an die alte Geschichte erinnert. Ich war sehr jung. Schon damals ging es um ein Mädchen. Unsere Schwester war verschwunden, und Henk fand heraus, dass dieser Naziofffizier sie auf dem Gewissen hatte. Er zeigte mir, wie man mit solchen Dreckschweinen umgeht.«

»Was ist mit Willem de Ram? War das auch Finn?«

»Nein. An dem Abend, als Finn und David sich trafen, war ich ebenfalls auf dem Weg zum Katakombengang. Allein würde Finn mit ihm nicht klarkommen, wir mussten ihn gemeinsam überwältigen. Während ich ihn festhielt, würde Finn ihm das Betäubungsmittel spritzen. Ich war fast da, als ich Willem hinter einer Straßenecke entdeckte. Er schoss Fotos, wie Finn sich dem Stenen Beer näherte. Als ich näher kam, sah er mich und suchte schnell das Weite.«

»Also beschlossen Sie, ihn ebenfalls zu töten.«

»Es war nur eine Frage der Zeit, bis er eins und eins zusammenzählen würde. Ich borgte mir das Betäubungsmittel und verabredete mich mit De Ram. Ich sagte ihm, ich hätte noch ein paar interessante Geschichten aus der Besatzungszeit auf Lager, daran war er immer interessiert. Er empfing mich in seinem Haus. Wir gingen rein, und als er mir den Rücken zukehrte, wollte ich ihm die Spritze verpassen. Aber ... Nun ja, er wehrte sich, die Spitze brach ab. Ich packte ihn fest um den Hals, und ... dabei habe ich ihm wohl versehentlich das Genick gebrochen.« Jorrit seufzte. »Ich habe Ihnen das ja schon mal gesagt: Wir scheinen aus der Geschichte nichts gelernt zu haben. Unsere eigenen Leute reden heute wie früher die Deutschen daher, gegen die wir uns gewehrt haben. De Ram war einer von ihnen. Ich kannte die rechten Parolen, die er im Internet verbreitete. Er hatte nichts anderes verdient. Dummerweise konnte ich die Fotos in seinem Haus nicht finden, aber ... er würde damit ohnehin keinen Schaden mehr anrichten können. Ich ließ es so aussehen, als wäre er die Treppe runtergefallen, doch unser Goldkind hier hat herausgefunden, dass es nicht so war ...«

Jorrit schenkte Ann-Remi einen anerkennenden Blick. Zu Livs Überraschung ließ er von ihr ab und trat einen Schritt zur Seite.

»Hören Sie zu ...«, begann Liv, wurde aber von einem Knurren unterbrochen. Sie wandte sich zur Seite. Der Beagle stand mit gefletschten Zähnen neben ihr.

»Nicht schon wieder diese verdammte Töle!«, entfuhr es Jorrit. »Du sorgst nur für Ärger!«

»Charly hat Sie an dem Abend gestört, als Sie mit dem betäubten David aus dem Katakombengang kamen und ihn in den Verschlag in Ihrem Garten schaffen wollten, habe ich recht? Der arme Doktor Terwind hat nun wohl eine Hunde-phobie für den Rest seines Lebens.«

»Charly? Sie haben dem Köter einen Namen gegeben? Wie auch immer. Wir hatten David in einen Sack gepackt und wuchteten ihn gerade vom Wagen in den Garten, als die Töle auftauchte. Er fing an zu knurren und verbiss sich in dem Sack. Das hat uns aufgehalten. Wir wären sonst längst fertig gewesen und hätten meinen Karren von der Straße geschafft. Aber so rauschte dieser Idiot von Wouter hinein, und wir mussten den Doktor holen. Zum Glück waren die beiden zu sehr mit dem Hund und Wouters Wunde beschäftigt, als dass sie spitzbekommen hätten, womit wir zugange waren.«

»Jorrit, hören Sie mir jetzt gut zu«, sagte Liv. »Legen Sie die Waffe nieder. Dann reden wir …«

»Nun hören Sie doch auf. Sie wissen genauso gut wie ich, dass ich für die Nummer für den Rest meines Lebens hin-ter Gitter wandere. Das wird zwar nicht mehr für lange sein, aber das muss ich mir auf meinen Lebtag nun wirklich nicht mehr antun. Ich habe getan, was ich für richtig hielt, und dann muss man eben auch die Traute haben, zu seinen Taten zu stehen und die entsprechenden Konsequenzen zu ziehen. Also … wenn Sie mich entschuldigen würden.«

Jorrit nickte ihr wie zum Abschied zu, dann schob er den Gewehrlauf unter sein Kinn. Sein Finger hatte sich noch nicht ganz um den Abzug gelegt, als der Beagle plötzlich neben Liv losstürmte und das Hosenbein des alten Manns packte. Das war Ablenkung genug.

Ann-Remi warf sich gegen ihn und stieß Jorrit zur Seite.

Ein Schuss krachte in die Nacht, traf aber niemanden außer ein paar Stockrosen, deren Blätter in alle Himmelsrichtungen davonstoben.

Jorrit landete der Länge nach auf dem Kiesweg. Das Gewehr entglitt seiner Hand und fiel auf den Boden.

Liv war sofort über ihm. Sie rollte ihn auf den Bauch, verdrehte einen Arm hinter seinem Rücken und drückte ihm ein Knie ins Kreuz.

Die Schmerzen in ihrer Schulter waren unerträglich. Sie wusste, dass sie den Griff nicht lange würde halten können. Doch das musste sie wohl auch nicht. In der Ferne hörte sie bereits die näher kommenden Sirenen eines Polizeiwagens.

EPILOG

80

Der Sommer zeigte sich endlich von seiner angenehmen Seite. Die Hundstage hatten mit dem heftigen, aber reinigenden Gewitterguss geendet, und nun konnte man es draußen endlich aushalten.

Die Sonne schien auf die Terrasse, als Ann-Remi herauskam und ein Tablett mit einer Progrestaart zwischen Salim und Boudewijn auf den Gartentisch stellte. Die Torte bestand zu großen Teilen aus Baiser, das außenrum mit Krokant bedeckt war. Obendrauf waren noch mehrere Tupfer Schlagsahne. Ann-Remi hatte sie beim Bäcker um die Ecke besorgt. Ihr Onkel liebte die Progrestaart, und er wollte ihrem Besucher nur das Beste auftischen.

»Das wäre nun wirklich nicht nötig gewesen«, sagte Salim. »Ich meine ... wir wollen gleich grillen.«

»Papperlapapp«, wischte Boudewijn den Einwand beiseite und fuhr sich mit der Zunge über die Lippen. »Wer hart arbeitet, muss auch ordentlich essen. Wir wollen es uns gut gehen lassen. Also nur zu, junger Mann. Setz dich zu uns, Ann-Remi.«

»Ich hole kurz den Kaffee, wenn's recht ist.«

»Ja«, sagte ihr Onkel, »das wäre sehr recht! Mit Milch und einem Klümpchen Zucker, wie immer.«

»Sehr wohl.« Ann-Remi drehte sich mit einer gespielten Verbeugung um und machte sich auf den Weg in die Küche. Dabei warf sie Salim einen Seitenblick zu, denn auch er konnte sich ein Schmunzeln nicht verkneifen und dachte wohl dasselbe wie sie: Warum zum Kuckuck holt sich der alte Leckerschmecker den Kaffee nicht selbst?

Als sie wiederkam, übernahm Salim es, ihnen allen einzuschenken. Boudewijn machte sich bereits über das erste Stück Kuchen her, und Ann-Remi hegte keine Zweifel, dass es nur bei diesem einen bleiben würde.

»Ein kleines oder großes Stück?«, fragte Salim und legte das Kuchenmesser an die Torte.

»Klein, bitte«, antwortete Ann-Remi.

»Was ist mit den Kindern?«, fragte Boudewijn zwischen zwei Bissen.

»Die kommen noch. Außerdem essen sie schon genug Süßes«, sagte Salim.

Murielle und Marleen spielten auf dem Rasen mit den Hunden. Vorher hatten sie sich die Hühner und Kaninchen angesehen. So, wie es aussah, hatte Boudewijn in ihnen zwei begeisterte Helferinnen gefunden. Die Mädchen hatten ihn gefragt, ob sie ihm demnächst beim Füttern und Ausmisten helfen und vielleicht die Hunde spazieren führen konnten. Außerdem hatte Marleen bemerkt, dass in Boudewijns Kleinzoo Meerschweinchen fehlten, eine Anregung, die Onkelchen gerne aufgenommen hatte.

»Ich möchte mich bei dir bedanken«, sagte Salim. »Was du für meine Familie getan hast ... Ich meine, du hast dich in Gefahr gebracht, und wer weiß, wie das ohne dich alles gelaufen wäre.«

»Das würde ich jederzeit wieder tun«, entgegnete Ann-Remi. Das war nicht nur so dahergeredet, sie meinte es tatsächlich so. Im Verschlag in Jorrit Koks Garten hatte sie Todesängste durchgestanden, und sie war wirklich nicht erpicht darauf, jemals wieder eine solche Erfahrung zu machen, doch das Gefühl, als der Polizeichef den alten Kerl schließlich in Handschellen abführte und klar war, dass er seine gerechte Bestrafung erhalten würde, das hatte alles überboten.

»Nun, wo wir Gewissheit haben ...«, sagte Salim und stockte kurz.

Ann-Remi war nicht entgangen, dass er das Geschehene noch nicht ganz verarbeitet hatte, wie sollte er auch. Die Rechtsmedizin und die Kriminaltechnik hatten das Skelett, das sie auf der Insel gefunden hatten, mittlerweile identifiziert. Die DNS-Analyse und der odontologische Abgleich waren eindeutig: Es war Esmée.

»Nun ...«, fuhr Salim fort, als er sich wieder gefangen hatte. »Anish und Sherida würden sich gerne persönlich bei dir bedanken, dass du ihre Tochter nach all den Jahren gefunden hast.«

»Das war ich nicht allein ...«

»Trotzdem. Sie möchten Danke sagen. Wenn es dir also nichts ausmacht ... Sie sind noch ein paar Tage hier.«

»Sag mal, Salim, woher kommt eigentlich dieser Name, Vriesde?«, fragte Boudewijn, während er sich ein zweites Stück Progrestaart auf den Teller hob. »Das klingt doch verdächtig nach unserem niederländischen De Vries.«

»Die Ähnlichkeit ist nicht zufällig«, erklärte ihr Nachbar. »Ihr wisst sicherlich beide um die Niederlande als Kolonialmacht. In Surinam wurden die Sklaven früher nach ihren Herren benannt. Jemand mit dem Namen Vriesde gehörte also einem De Vries.«

»Ach so ...« Boudewijn machte eine betretene Miene und machte sich schnell an seinem Kuchenstück zu schaffen. »Das ... wusste ich nicht.«

Ann-Remi sah ihrem Onkel an, dass ihm dieser Schnitzer wirklich peinlich war. Die ganze Affäre um David Leinders, Bouke Visser, die Amokfahrt und Esmée Vriesde hatte bei ihm doch ein nachhaltiges Umdenken eingeleitet. Seine markigen Sprüche waren in den vergangenen Tagen seltener geworden, und die nationalgesinnten Mitbürger und Politiker, denen er sich zuvor so nahe gefühlt hatte, waren in seiner Gunst deutlich gesunken. Er hatte ihr sogar hoch und heilig geschworen, dass er bei den Wahlen sein Kreuz bei einer der traditionellen Parteien gesetzt hatte.

Sie hob unter dem Tisch den Fuß und stieß damit ihrem Onkel leicht vors Schienbein. Nun los, trau dich, sollte das bedeuten. Dies war der geeignete Moment.

Boudewijn räusperte sich und spülte den Bissen mit einem Schluck Kaffee herunter.

»Nun, was ich sagen wollte …«, hob er an. »Falls unser … also mein erstes Willkommen nicht so herzlich war, möchte ich mich dafür bei dir entschuldigen, Salim.«

Salim sah ihn verwundert an. »Aber es ist doch alles …«

»Wir freuen uns wirklich, dass wir endlich neue Nachbarn haben. Du und deine Kinder, ihr seid hier immer herzlich willkommen, und wenn ihr mal was braucht, sagt einfach Bescheid.« Boudewijn nickte, um seine Aussage zu bekräftigen, dann war seine Ansprache beendet. Das nächste Stück Kuchen fand den Weg in seinen Mund.

»Trinken wir auf gute Nachbarschaft«, sagte Salim und hob seine Kaffeetasse. »Es freut mich wirklich, dass wir uns kennengelernt haben.« Er stieß mit Ann-Remis Tasse an und lächelte ihr mit einem Funkeln in den Augen zu.

»Mich freut es ebenfalls.« Sie erwiderte sein Lächeln, und obwohl sie sich alle Mühe gab, es zu ignorieren, spürte sie dabei ein gewisses Kribbeln im Bauch, eines von der Art, wie sie es schon ziemlich lange nicht mehr gehabt hatte.

»Und wie ich gehört habe, darf man dir gratulieren?«, fragte Salim.

»Was meinst du damit?«

Er nickte Boudewijn zu. »Dein Onkel hat es mir gerade erzählt, als du drinnen warst. Sie haben dir eine Beförderung angeboten?«

»Ach, das. Ja, könnte man so sagen.«

Obwohl sie sich offiziell im Urlaub befand, hatte Simon van Aken, der Leiter des rechtsmedizinischen Instituts, sie vorgestern zu sich ins Büro zitiert. Nach ihrem unorthodoxen und eigenmächtigen Vorgehen war Ann-Remi mit der festen Erwartung hingegangen, dass er ihr das Entlassungsschreiben in die Hand drücken würde.

Weit gefehlt. Er hatte sie zwar mit strengem Blick gerügt, dann aber versöhnlichere Töne angeschlagen.

Liv de Vries musste mehr als nur ein gutes Wort für sie eingelegt haben. Van Aken betonte, wie sehr die Landespolizei es dem Institut und insbesondere Ann-Remi anrechnete, dass sie zur Lösung des vertrackten Falls beigetragen hatte.

Sie glaubte ihren eigenen Ohren nicht, als er sich tatsächlich dafür entschuldigte, dass ihr Vorgesetzter Cees Koning ihr nicht vertraut und im Gegenteil Steine in den Weg gelegt hatte. Van Aken ließ durchblicken, dass er dem alten Kollegen doch nahegelegt hatte, alsbald die wohlverdiente Altersteilzeit anzutreten.

Die Worte, die er dann gesprochen hatte, hatte sie noch jetzt im Ohr: »Das bedeutet, dass wir sehr bald einen Leitungsposten zu vergeben haben. Und ich könnte mir niemand Besseres dafür vorstellen als Sie, liebe Ann-Remi.«

Ihr trat ein Schmunzeln aufs Gesicht, wenn sie daran dachte.

»Das muss dir doch runtergehen wie Öl«, sagte Salim. »Du wirst das Angebot bestimmt annehmen, hab ich recht?«

Ann-Remi schob sich ein Stück Torte in den Mund und kaute langsam und genüsslich darauf. »Da bin ich mir nicht so sicher«, sagte sie. »Vielleicht gibt es noch eine andere Möglichkeit. Ich hatte gestern ein äußerst interessantes Gespräch mit Ruben van der Meer, dem Polizeichef.«

81

Liv zog eine der hochgewachsenen Stockrosen mit roten Blüten zu sich heran und roch daran. An diese Blumenart würde sie wohl für den Rest ihres Lebens eine besondere Erinnerung haben.

»Duftet sie nicht wunderbar?«, fragte der Mann in grüner Latzhose und Strohhut auf dem Kopf, dessen Garten sie gerade in Augenschein nahmen.

»Allerdings«, antwortete Liv. »Ein sehr schönes Fleckchen Erde, das Sie hier erschaffen haben. Möchtest du auch mal?« Sie hielt die Rose in Rubens Richtung, und der Polizeichef, heute in Zivil, roch ebenfalls daran.

»Ich wünschte, ich würde sie in meinem Garten so hinbekommen«, sagte er.

»Nun, was ich von Weitem sehe, wenn ich bei Ihrer Mühle vorbeispaziere«, entgegnete der Latzhosenmann, »das ist doch sehr beachtlich.«

»Nichts im Vergleich zu Ihren Gartenkünsten. Rechnen Sie sich Chancen aus?«

Der Mann hob verdruckst die Schultern, sagte aber: »Vielleicht, wer weiß. Dieses Jahr ist der Wettbewerb so offen wie seit Langem nicht mehr.«

»Dann wünschen wir viel Glück!«, sagte Liv.

Sie verabschiedeten sich und gingen weiter – der nächste Garten, der bestaunt werden wollte, wartete.

Über dem Open-Tuinen-Fest, dem lang erwarteten Tag der

offenen Gärten, lag eine ausgelassene Stimmung. Nach der drückenden Hitze schien sich auch die Natur zu erholen, Vögel zwitscherten, Schmetterlinge flatterten herum, und eine Vielzahl von Besuchern hatte den Weg nach Veere gefunden, um durch die Gärten zu flanieren, die von ihren Besitzern zur Schau gestellt wurden.

Es gab allerdings einen weiteren Grund, dass mancher Gartenbesitzer und Stockrosenzüchter gehobener Laune war. Obwohl natürlich alle um die Tragik der Ereignisse in den vergangenen Tagen wussten, bedeuteten eben diese Geschehnisse auch eine Chance. Denn der Mann, der den Wettbewerb um die schönste Stockrosenart in den zurückliegenden Jahren mehrfach für sich entschieden hatte, würde garantiert nicht mehr antreten. Das Tor seines Gartens war noch immer mit einem Polizeisiegel gesichert, und alle wussten, weshalb. Jorrit Kok saß in einer Zelle und wartete auf seinen Prozess. Er würde des Mordes an David Leinders und Willem de Ram angeklagt werden. Was dessen Schwester Famke und Doktor Terwind anging, zweifelte die Staatsanwaltschaft noch, ob sie der Beihilfe bezichtigt werden konnten, vermutlich würde man sie aber vom Haken lassen.

»Bitte versteh mich nicht falsch«, sagte Ruben, als sie raus auf die Straße traten, »doch ich glaube, deine Gesellschaft wird mir fehlen.«

Liv blieb stehen und sah ihm in die Augen. Auch in Zivil machte Ruben van der Meer eine gute Figur. Das volle lockige Haar, der etwas verwegene und trotzdem gepflegte Bart, die Falten und Grübchen in einem Gesicht, das schon viel erlebt hatte. Wenn sie ehrlich zu sich war, hatte sie sich schnell an ihn gewöhnt, seine ruhige, einladende Art. Ja, vermutlich würde sie ihn auch vermissen, ein wenig zumindest. Doch das brauchte er nicht wissen. Nach ihren jüngsten Erfahrungen mit Adriaan stand ihr nicht der Sinn nach einem neuen Abenteuer. Sie schenkte ihm ein Lächeln. »Danke.«

Mehr nicht, sagte sie im Stillen zu sich, und jetzt geh weiter.

Sie wollte los. Ruben fasste sie sanft am Oberarm und hielt sie zurück.

»Liv … Da wäre noch etwas. Hast du dir schon überlegt, wie es für dich weitergeht?«

»Ich schätze, mir bleibt nichts anderes übrig, als es auf mich zukommen zu lassen.«

Ihre heimliche Zusammenarbeit mit Toon van der Horst hatte sich als überaus fruchtbar erwiesen. Die Informationen, die sie ihm gesteckt hatte, hatte der Starreporter des Telegraaf in einen aufsehenerregenden Artikel umgemünzt, der alsbald in der gesamten Medienlandschaft zitiert worden war. Obwohl sie ihn gebeten hatte, ihren Namen aus dem Spiel zu lassen – was er, Pressefreiheit, natürlich nicht getan hatte –, redete nun das gesamte Land über die Kommissarin, die es geschafft hatte, einen alten, scheinbar unlösbaren Fall aufzuklären. Etwas effekthascherisch beschrieb Van der Horst, wie sie Esmées Leiche auf der Insel im Veerse Meer gefunden hatten. Gefolgt von Zitaten aus dem Geständnis ihres Mörders Bouke Visser, dessen Mitschnitt der Zeitung aus einer gut unterrichteten Quelle zugegangen war. Es stand nun außer Frage, dass Bouke für den Rest seines Lebens hinter Gittern landen würde. Außerdem legte Van der Horst in seinem Bericht ausführlich dar, wie ein hoher Beamter der Landespolizei versucht hatte, die Beweise unter den Tisch zu kehren, um einen faulen Handel mit Visser einzugehen – übrigens derselbe Mann, der schon vor vielen Jahren die Ermittlungen im Fall Esmée Vriesde torpediert hatte, um den Mittäter David Leinders als V-Mann anzuwerben, was dazu geführt hatte, dass zwei Mörder auf freien Fuß kamen.

Toon van der Horst würde vermutlich für seinen Artikel mit Preisen überhäuft werden.

Adriaan Verlaat hingegen konnte seine Karriere an den Nagel hängen, wenn ihm nicht sogar Schlimmeres blühte.

Was sie persönlich betraf, war Liv sich nicht sicher. Die Berichterstattung hatte ihr Ansehen in unerwartete Höhen katapultiert, sie war im Moment das Aushängeschild der Landespolizei. Doch sie machte sich keine Illusionen. Die internen Ermittler ließen sich für gewöhnlich von so etwas nicht beeindrucken. Und etwas anderes hätte sie nicht erwartet. Das Verfahren lief weiter gegen sie, und sie wollte nichts weniger als ein faires, gerechtes Urteil, wie auch immer es ausfallen mochte. Denn in einem hatte der alte Jorrit recht gehabt: Man musste für seine Taten geradestehen.

»Es ist jedenfalls so …«, sagte Ruben. »Eine gute Polizistin können wir hier auf Walcheren gut gebrauchen. Und … Nun ja, ich bin nicht mehr Jüngste und werde sicher nicht ewig im Amt bleiben.«

Liv schenkte ihm ein Lächeln. »Das ist ein nettes Angebot. Ich denke darüber nach.«

Sie wollte weitergehen, stolperte aber unversehens über ein Hindernis, das sich in ihren Weg geschoben hatte, ein kleines pelziges Hindernis. »Charly!«, entfuhr es Liv.

»Du scheinst einen Freund fürs Leben gefunden zu haben«, sagte Ruben. »Ich hab gehört, Terpstra will den Tierfänger beauftragen, damit er ihn endlich von der Straße schafft.«

»Er sollte Charly lieber einen Verdienstknochen geben. Er hat maßgeblich zur Ergreifung des Täters beigetragen!«

Sie gingen weiter, und der Beagle folgte Liv auf dem Fuß.

In den schmalen Gassen standen Blumenfreunde und Urlauber mit ihren Handys an den Gartenmauern und machten Fotos.

Liv und Ruben bogen um die nächste Ecke und kamen auf den Marktplatz, wo dichtes Gedränge herrschte. Vor dem Rathaus stand eine kleine Gruppe von Menschen um Bürgermeister Terpstra versammelt. Liv erkannte unter anderem Xander den Hartog, den Museumsdirektor, und an seiner Seite ihren Vater.

Terpstra breitete die Arme aus, als er sie näher kommen sah. »Wie schön, dass wir uns noch einmal sehen, bevor Sie abreisen. Ich möchte mich bei Ihnen in aller Form bedanken ...«

»Ich habe nur meinen Job gemacht.« Liv mochte es nicht sonderlich, mit Lorbeeren überhäuft zu werden. Es war ihr peinlich, besonders in Anwesenheit ihres Vaters. Zum Glück hatte Ruben den Bürgermeister davon abbringen können, ihr öffentlich in einer Art Zeremonie seinen Dank auszusprechen.

»Nun, wie auch immer«, sagte er, »ich habe jedenfalls gerade Ihrem Herrn Vater gesagt, dass Veere Ihnen auf ewig zu Dank verpflichtet ist. Ruben sagte mir, dass Sie über Ihre berufliche Zukunft noch im Zweifel sind. Bei uns wird es immer einen Platz für Sie geben.«

Liv warf dem Polizeichef einen scharfen Blick zu, doch der zog nur unschuldig die Schultern nach oben.

»Vielen Dank«, sagte Liv. »Das weiß ich sehr zu schätzen.«

Terpstras Miene verfinsterte sich plötzlich, als er an Liv herunterblickte. Charly hatte zu ihren Füßen Platz gemacht.

»Oh ... Da ist wieder dieser vermaledeite Hund ...«

»Das ist meiner«, sagte Liv aus dem Bauch heraus. »Wenn er für Unannehmlichkeiten gesorgt hat, entschuldige ich mich dafür. Und jetzt ... Wenn ihr mich entschuldigen würdet. Komm, Charly, wir fahren nach Hause.«

Sie verabschiedete sich von den beiden und ging mit ihrem Vater ein paar Schritte in Richtung Hafenbecken, wo sie ihren Wagen abgestellt hatte. Der Beagle blieb an ihrer Seite.

»Schade, dass du aufbrichst«, sagte ihr Vater.

»Es gibt da oben ein paar Dinge, die ich regeln muss.«

»Du kannst jederzeit gerne vorbeischauen. Ich werde auch ein Gästebett anschaffen, dann hast du es gemütlicher.«

»Das ist lieb von dir. Ich komme bestimmt. Und wenn deiner Freundin Marianne und dir mal der Sinn nach einem Ausflug steht ... Besucht mich doch in Amsterdam.«

»Werden wir machen, das ist immer eine Reise wert.«

»Oh ja, da würde ich auch gerne mal wieder hin«, hörte Liv die Freundin ihres Vaters, die vom Hafen her mit einem Eis in der Hand herangeschlendert kam. »Wir sollten uns unbedingt näher kennenlernen.«

Liv reichte ihr zum Abschied die Hand. »Das würde mich sehr freuen.«

Marianne lächelte. »Wir beide haben bestimmt eine Menge miteinander zu bereden.«

Liv stutzte. Sie wusste beileibe nicht, was sie mit der Frau zu bereden hätte, sie kannten sich kaum und hatten auch zuvor nie miteinander zu tun gehabt.

Marianne schien ihre Gedanken zu lesen. Sie hob verschwörerisch die Hand vor den Mund, zwinkerte ihr zu und sagte in Flüsterstimme: »Ich meine deinen Vater ...«

Liv hob eine Augenbraue. »Ja, natürlich, über den kann man sich tatsächlich abendfüllend unterhalten.«

Geert-Jan de Vries schüttelte amüsiert den Kopf. »Ich glaube, da haben sich die beiden Richtigen gefunden.«

Liv verabschiedete sich mit einer Umarmung, dann ging sie hinüber zu ihrem Auto. Dort angekommen fiel ihr Blick noch einmal auf die kleine Brücke, die den Hafen überspannte und an der die Leiche von David Leinders gebaumelt hatte.

Jorrit Kok hatte in dem Glauben gehandelt, dass er das Richtige tat, das, was aus seiner Sicht getan werden musste, um die Welt zu einem besseren Ort zu machen, und was sonst außer ihm niemand tat. Dabei hatte er selbst vor Mord nicht zurückgeschreckt. Liv fragte sich, ob die Welt heute nicht voller Jorrits war. Menschen, die aus ihrer Perspektive glaubten, das Richtige zu tun, die sich für die Guten hielten, sich aber hoffnungslos in etwas verrannt hatten. Denn auch wenn sie in vermeintlich gerechter Absicht handelten, die Taten, die aus ihrem Irrglauben folgten, machten sie zu dem, was sie eigentlich meinten, bekämpfen zu müssen – sie standen selbst plötzlich auf der falschen Seite des Gesetzes.

Liv drückte auf die Schlüsselfernsteuerung, um ihren Wagen zu öffnen. Doch es tat sich nichts. Die Türen waren bereits offen, dabei hätte sie schwören können, dass sie sie verschlossen hatte, und nachdem der Wagen nun schon eine Weile hier stand, hätte eigentlich auch die automatische Verriegelung greifen müssen.

Langsam öffnete sie die Fahrertür. Charly sprang ungestüm an ihr vorbei auf den Sitz und von dort auf die Rückbank.

Liv setzte sich und steckte den Schlüssel ins Zündschloss.

Da bemerkte sie aus dem Augenwinkel das weiße Briefkuvert, das auf dem Beifahrersitz lag und das sie unter Garantie dort nicht hingelegt hatte.

Vorsichtig nahm sie den Umschlag und wog ihn in der Hand. Für einen Sprengsatz eindeutig zu leicht.

Sie öffnete das Kuvert. Ein gefaltetes Blatt steckte darin. Liv nahm es heraus und las, was darauf in Maschinenschrift geschrieben stand.

Ihr Vater ist nicht der, für den Sie ihn halten.